난세기록

난세기록

조성기 장편소설

2

실크로드
silkroad

난세지략 2

1판 1쇄 발행 2011년 1월 20일
저자 | 조성기
펴낸이 | 황정필
펴낸곳 | 실크로드

출판등록 | 2010년 7월 9일 제 2010-000035호
주소 | 431-050 경기도 안양시 동안구 비산동 1163번지 임곡휴먼시아 203-1602
Homepage | www.silkroadbook.com
E-mail | adad1515@naver.com
전화 | (02)711-4114 팩스 | (02)929-7337

ⓒ2010 실크로드
ISBN 978-89-94893-11-2
ISBN (세트) 978-89-965057-8-5 04810 (전3권)

✽ 저자와의 합의로 인지는 생략합니다
✽ 잘못된 책은 바꾸어 드립니다

차례

등장인물	6
되게 웃기는 군주	9
이제 누가 과인을 책망해 주랴!	41
나라를 말아먹은 전씨 일가	72
흰 개는 검다	85
개량이냐, 혁명이냐	121
쪼개지는 상앙(商鞅)	151
귀곡자(鬼谷子)의 제자들	168
날개가 다 자라기 전에는	183
새로운 구상, 새로운 여자	195
봉황을 올라타는 소진(蘇秦)	224
소진의 책략에 말려든 장의(張儀)	257
내 평생의 꿈이 이루어졌소	270
금의환향하는 소진	302
갖가지 기묘한 책략들	316
흔들리는 합종책	374
내 시체를 찢으시오	392
내 혀가 아직도 있는가	404
민중의 입은 쇠도 녹인다	436
6리의 땅이냐, 6백 리의 땅이냐	446

등장인물

경공	제나라의 제후. 방탕한 생활을 하지만 안자의 직언으로 나라를 지키고 군주로서의 체통을 유지한다.
안자	제나라의 정승. 영공, 장고, 경공 3대를 섬기면서 제후를 지냄.
추연	제나라의 사상가. 직하 선생이라 불리며 맹자의 영향을 받아 음양오행설을 제창함.
혜시	사상가. 위나라 혜왕 밑에서 벼슬을 지냄.
장자	사상가. 도가 사상의 중심 인물로 자연으로의 귀의를 주장함.
귀곡자	초나라의 사상가. 소진과 장위의 스승.
소진	전국시대의 책사(策士). 귀곡자의 제자로 뛰어난 외교술로 연, 조, 한, 제, 초의 합종을 이뤄냄.
말애	귀곡자의 친구인 어떤 노인의 딸로 소진의 첩이 된다.
혜왕	진나라의 제후. 소진이 천하제패의 책략을 일러주지만 국내 정국이 안정되어 있지 않다는 말로 소진을 물러나게 한다.
연 무후	연나라의 제후. 소진의 합종책을 듣고 이에 동의하며, 소진이 조나라로 가는데 드는 경비를 지원해 준다.

제 선왕   제나라의 제후. 한, 위, 제 3국의 지리적 위치를 들어 합종을 권하는 소진의 말에 따라 친진 세력을 물리치고 이에 동의한다.

위 양왕   위나라의 제후. 소진의 회유와 협박조의 말에 합종의 결단을 내린다.

초 위왕   위나라의 제후. 소진의 책략에 따라 합종을 결심한다.

한 선혜왕   한나라의 제후. 한나라의 우수한 군사력과 유리한 지리적 조건을 들어 합종을 권고하는 소진의 말에 따라 합종을 결심한다.

전영   제나라의 재상. 월의 유민들을 지원하여 초를 공격하나 패하여 자신의 입지가 좁아짐.

장의   전국시대의 책사. 귀곡자의 제자. 소진의 합종책을 깨뜨리고 진이 대륙을 통일하는 기틀을 마련함.

진진   초나라의 재상. 장의의 계략에 넘어가 회왕이 진나라를 치려고 하자 이를 막으려 하지만 실패한다.

민왕   제나라의 왕. 장의의 계략 때문에 합종책을 깬다.

되게 웃기는 군주

　기원전 7세기경 완(完)이라는 자가 진(陳)나라에서 제(齊)나라로 도망쳐 와 자기의 성씨인 진(陳)을 전(田)으로 바꾸자 환공(桓公)은 그를 경(卿)의 자리에 앉히려고 하였다. 그러나 완은 기려지신(羈旅之臣 : 나그네처럼 떠돌아다니는 신하)이 그러한 고위직을 맡을 수 없다고 사양하였다. 환공은 결국 완을 공정관(工正官)에 임명하였다. 공정관이란 토목 공사를 관장하는 장관인 셈이었다. 그때 이미 점쟁이들은 완의 후손, 즉 전씨(田氏) 일가가 제나라를 차지하게 될 것을 예언하였다.
　완이 죽자 경중(敬仲)이라는 시호가 내려졌는데, 사마천은 자신의 저서 《사기》 45권의 제목을 '전경중완세가(田敬仲完世家)'라고 붙이고 전씨 일가의 내력을 적어나갔다.
　완 이후 5대를 내려와서 전이자걸(田釐子乞)이라는 자가 나와 제나라 경공(景公)을 섬겨 대부(大夫)의 자리에 올랐다.
　이자걸은 조세를 징수하는 관원으로 봉직하면서 민심을 얻기 위해 계교를 부렸다.

이자걸은 백성들에게 곡식을 꾸어줄 때는 큰 되를 쓰고, 공미(貢米)를 거둘 때는 작은 되를 써서 백성들에게 선심을 쓰는 척했다. 경공이 다스리던 그 당시 잇단 실정으로 인하여 민심이 별로 좋지 않았는데, 이자걸이 그런 식으로 백성을 위하는 체하자 민심의 방향이 이자걸에게로 쏠리기 시작했다.

경공이라는 군주는 어떻게 보면 정신 연령이 무척 어린 자라고도 할 수 있고, 심하게 말하면 일종의 정신박약아 내지는 정신병자라고 할 수 있었다. 그런 경공을 저 유명한 안자(晏子)라는 명재상이 섬겼기에 망정이지, 그러지 않았더라면 제나라 꼴이 더욱 형편없을 뻔하였다. 안자가 만약 경공과 같은 군주를 만나지 않고 조금만 정신이 든 군주를 만났다면 그는 사실 관중(官仲)보다도 더 뛰어난 재상으로 인구에 회자되었을 것이다.

여기서 잠시 경공이 얼마나 웃기는 군주였는지, 그러한 군주를 섬기느라고 안자가 얼마나 마음 고생을 했는지 하는 것을, 역사적인 교훈을 얻기 위해서라도 살펴보고 넘어가는 것이 좋겠다.

무엇보다 경공은 무절제한 술꾼이었다. 하루는 술을 진탕 마시고는 자리에서 벌떡 일어나 같이 술을 마시던 신하들에게 소리쳤다.

"오늘 여러 대부들과 술을 마시니 내 기분이 참 좋소. 끄으윽. 그러니 이 자리에서 임금이고 신하고 하는 것을 떠나서 우리 화끈하게 남자 대 남자로 놀아보자 이거요. 군신의 예(禮)니 하는 그런 번거로운 것 다 때려치우자 이 말이오. 제무위례(諸無爲禮), 예절 같은 것 다 벗어 던지는 의미로 우리 이 거추장스러운 옷들을 먼저 벗읍시다."

그러면서 경공이 곤복(袞服)의 청동 대구(靑銅帶鉤)를 풀기 시작했다.

신하들은 경공의 갑작스러운 제안에 얼떨떨해하며 섣불리 옷들을 벗지 못하고 머뭇거렸다.

"아, 빨리들 벗으라니까. 이리 옷이 거추장스러워 가지고 어떻게 술잔을 권하고 기울일 수가 있나. 끄으윽, 꺽."

신하들은 멈칫멈칫하며 겉옷만이라도 벗어나갔다.

"그리고 말이오. 《춘추(春秋)》라든지 《예기(禮記)》에 보면 신하가 연회에서 임금을 모실 때 술 석 잔을 넘기면 예가 아니라고 하였는데, 그 상삼행(觴三行) 같은 고리타분한 예절도 없는 것으로 하자 이거요. 이거 어디 술 석 잔 가지고 간에 기별이나 가겠소."

술을 좋아하는 신하들은 이 말을 듣자 얼굴이 싱글벙글해져서 "임금님의 덕이 하해와 같사옵니다" 어쩌고 하며 아양까지 떠는 대부들도 있었다. 그런데 안자만은 옷매무새를 조금도 흐트러뜨리지 않은 채 상삼행의 예에서 벗어나지 않았다.

"아니, 재상은 아직까지 왜 그러고 있소? 다른 신하들은 다 편한 마음과 자세로 술들을 마시고 있는데."

경공의 지적을 받은 안자는 더욱 몸가짐을 단정히 하며 정중하게 아뢰었다.

"임금님의 말씀은 그릇되옵니다. 원래 신하들이란 군신의 예가 없기를 바라고 있습니다. 왜냐하면 힘으로 정치를 하여 약한자들을 꺾고 임금까지도 바꾸어버리려는 야심들을 가지고 있기 때문입니다. 이런 모든 무례한 짓을 군신의 예로 막고 있는 것이 아닙니까?"

안자가 군신지례(君臣之禮)의 필요성에 대하여 역설을 하는데도 경공은 아랑곳하지 않고 시정잡배들처럼 신하들과 어울려 계속 술을 마셨다. 그러더니 오줌이 마려운지 자리에서 일어나 바깥으로 가려 하였다. 그러자 신하들이 일제히 일어나 예(禮)를 표하였다. 말하자면 오줌 잘 누시고 오라는 표시였다. 그런데 안자만은 예를 표하지 않고 그대로 앉아 있었다. 그것이 경공의 비위를 상하게 했지만 워낙 오줌이 마려운지라

급히 변소를 다녀왔다.

경공이 다시 연회석으로 돌아오자 신하들이 또 일제히 일어나 예를 표하였다. 임금님, 시원하시겠습니다 하는 표시였다. 그러나 이번에도 안자만은 그대로 앉아 있었다. 경공은 속으로 무슨 신하가 저렇게 버릇이 없나 하고 생각했다. 그렇지만 나이가 많은 재상인지라 화가 치밀어 오르는 것을 꾹 참고 오히려 안자에게 술잔을 권하였다. 안자가 상삼행의 예를 고집하는가 어떤가를 시험해보기 위함이었다. 그런데 안자는 이미 상삼, 즉 석 잔의 술을 다 마셨는데도 경공이 건네는 술잔을 덥석 받더니 경공에게 술잔을 건네지도 않고 자기 혼자 먼저 훌쩍 마셔버렸다. 자존심이 상할 대로 상한 경공이 얼굴을 붉으락푸르락하며 마침내 언성을 높였다.

"아니, 재상. 조금 전에는 군신의 예에 대하여 역설을 하더니만 지금은 서로 술잔을 권하는 예도 지키지 않고 먼저 마셔버리니 그런 버릇없는 행동이 어디 있소? 그리고 아까 내가 자리에서 일어나 나갈 때도 그대로 앉아 있었고 들어올 때도 그대로 앉아 있었는데, 그러면서 무슨 군신의 예를 나에게 가르치는 거요?"

그러자 안자가 음성을 착 가라앉히며 아뢰었다.

"영(嬰 : 안자의 이름)이 어찌 임금님께 말씀드린 것을 잊을 수 있겠습니까? 신이 일어나지도 않고 술잔도 먼저 마시고 하면서 실례를 범한 것은, 군신의 예가 없기를 원한다면 이런 지경으로까지 된다는 것을 보여드리기 위함이었습니다. 상삼행의 예가 무너졌는데 교거(交擧 : 술잔을 서로 권하는 것)의 예인들 오래 남아 있겠습니까?"

그러면서 안자는 자리에서 일어나 땅에 머리를 대고 두 번 크게 절하였다.

경공은 민망해하며 말을 더듬었다.

"내가 자, 잘못 생각했소. 재상은 자, 자리에 오르시오."
그러고는 난장판 같은 연회를 서둘러 파하였다.

경공은 이렇게 제멋대로 하기를 좋아하고 화를 잘 내면서도 안자의 직언을 들으면 금방 후회하고 자신의 행동을 고치겠다고 선뜻 약속을 하곤 하였다. 그러나 개 버릇 남 못 주듯이 얼마 가지 않아 경공은 또 개판이 되었다.

한번은 조정에서 난리가 났다. 경공이 술을 어찌나 마셨던지 사흘이 지나도록 깨어나지 않는 것이었다. 조정 업무가 밀려 있고 외국 사신들도 오고 하는데 경공은 자리에서 일어날 줄을 몰랐다. 이러다가 영영 깨어나지 못하는 게 아닌가 하고 신하들은 염려하지 않을 수 없었다.

궁의(宮醫)가 주독(酒毒)을 제거하는 약초를 조제하여 먹이고 그것을 태워 연기를 마시게 하여도 경공은 깨어날 줄을 몰랐다. 그러다가 사흘째 되는 날 저녁 무렵 부스스 깨어 일어나며 냉수를 찾았다.

안자는 하도 기가 차서 말도 제대로 안 나왔지만, 그래도 군주인지라 문병차 경공을 알현하고 충고를 올렸다.

"옛날엔 술을 마실 때는 혈맥을 통하게 하고, 벗이나 손님을 만나 함께 즐기는 것으로 족하였을 뿐입니다. 그러므로 남자들이 때를 이루어 즐기되 이것으로써 남자의 본업에 지장을 주지는 않았으며, 여자도 때를 이루어 즐기되 이것으로써 여자가 해야 할 일에 지장이 있도록 하지는 않았던 것입니다. 그런데 하룻동안 술을 마시고 사흘을 혼미한 가운데 계셨으니 나라의 정치가 밖에서는 번잡하고 안에서는 좌우 근신(近臣)들이 난동하게 되었습니다. 제발 절제하시기를 바랍니다."

그러자 경공은 아직 벌건 눈을 껌뻑껌뻑하며 안자에게 사죄하는 듯한 표정을 지었다.

"아니, 벌써 사흘이나 되었소? 하룻밤 푹 잔 것 같은데. 앞으로는 정말 조심하겠소."

작심삼일이라, 술 마시는 것을 절제하겠다고 철석같이 약속을 했던 경공이 이번에는 칠일 칠야(七日七夜)를 쉬지 않고 마셨다. 안주도 제대로 먹지 않고 순전히 술만을 마시는데 어떻게 버티고 있는지 신기할 지경이었다. 신하들이 재가를 받으러 가서 어새를 찍어달라고 하여도 술잔을 흩뿌리기만 할 뿐 들은 체도 하지 않았다. 다른 신하들이 재상 안자에게 부탁하여 제발 경공이 술 마시는 것을 말려달라고 하여도 안자는 이맛살을 찌푸린 채 눈을 지그시 감고 있기만 하였다. 할 수 없이 현장(弦章)이라는 신하가 목숨을 걸고 경공에게 간언하였다.

"임금님께서는 일곱 낮밤을 술을 드시고 계십니다. 장(章)은 원컨대 임금님께서 술을 끊기를 바라옵니다. 그러지 않으시겠다면 저의 목을 베어주시옵소서."

그때서야 경공도 잠시 정신이 돌아오는지 현장에게 몇 마디 대꾸를 하였다.

"끄윽, 너의 머리를 나의 술잔으로 바치겠다구? 그거 좋지. 끄으윽. 이리 가까이 와봐. 너의 머리를 술잔으로 해서 마실 테니."

그러면서 현장의 머리에 술을 부어버렸다. 현장은 눈물을 삼키면서 물러났다. 현장이 경공을 만난 후에야 안자가 경공을 뵈러 들어갔다. 그러나 경공에게 한마디도 하지 않고 경공이 술 마시고 있는 모습만 지켜보았다. 경공의 꼴이 말이 아니었다. 안자가 길게 한숨만 쉬고는 물러나오려 하는데 경공이 돌아앉으며 말을 걸었다.

"이 일을 어떻게 했으면 좋겠소? 재상의 의견을 구하오."

경공이 심각한 표정을 짓기에 안자는 저런 중에도 정신이 돌아오는 때가 있는 모양이라고 생각하며 물었다.

"무슨 일이신데 그러십니까?"

"아까 현장이라는 신하가 다녀갔는데, 나보고 술을 끊으라고 하면서 만약 술을 끊지 않으려거든 자기 목을 치라 하였소. 이 일을 어떡했으면 좋겠소? 내가 술을 끊으면 신하의 제재를 받는 것이 될 것이고, 술을 끊지 않는다면 현장의 목숨이 아깝지 않소?"

안자는 취중에도 그런 생각을 하는 경공이 기이하다는 듯이 한동안 경공을 묵묵히 바라보다가 입을 열었다.

"다행입니다. 다행입니다!"

"아니, 뭐가 다행이라는 거요?"

경공이 술잔을 잠시 상 위에 내려놓으며 안자를 뚫어지게 쳐다보았다. 그 벌건 두 눈에는 누런 눈곱까지 잔뜩 끼여 있었다.

"현장이 임금님의 신하로 있는 것이 다행이라는 말씀입니다. 가령 현장이 걸왕(桀王)이나 주왕(紂王) 같은 임금을 만났다면 그는 벌써 죽은 지 오래였을 것입니다."

안자가 한 말의 의미를 되새기는 듯 머리를 몇 번 주억거리던 경공이,

"에이!" 하며 술잔을 멀리 집어던졌다.

"이 몹쓸 놈의 술, 끊어버려야지."

안자는 가만히 회심의 미소를 지었다. 그리하여 현장의 목숨은 살아남게 되고, 경공은 한동안 술을 멀리하는 듯하였다. 그러다가 비가 계속 내리는 장마 때가 되어 사냥 같은 것도 할 수 없고 따분한 날이 이어지자 경공은 다시 술을 마시기 시작했다. 그렇다고 현장의 목을 치거나 한 것은 아니었다. 17일간이나 비가 오고 동해안에서는 해일이 일어나고 하여 전국이 물난리를 겪고 있는데도 경공은 연방 술만 마셔댔다. 전국 각지에서 속속 이재민에 관한 상황 보고가 올라왔지만 경공은 이재민 구호 같은 데는 전혀 마음이 없었다. 오히려 의전 담당인 백거(柏遽)라는

신하를 불러 전국 각지에서 노래 잘하고 춤 잘 추는 자들을 모아 오도록 명령하였다. 안자가 궁중의 곡식을 풀어 이재민에게 나누어주자고 세 번이나 건의하여도 결재를 해주지 않았다.

그러자 안자는 자기 집 창고에 있는 곡식을 다 풀어 백성들에게 나누어주고 곡식을 싣고 간 수레까지 재해 복구에 쓰도록 내주고는 자기는 그 빗길을 수레도 없이 걸어서 돌아왔다. 그리고 비에 젖은 채 경공에게로 가 사직서를 제출하고 두 번 절한 후 물러나왔다.

그제야 경공이 술자리에서 허겁지겁 일어나 안자를 붙잡으러 달려왔다.

"아니, 재상, 왜 이러시오? 과인은 재상이 없으면 아무 일도 못 해요. 제발 이러지 마시오."

안자는 뒤따라와 자기를 붙잡는 경공에게 사직서를 낸 이유를 좀 더 구체적으로 말해주었다.

"장마가 져서 17일 동안이나 비가 오므로 전국적으로 1만 7천 가구의 이재민이 생겼습니다. 그들은 조강(糟糠)조차 얻어먹지 못하고 굶주리고 있는 실정입니다. 2천7백 가옥은 아예 무너져버려 복구할 엄두도 못 내고 있습니다. 백성들은 이런 지경인데, 임금님은 백성들을 구휼할 생각은 하지 않고 밤낮 술만 마시면서 노래 잘하는 자나 모집하고 있습니다. 임금님의 말들은 궁궐에 비축되어 있는 곡식을 풍족하게 먹고 있고, 임금님이 기르는 개들 역시 고기를 배불리 먹고 있습니다. 또한 삼궁(三宮)의 첩들은 좋은 음식을 포식하고 있습니다. 백성들은 돌보지 않으면서 임금님의 말과 개와 첩들은 너무 후하게 대우하고 있지 않습니까? 그러니 백성들은 굶주리고 거할 곳이 없어도 하소연할 데가 없게 되었습니다. 나라를 이런 지경으로 만든 죄, 바로 이 소신(小臣)의 죄이므로 관직에서 물러나고자 하는 것입니다."

이렇게 말하고는 안자는 뒤도 돌아보지 않고 집을 향해 총총히 가버렸다. 경공은 아직 술이 덜 깨 비틀거리는 걸음으로 안자를 계속 쫓아와 마침내 안자를 막아서며 길바닥에서 안자를 향해 큰절을 올렸다.

"과인이 잘못했소. 이 못난 과인을 버리지 말고 보살펴주시오. 그리고 백성들에게도 곡식과 재물을 나누어주도록 하시오. 그 다과(多寡)와 경중은 재상이 다 알아서 정하고 나중에 보고만 하시오."

경공이 절까지 하며 자신의 사직을 막자 안자는 하는 수 없이 다시 재상의 일을 보게 되었다.

안자는 우선 전국 각지의 수해 상황을 정확히 파악하도록 관리들에게 명하였다. 그리고 포루지본(布縷之本), 즉 베를 짜거나 실을 뽑는 기본 생업은 있으나 양식이 끊긴 자들에게 1개월분의 양식과 땔감을 주고, 기본 생업마저 끊긴 자들에게는 1년분의 양식을 주도록 하였다. 또한 양식은 있으나 땔감이 끊긴 자들에게는 장마를 견뎌낼 만큼 땔감을 공급해주고, 집이 무너진 자들에게는 복구비를 지급해주도록 하였다.

이렇게 사례별로 수해 대책을 세우면서, 구호 물자를 분배하는 과정에서 부정을 저지르는 용재핍자(用財乏者)가 있으면 그 관직의 지위 고하를 막론하고 사형에 처했다. 그러자 재해 복구는 신속하게 이루어졌다. 구호 산업에 들어간 물자를 계산해보니 곡식이 97만 종(鍾 : 49.7리터), 땔감이 1만 3천 승(乘 : 수레로 세는 단위), 복구비가 3천 금(金 : 화폐 단위)이었다.

이만큼의 물자가 방출되었으므로 경공은 자연히 내핍 생활을 하지 않을 수 없었다. 연회를 그치고, 무위도식하고 있는 총신(寵臣)들의 녹(祿)을 대폭 삭감하고, 궁궐의 말과 개도 일반 백성들의 가축과 다를 바 없이 먹였다. 첩들도 사치를 금하도록 하였고, 그래도 사치를 멈추지 않는 첩 서너 명은 아예 내쫓아버렸다. 이런 조치에 불평하는 신하들은 국외로 추방시키기까지 하였다.

　그러나 경공의 근신(謹身)도 오래가지 못했다. 하루는 안자가 조정에 들어가니 두경(杜扃)이라는 신하가 초조하게 서성거리고 있었다. 그래서 안자가 물었다.

　"왜 정무를 보지 않고 여기서 서성거리고만 있소?"

　두경이 대답했다.

　"임금님께서 밤을 새우셔서 조정에 나오실 수 없기 때문에 재가를 받지 못해 이러고 있습니다."

　"무엇 때문에 나오실 수 없단 말이오? 또다시 술을 마시고 취했단 말이오?"

　"이번에는 그게 아니라 밤새도록 음악을 듣느라고."

　"무슨 음악을 들었단 말이오?"

　"글쎄, 양구거(梁丘據)라는 신하가 우(虞)라는 가인(歌人)을 임금에게 보내 제나라 음악을 변형시킨 새로운 노래를 부르게 하였답니다."

　안자는 화가 나서 당장 종축(宗祝 : 벼슬 이름)에게 명하여 우를 잡아들이도록 하였다. 나중에 이 사실을 알게 된 경공이 노발대발하면서 안자에게 따졌다.

　"아니, 무엇 때문에 우를 구금하였소?"

　"새로운 음악으로 임금님을 현혹시켰기 때문입니다."

　"뭐, 뭐라구? 재상, 그건 월권 행위요."

　경공은 목소리를 더욱 높이며 악을 쓰듯이 말을 이어나갔다.

　"제후지사(諸侯之事 : 외교)나 백관지사(百官之事 : 국내 정치)에 관해서는 재상이 참견할 수 있으나, 내 개인적인 취미 생활에는 간섭하지 말기 바라오. 그리고 도대체 음악이 새것이면 왜 안 된다는 거요?"

　"주왕이 만들었다는 북리(北里)의 음악이나 유왕(幽王)과 여왕(厲王) 때의 음악들이 음란하고 비속했기 때문에 나라가 망하게 된 것입니다. 그것은 악(樂)이 망하면 예(禮)가 그 뒤를 따르고, 예가 무너지면 정치가 그것을 따르게 되고, 정치가 무너지면 나라가 망한다는 이치로 말미암음입니다. 우가 어젯밤에 연주한 음악은 이런 우려가 있는 음악입니다."

경공은 안자의 말을 듣더니 얼마 동안 생각에 잠겨 있다가 안자의 말을 받아들이겠다는 의사를 표하였다.

"내 머리가 지금 띵한 걸 보니 어지럽긴 어지러운 음악을 들었던 모양이오. 신악(新樂)이 그토록 유해하다 하니 내 앞으로 조심하겠소."

그런데 이번에는 취미를 바꾸어 광대들의 재주를 구경하는 것을 즐기게 되었다. 그것도 영자(嬰子)라는 애첩이 그 구경을 좋아하기 때문에 경공도 흥미를 느끼게 된 것이었다.

그때 마침 안자가 과로로 인하여 몸져눕는 일이 생겼다. 안자가 아직 일어나지 못하고 있는 때에 적왕(翟王)의 아들 선(羨)이라고 하는 자가 경공의 신하가 되고 싶어서 열여섯 마리나 되는 말이 이끄는 수레를 끌고 와서 재주를 부렸다. 한 수레에 열여섯 마리의 말이 묶여 있으니 그 말들을 다루어 앞으로 달리고 방향을 바꾸고 하는 일이 보통 일이 아니었다. 그런데 선은 말 잔등에서 물구나무를 서기도 하면서 열여섯 마리의 말들을 기가 막히게 몰았다. 그런데 경공은 너무 말이 많아 어쩐지 어수선하게 느껴져 썩 좋아하게 되지는 않았다. 그래서 애첩인 영자를 부르지도 않고 자기 혼자 얼마간 구경하다가 멈추게 하였다. 그날 밤 경공은 영자에게로 가 합환(合歡)을 위해 잠자리에 들었다.

"아유, 팔다리 온몸이 뻐근하네. 재상이 앓아누워 있어 재상 일까지 내가 맡아서 해야 되니 피곤해 죽겠군. 영자, 내 사지를 좀 주물러줘."

"네. 소첩이 옥체를 주물러드리지요."

영자가 예쁘게 미소를 지으며 경공의 몸을 안마해주기 시작했다.

"폐하, 잠옷도 다 벗으시고 안마를 받으시지요."
"그럴까? 그럼 더 시원하겠구먼."
영자가 경공의 옷을 하나하나 벗겨 알몸이 되게 하였다.
"영자, 너도 옷을 벗고 안마해주려무나."
"아이, 부끄럽사와요."
"부끄럽긴. 어서."
영자도 살며시 돌아앉아 옷을 벗은 후 경공의 사지를 주물러 나갔다.
"어어, 시원하다. 영자 손이 약손이라니까."
영자의 손이 경공의 팔다리를 다 주무른 후 가슴과 배로 향했다. 그러면서 사타구니께를 살짝살짝 건드렸다.
"음, 음."
경공의 입에서 약하게 신음 소리 비슷한 것이 새어 나왔다.
"더 아래쪽도 주물러줘."
"여기 말씀이신가요?"
영자는 경공의 배꼽 근처를 두 손으로 누르며 장난기 어린 미소를 지었다.
"아니, 더 아래쪽."
"여기 말씀이신가요?"
영자는 불두덩을 손가락들로 누르며 경공의 얼굴을 곁눈질로 살폈다. 눈을 지그시 감고 있는 경공의 얼굴에는 뭔가 부족하다는 기색이 어려 있었다.
"거참, 사람 환장하게 하네. 더 아래쪽 말이야."
"여기 말씀이신가요?"
영자는 터져나오려는 웃음을 간신히 참으며 불거웃을 건드렸다.
"사람 약 올리는 거야, 뭐야?"

경공이 언짢은 투로 내뱉었다.

"아 아, 여기 말씀이군요."

영자는 알았다는 듯이 불거웃 아래쪽에서 용을 쓰고 있는 물건을 주무르며 기어이 웃음을 터뜨렸다.

"오늘은 옥근(玉根)마저 피곤하신가 봅니다. 호호호."

"옥근마저 피곤하니 내가 얼마나 피곤한 줄 알겠지? 더 정성껏 주물러봐."

영자가 얼마 동안 옥근을 주무르자 그것은 정말 옥인 양 단단함을 되찾기 시작했다.

"폐하."

영자가 더 이상 욕정을 참지 못하고 경공의 가슴으로 무너져 내렸다.

"어, 오늘은 그냥 자야겠어. 너무 피곤하다니까."

"아이, 옥근이 출사표를 펼치고 있는걸요."

"출사표? 고것 참, 말 한번 재미있게 하는구면. 그럼 어디, 적진으로 들어가볼까?"

"적진의 지형은 애형(隘形)이옵니다. 애형은 입구가 좁은 지형으로 누구든지 먼저 점령하고서 입구의 단속만 잘하면 유리한 지형이지요."

"오, 언제 《손자병법》까지 익혔는가?"

"그 정도야 상식이지 않습니까? 자, 그럼 양 옆에 구릉이 있는 애형으로 드시지요."

"음, 오늘은 전력이 좀 약하긴 하지만 밀고 들어가봄세. 이거 입구가 벌써 진흙탕이구면. 그냥 미끄러져 들어가네."

"아흐아흐. 입구를 꽉 막으십시오."

"오늘은 잘 막히지 않네. 이거 애형이 아니라 아무나 들락날락할 수 있는 통형(通形)이잖아."

"아아, 무슨 그런 서운한 말씀을. 저는 통형이 아니라 어디까지나 애형이에요. 오늘 옥근이 시원찮으니까 그렇지요."

"뭐, 시원찮다구?"

경공이 자존심이 상해서 몸을 일으키려 하였다

"아, 아니옵니다. 제가 애형으로 만들어보지요."

영자가 당황해하며 후퇴하려는 옥근을 살에 힘을 주어 붙들었다.

"아, 이제 애형다워지는군."

경공은 어느새 만족한 기색을 떠올리며 가동질을 치기 시작했다. 한 차례 전투가 있은 후, 잠시 정적이 감돌았다. 아군의 장수도 적장도 다 쓰러져서 기절한 듯하였다.

"영자, 자나?"

경공이 마침내 입을 열었다.

"아닙니다. 너무 황홀해서."

"오늘 낮에 말이야, 적나라에서 공자(公子)가 와서 열여섯 마리나 되는 말이 이끄는 수레로 재주를 부렸어. 신통하게 말들을 몰긴 했지만 난 번거롭게 느껴져 도중에 그만두게 해버렸지. 이전에 위(衛)나라 사람 동야(東野)가 세 마리의 말이 이끄는 수레로 재주를 부릴 때는 제법 좋았는데. 그땐 참, 영자가 그걸 싫어했지."

경공이 그렇게 낮에 있었던 일을 일러주자, 영자는 호기심으로 반짝이는 눈을 하고 경공에게로 바짝 다가붙었다.

"폐하, 저는 말 세 마리나 네 마리가 수레를 끄는 것보다 열여섯 마리가 끄는 게 더 보기 좋을 것 같습니다. 얼마나 웅장하고 멋있겠어요? 내일 그거 구경시켜주세요, 네?"

"돌려보냈는데."

"그래도 아직 제나라를 떠나지는 않았을 것 아니에요? 내일 불러서 구경시켜줘요, 네?"

영자가 계속 아양을 떨며 간청하였다.

"그야 어렵지 않겠지. 영자가 그렇게 보기를 원한다면 불러들여야지."

다음날, 선은 다시 열여섯 마리의 수레를 타고 궁궐 밖 들판에 나타났다. 경공과 영자는 새를 기르는 유중(囿中)의 높은 대(臺)에 올라가서 선이 재주를 부리는 것을 구경하였다.

"아유, 대단하네요. 저걸 좋아하시지 않다니. 아, 저봐 저봐."

영자가 손뼉까지 쳐가며 어린아이처럼 기뻐하였다.

경공도 영자가 즐거워하는 것을 보고는 슬그머니 마음이 흐뭇해졌다. 그래서 자기도 그 구경을 좋아하는 척하였다.

"음, 어제보다는 잘하는구먼."

"내일도 또 구경시켜줘요, 네?"

영자가 코맹맹이 소리를 하며 경공 쪽으로 몸을 기울였다.

"내가 이러고 있는 것을 재상이 알면 또 뭐라 그럴 텐데."

"재상은 병으로 누워 있어 출입을 못한다면서요. 재상이 와병 중일 때 실컷 구경하게 해주세요."

"하긴 그러는 게 좋겠군. 재상이 잔소리를 하는 바람에 내가 어디 마음대로 운신을 할 수 있어야지."

"재상 버릇을 좀 고쳐놓으세요. 폐하의 마음을 그렇게 상하게 하는 재상이 어디 있어요? 저보다도 재상 말을 더 잘 들으시니 섭섭할 때가 한두 번이 아니에요."

영자는 살짝 토라진 듯한 표정을 지었다.

"무슨 그런 말을. 내가 재상의 말을 더 잘 듣다니. 영자의 말을 더 귀담아들으니 이렇게 마차 구경을 나온 게 아닌가?"

경공은 토라지는 영자의 마음을 달랬다. 그러자 영자가 배시시 웃으며 말했다.

"그럼 정말 그러시는지 알아봐야겠어요. 내, 부탁이 있는데요."

"아니, 그게 무언가?"

"열여섯 마리의 말로 저렇게 수레를 몰며 재주를 부려 내 마음을 즐겁게 해주는 저 사람에게 만종(萬鍾)의 녹(祿)을 내리시와요."

"만종의 녹을? 재상의 녹보다 더 많은 게 아닌가. 하지만 영자의 청이니 내가 들어주어야지."

그 다음날, 안자가 몸이 회복되어 조정에 나왔다. 안자가 경공을 알현하여 문안을 드렸다.

"그간 옥체 평안하셨는지요."

"나야 평안했지요. 재상이 몸져누워 조정에 나오지 않는 바람에 내가 좀 번거롭긴 했지만 재미있는 일도 있었소."

"무슨 재미있는 일이 있었는데요?"

"적왕의 아들 선이 열여섯 마리 말이 이끄는 수레를 몰고 와서 재주를 보여 나를 매우 기쁘게 하였소. 그래서 그에게 만종의 녹을 내리려고 하는데 재상도 오늘 그 구경을 같이 가지 않겠소?"

안자의 안색이 굳어졌다.

"임금님을 기쁘게 해드린 것이 아니라 후궁을 기쁘게 해주었겠지요. 임금님은 원래 많은 말들이 이끄는 수레는 별로 좋아하지 않으시는 줄 소신이 잘 알고 있는데, 선의 재주를 보고 기뻐하셨다니 그건 후궁이 기뻐하는 것을 보고 덩달아 기뻐하신 것에 불과합니다. 또한 만종의 녹을 내리는 것도 임금님의 뜻이 아니라 후궁의 뜻에 따른 것임이 틀림없습니다. 이렇게 임금님은 제가 앓아누워 있는 동안 여자에게 제어당하셨습니다. 《시경》에 이르기를, 똑똑한 남자는 나라를 세우나 똑똑한 여자는 나라를 허문다고 하였는데, 지금 임금님께서는 나라를 세울 남자를 구할 생각은 않으시고 나라를 허무는 여자의 환심만 사려 하고 있으니 이러다가는 나라가 망하고 말 것입니다. 부디 백성들의 원한을 쌓고 백성들과 원수 되는 일은 살피셔서 멀리하시기를 바라옵니다."

안자가 날카롭게 간언하자 경공은 머쓱한 표정을 지으며 한풀 꺾이고 말았다.

"재상이 무슨 말을 하는지 잘 알아듣겠소. 하지만 오늘 약속한 마차 놀이는 그대로 하도록 해야 되지 않겠소?"

"임금님도 생각해보십시오. 임금님이 열여섯 마리 말이 이끄는 수레 구경하기를 즐기신다는 소문이 퍼지게 되면 신하들이 지금 사용하고 있는 사마(駟烈) 수레를 버리고 열여섯 마리 수레를 사용할 것이 아닙니까? 그렇게 되면 길을 가기도 불편하게 되고, 수렵을 나가서도 별 쓸모가 없게 될 것입니다. 길거리가 열여섯 마리 수레로 가득 차게 되면 말이나 사람이나 통행하는 것이 얼마나 힘들게 되겠습니까? 괜히 사치하느라고 돈만 많이 들일 뿐 교통난만 가중시킬 따름입니다. 오늘 약속한 마차 구경도 취소하는 것이 옳을 줄 사려되옵니다."

안자의 완강한 반대에 부딪쳐 경공은 결국 마차 구경을 포기할 수밖에 없었다. 열여섯 마리 수레를 끌고 왔던 선도 되돌려보내고, 총애하던 영자도 멀리하였다.

그러나 그것도 잠깐. 얼마 있지 않아 경공은 영자의 애교에 다시 넘어갔다. 그런데 영자가 갑자기 병을 얻어 죽고 말았다. 경공은 넋이 나가 사흘 동안이나 영자의 시체 앞에 앉아 염(殮)도 하지 않고 관에 넣지도 않았다. 날이 더운 때라 시체가 빨리 썩어 들어가 냄새가 진동을 하여도 경공은 여전히 식음을 전폐한 채 영자의 시체를 떠나지 않았다. 신하들이 영자의 장례를 치르자고 아무리 진언하여도 경공은 듣지 않았다. 결국 안자가 들어가서 경공에게 아뢰었다.

"의술(醫術)도 함께 가지고 있는 술객(術客)이 한 사람 있어 제가 데려오고자 하는데 그는 죽은 자를 살릴 수도 있다 합니다."

"호, 그래? 영자를 이 지경으로 만든 병마를 쫓아낼 수 있단 말인가."

"네, 그러하옵니다. 술객이 들어와 귀신에게 빌 수 있도록 임금님은 물러나셔서 목욕 재계하고 계십시오."

영자를 살려준다는 말에 경공은 솔깃하여 영자의 시체에서 물러나 며칠 동안 세수도 하지 않고 목욕도 하지 않은 몸을 깨끗이 씻고, 더러워진 옷도 갈아입고는 제발 영자가 다시 살아나기를 기원하는 마음으로 다른 방에 앉아 있었다.

이때를 놓칠세라 안자는 관인(棺人)에게 명령하여 영자를 위해 관을 짜서 그녀의 시체를 관 속에 넣도록 하였다. 하도 시체 썩는 냄새가 진동하여 관인은 향수를 잔뜩 뿌려야만 하였다.

안자는 경공이 기다리고 있는 방으로 들어서면서 짐짓 슬픈 곡성을 발하였다.

"술객이 후궁의 시신을 보고는 썩은 지 오래되어 도저히 고칠 수 없다 하므로 제가 염을 하여 입관하였습니다. 아이고 아이고."

그러자 경공이 불쾌한 낯을 하고 안자를 노려보다시피 하였다.

"재상은 술객으로 하여금 영자의 병을 고쳐주겠다고 해놓고는 나를 따돌렸소. 그리고 나와 의논 한마디 없이 영자의 시신을 염하고 관에 넣어버렸소. 나는 그저 이름뿐인 임금이구려. 아아. 불쌍한 영자. 너 없이 내 어이 살꼬."

경공은 청승맞게 울기까지 하였다. 안자는 슬픈 빛을 거두고 정색을 하며 경공에게 말하였다.

"임금님만 죽은 자가 다시 살아날 수 없다는 사실을 모르고 계십니까? 자고로 임금이 바르고 신하가 그것을 좇으면 순(順)이라 하였고, 임금이 바르지 못한데도 신하가 그것을 좇으면 역(逆)이라 하였습니다. 저는 역을 행할 수 없어 단독으로 이런 일을 감행하였습니다. 지금 임금께서는 현인(賢人)에 대한 예(禮)는 박하게 하시면서, 총애하던 여자의 죽음에는 슬픔을 후하게 하시고 계십니다. 사람이 죽으면 곧 염을 하여 살아 있는 사람들의 일에 방해가 되지 않게 하는 것이 사리에 맞는 것이 아닙니까. 그리고 관(棺) 이나 곽(槨), 수의와 이불 등속으로 살아 있는 사람들의 생활을 어렵게 해서도 안 되고 울음과 슬픔 때문에 살아 있는 사람의 일상사가 방해받아서도 안 되지 않습니까. 그런데 임금께서는 시신을 썩이면서까지 죽은 자를 보내려 하지 않고, 개인적인 사랑에만 연연해하고 있으니 왕으로서의 덕을 크게 손상시키고 계십니다. 그러므로 외국의 사신들이 우리 나라에 들어오는 것을 부끄럽게 생각하고 있으며, 여기 우리 나라 신하들도 관직에 종사하고 있음을 부끄러워하고 있는 실정입니다. 썩는데도 염을 하지 않고 있으면 그것은 형을 받고 죽은 시체라 하지 않습니까. 임금이 그런 수치스러운 시체를 끼고 앉아 있으니 어찌 온 백성들이 부끄러워하지 않겠습니까?"

안자의 말을 들은 경공의 얼굴이 낭패한 기색으로 물들었다.

"이런 결과가 될 줄은 미처 몰랐소. 이제 영자의 장례 절차를 재상에게 다 맡기니 알아서 처리해주시오."

"우선 임금님께서는 바깥의 신하들에게 들릴 정도로 곡을 하시되 절제하여 우십시오."

"그러리다. 아이고 아이고."

영자의 장례를 치른 후, 이번에는 경공의 사냥개가 죽었다. 경공은 관인에게 명하여 죽은 개를 위하여 화려한 관을 짜도록 하고, 축사(祝史)는 개의 기일(忌日)을 기억하여 제사를 드리도록 하라고 명하였다.

이 소식을 들은 안자는 속이 뒤집힐 정도로 화가 났다. 그 길로 경공에게로 달려가 항의하였다.

"고아들과 노인들은 추위에 떨면서 굶어 죽어가도 돌아보지 않으면서 죽은 개에게는 풍성한 제사를 지내주다니 말이 됩니까? 홀아비들이 과부들은 길거리에 쓰러져 죽어도 구휼해주지 않으면서 개에게는 화려한 관을 만들어주다니, 이 소문을 들은 백성치고 그 누가 임금님을 원망하지 않겠습니까."

뜨끔해진 경공은 일부러 헛웃음을 치며 능청을 떨었다.

"허허허, 뭘 그런 걸 가지고 흥분하시오? 내가 좌우의 신하들을 웃겨보려고 장난을 좀 쳐본 거요. 죽은 개에게 제사를 드리는 것 재미있지 않소? 허허허."

"백성들이 피땀 흘려 낸 세금을 신하들을 웃기기 위해 사용하다니오."

결국 경공은 포리(泡吏)에게 명하여 죽은 개를 요리하게 하고, 가난한 자들을 불러 모아 먹도록 하였다.

경공에게는 다섯 아들이 있었다. 그리고 그 아들들을 각각 맡아 가르치는 사부(師傅) 다섯 명이 있었는데, 모두 백 승(乘)의 수레를 가지고 있는 대부들이었다. 안자도 그 사부들 중의 한 사람이었다.

하루는 경공이 사부들을 불러 모아놓고 말하였다.

"아들들을 잘 교육시켜주시오. 장차 교육을 제일 잘 받은 아들을 태자(太子)로 삼겠소."

그러자 안자를 제외한 다른 사부들은 결연한 의지를 얼굴에 떠올렸다. 자기가 가르친 공자(公子)를 태자로 세우겠다는 야심들로 가득하였다. 그런데 그 다음날, 안자는 사직서를 경공에게 제출하였다.

"아니, 재상. 왜 이러시오?"

경공이 당황해하며 물었다.

"지금 모든 사부들은 백 승의 수레를 가지고 있는 이 나라의 권신(權臣)들입니다. 그런데 임금님께서는 사부들이 가르치고 있는 공자가 태자가 될지도 모른다는 암시를 주셨습니다. 그렇게 되면 사부들이 공자들을 열심히 가르치려고 하기보다 자기들이 가지고 있는 권력을 이용하여 자기가 가르치고 있는 공자를 태자로 세우기 위해 암투를 벌일 것이 뻔합니다. 그리고 공자들도 서로 시기·반목하는 관계가 될 것입니다. 그러면 이 나라는 당파 싸움에 휘말릴 수밖에 없습니다. 나라가 곧 망하고 말 것이 분명합니다. 그러므로 당파에 익숙치 않은 소신은 이 임무를 감당할 수 없다고 사려되므로 사직하고자 하는 것입니다."

"아니, 나는 그런 뜻이 아니었소. 아들들을 열심히 가르쳐달라는 부탁을 그렇게 했을 뿐이오."

"아무리 좋은 뜻으로 부탁을 하였어도 받아들이는 쪽이 엉뚱한 방향으로 해석할 여지가 있는 말씀은 군주로서 극히 삼가시는 것이 필요합니다. 임금님의 그 말을 듣고 누가 욕심을 품지 않겠습니까?"

"알겠소. 내 조심하리다. 그리고 제일 교육을 잘 받은 아들을 태자로 세우겠다는 말은 취소하겠소. 장자를 태자로 세우는 관례를 따라 나도 그렇게 하겠소."

이 말을 들은 안자는 비로소 사직하는 것을 보류하였다.

경공이 나이가 많아지자 워낙 젊은 날 술을 과음한 탓으로 갖가지 병들이 들러붙었다. 한번은 피부병에다 학질까지 걸려 1년 가까이 낫지 않고 앓은 적이 있었다. 경공이 회견(會譴), 양구거(梁丘據), 안자 등을 불러 의논하였다.

"과인의 병이 더욱 심해졌소. 신관(神官)들을 각지의 명산, 명천으로 보내 온갖 제물들을 갖추고 제사를 드리게 하여도 병이 나을 줄을 모르오. 이제 마지막 방법밖에 없다고 생각되오. 가장 효험 있는 기도는 신관들을 죽여 천제를 기쁘게 해 드리는 것이라고 하는데 과인이 그 방법을 쓰려 하오."

"신관이라면 사고(史固)와 축타(祝佗)가 있는데 그 두 사람을 희생 제물로 죽인단 말씀입니까?"

회견이 경공에게 묻자 "그렇소" 하며 경공이 괴로운 듯 이맛살을 찌푸렸다.

"나도 나를 위해 전국 각지를 다니며 빌어준 그 두 신관을 죽인다는 것이 마음 아프오. 하도 마음이 괴로워 경들에게 묻는 것이니 의견들을 말해보시오."

회견과 양구거는 얼마간 생각하는 것 같더니 "그 방법밖에 없는 것으로 사려되옵니다" 하고 찬성을 표하였다. 그러나 안자는 반대 의사를 표하였다.

"아니, 그 이유가 무엇이오?"

경공이 초조해하며 물었다.

"임금님께서는 복을 빌면 유익함이 있다고 생각하십니까?"

안자가 오히려 반문하였다.

"그렇다고 생각하오."

"만약 복을 비는 것이 효과가 있다면 저주를 하는 것도 효과가 있다고 생각됩니다. 지금 온 나라의 백성들은 천제에게 임금님을 저주하는 기도를 올리고 있습니다. 백성들이 온통 저주를 하는데, 아무리 몇몇 신하들이 임금님을 위하여 복을 빌어보았자 무슨 소용이 있겠습니까? 오히려 선정을 베푸시어 백성들의 기도 내용을 바꾸는 것이 첩경인 줄 압니다."

안자의 말대로 신관들을 죽여 천제에게 희생 제물로 바치는 것을 포기한 경공은 얼마간 근신을 하며 백성들을 돌보는 척하였다. 그렇게 백성들을 돌보는 척만 했는데도 경공의 피부병과 학질이 거짓말처럼 낫고 말았다. 안자를 고맙게 생각한 경공은 안자를 불러 말했다.

"옛날에 나의 선군(先君)이신 환공(桓公)께서는 관자(管子)가 유능하다 하여 호(狐) 땅과 곡(穀) 땅을 봉지로 주어 종묘에 제물로 쓸 신선한 고기를 바치게 하였다 하오. 이와 같이 충신에게 봉지를 내리는 것은 앞으로 충신들이 많이 나오게 하는 자극제가 되는 법이오. 재상은 참으로 나에게 있어 충신이오. 이제 재상에게 주관(州款) 땅을 봉지로 하사하려 하오."

그러나 안자는 극구 사양하였다.

"관자가 행한 일 가운데 훌륭한 일이 있으면 하나라도 빠짐없이 본받아야 하겠지만, 관자가 행한 일 중에 나쁜 일이 있다면 하나라도 그것을 따를 수는 없습니다. 그런데 관자가 행한 일 중 나쁜 것 한 가지가 바로 봉지를 받고 신선한 날고기를 종묘 제물로 바친 것입니다."

"아니, 왜 그게 나쁜 일이오?"

"옛날 법도에 의하면, 종묘에는 신선한 채소류만 제물로 올릴 수 있다고 하였습니다. 그런데 새나 짐승의 날고기를 제물로 바치는 것은 법도에 어긋나는 것입니다. 새나 짐승을 죽이는 행위는 잔혹한 행위로 천제께서 싫어하시기 때문입니다. 관자는 이것을 알면서도 봉지를 받은 은혜 때문에 환공의 요구를 거절할 수 없었던 것입니다. 임금님께서도 저에게 봉지를 내리시고 어떠한 요구를 해올지 모르므로 제가 거절하는 것입니다."

경공도 더 할 말이 없어 안자에게 봉지 내리는 것을 그만두었다.

경공은 어느 날 성문 근처에 회화나무를 기념 식수한 후 그 나무가 잘 자라는지 살피러 나가기도 하고, 거름을 주라고 관리에게 명하기도 하면서 회화나무에 관심을 쏟았다. 경공은 어디 한 군데로 마음이 기울어지면 거기에 몰두하는 습성이 있었다. 이번에는 다른 것이 아닌 나무에 몰두하게 되었으므로 신하들은 오히려 다행이라고 여기며 별 걱정을 하지 않았다.

경공은 회화나무를 위하여 특별 관리를 임명하여 그 나무만 돌보도록 하였다. 임금이 특별히 애지중지하는 나무라는 소문이 나자 백성들이 오고 가며 그 나무를 구경하곤 하였다. 너무 가까이 다가와 나무를 구경하느라고 어떤 때는 나뭇가지를 부러뜨리기도 하였다. 그 소식을 들은 경공은 관리에게 명하여 철책으로 둘레를 치고 다음과 같은 팻말을 붙이게 하였다.

'이 회화나무를 건드리는 자는 형벌에 처하고, 상하게 하는 자는 사형에 처한다.'

그 이후로는 백성들이 가까이 다가와 구경하지는 못했다. 오직 멀리서만 구경할 뿐이었다. 그런데 이렇게 나무에 접근하는 것을 금지시키자 사람들의 호기심이 더욱 발동하게 되어 이상한 소문이 퍼지기도 하였다.

"회화나무 껍질을 벗겨 삶아 먹으면 회춘을 하게 된대. 다른 회화나무는 효험이 없고 저 회화나무만 효험이 있대. 초(楚)나라 무당 미(微)를 불러 그런 효험이 있도록 굿을 하게 하였대."

"아마 경공이 늙어가니 여자를 즐기지 못하게 될까 걱정이 되어서 그러나 보지."

이런 소문이 퍼지니 사람들은 관리의 경비가 소홀한 틈을 타서 회화나무 껍질을 벗겨 가기도 하고, 나뭇가지를 꺾어 가기도 하였다. 주로 야밤중에 그런 짓을 하였는데, 들키는 날에는 손이 잘리는 형벌을 받기도 하고 목이 달아나기도 하였다. 그래도 사람들은 회화나무를 범하는 짓을 멈추지 않았다. 비록 회춘제라는 소문 따위를 믿지 않는 사람이라도 백성의 목숨보다 나무를 더 중히 여기는 경공의 처사에 반발하여 일부러 회화나무를 꺾곤 하였다.

그러자 경공은 접근 금지 구역을 더 넓히고, 거기에 발만 들여놓아도 처벌한다는 팻말을 붙여놓았다. 이렇게 하여 회화나무 하나 때문에 옥에 갇히고 신체의 일부가 절단당하고 생명을 잃는 백성들이 늘어났다.

하루는 어느 술 취한 노인이 회화나무가 서 있는 지역을 지나가다가 접근 금지 구역을 범하게 되었다.

"아니, 여기가 어딘 줄 알고 함부로 들어오느냐?"

관리가 노인을 잡으며 소리쳤다.

"어디긴 어디야, 우리 동네 입구지. 내 60년도 넘게 지나다닌 길인데 왜 못 지나간다는 거야, 응? 윽."

노인이 관리의 손을 뿌리치며 맞고함을 쳤다.

"여긴 임금님의 나무가 서 있는 곳이야. 그래서 특별 구역으로 정했는데 겁도 없이 들어와? 여기 팻말도 안 보여?"

"팻말이야 지나다니면서 늘 보지. 그런데 나무 한 그루 보호한답시고 이거 너무하잖아. 이 넓은 땅을 다 차지하고 가로막고 있다니. 이만한 땅이면 가난한 백성들 열 가구도 더 농사를 지어 먹을 수 있겠다. 에이, 내가 저 놈의 나무를 뽑아버려야지."

노인이 두 팔을 휘두르며 나무를 향해 돌진할 자세를 취했다.

"이 노인네가 죽으려고 환장을 했나?"

관리가 노인을 제지하며 노인의 목덜미를 억센 손으로 내리쳤다. 노인은 그 자리에서 기절하고 말았다. 그리고 감옥으로 질질 끌려갔다.

바로 그날 밤, 한 아가씨가 안자를 찾아왔다.

"저는 성곽 근처에 사는 처녀입니다. 평소에 재상님을 존경하고 있었는데 이 몸을 재상님께 드리고자 합니다. 저를 첩으로 받아주십시오."

당돌하게 몸을 내던지며 엎드리는 아가씨를 내려다보던 안자는 당황하지 않을 수 없었다.

"이렇게 늙은 나에게 젊디젊은 아가씨가 첩으로 몸을 바치겠다니, 필시 무슨 사연이 있을 것이다. 일단 안으로 들라."

안자는 아가씨를 방으로 들어오도록 하였다. 등잔 불빛에 비친 아가씨의 얼굴이 복사꽃처럼 싱그럽게 보였다. 그러나 눈가에는 어떤 수심의 그림자가 서려 있었다.

"무슨 사연이 있기에 그러느냐?"

"먼저 저를 첩으로 받아주실 건지 아닌지 말씀해주십시오."

아가씨는 두 눈을 똑바로 안자에게로 향하며 호소하듯이 말했다.

"허허, 누가 너에게 이 늙은이의 첩이 필요하다고 말하더냐? 시들어 가는 몸을 데워줄 젊은 몸이 필요하다고 말하더냐?"

"누가 시켜서 그러는 게 아니옵고 제가 스스로 제 몸을 드리는 것이옵니다. 제발 받아주십시오."

"음."

안자는 길게 한숨을 쉬며 아가씨를 다시 한번 찬찬히 살펴보았다. 아직 스무 살도 채 안 되어 보이는 얼굴이요 몸매였다. 목덜미나 귓가에는 복숭아털이 그대로 남아 있었다. 안자는 자기도 모르게 꿀꺽 침을 삼켰다. 깨끗이 씻어놓은 싱싱한 복숭아를 앞에 두고 있는 기분이었다. 온몸이 탄력으로 팽팽한 저런 몸을 한 번 안아라도 본다면 정말 회춘도 가능할 것 같았다. 아내와 몇 년 전에 사별한 후 이제 남녀의 교합은 자기와는 상관없는 일로만 여겨져 통 여자를 가까이하지 않은 안자였다. 여자를 가까이해보았자 자기의 그것이 기능을 제대로 발휘할지 의문이었다. 그런데 난데없이 첩으로 몸을 바치겠다는 풋과일 같은 아가씨가 나타나자 어쩌면 자신의 그것이 영영 폐물이 된 것은 아닐 거라는 희망이 싹트기도 하면서 한번 시험을 해보고도 싶었다.

"그래, 내가 너를 첩으로 받아준다고 하면 너의 사연을 말하겠느냐?"

아가씨는 잠시 머리를 숙인 채 잠잠히 있더니 한술 더 뜨는 말을 하였다.

"첩으로 받아주시겠다는 것을 말씀으로만이 아니라 몸으로 확인시켜 주시면 저의 사연을 아뢰겠습니다."

"허허, 이거."

안자는 한숨 비슷한 것을 쉬었지만 점점 아가씨에게로 끌리는 마음을 어찌할 수 없었다.

"음, 아내와 사별한 후 적적한 가운데 있었는데 너와 같은 말벗이라도 있으면 좋겠구나."

"저를 첩으로 받아주시겠다는 말씀입니까? 그럼 저를 안아주십시오."

아가씨는 안자의 가슴으로 쓰러지다시피 안겼다. 난초 물로 목욕을 하고 왔는지 아가씨의 몸에서는 은은히 난향이 풍겨져 나왔다. 기적 같은 일이었다. 안자의 사타구니께가 팽팽해져왔다. 오랜만에 일어서는 자신의 물건이었다. 그 물건은 그 자체적으로 어느 기한이 있어 폐물이 되고 하는 것이 아닌 모양이었다. 그것은 어디까지나 상대적인 것으로, 대상이 어떠하냐에 따라 결정되는 것이었다.

터질 듯이 싱싱한 젊은 몸뚱어리가 안겨 오자 늙어빠진 안자의 몸에도 젊은 기운이 스며든 것임에 틀림없었다. 아, 이래서 늙으면 사람들이 더욱더 젊은 여자를 밝히는 것이구나. 이건 정욕도 음란도 아니고 일종의 양생법에 불과한 것이 아닌가. 이런 처녀의 몸과 늘 잠자리를 함께한다면 안자 자신도 앞으로 20년은 더 살아 백 세도 내다볼 것 같았다.

"너, 이런 것이 처음이지?"

안자는 아가씨의 옷을 벗기며 좀 엉뚱한 질문을 하였다. 아가씨는 대답을 하지도 않고 점점 알몸이 되어가는 자신의 몸을 두 팔로 감싸기만 하였다. 그러면서 몸을 조금씩 떨었다. 그런 아가씨의 표정과 몸짓에서 안자는 아가씨가 완전히 숫처녀임을 감지할 수 있었다. 아내 이외에는 숫처녀를 맛본 적이 없었던 안자는 어린아이처럼 기뻐지며 가슴이 벅차올랐다. 철들자 망령이라더니 아무래도 오랫동안 섬긴 경공의 영향을 암암리에 받아 자기도 노망이 든 것 같기도 했다. 노망인들 어쩌랴, 이리 기분이 좋은걸. 그런데 아가씨는 아무 기분도 못 느끼는 듯싶었다. 바로 그 점이 서운하였다.

"내 몸이 늙어 아무 느낌도 없느냐?"

안자는 팽팽하게 솟아오른 아가씨의 큼직한 두 젖무덤을 어루만지며 안타깝게 물었다.

"아니옵니다. 처음 몸을 여는 일이라서 긴장이 되나봅니다. 존경하는 재상님께 몸을 열어드리는 것이 무한 영광일 따름입니다."

그러면서 아가씨도 뭔가 기분을 느끼는 듯한 몸짓을 해 보였다. 그런 아가씨의 말과 몸짓에 안자는 그저 황홀해졌다.

"어찌 이런 복덩어리가 나에게 굴러왔단 말인가?"

평소의 안자답지 않게 헤픈 웃음마저 흘리며 행복해하였다.

"저를 귀엽게 여겨주시니 기쁘기 그지없습니다. 이제 제 몸을 받으시옵소서."

아가씨가 반듯이 누워 가랑이를 벌렸다.

그런데 한창 기세를 발하던 안자의 그것이 그만 풀이 죽고 말았다. 이상한 일이었다. 아마 시간을 너무 오래 끌었기 때문일 것이었다. 막 일어날 때 행동 개시를 하는 건데 하는 아쉬움이 엄습했지만 이제 어떻게 도 할 수 없었다.

"아, 되려고 하다가 안 돼."

안자가 아가씨 위에서 절망적으로 중얼거렸다.

"그게 무슨 말씀이신가요?"

아가씨는 정말 말귀를 못 알아듣는 표정이었다. 안자는 아가씨의 그런 표정에서 이 아가씨가 참 순진하다는 생각을 하였다. 다 열린 문으로도 못 들어간 섭섭함이 있었지만, 안자는 이런 순진한 아가씨를 첩으로 얻었다는 행복감을 만끽할 수 있었다. 아가씨의 몸을 열고 들어가는 것은 시간 문제인 셈이었다. 다시 전열을 가다듬고 들어가면 내일이라도 가능할 것이었다.

"이 정도면 내가 너를 첩으로 받아들였다는 충분한 표시가 되었겠지?"

안자가 아가씨의 배 위에서 내려앉으며 주섬주섬 옷을 주워 입었다. 아가씨도 머리를 한쪽으로 돌리고 옷을 챙겨 입었다.

"자, 이제 너의 사연을 말할 차례이다."

안자는 어느새 근엄한 재상의 모습으로 돌아와 있었다. 아가씨도 단정한 자세로 돌아가 얼굴을 살포시 붉히며 사연을 말하기 시작했다.

"첩이 이런 말을 들었습니다. 현명한 군주가 나라를 다스리면 개인의 이익을 위해 백성들을 괴롭히지 않는다고 하였습니다. 더구나 자기가 아끼는 초목을 위해 백성들의 생활 터전과 생명을 뺏지는 않을 것입니다. 그런데 우리 임금께서는 회화나무 한 그루 지키느라고 무수한 백성들을 불편하게 하고, 심지어 옥에 가두고 죽이고 있습니다. 그리고 우리 동네 사람들이 선조로부터 물려받은 땅을 임금님 개인이 다 차지하고 있습니다. 그러면서 나라의 안녕을 위해서 어쩔 수 없다고 변명합니다.

어떻게 임금님이 아끼는 회화나무를 지키는 것이 나라의 안녕과 관계 있는지 알 수가 없습니다. 임금님 개인의 취미 생활과 안락을 위해 이토록 백성들이 기만당하고 손해를 보아도 되는 것입니까?"

안자는 아가씨가 무슨 이야기를 하려고 하는 건지 가리사니를 잡을 수 있었다.

"너의 가족 중에 누가 회화나무를 범하여 옥에 갇혔느냐?"

미리 알아서 질문을 하는 안자의 말에 아가씨는 다소 놀란 듯 안자를 한번 쳐다본 후에 다시 머리를 숙이고 하소연하였다.

"그러하옵니다. 저의 아버지가 술에 취하여 회화나무 지경을 범했는데 지금 갇혀 있습니다. 아버지는 하도 화가 나서 회화나무를 아예 뽑아버리겠다고 술주정을 부렸다니, 제가 아버지의 시신을 거두게 될지도 모르겠습니다. 이 모든 것이 나라를 위하고 후세를 위하는 일이라면 아버지와 제가 마땅히 이 슬픔과 고초를 감당해야 되겠지만, 아무리 생각해도 임금님의 법은 너무 이치에 닿지 않습니다. 이웃 나라 사람들이 듣는다면 제(齊)의 임금은 백성들의 생명보다 나무를 더 중히 여긴다고 흉볼 것임이 틀림없습니다. 바라옵건대 재상께서는 첩의 억울한 사정을 살펴주옵소서."

안자는 자기 몸을 희생하면서까지 아버지를 구하겠다고 하는 아가씨의 마음이 갸륵하게 여겨졌다.

"내가 너의 아버지 일을 해결해줄지 어떨지도 모르면서 먼저 너 자신을 첩으로 삼게 해달라고 하다니. 우선 내가 아버지의 일을 해결해주나 어쩌나를 보고 나서 너 자신의 거취를 결정하는 것이 순서가 아닌가?"

"그렇게 되면 아버지의 일을 해결해주신 데 대한 보답으로 저 자신을 드리는 것이 되지 않습니까? 제 몸을 가지고 그렇게 흥정하고 싶지는 않습니다. 아버지의 일을 해결해주시든 아니든 저는 이제 재상님의 첩이 된 몸입니다."

"허허, 네 아버지의 일이 잘 해결되지 않아 네 아버지가 중한 형벌에 처해지든가 사형을 당하게 되면 나는 죄인의 딸을 첩으로 삼은 것이 되지 않는가? 가문의 수치로고."

"재상님의 가문에 수치가 되지 않도록 해주십시오."

안자는 아가씨의 기지(機智)에 감탄하지 않을 수 없었다. 안자의 얼굴에 희미한 미소가 번졌다. 그 미소는 곧 어떤 분노로 바뀌었다. 안자는 결연한 기색을 띠고 경공을 알현하였다.

"소신은 이런 말을 들었습니다. 군주가 백성들의 세금을 거두어 자기의 기호물(嗜好物)을 사들이는 데 거침없이 쓰는 것을 가리켜 폭(暴)이라 하고, 자기의 기호물을 소중히 여긴 나머지 그것의 위엄을 군주 자신의 위엄과 맞먹게 하는 것을 가리켜 역(逆)이라 하고, 형벌을 얼토당토않게 부당하게 내리는 것을 적(賊)이라 한다고 하였습니다. 이것들은 나라를 좀먹게 하는 삼대 재앙인데, 임금님께서는 폭과 역과 적을 다 행하고 있습니다. 그 단적인 예로 회화나무를 아끼신 나머지 그 나무를 범하는 자는 형벌에 처하고, 그 나무를 상하게 하는 자는 사형에 처한다는 경고문을 걸어두고 백성들을 무더기로 잡아들이고 있는 것입니다. 임금님은 이런 식으로 하여 모든 백성을 도적으로 몰아세울 작정이십니까? 백성들을 다 도적으로 몰아세우신다면 임금님은 도적의 우두머리밖에 더 되겠습니까? 백성들을 몽땅 죄인으로 만들고 도적으로 만들고 있는 그 회화나무 법을 하루속히 폐하지 않으신다면 백성들이 임금님을 폐할지도 모릅니다."

안자가 그동안 경공에게 충고를 많이 했지만, 지금처럼 강도 높게 협박을 한 적은 별로 없는 것이었다. 경공의 얼굴이 순식간에 하얗게 질렸다. 안자로부터 모욕을 당한 분함과 함께, 정말 안자가 말한 대로 되면 어쩌나 하는 두려움이 뒤섞인 표정이었다. 결국 경공은 항복을 하지 않으면 안 되었다.

"재상이 과인에게 가르쳐주지 않았더라면 과인은 계속 사직에 누를 끼치는 일을 하고 있을 뻔하였소. 이제 재상이 말한 대로 시행하겠소."

경공은 회화나무 구역과 경고문을 철폐했을 뿐만 아니라 회화나무를 아예 뽑아버렸다. 그리고 회화나무 구역을 설정하는 바람에 농지와 집을 잃었던 사람들에게는 원상 회복을 시켜주고, 회화나무를 범하거나 상하게 하여 옥에 갇힌 자들은 모두 석방시켜주었다. 안자의 첩이 된 아가씨의 아버지도 석방되었음은 말할 필요가 없었다.

백성들은 뽑혀서 길가에 버려져 있는 회화나무를 주워다가 땔감을 하기도 하고, 농기구 만드는 재료로 사용하기도 하였다.

이제 누가
과인을 책망해 주랴!

이번에는 경공이 안자를 노(魯)나라 사신으로 보내놓고 나라에 큰 공사를 일으켰다. 그것은 대대(大臺)를 세우는 일이었다. 날씨가 추워졌는데도 백성들은 공사에 동원되어 고생을 해야만 하였다. 손발이 얼어 터지고, 허기로 인하여 쓰러지는 자들이 속출하였다. 그래도 경공은 백성들을 재촉하기만 하였다. 백성들 사이에 원성이 자자했지만, 경공에게 백성들의 형편을 아뢰어주는 신하들이 없었다. 백성들은 안자가 노나라에서 돌아오기만을 기다렸다.

드디어 안자가 노나라에서 돌아왔다. 안자가 돌아오는 길에 보니 백성들의 형편이 말이 아니었다. 마을마을마다 헐벗고 지친 백성들이 안자를 붙들고 눈물을 흘리며 하소연하였다.

경공은 안자의 속마음도 모르고 노나라에서 사신으로 수고했다면서 안자를 환영하는 연회를 베풀었다.

"지금은 이렇게 초라한 데서 연회를 하지만, 이제 얼마 있지 않아 높고 큰 누대에서 연회를 베풀게 될 것이오. 백성들이 나를 위해 기쁜 마음으로 일하고 있소."

경공은 앞으로 완성될 누대를 그려보며 득의양양하여 술잔을 기울였다. 한창 연회가 무르익고 있는데, 안자가 경공에게 이런 청을 올렸다.

"지금 제가 임금님을 위하여 노래를 하나 불러드리고 싶은데 허락해 주십시오."

"하하하. 재상이 노래를 부를 때가 다 있소? 오늘은 대단히 기쁜 모양이구려. 과인이 재상의 노래를 마다겠소? 어서 불러보시오."

안자가 노래를 부르기 위해 나가 서자 좌중은 갑자기 쥐 죽은 듯 고요해졌다. 신하들은 안자가 어떤 노래를 부를까 하고 잔뜩 호기심을 가지고 주목하였다.

백성들이 말하네
차디찬 얼음물이 나를 덮으니
나는 어찌할거나
임금이 나를 파산시키니
나는 어찌할거나

그 다음에 안자는 슬픈 몸짓으로 춤까지 추면서 노래를 또 한 차례 불렀다.

벼 이삭은 하나도 수확하지 못했네
가을 바람이 불어와 떨어뜨리고
비바람이 산산이 흩어버렸네

어느새 안자는 옷소매를 흥건히 적시며 울고 있었다. 즐겁던 좌중의 분위기가 숙연해지고 말았다. 경공이 당황해하며 안자에게 말했다.

"아니, 이리 기쁜 날 왜 눈물을 흘리시오?"

"아, 기쁘다니오? 백성들의 손발이 동치미처럼 얼고 있는데."

경공은 머리를 한 대 얻어맞은 양 멍한 표정을 짓고 있다가 말했다.

"알았소. 재상이 우는 이유를 말이오. 재상이 그리 마음 아파하니 날이 따뜻해질 때까지 공사를 중지시키겠소."

그러자 안자는 아무 말도 하지 않고 두 번 절한 후 물러났다.

연회석을 물러나온 안자는 공사 현장으로 달려갔다. 백성들은 안자가 나타나자 무슨 기쁜 소식이라도 가지고 온 줄 알고 잔뜩 기대에 부풀어 모여들었다. 그러자 안자는 공사 감독관의 손에 쥐어져 있는 채찍을 뺏어들더니 그 긴 채찍으로 모여 서 있는 백성들의 등과 가슴을 후려치면서 소리쳤다.

"왜 일들은 않고 여기 모여 서 있는 거야? 너희들은 다 집이 있어 건조와 습기를 막고 있지 않느냐? 이제 임금님의 집을 지으려 하는데 이리 게을러 가지고 언제 짓겠다는 거냐? 빨리 일을 해!"

백성들은 안자가 휘두르는 채찍을 피하며 다시 공사를 하기 시작했다. 백성들은 이제 안자도 믿을 만한 재상이 못 된다고 원망하였다. 그런데 하루가 지난 후에 임금의 특명으로 공사가 중지되었다는 전달이 내려왔다. 백성들은 경공의 은혜를 감사하며 칭송하였다.

"안자도 사람이 변한 이 판국에 결국 믿을 수 있는 분이라곤 임금님밖에 없군."

안자가 채찍을 들어 백성들을 학대하면서까지 원망을 자기에게로 돌리고, 모든 공로를 경공에게로 돌린 이 사건에 관한 소식을 안자와 동시대에 살았던 공자(孔子)가 듣고 감복하였다. 공자가 제자들을 모아놓고 안자의 행위를 예로 들어 교훈하였다.

"야심이 만만한 신하는 대개 임금의 실정을 넌지시 드러내면서 자신의 선정(善政)을 백성들에게 과시하기를 좋아한다. 백성들의 원망을 임금에게 돌리고, 백성들의 칭송을 자기에게로 돌리기 위한 술책이다. 그러나 자고로 훌륭한 신하는, 명성은 그의 군주에게 돌아가게 하고, 재해는 자기에게 돌아오게 하였다. 조정에 들어와서는 그 임금의 잘못을 지적하고 다듬고 하면서도, 조정 밖으로 나가서는 임금의 덕행과 의(義)를 높이 자랑하였다. 이런 까닭으로 비록 못된 임금을 섬기면서도 다른 외국 사절들이 자진해 와서 배알하도록 할 수 있었으며, 그러고도 자기 공을 내세우지 않았으니 이러한 도에 합치되는 인물로는 안자밖에 없구나."

경공은 다시 말하거니와 정말 웃기는 군주였다. 하루는 이상한 옷을 입고 조정에 나타나 정사를 보았다. 경공이 특별히 주문해서 맞춘 듯 갖가지 색깔로 된 구슬로 띠를 두르고 길게 끈을 드리운 큼지막한 관을 쓰고는 땅에 질질 끌릴 정도로 긴 대례복(大禮服)을 입고 나온 것이었다. 웃옷에는 검은색과 흰색으로 도끼 모양의 수를 놓았고, 또 검은색과 청색으로 두 개의 기(己)자가 서로 등져 있는 모양의 수를 놓았다. 그리고 속옷의 흰 비단에는 청·황·적·백·흑의 오채(五采) 수를 놓았다.

그렇게 머리에 비해서 엄청나게 큰 관을 쓰고, 몸집에 비해서 엄청나게 긴 옷을 입고 자랑스럽게 서서 조정 일을 보았다. 그 모양이 여간 우스꽝스러운 것이 아니었다. 신하들은 속으로 웃음을 참느라고 제대로 머리를 들지도 못했다. 경공은 신하들의 그러한 몸짓들이 자신이 갖추고 있는 의관의 위엄 때문이라고 생각하고 더욱 가슴을 벌리며 헛기침을 해댔다.

그런데 조정의 신하들이 다 물러갔는데도 경공은 그러한 의관 차림으로 조정을 어슬렁거리며 쉬 떠나려 하지 않았다. 아무도 봐주는 사람이 없는데도 그렇게 으스대고 있는 경공을 안자는 멀리서 훔쳐보며 혀를 찼다. 결국 안자가 다가가서 한마디 하였다.

"성인(聖人)들의 복장은 화려하지 않으면서도 몸에 맞고 간편하여 백성들을 능히 인도할 수 있었으며, 성인들의 동작은 민첩하여 백성들을 능히 기를 수 있었습니다. 이런 까닭으로 백성들은 성인들의 복장을 본받고 그분들의 위엄을 공경하였습니다. 그런데 지금 임금님의 복장은 몸에 맞지도 않고 화려하기만 할 뿐, 몸을 움직이는 데도 여간 불편한 것이 아닙니다. 그러니 어떻게 백성을 인도할 수가 있겠습니까? 또 임금님은 자랑하느라고 서 있는 모양이 밉상스럽게만 보이니 어떻게 백성들을 기를 수가 있겠습니까? 날도 저물었으니 제발 그 이상한 관과 옷은 벗으시고 자리에 드셔서 휴식을 취하시는 것이 좋을 줄 압니다."

경공의 얼굴은 우거지상이 되고 말았다. 신하들로부터 찬사를 듣기를 원했는데 자존심만 상하고 만 것이었다.

"에이, 이까짓 것."

경공이 화가 나서 관을 벗어 던지고 옷을 훌훌 벗어버렸다.

눈이 사흘 연이어 평평 쏟아지다가 간신히 그친 어느 겨울날, 온도에 민감한 경공은 호백구(狐白裘)를 입고 내당의 옆 계단에 앉아 "어, 따뜻하다. 따뜻하다" 하고 있었다. 호백구란 여우의 겨드랑이 흰 털만 모아 만든 진귀한 갖옷으로, 그것을 입고 있으니 따뜻할 수밖에 없었다. 안자가 들어가자 경공이 안자에게 말했다.

"이상하군. 눈이 사흘이나 내렸는데도 날씨가 춥지 않으니 어떻게 된 일이오?"

안자는 경공이 입고 있는 호백구를 보면서 쓸쓸한 표정을 지었다.

"지금 백성들은 눈사태가 나서 집을 잃고 추위에 떨고 있습니다. 날씨가 춥지 않다니오? 현군(賢君)은 비록 따뜻한 옷을 입고 있으나 백성들의 추위를 안다고 하였습니다. 임금님이 날씨마저 착각하다니오?"

수년간의 공사 끝에 경공은 정전(正殿)을 완공하였다. 이제 궁전다운 궁전을 갖추게 되었다고 생각한 경공은 완공을 기념하는 연회를 열고 몇날 며칠을 흥청거렸다. 백성들도 덩달아 명절과도 같이 술렁거렸다.

그런데 정전의 성 주위에 베옷 상복을 입고 슬피 통곡하며 배회하는 한 사람이 있었다. 안자가 정전에서 나오자 그 사람이 안자의 수레를 이끄는 늙은 말 앞에 서더니 땅에 엎드려 큰절을 올렸다. 말들이 주춤하는 바람에 안자의 몸이 기우뚱하였다. 안자가 수레에서 내려 그 사람에게로 다가왔다.

"누군데 무슨 일로 그러느냐? 보아하니 상중(喪中)에 있구먼?"

"저는 봉우하(逢于何)라고 하는 민서(民庶)이옵니다. 어머님 상을 당하였는데, 이미 죽은 아버지와 합장을 시켜드리려고 합니다."

"그러면 그렇게 하면 될 것 아닌가? 왜 나의 길까지 가로막고 야단이냐?"

"합장을 시켜드릴 수가 없게 되어 이러는 것입니다."

"아니, 아버지의 묘소가 어디에 있는데 그러느냐?"

"아버지의 묘소는 바로 정전 누대를 세운 축대 밑이옵니다."

"거기에는 무덤이라고는 없는데……."

"정전을 지으면서 무덤의 흔적을 지워버려서 그렇지, 아버지의 시신은 여전히 거기에 묻혀 있습니다. 그리고 주위는 우리 선친들이 묻혀 있는 선산이옵니다."

"호, 그래? 정전을 짓는답시고 남의 선산까지 깔아뭉갰구먼. 음, 내가 한번 임금에게 자네의 사정을 아뢰보겠네만 임금이 허락하기는 어려울 거야. 임금이 허락하지 않으면 어떡할 텐가?"

"재상님은 허락을 받아내실 수 있을 것입니다. 만약 허락이 내리지 않으면 저는 왼손으로는 영구차의 가름대를 쥐고 오른손으로는 가슴을 치며 주위 사람들이 다 듣도록, 우하는 자기 어미를 장사 지낼 수 없다고 소리치며 굶어죽을 때까지 그 자리에 서 있겠습니다."

"대단한 결심이군. 임금님에게 말해볼 테니 결과를 기다려보게나. 함부로 소리치지 말고."

안자는 입궐하여 경공에게 봉우하의 사정을 아뢰었다. 그러자 경공은 몹시 불쾌한 기색을 띠며 언성을 높였다.

"아니, 고금에 걸쳐 군주의 궁전 안에 서민들이 합장하는 것을 보았소?"

"고금에 걸쳐 백성들의 무덤을 훼손시켜가면서까지 궁전을 지은 군주가 없기 때문에, 고금에 걸쳐 서민들이 궁전 내에 합장을 한 예가 없던 것입니다. 그런데 지금 임금님께서는 궁전을 짓는 데 분수에 넘치게 사치스럽게 하느라고 백성들의 터를 빼앗고, 누대를 짓기 위해 남의 선산까지 몰수하여 까뭉갰습니다. 이렇게 하시면 살아 있는 자들은 평안히 거할 곳을 잃어 근심하게 되고, 죽은 자들은 함께 묻히지 못하고 헤어지게 되어 구천을 슬피 헤매게 됩니다. 살아 있는 자들의 원성과 원혼들의 저주가 미칠까 두렵사오니 봉우하의 청을 들어주심이 가한 줄 아옵니다."

"원혼들의 저주?"

미신을 믿고 점쟁이들을 잘 부르곤 하는 경공이 원혼들의 저주라는 말에 안색이 달라졌다.

"음, 나랏일을 하려고 하면 서민들이 피해를 보는 수도 있는 법인데, 꼭 봉우하의 청을 들어주어야 하겠소?"

훨씬 부드러운 목소리로 경공이 오히려 안자에게 자문을 구했다.

"봉우하가 무덤의 흔적도 없이 합장을 하겠다고 약속을 하였고, 장사를 지낼 때도 상복을 입지 않고 슬피 우는 곡이라든지 가슴을 치며 펄쩍 펄쩍 뛰는 용(踊) 같은 것은 하지 않겠다고 하였습니다. 다만 아버지와 어머니를 함께 묻기만을 소원하고 있사오니 들어주시기를 바라옵니다. 그렇지 않으면 봉우하가 어머니를 장사할 수 없음을 소리쳐 백성들에게 고하겠다고 하였습니다. 그러면 임금님의 비리(非理)가 만백성 가운데 드러날 뿐이옵니다."

"고이얀지고. 백성들이 그렇게도 군주를 위하여 희생할 줄 모른단 말인가? 할 수 없지, 허락해 주는 수밖에. 밤중에 몰래 와서 묻고 가라 하시오."

"《시경(詩經)》에도 이르기를, 비록 살아서 집을 달리했다 하더라도 죽어서는 굴을 같이한다고 하였으니 그리 언짢아하시지 마십시오."

어느 날, 경공은 자기가 지어놓은 궁전의 웅장함에 스스로 취해 이리저리 돌아다니다가 노침(路寢 : 정사를 보는 정전)에 이르러 그 누대의 계단을 오르기 시작했다. 그런데 중간쯤에 와서 그만 주저앉고 말았다. 위쪽에는 아직도 올라야 할 계단이 한참 남아 있었다. 신하들이 염려가 되어 경공에게 물었다.

"어디 편찮은 데가 있으십니까?"

그러자 경공은 와락 불쾌한 기색을 떠올리며 고함을 질렀다.

"아니, 도대체 누가 이렇게 높은 누대를 만들었단 말이냐? 이토록 사람을 피곤하게 하다니. 누대를 만든 자를 잡아와."

신하들은 하도 기가 차서 서로 얼굴만 멍하니 바라볼 뿐이었다.

이때 안자가 나서서 아뢰었다.

"이 누대를 만든 자는 이미 여기에 와 있습니다."

"아니, 그 작자가 누구냐 말이야? 이렇게 올라가기도 힘들게 만든 자가."

"바로 임금님이십니다. 임금님이 이렇게 높고 웅장하게 만들라고 명령하지 않았습니까? 임금님의 명에 따라 누대를 높게 만들었다 하여 죄가 된다면, 누대를 낮추라는 명을 따르는 것도 죄가 되지 않겠습니까? 사람을 부림에 있어 이렇게 해도 되는 것입니까? 옛 성왕들이 궁실을 만들 때는 생활하기에 편리하게 했을 뿐 이렇게 사치를 부리지 않았습니다. 그러므로 절도 있는 생활을 하면서 백성 돌보기에 힘쓸 수 있었습니다. 하(夏)나라와 은(殷)나라가 망한 것도 걸왕과 주왕이 옥으로 집을 짓고 구슬로 장식하고 누대를 화려하게 짓고 하느라고 그렇게 된 것이 아닙니까? 그 왕들은 누대를 낮게 지은 자를 벌하고, 높게 지은 자에게는 상을 내렸습니다. 그런데 임금님은 높게 지어도 벌을 내리고 낮게 지어도 벌을 내리니 걸왕과 주왕보다 더하십니다. 임금님은 백성들의 기력을 다 소모하게 하였으니 죄를 면치 못하실 것입니다. 저는 임금님께서 누대의 계단을 다 오르지 못함이 염려스러운 것이 아니라 군주의 자리에서 내쫓길까 두려울 뿐이옵니다."

이 말을 들은 경공은 더욱 기운이 빠져 엉금엉금 기다시피 하여 올라왔던 계단을 다시 내려가 땅바닥에 주저앉고 말았다. 그러고는 누구에게로 향한 절인지 두 번 큰절을 하고는 그 이후로 누대 계단에 관한 언급은 일체 하지 않았다.

경공은 점점 침울해지면서 더욱 여색에 빠지게 되었다. 궁전의 궁녀들을 상대로 성의 유희를 벌여보았지만 곧 시들해지고 말았다. 좀 더 지극적인 것이 없나 하고 궁리하지 않을 수 없었다.

경공은 마음이 잘 통하는 양구거라는 신하를 은밀하게 불러 의논하였다.

"내가 웬만한 여자들은 다 상대해보았는데 그게 그거란 말이야. 정말 끝내주는 여자 없을까?"

양구거가 잠시 생각해보는 것 같더니 "저, 발이 작은 여자를 한번 상대해보시지요" 하고 제안을 하였다.

"뭐? 발이 작은 여자? 발이 작은 여자가 왜 좋다는 거야?"

경공이 침을 꿀꺽 삼켰다. 양구거가 어전에서 말하기가 좀 그런 듯 머뭇거렸다.

"허허, 우리 둘뿐인데 못할 말이 어디 있나? 발이 작은 여자는 바로 고것도 작아서 그런 거 아니야?"

경공이 음탕한 웃음을 흘리며 넘겨짚어 보았다.

"아니, 그게 아니라……."

"말을 하라니까."

"저…… 발이 작은 여자는 자연히 뒤뚱거리며 걸을 게 아닙니까? 오리처럼 말입니다."

"그렇지. 그 오리걸음이 성적으로 매력이 있다 그거지?"

"그런 점도 있지만 그것보다는……."

"허허, 사람 답답하게 만드네."

"발이 작아 뒤뚱거리며 걷다보면 그러니까 사, 사…… 저, 이런 말씀을 감히 어전에서 해도 되는 전지……."

"괜찮대두. 사람이 너무 소심하군."

"그러니까 사타구니 근육이랑 옥문(玉門) 근육이 멋지게 발달된다 이겁니다. 그래서 저, 옥문으로 들어온 옥근을 요리조리, 히히히."

양구거가 말을 채 끝맺지 못하고 간사하게 킥킥거렸다.

"허허, 그래?"

경공은 발이 작아 뒤뚱거리는 여자가 사타구니와 옥문 근육이 발달되어 있다는 양구거의 말에 흐뭇한 미소를 흘렸다. 그러더니 아주 낮은 목소리로 양구거에게 물었다.

"자네는 그래, 발이 작은 여자를 맛본 적이 있느냐?"

"네. 저는 사실은 발이 작은 여자만 골라서 상대하는 편입니다."

"그래. 정말 맛이 기차더냐?"

"말해 무엇 합니까? 고 기분이라는 것이……."

양구거의 눈빛이 게슴츠레해졌다.

"고얀 것!"

난데없이 경공이 소리를 치는 바람에 양구거가 허리를 급하게 굽히며 뭐가 잘못됐나 하고 바짝 긴장하였다.

"고얀 것, 그 재미 보는 비결을 왜 진작 알려주지 않았느냐? 난 지금껏 젖통 큰 여자만 고르느라고 헛다리 짚고 있었군."

"아이구, 죽을 죄를 지었습니다. 임금님도 다 알고 계신 줄 알고, 그만 불충 죄를 지었습니다."

"음, 이제라도 알려주었으니 지금까지의 불충은 용서해주지. 대신 이제부터 발이 작은 여자를 골라 바치는 일에 충성해야 되네."

"여부가 있겠습니까?"

양구거가 조금 주눅이 풀렸다. 그러나 다시 경공의 이맛살이 찌푸려지면서 씁쓸한 기색이 떠올랐다.

"발이 작은 여자라면 이미 자네가 건드린 여자가 아닐 것인가? 난 자네와 구멍 동서 같은 건 되기 싫어."

"아이구, 제가 건드린 여자가 얼마나 된다구 그러십니까? 제가 건드리지 않은 여자로, 그러니까 아예 안심을 하시도록 발이 작은 처녀들만 골리시 상납해 올리겠습니다. 치녀인지 아닌지 시험을 해보십시오."

"처, 처녀는 신선한 맛은 있겠지만 그 기술이 미숙해서 나는 안 좋아. 기술도 능란하고, 발도 작고, 자네가 건드리지 않은 여자로 올려보라구."

"네. 저만 믿어주십시오. 끝내주는 여자를 바쳐 올리겠습니다."

경공은 양구거가 어떤 여자를 바칠까 잔뜩 기대에 부풀어 기다렸다. 양구거는 발이 작은 여자 열 명 가량을 별궁으로 데리고 와서 경공에게 선보였다.

"저 여자들 중에서 어느 여자가 으뜸일까?"

경공이 입맛을 다시며 양구거에게 물었다.

"그야 하나씩 맛보시면서 판별해보시는 수밖에요."

"그렇긴 하지만 오늘 제일 나은 여자를 맛보고 싶단 말이야. 음, 좋은 생각이 있다. 발을 비교해서 가장 작은 발을 가진 여자를 고르면 되겠군."

"꼭 그렇지만도 않습니다. 몸집과의 비례도 염두에 두어야 하니까요."

"허, 복잡하군. 산술(算術) 잘하는 자를 불러야 하나?"

"그것보다는 이런 방법이 어떨지?"

"무슨 방법 말인가. 아, 이거 몸이 근질근질해서 못 견디겠구먼."

"저 여자들에게 술을 한 잔씩 먹여보는 겁니다. 그리고 제일 먼저 술기운으로 얼굴이 발개지는 여자를 고르면 영락없을 것입니다."

"제일 먼저 술기운이 오르는 여자? 무슨 근거로 그 여자가 제일 색을 잘 쓴단 말인가?"

"헤헤, 그거야 제일 감각이 예민한 여자일 테니까요. 몸 구석구석이랑 거기 감각이 가장 예민할 게 아닙니까."

"듣고 보니 그렇군. 그리 좋은 판별법을 왜 진작 알려주지 않았나?"

"저도 오랫동안의 경험으로 요새 와서야 비로소 그 사실을 알게 되었습니다."

경공은 주위에 여자들을 죽 둘러 앉혀놓고 차례로 술을 한 잔씩 마시도록 하였다. 그런데 어떻게 된 여자들인지 아무도 얼굴이 발개지는 자가 없었다. 그래서 또 한 잔을 더 돌렸는데, 그때서야 스물대여섯 되어 보이는 통통한 여자가 맨 먼저 얼굴이 발그스름해졌다. 아닌 게 아니라, 경공이 보기에도 육감적으로 생긴 여자였다. 경공은 그 여자를 지목하여 침실로 데리고 들어갔다.

경공은 여자를 벗겨놓고 우선 발을 들여다보았다. 그 당시는 중국 여자들이 전족을 하는 시대가 아니었는데도 어릴 때부터 발이 자라지 못하도록 붕대로 감아놓았던 것처럼 보였다. 경공이 손 안에 쥐어보니 여자의 두 발이 다 들어올 지경이었다. 너무 작아 징그럽게 느껴지기도 했지만, 벗겨놓은 여자의 몸이 탐스럽기 그지없어 경공은 기분이 썩 좋아졌다. 경공은 여자의 몸을 좀 어루만지다가 그 작은 발을 입 안에 천천히 넣어보았다.

"아흐흐."

여자가 신음 소리를 내며 몸을 뒤틀었다.

이렇게 성적인 자극을 자꾸만 새롭게 구하려고 하는 경공은 얼마 가지 않아 발이 작은 여자의 사타구니 근육이 주는 쾌감도 그리 신통하게 여겨지지 않았다. 물론 발이 작은 여자의 옥문 속으로 옥근이 들어가 노는 맛은 과연 일품이긴 하였지만, 그것도 되풀이되자 좀 더 높은 강도의 자극은 없나 하고 두리번거리게 되었다.

여자를 맛볼 대로 맛본 경공은 차츰 동성애적인 경향을 띠게 되었다. 비역질까지는 하지 않았지만 여자를 여자 그대로 껴안지 못하고 남장(男裝)을 시켜 자기를 수발 들도록 하였다. 그리고 교합을 할 때도 여자의 앞쪽을 버리고 비역을 흉내내어 여자의 뒤쪽과 감탕질을 하였다.

이런 식으로 궁궐 안에 남장한 여자들이 늘어나자 전국적으로 남장한 여자들이 길거리를 메우게 되었다. 어떤 여자들은 보리 깜부기를, 솔잎을 태운 유연(油煙)과 함께 개어 입가에 거뭇거뭇한 수염을 그려넣기도 하였다. 하루는 경공이 궁을 나갔다가 이 광경을 목도하고는 기겁을 하였다. 궁으로 급히 되돌아온 경공은 풍속 사범을 단속하는 관리를 불러 여자의 남장 근절을 지시하였다.

"남장하는 여자들이 있거든 그 옷을 찢어버리고 허리띠를 자르라."

여자에게 수치를 안겨줌으로써 남장을 근절시킬 작정이었다. 관리는 자기 수하의 병졸들을 풀어 길거리의 남장한 여자들에게 그러한 징계를 내렸는데, 옷이 찢기고 허리띠가 잘린 여자들의 맨살이 드러나고 유방과 허벅지의 살들이 드러나자 욕정을 이기지 못한 병졸들이 여자를 겁탈하는 사례도 생겼다. 대부분 걸음걸이와 목소리, 용모 등으로 보아 남장한 여자라는 것을 금방 알아차릴 수 있었지만, 어떤 경우는 도대체 판가름을 하기가 힘들었다. 그때는 병졸들이 음흉한 미소를 지으며 사타구니께에 슬쩍 손을 갖다대고는 와락 한 움큼 쥐어보았다. 물건이 물컹 손에 쥐어지면 병졸들은 재수 없다는 듯이 손을 털며 쫓아버렸으나, 손이 푹 들어갔는데도 잘 쥐어지지 않으면 여자임이 분명하므로 병졸들은 그 여자의 옷을 찢으며 희롱하였다.

결국 경공은 여자에 굶주린 병졸들에게 성의 축제를 벌이도록 특별 휴가를 준 셈이었다. 그러나 이렇게 한다고 해서 남장이 근절되지는 않았다. 여자들은 더 교묘하게 남장을 하였는데, 스스로 즐기기 위해 평소에 사용하던 수음(手淫) 기구를 사타구니에 차고 나와 병졸들을 감쪽같이 속여넘기기도 하였다. 장난으로 그렇게 한 점도 있겠지만, 그 당시 남장이 여성의 매력을 더해주는 것으로 여겨졌기 때문이기도 하였다. 경공이 안자를 불러 남장 근절 대책을 물었다.

"과인이 관원을 시켜 여자의 남장을 금하게 하는 조치로 남장한 여자의 옷을 찢고 허리띠를 자르게 하였는데도 여자들이 남장하기를 중지하지 않으니 무슨 이유로 그러는 것이오?"

"그것은 임금님께서 안으로는 입으라 하면서 밖으로만 금하고 있기 때문입니다. 또한 이것은 마치 문 밖에는 쇠머리를 걸어두고 안에서는 말고기를 파는 것과 같습니다. 임금님은 어찌하여 안으로는 금하지 아니하고 밖으로만 금하십니까?"

경공은 할 말이 없었다. 어쩔 수 없이 궁궐 안의 여자들도 남장을 하지 못하도록 하였다. 그러자 채 한 달도 안 되어 제나라 전역에서 남장하는 풍습이 자취를 감추고 말았다. 그런데 경공은 남장한 여자를 안는 야릇한 쾌감을 맛보지 못하게 되자 본격적으로 비역질을 하기 시작했다. 전국에서 미소년들을 불러 모아 자기 주위에서 시중 들게 하면서 그 소년들의 궁둥이를 탐했다. 그때까지만 해도 경공은 남성 역할을 하였는데, 차츰 그것도 시들해져서 자기가 여자 역할을 하고 싶어졌다. 그래서 자기보다 더욱 남성스러운 청년들을 데리고 와서 자기를 안도록 하면서 비역살을 대주었다. 그리고 비역을 할 때는 경공의 음성과 몸짓이 여자의 그것으로 변해버렸다.

"이리 와서 날 안아줘요오. 힘있게 꼬옥. 호호호."

이와 같이 무절제하게 색을 쓴 경공은 기력이 쇠하여져 스스로 죽음을 예감하곤 하였다.

하루는 경공이 남쪽에 있는 우산(牛山)을 거닐다가 북쪽 국성(國城)에 이르러 웅대한 궁전과 산하를 내려다보면서 눈물을 주룩주룩 흘렸다.

"어찌 이 광대한 나라를 두고 죽겠는가?"

그 말을 들은 애공(艾孔)과 양구거를 비롯한 신하들은 경공을 따라 눈물로 옷소매를 적셨다. 분위기가 침통하기 그지없었다. 그런데 애공 옆에 서 있던 안자만은 홀로 "허허허" 웃고 있었다. 경공은 신하가 건네주는 비단 천에 눈물을 닦고는 의아해하며 물었다.

"과인이 슬퍼하므로 공(孔)과 거(據)가 모두 과인을 따라 울고 있는데, 재상 혼자 웃고 있으니 어찌 된 일이오?"

너무 슬퍼 안자를 향하여 화를 낼 기력도 없는지 경공의 얼굴은 무참할 지경이었다. 그런 경공의 표정을 보자 안자도 마음이 무너져 내려앉는 것 같았지만 애써 입가의 미소를 거두지 않으며 대답했다.

"현명한 군주가 죽지 않고 언제까지나 나라를 지키고 있었다면 선왕인 태공(太公)과 환공(桓公)께서 지금도 나라를 지키고 있었을 것입니다. 그리고 용감한 군주가 죽지 않고 언제까지나 지키고 있었다면 영공(靈公)이나 장공(莊公)께서 지금도 나라를 지키고 있었을 것입니다. 그런 몇 분의 임금만 나라를 지키고 있었다면 지금 임금님께서는 그 자리에 오를 생각도 하지 못했을 것입니다. 다른 임금들이 아무리 현명하고 용감했어도 다 죽었기 때문에 왕의 자리가 바뀌고 하여 임금님께서도 그 자리에 앉아 있을 수 있게 된 것이 아닙니까? 다 죽음이란 것이 있기 때문에 임금님도 그러한 축복을 받을 수 있었던 것입니다. 그런데 임금님은 죽을 것을 아쉬워하며 울고 계시니, 언제까지고 임금 자리를 내놓지 않겠다는 뜻이 아니고 무엇입니까? 얼마나 어리석은 생각입니까? 어리석은 임금을 따라 눈물을 흘리는 신하들의 꼴이 우스워 웃지 아니할 수 없었습니다."

안자의 말을 들은 경공은 얼굴에 부끄러운 기색을 떠올리며 아무말도 하지 않았다. 그러나 궁궐로 돌아와서는 수명을 어떻게 하면 연장할 수 있을까 하고 고민하였다.

그 무렵 정전(正殿)에 올빼미 한 마리가 날아 들어와 밤마다 울음을 울었는데, 경공이 듣기에 불길하기 그지없었다. 그래서 경공은 아예 다른 궁으로 옮기고 정전에 들어가려고 하지 않았다. 백상건(栢常騫)이라는 신하가 경공에게 그 이유를 물었다.

"폐하께서는 정전 짓기를 학수고대하시더니 정전이 이렇게 으리으리하게 완성되었는데 왜 들어가려 하지 않으십니까?"

"올빼미가 있어 그런다. 밤마다 갖가지 소리를 내며 우는데 곡소리 같기도 해서 몹시 듣기가 싫구나."

"제가 올빼미를 쫓아드리겠습니다."

"어느 구석에 숨어 있는지도 모르는데 어떻게 쫓아내겠다는 거야? 더구나 낮에는 울지도 않는데. 올빼미 찾느라고 궁전 기구들을 훼손할까 싶어 다른 신하들에게 부탁하지도 않았다."

"그 점은 염려 마십시오. 저는 올빼미를 찾느라고 야단법석을 피워서 쫓아내지는 않습니다. 다른 방에서 제사를 드림으로써 올빼미를 없앨 수 있습니다."

"호, 그래? 그렇게 효험 있는 제사를 드린단 말이지."

"네. 다만 제사 드릴 방은 새로 지어야 합니다. 그리고 그 새 방에 깔 백모(白茅)풀을 준비해야 합니다. 그것만 허락된다면 능히 효험 있는 제사를 드릴 수 있습니다."

"그거야 어렵지 않지. 정성껏 제사를 드려주게나."

밤이 되어 경공은 다시 정전에 들고, 백상건은 근처의 새로 지은 방에서 백모를 깔고 앉아 제사를 드렸다. 경공은 자리에 누워 올빼미 소리가 들리나 안 들리나 하고 귓바퀴를 곤두세우고 있었다. 이번에도 올빼미 소리가 들리면 경공 자신에게 죽음이 임박했음이 확실할 것만 같았다. 그렇게 마음을 졸이며 기다리고 있는데 "까 끄악" 하는 올빼미 소리가 들려왔다.

"악!"

경공은 거의 비명 소리를 내질렀다. 그런데 이상하게도 올빼미는 그렇게 단 한 번만 울고 잠잠해졌다.

다음날 경공이 정전을 조사해보니 올빼미 한 마리가 돌 기둥에 부딪쳤는지 머리가 으깨져서 날개를 편 채 죽어 있는 것이 눈에 띄었다. 경공은 백상건을 불러 칭찬하였다.

"그대에게 이런 신묘한 재주가 있다는 것을 이제야 알게 되다니, 왜 진작 말하지 않았소?"

"임금님은 워낙 유명한 무당들만 상대하시니 제가 어떻게 감히 나설 수 있겠습니까?"

"그 무당들이라는 게 돈만 밝히지 제대로 효험이 있어야지. 이제 자네 주술이 얼마나 효험이 있는가 알게 되었으니 내 한 가지 더 부탁을 해야겠네."

"무슨 부탁이신지?"

경공은 주위를 살펴보며 아무도 없다는 것을 새삼 확인하고는 입을 열었다.

"자네의 주력(呪力)으로 내 수명을 연장시킨다면 어느 정도까지 연장시킬 수 있겠나?"

백상건은 뭔가 생각하는 것 같더니 대답했다.

"천자는 9년, 제후는 7년, 대부는 5년입니다."

"그럼 나의 경우는 7년이겠구먼. 말년 7년이 어디야? 황금과도 바꿀 수 없지. 내 수명을 연장시켜준다면 몇천 일(鎰 : 24냥씩의 단위)이라도 하사하겠네."

몇천 일의 금이라는 말에 백상건은 눈이 번쩍 뜨이는 기분이었다. 지금으로부터 경공이 7년만 더 살아준다면 그 어마어마한 양의 황금이 자기 것이 되는 것이었다. 말만 잘하면 미리 선금으로도 받을 수 있었다. 그러다가 경공이 7년도 채 못 살고 죽으면 입 싹 닦으면 되지 않는가. 그러나 백상건은 짐짓 황금에는 생각이 없는 것처럼 대답하였다.

"제가 황금을 바라고 이런 일은 하지 않습니다. 제사를 드릴 때는 어디까지나 마음이 순수해야 합니다. 저는 오로지 종묘 사직과 임금님의 존영을 위하여 제사 드릴 뿐이옵니다. 제사 준비를 위해서 며칠간의 여유를 주십시오."

"그러게. 준비할 물품이 있으면 얼마든지 신청하게나. 그런데 수명이 확실히 연장되었다는 징조는 어떻게 나타나는가?"

"유성(維星)이 끊어지고 추성(樞星)이 흩어집니다."

백상건이 대답하였다.

백상건은 제사에 쓸 물품을 준비하려고 성에서 나오다가 안자를 만났다. 백상건이 안자에게 예를 표하고 말하였다.

"저는 올빼미를 죽임으로써 임금님으로부터 재주를 인정받았습니다. 그런데 임금님께서는 저의 재주를 사용하여 당신의 수명을 연장해달라고 부탁하였습니다. 저는 큰 제사를 드리면 가능하다고 말하고 이렇게 제사에 쓸 물품을 준비하기 위해 백성들에게로 나아가고 있는 중입니다."

안자는 고개를 가만히 끄덕이면서 천천히 말했다.

"오, 그것은 좋은 일이다. 임금을 위하여 장수를 빌라. 그러나 나는 장수의 비결은 하나밖에 없는 줄 들어 알고 있다. 그것은 오직 백성을 덕으로 잘 다스리고 하늘의 뜻에 순응하는 것이라고 하였다. 그런데도 끝내 제사를 드려 수명을 연장하겠다는 것이냐? 또 수명을 연장했다는 징조를 어디서 볼 수 있단 말인가?"

백상건이 머뭇거리며 조심스럽게 답하였다.

"그 징조로는 유성이 끊어지고 추성이 흩어지게 됩니다."

"허허, 나를 속이려 들다니. 천문력에 따르면 그러한 현상은 수십 년마다 되풀이되는 것이 아니냐? 이제 며칠 있으면 그런 천체의 움직임이 있을 텐데 자연적인 현상을 가지고 속이려 하다니."

그러자 백상건이 땅에 엎드려 절하며 실토하였다.

"재상께서 천문에 밝은 줄 미처 몰랐습니다. 아무튼 저는 임금님에게 희망적인 이야기를 해드리고 싶었을 뿐입니다."

"너를 책망할 생각은 없다. 제사를 지내도 수명이 길어지지는 않으며, 제사를 지내지 않는다고 해서 짧아지는 것도 아니다. 임금이 원하는 대로 제사를 지내주되, 다만 제사에 쓸 물품을 구하느라고 백성들을 번거롭게 하지는 말아라. 아무쪼록 백성들에게서 조금씩만 거두어 제사 지내고, 임금에게는 성대하게 제사 지낸다고 아뢰어라. 그리고 유성이 끊어지고 추성이 흩어진 것을 임금에게 실제로 보여주면 되지 않느냐. 절망한 인간에게는 희망의 지푸라기라도 잡도록 해야지 어쩌겠나."

경공이 자신의 수명을 연장해보려고 발버둥을 치고 있을 무렵, 사실은 안자가 치명적인 병에 걸려 죽어가고 있었다. 안자는 자기가 죽을병에 걸렸다는 것을 알면서도 전혀 아무 일이 없는 듯 평상시와 똑같이 출입하였다. 그러나 남모르게 치르는 고통은 필설로 다할 수 없는 것이었다. 안자에게 몸을 바침으로써 아버지를 살려낸 첩만이 안자의 몸에 이상이 생긴 것을 눈치채고 있었다. 예순이 넘은 안자의 몸으로부터 씨를 받았는데도 그 첩은 아이를 낳게 되어 이제 남자아이가 무럭무럭 자라고 있었다. 첩은 안자가 말은 하고 있지 않지만 말할 수 없는 고통 속에 있다는 것을 알고 나름대로 극진히 간호하였다.

어느 날 밤, 자리에 누워 첩이 안자의 몸을 만지다가 화들짝 놀랐다. 거의 뼈만 앙상한 몸이었다. 해골을 만진 듯하여 무섭기까지 하였다.

"어디가 아프시옵니까? 말씀하시옵소서. 탕제를 지어 올리겠습니다."

"이미 끝났소. 내 명은 이 세상 약으로는 치료할 수 없소. 공연히 헛수고하지 마시오. 이대로 견디다가 선조들을 뵙겠소."

안자는 한동안 침묵 속에 있더니 길게 한숨을 쉬었다. 첩의 눈에는 어느새 눈물이 고였다.

"요즈음엔 죽은 아내의 얼굴이 자주 떠오르오. 나를 무척 기다리나보오."

안자가 지금도 죽은 아내를 그리워하고 있다는 것을 새삼 느낀 첩은 은근히 샘이 나는 것을 어찌할 수 없었다. 그러나 죽어가는 사람의 그리움인데 간섭한들 무엇 하랴.

"부인 이야기는 좀처럼 해주시지 않았는데 어떤 분이셨는지 말씀해주시지요. 저도 후손들에게 그분의 덕을 전해줘야 하지 않겠습니까? 아주 미인이셨습니까?"

첩의 질문에 안자는 가볍게 웃음을 흘렸다.

"허허, 미인이라고? 천하에 그리 못생긴 여자는 찾아보기 힘들 거야. 그러나 오래 같이 살다 보니 차츰 모양이 나아지는 것 같았어. 다른 사람들은 어떻게 보든지 난 상관하지 않았지. 하루는 임금님이 우리 집에 오셨어. 그런데 시중 드는 아내를 보고는 크게 실망을 한 모양이야. 다음날 임금님이 조정에서 조용히 나를 불러 말하더군. 어제 재상의 아내를 보고 놀랐소. 어떻게 그렇게 늙고 추한 여자랑 같이 살고 있단 말이오? 그러면서 글쎄, 임금님이 자기 딸을 내 아내로 삼으라고 하지 않나? 사실 그 딸은 내가 기르친 적도 있어 잘 아는데 무척 예쁘고 똑똑한 아이였지. 남자라면 누구나 탐낼 만한 여자였지."

"그런데 거절하셨단 말씀입니까?"

첩은 침을 삼키며 물었다.

"물론 거절하면서 임금님에게 말씀 올렸지. '비록 늙고 추한 여자이나 저와 같이 산 지가 오래되었습니다. 옛날에는 젊고 아름다웠습니다만 나이가 들어 이리 추하게 되었는데, 그렇다고 여자를 버리면 늙어 죽을 때까지 같이 살기로 한 약속은 무엇이 되겠습니까? 아름다운 얼굴을 맡길 때는 추해진 이후까지 맡기는 것이 아닙니까? 임금님께서는 저에게 귀한 선물을 하사하려 하오나, 저로 하여금 저에게 일생을 맡긴 여자의 마음을 찢어놓지 않게 해주십시오' 그러자 임금님도 더 이상 강요하지 않더구먼."

첩은 감격하여 숨소리도 제대로 내지 못했다. 첩의 호흡은 거의 흐느낌으로 변했다.

"재상님은 정말 성인이시며 군자이십니다. 그런데 아까는 부인이 처음부터 추녀라고 하셨는데, 임금님에게는 젊었을 때는 아름다웠다고 말씀하셨군요."

"난 사실은 내 아내가 젊었을 때는 추녀였으나 늙을수록 아름다워진다고 말하려 하였지. 그렇지만 임금님께서 내 아내를 가리켜 늙고 추하다고 하셨는데 내가 어찌 아름답다고 할 수 있나? 그러면 임금님의 판단을 완전히 무시하는 것이 되지 않겠나? 그래서 그런 식으로 말씀 올렸던 것이지."

"저의 아름다움도 추해져서 썩을 때까지 맡긴 것이오니 오래오래 맡아주십시오."

첩은 눈물을 감추려 하지 않으며 안자의 가슴으로 파고들었다.

"아, 오래오래 너를 맡았으면 얼마나 좋겠나? 하지만 내 뒤에 오는 사람들에게 자리를 내주어야 하는 법, 내가 죽음으로써 내 뒤를 이어 재상의 영예를 누리는 자가 또 나오지 않겠나?"

안자는 첩의 향긋한 몸 냄새를 마지막인 양 한껏 들이마셨다.

드디어 안자의 임종이 가까워졌다. 첩과 그녀가 낳은 아들을 곁으로 불러 마지막 유언을 하였다.

"이미 아내가 죽고 없는데도 당신을 계속 첩으로 하대한 것을 용서해 주시오. 아내에 대한 각별한 정 때문에 그랬음을 이해해주기 바라오. 이제 당신을 정식 아내로 받아들이려 하오. 얼마 되지 않는 유산이나마 아이가 자라기까지 잘 관리해주시오. 전처의 아들들이 다 장성하여 출가 하였으니 그들에게는 유산을 남길 필요가 없소. 그들에게까지 나누어 줄 유산도 없고. 그리고 내, 부탁이 있으니 이리 좀더 가까이 오시오."

이제 안자의 아내가 된 여인이 안자에게로 다가가자 안자는 마지막 힘을 다하여 옆에 놓여 있던 비단 서찰을 집어들었다.

"집 기둥을 파고 이 서찰을 넣어두시오."

"기둥을 파다니오?"

말뜻을 얼른 알아차리지 못하고 여인이 반문하였다.

"아들이 나중에 장성하면 기둥 속에서 이 서찰을 꺼내 보여주시오."

안자의 숨이 점점 차올랐다.

"아들이…… 성년이 되고 나면 당신도 재가를…… 해도 좋소. 아아, 앞으로 이 나라…… 종묘 사, 사아직이 어, 어찌 될꼬."

마침내 안자가 숨을 거두었다. 이 소식을 들은 경공은 대궐 문 밖으로 나와 정신없이 걸어가면서 소리내어 울었다.

"오호! 나의 스승이여, 나의 견책자여! 얼마 전에도 선생은 공부(公阜)에서 유람할 때에 하루에 세 번이나 과인을 책망하였소. 그런데 이제 누가 과인을 책망해주랴!"

경공은 안자가 죽은 이후에야 안자의 책망이 얼마나 귀한가를 알아차렸지만 이미 때는 늦고 말았다. 그런데 공부에서 하루에 세 번이나 책망하였다는 이야기는 다음과 같은 사건에서 연유한 말이었다.

하루는 경공이 신하들을 데리고 공부에 놀러 가 북쪽 방향으로 펼쳐져 있는 제나라의 광활한 영토를 바라보며 그 영토를 언제까지나 다스릴 수 없음을 한탄하였다. 그것은 경공이 그즈음 들어 입버릇처럼 되뇌는 말이기도 하였다. 경공이 신하들을 향하여 제법 철학적인 질문을 던졌다.

"오오! 예부터 죽음이 없었다면 어찌 되었을까?"

다른 신하들은 선뜻 대답을 못하고 머뭇거리고 있는데, 안자가 나서서 대답하였다.

"아마 임금님은 삿갓을 쓰고, 거친 베옷을 입고, 손에는 괭이나 보습을 쥐고 밭고랑이나 매고 계실 것입니다."

"아니, 그게 무슨 뚱딴지 같은 말인가? 난 죽음이 없으면 어찌 되겠는가 하고 물었는데."

"잘 들어보십시오. 옛날에 상제(上帝)는 사람의 죽음을 선한 것으로 여겼습니다. 어진 자는 죽음을 휴식으로 여겼고, 어질지 못한 자는 죽음을 굴복하는 것으로 여겼습니다. 전에도 말한 바 있지만, 만약 죽음이 예부터 없었다면 태공(太公)이 이 나라를 영원히 다스렸을 것이고, 환공(桓公), 양공(襄公), 문공(文公), 무공(武公) 들은 재상이나 신하 정도에 머물러 있었을 것이며, 임금님은 농사꾼 정도 되었을 것이란 말입니다."

경공은 자존심이 상해서 얼굴이 붉으락푸르락하였지만 안자의 말을 어떻게 반박할 수가 없었다. 얼마 후에 멀리서 한 사람이 여섯 마리의 말을 급히 몰아 달려왔다. 아직 그 사람이 멀리 있을 때 경공이 물었다.

"아니, 저게 누구요?"

"거(據)입니다."

안자가 확실하다는 말투로 대답했다.

"무엇으로 안다는 말이오?"

경공이 의아해하며 물었다.

"이렇게 더운 날씨에 말을 심하게 몰면 말들이 상하게 되고 죽기까지 합니다. 저런 어리석은 짓을 할 사람은 양구거 이외에 누가 있겠습니까?"

과연 달려온 사람을 보니 양구거였다. 아니나 다를까, 말들이 헐떡거리다가 픽픽 꼬꾸라졌다. 경공은 말들이 쓰러지는 모습을 보면서 흐뭇한 미소를 흘렸다.

"거와 과인은 말을 모는 습관이 비슷하군. 서로 어울린다니까. 화(和)로다. 화로다!"

경공은 은근히 안자의 부아를 돋우고 있는 것이었다. 안자가 정색을 하고 경공에게 말했다.

"그런 것은 화가 아니라 동(同)이라고 합니다. 이른바 화라는 것은 임금이 달면 신하가 시고, 임금이 싱거우면 신하는 짠 것과 같은 사이를 가리킵니다. 그렇게 서로를 중화시키고 보완해주어 원만을 이루는 것이 화이지, 임금이 달다고 신하도 단 것은 화가 아니라 동으로서 오히려 둘 다 망하게 되는 것입니다. 임금이 말을 급히 모는 습관이 있으면 신하는 모름지기 말을 천천히 몰아 화를 이루어야지요."

경공과 양구거는 화이부동(和而不同)을 논하는 안자의 말에 씁쓸한 인상을 짓기만 하였다.

이윽고 날이 저물어 공부의 밤하늘에 별들이 떴다. 경공이 서쪽 하늘을 바라보다가 혜성(彗星)이 길게 꼬리를 끌고 나타난 것을 보고 기겁을 하였다. 정전의 올빼미를 쫓아준 적이 있는 백상건을 불러 하늘의 혜성이 물러가도록 제사를 드리라 명했다. 그러나 안자가 백상건을 막아 서며 경공에게 아뢰었다.

"혜성을 몰아내는 제사는 불가하옵니다. 혜성이 나온 것은 백성들의 곤고한 것을 하늘이 굽어보고 있다는 증거이옵니다. 그러므로 임금님께서 하늘의 경계를 받아들이시고, 성현(聖賢)의 뜻을 받들어 정도(正道)를 따르신다면 혜성을 쫓는 제사를 드리지 않더라도 저절로 사라지게 될 것입니다. 그런데 임금님이 술이나 좋아하고 연락에 빠져 광대들과 어울려 흥청망청 정사를 제대로 돌보지 않는다면 혜성뿐만이 아니라 하늘의 마지막 경고인 불성도 나타나 아무리 제사를 드려도 사라지지 않을 것입니다. 부디 하늘의 가르침을 물리치지 마십시오."

이번에도 경공은 분을 이기지 못하고 안색이 변하고 말했다.

이렇게 공부에서의 세 가지 책망이란 장수에 대한 욕심, 신하들과의 분별없는 부화뇌동, 하늘의 경고 무시 등에 대한 책망이라 할 수 있었다. 이것을 다른 말로 하면 자기와의 관계, 사람들과의 관계, 하늘과의 관계에 대한 책망이라고도 할 수 있었다.

이와 같이 성실하게 책망하던 재상 안자가 죽었으니 경공은 이제 자신의 진로에 대해 불안하기 그지없었다. 자신과 화한 것이 아니라 동해 버린 신하들이 주위에 우글거리고 있는 것을 경공도 잘 알고 있기 때문이었다.

경공은 안자의 장례식을 치르고 나서 정전 누대에 올라 멍하니 앉아 있곤 하였다. 무엇보다 경공이 왕위에 오르던 무렵의 그 어수선하던 상황과 안자의 행동들이 새삼 회상되었다.

경공이 왕위에 오르게 된 것은, 최저(崔杼)의 무리가 장공(莊公)을 모반하여 시해한 후 정권의 정통성을 세우기 위해 경공을 억지로 옹립함으로써 가능케 된 것이었다. 이 사건은 장공과 안자 사이에 알력이 있어 장공이 안자를 파면한 후 얼마 있지 않아 일어났는데, 그 소식을 들은 안자는 스스로 최저의 집 대문 앞으로 달려갔다. 대문을 수위하고 있던 최저의 종이 안자를 보자 놀라는 투로 말했다.

"네가 섬기던 임금이 죽었는데 왜 따라 죽지 않았나?"

"내 한 사람만의 임금이 아닌데 내가 왜 죽나?"

안자는 담담히 대답했다.

"왜 도망가지 않나?"

최저의 종이 또 짓궂게 물었다.

"내 한 사람만의 죄가 아닌데 왜 내가 도망가나?"

"그럼 왜 집으로 돌아가지 않나?"

"내 임금이 죽었는데 내 어찌 돌아가겠는가? 최저의 집에 임금의 시체가 있는 줄 알고 왔으니 대문을 열라."

안자는 종을 밀치고 대문 안으로 들어갔다. 대문간이 소란스러워 나와본 최저는 안자를 보고는 그 자리에 우뚝 섰다. 그러고는 종이 했던 말을 되풀이하였다.

"그대는 어찌 죽지 않았는가?"

"화(禍)가 시작될 때 내가 없었고, 화가 끝났을 때도 내가 없었는데 내가 왜 죽어야 하오? 그리고 망할 행동을 하는 임금은 왕위에 있기에 족하지 않다고 하였는데, 내가 어찌 계집종같이 목을 매어 그를 따르겠소?"

안자는 옷과 관을 벗고는 최저의 안마당에 놓여 있는 장공의 시체를 끌어안고 소리 높여 통곡하였다. 그리고 가슴을 치며 세 번 뛰어오르는 용(踊)의 동작을 한 후에 밖으로 나갔다. 안자 스스로 장공을 가리켜 망할 행동을 한 임금으로서 왕위에 있기에 족하지 않은 자라고 하였지만, 그렇다고 최저가 장공을 죽인 것이 합리화되지는 않는다는 것을 잘 알고 있었던 것이었다. 안자는 장공을 끌어안고 통곡함으로써 최저에게 그러한 사실을 은연중에 말하였다고 볼 수 있고, 종묘 사직과 장공 개인의 인생을 생각해서 통곡하였다고도 볼 수 있었다.

아무튼 장공의 시체를 끌어안고 우는 안자의 모습을 본 최저의 측근들은 안자를 죽여 없애는 것이 후환을 제거하는 것임을 인식하고, 최저에게 안자를 반드시 죽여야 한다고 건의하였다. 그러나 최저는 다르게 말하였다.

"안자는 백성들의 신망이 두터우니 그를 놓아주어 민심을 얻어야 한다."

그러나 안자가 이후에도 계속 자기들에게 협조하지 않자, 최저는 안자가 말을 듣지 않으면 부득이 안자를 죽일 수밖에 없다고 결론을 내리기에 이르렀다. 안자뿐만 아니라 자기들에게 협조하지 않는 신하들을 모조리 숙청해야 한다고 마음을 먹은 최저는 재상으로 세워놓은 경봉(慶封)과 짜고는 조정의 모든 장군들과 대부들, 지방의 유지들을 불러 모아놓고 맹세식을 거행하였다. 제나라 태공의 묘소인 태궁(太宮) 뜰에 높이 3인(1인은 8척) 가량의 단(壇)을 쌓고 계단을 만들어 사람들로 하여금 그 위에 올라가 맹세하도록 하였다.

최저가 맹세를 시키는 방법은 먼저 맹세문을 낭독하도록 한 후, 그 증거로 대접에 담긴 희생 제물의 피에 손을 담그도록 하는 것이었다. 맹세문은 다음과 같았다.

'최씨와 경씨에게 협조하지 않고 공실과 가까이하는 자는 천벌을 받을지어다.'

단 주위에는 갑옷으로 무장한 병사들이 창과 칼을 들고 있었고, 단 밑에는 시체를 받아 매장할 수 있는 깊은 웅덩이가 패어 있었다. 이런 삼엄한 분위기 속에서 협조를 맹세하라 하니 어느 누군들 거부할 수 있겠는가. 그러나 지조를 생명보다 더 귀하게 여기는 몇몇 신하들과 지방 유지들은 끝내 협조를 거부하고 병사들의 창칼 세례를 받고 웅덩이로 곤두박질쳤다. 너무 떨린 나머지 말을 더듬거린 자도 비협조적이라 하여 죽음을 당했다.

마침내 안자의 차례가 되었다. 최저와 경공은 물론 그 측근들, 병사들까지 긴장하여 안자의 일거수일투족을 주시하였다.

안자가 천천히 계단을 올라가 단 한가운데에 섰다. 단 위의 병사들을 진두지휘하는 지휘관이 최저의 눈치를 살폈다가 안자의 눈치를 살피고 하며 타는 입술을 마른침으로 축였다. 안자가 무난히 맹세를 하면 별일이 없겠지만, 만약 안자가 협조를 거부하고 맹세문을 낭독하지 않거나 희생 제물의 피에 손을 담그지 않는다면 지휘관은 이전에 자기가 섬겼던 재상인 안자를 죽여야 하는 곤란한 입장에 처하게 되는 것이었다.

최저가 측근들과 함께 단상에 배설된 자리에 앉아 안자를 향하여 소리쳤다.

"맹세하라!"

그러자 입을 굳게 다물고 맹세를 거부할지도 모른다고 생각했던 안자가 의외로 입을 열어 큰 음성으로 외친다. 지휘관은 안자가 맹세문을 낭독하는 줄 알고 안도의 한숨을 쉬었다.

"공실과 가까이하지 않고 최씨와 경씨와 가까이하는 자는 천벌을 받을지어다."

언뜻 듣기에 맹세문을 그대로 낭독하는 것 같았으나 안자가 외치고 있는 것은 맹세문과는 완전히 반대되는 내용이었다. 삼시 칙오를 일으키고 얼굴에 회심의 미소를 떠올렸던 최저는 금방 험악한 인상으로 변했다. 그렇게 맹세를 반대로 외친 안자는 피가 담긴 대접을 들더니 '슬프도다! 최저의 무리가 무도하여 그의 임금을 죽였도다' 하며 하늘을 우러러 탄식한 후, 대접에 든 피를 꿀꺽꿀꺽 마셔버렸다.

최저가 분기를 참지 못하고 자리에서 벌떡 일어섰다. 어느새 안자의 목에는 병사들의 창이 겨누어져 있었고, 가슴에는 칼들이 쏠려 있었다.

"이미 창은 그대의 목에 있고, 칼은 이미 그대 가슴에 있도다. 다시 한 번 기회를 주노니 그대의 말을 바꾸라."

최저는 간신히 자기를 억제하며 안자에게 살아날 수 있는 기회를 한 번 더 주었다. 그러나 안자는 피를 마셔 온통 벌게진 입을 벌려 최저를 향하여 당당하게 외쳤다.

"나를 칼과 창으로 협박하여 내 뜻을 꺾고 마음을 돌리려 하는 것은 용기도 아니고 의(義)도 아니다. 칼과 창은 내 몸을 찌를 수 있을지언정 내 뜻은 찌르지 못하리라."

"그럼 너를 기다리고 있는 것은 저 웅덩이뿐이다."

최저가 손짓으로 지휘관에게 안자를 처치할 것을 지시하였다. 이제 지휘관의 구령만 떨어지면 병사들의 창과 칼은 안자의 목과 가슴을 찌를 것이었다. 그런데 갑자기 지휘관이 꿀 먹은 벙어리가 되었다. 막 창칼로 찌르고 내리치려던 병사들도 의아해하며 지휘관을 돌아보았다. 지휘관이 최저 앞으로 달려가 무릎을 꿇었다.

"장군님은 임금이 무도하다 하여 죽였으나 지금 그 임금의 신하는 덕망이 있습니다. 백성들도 이 사실을 다 알고 있는데 그를 죽인다면 어떻게 백성들을 가르칠 수 있겠습니까? 장군님을 위해서도 그를 방면해주는 것이 나을 것입니다."

거의 자신의 생명을 내걸고 애원하다시피 하는 지휘관의 말에 최저도 멈칫하지 않을 수 없었다. 피가 흥건히 고여 있는 웅덩이를 한 번 내려다본 최저는 할 수 없다는 듯 거친 숨을 두어 번 내쉰 후 "오늘 맹세식은 이 정도로 한다" 하고 병사들로 하여금 철수할 것을 명령했다.

이 말은 사실 안자를 방면한다는 말이기도 하였다. 안자는 최저를 바라보며 한마디하고 계단을 내려갔다.

"장군은 임금을 죽이는 대불인(大不仁)을 행하면서도 나를 살려주는 소인(小仁)도 베푸니, 차라리 그 둘 사이의 중용을 택하는 게 좋았을 텐데."

안자가 계단을 다 내려오자 안자의 시종이 황급히 수레를 몰고 와서 안자를 태우고 부랴부랴 태궁(太宮)을 빠져나갔다. 말들을 급히 몰고 있는 시종의 손을 잡으며 안자가 차분히 말했다.

"왜 그리 서두느냐? 천천히 가라. 빨리 달아난다고 살 수 있는 것도 아니요, 천천히 간다고 죽는 것도 아니다. 사슴은 들에서 사나 그 목숨이 주방(廚房)에 달려 있듯이 나의 생명도 달려 있는 데가 따로 있느니라."

이렇게 안자는 장군들의 농간으로부터 조정을 지키고 경공의 인정을 받아 재상으로 재임용되기에 이른 것이었다. 경공은 안자라는 재상이 없었더라면 최저의 무리들에 의해 순전히 허수아비 노릇밖에 하지 못하였을 것이었다. 그러나 안자가 있었으므로 그나마 군주로서의 체통을 세울 수 있었다고 할 수 있다.

사마천은 《안자열전(晏子列傳)》을 마감하면서 안자에 대한 자신의 소감을 이렇게 피력하였으니, 그가 얼마나 안자를 존경하였는지 알 수 있다.

지금 안자가 살아 있다면 나는 그를 위하여 말채찍을 잡는 마부가 되어서라도 즐거이 흠모하리.

나라를 말아먹은 **전씨 일가**

 경공(景公) 때에 전이자걸이 조세를 징수하는 관원이 되어 교묘하게 민심을 자기에게로 돌리고 있었다는 것은 앞서 말한 바와 같다. 그 당시 제(齊)나라에서는 네 종류의 되가 사용되고 있었는데, 두(豆)·구(區)·부(釜)·종(鍾)이 그것이었다. 4배씩 단위가 높아지다가 마지막 종은 부의 10배가 되었다. 그런데 전씨 집안에서 사용하는 되는 4배씩 단위를 높이지 않고 5배씩 단위를 높였다. 그러니 자연히 전씨네 되는 일반적으로 사용하는 되보다 클 수밖에 없었다.

 이자걸은 이 되의 차이를 이용하여 백성들에게 곡물을 대출할 때는 전씨 자기네 되를 사용하고, 곡물을 거두어들일 때는 일반 되를 사용하였다. 그리하여 똑같은 수의 되로 계산한 것이 되지만 국고에는 큰 손실을 끼친 셈이었다. 그러자 백성들은 공실에 대하여 불만들이 많던 차에 전씨의 후의에 감사하여 전씨의 세력권 내로 들어와 그 은민(隱民)들이 되었다.

 이렇게 세력을 키운 전씨는 소위 신흥 세력이 된 셈이었는데, 제나라의 수구 세력들이 가만히 있을 리 없었다. 점점 신흥 세력과 수구 세력 간의 갈등이 심화되어갔다. 이러한 상황을 누구보다도 염려한 사람은 안자(晏子)였다.

안자가 죽기 얼마 전에 진(晉)나라에 사신으로 간 적이 있었다. 그때 진나라 신하 숙향(叔向)이 안자를 초대하여 연회를 베풀고 서로 시국에 관하여 이야기들을 주고받았다.

숙향이 먼저 안자에게 물었다.

"요즘 제나라는 어떠합니까?"

"한마디로 말세입니다. 나도 어떻게 수습할 길이 없습니다. 아마 제나라는 전씨 소유가 될 것입니다."

안자가 한숨을 쉬며 대답하였다.

"아니, 어째서 그러합니까? 전씨가 차지할 것이라니오?"

안자가 그 이유를 차근차근 설명하였다.

"우리 임금은 백성들을 내버려두어 전씨에게로 돌아가도록 하고 있습니다. 말하자면 전씨 좋은 일만 시키고 있다는 말이지요. 전씨는 큰 되로 곡물을 백성들에게 빌려주고 작은 되로 받아들이고 있습니다. 그러니 자연히 민심이 전씨에게로 돌아가지 않겠습니까?"

"임금도 민심을 얻도록 노력하면 되지 않습니까?"

"그러면 오죽 좋겠습니까? 그런데 임금은 어린아이 같아서 자기 안일과 쾌락 이외에 다른 것에는 별 관심이 없습니다. 백성들로부터 거두어들인 곡식으로 경공의 창고는 차고 넘쳐 오히려 썩고 벌레가 슬고 있는데, 거리의 노소(老少)들은 헐벗고 굶주리고 있습니다. 벌레가 슬어 바깥에 버리는 한이 있더라도 백성들에게 나누어줄 생각은 하지 않습니다. 제가 임금에게 수없이 충고를 하고 있는데도 충고할 당시는 좀 고치는 것 같다가도 금방 이전 잘못을 되풀이하고 있습니다."

안자의 얼굴에는 어떻게 할 수 없다는 자포자기의 심정이 내비쳤다.

"그쪽 국내 경기는 어떠합니까?"

"말도 마십시오. 밀수입이 성행하여 경제 질서가 엉망입니다. 산에서 재목을 베어내 시장에 가져와서 팔아도 재목을 산에서 사는 것보다 더 싼 형편입니다. 생선과 소금, 조개를 시장에 내다팔아도 바다에서 그것들을 사는 것보다 더 비싸지 않으니 백성들에게 무슨 이득이 돌아가겠습니까? 모두들 생업에 의욕들을 잃고 일손을 놓고 있는 실정입니다. 열심히 일한 자에게 정당한 보수가 돌아가야 하는데, 밀수입을 조장하는 권력층들만 몰래 이익을 얻고 있으니 빈익빈 부익부의 악순환이 되풀이되고 있을 뿐입니다. 전씨 일가도 그런 특권층에 속하지만, 그들은 나쁜 방법으로 번 재물을 교묘하게 활용하여 민심을 얻는 데 투자하고 있습니다. 지금 공실은 사납고 교만스러운 반면, 전씨 일가는 겉으로 보기에 후하고 인자합니다. 소출의 3분의 1을 세금으로 바치느라 쪼들리는 백성들이 자기들을 품어주는 것 같은 전씨 일가를 부모처럼 사랑하며 흐르는 물처럼 그리로 모여들고 있는 것입니다."

"한 가지 이상한 점이 있습니다. 임금은 왜 전씨 일가의 교묘한 부정 대출을 막지 않습니까?"

"나도 그 점을 수차례 건의하여 전씨 일가의 부정 대출을 막도록 하였지만 이미 임금으로서는 역부족입니다. 전씨 일가는 임금을 몰아낼 수 있을 만큼 세력을 키웠으니까요."

숙향이 안자의 말을 들으면서 염려스러운 기색을 떠올렸다.

"허허, 아무래도 전씨 일가가 나라를 차지해버릴 것 같습니다. 우리 진나라도 나라의 기강이 엉망입니다. 서민들은 피폐한데 궁실은 더욱 호화로운 생활을 즐기기만 하고, 길에는 주려 죽는 자들이 수두룩한데 임금의 총애를 받는 첩들의 집은 날로 부해지기만 합니다. 그래서 백성들은 공실의 명령을 원수의 말처럼 여기며 꺼려합니다. 이런 혼란스러운 틈을 타 새로운 세력들이 일어나서 조정을 좌지우지하게 되었습니다. 난씨(欒氏), 극씨(郤氏), 서씨(胥氏) 등 구귀족들은 차츰 몰락하여 천한 지위에 있게 되었습니다. 진나라의 분열과 몰락이 불을 보듯 뻔합니다."

숙향이 진나라의 형편을 이야기하였다. 안자는 눈을 질끈 감고 깊은 생각에 잠겨 고개를 끄덕였다.

"우리 제나라와 진나라가 비슷한 상황 가운데 있군요. 지금 군주들의 무책임과 타락상은 중원 전반의 현상인 모양입니다. 언제 다시 성왕(聖王)들의 시대가 올지? 그래, 숙향 그대는 어떤 대책을 가지고 있소?"

"나도 별 대책이 없습니다. 사람의 일은 끝났으니 하늘의 뜻만 기다릴 뿐입니다. 나에게 소원이 있다면 그저 다행히 제 명이라도 다하고 죽는 것입니다. 어진 자식도 없는 내가 제사를 얻어먹을 생각 같은 것은 아예 하지도 않습니다."

숙향의 표정이 처량해졌다. 나라에 대한 근심으로 안자와 숙향은 다 같이 어두운 마음이 되었다.

"제나라에서 형벌은 제대로 시행되고 있습니까?"

숙향의 질문에 안자가 짧게 답변했다.

"신은 천하고 용(踊)은 귀합니다."

"용이 귀하다니오? 그게 무슨 말입니까?"

"형벌이 엄하다는 말도 되고, 아무리 형벌을 내려두 범죄자가 줄어들지 않는다는 말도 되지요. 용은 발꿈치 잘린 자의 신발에 해당하는 것이 아닙니까? 하도 범죄자가 많고 월형을 받은 자가 많아 용이 보통 신발보다 더 잘 팔린다는 말이지요. 그래서 용의 값이 더 비싸고 귀해진 것이지요. 우리 제나라는 터무니없이 형벌이 엄해서 용이 더욱 귀해졌다고 할 수 있지요. 임금이 덕으로 나라를 다스리려 하지 않고 형벌로써만 다스리려 하니 범죄는 더욱 극악해지고, 형벌은 거기에 따라 더 세지는 악순환이 되풀이되는 것이지요. 그리고 또 멀쩡한 사람을 애매하게 범죄자로 만드는 일도 비일비재하지요. 임금이 아끼는 회화나무를 범했다 하여 발꿈치가 잘려 용을 신고 다니는 사람들도 있고, 강간하려는 남자의 혀를 깨물었다 하여 발꿈치가 잘린 여자도 있지요. 제나라 불량배들은 여자를 강간하고 소문이 날까 봐 여자를 죽여버리는 것이 예사인데, 그렇다면 강간당한다는 그 자체는 정조를 잃는 차원의 문제가 아니라 이미 생명을 위협당하고 있는 상황이 되는 셈이지요. 자기를 죽이려는 자의 혀를 깨물었다 하여 발꿈치를 자르다니 판관(判官)들의 머리통이 온통 모래로 가득 찼다고 할 수밖에 없지요."

"우리 진나라는 용이라도 귀해졌으면 다행이겠습니다. 발꿈치를 자르는 정도로 그쳐도 억울하기 그지없는, 죄도 아닌 죄를 가지고 목을 자르는 경우가 허다하지요. 우리 임금은 곰의 발바닥을 적당하게 삶지 않았다 하여 요리사의 목을 쳐, 그 요리사의 아내로 하여금 삼태기에 남편의 목을 담아 머리에 이고 거리를 돌아다니게 하기도 하였으니까요. 또한 우리 임금은 사형 방법도 하나의 유희로 즐기는데, 사형수를 높은 고대(高臺)에서 거대한 활시위 같은 것에 메겨 화살을 쏘듯이 사람을 쏘면서 누가 멀리 쏘나 내기를 하기도 하지요. 그리고 새로 만든 칼이 얼마나 잘 드나 시험을 하려고 아무 죄도 없는 멀쩡한 사람을 베어보기도 하지요. 이러한 형편이니 망조가 들어도 보통 든 것이 아니지요. 계세(季世)이지요, 계세."

"그렇습니다. 제나라나 진나라나 다 계세에 처해 있습니다. 이제 때가 다 된 것 같습니다."

안자가 죽은 후, 제나라에서 전씨 일가의 세도는 더욱 기승을 부렸다. 거기다가 경공까지 죽게 되자 전씨는 조정을 완전히 장악하여 경공이 후계자로 세운 임금 도를 죽이고 양생(陽生)을 세웠다. 이 일은 일찍이 안자가 예언했던 것이었다.

경공은 적자(嫡子)요 장남인 양생을 태자(太子)로 세우겠다고 안자에게 약속까지 해놓고는, 순우국(淳于國) 출신으로 후궁이 된 여자가 낳은 서자(庶子) 도에 대한 애정이 차고 넘쳐 도를 태자로 세울 궁리를 자꾸만 하였다. 그러고는 넌지시 안자의 협조를 구하기도 하였다. 그러자 안자는 단호하게 말하였다.

"그것은 옳지 않습니다. 양생은 적자요 연장자로 백성들이 그를 추대하고 있습니다. 그런데 서자요 연소자인 도를 세운다는 것은 도리에 합당하지 않습니다. 옛날 현명한 임금이 즐길 줄을 몰랐던 것이 아니라 즐기는 일이 지나치면 음란하여지기 쉽다는 것을 잘 알았기 때문에 조심하였던 것이요, 사랑하는 자를 세울 줄 몰랐던 것이 아니라 의(義)를 저버리면 혼란이 온다는 것을 잘 알았기 때문에 개인적인 애정을 억누르고 도리에 맞게 후계자를 세웠던 것입니다. 지금 임금님이 도를 사랑하는 줄 알고 아첨배들이 도를 태자로 세우는 운동을 벌임으로써 임금님을 기쁘게 해드리려고 하고 있지만, 그런 농간에 넘어가서는 아니 되옵니다."

여기서 안자가 말하는 아첨배의 무리에는 전씨 일가도 포함되어 있었다. 이자걸, 즉 전걸(田乞)이 중심이 된 전씨 일가는 경공의 환심을 사려고 도를 후계자로 세우는 데 적극적이었다. 그러나 그들 나름대로 꿍꿍이속이 있었는데, 안자가 그것을 간파하고 있었던 것이었다. 안자는 계속해서 도를 후계자로 세워서는 안 되는 이유를 설명하였다.

"만약 임금님께서 도를 후계자로 세우게 되면 도의 생명이 위태롭습니다."

"아니, 그게 무슨 말인가?"

"도가 임금이 되었을 때, 정권에 야심을 가지고 있는 신하들이 정통성 시비를 걸어 도를 죽이고 적자인 양생을 세워 조정을 장악할지 모르기 때문입니다. 그러면 더욱 공실의 세력은 약화되고 전씨 일가가 득세하게 될 것입니다. 결국 정통성이 있는 후계자를 세운다는 핑계로 자기들의 사리사욕을 채울 구실만을 줄 뿐입니다. 양생이 임금이 된다 하더라도 도에게 풍족한 음식을 먹이고 아름다운 음악을 듣게 할 것이니, 도가 푸대접을 받을까 염려하지 마시고 양생을 후계자로 세워 틈을 노리는 자들로 인한 후환을 예방하시기 바랍니다."

이렇게 간곡히 간언하는 안자의 말을 경공도 막을 수 없었다. 경공은 자신의 계획을 철회하는 듯한 말을 흘리며 안자를 물러나게 하였다.

그러나 안자가 죽고 나자 경공은 안자의 충고를 받아들이지 않았다. 전씨 일가를 비롯한 신하들의 아첨하는 말을 듣고 원래 자신이 계획했던 대로 도를 후계자로 세워버렸다.

전씨 일가는 자기들이 경공을 부추겨 도를 임금으로 세워놓고는 때가 되자 도가 서자라는 이유로 죽이고 왕위의 정통성을 세운답시고 자기들이 그토록 반대해온 양생을 임금으로 옹립하였다. 그러고는 백성들에게는 자기들의 행동을 합리화하는 그럴듯한 핑계를 대었다. 평소에 전씨 일가에 대해 호감을 가지고 있던 백성들은 전씨 일가가 내세우는 그럴듯한 이유를 받아들이고, 전씨 일가가 정말 정의로운 일을 하였다고 생각하기에 이르렀다. 그것이 기원전 489년에 일어난 전걸의 변란이었다. 그렇게 민심까지 얻고 있으니 전씨 일가는 조정의 배후에서 막강한 세도를 계속 부릴 수 있었다.

전걸이 죽고 그 아들 전환(田桓)이 전씨 일가를 대표하는 인물이 되었는데, 그 무렵 양생을 중심으로 하여 국씨(國氏), 거씨(莒氏), 고씨(高氏), 안씨(晏氏) 등 구귀족들이 수구 세력의 발흥을 꾀하자 전환은 자기와 동조하는 대부들을 이끌고 공실을 습격하여 양생까지 죽여버리고 새로운 임금으로 양생의 아들인 간공(簡公)을 세웠다. 수구 세력들은 목숨을 부지하기 위하여 노(魯)나라로 무더기 망명을 하지 않으면 안 되었다.

전걸의 아들 전환은 조정에 압력을 가하여 좌상(左相)의 자리에 올랐다. 그런데 그 당시 우상(右相)은 감지(監止)였는데 감지는 간공의 총애를 받고 있었다. 간공은 전씨 일가에 눌리는 입장이므로 자연히 감지를 더욱 가까이하면서 뭔가 세력을 이루어보려고 했다.

전환은 아무래도 감지가 위협적인 존재로 여겨져 그를 제거하기 위한 음모를 꾸미기 시작했다. 무엇보다 민심을 더욱 얻어야 한다고 생각한 전환은 아버지 전걸이 사용했던 방법에서 한 걸음 더 나아가 돈으로 민심을 사는 노골적인 방식을 취하게 되었다. 그동안 전씨 일가가 모아두고 있던 재물을 잔뜩 풀어 가난에 허덕이는 백성들의 손에 쥐여주었다. 백성들은 자기들이 가난하게 살게 된 원인이 전씨 일가에게 있는 줄도 모르고 재물을 베풀어주는 전씨 일가의 은혜에 감복하였다.

이렇게 민중의 지지를 얻은 전환은 제나라 실정(失政)의 책임을 슬쩍 감지와 간공에게로 돌리고, 그들에 대한 백성들의 원성이 높아지도록 하였다. 그 다음, 전환은 감지의 추종자들을 하나하나 제거해나갔다. 이런 정국의 낌새를 느낀 감지는 간공과 함께 도주하였다. 간공은 서주(徐州)에서 전환의 무리에 체포되어 죽음을 당하였다.

조정의 반대 세력을 쓸어버린 전환은 비로소 마음의 여유를 찾고 누구를 임금으로 추대하는 것이 자기 세력을 부지하는 데 도움이 될까 궁리하게 되었다. 전환이 잠자리에 들어 아내에게 속삭였다.

"이제 우리 세상이오. 허수아비를 하나 세워 민심을 수습하기를 원하는데 누구를 세웠으면 좋겠소?"

아내는 한동안 입을 다물고 아무 말이 없었다. 그러다가 전환의 가슴으로 더욱 파고들며 아양 섞인 목소리로 소곤거렸다.

"허수아비를 세워 백성들의 눈을 속일 필요 뭐 있어요? 백성들은 모두 당신이 군주가 되기를 원하고 있는데요. 차제에 임금의 성씨를 바꾸어버려요. 그래야 소첩도 한번 왕비가 되어보지요. 당신이 어디 임금 될 만한 자격이 없나요? 나라 이름도 아예 전제(田齊)로 바꾸면 어때요?"

전환은 자기보다 아내가 더욱 과감하다는 생각이 들었다. 전제의 초대 임금이라. 상상만 해도 가슴이 뛰는 일이었다. 그러나 아직까지는 아무래도 시기상조였다. 백성들의 눈과 입은 어떻게 해서든지 틀어막는다 하더라도, 다른 제후들과 천자(天子)가 자기를 제후로 인정해주지 않을 것이 확실하였다. 전제를 세우는 일은 전씨 일가의 후대에 맡기는 것이 현명한 처사일 것이었다. 전환은 자기 대에 그 일을 이룰 수 없는 여건이 몹시 서운하였지만 아내보다는 현실적인 점이 있긴 하였다.

"지금은 때가 아니오. 후대에 가서는 그것도 가능하겠지요. 당신을 왕비로 앉히고 싶은 마음 난들 없겠소? 하지만 후대를 위하여 참아야 하오. 사실 당신은 이름만 왕비가 아니지, 실질적으로는 왕비 행세를 하고 있지 않소? 노나라로 망명한 귀족들의 땅만 몰수해서 잘 관리해도 막대한 재산을 늘릴 수 있을 것이오. 그리고 입고 싶은 것, 먹고 싶은 것, 구경하고 싶은 것 실컷 누리시오. 그러면 세상 부러울 게 뭐 있소?"

아내는 전환의 결심이 확고한 것을 보고 왕비 되는 것을 포기할 수밖에 없었지만 미련을 영 떨쳐버리기가 힘들었다.

전환은 궁리 끝에 간공의 동생인 평공(平公)을 임금으로 세우고, 자기는 재상 자리에 있으면서 권력을 휘둘렀다. 전환은 평공을 세울 때 이미 평공을 협박하여 자신의 권한을 대폭 늘려놓은 것이었다. 사마천의 《사기》〈전경중완세가편(田敬仲完世家篇)〉에 보면 전환이 평공에게 협박한 내용이 다음과 같이 나온다.

'임금은 모름지기 사람들에게 덕이나 베풀면 되는 것이오. 형벌을 집행하고 하는 일은 내가 알아서 하겠으니 나에게 맡기시오.'

결국 전환은 평공을 덕이나 베푸는 상징적인 존재로 만들어버리고 실질적인 권한은 자기가 독차지한 셈이었다. 형벌 대권을 장악한 전환은 미미하게 남아 있는 포씨(鮑氏), 안씨(晏氏) 등 구귀족들의 잔재를 진멸하다시피 하고, 노나라에서 잡아온 감지를 거열형(車裂刑)으로 수레에 사지를 묶어 갈가리 찢어 죽였다.

허수아비 임금을 세워놓고 배후에서 정권을 장악한 전환은 자신의 권력을, 정욕을 채우는 데 십분 활용하였다. 전환의 아내는 키가 자그마했다. 전환도 역시 키가 작아 잠자리에서 별 불편한 점은 없었다. 그런데 둘 사이에서 태어난 자식들이 키가 작아 그것이 마음에 걸렸다. 거기다가 늙어가는 아내를 안는다는 것은 이제 지겨운 일이 되고 말았다. 전환이 아내를 아무리 애무해주어도 아내의 샅은 축축해지지 않았다. 메마른 아내의 샅으로 자신의 옥근을 밀어넣는 것은 그야말로 고역이 아닐 수 없었다. 아내도 아프다고 끙끙거리고, 자신도 음경이 조여드는 듯이 통증을 느끼고 하여 자연 잠자리를 멀리하게 되었다. 긴혹 잠자리를 하게 될 때에도 얼굴 피부 보호를 위해 사용하는 돈고(豚膏 : 돼지기름)를 준비해서 아내의 샅에 발라주어야만 하였다. 그것이 어느 정도 윤활유 역할을 해주었지만, 돼지기름이 자신의 중요한 부분에 묻는다고 생각하니 영 기분이 좋지 않았다.

전환은 젊고 키가 큰 여자들을 안아보고 싶은 욕망에 사로잡혔다. 그는 제나라 여자 중 키가 7척 이상 되는 젊은 여자들은 모조리 모아 오도록 명령하였다. 그 여자들을 일일이 면접한 전환은 자기 마음에 드는 여자들을 첩으로 삼았는데, 기록에 의하면, 첩의 수가 수십 명이라고도 하고 백 명이라고도 하였다. 거기서 나온 아들들이 70여 명이나 된다고 하였다. 그런데 키 큰 여자들이 낳은 자식들이라 하여 다 키가 큰 것은 아니었다. 그중에는 전환 자기를 닮아 여전히 키가 작은 자식들도 꽤 있었다.

잠자리에서 키가 큰 여자랑 관계를 하니 예상했던 그 이상으로 색다른 맛이 있었다. 아래위로 오르락내리락하며 더듬어보는 재미도 특별했고, 무엇보다 축축한 용소(龍沼)와도 같이 자신의 물건을 받아주는 그 푸근함이 좋았다. 그런데 몸을 합한 상태가 되면 전환의 발은 여자의 정강이 부분에 가 닿고, 머리는 여자의 젖가슴에 가 닿기가 일쑤였다. 여자의 입술을 빨고 싶어도 옥근이 빠질까 싶어 몸을 제대로 움직일 수가 없었다. 그래서 여자의 젖가슴을 두 손으로 움켜쥐고 이쪽저쪽 젖꼭지를 번갈아가며 미친 듯이 빨아대곤 하였다. 아무튼 자기 품에 꼭 안기는 자그마한 체구의 아내 몸 위에 있는 맛보다는 거대한 침상 같은 여자의 몸 위에 있는 맛이 유별나기만 하였다. 남자들이란 자기 아내와 반대되는 유형의 여자를 늘 동경하는 법이니까.

이렇게 늦바람이 난 전환은 자제력을 잃고 첩들의 육체를 건너다니다가 마침내 한 첩의 배 위에서 복상사하고 말았다.

전환이 죽자 그 아들 양자반(襄子盤)이 재상의 자리를 이어받아 실권자가 되었다.

그 무렵, 진나라에서는 앞서 말했듯이 한(韓)·위(魏)·조(趙) 세 일가가 진나라 실권을 장악하고 있던 지(智)씨 일가를 쳐부수고, 각각 나라를 삼분하여 차지할 음모를 꾸미고 있었다. 양자반도 제나라를 그 임금 자리까지 차지하려는 야심을 가지고 있었으므로 한·위·조 세 가와 의기투합해 친교를 맺기에 이르렀다. 소위 신흥 세력들 간의 외교적인 유대 강화라 할 수 있었다.

이와 같이 그 당시 중원은 국군(國君)의 정권, 즉 공실(公室)에 대항하는 사가(私家)의 세력들이 막강한 군사력과 경제력을 배경으로 일어나 나라를 통째로 삼키려는 음모들을 꾸미며 군주를 추방하거나 시해하는 일도 서슴지 않았다. 그리고 진에서처럼 사가들끼리의 암투도 치열하였다. 진은 결국 한·위·조 세 사가의 세력이 서로 백중지세를 이루어 나라가 삼분되었지만, 제는 전씨 일가가 다른 사가들의 세력을 억누름으로써 나라가 분열되는 사태는 발생하지 않았다.

양자반이 죽고 그 아들 장자(莊子)가 제 선공(宣公) 때에 재상이 되어 주변 국가들을 공략하여 영토를 확장시키기도 하였다. 장자가 죽은 후에는 그 아들 전화(田和)가 재상 자리를 이어받았는데, 선공 다음으로 강공(康公)이 임금이 되자 강공이 주색에 빠져 정사도 제대로 돌보지 않는다는 이유로 마침내 임금을 내쫓고 명실공히 실권을 장악했다. 강공이 스스로 주색에 빠졌다기보다 전화가 합당한 명분을 얻기 위해 일부러 주지육림(酒池肉林)을 만들어 강공으로 하여금 거기에 빠지도록 교묘하게 유혹한 셈이었다.

임금을 몰아내기 위해 임금을 타락시켜 그럴듯한 명분을 만들어낸 전화이 수법은 역사를 통해 모시꾼들에 의해 되풀이되고 있는 술책이다. 정적(政敵)을 무너뜨리는 방법치고 이 방법만큼 효과적인 것도 없으니까 말이다.

그런데 《사기》의 기록에 보면 전화가 강공을 해상(海上)으로 축출하였다고 하는데, 그 해상이 구체적으로 어떤 지역인지는 밝히지 않고 있다.

아마 조선에 가까운 외딴섬이었을 것이다.

그 후 3년이 지나 전화는 위문후(魏文侯)와 탁택(濁澤)이라는 곳에서 만나 주변 국가들이 자기를 제후로 인정해주도록 외교 활동을 벌여주기를 부탁하였다. 위문후는 우선 사신을 주(周)나라 조정으로 보내 천자에게 전화를 제나라의 제후로 인정해주기를 청하였다. 청하였다기보다 압력을 가하였다고 하는 것이 더욱 정확한 표현일 것이었다. 형식적인 권한밖에 없는 주 천자의 허락이긴 하였지만, 전화에게는 백성들에게 자기를 내세울 수 있는 임명장이 되었다. 주실(周室)로부터 제후로 인정을 받자 그동안 눈치만 살피고 있던 여러 주변 국가들도 전화를 제나라의 정식 제후로 인정하기에 이르렀다. 임금까지 내쫓고 나라를 차지한 전씨 일가의 도덕성 따위는 더 이상 묻지 않고 자기 나라의 실리를 따라 전화를 제후로 그냥 받아주고 만 것이었다.

이와 같이 전씨 일가가 제나라에서 세력을 키운 지 150여 년 만에 임금 자리까지 차지하여 전씨 왕조를 열게 되었다. 국호는 그대로 제라고 하였지만, 사람들은 전화 이후의 제를 전제라 하여 구분하였다. 그리고 전화를 태공(太公)이라 불렀다. 그러니까 전화는 제나라를 처음 연 강태공에 버금가는 전태공인 셈이었다. 그렇게 전제가 시작된 해는 기원전 386년이었다.

그런데 전화는 제후로 인정을 받은 지 2년 만에 죽고, 그 아들 환공(桓公 : 패자 환공과는 다름)이 임금 자리에 올랐다. 환공도 얼마 있지 않아 죽고, 그 아들 인제(因齊)가 임금 자리에 올라 처음으로 왕 칭호를 사용하여 위왕(威王)이라 하였다.

흰 개는 검다

 위왕(威王) 원년에 나라가 국상(國喪) 중에 있음을 틈타 3진(晋)을 비롯한 주변 국가들이 국경을 침범하여 땅을 빼앗았다. 땅을 떼어주는 조건으로 주변의 나라들과 화친을 맺고 하여 어느 정도 정세가 안정되어가고 있던 차에, 이번에는 저 남쪽의 초(楚)나라가 자기들도 제(齊)나라 땅을 뜯어먹겠다고 대규모로 군대를 동원하여 쳐들어왔다.
 난감하여진 위왕은 부랴부랴 예물을 준비하여 순우곤으로 하여금 조(趙)나라로 급히 가서 구원군을 요청하도록 하였다. 위왕이 준비한 예물은 황금 100근과 거마(車馬) 10사(駟 : 말 네 마리가 끄는 수레)였다. 순우곤은 왕의 명령을 받고 예물을 보더니 느닷없이 "하하하 우하하" 하고 크게 웃었다. 위왕은 순우곤이 나랏일들을 염려한 나머지 실성을 해버렸나 하고 놀라서 쳐다보았다.
 "아니, 왜 웃는 거요? 조나라의 구원군을 지원받지 못하면 나라가 위태로울 판인데."
 순우곤이 표정을 바꾸며 대답했다.

"저는 오늘 여기로 오는 도중에 풍년이 들게 해달라고 하늘을 향해 기도드리고 있는 한 농부를 보았습니다. 그 농부는 이렇게 기도하고 있었습니다. '풍년이 들어서 밭 곡식이 창고에 가득하게 하시고, 논농사가 잘 되어 곡물이 수레에 차고 넘치게 하소서.' 그런데 그 농부는 겨우 돼지 족발 하나와 술 한 잔을 상 위에 얹어놓고 기도하고 있었습니다. 자기는 그렇게 눈곱만큼 바치면서 엄청나게 큰 것을 구하고 있는 광경을 보고는 하도 우스워서 크게 웃었습니다. 그 웃음이 지금까지 남아 있어 저도 모르게 나오게 된 모양입니다."

그러자 순우곤이 무슨 말을 하는지 눈치채고 위왕은 예물의 수를 크게 늘렸다. 황금은 100근에서 1천 일(鎰 : 24냥)로 늘렸고, 거마는 10사에서 100사로 늘렸다. 거기다가 그 당시 진귀한 보물인 백벽(白璧) 10쌍을 더 보탰다. 그때서야 순우곤이 만족해하며 그 예물을 가지고 조나라로 향했다. 순우곤으로부터 위왕이 보내준 예물을 받은 조나라 임금은 정예 부대 10만을 구원군으로 파병하고 병거 1천 대를 보내주었다. 제나라를 공격하던 초나라 군사들은 이 소식을 듣고 야밤을 틈타 철수하고 말았다.

이런 와중에서 제 위왕은 자기가 즉위한 지 10년이 지나도 나라 형편이 나아지지 않고 바깥으로 세력을 뻗치지 못하고 있는 점을 염려하게 되었다. 그 이유가 어디에 있는지 위왕은 여러모로 살펴보았다. 전씨(田氏) 일가가 나라를 독차지함으로써 백성들이 등을 돌려 민심이 좋지 않은 데서 연유하였나 하고 그 점에 관해 알아보았으나, 일부 지식층만 전씨 일가에 대해 불평하고 있을 뿐 일반 백성들은 변혁의 충격이 이미 가셔 현 상태를 그저 기정 사실로 받아들이면서 또 다른 변화를 원치 않고 있는 추세였다. 그러니까 민심이 그리 나쁜 편은 아닌 것이었다.

이번에는 위왕이 자기 측근들에게 문제가 있나 하고, 측근들이 자기에게 보고하는 내용을 다른 방면을 통해 일일이 확인하여보았다.

그 무렵, 측근들이 즉묵(卽墨) 지방의 대부들에 대해 그 정책이 실패하였다고 하면서 그들의 무능을 탄핵하였다. 즉묵 대부들에 대한 이러한 비난이 위왕의 귀에 매일같이 들려왔다. 위왕은 평민복 차림으로 변장을 하고는 시종 몇 사람만 데리고 즉묵 지방으로 가보았다. 그런데 듣던 바와는 달리 논밭은 잘 개간되어 있었고, 백성들은 넉넉히 생활하고 있었으며, 관청의 업무는 별 탈 없이 진행되고 있었다. 무엇보다 관리들에게 뇌물을 주어 매수하고 이권을 따내는 것 같은 부정부패가 눈에 띄지 않았다. 궁으로 돌아온 위왕은 곧 즉묵의 대부들을 불러 칭찬하였다.

"그대들에 관해 내 측근들이 매일 좋지 않은 이야기를 내게 들려준 것은 그대들이 내 측근들에게 뇌물을 주어 환심을 사지 않았기 때문이다."

그러면서 1만 호(戶)의 땅을 봉지로 하사하였다.

이번에는 위왕이 측근들이 늘 칭찬하고 있는 아읍(阿邑) 지방으로 가보았다. 그런데 듣던 바와는 달리 논밭은 황폐하고 백성은 가난하여 굶주리고 있었다. 위왕이 아읍의 대부들을 불러 말했다.

"내 측근들이 그대들에 관해 늘 칭찬을 아끼지 않는 것은 그대들이 내 측근들에게 뇌물을 주어 그들의 환심을 샀기 때문이다. 그리고 그대들은 내 측근들이 봐준 덕분으로 조나라가 우리 견 지방을 침공할 때나 위(衛)나라가 설릉(薛陵) 지방을 공격할 때에도 출전하지 않았다."

위왕은 아읍의 대부들과 그동안 그들을 칭찬해온 측근들을 팽형(烹刑)에 처하여 펄펄 끓는 가마솥에 던져넣었다. 어떻게 보면 좀 잔인한 처벌이었지만 나라의 기강을 잡기 위해서는 어쩔 수 없다고 생각했다. 그동안 공실로부터 시작하여 하급 관리에 이르기까지 너무도 썩어 있었기 때문이었다.

과연 그러한 처벌이 있자 나라의 기강이 바로잡히면서 뇌물을 주어

허명(虛名)을 구하는 자가 훨씬 줄어들게 되었고 나라가 차츰 강성해졌다. 그러자 주변 국가들도 제나라를 섣불리 침략해 오지 못했다. 오히려 제나라가 실지 회복을 위해 다른 나라들을 공략하여 전과를 올렸다. 위(魏)나라도 공략하여 탁택에서 위 혜왕(惠王)이 이끄는 군대를 포위하였다. 그러자 혜왕이 공물을 바치며 화친을 청해 왔다. 위왕과 혜왕은 화친을 맺고 친목을 도모한다는 뜻에서 함께 사냥을 나갔다. 잠시 쉬는 중에 혜왕이 위왕에게 물었다.

"제나라에는 진귀한 보물이 많겠지요?"

위왕은 혜왕이 이런 질문을 하는 의도가 무언가 하고 혜왕의 표정을 살폈다. 전번에 초나라 군대의 침공이 있을 때 원군을 청하면서 조나라에 보낸 보물들에 관한 소문을 혜왕이 들었는지도 몰랐다. 위왕은 시치미를 떼고 대답했다.

"우리 제나라에는 이렇다 할 보물이 없습니다."

그러자 혜왕이 자랑하는 투로 떠벌렸다.

"우리 나라는 비록 소국이지만 지름이 한 치 되는 구슬이 있습니다. 그 광채가 하도 찬란해서 전차(戰車) 열두 대를 한꺼번에 비출 수 있을 정도입니다. 이런 구슬들이 열 개나 있습니다."

혜왕의 보물 자랑이 끝나자 위왕이 말을 받았다.

"그러고 보니 제나라에도 보물이 전혀 없는 것은 아닙니다. 내 신하 중에 단자(檀子)라는 자가 있는데, 그로 하여금 남쪽 국경의 남성(南城)을 지키게 하였더니 초나라 사람들이 더 이상 사수(泗水) 근방을 침략해 오지 않게 되었습니다. 또 혜자라는 신하가 있는데, 그로 하여금 고당(高唐) 지방을 지키게 하였더니 조나라 사람들은 감히 동쪽 하수(河水)에 와서 고기 잡는 일이 없게 되었습니다. 그동안 조나라 사람들이 불법 어로 작업을 해 하수 지역의 우리 어부들이 위협을 받고 있었는데, 그런 염려는 이제 하지 않게 된 것입니다. 또 검부(黔夫)라는 신하로 하여금 서주(徐州)를 지키게 하였더니 연(燕)나라 사람들은 우리 북쪽 문에 와서 제사를 드리고, 조나라 사람들은 우리 서쪽 문에 와서 제사를 드리는 진풍경이 벌어지게 되었습니다. 우리 제나라가 자기네 나라를 침공해 오는 일이 없도록 제사를 드리는 것이지요. 또한 종수(種首)라는 신하가 있어 그로 하여금 도둑을 지키게 하였더니 얼마 있지 않아 길가에 떨어진 물건조차 집어 가는 사람이 없게 되었습니다. 이 네 사람의 신하가 저에게 있어서는 귀한 보물들입니다. 그 보물들의 광채가 얼마나 찬란한지 동서남북 제나라 전체를 비추고도 남습니다. 수레 열두 대를 비추는 구슬의 광채하고는 비교가 되지 않지요."

이 말을 들은 혜왕은 무척 부끄러운 기색을 떠올렸다.

이 이야기가 암시하고 있듯이 그동안 중원의 최강대국이었던 위나라는 쇠락하기 시작하고, 제나라는 강성해지고 있었다. 네 사람의 신하를 자신의 보물로 여긴 위왕은 더 나아가 천하의 학자들이 제나라로 모여들 수 있는 여건을 조성하였다. 이것은 순우곤의 착상에 힘입은 바가 많았다. 하루는 순우곤이 위왕에게 건의하였다.

"지금은 위나라가 약해지고 있지만, 위문후 당시만 해도 최강대국의 위치에 있었던 이유가 무엇인지 아십니까? 그것은 위문후가 천하의 학자들을 존경하여 자기 주위로 모여들게 하였기 때문입니다 그런데 학자들을 무시하고 장군들의 농간에 놀아나자 위나라는 차츰 쇠약해지게 된 것입니다. 이제 우리 제나라가 중원의 최강대국으로 부상할 조짐이 보이는데, 차제에 이전의 위문후처럼 천하의 학자들을 이곳으로 모여들도록 하는 것이 국력을 견고히 하는 데 크게 도움이 될 줄 압니다."

"그럼 어떻게 하면 천하의 학자들이 이곳으로 모여들게 할 수 있겠소?"

위왕은 순우곤의 제안을 진지하게 받아들였다.

"대규모로 학자촌을 건설하는 것입니다."

"학자촌? 그걸 어디에 건설한단 말이오?"

"우리 제나라 수도 임치(臨淄)에는 성문이 열세 개가 있지 않습니까? 그중 남문의 하나인 직문(稷門) 근방에 학자들이 자연스럽게 모여 토의하는 주막이 있는데, 그 지역에 학자촌을 건립한다면 더욱더 많은 학자들이 모여들게 될 것입니다. 그 학자들은 다른 일보다는 학문을 연구하고 토론하는 일만 하도록 하면서 넉넉한 보수를 지급해주어야 할 것입니다."

"얼마나 많은 사람들이 모여들 것이며, 보수는 어느 정도 해야 되겠소?"

"적어도 천 명 이상은 모여들 것이라 예상됩니다. 그리고 보수는 상대부(上大夫)의 그것과 같게 책정해야 학자들의 자존심을 세워주게 될 것입니다."

"상대부 수준의 보수라? 그것도 천 명이 넘는다……."

잠시 학자들에게 지급될 보수의 액수를 계산하는 듯 위왕은 눈을 가늘게 뜨더니 슬그머니 한숨을 쉬었다.

"군사력에 투자하는 것도 중요하지만 문화에 투자하는 것은 그보다 더 중요합니다. 문화가 제대로 자리를 잡아야 그 위에 나라의 기초를 세울 수 있는 게 아닙니까? 문화는 피와 같고, 군사력과 재력은 뼈와 살과 같습니다. 피 없는 살을 상상할 수 없듯이 문화 없는 국력을 생각할 수 없습니다. 길게 보면 결코 손해 보는 것이 아니니 과감하게 투자하십시오. 그 학자들이 연구한 것을 잘만 활용한다면 제나라 환공(桓公) 때처럼 중원의 패자국이 될 수도 있을 것입니다."

결국 위왕은 순우곤의 건의를 받아들여 직문 근방에 학자촌을 건설하였다. 상대부의 가옥 수준의 주택을 짓고 각종 편의 시설을 갖추어주었다. 그리고 그곳에 와서 연구하는 학자들에게는 상대부에 해당하는 보수를 지급하였다. 물론 학자들이 그곳에 기거하면서 학문을 연구하려면 일정한 심사를 거쳐야 하였다. 아무나 학자입네 하고 들어와 무위도식 하도록 할 수는 없는 것이었다. 소위 학자들의 심사위원 격인 대부들이 70여 명 학자촌에 상주하면서 학자들을 관리하였다. 순우곤은 박사라 하여 그 대부들의 우두머리 격이 되었다. 학자촌에 입촌한 학자들은 학사(學士)라고 불렀다. 학사들의 수는 순우곤이 예상했던 대로 천 명이 넘었다.

학자촌에서 바라보면 바로 앞에 치수(淄水)가 흐르고, 그 맞은편에는 직산(稷山)이 우뚝 서 있어 가히 절경이라 할 만했다. 이런 절경을 벗삼아 학자들은 그동안 닦아온 자신들의 학문과 사상을 서로 나누기도 하고 새로운 분야를 연구해 들어가기도 하였다.

또한 어떤 때는 격렬한 토론을 벌이고, 영 마음에 맞지 않으면 학자촌을 떠나버리기도 하였다. 바로 이것을 가리켜 사람들은 '백가쟁명(百家爭鳴)'이라 하였다. 이때부터 소위 제자백가(諸子百家)라는 말이 나오게 되었고, 제나라 임치의 직문에서 제자백가들은 모이고 흩어지고 하였다.

순우곤은 위왕에게 누누이 강조한 점이 있었는데, 그것은 학문 토론의 자유를 절대로 보장해야 한다는 것이었다.

"학문과 사상이란 것은 자유의 정신을 먹고 자라는 것입니다. 군주의 권위로 학문과 사상의 방향을 바꾸려 한다든지 어떤 학풍(學風)을 고의로 조성하려 한다든지 하면 그때부터 학문과 사상은 시들기 시작합니다. 비록 당장에는 마음에 들지 않는다 하더라도 학자들의 토론에 맡겨 자체적으로 방향을 잡도록 하시고 결코 간섭할 생각은 하지 마십시오.

지난 역사를 살펴보아도 군주나 공실이 간여하여 억지로 만든 학문이나 사상은 그 시대가 지나면 금방 시들고 말았습니다. 적어도 학자촌에서만큼은 무슨 이야기라도 할 수 있도록 토론의 자유를 절대적으로 보장해주십시오. 군주가 나서서 간여한다는 인상이 있게 되면 눈치 빠른 학자들이 제나라로 오려고 하지 않을 것입니다. 이 점을 명심하셔야 합니다."

위왕도 순우곤의 말에 동감을 표시하였다.

"학자들의 관리는 경(卿)에게 맡겼으니 과인은 일체 간여하지 않겠소. 학자들의 연구 결과나 잘 정리해서 보고해주시오. 국정을 운영할 때 과인이 적절히 활용할 수 있도록 말이오. 비록 제나라의 국익과 반대되는 발언을 하고 그런 방향으로 학문을 해나가는 학자가 있더라도 과인은 결코 처벌 같은 것은 하지 않겠소. 학자들끼리 학문적 양심에 비추어 서로 견제하고 비판하고 보완하는 것이 그 어떤 방법보다 낫다는 것을 잘 알고 있소. 사실은 그것이 멀리 내다보면 국익에 도움이 되는 것이겠지요."

이렇게 하여 직문의 학자촌은 중국 역사상 전무후무할 정도로 학문의 자유를 누렸다. 그러니 자연히 갖가지 방면의 학자들이 몰려오지 않을 수 없었다.

이때 제나라로 온 학자들 중에 중요한 학자로는 음양가의 창시자인 추연(鄒衍)이 있었고, 도가(道家)의 전변(田騈)·신도(愼到)·윤문자(尹文子), 묵가(墨家)의 송병(宋餠), 유가의 맹자, 그 외에 법가, 명가(明家), 종횡가, 잡가(雜家), 소설가(小說家)에 속한 학자들이 있었다. 순자(荀子)는 훨씬 후대에 직문으로 왔다. 장자(莊子)는 고고한 성품으로 학문 토론 자체를 싫어하여 직문에 오지 않았다고 하였다.

이 중에서 우선 추연이라는 인물을 살펴보고 그가 창시한 음양가의 사상이 어떠한가를 대략적으로나마 더듬어보고 넘어가야겠다. 나이로 보면 맹자가 추연보다 40세나 위로, 마땅히 맹자부터 다루어야겠지만 그 사상의 특이함으로 인하여 추연부터 다루고자 하는 것이다.

추연은 한마디로 뭇 별과 같은 제자백가들 사이에서 한 개의 찬연한 유성(流星)으로 잠시 빛나다가 스러져갔다고 할 수 있다.
추연은 기원전 350년, 그러니까 제 위왕 8년에 제나라에서 태어났다. 그 후 25년이 지나 65세의 맹자가 직문에 와 있을 무렵, 추연도 역시 학자촌으로 들어가 학문을 연구하게 되었다.
그는 무엇보다 자연 현상을 면밀히 관찰하였다. 다른 학자들은 정치 문제나 형이상학적인 면에 치우쳐 자연의 관찰 같은 것은 등한히 하고 있었는데, 추연은 밤하늘의 별들에서부터 시작하여 나무들과 풀들이 자라는 모습과 물이 흐르고 불이 일어나는 여러 현상들을 중심적으로 살피며 하나하나 기록해나갔다. 언뜻 보면 서로 아무 상관없이 어지럽게 일어나는 것 같은 자연 현상들 사이에 무슨 공통적인 법칙은 없는 것일까. 그는 어떤 공통적인 법칙을 찾고야 말겠다는 결의와 함께 곧 찾을지도 모른다는 설렘 속에서 연구를 계속하였다.
낮에는 해가 뜨고 밤에는 달이 뜬다. 여름은 덥고 겨울은 춥다. 인간들은 남녀로 나누어져 있고, 짐승들이나 곤충들도 자웅(雌雄)으로 나누어져 있다. 이런 평범한 사실들 속에 감추어져 있는 공통적인 법칙을 추연은 마침내 발견하였다.
"그렇다. 천지는 음과 양의 화합에 의하여 개벽(開闢)한다!"
물론 이것은 추연이 먼저 발견한 것은 아니었다. 옛날에 복희(伏羲)씨가 8괘(卦)를 만든 것도 음양을 근본으로 한 것이었다. '하나의 음과 하나의 양을 도라 한다'는 유명한 구절은 이미 널리 퍼져 있는 편이었다.

그런데 음양을 근본으로 한 8괘는 사람들의 운명이나 점치는 점술로 전락하고 있는 형편이었다.

추연은 다른 사람들이 소홀히 하거나 그냥 당연시하고 있는 음양의 개념을 깊이 파고들어가 자연 현상뿐만 아니라 역사 발전 및 윤리적인 면에서도 응용을 하여야겠다고 마음먹었다. 그리하여 《대력(大曆)》 2편을 지었는데, 이 저술이야말로 음양가 문헌에 있어 최고의 걸작이라 할 수 있었다. 음양에 관한 다른 저작들은 추연의 그것에 비하면 초라하기 그지없는 것이었다. 추연이 저술한 이 책을 가리켜 당시에는 '담천연(談天衍)'이라고도 불렀다.

'천지의 기(氣)는 음양이 상반(相半)하고, 음과 양은 상반한 관계이므로 혹은 나가기도 하고 혹은 들어가기도 하며, 혹은 좌(左)에 있기도 하고 혹은 우(右)에 있기도 한다.'

이런 음양의 원리를 추연은 도덕적인 면에도 적용하여 양(陽)은 선(善)으로서 인(仁)·애(愛)·생(生) 들과 짝을 이루고, 음(陰)은 악(惡)으로서 그 반대편들과 짝을 이룬다고 하였다. 또한 덕(德)은 양과 짝을 이루고, 형(刑)은 음과 짝을 이룬다고 하였다.

'하늘은 양을 돕고 음을 돕지 않는다. 그러므로 덕을 힘쓰고 정을 도모해서는 안 된다. 정치를 하는 데 형벌에 맡기는 것은 역천(逆天)이요, 왕도가 아니다.'

이쯤 되면 추연은 음양의 원리를 정치 현실에도 적용한 것이라고 볼 수 있다.

그런데 추연은 음양만 이야기한 것이 아니라 오행(五行)에 대해서도 말했는데, 이 점에 있어 추연 이전에 음양에 관해 말한 자들과 구별되는 것이었다. 오행은, 첫째가 수(水)요, 둘째가 목(木)이요, 셋째가 화(火)요, 넷째가 토(土)요, 다섯째가 금(金)으로서, 자연계의 중요한 기본 속성인 동시에 원기(元氣)라고 할 수 있었다. 여기서 '행(行)'이라는 말의 의미는 거대한 역량(力量)을 가지고서 멈추지 않고 순환하는 운동을 가리키는 것이다.

이 5종(種)의 물질들은 무동성(無動性)의 기본 물질로 머물러 있는 경우도 있지만 오행, 즉 이 5종의 물질이 움직이게 될 때는 그 운동은 두 가지 양태로 나타난다. 그 하나의 운동은 비상생(比相生)으로서 성질이 다른 것을 낳는 운동이 되는 셈이다. 수생목(水生木), 목생화(木生火), 화생토(火生土), 토생금(土生金)이 이에 해당된다. 또 하나의 운동은 간상승(間相勝)으로서 억제하고 저지하는 운동이다. 수승화(水勝火), 화승금(火勝金), 금승목(金勝木), 목승토(木勝土), 토승수(土勝水)가 이에 해당하는데 서로 물고 물리는 관계임을 알 수 있다.

이렇게 볼 때, 음양은 오행의 작용으로 말미암는다고 할 수 있다. 또한 오행의 운동도 음양의 기(氣)에 따라 결정된다고 할 수 있다.

추연은 음양오행설을 역사 발전 단계에 적용하여 역대 왕조들의 변천 과정을 살피기도 하였다. 우(虞)나라를 토에 해당한다고 하면서 목승토의 간상승 원리에 따라 우나라 다음으로 목에 해당하는 하(夏)나라가 일어나고, 금승목의 원리에 따라 금에 해당하는 은(殷)나라가 일어났다고 하였다. 그리고 화승목의 원리에 따라 화에 해당하는 주(周)나라가 일어났다고 하였다.

이제 수승화의 원리에 따라 수덕지운(水德之運)을 지닌 새로운 나라가 일어나 주나라를 이기고 새 왕조를 열 것이라고 예언하였다.

이러한 추연의 이론을 가리켜 '오덕종시설(五德終始說)'이라고 하는데, 역대 왕조는 자기가 승수(承受)한 오행, 즉 수·화·금·토 중의 일덕(一德)이 쇠진하면 상승(相勝)의 원리에 따라 이전 왕조의 덕을 이기는 다른 덕의 왕조가 일어난다는 것이다. 그러므로 오덕종시설은 오덕 상호 교체 내지는 오덕 순환의 역사관이라고 할 수 있었다.

추연은 한 왕조가 결코 영원히 존속할 수 없음을 일찍이 간파한 셈이었다.

오덕종시설을 받아들인 나라들은 과연 주나라 다음을 이을 수덕지운의 나라가 어느 나라일까에 관심을 기울였다. 각 나라마다 자기들이 수덕지운을 지닌 나라라는 그럴듯한 이유들을 찾아내기에 여념이 없었다. 북방의 연나라 같은 나라도 수덕이 오행의 방위로는 북방에 속하는 점을 내세워, 자기들이 주를 이을 천자국이 될 것이라고 하면서 무리한 확장 정책을 도모하기도 하였다. 추연 자신도 수덕의 방위가 북방임을 이유로 연나라가 장차 천하의 제후들을 호령하게 될 것이라고 하였다. 나중에 추연이 연나라에 가서 유세하고 소왕(昭王)의 사부(師傅)까지 된 것도 자기 이론에 입각한 행동이라고 할 수 있었다.

전국 말기에 추연의 제자들이 오덕종시설을 진나라로 가지고 가서 진시황에게 수덕지운을 지닌 나라는 바로 진이라는 생각을 심어주게 되는데, 진시황은 이것을 믿고 천하 통일을 이루는 과업을 감당하였다고 하여도 과언이 아니다.

그러나 진나라 이후에 일어난 한(漢)나라는 자기들이야말로 수덕지운을 지닌 나라로 주나라 다음의 천자국이라고 주장하였는데, 한은 수덕을 이기는 토덕(土德)의 나라로 분류함이 옳을 것이다.

아무튼 그 당시 추연의 오덕종시설이 천하를 손아귀에 넣으려는 제후들의 귀를 솔깃하게 하였음은 말할 필요가 없었다. 각자 자기에게 유리한 방향으로 해석하느라고 미신적인 경향으로 흐르기도 하였지만, 역사의 흥망성쇠에 대한 통찰력을 주었다는 점에서 오덕종시설은 의미 있는 주장이라고 여겨진다.

신왕조가 들어서면 전대(前代)의 제도를 고치고 달력과 복색(服色)을 바꾸며 예악(禮樂)을 새로 제정하고 하는데, 그 이유는 신왕조의 왕권이 사람으로부터 유래된 것이 아니라 하늘로부터 유래되었음을 천하에 알리기 위함이라고 추연은 설명하였다.

'천기를 갈라놓은 이래로 오덕이 전이(轉移)되어 그 다스림에 각각 적의(適宜)함이 있나니, 하늘에서 내린 부명(符命)에 대한 반응으로 그러한 것이다.'

그러니까 새 왕조는 이전 왕조와는 그 덕(德)의 성질을 달리한다는 사실을 천하에 나타낼 필요가 있다. 소위 이전 왕조와는 단절하였다는 확고한 의사 표시가 있어야 백성들은 새로운 덕의 나라, 이제 막 왕성해지기 시작한 나라가 열리게 되었음을 인식하게 되는 법이다.

추연은 제나라 사람인데도 제나라가 주를 이어 천자국이 될 거란 말을 하지 않고 다른 나라를 들먹였기 때문에 제나라 사람들이 별로 좋아하지 않았다.

추연에 관한 이야기는 다음 기회에 계속하기로 하고, 다시 임치 직문으로 돌아와서 어떠한 사상가들이 모여들었는가 살펴보기로 하지.

그 당시 제자백가들 중에서 추연의 음양오행설처럼 특이하게 느껴지는 학파가 있었으니 명가(名家)라고 하는 것이 그것이었다. 명가, 즉 명학(名學)은 이름과 실상의 관계를 연구하는 학문으로 논리학이라고 하여도 과언이 아니다. 이름이란 실상의 객체요, 이름과 실상이 정해진 후에야 이치를 논할 수 있으므로 이름이란 실제로 논리의 기초가 되는 것이다. 멀리까지 따지면, 반드시 이름을 바르게 하여야 한다고 정명(正名)을 주장한 공자(孔子)가 명가의 창시자가 되고, 묵자(墨子)도 그 논리적인 변술로서 뛰어난 명가 중의 한 사람이라 할 수 있지만, 특히 혜자(惠子), 즉 혜시(惠施)를 명가의 대표적인 인물로 꼽는다.

혜시는 송(宋)나라 사람으로 전해지고 있는데, 주로 위(魏)나라 혜왕(惠王) 밑에서 벼슬을 하며 지냈다. 맹자가 위나라로 와서 혜왕을 만나 유세할 즈음에 혜시가 그 옆에 있었다. 혜시가 임치의 직문 학자촌을 방문했는지는 잘 알려져 있지 않으나, 혜시의 영향을 받은 명가의 학자들이 직문으로 와서 토론을 벌였으리라는 것은 능히 짐작해볼 수 있다. 어쩌면 혜시도 직문의 학자촌에서 활동하다가 뜻이 맞지 않아 맹자처럼 위나라로 갔는지도 모른다.

그 이후 다른 학파의 학자들과는 별다른 교류가 없었던 듯하나 동향인인 장자하고는 수시로 만나 논쟁을 벌이며 교의(交誼)를 두텁게 한 것이 틀림없다. 하루는 혜시와 장자가 호수(濠水)의 다리 위에서 거닐며 이런저런 이야기들을 나누고 있었다. 장자가 문득 다리 밑을 내려다보았다. 거기에 작은 물고기들이 맑은 물 속에서 조용히 헤엄을 치며 이리 갔다 저리 갔다 하고 있었다. 장자가 그 고기들을 가리키며 말했다.

"저 물고기들을 보게, 저렇게 노니는 것을 보니 물고기들이 즐거운 모양일세."

그러자 혜시가 정색을 하면서 대꾸하였다.

"자네가 고기도 아닌데 어찌 고기의 즐거움을 아는가?"

순간 장자는 한 대 얻어맞은 듯 멍한 표정이 되었다가 곧 반격하였다.

"자네는 내가 아닌데 어떻게 내가 고기의 즐거움을 알지 못한다는 것을 아는가?"

그러자 혜시는 고소를 머금으며 대답했다.

"물론 나는 자네가 아니네. 그래서 사실 난 자네를 잘 모르네. 이와 같이 자네도 원래 고기가 아니므로 고기의 즐거움을 모르는 것은 확실하네."

장자 역시 물러설 줄을 몰랐다.

"다시 처음으로 돌아가서 이야기해봄세. 자네가 나에게 어떻게 고기의 즐거움을 아는가 하고 물은 것은 벌써 내가 그것을 아는 줄을 알고 자네가 물은 것일세. 이와 같이 나도 물고기의 즐거움을 이 다리 위에서 알 수 있는 것일세."

언뜻 보기에 서로 궤변들을 나눈 것 같으나 여기서 혜시와 장자 사이의 사상적인 차이점을 알 수 있다. 혜시는 만물의 다른 점을 강조하여 서로 교통할 방법이 없다는 식으로 말했으나, 장자는 자신의 존재가 사방팔방으로 통해 있어 외부의 사물과 자기를 굳이 구별하지 않으려는 경향으로 나아간다. 그러므로 장자의 입장에서는 만물이 능히 서로 교통할 수 있는 것이다.

논리적인 면에서 보면 혜시의 말이 일리가 있는 것 같지만, 논리를 초월하는 지혜의 면에서 보면 장자가 더 높은 경지에 있다고 할 수 있다. 그러나 후세의 사람들이 함부로 이렇다 저렇다 판단할 성질의 것은 아니다. 문제는 혜시와 장자가 그러한 대화를 나눈 당시의 정황이 중요하다. 장자가 자기 마음이 즐거우니까 그 감정을 물고기들에게 투사하여 물고기들도 즐겁겠거니 하고 생각하였다면, 장자는 주관적인 판단을 하였다고 볼 수 있다. 그런데 혜시가 언짢은 일이 있어서 마음이 즐겁지 않았기 때문에 물고기들의 즐거움이 보이지 않았다면, 혜시는 주관적인 감정에 빠져 있었던 것이 된다.

혜시가 위나라에서 재상 자리에 오르자, 송나라 몽(蒙)에서 옻나무를 기르는 칠원리(漆園吏)로 일하고 있던 장자가 친구인 혜시를 만나보러 왔다. 그런데 혜시의 측근이 장자가 위나라에 나타난 것을 보고 장자도 혜시처럼 벼슬자리를 노리고 온 것으로 오해하고 혜시에게 달려가서 고했다.

"장자가 위나라로 왔습니다. 사람들이 이르기를, 장자가 재상님을 밀어내고 그 자리를 차지하기 위해 왔다고 합니다. 얼른 조치를 하여야겠습니다."

혜시는 처음에 그 말을 믿으려 하지 않았다.

"무슨 소리인가? 장자는 벼슬자리를 권하는 왕들을 피해서 칠원에서 옻나무나 기르며 제자들이랑 세상 이치에 대하여 이야기하기를 십수 년을 하고 있는 사람인데. 그가 언제 벼슬자리를 탐하였던가?"

혜시의 측근은 더욱 다급한 음성으로 말하기 시작했다.

"장자가 벼슬자리를 사양해온 것은 스스로 때가 되지 않았다고 생각했기 때문일 것입니다. 그동안 칠원에 은거하고 있었던 것도 때를 기다리며 벼슬을 하기에 합당한 지식을 쌓고 있었던 것이 아니겠습니까."

혜시는 머리를 저으며 대꾸하였다.

"그럴 리가 없어. 장자는 평소에 가지고 있는 자신의 이론에 의하면 결코 벼슬자리에 오를 수 없는 사람이야. 한번은 장자가 복수에서 낚시를 즐기고 있는데, 초(楚)나라 중신들이 찾아와서 초나라 임금의 부탁이라면서 초나라 재상이 되어달라고 하였지. 그러자 장자는 낚시를 드리운 채 뒤도 돌아보지 않고 말했지. 초나라에는 죽은 지 3천 년이 된 영험스러운 거북 등껍질이 있다고 합니다. 초나라 임금이 그것을 비단에 싸서 묘당(廟堂)에 안치해두고 정성스럽게 제사를 드리고 있다는 것도 알고 있습니다. 그런데 거북 편에서 생각해본다면, 죽은 뒤에 제사를 받는 것과 살아서 흙탕물 속에 꼬리를 끌고 다니는 것 중 어느 쪽이 더 낫겠소? 장자의 질문을 받은 초나라 중신들이 대답했지. 그야 물론 살아 있는 편이 낫겠지요. 그러자 장자가 단호하게 말했지. 자, 그만 돌아가시오. 나도 진흙탕 속에서나마 꼬리를 끌며 살고 싶소. 이렇게 장자는 철두철미하였지. 벼슬자리에 오르는 것을, 죽어서 제사를 받는 것으로 생각했으니 말이야."

그러나 혜시의 측근들은 쉽게 물러나려 하지 않았다.

"그것은 벼슬에 오르기를 부탁하는 임금에 따라 달라지는 것이 아닙니까? 초나라 임금이기에 장자는 그렇게 생각한 것이 아니겠습니까? 다른 덕이 있는 임금이 벼슬에 오르기를 청했다면 장자는 달리 생각하였을 수도 있습니다. 재상님도 원래 거존(去尊)을 주장하시며 계급의 구별보다는 평등을 강조하시지 않았습니까? 그런데 지금은 높은 벼슬에 올라 계신데 평소에 말씀하시던 거존과는 다르지 않습니까?"

"음……."

혜시는 길게 한숨을 쉬고 나서 대답했다.

"내가 재상 자리에 오른 것은 내가 주장하던 거존 사상과 위배되는 것이 아니야. 백성들의 안전을 도모하고 정말 평등한 사회를 실현하기 위해서 재상의 직책을 맡았을 뿐이지, 나 자신의 공명심을 위해서 벼슬을 맡은 것은 아니네."

"바로 그것입니다. 장자도 평소에 자기가 주장하던 이론을 살짝 바꾸어 얼마든지 좋은 뜻을 내세우며 벼슬자리에 오를 수도 있다는 것입니다."

아닌 게 아니라, 그럴 가능성이 전혀 없다고는 할 수 없었다. 장자가 위나라 임금인 혜왕을 만나거나 하면 혜왕은 틀림없이 장자에게 반할 것이고, 혜시를 재상 자리에서 물러나도록 하면서 장자를 그 자리에 앉힐지도 몰랐다.

혜시는 은근히 불안해지는 마음을 어찌하지 못했다. 재상 자리에 올라 자기 뜻을 제대로 펴보지도 못하고 물러나는 것이 억울하다는 생각이 자꾸만 들었다. 혜시는 스스로 자기가 벼슬자리를 탐해서 불안한 것은 아니라고 하면서도 재상 자리를 놓치고 싶지 않은 마음으로 가득 차게 되었다. 그래서 장자를 속히 만나 위나라를 떠나주기를 부탁해야겠다고 작정했다. 그러나 아무리 찾아도 장자는 잘 보이지 않았다. 그렇게 사흘 가까이 초조해하고 있는데 홀연히 혜시 앞에 장자가 나타났다.

혜시는 장자를 대하자 그동안 조마조마했던 마음이 한결 가라앉는 기분이었다. 오랜 친구인 장자에게 자기의 심정을 털어놓으면 장자도 들어줄 성싶었다. 우선 장자를 반갑게 맞이하였다.

"아니, 이게 누군가. 자네가 위나라로 왔다는 소식은 들었네만 왜 이리 늦게 나를 찾아왔나? 얼마나 기다렸다구."

"물론 나도 자네를 빨리 보고 싶었네. 하지만 자네가 나를 찾고 있다는 소문이 들려 일부러 늦게 찾아왔네."

"찾고 있다는 소문을 들었으면 더 빨리 와야 될 것이 아닌가?"

"자네가 나를 찾고 있는 그 이유가 중요한 거지. 그 이유가 무얼까 생각해보느라고 늦었네."

"그래, 이유가 무엇인지 알게 되었나?"

장자는 혜시를 그윽한 눈길로 바라보며 천천히 입을 열었다.

"남쪽 나라에 원추라는 새가 있네. 봉황새라고도 하지. 그 새가 어떤 새인지 아나? 남해에서 북해로 옮겨가는 멀고 먼 길에도 그 새는 오동나무가 아니면 쉬어가지 않는다네. 그리고 대나무 열매인 연실(練實)이 아니면 절대로 먹지 않고, 물맛이 단 예천(醴泉)의 물이 아니면 결코 마시지 않는다네. 그런데 썩은 쥐를 입에 물고 있는 솔개가 마침 자기 머리 위로 지나가는 원추를 보고 모처럼 얻은 먹이를 빼앗길까 봐 온 힘을 다해서 울부짖으며 위협했다고 하네. 솔개는 원추가 지금 어떤 여행을 하고 있는지 알 수가 없었지. 자기가 썩은 쥐에 욕심을 가지고 있으니 원추도 그러하겠거니 하고 지레 겁을 먹고 위협을 한 거지."

이 말을 들은 혜시는 얼굴이 붉어질 정도로 부끄러움을 느꼈다. 역시 장자구나 하는 생각이 들지 않을 수 없었다. 그러나 자존심은 남아 있어 이렇게 중얼거렸다.

"나를 솔개에 비유하다니 너무하지 않나?"

"허허, 누가 자네를 솔개에 비유했나? 그런 이야기가 있다는 것뿐이지. 자네 마음에 걸리는 게 있으니 나의 이야기를 그렇게 해석하는 거지."

이번만은 혜시가 장자에게 항복하지 않을 수 없었다.

"내가 졌네, 졌어. 그래, 옻나무 재배는 잘되고 있는가."

혜시는 대화를 일상적인 화제로 돌려 분위기를 바꾸어보려고 했다.

"잘되고 있네. 난 옻나무로부터 많은 것을 배우고 있다네."

"무얼 배우고 있나?"

"옻나무만큼 진한 체액을 분비하는 나무도 없지 않나? 그 체액으로 여러 가지 종류의 제품들을 썩지 않도록 보존해주고 아름다운 광택이 나도록 해주지. 참으로 귀한 체액이지. 그런데 그 체액은 그냥 흘러나오는 것이 아니라 반드시 상처를 통해서 나오는 거지. 옻나무를 보면 알겠지만 온통 상처투성이지. 수년 전에 난 상처들은 이미 굳어진 것들도 있지만 끊임없이 새로운 상처 자국이 생기는 법이지. 그러나 나무마다 상처가 있다고 하여 다 옻나무처럼 쓸모있는 체액이 흘러나오는 것도 아니지. 옻나무이기 때문에 자신의 상처를 통하여 값진 체액을 분비할 수가 있는 거지."

혜시는 장자가 무슨 말을 하고 있는지 알아듣고 가만히 고개를 끄덕였다. 장자가 실제 생활을 예로 들어 자신의 사상을 전개하면 혜시도 동감하는 바가 많았다. 그러나 장자가 터무니없이 허황된 이야기를 하는 경우도 많았는데, 그럴 때는 장자의 말을 잘 이해하지 못해 답답해지기도 하였다. 혜시 자신도 언뜻 보기에 얼토당토않은 이야기를 하여 상대방을 당황스럽게 만드는 경우가 종종 있으면서도 장자에게 충고 비슷한 것을 늘어놓은 적이 있었다.

"자네 이론은 허황되기만 해서 현실적으로는 아무 소용이 없네."

그때 장자가 이렇게 받아넘겼다.

"소용이 없는 것을 아는 사람만이 소용이 있는 것에 대하여 말할 자격이 있네. 예를 들어 지금 우리가 서 있는 이 땅은 끝없이 넓지만, 당장 우리에게 필요한 것은 발 디딜 수 있는 넓이만큼의 땅이면 되지 않는가? 그러나 그렇다고 하여 발바닥 밑의 땅만 남겨두고 주위의 다른 땅들을 다 파버린다면 어떤 결과가 오겠는가? 발바닥 밑의 땅조차 소용없는 것이 될 것이 아닌가? 이와 같이 소용없다고 생각되는 것이야말로 참으로 소용이 있는 것이네."

장자가 위나라를 다녀간 후 얼마 있다가 장자의 아내가 죽었다는 소식이 혜시에게 들려왔다. 혜시는 어려운 시절에 장자의 집에 묵으면서 장자의 아내에게 폐를 많이 끼친 적도 있고 하여 큰 슬픔이 몰려왔다.

혜시는 부랴부랴 송나라로 달려가서 문상하였다. 그런데 장자는 집 마당에 두 다리를 뻗고 앉아 분(盆)을 두드리며 노래를 부르고 있었다. 혜시는 장자가 아내가 죽자 실성을 하였나 하고 장자의 표정을 살펴보았는데 실성한 것 같지는 않았다. 혜시가 장자에게 따져 물었다.

"부인은 자네와 부부로 함께 살았고, 자식을 낳아 길렀으며, 자네를 위해 봉사하면서 늙지 않았나. 그런 부인이 돌아가셨는데 곡(哭)을 하기는커녕 분을 두드리며 노래를 부르고 있으니 너무 심하지 않은가? 다시 장가갈 생각을 하니 기뻐서 그러는가?"

비꼬기까지 하는 혜시의 말에 장자는 노래를 멈추며 진지하게 대꾸하였다.

"그렇지 않네. 아내가 죽었을 때 처음에는 나도 몹시 슬펐네. 그러나 도가(道家)의 선배인 열자(列子)나 양주(楊朱) 선생들을 생각하며 죽음에 대한 태도를 바꾸었네. 열자 선생의 말처럼 사람이 이 세상에 태어나기 이전을 곰곰이 따져보면 생명이란 원래 없었던 것일세. 육체도 없었으며 육체를 형성하는 음양의 기운도 없었다네. 모든 것이 혼돈 속에 뒤섞여 있다가 변화를 얻어 기(氣)가 생겼고, 그 기가 변화해 형체를 이루었으며, 그 형체가 변화하여 생명이 생긴 것이네. 그 생명이 다시 변화를 얻어 원래 없었던 상태로 되돌아갔을 뿐이네. 이것은 춘하추동이 되풀이되는 것과 같은 이치가 아닌가? 지금 내 아내는 천지라는 거대한 방으로 옮겨가 편히 잠자려고 하는데 내가 시끄럽게 곡을 해대면 되겠나. 아내의 잠을 방해할 것이 아닌가?"

혜시는 장자가 자신의 슬픔을 달래기 위해 억지로 열자의 죽음을 끌어왔을 것이라고 생각은 하면서도 그 말에 일리가 있음을 부인하지 못했다. 다만 장자에게 이렇게 말하고 입을 다물었다.

"아내의 잠을 방해하지 않기 위해 곡을 하지 않는다면 노래도 아예 하지 말게나. 자네가 부르고 있는 노래는 자장가가 아니지 않는가?"

장자도 혜시의 말을 반박하지 못하여 분 두드리는 일을 그치고 노래를 멈추었다.

장례식을 다 치른 후, 혜시가 장자에게 물었다.

"자네는 아내의 장례식이 치러지는 동안 자신의 말마따나 전혀 슬픔을 나타내 보이지 않았네. 도무지 정(情)이라고는 눈곱만큼도 없는 사람처럼 보였네. 사람으로서 정을 가지지 않을 수 있는가?"

장자가 단호하게 대답했다.

"그렇네. 정을 가지지 않을 수 있네."

"정이 없는 사람을 어찌 사람이라 할 수 있겠는가?"

"하늘이 사람의 형체를 부여했으니 사람이라 하지 않고 뭐라 하겠는가."

"아무리 사람의 형체를 가졌다 한들 정이 없는 사람은 그 자체가 모순이네."

장자는 심호흡을 한 번 하고 나서 자신의 말을 보충 설명하였다.

"잘 듣게. 내가 정이 없다고 하는 것은 정에 사로잡히지 않음을 뜻하는 것이네. 호오(好惡)에 사로잡혀 몸을 해치는 일이 없이 일체를 자연에 내맡겨 인위적인 노력을 하지 않는 것이네."

"인위적인 노력을 하지 않는다? 그렇게 인위를 부정하면 자기의 몸도 보존할 수 없지 않은가."

장자는 혜시가 답답하다는 듯이 머리를 몇 번 가로젓고는 강한 어조로 말했다.

"인간은 이미 주어진 존재로서 도(道)가 모양을 주고, 하늘이 형체를 주었네. 그러므로 좋아하는 것과 싫어하는 것을 따짐으로써 몸을 상하게 하지 말라는 것일세. 그런데 자네는 끊임없이 따지며 마음을 밖으로 향하게 함으로써 정신을 괴롭히고 있네. 나무에 기대어 무엇인가 중얼거리고 있고, 오동나무 책상에 앉아 골똘히 생각하느라 자신을 망치고 있네. 왜 그렇게 쓸모없는 논쟁을 일삼고만 있는가? 하늘이 내려준 형체 그대로 살아가게나."

이상 몇 가지 사례만 보더라도, 혜시와 장자 사이에는 공통점이 있으면서도 사건을 대하는 태도에 있어 차이점이 드러나는 것을 볼 수 있다. 둘은 서로 비판하면서도 그러는 동안에 피차 배우는 관계라고 할 수 있었다. 그러한 예를, 장자가 〈천하편(天下篇)〉에서 혜시를 비판하기 위해 열거해놓은 혜시의 이론들에서 찾아볼 수 있는데, 실은 장자 스스로 자기가 비판하고 있는 혜시의 이론들을 되풀이하고 있는 경우가 왕왕 있어서 어떤 때는 혜시의 말인지 장자의 말인지 분간하지 못할 때도 있다.

장자의 〈천하편〉에 보면 장자는 혜시의 이론들을 열거하기 전에 일단 이렇게 혜시를 비판하고 들어간다.

'혜시는 방술이 많아서 그의 저서가 무려 다섯 수레나 된다. 그러나 그 의도는 순수하지 못하고, 그의 말은 이치에 맞지 않는다. 그는 만물의 대략을 자기 나름대로 헤아려 다음과 같이 말하고 있다.'

이 부분이 유명한 역물지의(歷物之意)이다.
10가지의 역물지의, 즉 역물십론(歷物十論)이 소개되어 있는데, 하나하나 살펴보면 장자의 사상과 일맥상통하면서 묘한 진리가 내포되어 있음을 알 수 있다. 그러므로 장자는 결국 혜시의 이론을 역설적으로 높여주고 있는 셈이다.

첫째, 공간 범주에 속한 것으로서 대일(大一)과 소일(小一)의 개념이다.

'대일이란 지극히 커서 밖의 테두리가 없는 것을 가리키는 말이고, 소일이란 지극히 작아서 속이 없는 것을 일컫는 말이다.'

여기서 이미 혜시는 극대와 극소의 개념을 이야기하고 있음을 알 수 있다. 그 시대에는 한낱 궤변에 불과한 듯이 여겨졌지만, 우주 공간과 원자의 세계에 인류가 눈을 뜸으로써 혜시가 말한 대일과 소일의 개념이 다시금 살아나게 된 것이다.

인간의 탐구는 어쩌면 이 대일과 소일에 대한 탐구라고 하여도 과언이 아니다. 지구 밖의 태양계, 태양계 밖의 은하계, 은하계 밖의 또 다른 공간, 이렇게 확대해가면서 밖의 테두리가 없는 대일의 공간을 추적해 나가고 있는 한편, 분자 속의 원자, 원자 속의 핵, 핵 속의 또 다른 물질, 이렇게 좁혀가면서 더 이상 속이 없는 소일의 공간을 탐색해 들어가고 있는 것이다. 여기서 우리는 우리 인간이 대일과 소일 사이의 어디쯤에 존재하고 있는가 하는 실존적인 질문을 던져볼 수도 있다.

둘째, 소일(小一)의 입장에서 사물을 볼 때 사물이 어떻게 보일 것인가에 관한 논의이다.

'두께가 없어서 그냥 쌓아 올릴 수 없는 것이라도 그 크기는 천 리가 된다.'

이것은 어디까지나 소일의 입장에서 보는 판단을 말한다. 일상적인 관점에서 볼 때는 마치 없는 것처럼 보일지라도 소일의 관점에서 보면 그 크기가 너무도 엄청난 것들이 얼마나 많은가. 두께가 없어서 쌓아 올릴 수 없는 미생물들도 고성능 현미경으로 보면 그 크기는 천 리가 되는 것이다.

셋째, 대일(大一)의 입장에서 사물을 볼 때 사물이 어떻게 보일 것인가에 관한 논의이다.

혜시는 언뜻 듣기에 터무니없는 말을 하였다.

'하늘은 땅처럼 낮고, 산은 못처럼 평평하다.'

대일의 입장에서는 이런 말을 충분히 할 수 있다. 대일의 관점에서 바라보면 땅과 하늘, 산과 못의 높낮이 차이가 없는 것이나 마찬가지이다. 까마득한 우주 공간으로 올라가 지구를 내려다볼 때 그 어디서 높낮이의 차이를 찾아볼 수 있단 말인가.

이것을 인간 생활에 응용한다면 지위의 높고 낮음, 부(富)의 많고 적음, 수(壽)의 길고 짧음, 궁궐과 오두막의 높낮이에 매여 끙끙거리는 인생을 살지 않아도 된다. 독수리처럼 대일의 공간으로 높이 치솟아 하늘과 땅을 함께 낮은 것으로 보고, 산과 못을 함께 평평한 것으로 보는 대범함이 필요하다.

넷째, 시간 범주에 속한다고 볼 수 있는 것으로서 과거·현재·미래의 순으로 생각하는 상식적인 시간 개념을 뛰어넘어 시간의 상대성을 암시한다.

'해가 하늘 복판에 있을 때는 곧 기울 때이며, 만물이 살아 있는 것은 곧 죽어 있는 것이다.'

그러니까 혜시는 현재의 시간 속에 있는 미래를 본 셈이다. 여기서 우리는 시간이라는 것이 얼마나 덧없이 빨리 지나가는 것인가 하는 사실을 새삼 상기하지 않을 수 없게 된다. 사람들은 편의상 과거·현재·미래를 나누어 생각하지만, 엄밀히 따지고 보면 시간이란 것은 그렇게 구분될 수 있는 것이 아니다. 과거는 현재와 그대로 연결되어 있고, 미래역시 현재와 그대로 연결되어 있기 때문에 현재라고 생각하는 그 순간이 과거가 되기도 하고, 미래가 되기도 하는 것이다. 그런 관점에서 보면, 현재의 충만 속에 이미 몰락이 있고 현재의 삶 속에 이미 죽음이 들어와 있는 것이다.

시간이란 것도 공간과 마찬가지로 관측자의 관점에 따라 달라질 수 있다는 혁명적인 상대성 이론이 명가(名家)들의 형이상학적인 사고 속에서 벌써 논의되고 있었던 것이다.

다섯째, 동이 관계(同異關係)에 관한 것으로서 혜시는 소동이(小同異)와 대동이(大同異)라는 개념을 가지고 만물의 상호 관계를 설명하였다.

'소동이란 대체적으로 볼 때는 같으나 부분적으로 볼 때는 다를 수도 있는 관계를 말한다. 대동이란 서로 완전히 같거나 다른 관계를 말한다.'

이것은 논리학에서 유개념(類概念), 종개념(種概念)이라고 하는 것과 관련된다. 그러나 유개념과 종개념이 항상 상대적이듯이 소동이와 대동이도 그러하다.

말과 양을 놓고 볼 때 같은 동물이라는 유개념으로 생각하면 대동(大同)의 관계가 된다. 하지만 종개념으로 따져보면 별개의 종으로 다른 것이 된다. 그러므로 이것을, 대체적으로 같으나 부분적으로는 다른 소동이의 관계로 파악할 수도 있는 것이다.

또 한 가지 예를 더 들어 흑마(黑馬)와 백마(白馬)가 있다고 할 때, 같은 말이라는 점에서는 대동(大同)의 관계가 되지만 말의 색깔이라는 면에서 본다든지 세부적인 모양으로 본다든지 하면 소동이의 관계가 되는 것이다. 그래서 모든 만물은 반드시 같은 점이 있게 마련이고, 또 반드시 다른 점이 있게 마련이므로 대동이가 되는 동시에 소동이가 된다고 할 수 있다.

이 진리를 응용하면 나는 너와 다르다는 식의 말을 함부로 할 수 없게 되고, 당파를 나누어 맹목적으로 싸우는 일들은 삼가게 될 것이다. 다르면서도 같고 같으면서도 다른, 즉 대동이이면서 소동이인 서로의 관계를 확인하고 공생 관계로 나아가게 될 것이다.

여섯째, 다시 공간 범주에 속하는 명제이다.

'남방은 끝이 없으면서 끝이 있다.'

이것은 곧 끝이 있으면서 끝이 없다는 말과도 같은데, 여기서 이미 혜시는 지구가 둥근 것을 암시하고 있는지도 모른다. 지구가 평평하다고 한다면 남방은 끝이 있게 마련이지만, 둥글기 때문에 아무리 남쪽으로 나아가도 여전히 남쪽으로 이어지는 것이다. 그리하여 자기가 서 있는 자리가 자기에게 있어 남쪽이 되는 역설도 가능한 것이다.

일곱째, 다시 시간 범주에 속하는 것으로서 역물십론(歷物十論) 중에서 매우 해석하기 힘든 명제이다. '금일적월이석래(今日適越而昔來)'라는 구절이 그것인데, 이것을 어떻게 해석하느냐에 따라 논지가 달라질 수 있는 것이다.

여기서 적(適)이라는 단어는 왕(往)이라는 말과 같은 뜻이므로 적(適)을 해석하는 데는 별로 문제가 없는데, 이(而)라는 접속사를 순접(順接)으로 볼 것인가 역접(逆接)으로 볼 것인가 하는 문제가 있다. 일단 순접으로 본다고 하더라도 일반적인 시간상의 순서로 볼 것인가, 동시적인 의미로 보아 동격으로 취급한 것인가 하는 문제가 뒤따른다.

시간상의 순서로 보면 희한한 뜻이 되는데, 즉 '오늘 월나라로 갔다가 어제 돌아왔다'라는 의미가 된다. 이것은 완전히 시제를 뒤집어엎는 파격적인 표현이 아닐 수 없다.

동시적인 의미로 보면 '오늘 월나라로 떠났다는 것은 곧 어제 돌아온 것이다'라는 뜻이 된다. 그런데 월나라에서 돌아왔다는 말인지 월나라로 돌아왔다는 말인지 쉽게 단정을 내리기 힘들다.

이(而)라는 접속사를 역접으로 보아 '오늘 월나라로 떠났으나 어제 돌아왔다'라고 해석해도 되는데, 의미가 모호하기는 역시 마찬가지이다.

그러나 혜시가 왜 이런 말을 했는가 그의 속마음을 헤아려보면 그 이유를 짐작할 수 있다.

앞서 '해가 하늘 한복판에 있을 때는 곧 기울 때이다'라고 한 것은 현재와 미래의 연관 관계를 표현한 것이지만, 지금 여기서는 과거와 현재의 연관 관계를 나타내고 있는 것이다. 현재라고 하는 바로 그 순간 과거가 되어버린다고 할 때, 하나의 행동이 현재의 행동이 될 수도 있고 과거의 행동이 될 수도 있는 법이다.

이런 형이상학적인 의미를 떠나서도, 지구상의 경도에 따라 시차(時差)라는 것이 있어 실제로 이곳에서는 오늘 떠났지만 지구 저편에서는 어제 돌아온 것이 될 수도 있는 것이다.

여덟째, '쭉 꿰여 있는 고리는 풀 수 있다'라는 명제이다.

꿰여 있다는 것은 풀려 있었던 적이 있다는 말이다. 풀려 있었던 적이 있는 물건은 또다시 풀 수가 있는 법이다. 역물십론 중에서 가장 명쾌하게 이해될 수 있는 명제이지만 사람들이 지나치기 쉬운 구절이기도 하다. 그래서 오늘날에 와서야 비로소 분자 고리, 유전자 고리 등을 푸는 비결을 발견하게 된 것인지도 모른다.

아홉째, 역시 공간 범주에 속하는 것으로서 천하의 중심에 관한 명제이다.

'나는 천하의 중심을 안다. 그것은 연나라의 북쪽이면서 월나라, 남쪽이다.'

상식적으로 생각하면, 북쪽에 있는 연나라 북쪽과 남쪽에 있는 월나라 남쪽이 전혀 일치할 수가 없다. 둘 사이의 거리는 더욱 까마득히 멀기만 하다. 그러나 '남방은 끝이 있으면서 끝이 없다' 라는 명제를 상기할 때, 연나라 북쪽과 월나라 남쪽이 일치할 수도 있음을 알 수 있다. 여기서도 혜시는 자기도 모르게 지구가 둥글다는 사실을 암시하고 있는 셈이다.

열째, 천지 만물의 합일론이라고 할 만한 명제이다.

'만물을 널리 사랑하면 천지는 일체가 된다.'

소동이, 대동이라는 개념에서 언급하였지만 만물은 사실 따지고 보면 서로 다른 듯하면서도 같은 것이다. 어떻게 보면 만물이 다 대동(大同)의 관계로 구태여 구별할 필요가 없을지도 모른다. 서로 사랑을 주고받으면 서로의 관계에 대하여 더욱 눈이 떠지고, 천지가 일체임을 알 수 있게 되는 법이다.

'만물을 널리 사랑하면 천지는 일체가 된다.'

이것이 역물십론의 결론인 것을 볼 때, 혜시가 왜 명학(名學)으로서 얼핏 보기에 궤변과 같은 말들을 늘어놓았는가 하는 것이 이해된다. 혜시는 명학으로써 사람들의 고정관념을 깨뜨리고 닫혀 있는 눈을 얼이 민 물을 사랑으로 바라보고 천지가 일체임을 알도록 하였던 것이다.

그런데 물고기의 즐거움을 가지고 장자와 토론을 벌일 때는 만물의 개별성을 강조하여 서로 교통하기 힘든 것처럼 말한 혜시가 사랑으로 천지가 일체됨을 말하고 있는 것은 상호 모순되는 것이 아닌가 생각될 수도 있다. 하지만 혜시는 장자에게 물고기의 즐거움을 진정 이해하려면 물고기를 사랑해야 한다는 것을 역설적으로 강조하고 있다고도 볼 수 있다. 이런 점에서도 결국 장자의 만물상통설(萬物相通說)과 일치하게 되는 셈이다.

장자는 혜시를 비난하여 혜시의 도는 순수하지 못하고 그의 말은 이치에 맞지 않는다고 하였다지만, 그것은 혜시의 속마음을 헤아리지 않고 겉으로 드러난 그의 궤변만을 피상적으로 판단한 데서 비롯되었다고 할 수 있다. 그리고 혜시에 대한 비난은 장자 자신이 하였다기보다 《장자(莊子)》라는 책이 편집될 때 장자의 제자들이 삽입해 넣었을 가능성이 많다.

다시 말하거니와 장자와 혜시는 그 시대에 상호 대립되는 것 같으면서도 서로에게 깊은 영향을 준 막역지우라 할 수 있다.

역물십론 다음으로 혜시의 변술 중에 유명한 것으로는 이십일사(二十一事)라는 것이 있다. 이것 역시 사람들의 고정관념을 깨뜨리는 궤변들로 가득 차 있다.

21개의 변술을 일일이 따져보기보다 몇 가지 범주로 묶어 생각해보는 것이 낫겠다.

첫째, 명실(名實)에 관한 문제이다. 즉, 이름과 실상과의 관계를 다시 생각하게 하는 명제들이 그것이다. 상식적으로는 이름을 듣고 그 실상을 알게 된다. 그러나 엄밀히 따져보면 이름이 실상을 나타내는 데 가장 합리적이라고도 볼 수 없다. 이름은 단지 실상을 이해하는 데 도움을 주는 인간들 사이의 약속에 불과하다. 이름이 붙여지기 전에 이미 사물이 존재해 있었다. 이름이 붙여지기 전의 사물은 지금 불려지고 있는 이름 이외의 다른 이름으로도 불려질 가능성이 있었다. 지금 사람들이 '개라고 부르는 사물은 '양'이라는 이름으로도 불려질 수 있었다는 말이다. 그리고 '흰색'이라고 명명된 색깔은 '검은색'이라고 불려질 수도 있었다.

그런데 사람들은 이 사실을 망각하고 마치 개라는 이름이 먼저 존재하고, 그 이름에 맞게 다음으로 개라는 사물이 생겨난 것처럼 착각하고 있다. 그래서 개는 영원히 개인 것처럼 여긴다.

그러나 혜시는 말한다.

'개는 양이라고도 할 수 있다.'
'흰 개는 검다'.

여기서 혜시는 사람들이 일반적으로 생각하고 있는 이름의 절대성을 부정하고 이름의 상대성을 제시하고 있는 것이다. 그리고 이름의 절대성을 고집할 때 생기는 모순을 명제로 채택함으로써 역설적으로 이름의 상대성을 강조하는 논법을 사용하였는데, 그 명제들이 다음과 같은 것이다.

'구(狗)는 견(犬)이 아니다.'
'외로운 망아지는 처음부터 어미가 없었다.'

구는 엄밀히 말해 덜이 있는 어린 견을 의미한다. 그러므로 구가 곧 견이 되는 것은 아니다. 이름의 절대성만을 고집할 때 이런 모순적인 말도 성립된다는 것이다. 외로운 망아지(孤駒)라는 것도 어미 없는 망아지라는 의미인데, 이 이름 자체에만 매이면 '외로운 망아지는 처음부터 어미가 없었다'는 말도 성립된다는 것이다.

이와 같이 혜시는 직설적인 표현으로 또는 반어적인 표현으로 이름의 절대성에 매여 있는 사람들의 고정관념을 깨뜨리고 있는 셈이다. 사람들은 자기들이 정해놓은 이름 자체에 매여 얼마나 전전긍긍하고 있는가. 민중이니 좌익이니 우익이니 하는 이름들을 상대방에게 붙여놓고 그 이름들에 매여 노심초사하는 경우가 얼마나 많은가. 그런 경우는 이미 이름은 실상을 떠나 있는 것이다.

둘째, 생물발생론 내지는 진화론적인 사고를 전제로 한 명제들이다.

'알은 털이 있다.'
'말은 알이 있다.'
'개구리도 꼬리가 있다.'

이 같은 명제들이 이러한 종류의 것이라 할 수 있다. 알에서 깨어난 새들이 털을 가지고 있으므로 이미 알은 털이 있는 셈이다. 말이 처음부터 말로 태어나는 것이 아니라 암말의 자궁에서 분화되어 자라므로 자궁은 속에 지니고 있는 알이라고 할 수 있다. 그 알 껍질은 한번 깨지면 쓰지 못하는 새의 알 같지 않고 반복해서 쓸 수 있는 성질의 것이다. 새의 알과 말의 알은 바깥에 나와 있느냐, 속에 있느냐의 차이뿐이다. 그리고 딱딱한 껍질을 가진 알이냐, 물렁물렁한 가죽 껍질을 가진 알이냐의 차이도 있을 것이다.

그러므로 사람도 알에서 태어난다고 해도 과언이 아니다. 박혁거세라는 인물이 알에서 태어났다고 해서 놀랄 일도 아니다. 개구리가 꼬리를 가지고 있다는 말도 진화론적인 관점에서 보면 지극히 타당한 말이다. 꼬리가 퇴화되었을 뿐이지, 없는 것은 아니기 때문이다. 사실 올챙이 시절에는 긴 꼬리를 흔들며 다니지 않는가.

이렇게 볼 때, 혜시는 자연 관찰에 있어서도 뛰어난 통찰력을 발휘한 셈이 된다. 그러나 피상적인 눈만을 가지고 있는 사람들에게는 하나의 궤변으로만 들렸을 것이다.

셋째, 주체와 객체의 관계를 암시하는 명제들로서 다음과 같은 것들이 있다.

'닭의 발은 셋이다.'
'누런 말과 검은 소를 합하면 셋이다.'

혜시가 왜 이런 말을 했는지 여러 가지 추측이 가능하다. 어떤 사람은 닭의 다리를 움직이게 하는 닭의 마음까지 합해서 셋이라고 한다고 하였다. 닭의 다리는 실제로 두 개가 있지만, 그 다리들을 움직이게 하는 마음이 없이는 사실 그 다리들은 쓸모가 없다. 정말 닭의 다리로 하여금 다리 되게 하는 마음, 이것이야말로 진정한 다리라고 할 수 있는데, 이렇게 되면 닭의 발은 분명히 세 개인 셈이다.

그런데 또 어떤 사람은 닭의 다리가 두 개 있지만 객체인 닭의 다리 수를 판단하는 주체는 따로 있으므로 합해서 셋이 된다고 하였다. 누런 말과 검은 소를 합할 때도 그 두 마리를 합하는 주체가 따로 있으므로 모두 셋이 된다고 하였다.

좀 억지스러운 점이 있는 설명들이지만, 어떤 판단이라는 것은 객체만으로 가능한 것이 아니라 주체가 있어야 가능하다는 점을 밝힌 데 의의가 있다고 할 것이다. 이제 양자물리학에서는 관찰하는 주체에 따라 양자의 수나 그 외 물질의 수가 각각 다르게 산출될 수 있음을 발견하게 되었다. 그래서 절대 객관적인 진리가 존재할 수 있는가 하는 문제가 제기되고 있는 실정이다.

이것을 정신적인 영역으로 옮겨서 적용하면 더욱 분명하여진다. 철학적인 진리라고 하는 것은 그것을 사유하는 주체의 관점에 따라 전혀 그 궤도를 달리하는 경우가 많은 것이다. 그러므로 우리가 어떤 철학적인 진리를 대할 때는 반드시 그 사유의 주체까지 합해서 판단해야 한다. 사회적인 현상에 관한 설명도 그것을 설명하고 있는 주체가 누구냐 하는 점을 무시하고 객관적으로 제시된 설명만 가지고 왈가왈부하면 정곡을 파헤치기 힘든 것이다.

닭의 발이 원래부터 두 개로 존재하는 것이 아니라 닭의 발이 두 개라고 판단하는 주체가 있기 때문에 두 개가 되는 것이다. 그러므로 닭의 발은 셋인 셈이다.

넷째, 모순 어법을 최대한 활용한 명제들이다. 다른 명제들도 모순 어법을 사용하고 있기는 하지만 그 성격이 이 경우와는 다소 다르다고 할 수 있다.

'불은 뜨겁지 않다.'

'곡척(曲尺)으로도 방형(方形)이 그려지지 않고, 자 두 개로도 원(圓)이 그려지지 않는다.'

불이라 하면 사람들은 곧 열(熱)을 연상하며 뜨겁다고 생각한다. 그러나 불과 열은 엄연히 다른 객체들이다. 불의 여러 속성들 중에 보편적으로 열이 있을 수 있는 것이다. 혜시는 이미 뜨겁지 않은 불, 열과는 관계없는 불도 있을 수 있음을 예견하였음에 틀림없다. 불이 석탄을 때어 기차를 움직이게 하는 기계 에너지로 바뀔 때 그 불은 이미 뜨거운 불이 아닌 것이다.

그 다음 곡척으로 방형을 그릴 수 없다는 말이나, 두 개의 자로 원을 그릴 수 없다는 말은 언뜻 듣기에 있을 수 없는 일처럼 여겨진다. 그러나 이미 기하학에서 순수한 방형이나 원은 그 어떤 자나 컴퍼스로도 그릴 수 없다는 사실이 입증된 지 오래다. 우리가 점이니 선이니 하는 것들도 따지고 보면 순수한 개념으로서의 점이나 선이 아니다. 그와 같이 순수한 방형과 원은 이 지구상 어디에도 존재하지 않는다. 혜시는 이렇게 철저한 모순을 통해서도 진리를 설파하고 있는 셈이다.

'자루 구멍은 자루를 둘러싸지 못한다'와 같은 명제도 이런 맥락에서 해석될 수 있다.

다섯째, 무한(無限) 개념과 관련된 명제들이다.

'나는 새의 그림자는 움직이지 않는다.'
'빨리 나는 화살은 가지도 않고 멈추지도 않는 순간이 있다.'
'수레바퀴는 땅에 닿지 않는다.'
'초(楚)나라 서울 영에 천하가 있다.'
'사물의 성질은 현상에 도달할 수 없으며 도달한즉 떨어지지 않는다.'
'한 자의 채찍을 하루에 반씩 잘라가면 만 년이 되어도 다 없어지지 않는다.'

아무리 작은 시간·공간·길이도 무한히 자를 수 있으므로 무한한 것이라는 가설에 입각하여 위와 같은 명제들이 가능한 것이다. 더구나 한 자의 채찍을 하루에 반씩 잘라가면 만 년이 되어도 다 없어지지 않는다는 말은 수학적으로도 입증이 가능한 것이다.

여기서 혜시는 무한한 시간과 순간과의 차이, 무한한 공간과 좁은 공간과의 차이, 무한한 길이와 짧은 길이와의 차이에 대하여 고정관념을 깨뜨리도록 우리의 눈을 열어준다고 할 수 있다. 사실 우리가 눈으로 보는 현상은 착각에 불과한 경우가 많다. 우리는 활동사진을 보면서 자연스럽게 움직이는 것으로 여기나 실은 움직이지 않는 사진들을 짧은 간격으로 연이어 보고 있는 데 불과하다.

그래서 혜시는 '눈은 보지 못한다'는 명제를 내놓고 있는 것이다. 이상에서 우리는 혜시의 이십일사를 범주별로 나누어 살펴보았는데, 어떤 범주에 넣어야 할지 애매한 명제들도 있다.

'거북은 뱀보다 길다'라든지 '산에도 입이 있다'라고 하는 명제들은 어떤 범주에 넣어 해석해야 할지 망설여지는 부분이다.

어떤 학자는 혜시가 그 시대에 궤변을 늘어놓고 고정관념에 도전하고 한 것은 진리를 설파한다는 의미도 있지만, 그 시대 상황을 풍자하려는 의도도 있다고 한다. 겉과 속이 다른 위선자들이 왕이 되는 그 시대를 풍자하기 위해 '흰 개는 검다'는 명제를 제시하였다고도 한다. 거꾸로 된 시대에서 거꾸로 된 이야기들을 함으로써 시대를 바로잡으려고 했다는 말이다.

진(晉)나라에서도 유행했던 청담(清談) 운동도 이와 같은 취지에서 일어났다고 한다. 청담이란 속세하고는 전혀 관계없는 이야기들을 하는 데도 속세의 비리와 모순을 비꼬고 있는 그런 화법을 가리키는 것이다.

그러나 혜시는 궤변만 늘어놓은 것이 아니라 실제로 정치에 참여하여 벼슬까지 하면서 시대를 개조해보려고 노력한 흔적이 보인다. 이 점에서 끝까지 세상 벼슬을 사양한 장자와 대조를 이룬다고 할 수 있다.

혜시를 뒤이어 명가(名家)의 대표적인 인물로 언급되는 사람은 조(趙)나라 사람 공손룡(公孫龍)인데, 그에 관해서는 나중에 이야기할 기회가 있겠다.

개량이냐, 혁명이냐

제(齊)나라 임치의 직문 학자촌으로 모여든 제자백가들 중에는 음양가와 명가 이외에 또 특이한 학파로 이름하여 농가(農家)라고 하는 것이 있었다.

농가는 그 당시 참으로 파격적인 주장을 한 학파로서, 맹자를 비롯한 그 당시 사상계의 거두들로부터 많은 비난을 듣기도 하였다. 농가는 어떻게 보면 묵가(墨家)의 겸애(兼愛) 사상을 극대화시켜 제도적인 면에서도 개혁을 꾀하고자 한 과격파인 셈이었다.

먼 훗날의 계급 타파 이론과 공산주의 이론은 이미 전국 시대 농가에서 싹이 텄다고 하여도 과언이 아니다.

농가들은 무엇보다 상하 계급을 타파하고 백성들로 하여금 평등호조(平等互助)의 사회를 이루어 공동 생활을 하도록 해야 한다면서 그 당시 노동의 중심을 이루고 있던 농사일에 힘써야 한다고 하였다.

농가는 왕과 경대부들의 탐욕과 착취로 인하여 살아도 사는 것 같지 않던 그 당시 민중들의 주장을 대변하고 있다. 농가의 주장은 공자가 편

찬한 《시경(詩經)》이라는 책에 이미 시의 형태로 나와 있지만, 농가의 사상이 무르익은 때는 초(楚)나라 사람 허행(許行)이 활동하던 시기라고 할 수 있다.

허행의 사상은 《맹자(孟子)》의 〈등문공편(滕文公篇)〉에 나오는 구절들로 미루어 유추해볼 수밖에 없을 만큼 그에 대한 문헌이 빈약하다. 그리고 허행에 대한 언급으로는 《여씨춘추(呂氏春秋)》〈당염편(當染篇)〉에 조금 나오는 것이 고작이다.

허행은 초나라에서 태어나 묵가의 영향을 받으면서 신농(神農)의 가르침을 기초로 농가로서의 독특한 사상을 발전시켜나갔다. 허행 주위로 많은 제자들이 모여들었다. 하층 계급의 사람들이 모여들었음은 말할 필요가 없고, 심지어 높은 벼슬에 있는 자들도 자신들이 누리고 있는 특권에 죄의식을 느껴서 그 모든 기득권을 포기하고는 허행과 한 무리가 되기도 하였다.

나중에 허행은 제자들을 데리고 등(滕)나라로 와서 새로 즉위한 문공(文公)을 알현하였다. 허행은 대궐 문 앞에서 문공에게 아뢰었다.

"저는 먼 곳에서 온 사람인데, 임금께서 인정(仁政)을 베푸신다는 소문을 듣고 찾아왔습니다. 허술한 집 한 채라도 얻어 백성 되기를 원합니다."

문공은 허행의 무리에게 살 집을 주었다. 수십 명이 되는 허행의 무리는 굵은 베로 만든 갈의(褐衣)를 입고 있었는데, 그들은 짚신을 만들고 자리를 짬으로써 생계를 꾸려나갔다.

허행은 문공을 만날 때마다 신농이 다스리던 시대를 설파하며 모름지기 임금도 신농처럼 손수 농사를 지으면서 백성들과 고락을 함께하여야 한다고 하였다.

"염제(炎帝) 신농은 처음으로 나무를 깎아 쟁기를 만들고, 나무를 구부려서 자루를 만들어 백성들에게 농경법을 가르쳤습니다. 그리고 해마다 여러 종류의 동식물을 모아 천제에게 제사를 드리며 일 년 농사에 대한 보고를 올렸습니다. 또한 신농은 백성들의 건강에도 깊은 관심을 기울여 손수 자편이라고 하는 붉은 채찍을 휘둘러 각종 풀과 나무의 성분을 판별하고 약초로 쓸 만한 것들을 골랐습니다. 어떤 때는 실제로 풀을 먹어보기도 하면서 그 효능을 시험하였기 때문에 풀의 독성으로 인하여 온몸에 부스러기가 나곤 하였습니다. 나중에는 단장초(斷腸草)라는 독초를 씹었다가 창자가 곪아터져 돌아가시기까지 하였습니다. 이렇게 백성들의 생명을 위해 자기 몸을 아끼지 않았던 신농입니다. 이렇게 신농은 백성들에게 농사법과 제약법을 가르쳤을 뿐만 아니라 해가 중천에 있을 때 사람들을 시장에 모이게 하여 서로 물건을 팔고 사는 상업을 가르쳤습니다. 그러나 차츰 세월이 흐르면서 신농의 정치를 본받는 임금들이 줄어들어 백성들과 사이가 멀어지게 되었습니다. 임금들은 백성들이 어떻게 농사를 짓는지도 모르게 되고, 자기 배만 부르면 된다는 식으로 호의호식만 일삼게 되었습니다. 그리하여 이토록 나라들이 어지럽게 된 것입니다. 천하가 태평성대가 되기 위해서는 무엇보다 임금들이 신농의 정치를 본받아 백성들과 같은 옷을 입고, 손수 농사를 지어 먹으며 상하의 구별이 없게 하여야 합니다. 임금이 농사를 지어 먹으면 모든 경대부들도 농사를 지어 먹을 것이요, 나라의 국록이나 축내는 탐관오리들이 모두 없어지게 될 것입니다."

허행의 말을 들으면 문공은 마음에 찔리는 바가 한두 가지가 아니었다. 문공 나름대로는 인정을 베푼다고 하는데 신농에 비하면 까마득한 것만 같았다. 그래서 문공은 허행의 무리에게 농사를 지을 땅을 주고, 그들과 함께 농사 짓는 법을 배워보기도 하였다. 그러나 워낙 정사(政事)에 바빠 농사 짓는 것도 잠깐 해보고 그만둘 수밖에 없었다.

이때 마침 송(宋)나라에서 진량(陳良)의 제자 진상(陳相)이 그의 동생 진신(陳辛)과 함께 문공이 선정을 베푼다는 소식을 듣고 등나라로 왔다. 그런데 등나라로 와서 보니 문공보다 더 위대한 허행이라는 인물이 있었다. 그리하여 진상과 진신은 진량에게서 배운 학문을 다 버리고 허행에게서 새로 배우며 그의 제자가 되었다.

그 무렵에는 맹자도 문공의 초청으로 등나라에 와 있었는데, 허행의 무리가 일어나는 것을 보고 맹자는 심히 우려하였다. 하루는 진상이 맹자를 만나서 허행에 대해 칭찬을 아끼지 않았다. 맹자는 씁쓸한 표정을 지었다. 진상은 맹자의 표정 따위에는 아랑곳없이 자기 확신대로 이야기해나갔다.

"저는 등나라 임금이 어질다고 하여 송나라에서 이곳으로 왔습니다. 이곳에 와보니 과연 임금이 어질고 민심이 제법 안정되어 있었습니다. 그러나 등나라 임금도 완전한 도(道)를 깨달았다고는 볼 수 없습니다. 진정한 군주는 신농처럼 백성과 함께 농사를 짓고 손수 아침·저녁을 지어 먹으면서 나라를 다스려야 하는데, 지금 등나라 임금은 자신을 그렇게 과감히 개혁하려고는 하지 않습니다. 여전히 백성들이 지어 온 것을 무수히 거두어들여 곡식 창고와 재물 창고에 쌓아두고 있습니다. 이것은 결국 백성들을 괴롭히면서 자기만 살겠다는 처사에 불과합니다."

맹자는 한동안 아무 말 없이 진상을 쳐다보고만 있다가 마침내 입을 열었다.

"허자(許子 : 허행을 가리킴)는 반드시 자기가 곡식을 뿌려 거둔 것으로 밥을 먹는가?"

진상이 자랑스럽게 대답했다.

"그러하옵니다."

"허자는 반드시 손수 천을 정교하게 짜서 옷을 해 입는가?"

진상은 맹자가 입고 있는 부드러운 옷을 흘끗 바라본 후 어떻게 대답해야 될까 망설이는 눈치였다.

"아닙니다. 그는 그저 굵은 베옷을 입습니다."

진상의 대답은 좀 애매한 것이었다. 허행이 손수 천을 짜서 옷을 입지 않는 것에 대한 변명같이 들릴 수도 있었다. 맹자는 이 기회를 놓칠세라 또 하나의 질문을 던졌다.

"허자는 머리에 관을 쓰는가?"

"그러하옵니다."

"어떤 관을 쓰는가?"

"흰 관을 씁니다."

"손수 그 관을 짜는가?"

맹자는 바로 이 질문을 하기 위해 허자의 관에 대해 관심을 표명한 것이었다. 진상은 맹자가 집요하게 질문을 하고 있는 이유를 간파하였지만, 이미 맹자에게 말려들고 있었다.

"아닙니다. 곡식으로 교환해서 관을 구입합니다."

맹자는 유리한 고지를 점령한 듯 비로소 여유 있는 표정을 지으며 물었다.

"허자는 어찌하여 그 관을 손수 짜지 않는가?"

"농사 짓는 데 방해가 되기 때문이지요."

"그럼 농사 지을 때 사용하는 쟁기는 허자 자기가 만들어 쓰고 있는가?"

"아닙니다. 그것도 곡식으로 교환해서 사들입니다."

"밥을 지어 먹을 때 그릇은 어떤가?"

"그것도 곡식으로 교환해서 마련합니다. 도공(陶工)이나 야공(冶工)들이 하는 그런 일을 하고 있다가는 언제 농사를 지을 수 있겠습니까? 그 일들은 본래 농사와 함께 할 수 없는 것이 아닙니까?"

진상이 맹자의 눈치를 살피면서 약간 언성을 높였다. 맹자는 이제 완전히 논쟁에서 이겼다는 듯 희색을 떠올리기까지 하며 강한 어조로 대꾸하였다.

"그렇다면 천하를 다스리는 일만이 농사와 함께 할 수 있다는 말인가? 농사 짓는 데 방해되기 때문에 도공이나 야공이 하는 일은 하지 않는다고 했는데, 도공과 야공의 입장에서 보면 자기의 일에 방해되기 때문에 농사 짓는 일을 하지 않는다고 말할 수 있는 게 아닌가? 그와 같이 천하를 다스리는 막중한 일을 하는 데 농사 짓는 일이 방해가 될 수 있어 임금들이 농사를 손수 짓지 않는 것이 아닌가. 그런데 너희 무리는 임금이 농부가 되어야 한다고 주장하니, 그렇다면 언제 임금이 천하를 다스리는 일에 몰두할 수 있겠는가. 자고로 대인(大人)이 하는 일이 따로 있고 소인(小人)의 할 일이 따로 있는 법, 그러므로 옛날 사람들은 '어떤 사람은 마음을 수고롭게 하고 어떤 사람은 몸을 수고롭게 한다'고 말한 것이다. 모름지기 마음을 수고롭게 하는 노심자(勞心者)는 남을 다스리고, 몸을 수고롭게 하는 노력자(勞力者)는 남에게 다스림을 받는 법이다. 남에게 다스림을 받는 사람은 남을 먹여주고, 남을 다스리는 사람은 남에게서 얻어먹는 것이 온 천하에 통하는 원칙이 아닌가?"

맹자는 계속해서 말을 이어나갔다. 맹자의 논지는 임금이 손수 농사를 지어 먹어야 한다는 허행의 주장을 반박하는 내용으로 일관하였다. 맹자는 그 논지를 뒷받침하기 위해 요·순·우 시대를 예로 들었다.

맹자가 요·순·우의 정치에 대하여 이야기한 것을 정리해보면 다음과 같다.

요(堯) 임금 때는 천하가 아직 안정이 되지 않았다. 강들이 범람하기 일쑤이고, 초목이 자랄 대로 자라 온갖 새들과 짐승들이 번식하고, 오곡

(五穀)은 제대로 여물지를 못했다. 곡식이 좀 여물까 싶으면 새들이 와서 쪼아 먹고, 짐승들이 파헤치기 일쑤였다. 심지어 사람들에게도 달려들어 해를 입히거나 죽이기까지 하였다. 이런 새들과 짐승들의 횡포가 극에 달하여 전국 방방곡곡에 그것들이 할퀴고 지나간 흔적이 가득하였다. 말하자면 나라 전체가 쑥대밭같이 어수선하기 이를 데 없었다.

요 임금은 이 문제로 고민하다가 순(舜)을 등용하여 나라를 다스리게 하였다. 순 임금은 익(益)이라는 자를 세워 불을 맡아보도록 하였다. 익은 전국 산야에 난무하는 새들과 짐승들을 다스리기 위해 산과 늪 지대에 불을 놓았다. 대대적으로 화전(火田)을 개간한 셈이었다. 그러자 어지러이 날뛰던 새들과 짐승들이 도망을 쳐서 숨어버렸다. 마침내 전 국토가 규모 있게 되었다.

순을 이은 우(禹)는 관개 사업에 주력하였다. 아홉 강물 막힌 데를 뚫고 운하로써 강들이 연결되게 하였다. 수로가 정리되자 백성들은 안심하고 농사일에 힘써 제법 먹고살 수 있게 되었다. 이런 일을 감당하기 위해 우는 8년 동안이나 외지에서 살았고, 세 번이나 자기 집 앞을 지나면서도 들어가보지 않았다. 우가 신농처럼 농사를 지으려고 해도 어디 농사 지을 시간이 있었겠는가. 자기는 비록 농사를 짓지 않았어도 후직(后稷)을 시켜 백성들에게 농사법을 가르치도록 하였다. 그러나 아무리 배불리 먹고 따뜻하게 입고 편히 거할지라도 사람이 살아가는 데 교육이 없으면 금수(禽獸)와 다를 바 없기 때문에, 우는 계(契)에게 사도(司徒)의 식책을 주어 인륜을 가르치게 하였다. 그 가르침의 내용은 부자유친(父子有親), 군신유의(君臣有義), 부부유별(夫婦有別), 장유유서(長幼有序), 붕우유신(朋友有信)이었다.

요 임금이나 순 임금, 우 임금들의 근심거리는 나라를 맡길 만한 인물을 얻느냐 못 얻느냐 하는 데 있었지, 백 무(畝)의 밭이 제대로 경작되었느냐 안 되었느냐 하는 것에 있지는 않았다. 그렇게 밭을 염려하는 것은 농부의 소관이 아닌가.

여기서 맹자는 천하가 제대로 돌아가기 위해서는 각각 맡은 바 소임이 있음을 강조하였다. 농부는 농부로서, 임금은 임금으로서, 도공은 도공으로서 제 할 일이 따로 있는 것이다. 그런데 허행은 임금이 반드시 농사를 지어야 할 것처럼 이야기하였다. 신농 시대이면 몰라도 이렇게 분화된 시대에서 허행의 주장은 다분히 시대착오적인 것이라는 것이 맹자의 논지였다.

맹자는 그러한 점을 논리 정연하게 논파한 셈이었는데, 그렇다고 하여 맹자가 전적으로 옳은 것은 아니었다. 진상을 비롯한 허행의 무리는 임금이 백성들과 유리되는 문제를 염려하여 지적하고 있는데, 맹자는 바로 그러한 주안점은 접어두고 임금도 농사를 지어야 한다고 주장한 허행의 말만 꼬투리로 잡아 물고늘어지고 있다고 할 수 있다.

그리고 마음을 수고롭게 하는 노심자가 대인이요, 그러한 자들이 다스리는 위치에 있어야 하고 남에게서 얻어먹어도 된다고 하는 맹자의 논리는 다분히 기존의 체계를 그대로 유지하려고 하는 보수주의적인 경향을 띠고 있다.

그러한 보수주의 노선을 떠나 허행의 무리와 한패가 된 진상과 진신의 변절을 맹자는 통렬히 비난하기도 하였다.

"그대들의 스승 진량은 초나라 태생으로 주공(周公)과 공자(孔子)의 도(道)를 흠모하여 북으로 올라와 배웠다. 그러고는 모든 북쪽의 학자들보다 훌륭한 선비가 되었다. 그렇게 고매한 스승을 수십 년 모시다가 스승이 죽으매 이내 곧 배반을 하고 미개한 남쪽 지역의 왜가리 떼같이 떠벌리는 허행에게서 배우니 한심할 뿐이다."

맹자가 진상과 진신의 변절을 책하면서 다음과 같이 유명한 비유를 들었는데, 이 구절은 두고두고 인구에 회자되었다.

"나는 깊은 골짜기에서 나와 높은 나무에 오른다는 말은 들었어도, 높은 나무에서 내려와 깊은 골짜기로 들어간다는 말은 듣지 못하였도다."

여기서 맹자는 진상과 진신이 이전에 스승으로 삼았던 진량은 높은 나무요, 이제 새로 스승으로 삼은 허행은 깊은 골짜기와 같이 사람을 타락시킨다는 것을 암시하고 있다. 그러나 진상과 진신이 볼 때는 맹자야말로 깊은 골짜기로, 고정관념에 얽매여 있는 사람이라고 생각했을 것이다. 그 다음, 맹자는 허행의 경제 정책에 관해서도 아니꼽게 생각했다.

허행의 기본적인 경제 정책은 물건의 길이와 양, 크기에 따라 값을 일정하게 매겨야 하며, 시장마다 가격이 같도록 하여 오 척(尺)의 어린아이가 시장에 가서도 속임을 당하지 않는 풍토를 조성해야 한다는 것이었다. 허행은 어디까지나 거짓과 속임수가 판을 치는 그 당시 시장의 실태를 개탄하여 그러한 주장을 한 것인데, 맹자는 또 말의 꼬투리를 잡아 비난하였다.

"양과 무게와 길이에 따라 값을 정한다고 하면 곧 천하를 어지럽히는 것이 되고 말 것이다. 대체로 물품은 그 품질이 좋고 나쁘고에 따라 가치가 결정되는 법인데, 굵은 끈으로 삼은 신과 가늘게 꼰 끈으로 삼은 신을 무게가 같다고 하여 똑같이 값을 정한다면 이보다 더 불합리한 일이 있겠는가. 허행의 말대로 하면 오히려 시장이 온통 거짓으로 가득하게 될 것이다. 이래 가지고 어떻게 천하를 다스릴 수 있겠는가?"

이상에서 볼 때, 맹자는 허행의 무리에 대하여 거의 신경질적인 반응을 보인 것을 알 수 있다. 허행이 기본적으로 기존 체제를 부인하고 혁명적인 주장을 한다고 이해한 이상, 허행이 아무리 옳은 소리를 한다 하더라도 위험스러운 발상으로 여기게 되었을 것이었다.

유가(儒家)의 거두 맹자의 심사까지 극도로 혼란스럽게 한 허행의 이론이었으니, 그 이론의 영향력이 어떠했나 하는 것을 역으로 미루어 짐작해볼 수 있다.

이렇게 허행의 영향력을 직접적으로 받아 농가의 이론에 빠져든 사람들이 있는 반면에, 허행과는 관계없이 자기 스스로 농가에서 주장하는 바대로 삶을 살아간 선비들도 있었다.

제(齊)나라에 진중자(陳仲子)라고 하는 선비가 있었다. 그는 대대로 벼슬을 해오고 있는 집안의 후사였는데, 자신은 벼슬자리에 오르지 않고 그저 평범한 서민으로 살려고 하였다. 그런데 진중자의 형 대(戴)가 높은 벼슬을 얻어 그가 받는 녹(祿)으로 일가 친척들을 먹여 살렸다. 형의 집에 얹혀살던 진중자는 형이 나라에서 받는 만종의 녹이 의롭지 못하다고 스스로 판단하고, 형의 집도 의롭지 못하다 하여 처자식들을 데리고 형의 집을 나와 어릉(於陵)이라는 데서 기거하게 되었다.

진중자는 손수 농사를 짓고 신을 삼았으며, 그의 처는 삼실을 뽑아 길쌈을 해서 그것으로 양식을 바꾸어 먹었다. 주로 그의 처가 생활을 꾸려나가느라고 무척 고생을 했다. 흉년이 들고 물건이 잘 팔리지 않아 밥을 굶을 때도 한두 번이 아니었다.

한번은 진중자가 사흘 동안이나 아무것도 먹지 못했다. 그러자 눈이 흐려져 앞이 잘 보이지 않게 되고, 귀가 먹어 소리도 들리지 않게 되었다. 완전히 기진맥진하여 물이라도 마시려고 우물가로 기어갔는데, 거기 오얏 열매들이 떨어져 있었다. 그것도 거의 반 이상 벌레들이 파먹은 것이었다.

진중자는 오얏이 있는 데로 좀 더 기어가서 그것을 집어먹었다. 허겁지겁 세 번을 삼킨 후에야 겨우 귀가 들리고 눈이 밝아지게 되었다.

며칠 후, 누가 진중자에게 거위 고기를 가지고 와서 진중자가 그것을 먹게 되었다. 그러나 그 거위가 형 집의 거위인 것을 알고는 부정하다 하여 바깥으로 나가 먹은 것을 다 토해버렸다.

하루는 아내가 물건이 잘 팔리지 않아 남의 집에서 기장을 얼마 훔쳐 가지고 와서 밥을 지어주자 진중자는 그 밥을 맛있게 먹었다.

이렇게 얼마든지 누릴 수 있었던 부귀영화를 마다하고 촌구석인 어릉으로 내려와 아내와 함께 농사를 지으며 길쌈을 해서 먹고살았던 진중자에 대해 맹자와 광장(匡章)이 벌였던 논쟁은 기억해둘 만하다.

광장이라는 사람은 제나라 위왕(威王)과 선왕(宣王)에 걸쳐 벼슬을 했던 인물로서 제나라 확장에 큰 기여를 하였다.

그는 맹자를 만날 기회가 있어 진중자의 인품에 대해 그 청렴함을 칭찬하였다. 그러나 맹자는 진중자에 대한 생각이 달랐다.

"나도 제나라 사람들 중에 진중자를 제일로 꼽는 것을 서슴지 않습니다."

맹자는 일단 진중자를 높이 쳐주었다. 하지만 곧이어 진중자의 청렴함이 비현실적인 것이라고 비판하였다.

"진중자가 자신의 절조(節操)를 계속 지켜나가려면 지렁이가 된 다음에야 가능할 것입니다."

광장은 맹자가 진중자를 지렁이와 비교하는 것에 기분이 좀 상했다.

"지렁이가 된 다음에라니오? 진중자의 절조가 지렁이의 그것에 미치지 못한단 말입니까?"

"내 말은 지렁이처럼 땅 위에 있을 때는 흙을 먹고, 땅 아래로 들어가서는 지하의 물을 마신다면 몰라도 그렇지 않은 경우는 절개를 지키기가 힘들다는 뜻입니다. 진중자가 개(蓋) 지방에 있는 형의 집이 불의하다 하여 뛰쳐나와 어릉의 오두막에서 살고 있는데, 그 오두막은 누가 지은 것입니까? 백이(伯夷)가 지었는지 어느 도둑놈이 지었는지 모르는 것이 아닙니까. 그리고 진중자가 뿌리는 곡식의 씨도 원래 백이가 심었던 것인지 산적이 심었던 것인지 모르지 않습니까. 진중자 식으로 따지면 어딜 가나 불의한 집이나 불의한 음식과 옷은 있게 마련이고, 의식주 생활을 해야 하는 인간으로서 그 불의한 것들의 혜택을 알게 모르게 받게 된다는 말이지요."

광장은 맹자의 논리 앞에 한동안 할 말이 없었다. 그러나 그냥 입을 다물고 있을 수만은 없었다.

"자신도 모르게 불의한 것의 혜택을 받는 것은 상관할 바가 없지 않습니까? 지금 어떠한 생활을 하느냐가 중요하지 않습니까? 진중자는 농사를 짓고 짚신을 삼느라고 손바닥이 다 꺼칠해졌으며, 그의 아내는 손톱으로 마(麻)를 일일이 쪼개 실을 뽑느라고 손끝마다 피가 맺혔습니다."

맹자는 눈을 한 번 지그시 감았다가 입을 열었다.

"내가 듣기에는 진중자의 수입은 별게 아니었고, 거의 아내의 길쌈 수입으로 생계를 꾸려나갔다고 합니다. 그렇게 아내를 고생시키면서 아내가 벌어오거나 훔쳐온 것으로 밥을 먹는 것은 불의한 것이 아닌지 모르겠습니다. 진중자처럼 그렇게 청렴하게만 살려고 하다가는 자연히 주위 사람들에게 폐를 끼치게 된다 이 말이지요. 아무튼 흙이나 먹고 물이나 마시는 지렁이가 되지 않고서는 진중자가 소원했던 청렴한 생활은 할 수가 없다는 것이지요."

"그래, 진중자를 어리석다 생각하십니까?"

광장은 대들다시피 언성을 높였다.

"아니, 그게 아니라 진중자를 존경하지만 너무 이상론에 치우쳤다 이거지요. 살아가려면 고지식하게만 처신해서는 안 되고, 두루 원만한 관계를 맺으면서 살아가야 된다는 것이지요."

"그럼 불의와도 타협하라는 것입니까?"

"그런 뜻이 아니라 불의와 의를 판단하는 기준이 문제라는 거지요. 진중자의 형은 내가 볼 때는 그렇게 불의한 사람이 아니었다고 여겨집니다. 나라의 공직을 맡아 열심히 일한 대가로 녹을 받아 가족들을 먹여 살리고, 나라에 보탬이 되는 일을 하였습니다. 그런데 진중자가 자기 형이 불의하다고 판단한 근거는 단지 농사일을 손수 해서 벌어먹지 않고, 벼슬자리에 앉아서 하는 일도 없이 수레나 타고 다니면서 엄청난 녹이나 받아먹는다 이거지요. 진중자가 나라의 공직에 대해 피상적으로 생각한 점이 많다 이겁니다. 실제로 공직을 맡아보면 그게 빈둥빈둥 노는 데가 아니라는 것을 알게 되지요."

"그야 그렇지요. 나도 벼슬을 하고 있지만 여간 마음 쓸 일이 많아야지요."

광장은 씁쓸한 인상을 지으며 동의하지 않을 수 없었다.

맹자의 제자 중에도 농가 사상의 영향을 받은 자들이 적지 않은 것 같다. 맹자의 제자 중 한 사람인 팽경(彭更)이 하루는 심각한 얼굴을 하고 물었다.

"수레 수십 대를 뒤에 따르게 하고, 수행자들 수백 명을 거느리고 이 제후(諸侯)에게서 저 제후에게로 옮겨다니며 엄청난 녹을 받아먹는 것은 분에 넘치는 사치가 아닙니까?"

이 질문은 이 나라 저 나라 유세(遊說)를 다니며 제후들로부터 풍성한 대접을 받고 있는 맹자와 같은 선비들을 은근히 질책하고 있는 것이었다. 맹자도 팽경의 의도를 눈치챘는지 정색을 하고는 대꾸하였다.

"정당한 방법에 의한 것이 아니라면 한 그릇의 밥도 남에게서 얻어먹어서는 안 된다. 그러나 만약에 정당한 방법에 의한 것이라면 순(舜) 임금이 요(堯) 임금의 천하를 이어받는 일도 사치스러운 것이 아닐진대, 자네는 그 정도의 것을 가지고 사치스럽다고 여기는가?"

팽경은 맹자가 다른 방향으로 논리를 펴는 것을 알아채고 맹자의 말을 막았다.

"제 말은 선비라는 사람들이 하는 일도 없이 녹만을 받아먹어서는 안 된다는 뜻이지요."

맹자는 팽경의 말을 무시하고 자기 말만을 계속 이어나갔다.

"백성들이 만든 물건을 이리저리 서로 유통하게 하고 일거리를 분담시켜서 이쪽에서 남는 것을 가지고 저쪽의 부족한 부분을 보충해주지 않는다면, 농부에게는 곡식이 남아돌게 될 것이고 길쌈하는 여자들에게는 천이 남아돌게 될 것이다. 그리하면 자기가 만든 물건은 넘치게 가지고 있다 하더라도 어떻게 다른 부족한 부분을 채울 수가 있겠는가? 먹고살 길이 막히는 사람들도 생겨날 것이다. 그러나 자네가 그런 것들을 잘 조정해준다면 수레만 만드는 사람도 곡식을 얻어 양식을 해결하게 될 것이다. 그런데 여기 인의(仁義)를 가르치며 몸소 실천하면서 제후들에게 유세하는 자가 있다고 하자. 이런 자는 농사도 짓지 않고, 길쌈도 하지 않고, 수레도 만들지 않는다 하여 하는 일이 없는 것으로 여겨 먹을 것을 얻도록 해주지 않는다면 누가 백성들에게 인의를 가르칠 수 있겠는가? 선비들을 굶주리게 한다면 자네는 목수나 수레 만드는 자들은 존경하면서 인의를 실천하는 자들을 경멸하는 것이 되지 않는가?"

여기서 맹자는 선비들은 별로 하는 일이 없다고 하는 팽경의 사고방식을 수정해주려고 하고 있음을 알 수 있다. 선비는 두 가지 면에서 하는 일이 있는 셈이다. 하나는 벼슬자리에 올라서 정치를 함으로써 백성들이 만든 물건들을 적절하게 유통시켜 백성들이 먹고살 수 있도록 하는 일, 또 하나는 인의를 가르치고 실천함으로써 후대에 본을 끼치는 일이다. 이런 중요한 일을 하는 자가 제후들로부터 녹을 풍족하게 받는 것이 뭐가 사치가 되느냐는 식의 이야기이다. 그러나 팽경도 물러설 줄을 몰랐다.

"목수와 수레 만드는 자들은 자기들의 기술로 물건을 만들어 먹고살려는 데 목적이 있습니다. 그런데 군자가 인의를 실천하는 것은 먹고살기 위해 그러는 것이 아니지 않습니까?"

이 말은 인의를 실천하는 대가로 먹을 것을 얻는다는 것은 그 목적에 반하는 일이 아니냐는 뜻이다. 그리고 아무리 선한 정치를 하고 인의를 베푸는 군자라 하더라도 그렇게 하는 목적이 먹고살기 위해서가 아닌 이상, 자기 먹을 것을 얻기 위해서는 다른 백성들처럼 노동, 특히 농사일을 해야 되지 않겠느냐는 것이다.

이렇게 팽경의 말을 분석해볼 때, 팽경은 앞서도 말했지만 허행의 무리가 주장하는 농가의 사상에 적지 않은 영향을 받았음에 틀림없다.

맹자는 팽경이 농가의 사상에 영향을 받는 것이 염려스럽다는 듯 이맛살을 한 번 잔뜩 찌푸렸다가 팽경의 허점을 비집고 들어왔다.

"자네는 왜 하필 그 목적을 가지고 문제삼는가? 자네는 다른 사람이 자네를 위해서 일을 해줄 때 그 목적에 따라서 그를 먹여주는가, 아니면 그 해준 일의 성과에 따라 먹여주는가?"

"목적에 따라 먹여줍니다."

"그래? 목적에 따라 먹여준다?"

맹자는 팽경이 한 말을 되뇌어보며 얼핏 미소를 떠올렸다. 이제 완전히 유리한 고지에 서게 되었다는 확신이 맹자의 얼굴에 내비쳤다.

"여기에 일 솜씨가 좋지 않은 사람이 있다고 하지. 그기 먹을 양식을 얻기 위한 목적으로 자네 집을 수리하게 되었는데, 기술이 서툴러 기왓장을 부수고 담벽에 칠을 잘못하였다고 하면 그 사람을 먹여주겠는가?"

"먹여주지 않습니다."

"그것 보게. 자네도 결국 그 목적에 따라 먹여주는 것이 아니라 해놓은 일의 성과에 따라 먹여주는 것이 아닌가? 그와 같이 선비들이 먹을 양식을 얻기 위한 목적으로 일하지 않았다 하더라도 그 선비들로 인하여 자네가 받은 이득이 있다면 선비들에게 양식을 주는 것이 가하지 아니한가?"

팽경은 맹자의 논리를 당해낼 재간은 없었다. 하지만 맹자의 논리에는 어딘지 모르게 자신의 기득권을 보호하려는 의도가 배어 있음을 느꼈다.

이렇게 놓고 볼 때, 그 당시 맹자를 비롯한 유가는 법가, 병가와 더불어 기존의 봉건 체제를 그대로 유지하면서 보다 나은 사회를 만들어가려는 개량주의적인 입장을 취했다고 할 수 있고, 허행, 진상을 비롯한 농가는 사회 체제를 밑바닥에서부터 뜯어고치고자 하는 혁명적인 입장을 취했다고 볼 수 있다. 농가가 묵가에 뿌리를 두고 있음을 염두에 두면 묵가 역시 체제 도전적인 세력이었음에 틀림없다.

이런 보수주의와 진보주의가 갈등하는 와중에서도 그 모든 것에 초연한 입장이 있었으니, 노자로부터 시작하여 장자(莊子)에 이르러 꽃핀 도가가 그것이다. 그러니까 도가는 중도파도 아니고 아예 속리주의(俗離主義)로서 현실 정치에는 별 관심이 없었다고 할 수 있다. 도가의 입장에서 보면, 보수주의니 진보주의니 해가면서 싸우고 있는 치들이 먹이를 가운데 두고 꿀꿀거리며 싸우는 돼지들 정도로 보였을 것이다.

그리고 그 당시 여러 방면에서 비난을 받은 이상한 일파가 있었으니 소설가가 그것이다.

이 소설가는 글자 한 자 틀리지 않고 지금까지 내려와 단편이나 장편의 이야기를 만드는 자들을 일컫는 말로 사용되고 있다.

'소설'이라는 말은 《장자》〈외물편(外物篇)〉에 가장 먼저 나온다. 소설, 즉 자질구레한 이야기를 지어내는 자들의 옹졸함을 장자는 비유를 들어 꼬집고 있다.

'옛날에 임(任)나라 공자가 대구거치(大鉤巨緇), 즉 엄청나게 큰 낚시와 길고 긴 낚싯줄을 만들어 50마리의 소를 미끼로 하여 회계산(會稽山)에 올라 동해에 낚싯대를 드리웠다. 매일같이 낚시를 했지만 1년이 지났으나 한 마리의 고기도 걸려들지 않았다. 그런데 하루는 어머어마한 고기가 미끼를 물었다. 임나라 공자는 온 힘을 다해 낚싯줄을 끌어당겼지만 고기는 쉽사리 끌려들지 않았다. 고기는 낚싯줄을 당겨 바닷속으로 잠기는 듯하더니 갑자기 뛰어올라 지느러미를 퍼덕거렸다. 고기가 그렇게 요동을 치자 흰 물결이 산더미처럼 솟아오르고 바다 전체가 흔들리는 듯했다. 그 소리는 마치 온갖 귀신이 울부짖는 듯하여 천 리 밖에 있는 사람들까지 떨리게 했다.

임나라 공자는 천신만고 끝에 그 고기를 잡아 잘게 포(脯)를 떠서 절강(浙江) 동쪽과 창오산(蒼梧山) 북쪽의 주민들에게 나누어주었다. 그 고기 한 마리로 수만의 주민들이 다 배불리 먹을 수 있었다.'

이런 이야기를 하면서, 장자는 낚싯대를 들고 개울이나 도랑에 쪼그리고 앉아 잔고기나 잡는 사람들은 임나라 공자가 잡은 고기를 결코 잡을 수 없을 것이라고 하였다. 그와 마찬가지로 소설 같은 자질구레한 이야기나 지어내 한 지방의 수령에게 잘 보이려고 하는 소인배는 큰일을 이룰 수 없을 것이라고 하였다. 이 비유를 장자는 이렇게 마감하였다.

'그러므로 임나라 공자 이야기도 들어보지 못한 사람들과는 천하를 함께 이야기할 수 없을 것이다.'

나중에 순자(荀子)도 '소가진설(小家珍說)'이라 하여, 보잘것없는 자들이 꾸며댄 말들이 얼마나 도(道)와 거리가 먼 것인지를 말하였다.

소설가들은 주로 마을 입구인 여문(閭門) 주위의 공지에서나 종횡으로 뻗어 있는 큰길인 가(街)와 거기서 갈라지는 좁은 길인 구(衢), 또는 가와 구가 만나는 네거리 같은 데서 사람들을 불러 모아놓고 정사(正史)가 아닌 야사(野史)를 기초로 여러 가지 이야기들을 지어내 들려주기를 좋아하였다.

그들의 이야기는 정사라 할 수 있는 《서경(書經)》이나 《춘추(春秋)》와는 달리 역사를 통해서 윤리적인 교훈을 주겠다는 의도 같은 것은 별로 없었다. 역사라는 수레가 지나간 근처에 떨어진 부스러기들을 주워 모아 그것들을 재미있게만 엮어 사람들에게 들려주면 그만이었다.

딱딱한 정사에 식상한 사람들은 소설가들이 지어낸 이야기에 솔깃하여 소설가들이 길거리로 나와 이야기를 하기 시작하면 어린아이들부터 어른까지 다 모여들어 귀를 기울였다. 근방에서 바둑이나 장기를 두던 노인들도 슬그머니 바둑판과 장기판을 접어두고 둘러선 사람들 틈으로 끼어들곤 하였다. 소설가들의 이야기 중에는 자연히 신화적인 내용과 아예 역사를 왜곡시키는 내용들이 들어 있게 마련이었다.

"여러분, 여러분이 보고 있는 이 천지 만물이 어떻게 해서 생겨났는지 압니까?"

이렇게 질문을 던지면서 소설가는 하늘을 올려다보고 멀리 산들을 바라보았다. 사람들도 소설가의 동작에 따라 주의를 둘러보았다. 저쪽으로 막막한 광야가 펼쳐져 있는 게 보이고, 햇빛을 받은 강줄기가 거대한 짐승의 등처럼 번득이고 있는 게 보였다. 이 모든 천지가 어떻게 해서 생겨난 것일까, 소설가가 질문을 던지기 전에도 사람들은 그것이 참으로 궁금하였다. 그러나 누구에게 물어도 시원한 대답은 듣지 못했다. 그저 오랜 옛날부터 천지는 스스로 있어왔다는 식으로 말하는 것이 고작이었다. 사람들은 이 소설가는 어떤 이야기를 해줄까, 호기심이 당기지 않을 수 없었다.

"아득한 옛날에 천지는 그저 거무스레한 계란 같았습니다. 그 계란 같은 데서 반고(盤古)라는 자가 태어나 1만 8천 년이라는 긴 세월 동안 푸지게 잠을 잤습니다. 그동안 계란 속의 맑은 부분이 천천히 위로 올라가 하늘이 되고, 흐리고 탁한 부분은 차츰 가라앉아 땅이 되었습니다. 하늘은 하루에 한 자씩 그 높이를 더해갔고, 땅은 두께를 더해갔습니다. 반고도 1만 8천 년 동안 잠을 자면서 하루에 한 자씩 키가 자라고 몸이 불어났습니다. 얼마나 엄청나게 컸던지 하늘과 땅이 반고의 몸으로 가득 찰 지경이었습니다. 이렇게 세월이 흐르기를 또 1만 8천 년, 하늘과 땅은 까마득히 멀어지고 반고의 키는 9만 리에 이르게 되었습니다."

사람들은 소설가의 이야기가 황당무계한 것인 줄 알면서도 거기에 빠져들어감을 어찌하지 못했다. 반고의 크기를 상상해보느라고 눈을 휘둥그렇게 떠보기도 하였다.

"반고는 그렇게 어마어마하게 컸지만 전지전능한 신은 아니었습니다. 그도 인간처럼 수명이 있었습니다. 반고는 자기가 죽을 날이 가까워오자 길게 한숨을 쉬며 눈물을 흘렸습니다. 그러자 반고가 내쉰 숨은 천지를 휘도는 바람이 되고, 흘린 눈물은 황하를 비롯한 강들이 되었습니다. 탄식하는 소리는 천둥이 되고, 눈동자가 번뜩일 때 나오는 빛은 번개가 되었습니다. 마침내 반고가 죽어 그 몸이 산산이 분해되었는데, 두 개의 눈동자는 해와 달이 되어 하늘에 걸리게 되고, 팔다리는 흩어져서 우람한 산맥들이 되었습니다. 몸에서 쏟아져 나온 피는 투명하여 맑기가 그지없었는데, 그 피는 한도 없이 쏟아져 강이 되고 바다가 되었습니다. 혈관과 근육은 길이 되고, 살은 논과 밭이 되고, 피부는 초목이 되고, 그

이와 뼈들은 돌이 되고 갖가지 보석들이 되었습니다. 몸에서 나온 땀은 비가 되고 이슬이 되어 땅을 적셨습니다. 이와 같이 반고는 죽으면서 자기 몸의 전부를 바쳐 이 천지를 아름답고 기름지게 만들었습니다."

그때 마침 광야를 짓쳐온 바람이 사람들의 이마를 시원하게 해주었다. 그러자, 소설가는 두 팔을 펴서 그 바람을 받아들이며 사람들을 향해 말했다.

"이 바람은 반고의 무엇이 변해 되었다고 했습니까?"

사람들이 일제히 한목소리로 대답했다.

"반고의 숨결입니다."

"반고의 몸이 나누어져서 천지가 이루어졌다면 인간들은 어떻게 생겨나게 되었습니까?"

목청이 좀 큰 한 사람이 소설가에게 질문을 던졌다. 소설가는 그러한 질문이 나오리라고 예상했던지 빙그레 미소를 지으며 이야기를 이어나갔다.

"인간 창조에 관해서는 여러 가지 이야기들이 있지요. 반고가 죽어 그 몸에서 생긴 벌레들이 변하여 인간이 되었다는 이야기도 있지만, 아무리 반고보다는 못한 인간이라고 하더라도 그 몸이 썩을 때 생긴 벌레가 인간이 되었다고 하는 것은 인간의 자존심을 몹시 상하게 하는 이야기지요. 그러나 일면의 진리는 있다고 보아야지요. 어쩌면 벌레가 오랜 세월 동안 변하여 인간이 되었는지도 모르니까요. 그리고 우리가 죽게 되면 우리 몸에서 곧바로 벌레들이 생겨나게 되지요. 그러면 우리 몸이 그대로 벌레들이 되고 말았는지, 벌레들이 우리 몸을 먹고 있는 건지 구분할 수 없을 정도가 되지요."

사람들은 고개를 설레설레 흔들며 소설가의 이야기를 받아들이려 하지 않았다. 인간이 벌레로부터 생겨나서 벌레로 돌아간다는 사실이 불쾌하기까지 한 모양이었다. 소설가는 이야기의 방향을 돌렸다.

"인간이란 너무도 복잡 미묘한 존재이므로 신(神)들이 공동으로 제작했다는 이야기도 있지요. 쉬운 것부터 만들었는데, 먼저 몸통과 팔다리를 상림(桑林)이라고 하는 신이 만들었지요. 그 다음, 눈·코·입·귀 들을 상변(上騈)이라고 하는 신이 만들었지요. 그리고 인간에게 있어 중요하기 그지없는 그 부분은······."

소설가는 애매한 말로 조심스럽게 언급했는데 아이들이 킥킥거리며 '고추를 말하는가 봐' '조개를 말하는가 봐' 하고 수군거렸다. 어른들은 그런 아이들을 흘겨보며 나무랐다.

"그러니까 성 기관은 황제(黃帝)라는 신이 만들었습니다. 하나는 양각(陽刻)으로, 하나는 음각(陰刻)으로 말입니다. 그런데 황제는 다른 신들이 만든 작품과의 연관성을 무시하고 자기 독창성을 과시하느라고 남자의 그것과 여자의 그것이 사지(四肢)와는 따로 놀도록 만들었다 이겁니다. 그래서 남자의 그것과 여자의 그것은 몸의 전체적인 상태도 염두에 두지 않고 자기들이 원하는 대로 행패를 부리게 되었지요."

소설가의 이야기를 듣는 사람들도 황제라는 신이 자신들의 물건을 잘 만들었는지 잘못 만들었는지 각자 따져보았다.

"그리고 여와라는 신도 인간 제작에 함께 참여했는데, 어떤 역할을 맡았는지 비밀에 부쳐져 있다 이겁니다. 그래서 사람들은 여와가 어떤 것들을 만들었을까 논란을 벌이기도 하였는데, 내가 생각할 때는 여와가 한 일이 아주 분명하게 따악되지요. 앞에 말한 세 신들이 만들지 않은 부분이 무엇입니까? 그것은 인간의 몸에 있어 겉으로 드러나지 않는 부분들이지요. 말하자면 심장이나 간이나 밥통과 같은 오장육부들이지요. 바로 그 오장육부를 여와가 만들어 몸속에 적당한 자리를 찾아 넣어주느라고 고심을 무척 했지요."

소설가는 이렇게 인류 창조에 관한 이야기들을 교묘하게 꾸며 사람들에게 들려주었다. 예부터 내려온 신화를 적당히 각색하기도 하고, 아예 새로 지어내기도 하였다. 무엇보다 복희(伏羲)와 여와의 신화 이야기를 빼놓을 수 없었다. 복희와 여와는 돌이나 벽돌에 새겨져 있는 그림으로 사람들에게 널리 알려진 신들이었다.

그림에서 보면 그들의 허리 이상은 사람의 형상을 하고 있으나, 허리 이하는 뱀이나 용의 모양을 하고 서로 엉겨 있다. 얼굴을 마주 대하고 있기도 하고, 등을 돌리고 있기도 하다. 복희의 손에는 굽은 자가 들려 있고, 여와의 손에는 컴퍼스 비슷한 것이 들려 있다. 어떤 때는 복희 손에 태양이 들려 있는데 그 속에 황금 까마귀가 들어 있고, 여와의 손에는 두꺼비가 들어 있는 알이 들려 있기도 하다.

이런 그림들은 복희와 여와의 결합에 의하여 인류가 태어나고 번성하였음을 암시하고 있는 것이다.

그런데 복희와 여와가 남매지간으로서 결혼하게 되었다는 이야기가 널리 퍼져 있었다. 인류 역사 초기에 큰 홍수가 나서 인류가 멸망하게 된 후에 남은 사람이라곤 복희와 여와 두 남매뿐이었다는 것이다. 그 무렵은 하늘의 문이 열려 있던 때라 복희와 여와는 하늘 사다리를 타고 하늘을 오르락내리락할 수 있었다. 그러니까 거의 신과 같은 위치에 있는 셈이었다.

얼마 후, 여와는 복희와 동침하고 임신을 하게 되었다. 그러나 여와의 배에서 나온 것은 아이가 아니라 공처럼 생긴 벌건 고깃덩어리였다. 장난을 좋아하던 복희와 여와는 그 고깃덩어리를 공으로 삼아 던지고 받고 하면서 재미있게 놀았다. 그러다가 고깃덩어리를 잘게 썰어 종이에 싸두었다.

한번은 그 종이에 싸인 고기조각들을 들고 하늘 사다리를 올라갔는데, 중간쯤 이르자 광풍이 일어나서 종이 보자기를 찢고 말았다. 그러자 고기조각들이 산지사방 흩어졌다. 땅바닥에 떨어지기도 하고, 나뭇가지에 떨어지기도 하고, 나뭇잎에 걸리기도 하였다. 그런데 희한하게도 고기조각들이 떨어지자마자 즉시 사람으로 변하였다.

사람의 성씨(姓氏)는 떨어진 장소에 따라 붙여지게 되었다. 나뭇가지에 떨어진 경우는 목씨(木氏) 성을 가지게 되고, 나뭇잎에 떨어진 경우는 엽씨(葉氏) 성을 가지게 되고 하는 식이었다.

이런 복희와 여와의 결합설은 홍수 이후의 인류 번성에 관해서는 이야기해주지만, 최초의 인류 발생에 관해서는 설명을 생략하고 있다. 그리고 홍수 이후의 인류는 남매의 결합, 즉 근친상간에 의하여 이루어졌다는 사실을 말해주고 있다.

노아 홍수의 신화에서도 홍수 이후의 인류 번성은 남매끼리의 결합이나 사촌끼리의 결합으로 가능했을 것이었다. 에덴 설화에도 보면 아담의 아들 카인의 아내에 관한 언급이 나오는데, 카인의 아내는 아담의 딸로서 카인의 여동생이 되지 않으면 안 된다. 이렇게 신화에서 인류가 한두 사람으로부터 시작되었다고 하면 필연적으로 근친상간에 의한 종족 번성이 되지 않을 수 없게 된다. 그러므로 이런 신화들은 근친상간을 은근히 조장하고 그 합법성을 변호해주는 셈이다.

그래서 생겨난 것이 인류 대량 복제설이다. 이것은 인류가 한두 사람으로 시작된 것이 아니라 한꺼번에 대량으로 만들어졌다는 것이다. 인류를 힌번에 대량으로 만든 조물주가 여와라는 이야기가 새로 또 하나 생겨나게 되었다.

소설가가 여와의 인류 대량 창조설을 이야기하기 시작하였다.
"천지가 다 생긴 후, 여와는 이리저리 거닐면서 하늘과 땅의 모습을 살펴보고 산천초목과 날짐승, 길짐승, 그 외 각종 동물들을 곤충에 이르기까지 눈여겨보았습니다. 그런데 아무래도 뭔가 부족한 것이 있었습니다. 그 모든 동물들과 식물들은 여와와 이야기를 나눌 수 없었기 때문입니다. 그래서 여와는 자기와 닮은 존재를 만들기로 하고 땅에 꿇어앉아 진흙을 한 움큼 파서 물로 반죽하여 사람의 형체를 만들었습니다. 형체를 완성하는 즉시 그것들은 살아 있는 사람으로 변하여 여와 주위에서 기뻐하며 춤추었습니다. 여와는 그렇게 수없이 많은 남자와 여자를 만들었습니다."

소설가는 여와가 인류를 창조한 이야기를 계속해나갔다.

"여와가 진흙으로 빚어 만든 인간들은 여와 주위에서 기뻐 뛰며 춤추다가 살 곳을 찾아 끼리끼리 무리를 지어 흩어져갔습니다. 여기저기서 인간의 소리들이 들리자 여와는 더 이상 고독하지 않게 되었습니다. 여와는 무척 즐거운 마음으로 세월 가는 줄 모르고 인간들을 빚어냈습니다. 그러나 세상은 끝간 데 없이 광활하고 여와도 기운이 떨어져갔습니다. 손으로 진흙을 빚을 힘이 없게 되자 여와는 암벽에 붙어 있는 덩굴을 떼어 와서 그것을 진흙탕 속에 넣고 휘저었습니다. 그러다가 덩굴을 꺼내면 덩굴에서 진흙 물이 방울방울 떨어졌는데, 진흙 물이 떨어지는 즉시 인간들로 변하여 역시 여와 주위를 맴돌며 춤추었습니다."

소설가는 인간이 최초로 탄생될 때의 기쁨을 표현하려는 듯 어깨를 움찔거리며 춤추는 흉내를 냈다. 소설가의 이야기를 듣고 있던 사람들도 소설가로부터 기쁨이 전달되었는지 금방 춤이라도 출 듯이 환한 얼굴들이 되었다. 그 순간만은 생활의 어려움도 잊고 단지 인간으로 태어났다는 사실 하나만으로도 기뻐하는 것 같았다. 살아가는 고달픔이 '생겨난 기쁨'을 결코 능가할 수 없다는 진리가 새삼스러워지기도 하였다.

그러나 다음으로 이어지는 소설가의 이야기는 다소 사람들의 마음을 무겁게 하였다.

"그런데 여와가 정성스럽게 손으로 빚어 만든 인간들은 세상에서 부귀한 부류의 인물들이 되고, 덩굴로 진흙탕을 휘저어 만든 인간들은 빈천한 부류가 되었다는 이야기가 있습니다."

소설가의 이야기를 듣기 위해 모여든 사람들은 대부분 부귀와는 거리가 먼 평범한 백성들이었으므로, 자기들은 여와가 덩굴로 진흙탕을 휘저어 만든 인간들인지도 모른다고 생각하면서 서운한 표정을 짓기도 하였다.

"하지만 이런 추측은 낭설일 뿐입니다. 여와가 기운이 떨어져 덩굴로 진흙탕을 휘저었을 뿐이지, 빈천한 인간들을 만들기 위해 그런 것은 아닙니다. 여와는 자기가 만든 인간 하나하나에 대하여 깊은 애정을 지니고 있는 것입니다."

소설가가 이렇게 이야기하자 사람들은 다시금 미소를 되찾았다. 그러면 그렇지, 여와가 처음부터 인간들을 차별지게 만들었을 리가 없지.

"여와가 인간들을 다 창조한 후에는 무엇을 하였나요?"

소설가가 잠시 심호흡을 하는 동안 성급한 사람이 질문을 하였다.

"여와가 가만히 보니, 자기가 만든 인간들이 서로 결합할 줄을 모르고 자손도 낳지 않고 죽어갔습니다. 죽어가는 숫자만큼 인간들을 다시 만든다는 것도 쉬운 일이 아니어서 여와는 어떻게 하면 인간들이 서로 결합하도록 할 수 있을까 궁리하다가, 어느 날 한 남자에게로 한 여자를 이끌고 왔습니다. 사람들은 어와가 무엇을 하니 하고 주위로 모여들었습니다. 여와는 두 남녀가 일정한 가정을 이루도록 혼인 제도를 만든 후, 남자와 여자의 마음에 서로 사랑하는 마음을 불어넣고 또한 욕정이 불타도록 하였습니다. 그러자 두 남녀는 결합하였습니다. 이것을 본 사람들은 너도나도 마음에 맞는 사람들끼리 혼인을 하게 되어 자손은 자연히 퍼지게 되었습니다. 그래서 후세의 사람들은 여와를 가리켜 '고매(高媒)'라고 하며 결혼의 신, 중매의 신으로 섬기기도 하였습니다."

사람들은 고개를 끄덕이며 춘삼월에 지내는 고매제(高媒祭)의 의의를 새롭게 하였다. 고매제를 지낼 때는 청춘남녀들이 모여들어 잔치하며 마음에 맞는 사람끼리 아무런 예식도 없이 즉석에서 결혼할 수 있는 것이었다. 거대한 결혼 중매 축제라고 할 수 있었다. 결혼 상대자가 잘 나타나지 않아 고민하고 있던 남녀들은 자연히 고매제를 기다리게 되었다. 고매제에서 해마다 수많은 남녀들이 결합하는 기쁨을 맛보았다.

그런데 고매제가 거듭됨에 따라 그것을 악용하여 자기 재미만 보는 파렴치한들이 늘어나기도 하였다. 소위 혼인 빙자 간음죄를 짓는 사례가 늘어났다. 그 죄는 남자들만 짓는 것도 아니었다. 유부녀이면서도 고매제에 참석하여 슬그머니 재미를 보는 여자들도 있었다.

"그렇게 고매로서 남자와 여자를 맺어줌으로써 세상에 인간이 계속 번성하도록 한 후에야 여와는 안식에 들어갔습니다. 여와가 지금 나타나 활동을 하지 않는다고 해서 죽었다고 생각해서는 안 됩니다. 죽은 것이 아니라 안식 중에 있을 뿐입니다."

소설가는 여와의 인류 창조에 관한 이야기를 마무리하려는 듯 사람들을 둘러보고 서산으로 지는 해를 바라보았다. 이제 사람들도 안식이 필요한 시간이었다. 소설가가 작별 인사를 남기고 자리를 뜨자 사람들도 뿔뿔이 흩어져갔다. 사람들은 소설가의 이야기에 영향을 받아서인지 천지와 인류는 그냥 저절로 생겨난 것이 아니라 여와와 같은 조물주가 마음을 써서 만들어냈을 가능성이 많을 것이라고 생각하게 되었다.

소설가는 다음날에도 동네 어귀에 나타나 이야기를 또 들려주었다. 오늘은 무슨 이야기인가 하고 사람들이 어제보다 더 많이 모여 소설가가 사람들에게 밀릴 판이었다. 가까스로 몸을 가눈 소설가는 사람들을 정돈시킨 후 입을 열었다.

"먼 옛날에 게 한 마리가 있었습니다. 그 크기가 1천 리에 달할 정도였습니다. 그 게가 바다 한복판으로 들어갔습니다. 그 후 세월이 얼마 지나고 나서 어떤 상인이 무역을 하기 위해 배를 타고 바다를 건너게 되었습니다. 한참 항해를 하고 있는데 망망대해에 큰 섬 하나가 솟아 있는 것이 보였습니다. 그 섬에는 짙푸른 나무들이 자라고 있고, 새들이 지저귀며, 시내가 흐르고 있었습니다. 섬의 풍경에 매혹된 상인은 섬의 기슭에 배를 정박시키고 사공들과 함께 그 섬에 올랐습니다. 그들은 배가 고팠기에 나뭇가지를 꺾어 와서 불을 놓아 밥을 해 먹었습니다 그런데 불을 놓은 지 얼마 되지 않아 섬 전체가 기우뚱거리며 점점 밑으로 가라앉았습니다. 깜짝 놀란 상인은 사공들과 함께 배로 달려가 닻을 올리고 섬을 벗어났습니다. 휴, 한숨을 쉬며 바라보니 이게 어떻게 된 일입니까. 그 큰 섬이 바다를 헤엄치듯 떠가고 있지 않습니까. 그 섬은 실은 크기가 1천 리에 달하는 게의 등판이었던 것입니다. 사공들이 불을 놓자 뜨거워져서 꿈틀거렸기 때문에 섬 전체가 흔들렸던 것입니다."

소설가의 이야기를 들으며 사람들은 직접 건너보지 못한 바다에 대한 호기심이 차올랐다. 게의 등판이 얼마나 컸으면 거기에 흙이 쌓이고 나무들이 울창하게 자라게 되었을까.

소설가는 이렇게 황당무계한 이야기를 그럴듯하게 들려주는 기술이 있어 사람들의 마음을 사로잡았던 것이었다.

전국 시대에 유행했던 소설들로서는 《송지(宋子)》 18편을 비롯하여 《황제설(黃帝說)》 40편, 《이윤설(伊尹說)》 27편, 《청사자(青史子)》 57편 등이 있었다. 전국 시대에서 대표적인 소설을 꼽는다면 전국 말기에 나온 《연단자전(燕丹子傳)》이라고 할 수 있었다. 이 이야기는 연(燕)나라 태자(太子) 단(丹)에 관한 역사적인 사실을 각색한 것인데, 그 구체적인 내용은 나중에 언급하게 될 것이다.

이런 소설가들의 발흥에 대해 유가와 도가에서 적이 우려하였지만, 그렇다고 그것을 아주 악한 것으로는 여기지 않았다. 공자가 소도(小道)에 관해 언급한 것은 바로 소설가들에게 해당하는 말이기도 하였다.

'비록 소도일망정 반드시 볼 만한 것이 있기는 하지만, 먼 데까지 가려면 소도로는 곤란하고 더구나 소도로 인하여 방해를 받을까 염려되기도 한다.'

여기서 소설은 대도에는 미치지 못하지만 그래도 볼 만한 것은 있는 종류의 것이라고 말할 수 있겠다. 잘만 활용하면 먼 길을 가는 데 방해가 되는 것이 아니라 징검다리 역할도 하는 유익한 것이 될 수도 있을 것이다.

사실 《장자》나 《열자(列子)》 같은 책에 보면 우화(寓話)들이 비유로 많이 등장하는데, 그것은 모두 역사적인 사실이 아니라 소설적인 기법에 의한 각색이라고 할 수 있는 성질의 것이었다. 그래서 《장자》〈도척편(盜跖篇)〉에 보면 공자가 유하계(柳下季)와 벗이 되었다는 허구적인 사건이 그럴듯하게 기술되어 있고, 《열자》에 보면 안영(晏嬰)과 관중(管仲)이 동시대 인물로 나오기도 한다.

심지어 맹자, 묵자(墨子) 등도 소설적인 기법을 활용하여 비유를 적절하게 구사하고 있는데, 이러고 보면 자기들이 소도라고 은근히 멸시하던 소설을 오히려 변술(辨術)의 도구로 이용하고 있음을 알 수 있다.

하지만 소설가들이 음담패설과 같은 이야기를 퍼뜨릴 때는 사람들을 타락시키는 유파로 규정되어 혹독한 비난을 받기도 하였다. 소설가들은 대개 크게 출세하지는 못한 사람들이었던 모양인데, 그래서 재미난 이야기를 지어내 사람들의 인기를 끌려는 욕구가 더욱 강했는지도 몰랐다. 그리고 자기를 출세시켜주지 않는 세상을 교묘하게 비꼬는 이야기들도 지어내 은근히 세상에 분풀이를 하기도 하였다.

아무튼 소설가는 전국 시대의 학풍을 9가(家)로 나눌 때는 속하지 못해도 10가로 나눌 때는 말단에나마 속하게 되었다. 그 소설가의 후예들이 지금도 학자 아닌 학자로 어설프게 행세하고 있음을 보게 되는데, 전국 시대보다는 훨씬 대우를 받고 있지 않나 싶기도 하다.

이렇게 제자백가들 중에서 잘 알려진 유가, 묵가, 법가, 도가 들을 잠시 제쳐두고 좀 특이한 학파라 할 수 있는 음양가, 명가, 농가, 소설가들에 대하여 대략적이나마 살펴본 셈이다.

이제 남아 있는 것은 종횡가(縱橫家)와 잡가(雜家)인데, 거기에 대한 구체적인 언급은 장(章)을 달리하여 하기로 하고 여기서는 간단히 소개만 하고 넘어가야겠다.

종횡가는 전국 시대에 갑자기 등장한 학파라기보다 고대 행인지관(行人之官)에서 이미 유래하였다고 볼 수 있다. 행인이란 외교의 직무를 맡은 관리로서 그 직무를 잘 감당하기 위해서는 천하 각국의 관습과 풍물, 정치 제도, 민심 등에 대해 박학다식한 지식을 소유하고 있어야만 하였다. 그리고 빈객(賓客)을 대접하는 법도와 대화술을 익혀야만 하였다. 그러므로 유가의 예절과 도가의 은밀성, 묵가의 실용성, 법가의 현실성, 병가(兵家)의 민첩성 등을 두루 지니고 있어야 행인으로서의 직무를 효과적으로 감당할 수 있었다.

전국 시대에 이러한 행인과도 같이 외교적인 정책을 제시하며 각 나라를 유세하고 다닌 일파가 종횡가인 셈이다.

종횡(縱橫)이란 말은 점점 강대국으로 부상하는 진(秦)나라와 어떠한 관계를 맺을 것인가 하는 데서 나온 것이었다. 진을 제외한 6국이 연합하여 진에 대항해야 한다는 주장이 합종설(合縱說)이었고, 6국이 각각 진나라와 유대 관계를 돈독히 하여야 한다는 주장이 연횡설(連橫說)이었다. 여기서 진나라와 유대를 돈독히 한다는 말은 실은 진나라를 섬긴다는 말이었다.

합종설의 대표적인 주창자는 저 유명한 유세가 소진(蘇秦)이었고, 연횡설의 대표적인 주창자는 장의(張儀)였다. 그러니까 소진은 어디까지나 약소국들 편에서의 외교 정책을 편 반면, 장의는 진나라 편에서 외교 정책을 폈다고 할 수 있었다.

소진이 거느린 제자들을 가리켜 종인(縱人)이라 하였으며, 장의가 거느린 제자들을 가리켜 횡인(橫人)이라 하였다.

이 종횡가들의 교과서 역할을 한 기록이 바로 《전국책(戰國策)》이라는 고전인 것이다. 이 《전국책》의 내용과 문체에 대하여 후세의 사람들은 칭찬의 말을 아끼지 않았다.

종횡가들의 활동과 《전국책》의 내용에 관해서는 소진과 장의의 유세를 구체적으로 이야기할 때 언급하게 될 것이다. 아무튼 종횡가들의 철칙을 우선 한마디로 요약한다면 '남보다 앞서 일을 도모하면 능히 남을 제어할 수 있고, 남보다 뒤에 일을 도모하면 남에게 제어를 당한다' 는 것이었다.

그리고 잡가는 지금까지의 모든 학파들의 사상을 집대성하여 종합적으로 활용하는 유파를 일컫는 말이었다. 여러 가지 것을 종합했다는 면에서는 종횡가와 비슷하지만, 잡가는 종횡가의 활동 이후에 진나라 여불위(呂不韋)에 의해 주도되어 《여씨춘추(呂氏春秋)》 같은 불후의 저작을 남기게 되었다. 잡가의 원칙은 '사람이나 사물에는 장점이 없는 것이 없고, 단점이 없는 것도 없다' 는 말로 요약할 수 있을 것이다.

쪼개지는 상앙

　제(齊)나라 임치(臨淄)를 중심으로 하여 천하 각국의 제자백가들이 학문의 꽃들을 피우고 있을 무렵, 진(秦)나라에서는 일종의 정변이 일어나고 있었다. 그것은 공손앙(公孫鞅)의 개혁 정책으로 인한 후유증이라고 할 수 있었다.
　공손앙은 마릉(馬陵) 전투에서 제나라 손빈(孫矉)이 위(魏)나라 방연(龐涓)을 격파한 것을 보고 위나라를 몰락시킬 절호의 기회라 여겨 진의 효공(孝公)에게 진언하였다.
　"우리 진의 입장에서 보면, 위나라는 뱃속의 종기처럼 거추장스러운 존재입니다. 그 종기를 떼어내 버리느냐, 그 종기가 자라 우리를 쓰러뜨리도록 하느냐, 이 둘 중에서 한 가지를 선택해야 할 중요한 시점에 와 있습니다. 위나라가 제나라에 대패한 지금이야말로 그 종기를 떼어낼 수 있는 절호의 기회입니다. 위나라는 우리와 황하를 사이에 두고 접경해 있으면서 우리 나라에 틈이 보이면 언제라도 공격해 올 나라가 아닙니까? 이번 기회에 위나라를 쳐서 훨씬 동쪽으로 밀어버리면 우리 나라는 천연의 산하를 요새로 하여 동쪽의 제후들을 능히 제압할 수 있을 것입니다. 이것이야말로 제왕의 업이 아니고 무엇이겠습니까?"

이러한 공손앙의 제안을 받아들인 효공은 그를 장군으로 삼아 위나라를 공격하게 하였다. 제나라에 패한 후라 정신을 차리지 못하고 있는 판국에 진나라까지 쳐들어오니 위나라 임금 혜왕(惠王)은 당황하지 않을 수 없었다. 부랴부랴 공자(公子) 앙(卬)을 세워 진나라 군사를 막도록 하였다.

공자 앙이 거느린 군사들은 진나라에 비해 열세에 있음을 알고 필사의 각오로 전투에 임하였다. 아무리 상대방이 약세에 있다 하더라도 죽기를 각오한 사람은 섣불리 건드릴 수 없는 법, 공손앙은 공자 앙에게 화친을 구하는 편지를 써 보냈다.

'제가 이전에 위나라에 있을 때 당신과 교제하기를 얼마나 원하였는지요. 그런데 지금은 어떻게 되었습니까. 서로 적대하는 관계가 되지 않았습니까. 옛일을 생각하면 마음이 쓰라려올 뿐입니다. 가능하다면 직접 만나뵙고 화친 조약을 맺어 서로가 흔쾌히 군사를 철수하기를 원합니다. 그렇게 되면 귀국이나 우리나 다 함께 태평성대를 맞이할 수 있을 것입니다.'

공손앙의 서신을 받은 공자 앙은 잘되었다 싶어 공손앙이 회맹(會盟)을 위하여 준비한 주연(酒宴)에 참석했다. 그러나 공손앙은 주연이 베풀어지고 있는 뒤편에 군사들을 숨겨두고 있다가 공자 앙과 그 수행원들이 긴장을 풀고 느슨해져 있을 무렵 그들을 덮치도록 하였다. 공자 앙을 포로로 잡은 공손앙은 그 기세를 몰아 위나라 군사를 공격하였다. 지휘관을 잃은 위군(魏軍)은 풍비박산이 되었다.

이리하여 위나라는 국력도 극도로 쇠약해졌고 영토는 더욱 좁아졌다.

혜왕은 허겁지겁 사신을 보내 하서(河西)의 땅을 할양해주면서 진나라에 화친을 청했다. 진나라는 위를 실컷 유린한 후에야 화친 조약에 임했다.

혜왕은 공손앙을 등용시켜 재상의 직무를 맡기라는 공숙좌(公叔座)의 말을 듣지 않은 것을 후회했지만 이미 때는 늦었다.

공손앙이 위나라를 격파하고 돌아오자, 효공은 그를 상(商)과 오(於)지방의 15읍(邑)에 봉(封)하였다. 그 이후로 공손앙은 상앙(商鞅) 또는 상군(商君)으로 불리게 되었다.

그 이후 10여 년간 재상의 자리에서 권세를 누리며 세도를 부리던 상앙도, 드디어 효공이 죽고 태자(太子)가 임금 자리에 오르자 정적(政敵)들에 둘러싸이게 되었다.

새로 임금이 된 혜문왕(惠文王)은 태자로 있을 때부터 상앙을 좋아하지 않았다. 태자가 좀 법도에 어긋났다 하여 태자를 가르친 사부(師傅)인 공자건(公子虔)의 이마에 묵형을 가하고, 나중에는 코를 베기까지 하지 않았던가.

공자건은 이제 때를 만나 혜문왕의 측근이 되어 상앙을 제거할 음모를 꾸미기 시작했다. 공자건이 혜문왕에게 상소를 올렸다.

"선군(先君)의 특별한 총애를 받아 법을 함부로 개정해가며 개혁 정책을 펼치던 상앙이 이제 정치적 생명이 위태롭게 되자 임금님을 시해하고 다른 임금을 세울 모반을 꾀하고 있습니다."

공자건은 계속해서 혜문왕에게 상앙이 그동안 실시해온 개혁 정책에 대하여 비난하였다.

"상앙이 백성들 간의 연대를 긴밀히 하고 사회 안녕을 도모한다는 명분으로 십오법(什伍法)을 제정하여 백성들을 다섯 집, 열 집씩 묶어 상호 감시하게 하고, 연좌제(連坐制)로 책임을 물어 처벌을 받게 한 것은 백성들 간에 상호 불신만 키우는 결과를 낳게 하였습니다. 연대를 긴밀히 하기는커녕 서로를 경계하고 멀리하는 풍조만을 조성하였습니다. 범죄자를 효과적으로 색출하여 사회 안녕을 도모하겠다는 애초의 목적은 온데간데없고, 십오법을 악용하여 무고한 자들을 고발하는 사례가 빈번할 뿐이옵니다."

　공자건의 말을 들은 혜문왕은 고개만 끄덕거릴 뿐 별다른 말이 없었다. 혜문왕은 십오법이 그런 부작용을 낳고 있다는 것을 모르는 바 아니었지만, 십오법을 활용하는 것이 정권을 유지해나가는 데는 편리하다는 사실을 이미 간파하고 있었다. 그래서 백성들을 불편하게 하고 그들의 권리를 침해하는 한이 있더라도 십오법을 그대로 두는 것이 그 법을 폐지하고 불안해하는 것보다 훨씬 나은 것이었다. 아무리 선정을 표방하고 나선 새 임금이라도 이전 임금 시대에 만들어놓은 악법들을 교묘하게 계속 활용하기를 원하는 것이 아닌가.

　십오법에 대해서는 혜문왕이 가타부타 별 언급이 없자, 공자건은 이번에는 상앙이 개혁한 가족 제도에 대하여 비판하였다.

　"상앙은 외람되게도 수천 년 동안 내려오는 우리 민족의 가족 제도를 강제로 바꾸어버렸습니다. 할아버지를 모시고 아버지를 모시고 가족들이 오순도순 살아왔는데, 상앙은 그 대가족 제도를 소가족 제도로 개혁해버렸습니다. 대가족이 되면 노는 자들이 생겨 소득이 늘어나지 않는다 하여 남자 둘이 한집에 있지 못하도록 세법(稅法)까지 바꾸어버렸습니다. 남자 둘이 한집에서 두 가정을 이루고 있으면 세금을 배로 물도록 하는 법을 새로 만들었습니다. 그러니 백성들은 부모도 모시지 않고 따로 가정을 만들어 분가하게 되었습니다. 부모를 공경하는 풍조도 이제 거의 찾아볼 수 없게 되었습니다. 늙은 부모들은 노약한 몸으로 밭을 갈며 고독한 말년을 보내고 있는데, 그 광경은 차마 눈뜨고 볼 수 없을 정도입니다. 다시 이전의 가족 제도를 회복시켜 외로운 노인들을 가정으로 돌아오게 하고, 백성들에게는 효도의 정신을 새로 일깨워주는 것이 급선무라고 사려되옵니다."

이 점에 있어서도 혜문왕은 공자건과 생각을 달리하였다. 상앙의 조치로 인하여 가정이 분산되고 효도의 미덕이 흐려졌다 하더라도 이전보다는 훨씬 국가 소득이 늘고 세금이 많이 걷히고 있지 않은가. 그것은 상앙이 노린 대로 자식들의 공양만 받고 있던 노인들도 일을 하게 되었고, 자식들도 부모를 모시는 데 신경 쓸 시간을 생산적인 일에 사용할 수가 있었기 때문이었다. 국가적인 차원에서 볼 때 이런 가족 제도보다 이상적인 제도는 없다고 해도 과언이 아니었다. 그러나 공자건의 말을 그냥 무시해버릴 수만도 없었다.

"이전의 가족 제도로 되돌아간다는 것은 현시점에서는 오히려 무리가 아닌가 생각되오. 호구 조사를 새로 실시해야 하고, 관청의 서류들도 다 바꾸어야 하고, 따로 독립해서 사는 데 익숙해진 자식들이 다시 부모님을 모시는 데도 갈등이 있을 것이고, 무엇보다 가정에서의 번거로운 절차로 인하여 생산적인 노역(勞役)이 방해받기 십상이오. 그러므로 가족 제도를 지금 이대로의 형태로 유지시키되 노인들에 대한 복지 정책은 따로 구상하는 것이 좋겠지요. 그리고 효도의 정신을 일깨우는 문제도 이전 가족 제도로 돌아간다고 해서 해결되는 것도 아니고 하니, 지금의 제도 하에서 부모를 공경하는 방도를 궁구해보도록 하시오."

이렇게 혜문왕은 상앙이 이전 정권의 세력이라고 해서 상앙이 만들어 놓은 법들과 조치들을 성급하게 무효화하지는 않았다. 국익과의 관련 하에서, 좀더 정확하게 말하면 정권 유지에 이익이 되는 방향으로 균형 감각을 가지고 조정하려고 하였다. 하지만 공자건이 상소해 올린 대로 상앙이 모반을 꾀하고 있다면 그것만은 철저히 쳐부수어야 할 것이었다. 그러나 아직 뚜렷한 증거나 모반죄로 걸 만한 꼬투리는 발견되지 않고 있었다. 하지만 혜문왕은 우선 상앙을 재상 자리에서 파면시키기로 하였다. 혜문왕이 상앙을 은밀히 불러 말했다.

"그동안 선친을 도와 국정을 돌보느라고 수고가 많았소. 짐(朕)은 경(卿)이 계속 조정에 남아 이 막중한 업무를 맡아주기를 바라고 있지만, 이제는 새로운 시대가 열렸고 새로운 기풍이 조정과 백성들 간에 조성되어야 할 시기이므로 부득이 경을 물러나도록 할 수밖에 없소. 경도 이제 늙었으니 향리(鄕里)로 돌아가 편히 쉬는 것도 좋을 것이오."

혜문왕은 상앙을 중심으로 한 수구 세력이 아직도 만만찮음을 알고 있었기에 상앙의 기분을 상하게 하지 않으려고 완곡한 표현으로 파면 통고를 한 셈이었다. 상앙 역시 혜문왕이 어떤 심정으로 자신을 경계하고 있는가 하는 것을 모르는 바 아니었다. 지금 잘못 반발을 하면 혜문왕과 공자건을 중심한 신진 세력에 의하여 철퇴를 맞을지도 모를 일이었다. 상앙은 일단 후퇴하는 수밖에 없었다.

"폐하의 뜻을 잘 헤아려 받들겠습니다. 그렇지 않아도 불원간 폐하께 사직원을 내려고 하던 참이었습니다. 그동안 국가를 위해 일한다고 하였지만 시행착오도 많았습니다. 그래서 백성들 사이에 저에 대한 원성이 높다는 것도 잘 알고 있습니다. 욕심 같아서는 제가 시행착오를 범했던 부분들은 제 손으로 수습해놓고 물러갔으면 합니다만, 새로 등용한 신하들이 잘 알아서 처리할 것으로 믿고 폐하의 뜻을 순순히 따르겠습니다. 폐하와 신하들에게 제가 큰 부담만 안겨놓고 물러가는 게 아닌가 싶어 내심 송구스러운 마음뿐이옵니다."

문득 상앙은 목이 메어 말을 잇지 못했다. 권세라는 것이 얼마나 허무한가 하는 것을 절감하지 않을 수 없었다. 하지만 완전히 권세가 무너진 것은 아니었다. 언제라도 때를 만나면 다시 일어설 수 있을 것이었다.

상앙은 모든 관직에서 물러나 상·오 지방으로 내려갈 때 아직 자기의 세력이 건재하다는 사실을 은근히 과시하였다. 무수한 수레가 그를 따르도록 하였고, 수많은 수행원들이 갖가지 깃발들을 들고 늘어서도록 하였다. 사람들이 상앙의 행차를 구경하느라고 관청이나 가게들이 텅 빌 지경이었다. 상앙 무리의 행렬은 퇴임하는 신하의 그것이 아니라 오히려 취임하는 제후의 행렬과도 같았다.

　이것은 상앙의 결정적인 실수라 할 수 있었다. 자기 세력을 과시하여 자기를 섣불리 제거하지 못하도록 시위를 한 셈이지만, 도리어 반대 세력들을 긴장시켜 상앙 제거를 서두르도록 한 것이었다.

　상앙의 퇴임 행렬을 본 공자건은 곧장 공손가(公孫賈)를 찾아갔다. 공손가는 공자건과 함께 태자를 잘못 보좌했다는 죄목으로 상앙으로부터 경형(鯨形)을 당해 지금도 이마에 전과자의 흔적을 지니고 있는 사람이었다.

　"상앙이 자신의 잘못으로 쫓겨난다는 것을 알지 못하고 교만하게 으스대며 퇴임을 하였네. 그를 따르는 의장대와 수행원들이 마치 제후를 모시듯이 환호하며 상·오 지방으로 물러갔네. 거기에 궁궐과도 같은 집을 짓고 뒤에서 조정을 좌지우지할지도 모르는 일이네. 사람들이 상앙이 아직도 권세가 있는 줄 착각하고 그리로 몰려들면 없어진 권력도 도로 생기는 거 아닌가. 임금이 확고한 의지로 상앙을 퇴임시킨 이때야말로 상앙이 다시 일어서지 못하도록 제거할 수 있는 절호의 기회가 아닌가. 이때를 놓치고 우왕좌왕하다 보면 어느새 상앙이 세력을 구축하여 반격해 올지 모른단 말일세. 임금에게 상앙 무리의 방자함을 함께 고발하여 그를 제거할 수 있는 전권(全權)을 위임받도록 하세. 임금도 사실은 우리가 그렇게 해주기를 바라고 있는 게 아닌가."

　공자건과 공손가는 상앙이 얼마나 오만불손하게 퇴임을 하고 상·오

지방으로 내려갔는가 하는 것을 상세하게 적어 혜문왕에게 올렸다. 혜문왕은 그 상소문을 읽고 이보다 더 확실한 모반의 조짐은 없다고 판단하였다. 그러고는 공자건과 공손가에게 상앙을 체포해 오도록 명령하였다.

상앙은 자신의 정보망을 통하여 이러한 조정의 낌새를 알아차리고, 공자건의 군사들이 몰려오기 전에 도주하여 함곡관(函谷關)이라는 곳에 이르렀다.

평민으로 변장한 상앙은 여관으로 숨어 들어가 기숙하려 하였다. 상앙이 헐레벌떡 여관으로 들어서자 여관 주인이 상앙을 아래위로 훑어보더니 "조신첩(照身帖)을 좀 봅시다" 하고 신분 증명을 요구하였다. 상앙은 평소에 신분 증명이 필요 없는 지위에 있었으므로 조신첩 같은 것을 지니고 있지 않았다.

"조신첩을 깜빡 잊어먹고 가지고 오지 않았습니다. 오늘 하룻밤만 어떻게 기숙할 수 없겠습니까?"

상앙은 비굴한 미소까지 지어가며 주인에게 사정하였다. 그러나 주인은 고개를 설레설레 흔들었다.

"상군(상앙을 가리킴) 어른께서 조신첩을 지니지 않은 자는 여관에 숙박시켜서는 안 된다고 엄한 법령을 공포하여 저희들은 그 법을 따를 수밖에 없소. 처음에는 조신첩이 없는 자를 숙박시켰다가 옥에 갇히고 매를 맞은 여관 주인들이 부지기수였지요. 하지만 워낙 법이 엄격하게 시행되니 지금은 감히 조신첩이 없는 자를 숙박시킬 엄두도 내지 못하지요. 나그네 사정이 딱하지만 할 수 없소. 다시 고향 집으로 돌아가서 조신첩을 가지고 오든지 하지 않으면 어딜 가도 숙박하기가 힘들 것이오. 위나라나 다른 나라로 가면 몰라도."

주인은 상앙을 밀어내다시피 하며 여관 문을 닫았다. 내쫓김을 받은 상앙은 밤하늘을 우러러 탄식하였다.

"내가 만든 법에 내가 묶여 꼼짝을 할 수 없구나. 그동안 조신첩을 잃거나 소지하고 있지 않은 자들이 얼마나 많이 밤이슬에 젖으며 추위에 떨었을까. 법으로만 다스리는 폐단이 이토록 심할 줄이야!"

상앙은 할 수 없이 밤을 도와 위나라로 도망하였다. 신분 노출을 피하기 위하여 수행원도 없이 혼자 밤길을 헤쳐 가면서 상앙은 조량(趙良)이라는 자와 주고받았던 대화를 떠올리며 조량의 말을 듣지 않은 것을 깊이 후회하였다.

효공이 죽기 몇 달 전에 조량이라는 자가 상앙의 친구인 맹난고(孟蘭皐)의 소개로 상앙을 만나게 되었다. 상앙이 보니 조량의 인품이 비범해 보였다. 그래서 상앙이 조량에게 이렇게 말했다.

"선생을 만나보게 되어 기쁩니다. 계속 선생과 사귐을 가지고 싶은데 그럴 수 있겠습니까?"

그러자 조량은 완강한 어조로 사양하였다.

"저는 감히 그런 것을 원하지 못합니다. 공자의 말씀에, 어진 이를 추천하여 받들어 모시는 자는 점점 잘되어가지만 불초한 자들을 그러모아 그들 가운데 왕 노릇 하는 자는 몰락하고 만다고 하였습니다. 그런데 저는 불초한 인간입니다. 그러므로 저와 사귀시면 이로울 것이 없습니다. 그리고 제가 들으니, 자기가 있을 만한 지위가 아닌데 그 자리에 있는 것을 가리켜 탐위(貪位)라 하고, 자기가 누릴 수 있는 명성이 아닌데 그것을 누리고자 하는 것을 탐명(貪名)이라 한다고 하였습니다. 제가 재상님의 호의를 받아들인다면 탐위가 되고 탐명이 될 뿐입니다."

조량이 이런 식으로 말한 것은 자기 겸양에서 나온 말이기도 하지만, 상앙을 비꼬기 위한 반어법이기도 하였다. 상앙도 조량의 속뜻을 눈치채고 진지하게 물었다.

"선생은 내가 진나라를 다스리는 방법을 좋아하지 않습니까?"

상앙의 질문을 받은 조량의 입가에는 비웃는 듯한 미소가 얼핏 스치고 지나갔다.

"남의 말을 스스로 반성하면서 듣는 것을 총(聰)이라 하고, 겉만 보지 않고 속을 꿰뚫어보는 것을 명(明)이라 하며, 자기 자신을 이기는 것을 강(彊)이라 합니다. 또한 우(虞)·순(舜)이 말씀하시기를, 스스로 자신을 낮추면 존경을 받게 된다고 하였습니다. 그러므로 재상께서는 자신이 우순의 도리를 따랐는지 스스로 반성해보는 것이 남에게 물어보는 것보다 더욱 나을 것입니다. 그러므로 그런 것을 저에게 물어보실 필요가 없습니다."

조량으로부터 은근히 자신에 대한 칭찬을 끌어내려고 하였던 상앙은 자존심이 상하지 않을 수 없었다. 그래서 좀 거칠어진 음성으로 대꾸하였다.

"내가 처음에 진나라에 와서 보니 온통 오랑캐 풍속으로 가득하였습니다."

상앙은 오랑캐 풍속으로 엉망이던 진나라를 어떻게 개혁했는가를 하나하나 열거해나갔다.

"부자(父子)의 구별이나 남녀(男女)의 구별도 없이 같은 방에 기거하는 것을 내가 교화시켜 각각 다른 방에 기거하도록 하여 부자와 남녀 간에 구별이 있게 하였습니다. 그리고 궁궐을 세우되 노(魯)나라와 위(衛)나라의 제도를 따라 축조하였습니다. 이렇게 오랑캐 풍속을 물리치고 나라의 질서를 잡아갔는데, 내가 진나라를 다스리는 것이 오고 대부가 진나라를 다스린 것보다 낫다고 생각하오, 못하다고 생각하오?"

오고 대부는 백리해(百里奚)라는 사람을 존경해서 부르는 별명인 셈이었다. 백리해에 대해서는 여러 가지 소문들이 나 있어 어느 것이 사실인지 알기가 어려울 지경이었다. 그가 오고 대부라는 별명을 얻게 된 경위는 진나라 목공(穆公)이 값비싼 암양의 가죽 다섯 장, 즉 오고 양피로써 초나라 사람의 종으로 팔려 있는 백리해를 샀다는 고사에서 비롯된 것이었다. 그런데 조량은 백리해에 관하여 다른 소문을 사실로 받아들이고 있었다.

"오고 대부는 형(荊)나라의 미천한 사람이었습니다. 그는 진나라 목공이 어질다는 말을 듣고 늘 목공을 만나뵙기를 원하였습니다. 그러나 진나라까지 갈 여비가 없었습니다. 그래서 진나라 객인(客人)에게 몸을 팔아 그 사람의 종이 되어 진나라까지 오게 되었습니다. 진나라에서 그는 누더기를 입고 소를 먹였습니다. 그런 지 1년 만에 목공이 우연히 그를 보게 되어 어진 것을 알고는 그를 전격적으로 등용하였습니다. 소 먹이는 자를 만백성 위에 앉혔지만 백성들은 원망하지 않았습니다. 오고 대부는 진을 부강한 나라로 만드는 데 큰 공을 세워 재상 자리를 줄곧 지켰으나, 재상으로서의 위엄을 과시하지는 않았습니다. 아무리 피로하여도 수레에 편히 앉는 일이 없었으며, 더워도 덮개를 치지 않았습니다. 나라 안을 다닐 때도 수행원이 탄 수레들이 따르게 하거나 창과 방패로 호위하게 하는 법이 없었습니다. 그렇게 자신을 나타내지 않았지만 그의 공(功)과 이름은 길이길이 역사에 남게 되었습니다. 오고 대부가 죽었을 때 진나라의 백성들은 모두 눈물을 흘렸으며, 아이들은 노래를 그치고, 방아 찧는 사람들은 방앗공이를 쉬게 하였습니다. 이 모든 것은 오고 대부의 덕정(德政)으로 말미암은 것입니다. 그런데 당신은 처음에 임금에게 자신을 보이기 위하여 경감(景監)과 같은 실력 있는 권세자를 등에 업으려고 부단히 애를 썼습니다. 이것은 진정한 명예가 될 수 없습니다. 그리고 당신은 백성들을 혹사시키면서 지나치게 큰 궁궐들을 세웠는데, 이것 역시 공이 될 수는 없습니다. 또한 당신은 태자의 스승과 보좌관들에게 묵형뿐 아니라 코를 베는 의형을 가하였으며, 백성들을 엄중한 형벌로 다스리기를 능사로 하였습니다. 그리하여 백성들의 원성을 사게 되고, 당신의 머리에 화(禍)를 쌓는 결과를 초래하였습니다. 당신은 백성들을 교화시키고 정화시킨다는 명목으로 법들을 고치고 새로 만들고 하였지만, 이치에 어긋나게 하였으므로 그것을 가리켜 교화라고 할 수는 없습니다."

조량은 잠시 말을 멈추고 상앙의 표정을 살펴보았다. 상앙의 안면 근육이 경련을 일으키는 것을 놓치지 않았다. 상앙은 무언가 변명을 하려 하였지만 잘 되지 않는 듯 숨을 헐떡거리기만 하였다. 조량은 이제 상앙의 때가 다 되었다는 것을 예감하며 할 말을 다 털어놓았다.

"공자건은 의형을 당해 코가 베인 것을 부끄러워하여 두문불출하며 복수의 칼을 갈고 있는 지가 8년이나 됩니다. 공손가도 이마의 묵형을 당한 흔적을 어루만지며 한풀이할 날을 손꼽아 기다리고 있습니다. 이렇게 도처에 원수가 된 사람들이 때만 기다리고 있다는 사실을 명심해야 합니다. 《시경》에 보면, 사람을 얻는 자는 흥하고 사람을 잃는 자는 망한다고 하였습니다. 이 《시경》에 비추어볼 때, 당신은 망할 날이 멀지 않았습니다. 그런데도 당신은 정신을 차리지 못하고 외출할 적에 수십 량의 수레가 따르게 하고, 긴 창과 큰 방패를 지닌 군사들로 하여금 호위하게 하고 있습니다. 이 모든 것 중 하나만 갖추어지지 않아도 당신은 움직이려 하지 않습니다."

조량은 상앙의 심사를 더욱 뒤틀리게 하였다. 상앙은 두 주먹을 쥐고 부르르 떨기까지 하였다. 당장 군사들을 불러들여 조량을 체포하고만 싶었다. 하지만 다음과 같은 조량의 말이 상앙으로 하여금 섣불리 분노를 터뜨리지 못하도록 하였다.

"1천 장의 양피는 한 조각의 여우 겨드랑이 가죽만 못합니다. 1천 사람이 '네 그렇습니다, 네 그렇습니다' 하는 것보다 한 사람의 선비가 '아닙니다, 아닙니다' 하고 직간(直諫)하는 것이 더 낫다는 말입니다. 무왕(武王)은 직간하는 신하들의 말을 들음으로써 창성하였고, 은주(殷紂)는 신하들이 바른말을 일체 하지 않고 침묵했기 때문에 멸망하였습니다. 재상께서 무왕을 그르다고 하지 않는다면, 제가 온종일 바른말로 직간한다 하더라도 저를 잡아 가두거나 문책하지 않겠지요? 여기에 대해 확실한 대답을 해주십시오."

상앙은 속으로 뜨끔했지만 짐짓 여유를 부리며 마음이 넓은 체하지 않을 수 없었다.

"옛말에 이런 말이 있지요. 겉으로 꾸민 말은 화려하기만 할 뿐이지만 지성스러운 말은 실속이 있으며, 듣기에 고통스러운 말은 약이 되지만 달콤한 말은 병이 된다. 선생께서 온종일 바른말을 해주신다면 나에게 약이 될 것입니다. 그런데 바른말을 한다고 문책을 하다니오?"

상앙이 이런 말까지 해버렸으니 이제 조량의 말을 꼬투리삼아 잡아 가둘 수도 없는 노릇이었다. 조량은 상앙의 말에 힘입어서인지 거의 협박에 가까운 말을 하기도 하였다.

"《시경》에는 이런 말도 있지요. 쥐가 몸을 갖추고 있듯이 사람도 예를 갖추고 있어야 하는데 그렇지를 않네. 사람으로서 예가 없으면 껍질 벗겨진 쥐처럼 되어 빨리 죽을 수밖에 없네. 이렇게 볼 때 당신은 죽을 날이 얼마 남지 않았습니다."

이제 상앙은 분노보다 두려움이 엄습하는 기분이었다. 조량에게 죽지 않을 수 있는 방법을 가르쳐달라고 조언을 구하고 싶은 심정이 되기도 하였다.

"진정 나의 형편이 그렇다면, 어떻게 해야 이 상황을 벗어날 수 있겠소?"

이 말에는 현재 상앙이 가지고 있는 권세를 어떻게 활용하면 앞으로의 정세에 효과적으로 대처할 수 있겠는가 하는 저의가 포함되어 있는 것이었다. 이것을 간파한 조량은 먼저 《서경(書經)》의 말을 인용하였다.

"《서경》에 이르기를, 모든 일에 덕을 근본으로 삼는 자는 창성하고 힘을 근본으로 삼는 자는 망하고 만다고 하였습니다. 그동안 모든 일에 힘을 근본으로 삼아온 당신의 운명이 아침 이슬과도 같은데, 어찌 아무런 조치를 취하지 않고 있습니까?"

"어떤 조치를 취하란 말이오?"

상앙이 다급하게 물었다.

"백성들의 원성이 높으니 미리 재상 자리에서 물러나고 봉지(封地)로 받은 상·오 지방의 15개 읍을 나라에 헌납하십시오. 그리고 구석진 시골로 내려가 밭이나 가꾸십시오. 또한 진왕(秦王)에게 권하여 초야에 숨어 있는 선비들을 등용하여 쓰고 늙은이와 고아들을 돌보며 유덕(有德)한 사람을 높이도록 한다면, 조금은 민심을 수습할 수 있을 것입니다. 만약 그런 조치를 취하지 않고 여전히 봉지에 미련을 가지고 진나라 조정에 영향력을 행사하려 한다면, 진왕이 갑자기 죽는 날 당신의 적수들이 당신을 눈 깜짝할 새에 망하게 할 수도 있을 것입니다."

조량이 이렇게 간곡한 말로 상앙이 화를 자초하지 않을 방도를 조언해주었는데도, 현재 가지고 있는 부와 권세에 대한 미련을 버리지 못하고 상앙은 조량의 말을 받아들이지 않았던 것이다.

이제 쫓기는 신세가 되고 보니 조량의 말이 얼마나 정확한 예언이었나 하는 것이 분명해졌다. 하지만 이미 때는 늦고 말았다. 상앙은 한숨을 길게 쉬며 조량의 말을 받아들이지 않은 것을 또 후회하였다.

밤새도록 산을 타고 넘으니, 동이 틀 무렵 저 앞쪽 능선 너머 위(魏)나라 땅이 희미하게 내려다보였다. 상앙은 위나라로 들어서면서 이전에 자기를 등용하지 않았던 혜왕이 이번에는 자기를 등용할지도 모른다는 한 가닥 희망을 품었다. 왜냐하면 들리는 소문에 혜왕이 상앙 자기를 등용하지 않고 진나라로 가도록 한 것을 늘 후회하고 있다고 했기 때문이었다.

전에 위나라를 쳐서 위나라 수도를 안읍(安邑)에서 대량(大梁)으로 옮기도록 했던 장본인이기도 한 상앙이지만, 역으로 상앙을 이용하여 진나라를 공략할 수도 있는 것이었다.

위나라로 와서는 상앙이 자기 신분을 숨기지 않고 혜왕을 알현하여 위나라 조정에서 쓰임받기를 원한다는 취지를 밝혔다. 혜왕은 워낙 인재가 없던 차라 진나라를 개혁하고 강국으로 만든 상앙의 경륜과 지략을 활용해볼까 하는 쪽으로 마음이 기울어지기도 하였다.

그러나 조정의 신하들과 일반 백성들은 상앙에 대한 반감이 심했다. 공자 앙을 속여 포로로 잡고, 위나라 군대를 노략질하고, 위나라 영토를 빼앗아간 상앙이 아니던가. 무엇보다 사람들은 진나라의 보복을 두려워하였다.

"상앙은 지금 진(秦)의 적이 되어 있지 않은가? 진나라의 국적(國賊)을 받아들인다면 진나라가 틀림없이 그 강성한 군대로 쳐들어올 것이다. 우리는 이제 국력이 쇠하여 전쟁을 치를 능력이 없는데, 이 재앙을 어떻게 감당할 수 있단 말인가?"

결국 혜왕도 민심에 굴복하고 상앙을 다시 진나라로 돌려보내지 않을 수 없었다. 상앙은 이제 마지막 몸부림을 쳐볼 수밖에 없는 처지가 되었다. 상앙은 몰래 상·오 지방으로 잠입하여 자기 동조 세력들을 은밀히 규합하였다. 그러고는 상·오 지방을 빠져나와 북쪽으로 올라가서 약한 정(鄭)나라를 쳤다. 그 정나라 변경에 자기의 터를 구축하고 때를 기다려

다시 진나라로 복귀할 심산이었다.

　진나라 조정에서는 상앙의 동태에 대해 심한 우려를 표명하였다. 지금 상앙의 세력을 제거하지 않으면 언제 큰 화근이 될지 알 수 없는 노릇이었다. 공자건과 공손가를 비롯한 임금의 측근들은 급히 군대를 몰아 정나라로 진격하였다. 약소국인 정나라는 강대국 진나라 정적들끼리의 싸움에 휘말려들어 원치도 않게 전쟁터가 되고 말았다.

　결국 상앙은 진나라 면지라는 곳에서 생포되었다. 상앙은 스스로 목숨을 끊으려고 몸부림쳤지만, 진나라 군사들은 상앙의 입에 재갈을 물리고 수족을 단단히 결박하여 산 채로 혜문왕에게로 끌고 왔다.

　몇 달 전만 해도 진나라에서 최고의 권세자로 위세를 떨치던 상앙의 몰골은 비참하기 이를 데 없었다. 길가로 몰려나와 상앙의 호송을 지켜보던 백성들은 권력의 무상함을 절감했다. 그리고 그동안 상앙의 권세에 짓눌려 바른소리 한 번 제대로 못하였던 자신들이 얼마나 비겁했나 하는 것을 새삼 느꼈다.

　그런데 개중에는 상앙 같은 재상이야말로 진나라를 개혁하고 나라의 기강을 잡는 데 적합했던 인물임을 속으로 인정하고, 남몰래 고개를 돌려 눈물을 훔치는 자들도 있었다. 그들은 지금 새로 임금이 된 혜문왕이나 그 측근들인 공자건과 공손가 같은 사람들이 과연 이 진나라를 제대로 이끌고 갈 수 있을지 염려되는 바가 한두 가지가 아니었다.

　길가에 나온 무리들 중에 조량도 섞여 있었는데, 누구보다도 안타깝게 탄식하고 있었다.

　"결단의 기회를 놓치면 다시 찾아오지 않는 법!"

　혜문왕은 상앙을 만백성들이 보는 앞에서 거열형(車裂形)에 처하도록 명하였다. 상앙의 사지가 각각 사마(駟馬)마차에 묶였다. 사방에서 말들이 힝힝거리며 앞으로 치달려갈 준비를 하고 있었다.

상앙이 마지막 힘을 다해 사지를 오그리려고 애를 쓰며 주위를 둘러보았다. 저기에 조량이 비통한 모습으로 지켜보고 있고, 상앙에 의해 이마에 검은 글자가 새겨진 공손가와 코가 베어진 공자건이 싸늘하게 비웃으며 내려다보고 있었다. 순진한 백성들은 조금 있다 벌어질 끔찍한 장면을 상상하며 미리 몸들을 웅크리고 있었다.

"출발!"

드디어 공자건이 깃발을 높이 들었다가 아래로 내렸다. 마차들이 각각 맡은 방향으로 치달렸다. 순식간에 상앙의 몸뚱어리는 선지피와 창자들을 튀기며 네 조각으로 쪼개졌다.

귀곡자의 제자들

 이제 드디어 전국 시대에 각 나라의 외교 정책을 좌지우지하던 대표적인 종횡가(縱橫家) 소진(蘇秦)과 장의(張儀)에 관한 이야기가 전개된다.
 먼저 사마천의 《사기(史記)》〈소진 열전〉과〈장의 열전〉을 참조해보면, 소진과 장의는 각각 자기 나라를 떠나서 제(齊)나라로 와 귀곡자(鬼谷子)라는 스승 밑에서 함께 배웠다고 되어 있다. 그런데 귀곡자라는 사람이 누구인지 어느 나라 태생인지 등에 대해서는 사마천도 일체 언급을 하지 않고 있다. 다만 3권으로 된 《귀곡자》라는 책이 전해져 내려오고 있어 그 책을 통하여 귀곡자의 사상에 대하여 대략적이나마 알아볼 수 있을 뿐이다.
 귀곡자는 양성(陽城)이라는 곳에 있는 귀곡(鬼谷)에 은거하면서 제자들을 가르쳤다 하여 붙여진 이름으로서 원래 이름은 아니었을 것이다.
 귀곡자는 소진과 장의에게 무엇보다 천지의 도(道)를 터득하기를 원했다. 천지의 도를 설명하기 위하여 벽함이라는 개념을 사용하였다.
 벽이라 함은 연다는 뜻이요, 함이라 함은 닫는다는 뜻이다. 그러므로 벽은 언(言)이요 양(陽)인 반면, 함은 묵(默)이요 음(陰)이다. 어느 때 말해야 하고 어느 때 침묵해야 하며, 어느 때 부드러워야 하고 어느 때 강직해야 하며, 어느 때 풀어야 하고 어느 때 맺어야 하는지 이 벽함의 도를 통하여 분별하여야만 한다.

이 도를 아는 것은 자기로부터 시작된다. 이 도를 터득하여 천하의 눈을 가진 자는 보이지 않는 것이 없고, 천하의 귀를 가진 자는 들리지 않는 것이 없고, 천하의 마음을 가진 자는 알지 못하는 것이 없다. 이렇게 천하의 눈과 귀, 마음을 가진 연후에 모략(謀略)을 도모하면 빈틈이 없게 되고, 능히 위(危)를 전환시켜 안(安)이 되게 할 수 있으며, 망(亡)을 바꾸어 존(存)이 되게 할 수 있다. 위를 안으로, 망을 존으로 바꾸는 것이야말로 종횡지학(縱橫之學)의 근본 동기인 것이다.

하루는 소진이 귀곡자에게 물었다.

"스승님, 제가 《춘추》와 《서경》을 읽으며 작금의 역사를 묵상해볼 때 과연 공자가 말한 그런 원칙대로 역사가 변화 발전하는 건지 의심이 들지 않을 수 없었습니다. 지금 중원 제국의 정치 현실을 볼 때에도 어떤 요인들이 작용하기에 이렇게 전개되어가고 있는지 당황스러울 지경이란 말입니다. 어떻게 하면 역사 발전이나 정치 현실의 전개를 제대로 파악할 수 있겠습니까?"

귀곡자는 의미심장한 미소를 머금은 채 소진의 질문을 가만히 듣고 있었다.

"스승님, 대답해주십시오."

소진이 재차 간청을 올리자 귀곡자가 길게 한숨 같은 것을 쉬며 대답하였다.

"뒤쪽에서 보아야 하느니라."

"뒤쪽에서 보다니오?"

소진이 말귀를 잘 알아듣지 못하고 반문하였다.

"우주나 인생, 정치 사회의 모든 사리(事理)가 앞에서는 보이지 않는 뒤쪽에서의 변화에 따라 전개되어가느니라. 그러므로 겉으로 나타난 것을 앞에서만 보고 왈가왈부하는 것은 어리석기 그지없는 일이니라. 공자도 앞에서만 보고 이리저리 따졌지만 뒤쪽에서 어떤 변화가 있었는지는 제대로 통찰하지 못하였느니라. 앞쪽에서의 선왕도 뒤쪽에서 보면 폭군일 수 있는 법, 역사에 드러난 부분만 믿으면 안 되는 거지. 역사를 바꾸기 위한 모략을 도모할 때도 역사의 뒤쪽을 파고들어가 거기서부터 시작해야 하느니라. 이것이 모략학의 기본이니라. 앞에서 아무리 고함을 지르고 실력 행사를 한다 하더라도 뒤쪽을 파고들지 않으면 아무 소용이 없느니라. 이것을 반면(反面)의 도라 하느니라."

"반면의 도?"

소진은 뒤쪽에서 파고드는 반면의 도에 관한 스승의 이야기를 마음 깊이 새겨두었다. 이것은 소진이 모략학을 실제로 정치 현실에 적용시켜 나갈 때 두고두고 지침이 되었다. 소진이 또 귀곡자에게 질문하였다.

"어떻게 인간의 마음을 움직일 수 있겠습니까?"

"먼저 정보를 수집해야 한다. 무턱대고 덤벼서는 그르치기 십상이니라. 정보 수집에 있어 제일 경계해야 할 것은 주관적인 판단이니라. 완전히 객관적이면서 진실한 정보를 치밀하게 수집하여 분석해야 하느니라."

"정보 수집은 어떻게 하는 것입니까?"

"가장 좋은 방법은 상대방의 사람들을 직접 접촉하여 얻는 것이니라. 그때 정보를 수집하기 위해서 만난다는 기미를 조금도 보여서는 안 되는 거지. 그리고 짧은 동안에 만나도 상대방의 마음을 꿰뚫어볼 수 있는 취마술(揣摩術)을 익혀야 하느니라."

"취마술이라니오?"

소진이 생소한 말이라서 되물었다.

"취(揣)는 사람의 감정을 헤아리는 것이요, 마(摩)는 사람의 의지를 헤아리는 것이지. 이렇게 취정마의(揣情摩意)하여 상대방의 마음을 정확히 꿰뚫고 주변 정세를 파악하면서 정보를 수집한다면 진상을 탐지할 만한 정보가 모일 수 있지 않겠느냐? 그리고 좋은 정보가 모였다고 하여 성급하게 결론을 내리지 말고 반복해서 실험을 해본 연후에 확실한 결론을 내려야 하느니라."

"얻은 정보를 기초로 결론을 내린다고 하였는데, 인간의 마음을 움직이기 위해서는 어떤 방향으로 정보를 분석해야 하는 것입니까? 결론이라는 것도 분석 방향에 따라 그 성질이 달라지는 것이 아닙니까?"

"그야 물론이지."

귀곡자는 총명한 제자를 둔 데 대한 만족감이 얼굴에 떠올랐다.

"사람의 마음을 움직이기 위해서는 무엇보다 정보를 통하여 그 사람의 약점을 파악하는 것이 급선무이다. 도덕적인 약점, 경제적인 약점, 심리적인 약점들을 종합적으로 파악하여 그 약점을 십분 활용해야만 상대방의 마음을 이쪽이 원하는 대로 움직일 수 있느니라. 그러면 강압하지 않으면서도 복종하게 만들 수 있고, 유혹하지 않으면서도 넘어가게 할 수 있느니라. 개구리 머리의 한 점에 딱 한 번 바늘을 찔렀는데도 개구리의 온 전신을 버둥거리게 할 수 있는 것과도 같이, 사람의 약점에 일침(一針)만 가해도 그 사람 전체를 사로잡을 수 있느니라. 사람의 마음을 움직이려면 객관적인 정보를 통하여 상대방의 약점을 파악하여 시의적절한 때에 그 약점을 찌르는 것보다 더 효과적인 게 없느니라. 이 점을 명심해야 하느니라. 수천 금의 뇌물보다 이 방법이 가장 확실하지."

"알겠습니다. 주변 정세에 대한 파악도 중요하지만 그것 못지않게 취마술도 중요하군요. 마음의 약점을 파악하고 찌르기 위해서는 말입니다. 저에게 취마술의 비법을 가르쳐주십시오."

소진은 기대에 차서 귀곡자를 바라보았다. 그러나 귀곡자는 고개를 천천히 저었다.

"취마술도 벽함의 도와 같이 자기로부터 시작해야 하느니라. 자신의 감정을 헤아리고 자신의 의지를 헤아리는 자기 취마부터 해야 다른 사람을 취마할 수 있느니라."

"자기 취마를 하려면 어떻게 해야 합니까. 얼마만한 기간이 요구되는 것입니까?"

"쯧쯧."

귀곡자는 혀를 차면서 소진을 물끄러미 바라보았다.

"그렇게 서두르긴. 날마다 자기 취마를 해야지, 어느 기간 자기 취마를 하고 나면 안 해도 되는 그런 것이 아니지. 일생 동안 해야 한다는 말이지. 이제부터라도 자기 취마를 하는 습관을 길러가도록 하여라. 알았느냐? 섣불리 타인 취마부터 하려고 취마술을 익히면 다른 사람들 등나 쳐먹는 천하의 사기꾼밖에 더 되겠느냐? 자기 속으로 깊이 들어가 타인에게 이르는 비결을 터득하도록 하여라. 지금 내가 너를 취마해보니 너의 마음속엔 빨리 취마술을 익혀 천하를 주름잡고 싶은 생각으로 가득 차 있구나. 그래 가지고는 조그만 고을 읍장 한 사람의 마음도 움직일 수 없느니라. 천하의 제후들을 움직이게 하고 싶으냐, 한 고을 읍장을 움직이게 하고싶으냐?"

"천하의 제후들입니다."

소진은 자기 취마를 날마다 해야 한다는 사실은 귀곡자로부터 들었으나, 구체적으로 어떻게 해야 하는가에 대해서는 듣지 못했으므로 스스로 그 방법을 연구해볼 수밖에 없었다. 그러나 그 비결이 얼른 마음에 잡히지 않았다. 계속 시행착오를 거듭하며 타인 취마를 해볼 엄두는 내지도 못했다. 귀곡자의 말마따나 이것은 오랜 세월을 요하는 것인지도 몰랐다.

이번에는 장의가 귀곡자에게 물었다.
"스승님, 하나의 국가를 전복시키는 비결은 무엇입니까?"
귀곡자가 조금 놀란 기색으로 장의를 바라보았다. 소진은 한 인간의 마음을 움직이는 비결을 물었는데, 장의는 한 국가를 전복시키는 비결을 물은 것이었다. 이런 면에서도 장의의 그릇이 소진보다는 크다고 볼 수 있었다.
"공극(空隙)을 이용해야 하느니라."
"공극이라니오?"
"공극이란 점점 더 벌어지는 틈을 가리키는 말이니라. 겉으로 보기에 아무리 강하게 보인다 하더라도 어떤 국가나 반드시 한구석에는 모순이 내재되어 있게 마련이다. 그 모순이 사회에 있어 간극(間隙)을 형성하기 시작하는 거지. 처음에는 그 간극이 미세하게 보여도 그 간극을 계속 비집고 들어가면 나중에 가서는 사회 전체를 붕괴시킬 수 있는 거대한 구멍이 되고 마는 것이지. 이렇게 작은 간극을 차츰 큰 간극으로 변화시켜 가는 것이 한 국가를 전복시키는 비결이니라. 상대방 국가의 강한 부분을 아무리 공격해보았자 시간 낭비일 뿐이니라."
장의는 귀곡자의 말귀를 알아듣고 고개를 끄덕였다. 그러고는 목소리를 낮추어 진지하게 또 질문을 했다.
"점점 그 간극이 커졌을 때 일시에 공략하여 무너뜨리는 것이 좋습니까, 아니면 스스로 무너질 때까지 기다리는 것이 좋습니까?"
"그건 상황에 따라서 다르지. 일시에 무너뜨리는 것이 좋다고 판단되면 그렇게 하는 것이 낫겠지. 이것을 저이득지(抵而得之)라고 하느니라.

그리고 온화한 수단을 쓰는 것처럼 하면서 서서히 무너지도록 하는 것을 가리켜 저이색지(抵而塞之)라고 하느니라. 저이득지냐 저이색지냐 하는 것은 정확한 정세 파악에 기초하여 직관적으로 판단해야 하는 거지. 아무튼 저이득지건 저이색지건 상대 국가의 틈을 이용해야 한다는 사실을 잊어서는 안 되느니라."

장의는 귀곡자의 말을 마음에 새겨두려는 듯 지그시 눈을 감았다가 한참 만에 떴다. 귀곡 골짜기에서는 그 이름답게 괴기한 소리들이 들려오고 있었다. 낙엽들이 무더기로 쏟아져 내리는 소리, 산짐승의 울음소리, 갖가지 새소리, 물소리, 산 자체가 울리는 소리 등등이 합해져서 기묘한 화음 내지는 불협화음을 이루고 있었다.

"스승님, 정적(政敵)을 물리칠 수 있는 방법에 대해서는 어떻게 말씀하시겠습니까?"

이번에는 적국의 문제가 아니라 한 나라 안에서의 정적에 관한 문제를 꺼내고 있는 장의였다. 귀곡자는 소진보다 장의가 아무래도 더 야심이 크다는 것을 새삼 느끼지 않을 수 없었다. 그 야심이 많은 사람의 생명을 해하는 방향으로 뻗어갈지도 몰랐다.

"정적이라?"

귀곡자는 가만히 한숨을 쉬었다.

"정적은 될 수 있는 대로 만들지 않는 것이 상책이지."

이 말은 장의가 정적을 만들지 않는 덕성의 소유자가 되기를 원한다는 주문이기도 하였다.

"그러면 좋겠지만 어디 현실 정치가 그러합니까? 아무리 정적을 만들지 않으려고 해도 정적이 생긴 경우에는 어떻게 해야 합니까?"

"정적은 아주 조심스럽게 다루어야 하느니라. 정적을 함부로 치다가는 나라 전체가 흔들리게 되고, 그렇게 되면 적국에게 유리한 고지를 제공해주는 결과만을 낳게 되어 나나 정적이나 다 함께 멸망당하기 쉬운 거지. 그러므로 자중지란을 일으키지 않으면서 정적을 물리치는 방법을 강구해야지. 그것이 곧 입세제세(立勢制勢)의 책략이니라."

"입세제세라니오?"

"그러니까 일단 모든 가능한 수단을 동원하여 위압적인 형세를 조성하여 정적으로 하여금 스스로 굴복하지 않으면 안 되는 상황으로 몰고 가는 것이지."

장의와 귀곡자는 입세제세의 책략에 대하여 한참 동안 이야기를 주고받았다.

"스승님의 말씀은 정적을 굴복시키기 위해서는 정적의 측근들부터 제거해나가라는 말씀이지요?"

"그렇지. 여기에 큰 조기가 있고, 그 주위에 작은 조기들이 있다고 하자. 큰 조기를 먼저 잡는다는 것은 여러 가지 부작용이 따르게 마련이니까 먼저 작은 조기들을 잡아 잘 엮어서 두름을 만드는 거지. 그러고 나서 그 두름으로 큰 조기를 묶어버리는 거지. 주변을 잘 엮어서 도망가지 못하게 하는 것을 가리켜 철이불실(綴而不失)이라고 하느니라. 그렇게 되면 정적이 그 결과를 감수하든지 아니면 최후의 발악으로 불법적인 공격을 감행해 오든지 하게 되겠지. 만약 불법적인 공격을 감행해 오면 그 불법을 이유로 합법적인 절차를 밟아 제거할 수 있는 거지. 정적을 완벽하게 제거하려면 오히려 불법적인 공격을 해오도록 유도하는 것이 상책이겠지. 그리고 정적이 무리를 이루고 있을 때는 항상 이 점을 유의하고 있어야 해."

"어떤 점을 말입니까?"

장의가 귀곡자를 다시금 주목하였다. 귀곡자가 깔고 앉아 있는 바위에는 검푸른 이끼가 잔뜩 끼어 있었다. 그 바위 앞에 장의가 꿇어앉아 귀곡자와 대담하고 있는 것이었다. 귀곡자가 제자들에게 꿇어앉는 자세를 요구한 바는 없지만, 장의 스스로 그런 자세로 겸양을 보이고 있는 셈이었다. 소진은 거기에 비해 비교적 자유로운 자세를 취하고 귀곡자의 가르침을 받는데, 이 점에 있어서도 장의가 소진보다 권위주의적인 질서를 선호한다는 것을 알 수 있었다.

"정적의 무리에는 반드시 좌익(左翼)이 있고 우익(右翼)이 있는 법이지. 강경파가 있고 온건파가 있다는 말이지. 그러니까 정적들을 칠 때도 한꺼번에 싸잡아서 치지 말고 좌익과 우익을 나누어 쳐야 효과적이지. 좌익을 견제하면서 우익에게 타격을 가할 수도 있고, 우익을 견제하면서 좌익에게 타격을 가할 수도 있는 거지. 이것을 '견제와 타격'의 전술이라 하는 거지."

"견제와 타격?"

장의는 그 말도 마음속에 새겨두었다.

"스승님, 그 다음으로 적의 내부로 침투하여 공작하는 방법에 대하여 말씀해주십시오?"

"그건 《손자병법》〈용간편(用間篇)〉에 나와 있지 않으냐."

귀곡자는 거기에 대한 설명은 해주지 않으려는 듯이 이야기했다.

"스승님은 그것보다 더욱 명확하게 말씀하실 수 있으십니다. 몇 가지 원칙만이라도 일러주십시오."

장의는 간청하다시피 하였다.

"너무 간교하게 모략을 도모하지는 말아라."

귀곡자는 장의에게 당부하는 투로 조용히 말했다.

"여부가 있겠습니까? 신중을 기해서 꼭 필요한 때에 도모해야지요. 말씀해주십시오."

"음, 그렇다면 두어 가지 원칙만 말해주지. 첫째, 모불양충(謀不兩忠)이니라. 즉, 양쪽에 다 충성하는 자를 절대 써서는 안 되느니라. 입장이 불분명한 기장파(騎牆派)는 삼가야 하느니라. 그리고 둘째, 선오후합(先忤後合)이니라. 이것은 장기적인 위장 전술에 필요한 모략이니라. 적진 중의 한 사람을 모사로 운용하든지 이쪽에서 모사를 적진 내부 깊숙이 침투시키든지 하여, 일단은 적에게 철저히 협조하는 척하다가 후에 기회를 봐서 결정적인 순간에 이쪽 편을 들도록 하는 것이니라. 셋째, 반복상구(反覆相求)이니라. 이것은 모사들이 사건이 있을 적마다 상호간에 연락하여 치밀하게 정보를 교환하는 것을 말하느니라. 이러한 조직은 적의 내부에(先도 널리 퍼져 있도록 하고, 이쪽의 요소요소에도 퍼져 있도록 해야 하느니라. 이것이야말로 최고의 모략 운용책이니라. 우선 이 세 가지 원칙만 염두에 둔다면 적의 내부를 교란시키는 공작은 능히 해낼 수 있느니라. 그리고 이 모든 모략은 어디까지나 알지 못하게, 보지 못하게, 헤아리지 못하게, 무궁지계(無窮之計)로써 활용해야 하느니라. 또한 무엇보다 모략을 쓰는 근본 동기를 기억해야 하느니라."

"모략의 근본 동기가 무엇입니까?"

"내가 소진에게도 말했지만, 그것은 전위위안(轉危爲安)과 구망사존(救亡使存)에 있느니라."

전위위안과 구망사존이라. 그것은 위험한 상황을 바꾸어 안전한 상황으로 만드는 것을 말함이요, 망하게 된 처지에서 살아남도록 하는 것이 아닌가.

장이는 장차 천하 제후들을 상대로 모략을 운용할 때에 함께 귀곡자로부터 배운 소진이 만만찮은 경쟁자가 될 것을 예감하고, 소진보다 뛰어난 모략가가 되기 위하여 분발하였다. 소진도 장의를 경쟁자로 여기고 장의보다 못한 점을 보완하기 위하여 불철주야 노력하였다.

이렇게 장의와 소진이 서로 경쟁하고 있다는 것을 안 귀곡자가 하루는 두 사람을 자신이 기거하는 오두막으로 불렀다. 귀곡자는 두 사람을 앞혀놓고 단도직입적으로 물었다.

"너희들은 신선이 될 의향이 없느냐?"

스승이 무슨 이야기를 하나 하고 장의와 소진은 서로의 얼굴을 쳐다보았다.

"신선이라니오?"

장의가 입을 열었다.

"신선도 모르느냐? 너희들은 마음 그릇이 넓어 도를 닦으면 능히 신선도 될 수 있다고 여겨지느니라. 그러니 이제부터는 신선이 되기 위한 양생법을 익히며 그 비술을 터득하도록 하여라."

소진과 장의는 당황하지 않을 수 없었다.

"그럼 스승께서 지금까지 저희들에게 가르쳐주신 모략학은 어떻게 되는 것입니까? 그건 이 세상으로 나가야 활용할 수 있는 것이 아닙니까? 신선이 되기 위해서는 아무 소용없는 것이 아닙니까?"

"신선이 되는 데 쓸모가 없는 것이라면 모략학도 기꺼이 버리면 되는 것이 아니냐? 지금까지 배운 것이라고 무얼 그렇게 아끼려 하느냐? 신선이 되기 위해서는 무엇보다 아무것도 아끼지 않고 버릴 줄 알아야 하느니라."

소진과 장의는 더욱 난감한 표정이 되어갔다.

"스승님, 저희들은 지금껏 신선이 되기 위해 저희의 젊음을 바친 것이 아닙니다. 이 어지러운 세상을 구하기 위하여 청춘을 바쳤습니다. 좋은 칼은 칼집에만 있어서도 안 되듯이 때가 되면 저희는 세상으로 나가 스승님으로부터 배운 것을 십분 활용하여 세상을 바로잡고 싶을 뿐이옵니다. 세월이 화살 날아가듯이 흘러가고 있고 한 번 가면 다시 오지 않는 인생인데, 살아생전에 공을 세워 이름을 떨쳐야 되지 않겠습니까?"

귀곡자는 소진과 장의가 번갈아가며 호소하는 말을 들으며 이맛살에 깊은 주름을 지었다.

"그래, 꼭 세상으로 나가려느냐? 너희 중에 한 사람이라도 나와 함께 남아 있을 수 없느냐?"

귀곡자의 목소리에는 우수의 그림자가 배었다. 그러나 둘 중에 아무도 남아 있겠다는 말을 하지 않았다.

"너희들의 뜻이 그런 줄 진작부터 알고 있었다. 신선이 되려느냐고 물은 내가 어리석지. 이제는 더 이상 제자들도 받지 않고 나 홀로 신선이 되는 비술을 터득하여 신선이 되고자 하니, 너희들은 지금이라도 당장 이곳을 떠나도록 하여라. 모략학에 관한 것이라면 더 이상 가르칠 것도 없느니라. 너희들이 세상에 나가 활용하면서 더 깊은 지혜를 얻어가는 수밖에 다른 방도가 없느니라. 자, 이 자리에서 그냥 떠나도록 하여라."

"아니, 스승님. 저희들이 신선이 되지 않겠다고 하여 서운하셔서 이러십니까?"

소진과 장의가 머리를 조아리며 엎드렸다.

"그런 것이 아니다. 신선이 되려느냐고 물은 것은 잠시 너희의 뜻을 시험해본 것일 뿐, 꼭 그렇게 되기를 원한 것이 아니니라. 이제 너희 길을 갈 때가 되었으니 이왕 신선이 되지 않을 바에야 속히 이 귀곡을 떠나는 것이 좋겠구나. 지금 천하가 어지러운 중에 제후들은 모략가들을 구하기에 혈안이 되어 있느니라. 제나라기 여러 학지들을 불리 모이 학문의 꽃을 피움으로써 나라를 부강하게 하는 길을 모색했으나, 학자촌을 건설하고 유지해나가는 데 돈만 낭비했을 뿐 별다른 효과가 없었던 모양이다. 그래서 제후들은 학문의 깊이보다 모략을 지닌 자들을 구하려고 애쓰고 있느니라. 너희들은 모략을 쓰되 지혜롭게 씀으로써 만백성들에게 유익을 끼치도록 하여라. 내가 예언하건대 소진이 먼저 출세를 하고 후에 장의가 출세를 할 것이니라. 자, 날이 추워지기 전에 세상으로 내려가라."

막상 스승 곁을 떠나려 하니 소진과 장의는 만감이 교차하여 잠을 이룰 수 없었다. 오두막 바깥에서는 귀곡 전체를 뒤흔드는 바람소리가 밤새도록 들려왔다.

소진이 조심스럽게 장의에게 말했다

"전부터 생각하고 있었는데 우리 이렇게 하면 어떻겠나?"

"무얼 말인가?"

장의가 소진을 넋 나간 듯 바라보았다.

"우리 둘이 형제 결의를 맺자 이거지. 한 스승 밑에서 생사고락을 같이하며 배운 우리가 아닌가? 이 세상에 나가서도 형제와 같이 지내자는 말일세."

소진의 말에 장의는 움찔하는 기색을 띠었다. 잠시 말이 없던 장의가 단호하게 말했다.

"그건 소박한 생각에 불과해. 이제부터 우리는 서로 무섭게 경쟁하는 경쟁자가 될 것이 확실해. 천하를 살펴보아도 우리만한 인재들이 없지 않은가 말일세. 맹자와 장자와 같은 거두들이 있지만, 현실 정치에 있어서는 그들도 별 쓸모가 없는 존재들이거든. 적어도 10년 안에는 우리 둘이서 천하를 좌지우지할 거란 말이야. 그런데 자네나 나나 아랫사람으로 머무는 체질이 아니지 않은가? 자네 밑에 내가 있을 수 없고, 내 밑에 자네가 있을 수 없지 않은가? 필히 정책을 달리하여 이 중원 제국을 두 패로 나누어 대결하게 될 거란 말일세. 어쩌면 서로를 죽여야 하는 적이 될지도 모르지. 그러니 얄팍한 감상을 가지고 형제 결의나 맺을 수는 없는 것이지. 형제 결의를 맺은 자가 나중에 서로 적이 되어 다툰다면 세상의 웃음거리가 될 뿐일세."

아닌 게 아니라, 소진이 생각할 때도 장의의 말에 일리가 있었다. 일리 정도가 아니라 바로 정곡을 찌르는 말이었다. 하지만 소진은 장의와 이렇게 헤어진다는 사실이 여간 마음 아픈 것이 아니었다. 거기다가 스승 귀곡자를 생각하면 더욱 가슴이 찢어질 듯하였다. 이 깊은 골짜기에서 스승은 수발하는 사람도 없이 어떻게 혼자 노쇠한 몸으로 살아갈 것인가. 스승이 신선이 되겠다고 말하는 것은 홀로 쓸쓸히 죽어가겠다는 말이 아니고 무엇인가. 세상 욕심을 가졌더라면 벌써 한 나라의 재상은 능히 하고 남았을 분이 제자들을 다 떠나보내고 이 골짜기 누추한 오두막에서 고독한 죽음을 맞이해야만 하다니.

소진은 깊은 침묵 속으로 빠져들어갔다. 장의도 현실적인 발언을 해놓고는 스스로 침통해져서 입을 다물고 있었다.

"자네는 어디로 갈 건가?"

마침내 소진이 장의를 돌아보며 물었다.

"일단 위나라 고향으로 돌아가야지. 아내와 식구들을 본 지도 어언 수년이 되는군. 먼저 가족들을 만나본 후에 유세할 나라를 물색해야지. 근데 자네는 어디로 갈 것인가?"

"나도 동주(東周) 낙양(洛陽) 고향 집으로 가보아야지. 그동안 아내도 많이 늙었을 거야. 무얼 먹고 살고 있는지? 가족들이 말이야."

소진은 갑자기 식구들이 보고 싶어지면서 그들의 생계를 책임져야 할 일이 무거운 부담으로 다가왔다.

소진과 장의는 주섬주섬 짐을 챙기기 시작했다. 동편 하늘은 이미 희끄무레 밝아오고 있었다. 거기 펼쳐지는 아침놀은 소진과 장의의 가슴에 어떤 희망을 불러일으키기도 하였다. 장래에 대한 불안과 희망, 초조와 기대가 뒤범벅이 된 가운데 소진과 장의는 스승에게 마지막 인사를 드리기 위해 건너편의 오두막으로 다가갔다.

"스승님, 저희들이 왔습니다."

소진의 목소리에는 물기가 촉촉이 배어 있었다. 그러나 안에서는 아무런 대꾸가 없었다. 스승이 주무시고 계신가 보다 하고 이번에는 장의가 좀 큰 소리로 문안을 드렸다. 그래도 여전히 아무 소리도 없었다. 소진은 덜컥 가슴이 내려앉는 느낌이었다. 소진이 급히 문지방을 넘어 안으로 들어가보았다. 역시 귀곡자는 온데간데없이 보이지 않았다. 다만 방바닥에 두 뭉치의 죽간(竹簡) 두루마리가 놓여 있었다. 〈태공 음부편(太公陰符篇)〉이라고 하는 것이었다. 그 옆에 큼직한 낙엽 한 장이 놓여 있었는데, 거기에 몇 글자가 적혀 있었다.

'너희 둘이 각각 한 두루마리씩 가져가라.'

날개가 다 자라기 전에는

 소진과 장의는 스승 귀곡자가 선물한 〈태공 음부편〉 두루마리를 각각 싸들고 우선 고향으로 내려갔다. 소진은 동주의 낙양으로 가고, 장의는 위나라로 갔다.
 소진이 낙양 집으로 돌아오자 식구들은 소진을 반가워하면서도 한편으로는 섭섭한 기색을 떠올렸다. 소진이 그동안 학문을 깊이 닦아 큰 벼슬자리 하나쯤 얻어 가지고 돌아올 줄 알았는데, 그냥 빈털터리로 귀향하였기 때문이었다. 소진도 노모와 형제, 형수와 제수, 아내 들을 대하기가 민망스러웠지만, 이제 곧 청운의 꿈을 펼칠 자기가 아닌가 하고 마음을 다잡아먹었다.
 식구들과 함께 초라한 저녁 식사를 마치고 소진과 아내는 잠자리에 들었다. 소진은 곁에 누워 있는 아내의 숨결을 느끼며 야릇한 감회에 젖었다. 입신 출세의 학문을 닦기 위해 집을 나섰던 것이 엊그제 같은데 어언 7년의 세월이 흘러가버렸다.
 "여보, 그동안 수고가 많았소. 연로하신 시어머니 모시고 시동생, 시누이들을 돌보느라고 얼마나 심려가 많았겠소?"

소진이 위로의 말을 건네자 아내의 두 눈에는 어느새 눈물이 고였다. 그 눈물만 보아도 아내가 얼마나 고생을 했는가 하는 것을 짐작하고도 남았다. 그리고 이런 모습으로 돌아온 남편을 보고 얼마나 실망을 했을까. 그동안 고생을 하면서도 남편의 금의환향을 기대하며 참아왔을 텐데. 소진의 가슴도 찡하니 아려왔다.

아내는 아무 말도 없이 소진의 품으로 파고들기만 했다. 소진은 아내가 생활고로 인한 고생도 고생이려니와 자신의 욕정을 어떻게 달래왔을까 하는 것이 궁금해지기도 하였다. 7년 동안 남편만을 바라며 정절을 지켜왔을까. 아니면 외간 남자와 몰래 정을 통해왔을까. 식구들이 많아서 그럴 여유도 없었을 것이었다. 소진 자신도 엄격한 스승 밑에서 허튼 짓을 할 틈도 얻지 못했으므로 그동안 주로 꿈을 통하여 욕정을 배설할 수밖에 딴 도리가 없었다.

여자에 굶주릴 대로 굶주린 소진은 허겁지겁 아내를 껴안으며 아내가 입고 있는 누더기 속옷을 벗겨나갔다. 소진도 곧이어 알몸이 되었다.

소진은 우선 아내의 몸을 점검하듯이 머리에서 발끝까지 샅샅이 두 손으로 더듬어보았다. 이전 같지 않게 탄력이 많이 빠져버린 아내의 몸이었지만, 소진의 손이 스치는 구석구석마다 약하게 경련이 일었다.

"여보, 여보."

아내는 거친 숨을 몰아쉬며 더욱 소진의 몸을 끌어안았다.

"여보, 그동안 여자들은 안아보셨는지요?"

아내가 이마를 소진의 배꼽께에 대며 코맹맹이 소리로 물었다.

"안아볼 시간이 있어야지. 우리 스승이 얼마나 엄했는지 취마술에 도통하신 분이라 미리 마음을 알아버리니 딴 짓을 할 수 없지."

얼마 동안의 애무 끝에 아내의 몸이 촉촉이 젖은 것을 확인한 소진은 아내의 몸 위로 올라갔다.
 "아아."
 소진의 몸을 받아들인 아내는 땅이 꺼질 듯한 한숨을 쉬었다. 그 한숨은 차츰 음의 높이를 더하여갔다. 소진은 문득 귀곡에서 듣던 기이한 바람소리를 떠올렸다. 그 바람소리가 아내의 입에서 계속 나고 있는 것이었다.

 소진이 하는 일도 없이 빈둥거리고 있자, 식구들은 차츰 노골적으로 불만을 표시하기 시작했다. 밤마다의 애무로 얼굴이 피어나던 아내마저도 한 달이 지나고 두 달이 지나자 소진을 대하는 태도가 달라졌다.
 "여기 주(周)나라 사람들은 모두 농사일에 힘쓰고 기구를 만들고 장사를 하는 일에 진력하여 2할의 이익을 올리는 것이 보통인데, 당신이란 사람은 돈을 벌 생각은 조금도 하지 않고 늘 입과 혀만 놀리고 있으니 집안 꼴이 이 지경이 될 수밖에 없지 않소."
 아내까지 이렇게 공격하자 소진은 부아가 나기도 하고 자기 신세가 한심스럽기도 하여, 방 안에 틀어박혀 바깥출입을 하지 않았다. 끼니때마다 식구들이 밥을 디밀어주면 그것만 먹을 뿐, 술이나 다른 음식은 일체 요구하지도 않았다.
 식구들이 염려가 되어 살며시 방문 틈으로 들여다보면 소진은 죽간(竹簡)과 견백(絹帛)으로 된 책들을 방바닥에 쌓아두고 그것을 읽기에 여념이 없었다. 밤에 잠도 제대로 자지 않는 듯 소진이 방엔 새벽까지 등불이 밝혀져 있었다.
 다른 식구들은 접근도 잘 하지 못하도록 해서 부득이 소진의 어머니가 하루는 방문을 열고 들어가 도대체 무엇을 하고 있느냐고 물었다. 그러자 소진은 벌게진 눈을 하고 어머니에게 잠긴 목소리로 대답했다.

"어머니, 바로 이 책에 천하를 제패할 비결이 들어 있습니다."

소진이 가리키는 책을 보았지만 어머니는 그것이 무슨 책인지 알 도리가 없었다.

"도대체 무슨 책이기에 그토록 정신 나간 사람처럼 몰두하고 있느냐?"

"이것은 제가 스승을 떠나올 때 스승이 선물한 것입니다. 그런데 이 책을 제대로 보지 않고 있다가 이번에 집중하여 보니 태공망(太公望) 여상(呂尙)이 천하 제후들의 마음을 얻을 수 있는 책략을 기록해놓은 것이었습니다. 이 책의 문자들을 해독하기 위하여 다른 책들도 읽고 있는 것입니다."

"아무리 그렇더라도 몸의 건강을 생각해가면서 읽어야 하지 않느냐?"

"그런 것을 생각할 때가 아닙니다. 스승이 이 책을 또 다른 제자에게도 주었는데, 그 제자가 이 책을 먼저 떼고 천하를 다니며 유세한다면 저는 아무짝에도 쓸모없는 폐물이 되고 맙니다. 그 제자가 이 책을 떼기 전에 어떡해서든지 제가 먼저 떼야 합니다. 그 제자가 저보다 머리가 좋은 것이 확실하므로 저는 살이 무너지고 뼈가 부서지도록 몇 갑절 노력하여야 되는 것입니다."

아닌 게 아니라, 소진의 몰골은 형편이 없었다.

"아무리 그래도 죽고 나면 무슨 소용이 있느냐? 우선 살고보아야지."

"어머니, 저는 이 책을 떼지 않을 바에는 차라리 죽기를 각오하였습니다."

소진은 어머니를 보고 빨리 방을 나가달라는 시늉을 해보였다. 소진의 어머니가 엉거주춤 뒷걸음을 치며 방을 나서려 하다가 소진의 허벅지께의 하의가 벌겋게 물든 것을 발견하고 화들짝 놀랐다.

"아니, 얘야. 허벅지가 왜 그러니?"

소진은 웃옷으로 허벅지께를 가리면서 말했다.

"별거 아니에요. 잠이 올 때 잠이 오지 말라고."

잠이 오지 않도록 대나무 꼬챙이로 허벅지를 찔렀다는 말은 차마 하지 못했다.

"쯧쯧, 천하 제패고 뭐고 사람 목숨이……."

소진의 어머니는 안쓰러운 표정을 지으며 방을 물러났다. 식구들이 어머니에게로 모여들어 소진이 무얼 하고 있더냐고 물어도 어머니는 넋 나간 사람처럼 아무 말도 하지 못했다. 그러다가 한참 만에 '아이고 아이고, 우리 아들 죽겠네' 하고 땅을 치며 통곡하였다.

그렇게 소진은 방에 틀어박혀 책들을 탐독하기를 1년여 동안이나 계속하였다. 그동안 식구들의 마음 고생과 몸 고생은 소진이 집으로 돌아오기 전보다 훨씬 더 심하였다.

소진이 가을에 집으로 돌아와 겨울이 시작될 무렵 칩거에 들어갔는데, 그동안 봄이 지나고 여름이 지나고 가을이 지나 다시 겨울이 다가왔다.

눈이 펑펑 내리던 어느 날 아침, 소진은 방문을 박차고 나와 마당에 우뚝 섰다.

"이것으로 오늘날 천하의 제후들을 사로잡을 수 있다!"

고함을 지르고 있는 소진을 식구들은 놀란 얼굴로 지켜보았다.

소진은 다시금 식구들에게 작별을 고했다. 이번만은 틀림없이 출세를 해서 돌아오겠다고 약속을 하였다. 식구들은 소진이 또 허송세월을 할 것을 염려하여 이곳에서 농사나 지으며 가정을 돌보는 것이 좋지 않겠느냐면서 만류하였다.

그러나 소진의 결심을 바꾸게 할 수는 없었다. 소진은 만류하는 식구들에게 언성을 높이며 공표하였다.

"도대체 선비라고 하는 자가 스승에게 머리를 숙여가면서 글을 배우고도 영화로운 지위에 앉지 못한다면 아무리 많은 책을 읽은들 무슨 소용이 있겠는가. 내 반드시, 글을 배운 선비가 높은 벼슬에 올라야 함을 온 세상에 나타내 보이고자 한다."

그러자 소진의 동생 소대(蘇代)가 형 앞에 무릎을 꿇으며 사정하였다.

"형님이 집을 떠나 계신 동안 우리 식구들이 얼마나 고생을 했는지 형님도 잘 아시겠지요. 이제 형님이 돌아와서 집안 형편이 펴지겠구나 하고 기대를 했는데, 1년간 두문불출하시다가 이렇게 정처 없이 또 떠나가신다니 너무하십니다. 형님의 뜻이 정 그러하시다면 이곳 주나라에서 벼슬자리에 올라보십시오. 주나라 조정도 형님과 같은 인재를 필요로 하고 있지 않겠습니까? 형님이 주나라에서 벼슬을 한다면 우리 식구들이 다같이 호강을 할 수 있지 않겠습니까?"

이러한 소대의 간청 앞에 소진도 어떻게 발뺌을 할 수 없었다.

"그렇게 할 수도 있겠구나. 근데 주나라 임금이 나의 깊은 뜻을 헤아려줄지 모르겠구나. 아무튼 주나라 임금부터 유세해보도록 하지."

식구들은 이제야 얼굴들이 펴지면서 소진이 주나라 조정에 들어갈 때 입을 새 옷을, 빚을 내가면서까지 하여 한 벌 지어왔다. 소진은 주 현왕(顯王)을 알현하여 자기가 천하의 정세를 연구하여 구상한 책략을 진술하였다. 현왕은 그저 가만히 듣고 있기만 하였다. 소진이 말을 마치자 물러가도록 해놓고는 측근 신하들을 불러 소진의 책략을 어떻게 생각하느냐고 의견들을 물었다. 그러자 신하들은 소진의 출생 성분부터 따지며 소진에 대해 좋지 않게 이야기하였다.

"소진이 옷을 번드르르하게 입고 와서 임금님을 뵈었지만, 그는 원래 무지렁이 출신으로 농사나 지으면서 짚신이나 짜면 딱 어울릴 작자이옵니다. 그런 자가 천하를 평정할 계책을 말했다니 가소로울 뿐이옵니다."

결국 현왕은 신하들의 말을 듣고 소진을 등용하지 않았다. 주나라 임금과 신하들은 천자국으로서의 체면에 매여 출생 성분을 중시하였던 것이었다. 그만큼 주나라에는 봉건 신분 계급을 지키려는 구습이 끈질기게 남아 있었다. 이것이 다른 제후국들에 비해 주나라 발전을 더디게 하는 방해 요인인 셈이었다.

소진은 새로운 것은 조금도 받아들이려고 하지 않는 주나라 조정의 분위기가 답답하기 그지없었다. 차라리 이런 조정에는 등용되지 않는 것이 낫다는 생각까지 들었다.

소진이 주나라 조정에 등용되기를 기대했던 식구들은 실망이 컸지만 이제 소진을 붙잡을 수도 없었다. 소진이 돌아오지 않은 셈치고 소진을 자유롭게 내보내는 수밖에 없었다.

주나라를 떠나기 전날 밤, 소진은 이별의 잠자리를 아내와 함께 하였다. 돌아올 기약이 없는 이별이었기에 아내의 마음은 무너져 내릴 것만 같았다. 결혼한 지 10여 년이 지났는데도 워낙 잠자리가 뜸했던 탓인지 아직 자식도 없는 처지라 아내는 마음 붙일 데가 없는 형편이었다.

아내의 마음을 몰라주는 남편이 야속하기 그지없었지만, 사내 대장부가 한번 뽑은 칼은 쉽사리 도로 칼집에 꽂을 수 없는 법, 남편의 출세를 기원하며 또 속절없이 기다리는 수밖에 다른 도리가 없었다.

이것저것 지나온 일들을 생각하니 아내의 눈에서는 하염없이 눈물이 쏟아져 내렸다. 소진도 마음이 착잡하기는 마찬가지였다.

"여보, 울지 마오. 내 이번에는 반드시 출세하여 돌아오리다. 스승께서도 내가 출세할 것을 예언해주었소. 장의라는 제자보다 내가 먼저 출세할 것이라 하였소."

소진이 흐느끼는 아내의 등을 감싸안으며 위로의 말을 늘어놓았다.

"그래, 주나라를 떠나서 어디로 가시려 하오?"

아내가 눈물 젖은 얼굴을 들어 물었다.
"진(秦)나라에 정변이 일어났다 하니 그리로 가려 하오."

소진은 함곡관(函谷關)을 지나 진나라로 들어서면서 호피(虎皮)에 그린 지도를 꺼내 진나라 지형을 다시금 살펴보았다. 진은 험준하고 견고한 산하로 사방이 둘러싸여 있어 가히 천연의 요새라 할 만하였다. 동쪽에 함곡관과 황하가 있고, 서쪽에는 한중(漢中)이 있고, 남쪽에는 파(巴)와 촉(蜀)이 있고, 북쪽에는 대군(代郡)과 마읍(馬邑)이 있고, 거기다가 위수(渭水)가 진나라 땅을 띠처럼 두르고 있었다.

소진은 진나라 지형을 익히면서 진나라 임금인 혜문왕(惠文王)에게 어떠한 말을 하여 그의 마음을 사로잡을까를 연구하였다.

밤이 되어 소진은 어느 마을의 주막에 들어가 하룻밤을 묵게 되었다. 손님도 별로 없고 하여 소진은 주모를 방으로 불러들여 진나라 정세에 대하여 이것저것 물어보았다.

"진나라에 큰 정변이 있었다면서요?"

"그러문요. 효공(孝公) 임금이 죽고 태자가 새로 임금 자리에 오르자 태자의 측근들이었던 공자건과 공손가가 효공 시절 신하들의 비리를 파헤친다면서 날뛰었지요. 자기들도 효공 시절에 신하로 있었으면서 말이에요. 그런 와중에서 정변이 일어난 것이지요."

"그때 희생된 상앙(商鞅)이라는 재상은 어땠나요? 민심은 얻고 있었나요?"

"민심요? 말도 마오. 상앙은 새로운 나라 건설을 위해서는 개혁이 불가피하다고 하면서 억지로 법들을 바꾸고 인정사정없이 법들을 집행하고 했지만 말이에요, 알고 보니 그게 다 자기 재산을 늘리고 자기 친척들에게 봉지를 나누어주려는 수작이었지 뭐에요. 상앙은 임금에게 압력을 넣어 일반 서민들은 상상도 할 수 없는 어마어마한 땅을 차지하기도 했어요. 그래서 땅을 빼앗긴 상(商)·오(於) 지방 농민들이 반란을 일으키기도 했대요."

주모는 주막 일을 하면서 이 사람 저 사람 접촉할 기회가 많아서 그런지 진나라 형편에 관하여 제법 소상히 알고 있었다.

"그래서 백성들은 누가 상앙을 처치해주었으면 하고 평소에도 바라고 있었겠네요?"

"그렇지요. 지금 새로 권력을 쥔 공자건과 공손가의 무리들이 썩 마음에 들지는 않지만, 상앙 같은 사람들을 처벌하는 데는 적격인 셈이지요. 다 상앙으로부터 형벌을 받은 적이 있는 원한 맺힌 사람들이니까요."

주모는 이 정도로 이야기하고 소진에게 술을 더 팔 요량으로 말을 돌렸다.

"조정에서 일어난 이야기 자꾸 해서 뭐 하겠어요? 우리 서민들하고는 아무 상관도 없는 일인데. 자기들끼리 싸우도록 내버려두고 우리는 굿이나 보고 떡이나 먹으면 안 되겠어요? 우리 술이나 마시면서 이야기합시다."

"그러죠. 한 상 더 차려 오시오."

소진도 주모에게서 정세에 관한 정보를 더 빼내기 위해서는 술을 더 팔아주어야겠다고 생각하고 주모의 청을 들어주었다.

주모는 밖으로 달려나가서 술상을 차려 와 소진과 대작할 자세를 취했다. 주모와 소진은 밤이 깊도록 술잔을 주고받으며 이 이야기 저 이야기를 나누었다.

좀 흐트러진 대화들이 오가는 중에도 소진은 혜문왕에 관한 소문이라든지 측근들의 성향 같은 것을 주워들으려고 귀를 곤두세웠다. 소진은, 혜문왕이 무엇보다 선왕(先王)인 효공에 대한 열등감 때문에 큰일을 벌여 자기 과시를 하고 싶어할지도 모른다는 생각을 하게 되었다. 그렇다면 혜문왕의 영웅 심리를 잔뜩 부추겨주는 말을 해야 먹혀들어갈 것이 아닌가.

소진은 진나라를 칭찬하고 혜문왕을 칭찬할 말들을 요리조리 정리해 보았다. 그런데 혜문왕보다 더욱 문제가 되는 것은 왕을 둘러싸고 있는 측근들인데, 그 측근들이 소진을 어느 정도 받아들일지 그것이 염려가 되었다.

술기운이 점점 오름에 따라 혜문왕 만날 일들은 뒷전으로 물러가고 오늘 밤 주모를 요리할 일이 급선무로 다가왔다. 주모도 술기운이 오르는지 뭐라뭐라 중얼거리기도 하고, 노래를 흥얼거리기도 하다가 비스듬히 벽에 기대어 꾸벅꾸벅 졸았다.

주모의 몸은 점점 더 잠 속으로 빠져드는지 이제는 거의 미동도 하지 않았다. 소진은 주모의 몸이 천장으로 향하여 반듯이 누워 있도록 해놓고는 주모의 배를 손으로 슬쩍 쓸어보았다.

"으으음."

주모의 입에서 약한 신음 소리가 새어 나왔을 뿐 다시 잠잠해졌다.

"으음."

이번에는 소진의 입에서 긴 한숨이 새어 나왔다. 소진은 더 이상 참을 수가 없어 급하게 옷을 벗었다.

다음날, 소진은 가뿐한 기분으로 왕궁을 향해 발걸음을 옮겼다. 진나라 임금을 만나면 말이 술술 나올 것만 같았다.

어떻게 어떻게 교섭을 하여 소진은 며칠 후에 혜문왕을 알현하게 되었다.

"그대가 우리 나라를 평온케 할 정책을 진술하겠다고 해서 특별히 만나도록 조처를 한 것일세. 그대가 가지고 있는 구상을 밝혀보게나."

소진은 다시 한번 정중하게 허리를 굽혀 존경을 표한 후, 먼저 진나라 지형의 유리한 점들을 열거하였다.

"이런 지형이면 진나라는 그야말로 천연의 부고(府庫)라고 할 수 있습니다. 이런 지형의 이점을 온 국민이 잘만 활용한다면 진나라가 천하를 병탄할 날은 시간 문제입니다. 임금님은 천하의 제왕으로서 통치할 수 있을 것입니다. 무엇보다 전 국민에게 제가 그동안 연구한 병법을 가르친다면, 천하를 호령하는 막강한 군대로서 패자(覇者)의 나라가 되고도 남음이 있을 것입니다."

소진은 최대한 혜문왕의 허영심을 자극하는 발언을 하였다. 자기가 생각할 때도 좀 황당한 이야기였지만, 우선 혜문왕의 마음을 사로잡고 볼 일이었다. 천하를 제패할 비결을 가지고 있다는데 세상 군주치고 솔깃하지 않을 자가 어디 있겠는가. 그러나 혜문왕은 소진이 예상했던 것과는 영 딴판으로 소심하기까지 하였다.

"나는 새라도 날개가 다 자라기 전에는 높이 날 수 없는 법이다. 진나라는 아직 국내 정국도 안정되지 않고 있는데 천하를 제패할 꿈을 꿀 수가 있는가. 국내 정국을 평정케 할 계책을 말할 줄 알았더니 엉뚱하게도 천하를 병탄할 망상을 펼치고 있구나."

그러면서 혜문왕은 소진을 물러나도록 하였다. 소진은 제대로 자신의 책략을 펼쳐 보이지도 못하고 왕궁을 나오면서 상황 판단이 영 잘못되었음을 인정하지 않을 수 없었다. 자기 자신의 판단을 믿고 섣불리 말했던 것이 후회스러웠지만 이미 때는 늦고 말았다. 스승 귀곡자가 정보를 수집해서 판단할 때 무엇보다 주관적인 판단을 삼가라고 한 것이 기억나서 더욱 마음이 착잡하였다.

소진은 왕을 알현하도록 다리를 놓아준 신하의 집을 찾아가서 자초지종을 보고하면서 왜 혜문왕이 자기 이야기를 들어보려고도 하지 않았는가 그 이유에 대해 질문해보았다.

"그건 말이오, 국내 문제도 제대로 해결하지 못해 고민하고 있는 왕에게 천하를 제패할 책략을 들고 갔기 때문에 그런 반응이 나온 점도 있지만, 근본적으로 상앙 사건을 치른 지 얼마 되지 않아 그 후유증으로 다른 나라에서 온 유세객들을 불신하는 마음이 많았기 때문일 것이오. 상앙도 다른 나라에서 진나라로 온 유세객이었잖소? 아마 공자건이나 공손가를 비롯한 왕의 측근들이 혜문왕에게 또다시 상앙 사건과 같은 일을 겪지 않으려거든 다른 나라에서 오는 유세객들을 조심하라고 단단히 일러두었을 것이오. 그래서 내가 보건대는 상앙 사건 후유증이 가라앉기 전까지는 다른 나라의 유세객들이 진나라 조정에 등용될 전망이 없다는 거요. 그러니 소진 당신도 출세를 하려거든 진나라에서 기회를 찾지 말고 조(趙)나라나 연(燕)나라로 가보는 것이 좋을 것이오."

소진은 진나라 조정이 상앙 사건으로 인하여 큰 진통을 겪었음을 새삼 인식하지 않을 수 없었다. 그리고 자신의 책략에 대하여 근본적인 수정을 가해야 할 시점에 이르렀음을 느꼈다.

〈태공 음부편〉을 다 떼었을 때는 금방이라도 천하의 제후들을 설복시킬 수 있을 것 같았는데, 막상 현실에 부딪쳐보니 〈태공 음부편〉에서도 설명해놓지 않은 여러 요인들이 작용하고 있는 것이었다. 그래서 이론과 현실은 어디까지나 다른가 보다.

소진은 한 나라가 천하를 차지하는 책략을 구상하는 데 시간을 보냈지만, 이제는 국제 간의 현실적인 역학 관계를 면밀히 분석하여 거기에 기초하여 새로운 구상을 짤 필요가 생겼다. 말하자면 지금 각 나라의 군주들은 천하를 제패하고자 하는 큰 꿈을 가지고 있기보다는, 어떻게 하면 다른 나라의 침략을 받지 않으면서 현실 유지를 할 수 있을까에 초점을 맞추고 있으므로 거기에 맞게 책략을 바꾸어야만 하였다.

새로운 구상, 새로운 여자

 소진은 한(韓)·위(魏)·조(趙)·연(燕)·초(楚)·제(齊)·진(秦) 등 전국 칠웅의 경계가 그려져 있는 지도를 놓고 이 일곱 나라가 세력 균형을 유지하는 방도가 무엇일까 궁구하기 시작했다. 이 나라들 중에서 최대의 강대국으로 부상하고 있는 나라는 아무래도 진이라 할 수 있었다.
 혜문왕은 효공과 상앙 시대에 진나라가 얼마나 국력이 강해졌는가를 잘 파악하지 못하고 스스로 아직 날개가 자라지 않은 새라고 표현하였지만, 진나라의 날개는 이미 크게 자라나 있는 형국이라 할 수 있었다. 진나라가 그 날개를 퍼득이며 비상하는 날, 중원의 나라들은 솔개를 피해 달아나는 병아리처럼 겁에 질리고 말 것이었다. 효공 시절 상앙이 무리하게 진나라를 개혁하여 부작용이 많이 있긴 하였으나 그 덕택에 나라가 부강해지는 기초를 놓았다고도 할 수 있었다.
 상앙은 자기가 주도한 개혁의 부작용 때문에 처형당하였지만, 상앙을 처형시킨 혜문왕의 측근들은 사실 상앙이 이루어놓은 열매들을 따먹고 있는 셈이었다.

하여튼 소진이 볼 때 진나라가 큰 야심을 품고 일어날 시기가 머지않은 것은 분명하였다. 나머지 여섯 나라들이 미리 진나라에 대비를 하지 않으면 언젠가는 모두 진나라의 밥이 되고 말 것이었다. 진나라를 견제하기 위해서는 여섯 나라가 각자 대처한다든지 부분 동맹을 맺는다든지 해서는 어림도 없는 일이었다. 여섯 나라가 함께 뭉치지 않으면 안 되었다. 이것이 소위 합종책이었다.

이 합종을 이루는 데는 기존의 왕들은 적합한 인물들이 아니었다. 가령 조나라의 임금이 나머지 다섯 나라들을 돌아다니며 합종을 설득한다면, 다른 나라의 임금들은 조나라에 주도권을 뺏기는 것 같고 조나라의 꿍꿍이속을 알 수 없어 동의하기가 힘들 것이 분명하였다.

합종을 이루는 데 적합한 인물은 무엇보다 한 나라를 다스리는 군주이어서는 안 되고, 한 나라의 벼슬자리를 차지하고 있는 인물이어서도 안 될 것이었다. 어떤 나라의 이해관계에도 매이지 않는 인물, 어떤 나라의 벼슬자리에도 오른 적이 없는 인물, 어떤 나라의 상황에도 정통한 인물, 그리하여 어떤 나라의 벼슬자리에도 오를 수 있는 인물이야말로 합종책을 펼치는 데 알맞은 인물이라 할 수 있었다.

이런 인물을, 소진 자기를 제외하고 어디서 찾을 수 있단 말인가. 소진은 여섯 나라 중 어디에도 속하지 않는 동주(東周) 출신이 아닌가. 이미 몰락할 대로 몰락하여 천자국의 면모마저도 잃어버린 지 오래인 동주 출신이므로 다른 나라 제후들이 부담 없이 받아들일 수 있는 이점이 있었고, 또 소진은 한 번도 한 나라의 벼슬자리에 오른 적이 없었다. 거기다가 천하 제국들의 정치·경제·사회·풍속 들을 꿰고 있지 않은가.

소진은 합종을 이룬 연후에 어떤 나라에도 속하지 않으면서도 그 모든 나라에 속하는 재상(宰相) 자리에 오르는 자신을 상상해보았다. 말하자면 여섯 나라를 총괄하는 재상인 셈이었다. 한 군주에 매이지 않으면서 이 군주와 저 군주를 연결시켜주고, 이 나라 저 나라를 부지런히 다니며 합종의 끈을 더욱 든든히 매는 일을 감당하게 될 자신은 사실 여섯 군주들 위에 있다 하여도 과언이 아니었다. 이것이야말로 실질적인 패자(霸者)가 아니고 무엇인가.

소진은 가슴이 터질 듯하여 견딜 수 없었다. 크게 심호흡을 하며, 지도를 펼쳐놓고 보고 있던 소진이 방을 뛰쳐나왔다. 전에도 〈태공 음부편〉을 떼고 나서 방을 뛰쳐나와 눈 내리는 마당에 서서 외친 적이 있었는데, 이번에는 더욱 확신을 가지고 소리쳤다.

"소진은 여섯 나라의 재상이다!"

소진은 기대에 차서 우선 조나라로 갔다. 그 당시 조나라는 수도를 진양(晉陽)에서 한단(邯鄲)으로 옮기고 주로 북방 정책에 힘쓰고 있었다. 북쪽에 위치한 조나라는 적(狄)·흉노(匈奴)·누번(樓煩)·임호(林胡)들과 경계를 맞대고 있었기 때문에, 그 오랑캐 족속들을 제압하고 그들의 땅을 개척하여 조나라 백성들을 이민시키는 일에 큰 비중을 두고 있었다.

소진이 조나라로 와서 임금인 숙후(肅侯)를 만나보려고 여러 방면으로 교섭해보았으나 여의치 않았다. 그래서 신하들에게 알아본 바 조나라 실권은 숙후보다도 재상으로 임명된 숙후의 동생 봉양군(奉陽君)이 쥐고 있다는 사실을 알게 되었다.

소진은 봉양군을 거치지 않고는 숙후를 알현할 수 없음을 눈치채고 봉양군의 처소를 찾아갔다. 봉양군은 궁궐 못지않은 어마어마한 저택에서 살고 있었다. 간신히 봉양군을 배알하게 된 소진은 자기가 숙후를 만나 아뢰올 말씀의 취지를 대강 알려주며 북면(北面)의 기회를 달라고 간청하였다.

소진이 대략적으로 합종책의 개요에 관해서 들려주자 봉양군은 심히 놀라는 기색을 띠었다. 그것은 감탄의 표정도 아니고 배척의 표정도 아니었다. 말하자면 시기의 표정으로, 소진이 숙후를 알현하여 합종책에 관하여 말하면 소진을 높은 자리에 등용시킬지도 모른다는 우려가 내포된 것이었다. 봉양군은 자기보다 잘난 사람은 결코 임금에게 추천하지 않는 사람이었다. 소진이 봉양군에게 따돌림을 받은 것은 말할 필요도 없었다. 소진은 봉양군에게 합종책의 개요나마 설명했던 것을 후회하면서 저택을 물러나왔다.

소진은 조나라 조정과 백성들이 어떤 형편에 있는가 하는 것을 금방 알 수 있을 것 같았다. 임금이 분별 없이 그릇이 되지 않는 동생을 재상 자리에 올려놓고 동생이 무슨 짓을 하고 있는지 제대로 감독하지 않음으로써 동생에게 실권이 넘어가도록 하고 있는 것만 보아도, 나라 꼴이 어떻다는 것은 명약관화한 일이었다.

소진은 자신의 합종책이 제후들에게 전달되기도 전에 인(人)의 장벽에 부딪쳐서 좌절되는 것은 아닌가 하고 초조한 마음 금할 길이 없었다. 조나라가 아닌 다른 나라들도 임금 주위에 봉양군과 같은 인의 장벽이 쳐져 있지 않다고 보장할 수 없는 일이었다. 그리고 임금들을 설득시키고자 나선 마당에 재상 하나 설득시키지 못하는 자신을 생각할 때, 앞으로 헤쳐나가야 할 인의 장벽이 얼마나 두터울까 깊이 염려가 되기도 하였다.

그동안 익힌 취마술도 시기심으로 가득 찬 봉양군과 같은 사람을 설득시키는 데는 한계가 있다는 사실을 인정하지 않을 수 없었다. 소진 자신이 합종책에 너무나 깊이 빠져 있었으므로 누구나 합종책의 개요만 들어도 솔깃해 할 것이라 여겼는데, 그것은 어디까지나 자기 도취인 셈이었다.

소진은 한단 거리를 걸으면서 자꾸만 낙망하려는 마음을 다잡느라고 애를 썼다. 얼마만큼 길을 가다가 어느 우물가에서 여자들이 물을 길으며 수군거리는 소리를 듣게 되었다. 소진은 조나라 민심도 읽을 겸 해서 슬그머니 그 여자들에게로 접근하였다.

"저, 물 한 바가지 마실 수 있겠습니까?"

소진이 타는 입술을 혀끝으로 문지르며 여자들을 향하여 부탁하였다. 여자들은 소진의 아래위를 훑어보고는 잠시 킬킬거리다가 한 아가씨를 쳐다보며 말했다.

"애, 말애(末愛)야, 서방님에게 물 떠드려라."

아가씨의 얼굴이 빨개지자 여자들은 더욱 재미가 나서 웃음보를 터뜨렸다. 조나라 여자들은 북방의 오랑캐들과 접촉이 잦아서 그런지 보통 중원의 여인네들 같지 않게 활달한 데가 있었다. 옷차림도 훨씬 간편하게 차리고들 있어 어찌 보면 전부 화냥년처럼 보이기도 하였다.

얼굴이 발개진 아가씨는 그중에서도 순진한 구석이 비쳐 보이는 여자였다. 소진에게 물바가지를 건네면서도 얼굴을 제대로 들지 못했다. 소진이 한옆에서 물을 마시고 있는 중에도 여자들은 연방 아까 하던 이야기를 떠들어대고 있었다.

"그러게 말이야, 봉양군이 재상을 하고 있으니 우리 나라가 이 모양이 꼴이지. 젊은 날 난봉이나 피우며 돌아다닌 작자가 어떻게 나라 일을 돌볼 수가 있겠어?"

"한심하지 한심해. 임금님은 자기 동생이 무슨 망나니짓을 하고 있는지 아는지 모르는지. 그런데 말이야, 동쪽 연나라 임금님은 그렇게 정치를 잘한다면서? 인척이라고 해서 마구잡이로 벼슬자리에 앉히는 짓은 하지 않는대."

연나라? 소진은 우선적으로 연나라를 생각하지 못한 자신이 이상할 지경이었다.

"감사합니다."

새로운 구상, 새로운 여자 **199**

소진은 아가씨에게 다시 물바가지를 건네주며 아가씨의 얼굴을 비로소 찬찬히 살펴보았다. 아가씨가 얼굴을 숙이고 있어 정확히 볼 수는 없었지만, 얼굴 윤곽이 뚜렷한 게 보기 드문 미인으로 여겨졌다. 마침내 아가씨가 얼굴을 들어 소진을 흘끗 쳐다보았다. 아닌 게 아니라, 어디 왕실의 공주처럼 귀티가 흐르는 얼굴이었다. 얼굴이 그러니 몸 전체에도 귀티가 흐르는 듯하였다. 아가씨는 소진의 시선을 느끼는지 얼른 몸을 돌려 우물가로 다가가 물을 긷는 데 열중하는 체하였다.

물을 다 마셨는데도 선뜻 가지 않는 소진을 여자들은 의아한 듯 바라보았다.

"물을 마셨으면 가셔야지, 왜 그러고 있소?"

그중에서 나이가 듬직한 여자 하나가 소진에게 물었다. 여자들은 물을 담은 항아리를 머리에 일 준비를 하고 있었다.

"아, 네, 가야지요. 그런데 연나라로 가려면 어디로 가는 것이 가장 빠른 길이겠소?"

소진이 엉겁결에 연나라로 가는 길을 물었다.

"우리도 연나라를 가보았어야지."

여자들이 머리를 가로저으며 우물가를 물러나려 하였다. 그때 소진에게 물바가지를 건넸던 아가씨가 작은 목소리로 중얼거리듯이 말했다.

"저희 오빠가 연나라에 살고 있는데……."

"그래, 아가씨는 연나라에 가보았소?"

소진이 다급하게 묻자 아가씨는 고개를 가로젓기만 하였다.

"저희 오빠가 오랜만에 집에 들른다는 기별이 와서……."

"언제 온다고 했습니까?"

"기일은 딱 정하지 않았지만 불원간 오시겠지요."

"저어……."

소진은 침을 한 번 삼킨 후 점잖게 부탁하였다.

"실례가 될지 모르겠지만 아가씨의 오빠가 올 때까지 아가씨 집에 머물 수 없겠습니까? 오빠가 다시 연나라로 돌아갈 때 나도 따라가면 그것보다 더 좋은 일이 없겠는데."

소진은 다른 방면을 통해서도 연나라 가는 길을 알아볼 수 있었지만, 어쩐지 그 아가씨의 집에 머물고 싶은 마음이 일었다. 여자들은 아가씨와 소진을 번갈아 보면서 묘한 미소들을 떠올렸다.

"아버님께 말씀드려볼게요."

아가씨의 인도를 받은 소진은 연로한 아가씨의 아버지에게 문안을 드리고 연나라로 가는 나그네임을 밝혔다.

"보아하니 여기 조나라 사람은 아닌 것 같은데 어디서 오는 길이오?"

아가씨의 아버지가 아가씨보고 술상을 차려 오게 하여 소진과 대작을 하면서 소진의 신상에 대하여 이것저것 묻기 시작했다.

"저는 사실 동주 사람이온데 뜻한 바가 있어 연나라로 가려 합니다."

소진은 이 정도만 이야기하고 더 이상의 이야기는 하지 않으려 하였다. 그런데 노인네는 계속 소진의 뜻한 바가 무엇인지 캐묻다시피 하였다. 소진이 그저 그렇다고만 애매하게 이야기하자 이번에는 지나가는 말인 것처럼 물었다.

"그래, 어떤 스승에게서 배웠소?"

"귀곡자(鬼谷子)라는 분이었습니다."

소진은 조나라 구석에 있는 이 노인네가 귀곡자를 알까 싶어 무심코 스승의 이름을 대버렸다.

"뭐, 귀곡자?"

노인네는 손에 든 술잔을 내려놓으며 놀라는 표정을 지었다.

"스승을 아십니까?"

"알다마다. 한때는 막역한 친구였지. 동네 친구 말이오. 그런데 그 친구는 어릴 적부터 남달랐다오. 난 그 친구를 얼마나 우러러보았는지 몰라요. 같은 또래인데도 난 그 친구를 시기한 적이 한번도 없었을 지경이오. 그만큼 그 친구는 나를 압도해버렸소. 그래서 우리는 그 친구가 큰 인물이 될 것으로 믿어 의심치 않았소. 그런데 여러 나라를 다니면서 공부를 하고 고향으로 잠시 돌아온 후 어디론가 훌쩍 떠나버렸소. 소문에 의하면 귀곡(鬼谷)이라는 골짜기로 들어가 귀곡자라는 별명을 들으며 제자들을 양성한다고 들었소. 이마에 작은 혹이 있고, 눈이 부리부리하고, 키가 자그마했지."

"우리 스승님이 맞는 것 같습니다. 스승님의 친구를 이렇게 만나다니. 그저 감개무량합니다."

"그래, 지금 그 친구, 여전히 제자 양성에 힘쓰고 있는가?"

소진의 얼굴이 갑자기 침울해졌다.

소진은 노인에게 자기가 귀곡자를 떠나게 된 경위 같은 것을 들려주며, 떠나올 때 스승의 얼굴도 보지 못했음을 실토하였다.

"그날 오두막에서 보지 못했다면 그는 어디로 갔는가?"

"잘 모르겠습니다. 제 느낌으로는 더 깊은 산중으로 들어간 것이 아닌가 여겨집니다. 마지막으로 신선의 도에 관해 언급하셨던 것을 기억합니다."

"신선의 도?"

노인은 더 이상 묻지 않고 고개만 끄덕였다. 노인은 많이 늙었지만 어딘지 모르게 기품이 있어 보였다. 소진은 아까 아가씨의 몸매에서 귀티가 엿보이던 것을 떠올리며 노인의 이력에 대해 물어보았다.

"난 여기가 아닌 딴 나라에서 벼슬을 했던 몸이오. 그 나라에 간신배들이 득시글거려 사직을 하고 정처 없이 이곳으로 내려왔소. 고향으로 내려가기도 창피해서 이렇게 낯선 데로 온 것이오."

"어느 나라였습니까?"

소진이 이렇게 물어도 노인은 나라 이름은 말하려 하지 않았다. 노인은 사직을 하고 내려왔다지만 어쩌면 정변에 휩쓸려 피치 못해 이곳으로 왔는지도 몰랐다. 진나라에서 벼슬을 하다 상앙으로 인해 정변이 일어났을 때 떠나왔을 수도 있고, 재상 신불해(申不害)가 죽은 후 어수선해진 한나라에 있다가 이곳으로 왔을 수도 있었다. 아니면 소진이 전혀 예상치도 못한 나라에서 벼슬을 했는지도 몰랐다.

"부인은 어디 계십니까?"

아까부터 궁금하던 질문을 내놓았다.

"아내는 그 나라에서 떠나올 때 죽었소."

노인은 자기 아내의 죽음에 대해서도 구체적인 이야기를 해주지 않았다.

"그 와중에서 사위도 죽었소."

노인이 처음으로 '와중'이라는 말을 사용하였다. 분명히 정변 같은 것을 겪었음이 틀림없었다.

"사위라면?"

"아까 그 아이의 남편 말이오."

노인은 길게 한숨을 쉬었다. 숫처녀로 보이던 아가씨가 미망인이란 말인가. 소진의 마음도 야릇해졌다.

"자네가 기곡지의 제지기 분명하다면 틀림없이 출세를 할 길세. 출세를 하려거든 나같이 바람을 타는 곳에 있지 말고 아예 저 높은 자리에 올라 웬만한 바람은 그저 저 아래로 지나가버리도록 하란 말이야. 무슨 말인지 알겠는가? 나처럼 되려면 처음부터 벼슬자리에 오르지 않는 것이 낫지."

이제 노인은 소진을 마치 아들 대하듯 하며 충고하였다.

"어디 바람을 타지 않는 곳이 있겠습니까? 상앙도 진나라에서 보통 바람이 미치지 못하는 높은 지위에 올랐지만, 하늘에서 떨어지는 바람에 날려가버리지 않았습니까?"

"날려가려면 상앙처럼 날려가야지, 나처럼 어설프게 이렇게 되어서는 안 된다는 말이지. 그런데 말이오."

노인은 다시 말을 높이며 소진 쪽으로 몸을 기울였다.

"자네가 귀곡자의 제자라 해서 내 부탁하는데, 우리 딸아이 좀 맡아주시오."

소진은 갑작스러운 제안에 얼떨떨하기만 하였다. 더군다나 자기는 이미 결혼을 한 몸이 아닌가.

"저는 아내가 있습니다."

"누가 아내가 없다 그랬나? 내 딸아이를 첩으로라도 받아달라는 말일세. 자네는 틀림없이 크게 성공을 할 것일세. 나는 이제 얼마 있지 않아 이 세상을 뜰 것인데 딸아이를 부탁하네. 제 오빠가 있지만 소금 장사하면서 자기네 식구들 먹여 살리느라고 정신이 없는 형편이네."

"저도 아직 자리를 제대로 잡지 못하고 떠돌아다니는 신세에 불과합니다. 그런데 어떻게 따님을?"

소진은 계속 사양하는 투로 이야기하였다. 그러나 한편으로 그 아가씨를 첩으로 얻고 싶은 마음이 간절하기도 하였다.

"지금 당장 맡아달라는 말이 아니라 약속을 해달라는 말일세. 자네가 벼슬자리에 오르면 그때 나와의 약속, 자네 스승의 친구와의 약속을 기억하고 내 딸아이를 데리러 와달라는 말일세."

이렇게까지 사정을 하는 노인의 청을 소진은 차마 뿌리칠 수 없었다. 아니, 뿌리치고 싶지 않았다.

소진은 한동안 깊은 생각에 잠긴 것처럼 침묵 속에 있다가 마침내 무겁게 입을 열었다.

"정 그러시다면 어르신의 청을 받아들이겠습니다. 그 대신, 제가 연나라로 갈 노자를 좀 마련해주십시오. 그리고 제 심부름을 할 종 한 사람 붙여주십시오."

"음, 그건 어렵지 않네. 이렇게 쫓겨오다시피 했어도 그만한 것은 마련할 수 있네. 다만 약속은 꼭 지켜주게나. 내가 저 세상에 가서도 자네가 약속을 지키나 안 지키나 눈여겨볼 것일세. 알겠는가."

노인의 눈에는 어느새 술기운과 함께 눈물이 배어들었다. 소진은 문득 스승 귀곡자는 어떻게 되었는지 궁금하여졌다. 귀곡의 바람을 타고 홀연히 선계(仙界)로 날아올랐는가. 그리하여 지금 선인(仙人)이 되어 자유자재로 여기저기 나타나고 있는 것은 아닌가. 소진은 자기 맞은편에 앉아 있는 노인이 귀곡자가 둔갑하여 나타난 것은 아닐까 하는 이상한 상상을 해보기도 하였다.

"알겠습니다. 어르신에게 한 약속은 꼭 지키겠습니다."

소진은 마치 스승에게 말하듯이 정중하게 아뢰었다.

"그럼 그 약속의 표시로 오늘 밤 내 딸아이의 방으로 들게나."

"네?"

소진은 심장이 멎는 기분이었다.

"딸아이에게는 내가 말해놓겠네. 그 아인 지금껏 내 말을 거역한 적이 없지."

노인이 주섬주섬 일어나더니 딸이 기거하는 아래채로 내려갔다. 소진은 술상에 남아 있는 술을 마저 들이켜며 흥분되는 가슴을 심호흡으로 쓸어내렸다. 소위 무지렁이 출신에 불과한 소진은 이때껏 그 아가씨와 같이 귀티 나는 여자를 안아본 적이 없었다. 경험해본 여자라고는 농사

꾼에 불과한 아내와 주모 같은 여자들밖에 없었다.

　노인이 다시 돌아왔다. 그러고는 아무 말도 없이 그저 건너가보라고 눈짓했다. 소진은 어깻숨을 또 한번 쉬고 나서 천천히 방문을 밀고 바깥으로 나왔다. 초여름 밤하늘에는 은하가 눈부시게 흐르고 있었다. 이제 곧 은하처럼 눈부신 여자를 안아볼 것이었다. 소진은 아래채로 조심조심 다가갔다.

　아래채에는 등잔 불빛이 새어 나오고 있었다.

　"으흠."

　소진은 헛기침을 한 번 하고 방으로 바짝 다가갔다가 다시 방향을 틀어 마당으로 물러났다. 안채에서는 술기운이 오른 노인이 읊조리는 노랫소리가 간간이 새어 나오고 있었다.

　　좋은 규수 나라에 있으니
　　상제(上帝)의 누이를 닮았는가
　　길(吉)하다는 괘를 얻어서
　　위수(渭水)가에서 맞이하도다
　　배를 이어 다리를 놓고
　　화려한 예식 올리네

　노인은 《시경》〈대아편(大雅篇)〉의 노래를 부르고 있었다. 〈대아편〉의 노래는 고위 공직자 생활을 해보지 않은 사람은 익숙하지 않은 노래인데, 노인은 귀에 익은 듯 술술 읊조리고 있었다. 그런데 문왕(文王)이 왕후를 맞이하는 내용의 그 노래를 노인은 좀 구슬프게 부르고 있는 것이었다.

　소진도 다소 쓸쓸한 기분을 떨쳐버릴 수 없었지만, 드디어 용기를 내어 방문을 가볍게 두드렸다. 그러자 기다렸다는 듯이 방문이 조용히 열렸다. 소진은 방문 안으로 빨려들어갔다. 아가씨, 아니 여인은 잠자리를 단정하게 펴놓고 다소곳이 앉아 있었다. 그 자세는 신방에서 신랑을 맞이하는 신부의 자세 그것이었다.

소진은 갑자기 어색해져서 방을 도로 나가고 싶은 충동을 느꼈으나, 바깥에서 계속 들려오는 노인의 노랫소리가 소진을 붙들고 있었다. 노인은 그렇게 노래를 부름으로써 딸의 초라한 혼인식을 축하해주고 있는지도 몰랐다.

소진은 여인 가까이 앉아 짐짓 태연한 척해 보였다.

"아까 낮에 아가씨라 부른 것 실례했소. 워낙 얼굴이 고와서 그만."

"지금은 실망하셨겠네요?"

여인이 발갛게 상기된 얼굴로 또박또박 말을 받아냈다.

"실망했으면 내가 여기 왔겠소?"

여인은 진심이 담긴 듯한 소진의 말에 감격해서인지 맑은 눈망울에 물기가 비쳤다. 소진은 자기가 집을 떠나올 때 아내의 눈에 어리던 눈물을 상기하였다. 여인들의 생애는 남자들의 그것보다 더 슬픔이 많은지도 몰랐다. 이 여인도 그동안 얼마나 고초를 당해왔을까. 구체적인 사정은 알 수 없는 변란 속에서 어머니와 남편을 한꺼번에 잃고 아버지와 단둘이 살고 있는 여인의 가슴속에 맺힌 비애는 필설로 다 표현하지 못할 것이었다.

소진도 여인의 비애에 전염된 듯 가만히 한숨만 쉬며 아무 말이 없었다. 노인에게 물어보지 못한 사연을 여인에게 더 물어보고도 싶었지만, 여인의 마음만 아프게 할 것이 확실하므로 거기에 대해서는 더 이상 묻지 않았다. 그런 분위기로 인해서인지 소진의 마음 가운데에는 여자를 탐하는 욕정 같은 것은 사그라들었다. 여인의 상처를 지나치게 건드리지 않는 범위 내에서 이야기를 나누며 밤을 새우고도 싶었다. 그런데 여인이 속삭이듯이 물어왔다.

"등잔불을 끌까요?"

"음."

소진은 입에서 이상한 소리를 냈다. 하지만 여인은 그렇게 하라는 의미의 대답인 줄 알고 살며시 불 덮개로 등잔을 껐다. 하늘에서 내려온 달빛, 별빛들이 방문가에 어른거릴 뿐 방 안은 어둠 속으로 잦아들었다. 그러나 그 어둠은 달콤한 어둠이었다. 여인은 몸 어딘가에 향낭을 차고 있음이 분명하였다. 아니면 선천적으로 여인의 몸 어느 구석에서 그런 향긋한 냄새가 나는지도 몰랐다. 그 냄새에 끌려 소진은 여인에게로 더욱 다가가고 말았다.

"부인의 아버지는 나의 스승과 친구지간이라 하였소. 나는 부인의 아버지를 대하면서 스승을 대할 때 느끼던 푸근한 감정을 느꼈소."

소진은 어느새 여인을 부인이라고 부르고 있었다.

"참으로 묘한 인연이군요. 아버지가 저를 빨리 재혼시키는 이유가 있어요."

여인이 소진의 두 손을 자기 어깨에 받아들이면서 조용히 중얼거렸다.

"아버님은 이제 얼마 살지 못할 것 같다면서 나에게 부인을 부탁하셨소."

소진이 두 손으로 여인의 어깨를 가만히 끌어당겼다.

"꼭 그런 이유 때문만은 아니에요."

"무슨 다른 이유가 또 있소?"

"이곳 현령이 저를 탐내고 있다는 것을 아버님이 아시고 계시기 때문에 더욱 그러시는 거예요."

"현령이 나보다 훨씬 좋은 조건이 아니오?"

"아버님 말씀이, 귀곡자의 제자는 현령과는 비교도 안 될 만큼 높은 벼슬에 오를 것이라고 하셨어요."

소진은 노인의 욕심이 대단하다 싶었다. 권세의 맛을 한번 본 사람은 거기에 대해 환멸을 느낀다고 말하면서도 여전히 그것을 동경하는 모양이었다. 그러한 낌새는 여인에게서도 느낄 수 있는 것이었다. 어쩌면 소진이 차지할 권세를 이용하여 자기들의 원수를 갚고자 하는 음모가 있을지도 모를 일이었다. 소진은 그렇게 생각이 비약되는 것을 막기 위해서라도 여인을 끌어안아야만 하였다. 여인의 몸이 소진에게로 무너져 내렸다. 여인의 몸 전체가 향낭이 된 듯 향긋한 냄새가 소진의 의식을 마취시켰다. 그 향기에는 사향이 섞여 있는지 소진은 어느새 온몸이 흥분되는 것을 느꼈다.

여인과 몸을 섞지 않고 밤새도록 이야기만 하리라던 생각은 이제 온 데간데없었다.

그런데 여인은 좀체 몸을 열려고 하지 않았다. 여인이 함께 흥분해주기를 바랐지만, 소진 자기만 흥분하고 있는 것을 순간순간 의식하지 않을 수 없었다.

끝내 여인은 색정적인 몸짓을 보이지 않았다. 소진 혼자 허겁지겁 일을 마쳐야만 하였다.

마침내 연나라에서 여인의 오빠가 집으로 왔다. 몸집이 실팍하게 생긴 그 사람은 마흔을 넘은 것 같았는데, 제나라에서 소금을 사와 언니리 등지에 팔면서 제법 이윤을 남기는 모양이었다. 그리고 수시로 집으로 와서 생활비를 보태주고 가는 듯싶었다.

노인네가 아들을 불러들여 소진에 관해서 이야기해주었는지 그 이후부터는 그 사람이 소진을 대하는 태도가 달라졌다. 이미 소진이 연나라 재상이라도 된 양 깍듯이 예의를 표하였다.

　소진은 언제까지나 이 집에 머무를 수 없다고 생각하고 연나라로 갈 채비를 차렸다. 노인은 약속대로 소진을 돌보아줄 종 한 사람을 붙여주었다. 그런데 연나라까지 안내해줄 줄 알았던 여인의 오빠는 조나라에서 장사할 일이 남아 있어 함께 동행하지 못할 형편이었다. 그러나 노인이 붙여준 종이 연나라 지리에 밝은 사람이었기에 여정은 별 어려움이 없을 것 같았다. 여인의 오빠도 종에게 연나라 지리에 대해 다시금 주의를 환기시켜주었다.

　소진은 여인의 오빠와 이틀 정도 같이 있는 동안 연나라 정세에 대한 정보를 주워들으려고 자주 이야기할 기회를 가졌다.

　"지금 연나라를 다스리고 있는 임금이 그렇게 선정을 베풀고 있다고 소문이 자자하던데 그게 사실입니까?"

　소진이 여인의 오빠에게 술잔을 권하며 넌지시 물었다.

　"물론 그렇다고 보아야지요. 원래 연나라가 다른 나라의 침략을 별로 받지 않는 가운데 안락하고 무사한 세월을 보내고 있으니 임금이 정치를 잘해서 그런 줄 아는 것은 당연하지요. 하지만 임금 때문에 다른 나라들이 침략하지 않는 것이 아니라 연나라의 지리적인 이점 때문에 그렇지요."

　여인의 오빠는 장사치로 살고 있는 사람치고는 전체적인 상황을 바라보는 눈이 있었다.

　"그 점은 나도 동감입니다. 지금 중원을 노리고 있는 나라가 진나라라고 볼 수 있는데, 진나라가 연나라를 치려면 조나라를 통과하든지 저 북쪽 지역을 둘러 오든지 하는 방법밖에 없지요. 또한 조나라를 통과하려면 조나라와 싸워야 하는 부담이 있지요. 최근에 진과 조가 다섯 차례 싸워 진이 두 번 승리하고 조가 세 번 승리하였지요. 승자고 패자고 간에 한번 전쟁을 치르면 양쪽 다 피폐해지기는 마찬가지 아닙니까? 그런데 어떻게 조나라와 한바탕 전쟁을 치른 진나라가 연나라를 침공해 올 생각을 하겠습니까? 설사 침공해 온다 하더라도 지친 나머지 패할 것은 정한 이치가 아닙니까? 그리고 북쪽 지역으로 둘러오려면 운중(雲中)·구원(九原) 지방을 넘어 대(代)·상곡(上谷) 지역을 통과하는 수천 리의 장정에 올라야 하는데 그것 역시 무모한 모험에 불과합니다. 설사 그렇게 해서 연나라를 차지한다고 한들 진나라가 연을 계속 다스려나갈 방도는 없는 것입니다. 그러므로 진나라가 연을 침공해 온다는 것은 중원 제국을 다 차지한 연후가 아니면 불가능한 일로, 가능성이 희박한 것으로 보아야 할 것입니다."

"그러게 말입니다. 연나라는 천연적인 이점으로 지금껏 태평성대를 누리고 있지요. 문제는 바로 국경을 대하고 있는 조와 제인데, 아직 별 문제는 없는 편이지요."

여인의 오빠는 어쩌면 이전에 병법을 공부했는지도 몰랐다. 소진의 말귀를 척척 알아들으며 대꾸하였다.

여인의 오빠가 병법을 공부했다면 연나라의 군사력에 대해서도 제법 알고 있을 것 같아 소진은 거기에 관해서도 물어보았다.

"연나라 국토가 사방 2천여 리인데, 그것을 지키는 갑사(甲士)들은 얼마나 됩니까?"

갑사라고 하는 것은 갑옷과 창칼로 무장한 군사들을 가리키는 말이었다.

"적어도 30만은 넘을 것입니다."
"병거(兵車)는 몇 승(乘)쯤 있다고 여겨집니까?"
"6백 승은 될 것입니다."
"군마는요?"

"4천 필 정도 될 것입니다."

"연나라 병력도 어지간하군요. 연나라 주산물은 무엇입니까?"

"갈석산이 바라보이는 해안에는 각종 해산물이 나오고, 북쪽 지역에는 주로 대추와 밤이 많이 나오지요. 그래서 백성들은 농사를 짓지 않아도 대추와 밤으로 주식을 삼으며 넉넉히 생활할 수 있지요. 적어도 연나라에서는 굶어죽을 염려는 없지요."

"동해 바다 건너에 있는 조선(朝鮮)과는 교류가 있습니까?"

소진은 연나라 동해안의 바닷물을 떠올리면서 이런 사항까지 물어보았다.

"조선요? 사실 연나라가 중원 제국의 침략도 받지 않고 안락하니까 슬그머니 조선에 대하여 욕심을 내고 있지요."

"무슨 일이 있었습니까?"

"글쎄, 얼마 전에 번한(番韓) 지역의 조선왕 해인(解仁)이 연에서 보낸 자객에 의해 살해되어 그 왕위 계승을 둘러싸고 치열한 암투가 벌어졌다고 하더군요. 연에서 볼 때 해인이 영 마음에 안 들었던 모양이지요. 그렇게 어수선한 틈을 타서 연나라 군사들이 샛길로 쳐들어가 안촌홀(安村忽)을 치고 또 험독(險瀆)을 쳤는데, 조선 군사들이 분발하여 연의 군대를 치는 바람에 패주했다더군요. 결국 연이 조선에 사신을 보내 사죄하고 그 사죄의 표시로 연나라 공자(公子)를 볼모로 보내기도 했대요. 조선이 연나라 공격을 받자 백두산이 밤에 온 세상이 울리도록 크게 울고, 산의 계곡 물이 넘쳐 흘렀다고 하더군요. 아마 조선의 백두산은 영산(靈山)인 모양입니다."

"조선을 건드리고 하면서 국력을 낭비하면 곤란할 텐데."

소진은 뭔가 자기 나름대로 구상을 하는 듯 눈을 지그시 감고 침묵에 잠겼다.

"오라버님, 오라버님, 아버님이 찾으시는데요."

방 바깥에서 여인의 목소리가 들려왔다.

마침내 소진은 종과 함께 연나라로 떠났다. 여인의 식구들이 동구 밖까지 따라나왔는데 여인의 눈에는 어느새 물기가 내비쳤다.

"내, 꼭 출세를 한 후에 당신을 데리러 오리다."

소진은 여인에게 다시금 약속을 하며 여인의 손목을 잡았다. 노인은 소진에게 조그만 비단 주머니를 건네주었다.

"이게 무엇입니까?"

"한번 주머니를 열어보게나."

소진이 주머니의 입구를 열어 그 안에 들어 있는 내용물을 들여다보았다.

"아니, 이건 짐승의 발톱이 아닙니까?"

소진이 의아한 표정을 지으며 노인을 쳐다보았다. 노인은 빙긋이 웃으며 물었다.

"무슨 짐승의 발톱 같은가?"

"글쎄요. 짐승에 관해서는 잘 몰라서. 혹시 호랑이 발톱이 아닙니까?"

"그래도 알아맞히는군. 그게 호조(虎爪)야, 호조."

"그런데 이걸 왜 저에게 주십니까?"

"일종의 부적이지. 호조를 차고 있으면 아무리 주위에서 놀랄 일이 벌어져도 놀라지 않게 되지. 그리고 호랑이와 같은 용기를 지니게 되고. 천하 제왕들을 설득시키려면 호랑이와 같은 용기가 필요하지 않겠는가?"

"고맙습니다. 이 호조 부적을 늘 차고 다니겠습니다."

"그렇다고 너무 부적만 의지하지 말게. 자네가 꼭 돌아와서 내 아이를 거두어줄 줄 믿네. 내가 살아 있지 못하더라도 나와의 약속을 잊지 말게."

소진은 가슴이 찡해오는 것을 느꼈다.

연나라로 가는 길은 그리 쉽지만은 않았다. 조나라 동쪽 읍인 동원(東垣)을 지나 호타수를 건너고 또 역수(易水)를 건너야만 하였다. 역수가에 이르렀을 때, 소진이 잠시 소변을 보기 위해 숲 속으로 들어갔다 나오는 사이에 종이 어디론가로 사라지고 말았다. 소진은 종도 소변이나 대변을 보러 갔는가 하고 역수가에서 기다리고 있는데 아무리 기다려도 나타날 줄을 몰랐다. 날이 어둑어둑하여 소진은 역수 건너기를 내일로 미루고 근처 마을로 내려갔다. 물론 종을 찾는 일이 급선무였다.

소진이 이 주막 저 주막 기웃거리며 종을 찾았으나 좀체 찾을 수가 없었다. 그러다가 소진도 지쳐 한 주막으로 들어가 술을 청하였다. 소진은 술을 마시면서 주막집 주인을 불러 혹시 종이 이곳에 오지 않았는가 하고 물었다.

"아, 머리가 짱구처럼 튀어나온 작자 말이죠? 아까 잠시 여기 들렀더 랬어요. 자리에 앉는 둥 마는 둥 술 한 잔을 급히 들이켜고는 저쪽 마을 쪽으로 달려갔어요."

소진은 술값을 얼른 지불하고 주인이 말해준 마을 쪽으로 가보았다. 아니나 다를까, 그곳 마을 한 주막에 곤드레만드레가 되어 쓰러져 자고 있는 종을 발견하였다. 소진이 종을 흔들어 깨웠다.

"이봐, 어떻게 된 거야? 여기 와서 자고 있다니."

그러자 종이 게슴츠레 눈을 뜨면서 혀 꼬부라진 소리를 냈다.

"일없어요. 나, 완전히 지쳐버렸어요. 연나라는 가지 않겠어요."

"그게 무슨 말이야? 이제 너의 주인은 나라는 사실을 잊었는가? 주인이 가고자 하는 곳이면 군말 말고 따라와야지."

"흥, 주인 좋아하시네. 누구는 태어날 때부터 종으로 태어난 줄 아시오."

 종이 술기운에 힘입어 방자하게 코웃음을 쳤다. 소진은 기가 막혀 말이 잘 나오지 않았으나, 종을 윽박지르기만 해서 될 일이 아님을 알고 어떻게 해서든지 타이르기로 하였다.

 "이봐, 아무튼 일어나보라구. 마음에 불만이 있으면 털어놓으라구."

 종이 부스스 일어나 앉으며 벌게진 눈으로 소진을 쳐다보았다.

 "허, 불만요? 그걸 털어놓는다고 해서 문제가 해결되나요?"

 "자네는 어찌하여 종의 신세가 되었는가?"

 소진은 자기보다 나이가 더 많아 보이는 종을 부드러운 말로 유도해 나갔다.

 "주인님, 술 좀 더 사주실래요?"

 종도 차츰 자세가 누그러졌다. 소진은 종에게 술을 더 사주면서까지 종의 신세 한탄을 들어주었다.

 "원래 우리 집안은 공민(公民)의 집안이었소. 나라에서 농토를 배급받아서 농사를 짓는 농민 말이오."

 "공민이라면 그렇게 천한 계급은 아니었구먼."

 소진은 종의 이야기를 들어줄 채비를 차렸다.

 "이름이 좋아 공민이지, 얼마나 국가에서 간섭을 심하게 하는지 말도 못하겠소. 과중한 세금은 말할 것도 없고, 잡다한 노역과 병역에 동원되느라고 농사 지을 시간도 없을 지경이었소. 그래서 농지를 이탈하여 도망가는 자들도 생겼는데, 도망가다 잡히면 '분명률(奔命律)'에 따라 엄한 벌을 받기도 하였지요. 다행히 잡히지 않고 도망간 농민들은 재력과 권력을 함께 갖춘 막강한 지주의 그늘로 피해 들어가 그들의 농토를 갈아주며 먹고 사는 사인(私人)이 되었지요. 사인들은 수확한 농산물 중에서

5할 이상을 지주에게 지조(地租)로 납부해야만 하였지요."

"그래, 자네 집안도 공민에서 사인으로 변하게 되었단 말이지? 농산물의 5할 이상을 지주에게 바친다면 차라리 공민으로 있는 게 더 나은 게 아닌가?"

소진은 그 당시 공민·사인·자경농(自耕農)·용객(庸客) 등으로 나누어지는 농민들의 실태를 이 종을 통하여 알아볼 수 있는 기회를 얻게 된 것을 수확으로 여기며 종의 말에 귀를 기울였다.

"그렇지만 사문(私門)에 의탁하는 사인이 되면 국가가 요구하는 부역들을 피할 수가 있게 되지요. 부역을 피하는 것이 어떤 희생을 치르는 것보다 낫지요."

종은 후, 하고 길게 한숨을 쉬었다.

"그렇게 나라의 부역에 시달리던 공민들이 수천 수만씩 사문 지주들의 그늘로 피해 와 사인들이 되어 소작을 갈아 먹었지요. 우리 집안도 그럭저럭 빌붙어 살고 있었는데, 흉년이 드는 바람에 지조를 바칠 수가 없게 되었지요. 먹을 것조차 없게 되어 아버지는 어머니를 노예로 팔고 자식들까지 노예로 팔아버렸지요. 우리를 노예로 팔아먹은 아버지는 어디론가 행방불명이 되고, 나머지 식구들은 뿔뿔이 흩어지게 되었지요. 지금도 다들 어디에 있는지 알 길이 없어요. 나는 이리저리 팔리다가 조나라까지 와서 이제 당신을 모시는 신세가 되고 말았지요. 하지만 아버지가 챙겨 달아난 그 돈만 갚으면 나도 종의 신세를 면하게 된다구요. 원래부터 노예 신분은 아니었으니까요. 종의 신세를 면하면 팔다리는 건강하니 어디 용객이라도 되어 품팔이를 할 수 있겠지요. 그러니 너무 나를 무시하지 말라구요."

종은 이야기를 늘어놓을수록 술이 깨는 것 같았다. 소진은 깊이 고개를 끄덕이며 맞장구를 쳐주었다.

"언제 내가 자네를 무시했나? 계절이 우기(雨期)라서 길이 험해 고생을 하다보니 자네에게 요구하는 것이 많아진 거지. 앞으로 자네, 종의 신세 면하도록 내가 도와줄 테니 이번 여행길만 잘 인도해주게나. 내가 천하의 소진이 아닌가? 앞으로 5국의 재상이 될 사람이란 말일세."

"허허허, 꿈 한번 커서 좋소. 앞으로 이장(里長)이라도 되면 날 봐주소. 내, 돗자리라도 만들어 꼭 노예 신세 면하고 말 테니."

"돗자리는 시세가 별로 없지 않나? 주막이라도 차릴 수 있도록 힘써 줄게."

"주막요? 주막 차릴 돈 있으면 속전(贖錢)을 갚겠소."

"그래, 속전을 먼저 갚든지 어떻게 하든지 내가 출세만 하면 톡톡히 뒤를 봐줄게."

소진이 간곡하게 이야기하자 종도 감동을 받은 모양이었다.

"말만 들어도 고맙소. 보아하니 당신 신세나 내 신세나 그게 그건 것 같소만, 어디까지나 주인이니 일단은 모시리다."

간신히 종을 달랜 소진은 비로소 한숨을 쉬며 잠잘 채비를 차렸다. 그런데 이게 어떻게 된 일인가. 다음날 아침 눈을 떠보니 또 종이 어디로 가버렸는지 보이지 않았다. 주막집 주인에게 물어도 잘 알지 못했다. 이번에는 정말 멀리 달아나버린 게 아닌가 하고 낙담이 되었다. 왜 하필 이런 종을 붙여주어 마음 고생을 하게 하는가 싶어 사람을 제대로 볼 줄 모르는 노인을 은근히 원망하기도 하였다. 이제 여러 가지 고생이 되고 불편을 겪더라도 지리를 물어물어 혼자 연나라 도읍으로 기야 할 판이었다.

그렇게 언짢은 중에 있는데 문득 허리춤에 찬 부적 생각이 났다. 소진은 비단 주머니에서 호랑이 발톱, 즉 호조를 꺼내 손 안에 쥐어보고 문질러보고 하면서 마음을 다스렸다. 종놈 하나 달아난 걸로 인하여 마음이 뒤집혀진다면 천하를 제패할 재상으로서의 자격에 문제가 있는 게 아닌가.

"으음, 주인장 우선 여기 아침이나 갖다 주시오."

소진은 아침을 시켜 천천히 들면서 역수를 건너는 배 시간을 기다렸다. 그런데 막 아침 식사를 마치고 났는데 보졸(步卒) 하나가 소진의 종을 이끌고 주막으로 들어섰다.

"어디에 네 주인이 있단 말이냐?"

보졸이 종을 돌아보고 소리를 쳤다.

"저, 저분이십니다."

종이 겁에 질린 얼굴로 소진을 가리켰다.

"이 작자가 당신의 종 맞소?"

보졸이 소진에게로 다가와 확인을 하였다. 소진은 엉겁결에 그렇다고 대답하였다.

"정말 당신이 심부름을 보냈소? 요즘 하도 달아나는 종들이 많아서 관가에서도 골머리를 앓고 있소."

소진은 사건의 전말을 알 수 있을 것 같았다. 종이 달아나다가 보졸에게 붙잡히자 주인이 심부름을 보내서 가는 길이라고 거짓말을 하였을 것이다.

"그렇소, 내가 심부름을 보냈소. 심부름 보낸 사람을 이렇게 다시 잡아오면 어떻게 하오?"

소진은 오히려 보졸을 나무라는 투로 말했다. 그러자 보졸은 겸연쩍은 표정을 지으며 변명하였다.

"하도 수상쩍은 행동을 하기에 틀림없이 도망가는 종인 줄 알았소."

소진은 보졸에게도 아침을 시켜주도록 하여 대접한 후 돌려보냈다. 종은 어떻게 몸둘 바를 몰라하며 소진 앞에 엎드렸다.

"죽을 죄를 지었습니다. 한 번만 용서해주십시오. 다시는 달아나지 않겠습니다. 하늘에 두고 맹세합니다."

소진은 속으로 누가 네 말을 믿겠느냐 하면서도 종을 용서해주는 척하였다.

"자, 시간이 없다. 서두르자. 곧 배가 올 시간이다."

소진과 종은 역수가로 나가 배를 탔다. 역수를 건넌 지 5일 만에 연나라 도읍인 계로 들어섰다. 성내에는 여기저기 야철소(冶鐵所)와 무기 제작소, 골기(骨器)와 도기(陶器) 제작소들이 눈에 띄는 게 제법 상공업이 발달된 듯싶었다. 어떤 곳은 외부인의 출입이 통제된 가운데 비밀스럽게 일을 하고 있었는데, 그곳은 칼 모양의 도폐(刀幣)를 만드는 주전(鑄錢) 공장이라고 하였다. 소진은 생각보다는 거리가 발달되어 있는 연나라 도읍을 둘러보면서 어떤 희망에 부풀었다.

그런데 연나라 임금을 만날 수 있는 기회는 좀체 오지 않았다. 한 1년 동안 허송세월을 하다시피 하였다. 그러는 동안 종은 또 소진을 버려두고 도망갔다가 돌아오기를 서너 차례 하였다.

이제 소진은 어느 정도 연나라 지리를 익혔으므로 종이 없어도 그렇게 불편할 것 같지는 않았다. 종이 도망을 가든 상관할 바 아니라고 마음을 든든히 먹고 있는데, 막상 달아나버리면 속이 상하는 것을 어찌하지 못했다. 그런데 종도 달아나보았자 뾰족한 수가 있는 것이 아니었다. 대추나 밤 같은 것만 주워 먹다가 거지 꼴이 되어 소진에게로 돌아오게 마련이었다.

소진은 종을 조나라로 보내 말애라는 여인을 데리고 오도록 할까도 생각해보았지만, 어디까지나 출세를 하고 난 후에 데리러 간다고 약속한 것을 상기하며 보고 싶은 마음을 참았다.

소진은 임금 만나기를 기다리면서 연나라 여인들을 관찰하는 기회를 가졌다. 아니, 관찰하는 것이 아니라 아예 맛보는 기회를 가졌다.

종이 자기가 하도 왔다갔다 하는 것이 미안해서인지 하루는 소진을 특별히 생각해서 여자 하나를 소진이 묵고 있는 집으로 데리고 왔다.

소진이 그 여자와 잠자리를 하기 전에 느낌이 이상해서 여자에게 물었다.

"너는 아무래도 여기 연나라 여자 같지가 않다. 저 북쪽 임호(林胡)나 누번(樓煩) 여자는 아닐 테고 도대체 어디서 온 여자냐?"

그러자 그 여자는 금방 눈에 눈물이 고였다. 틀림없이 무슨 사연이 있는 여자라고 여겨졌다.

"허허, 말을 하래두. 요동(遼東)에서 왔느냐?"

"아니옵니다. 저는 조선 여자이옵니다."

"뭐라구, 조선의 여자라구? 그렇게 먼 곳에서 어떻게 여기까지 오게 되었느냐?"

"흐흐흑."

여인은 마침내 흐느끼기 시작했다. 소진이 보기에 아직 스무 살도 되지 않은 나이인 듯싶었다. 소진은 종이 여자를 잘못 골라서 데려온 것 같아 은근히 부아가 났다. 하지만 이 밤은 이 여자랑 지낼 수밖에 별 도리가 없었다.

"울지만 말고 사연이 있으면 이야기해보려무나."

소진은 여자 재미를 좀 보려다가 이게 무슨 꼴인가 하고 가만히 한숨을 쉬었다.

"제가 말씀을 올린다 한들, 제가 다시 고향으로 돌아갈 길이 열리겠습니까?"

여인은 간신히 마음을 진정시키고는 본연의 의무를 감당할 자세를 취했다.

"허허, 아직 나를 몰라서 그러는구나. 내가 이래 봬도 장차 세상을……."

소진은 실없는 소리를 한다 싶어 얼른 말을 중단하였다.

"아무튼 내가 너를 고향으로 보내줄 수도 있을지 어떻게 아느냐? 그러니 숨김 없이 이야기해보려무나. 어떤 변고가 있었기에 여기까지 오게 되었느냐?"

소진이 이야기를 할 수 있는 분위기를 만들어주자 여인이 조금씩 말하기 시작했다.

"저는 조선의 장수 신불사(申不私)라는 사람의 막내딸이옵니다. 15년 전에 북막(北漠)의 추장 액니차길(厄尼車吉)이 조선 조정에 와서 말 2백 필을 바치며 함께 연나라를 칠 것을 제의하였습니다. 그래서 조정에서는 저희 아버지에게 군사 1만을 주어서 북막의 군사들과 함께 연나라를 치도록 하였습니다. 그래서 상곡 지역에서 큰 전투가 치러졌지요. 결국 조선이 승리를 하고 상곡 지역에 직할 성읍까지 두게 되었지요. 그런데 그 다음해 8월에 조선 하늘에 해가 두 개 뜨는 기이한 현상이 일어나고 흉년이 들고 하여 어수선해진 틈을 타 연나라 군사들이 쳐들어왔지요. 그리고 해마다 쳐들어와서 조선을 노략질하였지요. 마침내 아버님도 전장에서 전사하고 저희 가족들도 어머니와 저를 제외하고는 다 죽음을 당하고 말았지요. 어머니와 어린 저는 포로로 잡혀와서 지금껏 이 언니의 집에 살고 있지요. 그런데 작년부터 어머니가 풍(風)으로 쓰러지시고 집안 형편이 말이 아니어서 제가 이렇게……."

"음."

소진은 헛기침을 크게 함으로써 울적해지는 마음을 수습하려 하였다. 자고로 전쟁이라는 것은 가족들을 이산시키고 파멸로 이끄는 것이 아니고 무엇인가. 이 땅에 전쟁을 종식시키기 위해서도 자신의 합종책이 중원 제국의 정책으로 채택되어야 할 것이었다.

"내가 나라들끼리 서로 싸우지 않게 하기 위해 이 연나라로 왔느니라. 내, 언젠가는 너를 기억하고 있다가 너와 어머니를 고향으로 가도록 해주마. 눈물을 거두고 자리를 펴도록 하여라."

"정말 저를 기억해두시겠습니까?"

여인은 눈물을 훔치고 조용히 일어나 자리를 펴기 시작했다. 이 여자는 몸을 파는 이런 일에 도저히 어울리지 않을 것 같았다. 소진은 돈이라도 많다면 여자에게 듬뿍 안겨주면서 이런 데 나오지 말고 어머니를 잘 공양하라고 하고 싶었지만, 이제 여비도 다 떨어져가는 판국이었다.

자리를 다 편 여인이 먼저 옷을 벗고 잠자리에 들었다. 여인은 소진이 자리에 들기를 기다리는 눈치였다.

"내 자리도 펴줘야지."

소진이 여인을 외면하며 짧게 말하였다.

"같이 드시는 것이 아닙니까?"

여인이 의아해하며 쳐다보았다.

"오늘은 나 혼자 자고 싶구나. 나는 상관 말고 편히 자도록 하여라. 그리고 화대는 걱정 말고."

여인은 자못 당황스러운 표정을 지었다.

"제가 마음에 안 드십니까? 조선 여자라서 그러십니까?"

"아니, 그게 아니다. 오늘 좀 피곤해서 그런다. 너도 빨리 자도록 하여라."

여인은 소진의 결심을 읽었는지 더 이상 아무 말을 하지 않고 다시 일어나 소진의 자리를 따로 펴주었다.

"먼저 주무시지요."

여인이 소진이 자리에 들기를 기다리며 다소곳이 무릎을 세우고 앉아 있었다.

"그래, 너도 속히 자거라."

소진이 자리에 들자 여인도 자기 자리로 가 누웠다. 방에 불까지 꺼지자 사방은 적막에 잠겼다. 옆에 누운 여인의 숨소리만이 간간이 들려올 뿐이었다. 여인은 피곤했던지 금방 잠이 든 것 같았다. 하루 내내 주막에서 술을 팔다가 밤에는 몸까지 팔아야 하는 고달픔이 오죽하겠는가.

소진은 오랜만에 자신의 마음이 정화되는 것을 느꼈다. 소진의 귓가에는 연나라 갈석 해안에 부딪치는 동해 바다 소리가 들려오는 것 같기도 하고, 조선 어부들의 노랫소리가 들려오는 것 같기도 했다. 말로만 들어온 조선이라는 나라는 어떠한 나라일까. 조선은 새벽이라는 뜻이라는데, 그 나라 백성들은 과연 새벽처럼 맑은 것일까.

봉황을 올라타는 소진

　이렇게 좀 따분한 세월을 보내다가 소진은 마침내 연나라 문후(文侯)를 만날 수 있는 기회를 가지게 되었다. 소진은 이 기회마저 놓친다면 스스로 좌절할지도 모른다는 생각으로 바짝 긴장하여 문후에게로 나아갔다. 소진은 정중한 예를 다해 문후에게 문안을 드렸다.
　"그동안 용안을 뵙기를 얼마나 소원하고 있었는지 모릅니다. 그러나 임금께서는 정사를 돌보시느라 워낙 바쁘시고, 국내 시찰에다 외국 순방 등 여행도 잦으신 편이라 불초 소인이 만나뵈려 하여도 뜻대로 잘되지 않았습니다. 그래서 1년의 기간을 연나라에 머물며 이제나저제나 하고 기다리기만 하였습니다. 이제 용안을 뵈옵고 나니 그동안의 불안과 고생이 눈 녹듯이 사라졌습니다."
　소진의 인사말이 길어지자 문후는 소진의 말허리를 끊으며 말했다.
　"상국(相國 : 재상의 직책)을 통하여 그대의 이름은 종종 듣고 있었소. 나를 만나보기를 원하고 있다는 것도 알고 있었소. 하지만 방금 그대가 말한 바와 같이 워낙 바쁜 몸이라 이제야 시간을 낼 수 있게 되었소. 그대가 나를 만나서 하고 싶은 이야기가 무언지 궁금하니 빨리 말해보오."

소진과 면대하고 있는 시간조차 아까운지 재촉하였다. 소진은 허리를 더욱 구부리며 조심스럽게 아뢰었다. 무엇보다 말애라는 여자의 오빠로부터 전해 들은 연나라에 관한 정보를 최대한 이용하고, 소진 자신이 누구보다 연나라의 실정에 대하여 잘 알고 있는 사람임을 은근히 과시하였다.

"이렇게 볼 때 진나라가 연나라를 섣불리 침범해 올 수 없는 것이 분명합니다. 그런데 지금 문제가 되는 것은 바로 서쪽에 있는 조나라이옵니다. 조나라가 연을 치기로 마음을 먹고 진군 명령을 내리면 열흘 안에 수십만의 군대가 동원(東垣)으로 집결하여 불과 사흘 내지는 닷새 만에 호타수를 건너고 역수를 건너 연의 도읍으로 쳐들어올 수 있습니다. 그리고 진이 연을 치면 천 리 밖에서 싸우는 셈이지만, 조가 연을 치면 자기 나라에서 백 리도 안 되는 지역에서 싸우는 셈입니다. 진은 보급선이 길어져서 싸우기 힘들지만, 조는 보급선이 길지 않아 넉넉히 전투를 치러낼 수가 있습니다. 그러므로 천 리 밖의 진을 염려하기보다 백 리 안의 근심거리를 제거하는 것이 급선무입니다."

이 정도 이야기하자 문후의 눈이 번쩍 떠졌다.

"나도 그 점을 항상 염려하고 있었소. 그래서 조나라에 사신을 보내 평화 조약 내지는 상호 불가침 조약을 체결하기 위해 외교적인 노력을 많이 기울였소. 그러나 조나라는 바로 동쪽에 있는 제나라 눈치를 보느라고 우리 나라와 조약을 체결하려고 하지 않았소. 우리 연나라와 조나라가 조약을 맺으면 제나라가 자기 나라를 쳐들어오기 위해 동맹을 맺은 줄 오해를 하기 쉽다는 이유로 조나라는 우리의 요청을 거절하였소. 어쩌면 조나라는 우리보다 제나라와 가까운 편이라 할 수 있소. 우리보다 군사력이 훨씬 우세한 그 두 나라가 동맹이라도 맺어 우리 연을 쳐들어오는 날이면, 우리 나라는 그 두 나라에 국토가 분할되기 십상이오. 아니, 두 나라가 동맹을 맺지 않고 각각 서쪽과 남쪽에서 쳐들어와도 우리 나라는 국토가 분할될 가능성이 농후하오. 아마 조나라가 서쪽에서 단독으로 우리 나라를 쳐들어오면 제나라는 반드시 조를 견제하기 위해 우리 나라를 돕는다는 명목으로 쳐올라와서 땅을 차지하고 말 것이오. 이런 이해관계가 얽혀 있으니 조나라가 우리와 조약을 맺으려고 하지 않는 것은 어쩌면 당연한 일인지도 모르오. 우리와 동맹을 맺었다가는 제나라로부터 어떤 우환을 당할지 모르니까. 그런데 백 리 안의 근심거리를 어떻게 제거할 수 있단 말이오?"

문후는 일말의 기대를 가지고 소진을 주목하였다.

"거기에 대한 묘안이 있으니 제가 이런 말씀을 올리는 것이 아닙니까?"

소진은 기회를 만난 셈이었다.

소진은 문후가 염려하고 있는 문제를 염두에 두고 차근차근 이야기하기 시작했다.

"임금님께서 염려할 수밖에 없는 까닭은 한두 나라끼리 조약을 맺느냐 안 맺느냐 하는 그런 차원에 머무르고 계시기 때문입니다."

"아니, 그게 무슨 말이오? 지금 연나라는 조나라와 평화 조약을 맺느냐 하는 것보다 더 중요한 문제가 없는데."

문후는 의아한 듯 소진을 다시금 쳐다보았다.

"그런데 조나라와 조약 체결이 잘 되지 않고 있는데 문제가 있는 것 아닙니까."

"그야 그렇지."

문후는 소진이 무슨 말을 하려고 서서히 궁금해지지 않을 수 없었다.

"조나라와 조약을 체결하려면 조나라 하나만 상대해서는 안 됩니다."

"그럼 제나라도 상대하면서 일을 추진하란 말이오? 말하자면 삼자 회담을 가져 세 나라 사이에 상호 불가침 조약이라도 맺자 이거요? 만약 그렇게 되면 한·위·초 같은 나라들이 가만히 있겠소?"

"세 나라가 모여도 안 됩니다."

"아니, 그건 또 무슨 말이오?"

소진은 여기서 얼른 대답하지 않았다. 뭔가 심각하게 생각하고 있는 듯한 표정을 지으며 침묵 속에 잠겨 있다가 천천히 입을 열었다.

"종(縱)으로 하나가 되어야 합니다."

"종으로 하나가 된다면……."

문후는 중국의 지도를 머릿속에 그리는 듯 더듬어보더니 입을 쩍 벌렸다.

"우리 연을 비롯하여 한·위·조·제·초 들이 하나로 합(合)한단 말이오?"

"바로 그렇습니다. 한두 나라가 동맹을 맺으려고 하면 문제만 더욱 복잡해지고 결과적으로 진나라만 유리하게 해주고 맙니다. 진나라가 중국 통일의 야망을 오래 전부터 가지고 착착 그 국력을 쌓아가고 있는 판국에, 나머지 여섯 나라가 종으로 하나가 되어 합종(合縱)하지 않으면 진의 횡포를 감당해낼 재간이 없을 것입니다."

"합종이라? 종으로 하나가 된다? 아, 어마어마한 구상이구먼."

문후는 그런 것을 한 번도 꿈꾸어보지 못한 듯 정말 꿈꾸는 표정이 되고 말았다.

"그렇게 되면 조나라와 불가침 조약을 맺고 안 맺고 하는 것이 문제가 되지 않습니다."

소진은 문후의 얼굴을 살피며 자기 옆구리에 차고 있는 호조(虎爪) 주머니를 만지작거렸다. 지금 소진이 말을 잘하느냐 못하느냐에 따라 소진의 장래가 결정될 것이었다. 소진의 눈앞에는 재상의 자리와 금은보화, 그리고 찢어지게 가난한 식구들의 모습이 겹쳐져서 어른거렸다. 또한 말애라는 여인의 고운 얼굴도 아른거렸다. 소진은 심호흡을 한 번 하였다.

"그런데 그런 엄청난 구상이 현실적으로 과연 가능한 일인가? 도대체 누가 그런 구상을 실현시킬 수 있단 말인가? 도저히……."

문후는 고개를 설레설레 젓기부터 하였다.

"제가 합니다. 제가 한다면 가능합니다."

소진은 확신을 다하여 외치다시피 하였다. 문후는 벌겋게 상기되기까지 한 소진의 얼굴을 놀란 눈으로 쳐다보았다.

"언제부터 그런 구상을 가졌나?"

문후는 흥분된 마음을 가라앉히며 절제된 목소리로 물었다.

"진나라로 여행을 갔다가 진나라의 국력이 날로 부강해지는 것을 보고 위기의식을 느끼고는 어떻게 하면 중원 제국을 진나라의 야욕으로부터 구해낼 수 있을까 궁리하던 차, 이 원대한 구상이 떠올랐습니다. 그리고 이 구상을 실현시킬 담당자가 될 것을 미리 내다보고 나름대로 많은 준비를 하고 있었습니다. 저의 구상을 이해하고 적극적으로 뒤에서 밀어줄 후원자를 얻지 못해 지금까지 허송세월을 한 셈입니다. 아니, 허송세월이라고 여겨지는 그 기간 동안에도 저는 끊임없이 합종책을 실현시킬 꿈을 가지고 연구하며 노력하였습니다."

소진이 더욱 확신 있는 음성과 몸짓으로 이야기하자 문후의 표정이 차츰 밝아지기 시작했다. 문후의 표정에 변화가 일어난 것을 눈치챈 소진은 거의 이마를 마루에 대다시피 하며 간청하였다.

"연나라 국군(國君)이신 임금님께서 저의 후원자가 되어주시기를 앙망하옵니다. 제가 연나라의 안녕을 위하여 온 신명을 바쳐 필히 합종을 이루어 중국 만대에 빛나는 역사를 이룩하겠습니다. 이 역사를 이루는 데 임금님의 존귀한 이름이 빠지지 않도록 유념해주십시오."

문후는 아예 눈을 감고 깊은 생각에 잠겼다. 한참 만에 눈을 다시 뜬 문후는 재삼 확인을 하였다.

"그래 정말로 실현 가능성이 있는가? 자네가 이루어낼 자신이 있는가?"

"사람을 믿고 안 믿고의 순간적인 차이가 크나큰 운명을 좌우하는 수도 있다는 사실을 상기해주시기를 바라옵니다. 다른 나라의 군주가 저의 합종책을 받아들이고 적극 후원해줌으로써 합종을 여는 첫번 주자가 된다면, 임금님께서는 첫번 주자로서의 영광을 다른 사람에게 빼앗기게 되는 것입니다. 이 순간, 잘 선택하여주십시오."

이제는 오히려 소진이 여유를 가지고 문후의 선택을 기다린다는 식으로 말하였다. 이미 문후의 마음이 기울기 시작했다는 것을 소진이 눈치챘기 때문이었다.

"그럼 내가 어떻게 후원을 해주면 되겠나?"

드디어 문후의 입에서 이러한 말이 나왔다.

"그렇게 부담을 가지실 필요는 없습니다. 제가 합종을 이루는 데 있어 몇 가지 원칙을 세운 것이 있습니다. 그중의 하나가 저의 여행에 따르는 경비 부담 문제이옵니다. 한 나라가 여섯 개국을 도는 저의 여행 경비를 대는 것은 벅찬 일이옵니다. 그래서 합종을 받아들인 나라가 다음 나라로 가는 여행 경비를 대는 것입니다. 그러니까 임금님께서는 제가 다음 나라로 가는 여행 경비만 대주시면 됩니다. 다음 나라의 군주에게 문안하는 의미에서 드리는 선물 얼마하고 말입니다."

"음, 다음 나라라니 어떤 나라를 생각하고 있단 말이오?"

"지금까지 이야기한 바와 같이 연나라는 어디까지나 조나라와의 관계가 문제이오니, 다음 나라는 조나라가 되는 것이 순리인듯 하옵니다."

"글쎄, 조나라가 그대의 합종책에 동의를 할까?"

문후는 조나라 이야기가 나오자 또다시 자신이 없는 듯 난색을 표명하였다.

"지금은 조나라의 사정이 많이 달라진 줄로 사려되옵니다."

"아니, 어떻게 달라졌단 말이오?"

"이전에 왜 조나라와 대화가 잘 통하지 않은 줄 아십니까?"

소진의 난데없는 질문에 문후는 고개를 갸우뚱거리기만 했다.

"그것은 조나라 군주로 숙후(肅侯)가 있지만, 실권은 그 동생인 봉양군(奉陽君)이 쥐고 있었기 때문입니다. 봉양군이 인(人)의 장벽 역할을 하여 모든 언로(言路)를 차단하고 있었습니다. 그래서 아무리 좋은 정책도 봉양군의 사리사욕을 채우는 데 방해가 되면 숙후에게 보고조차 되지 않았습니다."

소진은 자기가 봉양군에게 합종책을 제시했다가 거절당한 적이 있다는 말은 일절 하지 않았다. 어디까지나 합종책은 연나라 임금에게 처음 공개하는 것으로 보여져야 하기 때문이었다.

"봉양군이 그런 식으로 조정을 좌지우지했나? 그런데 들려오는 소식에 의하면 봉양군이 몇 달 전에 병으로 죽었다지 않는가?"

"바로 그것입니다. 봉양군이 죽었으므로 가능성이 있다는 것입니다. 조나라는 새로운 정책의 필요를 느끼고 있을 것이고, 뭔가 돌파구를 찾기 위해 나름대로 몸부림을 치고 있을 것이란 말입니다. 이때 제가 직접 연나라 임금의 칙사 자격으로 숙후를 만나 합종책에 관해 개진하면 숙후도 눈이 번쩍 떠질 것이라는 말씀입니다."

문후의 표정이 다시 밝아졌다.

마침내 문후는 소진의 합종책을 후원해주기로 약정하고 조나라로 가는 경비 일체를 부담하였다. 수십 필의 거마(車馬)와 막대한 금과 비단을 소진에게 주어 조나라로 가게 하면서 문후는 이렇게 말하였다.

"그대의 구상은 어마어마하긴 하지만 이치에 합당하다. 그대가 반드시 합종을 이루어 연나라를 편안하게 한다면 과인은 온 국민과 더불어 그대가 제시하는 방향을 따르리라."

이 말은 소진을 연나라의 실질적인 재상으로 모시겠다는 말이기도 하였다.

호타수와 역수를 건너 다시 조나라로 돌아온 소진은 먼저 말애의 집으로 가보려다가 발길을 돌려 조나라 도읍인 한단으로 향했다. 조나라 임금을 설득시킨 후가 아니면 말애를 보지 않으리라고 굳게 결심하였다. 한단 거리의 사람들은 봉양군이 살아 있을 때보다는 훨씬 표정들이 안온하였다. 뭔가 새 시대가 열릴 것이라는 기대들이 얼굴들마다 새겨져 있었다. 그러나 봉양군을 추종하였던 세력들은 시국이 어떻게 돌아갈까 하고 불안해하는 기색이 역력하였다.

소진은 시중에서 나돌고 있는 소문들을 통하여 민심을 파악하고, 첩자를 통하여 조정의 정보들을 입수하였다. 소진에게 있어 무엇보다 반가운 것은 이제 조나라 군주인 숙후가 직접 국정을 맡아 다스리기 시작했다는 점이었다. 숙후도 그동안 봉양군의 횡포로 인한 폐해가 컸음을 인지하게 되었음이 틀림없었다. 이런 시기에 처하면 어떤 군주든지 다른 사람의 의견을 들으려는 자세를 취하는 것은 당연한 일이었다.

조나라 백성들도 숙후가 자기들의 민원을 들어주는 방향으로 나아가고 있는 데 대하여 좋은 평가를 내리고 있는 편이었다. 봉양군의 횡포로 인하여 억울하게 피해를 본 사람들에 대한 보상책까지 마련하고 있다니 민심을 얻을 만도 하였다.

며칠 만에 조나라 정세를 재빠르게 파악한 소진은 숙후를 만날 기회를 얻어 진언하였다.

"조나라 군주이신 대왕이여, 일찍이 대왕의 성품은 고결하고 현명하기로 세상에 소문이 나 있었습니다. 그리하여 천하의 재상에서 벼슬 없는 포의지사(布衣之士)에 이르기까지 모두들 대왕의 가르침을 흠모해왔고, 대왕께 충성할 수 있는 기회 얻기를 간곡히 고대하고 있었습니다. 그렇지만 인척을 잘못 기용하는 바람에 대왕의 빛나는 성품도 가려지게 되었습니다. 대왕의 동생 봉양군은 현사(賢士)를 질투하고 시기하여 등용의 기회를 임의로 가로막고, 자기 마음에 맞는 자들만 골라서 요직에 앉히는 월권 행위를 서슴없이 자행하였습니다. 그렇게 조정의 인사권을 손아귀에 쥐고 자의로 행하여도 대왕은 국정을 봉양군에게만 맡기고 뒷전에 앉아 계시기만 하였습니다. 그래서 뜻있는 선비들은 스스로 어전에 나와 자신의 의견을 충분히 개진하지 못하고 벙어리 냉가슴만 앓았습니다. 그러나 이제 봉양군이 죽고 새 시대가 열려 대왕께서 친히 사민(士民)들을 만나시고 그들의 어려움을 경청하시며 친밀히 하시니 이보다 더 기쁜 일이 어디 있겠습니까? 그리하여 이 소신(小臣)도 감히 어전 앞에 나아와 어리석은 생각이나마 개진해볼 생각을 품게 된 것입니다."

숙후를 높였다가 내렸다가 다시 또 높이고 하면서 허두를 떼는 소진의 말솜씨는 대단하였다. 숙후는 소진의 말을 들으며 가만히 고개를 끄덕이기도 하였다. 소진의 말 속에는 자신의 폐부를 찌르는 말도 있는 것이었다.

"그대의 말을 들으니 새삼 지난날의 과오가 가슴을 저미게 하오. 봉양군을 너무 믿었던 나의 불찰은 두고두고 후회해도 다 못할 것이오. 나의 판단력이 흐려짐으로써 백성들이 당한 고초를 생각하면 자다가도 벌떡벌떡 잠이 깰 판이오. 이제 다시 정신을 차리고 국정의 전반을 살피게 되었지만, 내가 죽을 때까지 해야 할 일은 동생이 뿌려놓은 악의 씨앗이 자라서 열매 맺지 못하도록 부지런히 김을 매는 일뿐이오. 내가 더 이상 무슨 새로운 일을 할 수 있겠소?"

숙후는 지난날의 비리들을 청산하는 데 자기 인생의 의의를 두는 듯이 말하며 진지한 표정을 지었다. 소진은 숙후가 지난날의 비리 청산 같은 것에 매여 있으면 소진 자신의 합종책을 펼치는 데 지장이 있을 것으로 예측하고, 숙후의 마음에 새롭게 자신감을 심어주어야겠다고 생각했다.

"물론 대왕의 감독 소홀로 인해 동생 봉양군이 저지른 비리들을 정리하고 청산하는 것이 중요한 일이긴 합니다. 그렇지만 너무 거기에 매여 있으면 조나라의 무한한 가능성을 묻어버리는 결과만 가져 옵니다. 그러니 과거의 비리를 청산하더라도 미래의 청사진을 가지고 해야 할 것으로 사려되옵니다. 미래의 밝은 빛으로 과거와 현재의 어둠을 몰아내도록 하여야지, 과거만 자꾸 되씹으면서 과거의 어두움을 몰아내려 하면 국가 발전의 전망이 흐려지기 십상입니다."

숙후는 소진을 다시 쳐다보며 연나라 특사로 왔다는 이 위인이 어떠한 인물인가 하고 놀라는 듯하였다.

"나도 그런 점을 우려하고 있소만 워낙 과거의 어두움이 크니까 하는 말이지 않소?"

"과거의 어두움이 클수록 미래의 전망은 더욱 밝고 힘차야 되지 않겠습니까? 그리하여 백성들이 앞날의 설계를 마음껏 할 수 있도록 하는 것이 무엇보다 중요하다고 여겨집니다."

"음."

숙후는 자기도 모르게 한숨을 쉬었다. 소진의 말에 감동이 되는 것이 분명하였다.

"그럼 어떻게 하면 미래의 전망을 보다 밝고 힘차게 제시할 수 있단 말이오?"

숙후는 기대에 차서 소진에게 물었다.

"외교 정책의 변화를 시도하여야 합니다."

소진은 단도직입적으로 말했다.

"외교 정책이라면?"

숙후는 소진이 무슨 말을 하려는지 잘 이해하지 못해 반문하였다.

"그동안 조나라는 진나라와 몇 차례 전쟁을 치렀으면서도 은근히 진나라에 아부하는 경향이 있는데, 그런 사고방식을 철저히 바꾸고 새로운 외교 정책을 펴는 것입니다. 백성을 안정시키는 근본은 교제하는 나라를 잘 선택하는 데 있습니다. 교제하는 나라를 잘못 선택하면 백성들은 두고두고 괴롭힘을 당하며 고생을 하는 것입니다."

"그럼 우리 조나라가 어떠한 나라를 선택해야 하오? 진나라가 종종 쳐들어와 위협을 하니 진나라 비위를 맞추려고 하는 것은 당연한 일이 아니오?"

"진나라와 가까워지면 동쪽에 있는 제나라가 가만히 있지 않을 것입니다. 진과 조가 연합하여 자기들을 쳐들어올 줄 알고 미리 조나라를 침공할지도 모릅니다. 그렇다고 하여 제와 손을 잡는다면 진이 가만히 있지 않을 것입니다."

"바로 그 점 때문에 고민하고 있는 것 아니오? 어떤 묘책이라도 있단 말이오?"

숙후는 소진 쪽으로 몸을 기울였다. 소진은 또 옆구리에 차고 있는 호조 주머니를 만지며 마음을 가다듬었다. 지금 어떻게 자기가 말하고 숙후가 어떻게 반응하느냐에 따라 자신의 운명뿐 아니라 중국 역사 전체가 바뀔 것이었다.

"아무리 좋은 계략도 기밀이 보장되지 않으면 허사가 되고 만다는 것은 만고의 역사가 증명하고 있는 것입니다. 그러므로 제가 지금부터 말씀드리는 것은 대왕께서 아무에게도 말해서는 안 됩니다. 이 조정에도 진나라의 첩자나 다른 나라의 첩자들이 있는지 모르는 것입니다."

 이렇게 말함으로써 소진은 자신의 계략이 참으로 귀중한 것임을 은연중에 강조하였다. 숙후는 주위를 한 번 둘러보고 나서 "그럼 우리 밀실로 들어갈까" 하면서 정전(正殿)의 안쪽으로 들어갔다. 숙후는 궁녀들로 하여금 술상을 차려 오도록 한 후 궁녀들을 다 내보내고 소진과 단독으로 대좌하였다.

 "이제 우리 주위에는 아무도 없으니 그 비밀스러운 계략을 말해보시오."

 숙후는 소진에게 술잔을 하사하기까지 하였다.

 소진은 품에 넣고 다니는 지도를 꺼내 펼쳐놓고 숙후에게 본격적으로 자신의 구상을 이야기하기 시작했다.

 "제 이야기를 잘 들어보십시오. 가령 대왕께서 지금 진의 편을 든다면 진은 반드시 한과 위를 약화시킬 것입니다."

 숙후는 소진이 손가락으로 가리키는 지역을 함께 들여다보며 고개를 끄덕였다.

 "그렇다면 조나라가 제와 한편이 되면 제가 어떤 나라를 약화시킬 것인가?"

 숙후가 제나라 지역을 손가락으로 가리키며 물었다.

 "제는 틀림없이 초와 위를 약화시킬 것입니다."

 소진의 손가락이 어느새 황하 서쪽 지대로 옮겨갔다. 숙후는 소진이 무슨 말을 하려나 하고 기다렸다.

 "진의 편을 들든 제의 편을 들든 위가 약화되는 것은 공통적입니다. 그런데 위가 약화되면 위는 바로 이 지역을 떼어 진에게 바칠 것이 분명합니다."

"어떤 경우이든 위는 그런 식으로 진나라에 상납을 하여 자구책을 구하겠군."

숙후도 소진의 예상에 동의하였다. 이번에는 소진의 손가락이 한나라의 의양(宜陽) 지역으로 옮겨갔다.

"보십시오. 한이 약화되면 한은 이 의양 지역을 진나라에 상납하여 자구책을 구할 것입니다."

소진의 손가락은 방향을 바꾸어 조나라 북쪽 지역인 상군(上郡)으로 올라갔다.

"그런데 말입니다. 한이 의양을 진나라에 바쳐 의양이 진의 수중에 떨어지면 남쪽에서 상군에 이르는 길이 끊어지고 말 것입니다. 초나라와 한나라에서 공급되던 물품들은 더 이상 조나라로 들어올 수 없게 되지요."

"허, 그러면 큰일인데. 백성들의 생활에 막대한 지장을 초래하겠는걸."

숙후의 얼굴에는 우려의 빛이 가득하였다.

"그것은 위가 황하 서쪽을 진나라에 바쳐도 마찬가지입니다. 역시 길이 끊어지고 만다는 말입니다. 그러니까 한이 약화되든, 위가 약화되든 조나라가 엄청난 손실을 입게 되어 있지요. 그런데 초가 약화되면 한·위가 약화될 때보다 더욱 심각한 결과가 초래되지요. 그 거대한 초나라 땅덩어리로 진이 물밀듯 들어와서 중원 제국을 밑에서부터 야금야금 먹어나가면 조는 그야말로 고립무원입니다. 그러므로 한나라나 위나라, 초나라, 어느 나라도 약화되어서는 안 됩니다. 이제 조나라가 진이나 제와 친해져서는 안 되는 이유를 아시겠습니까?"

"그 이유를 더욱 분명히 알게 되었네만, 그럼 도대체 어느 나라와 친해져야 한다는 말인가?"

숙후는 뭔가 혼란이 일어난다는 듯 인상을 찌푸렸다. 아까의 밝아지던 표정과는 대조적이었다.

"가장 강한 것을 제외하고는 모두 친해져야 합니다."

소진은 언뜻 알아듣기 어려운 말을 하였다. 숙후는 설명을 요구하는 시선을 보냈다.

"그러니까 진을 제외한 나머지 나라들과는 모두 친해져야 한다는 말입니다. 아니, 여섯 나라가 서로서로 친해지지 않고서는 그 어떤 나라도 진의 손아귀에서 벗어날 길은 없습니다."

듣고 보니 과연 그러하였다. 여섯 나라 중에 어느 한 나라가 약화되더라도 진나라 좋은 일만 시키는 셈이 될 것이었다. 그런데 여섯 나라가 모두 동맹을 맺을 수 있는 길이 어디에 있단 말인가. 그 일을 추진할 만한 인물이 과연 이 중국 땅에 있다는 말인가. 옛날 강태공이 다시 살아와도 힘들 것이었다. 숙후는 스스로 불가능하다고 판단하고 고개를 저었다.

"그건 하나의 이상론에 불과해. 그리고 진나라가 알았다가는 동맹을 이루기도 전에 박살이 나고 말걸세."

"입 밖에만 나오지 않도록 조심하면 그건 분명히 이룰 수 있습니다. 제가 그것을 이룹니다."

소진은 두 주먹을 쥐어 보이기까지 했다.

소신은 숙후가 합종책에 대하여 너욱 확신을 갖도록 신의 국력과 나머지 6국의 국력을 서로 비교해보이기도 하였다.

"제가 천하의 지도를 가만히 펴놓고 형세를 살펴보고 여러 가지 정보를 종합해볼 때, 6국 전체의 땅은 진의 5배가 되고 6국 전체의 병졸 수는 진의 10배나 된다는 사실을 알게 되었습니다. 조나라 땅만 해도 사방

2천 리에다 갑사(甲士) 수십만, 전차 천 대, 군마 만 필, 수년 동안 견딜 비상 식량 등으로 든든한 편이 아닙니까? 거기다가 6국이 다 합종한다면 진은 감히 산동 땅을 넘보지 못할 것이며, 더 나아가 6국 동맹군이 진을 쳐부술 수도 있을 것입니다. 이 사실을 진도 모르는 바 아니기 때문에 합종의 기운을 꺾기 위하여 나라마다 친진(親秦) 세력들을 침투시켜 진과 친교를 맺는다는 명목으로 땅을 떼어 상납하도록 공작을 하고 있습니다. 진의 공작이 성공하면 친진 세력들은 그 대가로 부귀영화를 누리게 됩니다. 큰 저택에 누대(樓臺)를 높이 올리고 생황(笙簧)과 거문고를 연주하게 하며, 키가 늘씬한 여자들로 하여금 춤을 추게 합니다. 누문(樓門) 앞에는 멋들어진 헌원(軒轅) 수레가 항상 대기하고 있습니다. 이런 친진 세력들은 자기들의 조국이 강대국의 종 노릇을 하고 압제를 받아도 조국의 백성들과 근심을 함께하지 않습니다. 밤낮으로 진나라의 권세에 힘입어 자기들의 군주까지 협박하면서 국토를 할양하도록 하는 데 혈안이 되어 있을 뿐입니다. 이렇게 친진 세력들이 나라마다 기승을 부리고 있는 판국에 합종을 늦추다가는 여섯 나라 모두 진의 밥이 될 수밖에 없습니다. 아무쪼록 서두르셔야 합니다."

이쯤 되자 숙후도 소진의 말에 동의하지 않을 수 없었다. 그리고 이만큼 정세 판단에 밝은 사람이라면 한번 믿어볼 만하다는 생각을 품게 되었다. 숙후는 소진에 대한 기대로 은근히 마음이 부풀기까지 하였다.

그런 숙후의 마음의 변화를 읽은 소진은 이제 되었다 싶었다. 그래서 더욱 숙후의 마음을 끌 만한 이야기를 늘어놓았다.

"아무리 합종이라고 하지만 어디까지나 동맹 체제이므로 맹주(盟主)는 있게 마련인데, 지금 산동 지역에서 가장 강대한 나라는 조나라밖에 더 있겠습니까? 진나라도 사실은 조나라를 가장 경계하고 있다고 할 수 있습니다."

이 말은 조나라가 동맹국의 맹주가 되어야 하지 않겠느냐는 의미였다. 숙후는 그 말을 듣고 무척 기분이 좋았다.

소진은 더 나아가 조나라가 거의 패자(覇者)에 가까운 나라로 서게 될 것임을 예고해주었다.

"대왕께서 참으로 저의 구상을 받아주시고 후원해주신다면 불원간에 주위의 나라들이 대왕께 조공을 올리게 될 것입니다. 저, 연나라 특산물이 무언지 아십니까?"

이 질문은 연나라에서 어떠한 것들을 조공으로 바칠 것인가 헤아려보라는 말이었다.

"연나라라면 그러니까 털로 짠 갖옷과 우수한 개와 말의 생산지로 유명하지 않은가?"

"그렇습니다. 연나라가 바로 그런 특산물이 나는 땅을 대왕께 바치게 될 것입니다. 제나라의 특산물은 무엇인지 아십니까?"

"그야 물고기와 소금이 아닌가?"

"그러하옵니다. 제나라가 바로 어염지해(漁鹽之海)를 대왕께 바치게 될 것입니다. 초나라 특산물은 무엇인지 아십니까?"

숙후는 벌써부터 입 안이 시금한지 입맛을 다셨다.

"귤과 유자가 아닌가?"

"바로 그런 광활한 귤유지원(橘柚之園)을 대왕께 바칠 것입니다."

숙후는 조나라에서는 추운 날씨로 인하여 제대로 맛볼 수 없는 귤과 유자밭을 눈에 그리는 듯 희미한 미소까지 떠올렸다.

"한·위·중산(中山) 같은 나라들도 탕목읍(湯沐邑)들을 바칠 것입니다."

탕목읍이란 임금이 목욕하고 쉬는 데 소용되는 모든 비용을 대주는 고을인 셈이었다. 그 당시 임금들은 한 번 목욕하고 쉬는 데 엄청난 비용이 든 모양이었다.

"오, 그래?"

숙후는 소진이 그려주는 청사진에 마음이 녹아버렸다. 동생 봉양군의 횡포와 부정 축재로 인하여 민심을 잃을 대로 잃은 조나라 조정이었는데, 소진이 펼쳐 보여주는 구상대로 나아간다면 정말 머지않아 민심을 수습하고도 남음이 있을 것 같았다. 자기 나라가 동맹국들의 맹주가 된다는 데 자부심을 느끼지 않을 백성이 어디 있겠는가.

"그럼 어떻게 합종의 맹약을 실현시킨단 말인가?"

숙후는 이제 구체적인 방안을 의논하려 하였다.

"제가 일단 6국을 다 돌아다니며 합종에 대하여 제후들로부터 동의를 얻어내겠습니다. 그런 연후에 대왕께서 원수(洹水) 강가에 6국의 대표들, 그러니까 6국의 장군들과 재상들을 회합시켜서 맹약을 맺도록 하면 됩니다. 맹약을 맺을 때는 이생의 예(禮)를 따라야 할 것입니다."

"이생의 예라면?"

숙후는 그런 예에 관한 기억이 없는지 반문하였다.

"이생의 예는 우리 조상들이 옛날에 맹세할 때 치르던 의식입니다. 요즈음은 조약들을 맺을 때도 문서만을 교환하는데, 좀 더 엄숙한 맹세를 하기 위해서는 옛 전통을 살려 이생의 예를 따르는 것이 좋습니다. 먼저 땅을 파서 사각의 구덩이를 만든 후 그 옆에서 백마(白馬)를 죽입니다. 그리고 죽은 백마의 왼쪽 귀를 잘라서 주반(珠盤)에 담습니다. 왼쪽 귀에서 계속 흐르는 피는 옥으로 장식한 그릇에 담아 그 피로써 맹약의 문서를 씁니다. 문서를 다 쓰고 나면 이번에는 맹약의 당사자들이 피를 손가락으로 찍어 입에 바릅니다. 그 피 묻은 입으로 피 묻은 문서를 함께 낭독하고, 그런 후에는 죽은 백마를 구덩이에 집어넣고 그 사체 위에 문서를 놓은 다음 흙으로 구덩이를 메웁니다. 이렇게 희생 제물 옆에서 맹약을 한다 하여 이생의 예라고 하는 것입니다. 이 의식은 피로 맹세하였다는 의미를 지니고 있으며, 만약 맹약을 지키지 않을 때는 희생 제물과도 같이 피를 보고 말 것이라는 경고도 포함되어 있습니다."

숙후는 이생의 맹약 장면을 떠올려보는지 안색이 자못 엄숙하게 변했다.

"합종의 맹약 때는 이생의 예를 따를 뿐만 아니라 서로 볼모를 교환하는 것도 잊지 않아야 할 것입니다. 각 제후들을 교환한다든지 하여 더욱 맹약을 확실히 해야 할 것입니다. 그래도 합종의 맹약을 깨뜨리는 나라가 있으면 나머지 다섯 나라가 공동으로 병력을 동원하여 징계하도록 하여야 할 것입니다."

"음. 합종의 맹약은 서로 생사를 걸고 하는 약속이니까 절대 깨져서는 안 될 일이지."

숙후도 약속의 보장을 철저히 하자는 데 전적으로 동의하였다.

"그런데 문서의 내용을 어떻게 하는 게 좋을까?"

소진은 다시 지도의 부분들을 손가락으로 가리키며 합종의 문서 내용에 대하여 피력하였다. 그것은 진이 초나라를 치는 경우, 진이 한·위를 치는 경우, 진이 제나라를 치는 경우, 진이 연나라를 치는 경우, 진이 조나라를 치는 경우 등으로 나누어 각각 병력을 어떻게 이동시킬 것인가 하는 내용이었다. 6국이 그 계획대로 병력을 이동하여 일사불란하게 대처한다면 진은 다른 나라를 침범할 생각을 아예 하지 않는 편이 나을 것이었다. 말하자면 합종의 문서는 치밀한 합동 작선 계획인 셈이었다. 그리고 문서의 마지막에는 맹약을 어길 시의 징계에 관한 항목이 들어 있었다. 숙후는 소진의 설명을 듣고 소진이 얼마나 치밀한 인물인가 하는 것을 새삼 느끼며 소진에 대한 신뢰가 더욱 싹트게 되었다.

"내 지금까지 조나라 군주 노릇을 하고 있지만, 이렇게 확실한 사직지

장계(社稷之長計)를 들어본 적이 없소. 참으로 천하를 보존하고 제후들을 안정시키며 백성들을 평온케 할 백년지대계요. 내, 나라를 들어 그대의 구상을 따르겠소."

소진은 어느새 6국의 재상이라도 된 기분으로 마음이 들뜨는 것을 어찌하지 못했다. 조나라 군주를 설득시켰다는 것은 이미 반쯤은 합종책을 진전시켰다고 하여도 과언이 아니었다. 조나라 군주의 후원으로 나머지 나라들을 돈다면 다른 나라들도 소진을 섣불리 무시할 수는 없을 것이었다. 이제야 소진에게도 출세운이 트이는 모양이었다. 소진은 허리에 차고 있는 호조 부적을 만지며 그 부적을 건네준 노인, 아니 장인 어른에 대해 깊은 감사를 느꼈다. 조나라에 있는 말애를 하루빨리 만나보고 싶었다. 자기는 이미 출세한 것이나 마찬가지가 아닌가.

숙후도 소진과 같은 인물을 만나 더없이 마음이 즐거웠다. 이런 참모를 얻는다는 것은 조나라 국운을 위해서나, 숙후 개인의 명성을 위해서나 무척 다행스러운 일이라 아니할 수 없었다.

"자. 이제 우리 마음껏 술이나 한잔 합시다."

숙후가 잔을 높이 들었다. 소진은 군주 앞이라 감히 술잔을 치켜들지는 못했지만, 처음보다는 훨씬 자연스러운 자세로 술을 들이켰다.

"우리의 이야기가 길어졌기 때문에 다른 신하들이 수상히 여기기 쉽겠소. 무슨 밀담이 오고 갔나 하고 말이오. 우리 조정에도 진나라 첩자가 분명히 있을 터인데 아무래도 위장 전술을 써야 할 것 같소."

숙후도 병법 기초 정도는 익혔는지 위장 전술 운운하였다.

"그러니까 무슨 특별한 이야기를 나누었다는 인상을 주지 않고 그냥 여흥을 즐긴 것처럼 보이자 이거지요?"

"이렇게 서로 마음이 잘 통할 수가. 이왕 술상은 차려져 있으니 궁녀들을 불러들여 노래하고 춤추자 이거요. 막역지우가 오랜만에 만나 권커니 잣거니 한 것처럼 말이오."

"그러시지요. 아예 술상도 더 크게 벌이는 게 낫겠습니다."

숙후는 짐짓 술 취한 음성으로 신하를 불러 궁녀들을 데리고 오도록 하였다.

"궁녀들 중에서도 장교들만을 골라 데리고 오도록 하여라. 알겠는가?"

신하가 데리고 온 궁녀들은 그야말로 장교, 즉 키가 늘씬하게 크고 요염하게 생긴 여자들이었다. 소진은 특별히 뽑힌 그 궁녀들을 보는 순간 그저 마음이 녹아버리는 기분이었다.

"이분은 대단한 인물이니 잘 모시도록 하여라."

숙후는 장교 중의 장교를 소진에게 붙여주며 엄명을 내렸다.

"네, 황공하옵니다."

소진의 옆에 와서 다소곳이 앉는 궁녀의 목소리는 은쟁반에 진주알이 굴러가는 소리 같았다. 궁녀들은 필시 어느 나라 제후가 지금 자기네 군주와 대작을 하고 있는 줄 착각했을 것이었다. 숙후는 평상시보다 더 노골적인 태도로 자기 옆에 앉은 궁녀의 구석구석을 만지며 희롱하였다. 궁녀는 숙후의 손이 자기를 더듬을 때마다 배시시 웃으며 몸을 뒤틀었다. 소진도 자기 옆에 앉은 궁녀를 더듬고 싶었지만 군주 앞이라 손이 잘 나가지 않았다. 그러나 술기운이 차츰 오르자 주막집 주모를 만지던 실력이 되살아났다.

"경(卿)은 이린 노래를 아오?"

숙후는 흐뭇한 미소를 떠올리며 컬컬한 목소리로 노래를 부르기 시작했다.

박주가리 가지인 듯

상아 송곳 찬 저 총각
상아 송곳은 찼어도
나를 몰라줘

"그 노래는 《시경》에 나오는 것이 아닙니까? 위나라 혜공(惠公)을 놀리기 위해 대부들이 지어 불렀다는 노래가 아닙니까?"

소진이 알은체를 하였다.

"그런 식으로 《시경》의 노래들을 정치적으로 해석하는 것은 딱 질색이야. 뭐든지 정치적으로 해석해야 고상해지는 줄 아는 모양이지. 노래는 그저 서민들의 소박한 노래로 이해해야 되는 거야."

그러면서 숙후는 궁녀들을 둘러보며 물었다.

"애들아, 상아 송곳이 뭔지 아느냐?"

궁녀들이 서로 흘끗흘끗 쳐다보며 웃음보를 터뜨렸다.

"허허, 상아 송곳이 뭐냐니까?"

숙후는 웃고만 있는 궁녀들을 짐짓 나무라는 투로 대답을 재촉하였다. 그래도 궁녀들이 대답을 하지 않자 이번에는 소진을 수발 들고 있는 궁녀를 지목하여 물었다.

"네가 대답해봐."

궁녀는 얼굴을 붉히기만 하다가 작은 소리로 겨우 대답하였다.

"저, 상아 송곳은요, 상아로 만든 송곳으로 실이나 끈을 푸는 데 쓰는 도구이지요."

궁녀는 결국 대답을 회피한 셈이었다. 궁녀의 기지가 재미있는지 숙후는 너털웃음을 웃으며 소진에게 눈짓을 보냈다.

"그래, 맞다. 상아 송곳은 상아로 만든 송곳이지. 과연 그분을 모실 만한 계집이다."

"노래라는 것은 구절구절마다 다 숨은 뜻이 있는 법. 임금님께서는 그 숨은 뜻을 물은 것이 아니냐."

소진이 옆의 궁녀에게 주의를 주었다. 그러자 숙후를 모시고 있던 궁녀가 상기된 얼굴을 들면서 말했다.

"제가 대답해드리지요."

나머지 궁녀들은 이미 대답을 예상하고 있는 듯 그저 빙그레 웃고 있기만 하였다.

"상아 송곳은 남자가 복판에 차고 있는 송곳이옵니다."

"킬킬킬."

소진은 자기도 모르게 방정맞은 웃음을 웃고 말았다.

"히히히, 호호호."

좌중이 소진의 웃음소리가 우습고 해서 온통 배꼽을 쥐었다.

"복판에 차고 있는 송곳이라. 그래, 그 송곳은 무엇을 푸는 데 쓰느냐?"

숙후가 또 궁녀들을 둘러보았다. 궁녀들은 이번에는 정말 대답하기 곤란한 듯 고개들을 숙이고만 있었다.

"방금 네가 송곳은 실이나 끈을 푸는 데 쓰는 도구라고 하였지? 그래, 복판에 찬 송곳은 어떤 것을 푸는 데 사용하느냐?"

숙후가 소진 옆의 궁녀를 짓궂게 또 지목하였다. 궁녀는 어찌할 바를 모르다가 아까처럼 기지를 발휘하였다.

"그 송곳은 푸는 데 사용하는 것이 아니라 뚫는 데 사용하는 줄 압니다."

"키륵키륵."

소진은 이번에는 점잖게 웃으려고 호흡을 가다듬다가 그만 전보다 더 이상한 웃음소리를 내고 말았다. 꼭 기러기 울음소리 같은 웃음이었다.

"후후후, 무엇을 뚫는 데 사용하느냐?"

숙후도 웃음을 참지 못하고 어깨를 들썩거렸다. 궁녀들의 얼굴은 더욱 발개졌다.

"이분이 아주 기가 막힌 상아 송곳을 가지고 있느니라. 이분은 말이야, 천하의 얽히고 설킨 끈을 푸는 상아 송곳을 가지고 있단 말이야."

숙후는 소진을 가리키면 궁녀들을 둘러보았다. 숙후는 소진의 합종책을 가지고 슬쩍 말놀이를 해본 것이었다. 궁녀들은 임금이 갑자기 말을 돌리자 얼떨떨한 표정을 지어 보였다.

"자, 아까 내가 노래를 불렀으니 이제 너희들도 노래를 불러야지. 아 참, 경의 노래부터 듣고 싶구려."

소진은 이런 분위기에 알맞은 노래 한 곡을 걸쭉하게 불렀다.

진펄에는 쐐기풀
아름다운 그 줄기
싱싱하고 예쁜 너
처녀라서 더 좋아

소진의 노래는 계속 이어졌다.

진펄에는 쐐기풀
아름다운 그 꽃잎
싱싱하고 예쁜 너
남편이 없기에 더 좋아

숙후는 노래 가사의 의미를 되씹으면서 연방 고개를 끄덕였다.

소진의 노래가 끝나자 좌중이 박장대소하였다.

"경도 엉큼한 구석이 많구려. 처녀만 골라서 따먹으려 하다니. 하여튼 진펄같이 축축한 노래라서 더 좋아."

숙후는 노래의 후렴을 덧붙이면서 흐뭇해하였다. 그러다가 옆에 앉은 궁녀를 껴안으며 한 손을 또 으슥한 곳으로 밀어넣었다.

"너도 진펄같이 되었겠다. 여기가 말이야."

궁녀는 몸을 뒤틀었다.

"자, 이번에는 너희들 차례다. 돌아가면서 노래 하나씩을 부르도록 해라."

숙후의 명령에 궁녀들은 한 사람씩 노래를 부르기 시작했다. 다들 궁녀 교육을 잘 받았는지 노래 솜씨가 보통이 아니었다.

북풍은 싸늘하고
눈은 펑펑 쏟아지네
이 몸 사랑하신다면
손을 잡고 따라가리
우물쭈물하지 말고
어서 빨리 떠나야지

한 궁녀가 부른 그 노래는 사랑하는 연인과 함께 도주하는 내용을 읊은 것 같기도 하고, 북풍같이 싸늘하고 포학한 임금을 떠나 살기 좋은 나라로 속히 이민을 가고자 하는 소원을 읊은 것 같기도 하였다. 그 양면적인 의미로 인해서 그런지 숙후는 다소 진지한 얼굴이 되었다.

소진은 '눈이 펑펑 쏟아지네' 하는 구절에서, 눈이 쏟아지던 어느 날 〈태공 음부편〉을 다 떼고 마당으로 뛰쳐나와 이제 천하 제후들을 설득할 수 있다고 외친 일을 상기하였다. 그날 그 외침이 이제야 비로소 실현되고 있는 것이었다.

　북풍은 사납고
　눈은 마구 쏟아지네
　이 몸 좋아하신다면

　궁녀의 노랫가락이 이어질수록 소진은 자꾸만 눈이 쌓이고 있는 고향 집 마당을 떠올렸다. 노래의 내용하고는 별 상관도 없는 연상작용인데, 고향 집을 떠난 지 꽤 오래된 소진이었기에 향수에 젖지 않을 수 없었다. 어떻게 먹고들 살고 있는지. 이제 소진이 금의환향하여 돌아가면 자기를 불쌍히 여기기도 하고 멸시하기도 하였던 식구들이 어떤 표정으로 맞이할 것인가 궁금해졌다. 다른 궁녀가 노래를 부르기 시작했다.

　토끼는 깡충깡충(有兎爰爰)
　그물엔 꿩이 걸렸네(雉離于羅)
　어린 시절 그땐(我生之初)
　아무 탈 없었는데(尙無爲)
　내가 자란 지금에는(我生之後)
　숱한 근심 만나니(逢此百罹)
　차라리 내내 잠들고 싶어라(尙寐無吪)

　그 노랫가락은 분위기에 어울리지 않게 침울하기까지 하였다.
　"그만."
　숙후가 노래를 중단시키고 그 궁녀를 유심히 바라보았다. 궁녀의 눈에는 어느새 눈물이 비치고 있었다.

"토끼는 깡충깡충, 그물엔 꿩이 걸렸네라고 하였는데 토끼는 누구를 비유한 것이냐?"

숙후의 질문을 회피할 수 없다고 생각했는지 궁녀는 잠시 망설이다가 순순히 대답하였다.

"토끼는 간신배들을 말함이요, 꿩은 지조 있는 지사(志士)들을 말함입니다."

"그렇다면 간신배들은 깡충깡충 날뛰고, 지사들은 감옥에 갇혀 있다는 말이 아니고 무엇이냐?"

"바로 그러하옵니다. 봉양군이 세도를 부리던 지난 시절의 이야기입니다만, 지금도 억울하게 갇힌 지사들이 여전히 감옥에 남아 있고, 봉양군에게 들러붙었던 간신배들은 살짝 겉모습만 바꾸고는 지금도 역시 깡충깡충 날뛰고 있습니다."

"봉양군이 죽은 직후에 내가 정치적인 이유로 갇힌 자들은 다 석방하지 않았나? 첩자의 죄명으로 잡혀 들어온 자들은 제외하고 말이야."

"첩자의 죄명을 가진 자들 중에도 억울하게 누명을 쓰고 있는 사람들이 있습니다. 봉양군이 잡아 가두기 편하도록 사소한 내용을 부풀려 첩자로 몰아버린 경우가 많습니다."

궁녀는 반듯하게 생긴 용모와 어울리게 또렷한 목소리로 대꾸하였다.

"아니, 네가 어떻게 그런 사정을 잘 아느냐?"

숙후가 의아하다는 듯 궁녀를 다시금 쳐다보았다.

"사실은 저의 오빠가 봉양군을 비방했다는 이유로 잡혀 들어가 첩자의 누명을 쓴 채 지금도 옥에서 나오지 못하고 있습니다. 오빠가 잡혀 들어가자 집안은 몰락하고 저는 궁녀의 길로 들어섰습니다. 얼토당토않은 죄명으로 오빠를 잡아 가두었던 자들은 지금 토끼처럼 나돌아다니고 있는데, 바른말을 하였던 오빠는 여전히 옥에서 나오지 못하고 있습니다. 언제쯤이면 오빠가 그물에서 벗어날 수 있겠습니까?"

"허허, 그래서 숱한 근심을 만나니 차라리 잠들어 깨지 않으면 좋겠다고 노래하였구나. 잠들어 깨지 않겠다는 말은 곧 죽었으면 하는 말과 같은 것이 아니냐?"

"그러하옵니다. 이런 자리에서 말씀드리기는 송구합니다만, 저의 오빠를 살피시어 선처해주시기를 앙망하옵니다."

어쩌면 이 궁녀는 자기 오빠를 살려내기 위해 임금에게 상소할 기회를 얻으려고 일부러 궁녀로 들어왔는지도 몰랐다. 소진도 갑자기 술기운이 깨는 기분이었다.

"알았다. 봉양군이 지은 죄를 씻는 일이라면 내 전국 어디에라도 가서 억울한 사정들을 들어보겠다. 너의 오빠의 이름이 무엇이냐? 어느 감옥에 갇혀 있느냐?"

숙후는 조금 전까지 농담을 하고 음담패설을 늘어놓을 때와는 달리, 군주다운 품위를 되찾아 궁녀의 호소를 선처해주려고 자초지종을 물었다. 이제 주연은 파한 것이나 마찬가지였다. 소진은 슬슬 일어날 채비를 차렸다.

숙후가 지정해준 궁전 내실로 들어와 소진은 숙후와 나눈 대화들을 정리해보며 다음 나라를 어디로 정하는 게 좋을까 궁리해보았다. 아무래도 조나라와 인접한 위나라보다는 바로 위나라 밑에 있는 한나라가 적합할 것 같았다. 한나라가 합종책을 받아들이면 조와 한 사이에 끼여 있는 위는 스스로 위협을 느낀 나머지 합종책을 받아들이지 않을 수 없을 것이다. 이런 구상들을 하고 있는데 방문 앞에서 인기척이 났다.

"누구시오?"

소진은 몸을 한껏 움츠리며 방문에 비친 그림자를 향하여 물었다.

"저, 주연에서 재상님을 모셨던 궁녀이옵니다. 임금님께서 밤에도 정성껏 모시라는 분부가 있어서."

목소리를 들으니 금방 궁녀의 얼굴이 붕긋이 눈앞에 떠올랐다. 소진은 침을 한 번 삼키고 방문을 살며시 열어주었다. 궁녀는 소리도 없이 방으로 미끄러져 들어왔다. 외국 사신들을 많이 모셔본 궁녀 같았다.

"방금 네가 나를 재상님이라고 불렀것다. 내가 연나라에서 온 사신(使臣)인지 어떻게 아느냐?"

소진은 목소리를 낮추어 궁녀에게 물었다.

"저는 그런 사실은 전혀 몰랐습니다. 다만 임금님께서 재상님이라 부르라고 당부하셨기에. 앞으로 어르신네를 조나라 재상으로 모실 예정인 모양이지요."

궁녀로부터 그런 말을 듣자 소진은 가슴이 벅찰 지경이었다.

"호, 그래? 황공한 일이로고. 하여튼 이리 가까이 들라."

궁녀가 소진 곁으로 바싹 다가앉았다. 짙은 향수 냄새가 소진의 코를 자극하여 정신을 아득하게 하였다. 약간 수그러들었던 술기운이 다시금 되살아 오르는 듯싶었다.

"아까 너 노래 잘 부르더구나. 그 노래 제목이 뭐라고 했지?"

소진은 어색한 분위기를 풀려고 주연에서 궁녀가 부른 노래로 화제를 돌렸다.

"〈비풍(匪風)〉이라는 노래였습니다."

"〈비풍〉이라? 저 바람은 일어나고…… 그 다음 가사가 뭐였지?"

"그 다음 가사요? 이렇게 이어지지요."

궁녀는 낮은 목소리로 아까 부른 노래를 다시금 불렀다.

수레는 달리는데

고향 길 돌아보니

내 가슴 아파오네

"아, 그렇게 이어진 노래였지."

소진은 고개를 끄덕이며 가사를 음미하였다. 궁녀의 노래가 다 끝나자 소진이 궁녀를 슬그머니 껴안으며 물었다.

"노래를 들어보면 그냥 아는 노래를 부르는 것 같지 않고, 너의 심정을 담아 부르는 노래 같구나. 그래, 고향이 어디냐?"

"동주(東周) 낙읍(洛邑)이옵니다."

"뭐라구? 동주 낙읍에서 왔다구? 내 고향도 거기인데. 이거 같은 동향인이 아니냐? 너는 어떻게 이곳으로 왔느냐?"

궁녀는 잠시 고개를 다소곳이 숙이고 있다가 입을 열었다.

"동주는 이제 몰락할 대로 몰락한 나라가 되고 말았지 않습니까. 그곳 백성들은 먹고 살 길이 막막하여 수백 수천 명씩 떼를 지어 다른 나라로 도망가다시피 하고 있습니다. 저도 식구들을 따라 이 조나라로 들어온 것이지요."

소진은 백성들이 떼거지들로 변하고 있는 조국의 현실이 가슴 아파 목이 멜 지경이었다. 그런 상황 속에서 소진의 식구들이 어떻게 견뎌내고 있을지 염려되는 마음 가눌 길이 없었다.

"우리 나라인 동주는 이제 정말 가망이 없다고 보아야 해. 나도 한때는 조국을 부흥시킬 야망을 품기도 했지만, 여러 가지 여건으로 보아 불가능하다는 판단이 서고 말았지. 그래서 눈을 돌려 이 중원 전체를 안정시키는 정책을 구상하게 된 거지. 지금은 한 나라가 부흥하느냐 하는 것이 문제가 아니라 중원 전체가 같은 운명체라는 인식을 가지는 것이 중요하지. 그러할 때 가까스로 우리 나라도 살길이 열리게 되는 거지."

소진은 구체적인 이야기는 궁녀에게 발설하지 않으려고 스스로 자제하였다.

"한때는 천자국(天子國)이라는 이름도 들어가며 위세등등했던 우리 나라가 왜 이 모양이 되고 말았을까요?"

궁녀는 자신의 좁은 소견으로는 그 이유를 잘 모르겠다는 듯이 수심에 찬 표정으로 머리를 저었다.

"여러 가지 원인이 있겠지만, 주나라가 몰락하기 시작한 결정적인 원인은 유왕(幽王)이 포사라는 여자에게 빠져 적장자(嫡長子)인 태자 의구(宜臼)를 폐하고 포사의 소생인 백복(伯服)을 태자로 삼아버린 데 있지. 정비(正妃)였던 의구의 어머니 신후(申后)도 폐하고 포사를 정비로 삼아버렸지. 그러자 신후의 아버지 신후(申侯)가 반란을 일으킴으로써 나라가 쑥밭이 된 거지. 결국 유왕은 살해되고 도읍지였던 호경(鎬京)은 전화로 폐허같이 되어버렸지. 유왕이 죽자 신후(申侯)는 자기 손자인 의구를 천자(天子)로 옹립하였는데, 그 임금이 바로 도읍을 호경에서 낙읍으로 옮긴 평왕(平王)인 거지. 동쪽 낙읍으로 옮긴 후 우리 나라가 동주라고 일컬어졌던 거지. 백성들은 몇 년 전에 일어난 관중(關中) 지역의 어마어마한 지진으로 인하여 기아에서 허덕이며 유망민(流亡民)들로 전락하고 있는 판국에 정변까지 겹치게 되니 그만 주저앉고 만 셈이지. 그때 이후로 우리 나라는 곤두박질을 쳤다고 볼 수 있지. 유왕이 시진 복구 사업에만 정신을 쏟아도 부족할 시기에 포사라는 계집에 빠져 있었으니, 나라 꼴이 제대로 될 리가 없는 거지. 군주 한 사람이 어떻게 처신하느냐에 따라 나라의 운명이 결정되고 마는 경우가 허다하지. 세우는 데는 수백 년이 걸려도 무너뜨리는 데는 몇 년이면 족하지. 유왕 시절에 우리 나라는 회복할 수 없을 정도로 무너져버렸다고 하여도 과언이 아니지. 3백여 년 동안 세워온 것들이 그 몇 년 사이에 무너지고 만 셈이지. 왕실의 권위는 땅에 떨어져 사방 6백 여리나 되던 왕실 땅도 사방 백 리로 줄어들고 말았지. 왕실이 얼마나 가난했던지 왕들이 죽어도 장례를 치를 돈조차 없어 장례비를 다른 나라에서 빌려오기도 했지."

소진은 주나라가 몰락한 경위를 생각하면 안타까운 점들이 많지만 이제는 주나라 하나에 신경 쓸 계제가 아니었다. 소진은 주나라 이야기에서 다른 화제로 옮겨가고 싶었다. 그러나 궁녀는 소진이 이야기해준 내용의 여파로 인함인지 여전히 생각이 주나라 주변을 맴돌고 있는 듯했다. 오늘따라 고향이 유난히 그리운지도 몰랐다. 오랜만에 동향인을 만났기에 고향 이야기를 실컷 나누고 싶었을 것이었다.

"왕이 죽어도 장례비가 없어 장례를 치르지 못할 정도였다면 이미 끝장을 본 나라이군요. 백성들이 너무 불쌍해요."

궁녀는 그 불쌍한 백성들 중에 자기도 포함되어 있음을 잘 알고 있었다. 소진은 고향 거리에 대하여 궁녀와 얼마간 이야기를 나눈 후 조나라 궁전에서 일어나고 있는 뒷이야기들을 궁녀로부터 주워들었다. 이미 차려진 술상머리에서 궁녀가 따라주는 술잔을 계속 들이켠 소진은 숙후와 더불어 마신 술기운까지 겹쳐 정신이 몽롱해졌다.

궁녀가 펴준 잠자리에 들었어도 둥실 구름 위에 누워 있는 기분이었다. 벌거벗은 궁녀의 몸이 자기 몸에 안겨오는 것을 느끼면서도 이게 꿈인지 현실인지 구분이 잘 되지 않았다.

소진은 자기가 탄 구름이 어쩌면 봉황(鳳凰)인지도 모른다는 생각이 들기도 하였다. 그렇게 구름 같기도 하고 봉황 같기도 한 그것은 천하를 돌면서 군주와 재상들을, 마치 매가 병아리를 채듯이 하나하나 잡아채 올렸다.

그 군주와 재상들은 소진이 마음먹기에 따라 그 운명이 결정될 판이었다. 소진은 진의 군주로 보이는 자를 밀쳐서 끝도 없는 저 밑으로 곤두박질치게 하였다. 아래로 곤두박질치는 그 군주를 내려다보며 나머지 군주와 재상들이 껄껄대고 웃었다.

그런데 얼마 지나지 않아 진의 군주는 다른 봉황을 타고 떠올라왔다. 그 봉황 위에는 진의 군주만 있는 것이 아니었다. 소진의 친구요 경쟁자인 장의(張儀)가 함께 타고 있었다. 소진은 온몸이 경직되는 느낌이었다. 드디어 두 봉황은 날개를 퍼득이고 부리를 휘두르면서 서로 맹렬히 싸움질을 해댔다. 승패의 관건은 소진과 장의가 어떻게 봉황의 날개를 조종하느냐에 달려 있었다. 두 봉황이 너무도 치열하게 싸우기 때문에 소진은 과연 누가 이기고 있는지 분간할 수 없었다.

한참 싸우고 있는데 어느 한순간, 장의의 봉황이 소진의 봉황 정수리를 부리로 콱 쪼아버렸다. 소진의 봉황이 날개를 퍼드덕거리며 몸부림을 치자 소진이 중심을 잃고 아래로 곤두박질칠 위기에 처하게 되었다. 소진은 몸의 중심을 잡으려고 봉황과 더불어 함께 몸부림을 치다가 퍼뜩 눈을 떴다. 꿈이었다. 아직 아침이 되려면 한참은 있어야 할 시각이었다. 소진의 바로 옆에서 궁녀는 입을 조금 벌리고 새근거리며 자고 있었다.

꿈에 본 장의의 모습이 뇌리에서 어른거리자 소진은 갑자기 몸을 곧추세우며 벌떡 일어났다. 장의가 활동을 시작한 것이 아닌가 하는 불길한 예감이 드는 것이었다.

그 무렵, 장의는 나름대로 출세의 길을 트기 위해 애를 썼으나 여의치 못한 상태로 있었다. 초나라에서부터 자신의 웅지를 펴려는 계획을 가지고 초나라로 갔을 적에도 봉변만 당하고 돌아왔다. 어떤 봉변을 당했느냐 하는 것은 장의 이야기를 구체적으로 하게 될 때 언급하겠지만, 아무튼 장의는 실의에 빠진 가운데 있었다.

소진은 장의가 어떠한 상태에 있는가 사람을 시켜 알아보고는 은근히 안심을 하게 되었다. 꿈이라는 것은 정반대로 꾸는 경우가 허다하다는 사실을 새삼 상기하며, 아직 장의를 겁낼 단계는 아님을 확인하였다. 그리고 장의가 소진 자신을 방해하지 않도록 은밀한 계획 하나를 세웠다.

소진의 책략에 말려든 장의

　소진(蘇秦)은 사람을 장의(張儀)에게 보내 소진의 첩자임을 숨기고 장의의 마음을 충동질하도록 하였다. 소진의 첩자는 위나라에 있는 장의에게 접근하여 친밀한 관계가 되었다. 첩자는 장의를 만날 때마다 장의가 아직까지 출세하지 못하고 있는 사실이 안타깝다는 투로 말했다.
　"당신보다 못한 사람들도 다 출세해서 떵떵거리며 살고 있는데, 그 나이가 되도록 촌부로 남아 있으니 당신의 실력을 아는 나로서는 그저 안타깝기만 할 따름이오."
　그러면 장의도 함께 울분을 토하곤 하였다. 첩자는 기회를 봐서 슬쩍 이런 말을 흘렸다.
　"사람이 지기 혼자 잘났다고 출세하는 것이 아니시 않소? 다 인맥을 타야 출세도 하는 법이오."
　결국 장의도 그 말에 동의하지 않을 수 없었다.
　"나는 인덕이 없는 모양이오. 사람을 사귀다가 누명이나 쓰고 봉변이나 당하니 말이오."

"인덕이 없다니오? 당신의 친구 중에 소진이라는 자가 있지 않소? 그 사람이 지금 조나라 임금에게 유세하여 국군(國君)의 총애를 한몸에 받고 있는 사실을 모르지는 않겠지요?"

장의는 소진 이야기가 나오자 침울한 얼굴이 되었다.

"그 사실을 왜 내가 모르겠소?"

"그런데 왜 친구의 덕을 보려고 하지 않소?"

첩자의 말을 들은 장의는 놀란 듯이 그를 쳐다보았다

"우리는 스승 밑에서 배울 때도 서로 경쟁하였소. 공부에 있어서는 사실 내가 소진보다 앞선 적이 많았소. 그런데 지금 어떻게 소진에게 부탁한단 말이오. 자존심이 허락하지 않소."

첩자는 장의의 말에 공감하는 척하며 고개를 주억거렸다.

"하긴 그럴 것이오. 그러나 출세를 하는 데는 자존심이고 나발이고 다 팽개치고 들러붙어야 하는 것이오. 먼저 된 자가 나중 되고, 나중 된 자가 먼저 되는 사례가 얼마나 많소? 지금은 당신이 소진에게 부탁하는 입장이지만, 나중에 소진이 당신에게 부탁하는 입장이 될지 어떻게 아오? 그러니 일단 자존심 같은 것은 접어두고 소진에게 매달려보시오. 소진을 놔두고 다른 길로 돌아가는 것은 헛수고를 하는 셈이오."

장의는 첩자의 말을 새겨듣는 눈치였다. 한동안 눈을 지그시 감고 말이 없더니 나직하게 중얼거렸다.

"내가 부탁하면 소진이 들어줄까?"

"재상 자리에 있는 소진이 벼슬 한 자리 부탁하는 친구의 청을 매정하게 뿌리치지는 않을 것이오."

장의의 마음이 기울어지고 있다는 것을 간파한 첩자는 더욱 강하게 권유하였다.

"스승 밑에서 배울 때는 경쟁자가 되지 않을 수 없지만, 일단 사회에 나오면 친구만큼 좋은 것도 없지 않소? 서로 도와가면서 출세 길을 열어가는 것이 친구의 도리가 아니고 무엇이오?"

장의는 마침내 소진을 찾아가보기로 하였다. 장의가 조나라로 들어가 소진의 집 대문간에서 이름을 올리고 만나뵙기를 청하였다. 그러자 하인들이 장의를 정중하게 모시는 척하며 장의를 데리고 들어와 건넌방에 들도록 하였다. 장의는 이 방에서 좀 기다리면 소진이 나와 자기를 맞이해주겠거니 생각하며 피곤한 심신을 쉬고 있었다. 그런데 하루가 지나고 이틀이 지나가도 만나주지 않았다. 장의는 화가 머리끝까지 나서 몸이 부들부들 떨릴 지경이었다. 벼슬이고 뭐고 당장 소진의 집을 나가야겠다고 작정하고 방문을 나서려 하니, 문 앞에 서 있던 하인들이 우르르 달려왔다.

"아니, 재상님을 만나보지도 않고 가다니오? 재상님이 워낙 바쁘셔서 하루만 더 기다려달랍니다."

"하루고 뭐고 일없다! 내 당장 나가려고 하니 길을 비켜라."

장의가 소리치며 둘러서 있는 하인들을 뚫고 나가려 하였다.

"하허, 왜 이러십니까? 재상님을 만나려면 하루 이틀 기다리는 것은 보통인데요."

그러면서 하인들이 합세하여 장의를 도로 방 안으로 밀어넣었다. 하인들의 완력에 떠밀려 장의는 할 수 없이 방으로 다시 들어가야만 하였다. 좋다. 하루만 더 기다려보자. 마음을 고쳐먹으며 장의는 간신히 부아를 가라앉혔다. 그러나 다시 하루가 지나가도 소식이 없었다. 장의는 방문을 벌컥 열어젖뜨렸다.

"하루만 더 기다려달라고 하더니 왜 소식이 없느냐!"

문 앞의 하인들이 서로 눈치를 보다가 한 하인이 대답하였다.

"재상님은 오늘 장인 댁으로 나가셨습니다. 갔다 오시는 데 이틀은 걸릴 것입니다."

"뭐라구? 사람을 놀려도 분수가 있지. 내 당장 이 집을 나가지 않나 보라."

장의는 신도 제대로 신지 않고 마당으로 내려섰다. 그러나 하인들이 신속하게 장의의 양 겨드랑이를 끼고 능청을 떨면서 장의를 방으로 밀어넣었다.

"허허, 이틀 후에 오신대도 그러십니까? 기다리신 김에 조금만 더 기다리시면 될 텐데."

장의는 완전히 감방에 갇혀 있는 꼴이 되었다. 생각하면 생각할수록 부아가 치밀어올랐다. 이렇게 친구를 무시할 수가 있나. 이제 이후로 소진과는 절교하고 말리라. 내, 다른 나라로 가서 기어이 출세하여 소진의 교만을 꺾어놓고야 말리라. 장의는 밤잠을 설치며 다짐하고 또 다짐하였다. 그러다가 새벽녘에 방문 앞의 동정을 엿보았다. 방문을 지키는 하인들이 꾸벅꾸벅 졸고 있었다. 장의는 기회는 이때다 하고 살그머니 방을 나와 대문께로 다가갔다. 대문을 파수하고 있는 하인들도 쪼그리고 앉아 졸고 있었다. 대문까지 벗어난 장의는 냅다 달리기 시작했다. 그런데 얼마 가지 못하여 뒤따라온 하인들이 장의를 붙잡고 말았다.

"이렇게 달아나시면 어떡합니까? 재상님께서 꼭 모시고 있으라고 엄명하셨는데. 우리만 혼나라고 이러십니까?"

하인들이 버둥대는 장의를 매다시피 하여 다시 집으로 돌아와 방 안에다 들였다.

그 다음날부터 장의를 대접한답시고 들여지던 음식들도 질이 뚝 떨어지고 말았다. 그야말로 종들이 먹는 음식이 지급되었다. 장의는 처음에 그런 음식을 거부하다가 배가 고파지자 허겁지겁 그거나마 먹지 않을 수 없었다.

드디어 소진이 장의를 부른다는 전갈이 내려왔다. 장의는 소진을 만나 단단히 항의하리라 작정하고 소진에게로 나아갔다. 그런데 층계 아래에 이르자 하인이 더 이상 오르지 못하도록 장의를 제지하였다.

"여기서 기다리십시오. 재상님이 곧 나올 것입니다."

"여기는 당하(堂下)가 아니냐? 나는 재상의 친구란 말이다."

"글쎄, 저흰들 압니까? 재상님이 그렇게 분부하신걸요."

하인은 무뚝뚝하게 대꾸하고 저편으로 사라졌다. 장의는 자존심이 상할 대로 상하여 그냥 가버리려고 하다가 또 하인들에게 붙잡혀올 것이 틀림없으므로 일단 소진을 만나보기로 하였다. 도대체 왜 이런 대접을 자기에게 하는지, 무슨 오해가 있었던 것은 아닌지 따져보고 싶기도 하였다. 얼마 있으니 소진이 당상(堂上)으로 나와 앉았다. 그러고는 장의를 보고 반가운 기색은 전혀 드러내지 않고, 당하에 놓인 짚방석을 가리키며 말했다.

"왜 그렇게 서 있나? 거기 앉게나."

그 자리는 죄인이 심문을 받을 때 앉는 자리였다. 장의는 입을 꾹 다물고 서 있기만 하였다.

"허허, 앉으래두. 조나라에 있는 한 내 말을 들어야 하네."

소진은 은근히 협박투로 말했다. 어느새 다시 나타났는지 하인들이 장의의 주위로 몰려와 있었다. 장의가 소진의 말대로 앉지 않으면 억지로라도 앉힐 기세였다. 장의는 갈 데까지 가보자 하고 털썩 짚방석에 주저앉았다.

"자네가 나에게 온 목적이 무언가? 혹시 다른 나라의 첩자로 염탐하러 온 것은 아닌가?"

소진의 말을 듣자 장의는 소진이 자기를 첩자로 오해했기 때문에 그동안 그런 식으로 대접했나 하고, 우선 이 오해부터 풀어야겠다고 생각했다.

"첩자라니? 난 오로지 친구인 자네를 오랜만에 만나보러 왔네."

"음, 자네 말을 믿어도 되겠나?"

"친구의 말을 믿지 않으면 누구를 믿겠나?"

장의는 소진을 만나면 절교를 선언하겠다고 벼르던 것과는 달리 친구임을 강조하고 있었다.

"그럼 자네 말을 한번 믿어보겠네. 하지만 단순히 친구를 만나기 위해 여기까지 왔다는 것은 잘 이해가 되지 않네. 자네, 혹시 나에게 벼슬자리를 부탁하러 온 게 아닌가?"

장의는 자신의 마음이 소진의 취마술 앞에 그대로 드러나는 것을 느끼며 잠시 당황하였다. 이왕 이렇게 된 바에야 자기가 온 목적을 솔직히 밝히자 하는 쪽으로 마음이 기울어졌다. 첩자라는 오해가 풀렸으면 소진이 자기의 부탁을 들어줄지도 모른다는 기대감이 생기기도 하였다.

"사실 나는 아직까지 벼슬자리 하나 변변한 것이 없네. 그래서 생활이 곤궁하기 그지없네. 귀곡(鬼谷) 선생에게서 배운 바를 가지고 유세하러 다녀도 누구 한 사람 나를 거들떠보지도 않았네. 그러던 차에 자네가 조나라에서 임금의 총애를 받는 지위에 올랐다는 소문을 듣고 자네의 도움을 좀 받아볼까 하고 이렇게 왔네. 일단 식구들 먹여 살릴 만한 자리라도 하나 마련해줄 수 없겠나?"

장의는 소진에게 항의를 하겠다는 생각은 흔적도 없이 사라지고 자신의 부탁을 늘어놓기에 급급하였다. 소진은 장의의 딱한 사정을 들어주는 척하다가 느닷없이 고함을 질렀다.

"귀곡 선생 밑에서 배울 때도 자네가 나보다 앞서지 않았나? 그런 능력을 가지고도 지금껏 출세를 하지 못한 데는 필시 무슨 이유가 있을 것이네. 사람들이 자네를 알아주지 않아서 출세를 못한 것이 아니라 자네에게 큰 결점이 있어서 그럴 것이네. 내가 임금에게 자네를 추천하여 벼슬자리 하나 얻어주는 것은 그리 어렵지 않으나, 자네의 결점 때문에 그 벼슬을 제대로 감당하지 못하면 추천해준 나의 꼴이 어떻게 되겠나. 그래서 자네의 부탁을 들어줄 수가 없네. 사람을 추천하는 일이 쉬운 것 같지만 그렇지 않네."

소진은 제법 훈계조로 말하며 장의의 부탁을 거절하였다. 장의는 소진에게 벼슬 부탁을 하지 않으니만 못하게 되었다. 이럴 줄 알았으면 차라리 절교를 선언하며 욕설이나 퍼붓고 나올걸. 장의는 자신의 간사한 마음을 후회했지만 이미 때는 늦고 말았다. 소진은 그럴싸하게 거절하고 있지 않은가.

장의는 소진에게 놀림을 당해도 톡톡히 당한 기분이었다. 마지막 자존심까지 짓뭉개져버린 것이었다. 장의는 폭발하려는 마음을 진정시키며 아주 차가운 음성으로 대꾸하였다.

"알았네. 자네만한 자리에 있으면 얼마나 많은 사람들이 부탁을 하겠나? 자네 심정을 십분 이해하네."

장의는 물러나오면서 소진과의 절교를 내심으로 선포하였다. 그러고는 어떻게 하면 소진에게 당한 모욕을 갚을 수 있을까 밤을 새면서 궁구하였다. 그러다가 결국 진나라로 들어가기로 마음먹었다. 지금 국제적인 정세로 볼 때 조나라를 누를 수 있는 나라는 진나라밖에 없다고 해도 과언이 아니었다. 비록 한푼 없는 거지 신세와 다름없지만 맨몸으로 다시 부딪쳐볼 수밖에 없었다.

장의는 이를 악물고 조나라에서 함곡관을 지나 진나라로 들어갔다. 그러나 노자(路資)가 떨어져 산과 들에서 잠을 자며 구걸을 하다시피 해서 밥을 얻어먹었다.

한편, 소진은 가신(家臣)에게 금과 비단, 거마들을 붙여 장의를 뒤쫓게 하였다. 소진의 가신은 처음에는 장의의 주위만 맴돌다가 점차로 장의에게 접근하였다. 하루는 장의가 배도 고프고 피곤해서 어느 나무 밑에서 자고 있는데, 소진의 가신이 수레를 몰고 가다가 우연히 발견한 것처럼 하여 장의를 흔들어 깨웠다.

"여보시오, 여보시오. 이렇게 추운데 한데서 자고 있소? 밤 서리가 내리면 몸에 좋지 않소."

장의는 부스스 눈을 뜨고 자기를 흔들고 있는 사람을 올려다보았다.

"여비가 없으니 어떡하오? 아직 겨울은 아니니 안심하고 가던 길이나 가시오."

"보아하니 선비임에 틀림없는데, 상현(尙賢)의 도리를 배운 저로서 어떻게 그냥 지나칠 수가 있겠소? 여비 걱정은 마시고 저와 함께 여관으로 듭시다. 저도 어차피 여관 신세를 지면서 여행을 계속해야 하니까요."

아닌 게 아니라, 장의는 몸이 으스스 떨려오고 해서 따뜻한 여관에 드는 것이 오늘 밤의 소원이기도 하였다. 장의는 못 이기는 체하며 그 사람을 따라 여관으로 들었다. 숙박비를 계산하는데 보니 그 사람은 꽤 많은 돈을 지니고 있는 듯하였다.

소진의 가신은 계속 자기 신분을 숨기고 장의와 함께 진의 도읍 함양으로 향해 가면서 여행에 필요한 모든 경비를 자기가 다 댔다. 그리고 함양에 와서도 장의의 뒷바라지를 한결같이 해주었다. 장의는 큰 은인을 만난 셈이었다.

장의가 진의 신하들을 만나 진의 군주 혜문왕(惠文王)을 알현하고자 교섭을 벌일 때도, 소진의 가신은 거기에 소용되는 돈과 선물들을 대주었다. 장의로부터 뇌물을 받아먹은 신하들은 혜문왕과의 알현을 적극 추진해주었다. 장의가 아낌없이 비용을 대주는 그 사람에게 한번은 진지하게 이렇게 물었다.

"이 은혜를 어떻게 갚을지 모르겠소. 도대체 나를 도와주는 이유가 무어요?"

그 사람은 빙그레 웃으며 말했다.

"선비를 깊이 존경해야 한다는 상현의 도리를 집안에서 대대로 가르쳐왔기 때문이라고 하지 않았소?"

"아무리 상현의 도리를 마음속 깊이 받아들였다 하더라도 이렇게까지 도와줄 수는 없는 법이오. 필시 무슨 까닭이 있을 듯하니 말해보시오."

"제가 무슨 조건이라도 내걸까 싶어 그러십니까? 그 점은 아무 염려 마십시오. 그저 당신이 앞으로 큰 인물이 되리라 여겨지기 때문에 도와주는 것이오. 당신이 큰 인물이 된다면 그것으로 나는 할 일을 다한 것이오."

"어떻게 내가 큰 인물이 된다는 것을 알 수 있소?"

"이래 봬도 저에게는 인물을 알아보는 눈이 있습니다."

장의는 더 이상 캐묻지 않았다. 다만 출세를 하면 어떤 모양으로든지 이 사람에게 은혜를 갚아야겠다고 속으로 다짐하였다.

마침내 장의는 진의 혜문왕을 알현하게 되었다. 장의가 혜문왕을 만나 어떻게 왕의 마음을 사로잡았는가 하는 것은 장의의 연횡책(連橫策)에 관하여 이야기할 때 자세히 언급될 것이지만, 아무튼 장의는 소진의 가신이 대준 뇌물의 힘을 덧입고 온 지혜를 다하여 혜문왕을 설득시키는 데 성공하였다. 장의에게도 이제 출세의 길이 열린 셈이었다. 장의가 조정을 출입하며 혜문왕과 정책을 의논하는 것을 묵묵히 지켜보던 소진의 가신은 어느 날 짐을 꾸려 떠날 채비를 차렸다. 장의가 놀라며 물었다.

"아니, 어디로 간다는 말이오?"

"다시 조나라로 돌아가야지요. 진나라에서의 할 일도 다 끝났으니."

소진의 가신이 말하는 진나라에서의 할 일이란 조나라에 팔기 위해 진의 특산물인 담비 가죽을 구입하여 가는 일이었다. 이것도 사실 철저히 신분을 위장하기 위한 수단이었던 것이다.

"보다시피 내가 당신 덕택으로 출세할 수 있게 되었소. 이제부터 그 은덕을 갚고자 하는데 떠나가려고 하다니오? 조나라에 가서 장사치로 살아가기보다 이 진나라에서 벼슬을 하는 게 어떻소? 보아하니 장사치로 몰락하기 전에는 뼈대 있는 집안이었던 것 같은데."

"저 같은 것이 무슨 벼슬을 하겠습니까? 장사하는 기술밖에 없는걸요. 저에게 은덕을 갚으시고자 한다면 부디 백성들에게 선정을 베풀어 두루 평안하게 하시기를 바랍니다."

소진의 가신은 미련 없이 떠나려고만 하였다. 장의는 그 사람에게 개인적으로 은혜를 갚을 수 있는 길을 가르쳐달라고 사정하며 조나라에 있는 거처만이라도 알려달라고 하였다. 그러자 소진의 가신은 잠시 생각하는 척하더니 입을 열었다.

"전에 당신이 무슨 까닭으로 내가 당신을 돕는지 말해달라고 한 적이 있지요?"

"그렇지요. 그때 당신은 상현의 도리를 따르는 것뿐이라고 하였지요."

"그리고 제가 한 말이 있지요. 큰 인물을 알아보는 눈이 저에게 있다고."

"그런 말도 하였지요."

"그런데 말입니다. 사실은……."

소진의 가신이 뜸을 들였다. 장의는 그가 무슨 말을 하려고 하나 사뭇 긴장하였다.

"제가 인물을 아는 것이 아니라 당신의 인물됨을 아는 것은 바로 저의 주인입니다."

"주인이라니오? 그럼 당신은 남의 집 가신이란 말이오?"

장의는 다시 한번 그 사람을 훑어보았다.

"그렇습니다. 제가 가지고 있는 모든 재물도 사실은 모두 주인님의 것입니다."

"도대체 당신의 주인이 누구요?"

장의가 바짝 귓바퀴를 세우며 대답을 기다렸다.

"소군(蘇君)입니다."

"소군이라면 소진이란 말이오?"

"그렇습니다. 당신의 인물됨을 아신 것은 바로 소군입니다. 소군께서 당신의 요청을 들어주지 않고 오히려 격분케 한 것은 당신이 적은 이익에 만족하여 안주할까 염려했기 때문이었습니다. 당신이 격분하여 진으로 떠나가자 즉시 주인은 저를 불러 당신을 뒤에서 돕도록 분부하시면서 재물을 맡기셨습니다. 그리고 하시는 말씀이 능히 진의 권력을 잡고 휘두를 수 있는 사람은 당신밖에 없다고 하셨습니다. 그러나 사람을 통하여 등용되려면 뇌물로 쓸 자금이 필요한데, 당신은 빈곤하여 그 점이 문제라고 하였습니다. 또 하시는 말씀이 당신을 천하 현사(天下賢士)라고 하시면서, 소군 자신은 당신에게 미치지 못한다고 하였습니다. 다만 운이 좋게도 먼저 등용되었을 뿐이라고 하셨습니다. 이제 당신도 진나라 조정에 등용되었으니 주인님께서 기뻐하실 것입니다."

그 사람의 말을 듣고 있던 장의는 땅이 꺼질 듯이 탄식하였다.

"아, 소진의 계략 속에 있으면서도 그것을 깨닫지 못하였구나. 아무튼 나는 이제 소진의 은혜를 갚지 않으면 안 되는 처지가 되었구나!"

소진의 가신은 장의의 탄식을 가만히 듣고 있다가 정말로 떠날 자세를 취했다.

"이제 깨달으셨으니 나로 하여금 빨리 돌아가서 당신이 등용된 사실을 주인님에게 보고하도록 해주십시오."

"잠시만 기다리시오. 내가 소진의 은혜를 어떻게 하면 갚을 수 있겠소? 소진의 은혜를 갚도록 하여 내 자존심을 조금이나마 세워주시오."

소진의 가신은 그동안 장의와 사귐을 가졌기 때문에 장의의 심정을 능히 헤아릴 수 있었다. 어쩌면 소진이 장의의 부탁을 거절했을 때보다 더욱 장의의 자존심이 상해 있는지도 몰랐다.

"정 그러시다면 소군이 염려하고 있는 바를 거두어주십시오."

"소진이 염려하고 있는 바가 무엇이오? 속히 말해보시오"

소진의 가신은 주위를 한 번 둘러본 후 나직하게 말했다.

"소군께서 염려하고 있는 바는 진나라가 조나라를 쳐서 소군이 도모하고 있는 합종책을 무산시켜버릴까 하는 것입니다. 당신이 이제 진의 권력을 제어하게 되었으니 진이 조나라를 치는 일이 없도록 할 수 있을 것입니다."

"아, 바로 이 일을 위하여 소진이 나를 도와주었구나!"

장의는 또 한번 탄식을 하였다. 소진의 가신은 장의의 마지막 언질을 기다렸다.

"좋소. 소진에게 가서 이르시오. 소진의 술수 속에 있으면서도 깨닫지 못했으니 내가 소진보다 못한 것이 분명한데, 등용된 지 얼마 되지도 않는 내가 어찌 조나라를 치는 계략 같은 것을 세울 수 있겠느냐고 하더라 전하시오. 그리고 나를 대신하여 꼭 소진에게 사례의 말을 전해주고 내가 이 말도 하더라 하시오. '소군이 살아 있는 동안 장의가 무슨 말을 감히 할 수 있겠으며, 소군이 건재하는 동안 장의가 감히 무엇을 도모하겠는가' 자, 그럼 갈 길을 가시오. 주인의 명을 따라 나를 성실하게 도와준 당신의 은혜도 잊지 않으리다. 소진에게 무슨 일이 생겨 당신이 있을 곳을 찾지 못하게 될 때는 주저 말고 나에게로 오시오. 내가 선처하리다."

"저를 그렇게까지 생각해주시니 감사합니다. 당신이 한 말을 주인에게 그대로 전해 올리리다."

소진의 가신은 짐을 정리하여 길을 떠났다.

가신으로부터 보고를 받은 소진은 흡족한 미소를 떠올리며 가신의 수고를 칭찬하고 그에게 금품을 하사하였다.

내 평생의 꿈이 이루어졌소

장의를 진나라에 심어둠으로써 진의 위협을 일단 저지한 소진은 조나라에서 착실하게 권력을 다져나갔다. 출세를 하면 찾아가겠다고 약속했던 말애라는 여인의 집에 소진이 다시 가서 말애를 첩으로 맞이한 것은 두말할 필요가 없었다. 말애의 아버지까지 모셔와서 여생을 편하게 보내도록 배려해주기도 하였다.

처음에는 잠자리에서 딱딱하기만 하던 말애의 몸도 차츰 나긋나긋해지고 쾌감에 반응하는 몸짓도 다양해졌다. 소진은 이전과는 달리 매일매일의 생활이 바빠졌는데, 하루하루의 성패가 얼마나 중요한지 새삼 느끼지 않을 수 없었다.

그런데 이상한 것은 말애와의 잠자리가 흐뭇하게 이루어진 그 다음날은 몸과 마음이 상쾌해져 하는 일이 순조롭게 진행되고, 사람들을 만나도 자신감을 가지고 대하게 되었다. 거기서 소진은 정치라는 것도 성적인 생활과 깊이 연관된다는 사실을 인정하지 않을 수 없었다. 그러니까 잠자리에서의 여자의 역할이 시대와 역사를 좌우한다고 하여도 과언이 아니었다.

 조나라에서 어느 정도 기초를 다졌다고 여겨질 즈음, 소진은 이미 계획했던 대로 한나라로 내려갈 채비를 차렸다. 그동안 한나라에 대하여 여러 가지로 정보를 수집하고 연구하였음은 말할 필요가 없었다. 소진이 살펴본 바로는 한은 무엇보다 무기 제작에 있어 뛰어난 나라였다.

 소진은 첩자들을 시켜 한나라의 무기들을 가지고 오도록 하여 면밀히 시험을 해보았다. 복우산(伏牛山) 아래에 있는 무기 제작소 소부(少府)에서 만드는 시력(時力)·거래(距來)와 같은 대형 활, 즉 쇠뇌들은 그 사정거리가 6백 보를 훨씬 넘는 것들이었다.

 그리고 양궁(良弓)을 생산하기로 유명한 남만(南蠻)의 계자(谿子) 지방 사람들을 잡아와서 만들게 하고 있는 활들도 6백 보의 사정거리를 거뜬히 유지하고 있었다. 그 쇠뇌들은 병졸이 발로 밟고 쏘면 백 발이 연속해서 발사되도록 고안되어 있었다. 그 활들은 멀리서 맞으면 화살촉이 보이지 않을 정도로 가슴에 박히며, 가까운 데서 맞으면 아예 화살 전체가 다 들어갈 정도로 가슴 깊숙이 박혀버렸다. 대단한 활이요 화살들이라 아니할 수 없었다.

 명산(冥山)에서 만들어지고 있는 당계(棠谿), 묵양(墨陽), 합부(合賻), 등사, 원풍, 용연, 태아 등의 명칭을 지닌 양검(陽劍)들은 그 이름들에 걸맞게 예리하기가 번개와도 같았다. 육지에서는 소와 말이 한칼에 베어져서 꼬꾸라지고, 물에서는 고니와 기러기의 목이 동강났다. 견고한 갑옷과 쇠 방패까지도 거침없이 쪼개버리는 무서운 칼들이었다.

 거기에다가 활을 쏠 때 오른손의 손가락에 끼워 화살을 당기는 데 편리하도록 만든 가죽 깍지인 혁결(革抉), 방패와 방패를 잇는 데 사용하는 발예, 각종 갑옷과 가죽 장화, 어깨를 가리는 철의(鐵衣) 등 갖가지 장비들이 갖추어져 있었다. 이런 무기들을 가지고 수십만의 대갑병(帶甲兵)들이 무장을 하고 있으니, 다른 나라들이 섣불리 깔볼 수 없는 군사력이라 할 수 있었다.

그런데도 한나라는 진나라의 눈치를 보며 쩔쩔매고 있는 형편이었다. 이렇게 한나라의 강점과 약점을 파악한 소진은 한의 군주 선혜왕(宣惠王)을 설득시킬 계략을 구상하며 한나라 도읍인 양적(陽翟)으로 들어섰다. 양적은 70여 년 전 경후(景侯)가 새로 도읍으로 정하고 옮겨온 곳으로, 이전의 도읍인 평양(平陽)보다는 중후한 맛이 떨어졌지만 전체 분위기가 활기차 보였다.

소진이 조나라의 재상 자격으로 왔다는 말을 들은 선혜왕은 소진을 예의를 다하여 영접해주었다. 한나라의 명상(名相) 신불해가 죽은 지 몇 년 되지 않고 또 이전 군주인 소후(昭侯)가 죽은 지 2년도 채 되지 않은 시기라, 선혜왕은 여러 방면에서 자문이 필요한 형편에 처해 있었다. 소진은 먼저 선혜왕을 만나 한나라가 얼마나 지리적인 이점과 군사적인 이점을 지니고 있는지 제법 장황하게 설명하였다.

"용감한 한나라 군사가 견고한 갑옷을 입고 강한 쇠뇌를 밟고 예리한 칼을 차고 있으면 한 사람이 백 사람을 당해낼 수 있다고 하여도 결코 지나친 말이 아닙니다. 이렇게 한나라의 강대함과 대왕의 현명함을 가지고도 서쪽을 향하여 두 손을 모으고 진을 섬겨 굴복한다면, 국가의 수치요 천하의 조소거리가 될 뿐입니다. 이러하오니 대왕께서는 이 점을 숙고해주시기 바랍니다."

소진의 말을 듣고 있는 선혜왕의 얼굴에는 곤혹스러운 빛이 감돌았다. 선혜왕의 마음에 동요가 일어나고 있음을 눈치챈 소진은 더욱 강경한 어조로 자신의 의견을 개진하였다.

"만약 대왕께서 진나라를 섬긴다면 진은 반드시 한의 서쪽인 의양(宜陽)과 북쪽의 견고한 성 성고(成皐)를 요구할 것입니다. 이렇게 요구하는 대로 떼어주면 다음해에는 상판(商阪)이나 공락(鞏洛)과 같은 땅을 할양하도록 압력을 가하게 될 것입니다. 그 압력에 굴복하다 보면 자꾸만 땅을 떼어줄 수밖에 없게 되고, 나중에는 떼어줄 땅조차 남아 있지 않게 될 것입니다. 땅을 떼어주지 못하게 되면 지금까지의 상납은 허사로 돌아가고, 결국 진나라 군사들이 쳐들어오고야 말 것입니다. 대왕의 땅은 한도가 있는데 진의 요구는 한도가 없을 것이므로 아예 처음부터 요구를 들어주지 않는 것이 상책입니다."

선혜왕은 소진의 말을 들으면서 연방 고개를 끄덕였다. 소진은 속으로 회심의 미소를 지으며 다시금 다짐을 하였다.

"국한된 땅을 가지고 무한한 요구에 응하는 것을 가리켜 이른바 '원한을 사고 화를 초래한다'고 합니다."

"허허, 그런 말도 있었소? 하긴 진의 요구에 따르다 보면 싸움 한번 제대로 못해보고 땅을 몽땅 빼앗길 게 뻔하지요."

"처음에는 작은 것을 요구했다가 차츰 큰 것을 요구해 들어오는 것이 강대국이 약소국을 집어삼키는 계략이지요. 하지만 한나라는 진나라에 비해 결코 약소국이 아님을 명심해야 합니다. 진나라보다 못하다는 그 열등 의식을 뿌리 뽑는 것이 중요합니다."

"우리 군사 한 사람이 진나라 군사 백 명과 맞서 일인당백(一人當百)한다면 진나라에 눌릴 것도 없지."

신혜왕의 표징은 어느새 자신감을 되찾아가고 있었다.

"대왕께서는 이런 속담을 들어보신 적이 있습니까?"

소진은 분위기를 바꾸어 한결 부드러워진 음성으로 물었다.

"어떤 속담 말이오?"

"닭의 부리가 될지언정 소의 꼬리는 되지 마라."

"비언(鄙諺)으로 들었던 것 같소."

"대왕께서 방금 비언이라 하며 멸시하는 투로 말씀하셨지만, 이런 말들 속에 사실은 새겨둘 만한 교훈이 담겨 있는 법이지요."

"그래, 시국과 관련하여 그 속담이 무슨 뜻이라도 함축하고 있단 말이오?"

"그렇지요. 지금 대왕께서 진을 섬긴다면 소의 꼬리가 되는 것이 아니고 무엇이겠습니까? 한의 강대함과 대왕의 현명함을 생각할 때 소의 꼬리가 된다는 것은 몹시도 부끄러운 일입니다. 이런 속담들이 시중에 나돌고 있는 것도 진을 섬기기를 거부하는 백성들의 결연한 의지가 모아지고 있다는 증거입니다."

이 말을 들은 선혜왕은 자리에서 벌떡 일어나더니 허리에 차고 있던 칼을 뽑아 하늘을 향해 치켜들고 소리쳤다.

"그대가 아니었다면 진의 계략에 넘어갈 뻔하였소. 이제 다시는 진을 섬길 생각을 품지 않겠소. 연나라나 조나라도 그대의 뜻을 따르기로 했다 하니 나도 그대의 뜻을 따르겠소. 자, 우리 맹약하는 의미에서 술잔을 나눕시다."

선혜왕은 소진을 위하여 푸짐한 술상을 차려 오도록 하였다.

소진은 조나라 숙후가 선혜왕에게 보내는 선물을 전달해주었다. 원래 소진이 조나라를 떠날 때 합종책 추진을 위한 막대한 자금을 숙후로부터 받아 가지고 나왔다. 마차 1백 승, 황금 1천 일, 백벽(白璧) 1백 쌍, 금수(錦繡) 1천 돈(純 : 한 묶음 단위) 등을 그 자금으로 받았던 것이다. 숙후의 선물을 받은 선혜왕은 자기도 조나라 숙후에게 줄 선물과 소진이 합종책을 추진하는 데 도움이 될 자금을 소진에게 건네주었다.

소진은 제후의 행렬과도 같은 장엄한 행렬을 지어 그 다음 대상국인 위나라로 갔다. 위나라 역시 한과 마찬가지로 이전의 군주가 죽고 새 임금이 들어선 지 얼마 되지 않는 시기라 일종의 과도기 내지는 격변기라고 할 수 있었다. 이전의 군주는 맹자와 대화를 나눈 것으로 유명한 혜왕(惠王)이었는데, 지금의 군주는 그 아들 양왕(襄王)이었다.

혜왕 때 위나라는 동쪽으로는 제나라의 손빈에게 패하여 방연 장군과 태자 신(申)이 전사하는 일이 있었고, 남쪽으로는 초나라의 공격을 받아 국토가 유린되었고, 서쪽으로는 진나라에게 패하여 영토의 일부를 빼앗기기도 하였다. 북쪽에서는 조나라의 위협이 항상 있었다. 이렇게 동서남북에서 국토가 침략을 당하는 가운데 한때 최강대국이었던 위나라가 차츰 약화되고 있는 중이었다. 새로 임금이 된 양왕은 만신창이가 된 위나라를 떠맡은 셈이었다. 소진은 위나라의 이런 상황을 잘 파악하고 있었다.

소진이 위나라로 들어서서 도읍인 대량(大梁)을 향해 가면서 둘러보니 다른 어떤 나라들보다도 인구밀도가 높은 편이었다. 마을들이 밀집되어 있을 뿐만 아니라 밭과 밭 사이의 공간에도 틈만 있으면 집들이 들어차 있었다. 그래서 목축을 할 만한 땅은 별로 없는 것 같았다.

도읍인 대량으로 들어서자 사람들이 너무 많아 정신을 차릴 수 없을 정도였다. 수레와 말들이 밤낮으로 쉴 새 없이 왕래하는데, 그 소리가 얼마나 요란한지 마치 3군의 병사들이 행진하는 소리 같기도 하였다.

소진은 위나라 군주 양왕을 만나 이전에 최강대국이었던 위의 자긍심을 부추기는 방향으로 이야기를 이어갔다.

"제가 살펴보긴대 위나라는 결코 초나라보나 못하시 않습니다. 그런데 친진(親秦) 세력들은 대왕을 은근히 위협하여 진과 친교를 맺도록 공작을 하고 있습니다. 결국 진이 중원을 침략해 들어오는 데 위나라는 앞잡이 노릇만 하게 되었습니다. 그렇게 앞잡이 노릇을 하다가 마지막에는 위나라마저도 진의 밥이 되고 말 것이 뻔하지 않습니까? 저는 위나라가 약해진 틈을 타서 친진 세력들이 발흥하여 진에게 아부하는 것을 통탄해 마지않습니다. 그들은 진나라 임금이 방문할 것에 대비하여 제궁(帝宮)을 새로 신축하고 있으며, 의관과 속대(束帶)도 진법(秦法)을 따라 이상한 모양으로 만들고 있습니다. 그리고 봄과 가을의 진나라 종묘 제사에 봉사할 뜻을 비추고 있으니 이보다 더한 수치가 어디 있겠습니까? 얼마 전까지만 하여도 진나라는 오랑캐에 속한다 하여 그 풍습을 멸시하던 중원이 아니었습니까? 진나라 권세를 등에 지고 자기 나라 군주를 위협하여 진나라에 유익되는 짓만 골라서 하려고 하는 신하들은, 공가(公家)를 허물고 사가(私家)를 세우기에만 급급한 간신배나 매국노가 아니고 무엇이겠습니까. 위나라는 천하의 강국이요, 대왕께서는 천하의 현군(賢君)이니 이 점을 통촉하여주십시오.”

폐부를 찌르는 소진의 말을 들은 양왕은 새삼 진나라와 친진 세력들에 대한 반감으로 얼굴이 벌겋게 달아올랐다. 이렇게 자긍심에 호소한 것이 효과를 거두는 것을 감지한 소진은 이번에는 양왕에게 자신감을 심어주었다.

“월왕 구천과 오왕 부차의 전투를 기억하고 계시겠지요?”

“그 와신상담(臥薪嘗膽)의 고사를 어찌 잊을 수 있겠소?”

“그래, 와신(臥薪)이 이겼습니까, 상담(嘗膽)이 이겼습니까?”

소진이 와신과 상담을 나누어 묻자, 양왕은 잠시 어리둥절해진 모양이었다.

“가만있자. 와신이 오왕 부차에게 해당되는 것이고 상담은 월왕 구천에게 해당되는 것이니까, 에, 그러니까 결국 상담이 와신을 이긴 셈이 되는군.”

“맞습니다. 처음에 부차는 땔나무 위에서 잠을 자며 와신하였지만, 구천을 이기고 난 후 폭신한 이불로 되돌아가 방심하였기 때문에 쓸개를 핥으며 상담한 구천에게 결국에 가서는 지고 말았습니다. 그때 구천은 병력이 현저히 모자랐지만 상담의 집념으로 승리하였던 것입니다. 겨우 병졸 3천 명을 데리고 수만의 군사를 물리치고는 간수(干遂)에서 부차를 사로잡고 말았으니까요."

"그때 구천이 군사 3천 명을 가지고 싸웠던가?"

양왕은 의외라는 듯 고개를 갸우뚱거렸다.

"전투에서의 승리는 군사가 많고 적음에 달려 있다기보다 얼마나 분발하여 위력을 발휘하느냐에 달려 있지요. 제가 조사한 바로는 지금 위나라는 무사(武士 : 활과 방패, 칼, 갑옷 등으로 완전무장을 한 병사) 20만, 창두(蒼頭 : 푸른 두건을 두른 보병) 20만, 분격(奮擊 : 특수 훈련을 받은 유격대) 20만, 사도(취사 및 잡일에 종사하는 잡병) 10만, 이렇게 70만의 든든한 군사들을 보유하고 있습니다. 거기다가 전차 6백 대, 군마 5천 필이 예비되어 있습니다. 이 정도면 저 월왕 구천이 가졌던 병력보다는 월등하게 많은 것이 아닙니까?"

지금 소진이 무슨 말을 하려고 하는가를 눈치챈 양왕은 휴, 하고 길게 한숨부터 쉬었다. 소진은 보나마나 이러한 군사들이 위력을 발휘한다면 진나라의 백만 군사들도 능히 무찌를 수 있다는 말을 할 것이었다. 소진의 말을 받아들이는 데는 과감한 결단이 요구되는 바였다. 그러나 워낙 친진 세력들이 조정을 주름잡고 있는 판국에 그러한 결단을 내린다는 것은 양왕 자신의 생명을 건 모험이기도 하였다.

"나도 진나라 눈치를 보지 않고 나라를 다스릴 수 있다면 얼마나 좋겠소? 그러나 친진 세력들이 득세를 하고 있어서……."

양왕은 다시금 정치적인 현실을 생각하고 말끝을 흐렸다. 소진은 양왕의 고민에 동참하는 척 한동안 심각한 표정을 짓고 있다가 천천히 입을 열었다.

"《주서(周書)》에 보면 이런 말이 있습니다. '만약 새싹 때 끊지 않으면 덩굴이 기다랗게 얽힐 때는 어떻게 하겠는가. 작을 때 베지 않으면 장차는 도끼를 쓰지 않으면 안 되리' 그러므로 빨리 선수를 써서 마음을 굳게 정하고 정리를 하지 않으면 후에 큰 근심을 얻고야 말 것입니다. 그때 가서는 사태를 수습하려고 하여도 엄두가 나지 않을 것입니다. 사생 결단을 한다는 마음으로 친진 세력들을 하루속히 조정에서 잘라내고 합종의 맹약에 참여하셔야만 합니다."

소진은 강력한 어조로 양왕의 결단을 촉구하였다. 양왕은 깊은 고민에 싸였다. 이쯤 되자 소진은 슬그머니 협박조로 나왔다.

"조나라와 한나라가 이미 합종에 동의하였습니다. 조나라와 한나라 사이에 끼여 있는 위나라가 합종에 동의하지 않는다면 어떤 결과가 초래될 것인가는 불을 보듯이 뻔하지 않습니까? 진나라로부터 당하는 우환보다 더 큰 우환이 남과 북으로부터 닥쳐올 것입니다."

이제 양왕은 이쪽을 선택하든 저쪽을 선택하든 사생 결단을 어차피 해야 할 판이었다. 그렇다면 위나라의 자존심을 세우는 방향으로 결단해야 하지 않겠는가.

"덩굴이 얽히기 전에 가위로 자르겠소. 한나라와 조나라가 함께한다면 그들과 운명을 함께하겠소."

드디어 양왕은 어려운 결단을 내렸다.

"6국이 든든히 합종한다면 진이 아무리 강하더라도 겁낼 것이 없습니다. 마음을 굳게 가지십시오."

소진은 큰 소리로 양왕을 격려해주었다.

양왕으로부터 합종의 다짐을 받은 소진은 한결 여유를 되찾으며 한담(閑談)을 즐길 요량으로 이것저것 궁금한 사항들을 물었다.

"요즈음도 맹자 선생이 위나라를 다녀갑니까?"

"그렇습니다. 선친과의 교분도 있고 하여 종종 다녀가며 나에게도 여러 가지 충고를 해주기도 합니다. 맹자 선생이 늘 안타까워하는 것은 선친이 자기 말을 받아들이지 않고 인의(仁義)를 소홀히 하였기 때문에 나라가 약화되었다는 것입니다."

"그럼 대왕은 맹자 선생의 말을 받아들일 작정이십니까?"

"선생의 말을 듣다 보면 다 좋은 말씀이긴 하지만, 지나치게 덕을 강조하고 인의를 강조하는 그분의 말씀은 냉엄한 정치 현실에는 적용하기 어려운 점이 한두 가지가 아니라는 것입니다. 그래서 나는 그저 이상론이겠거니 하고 한쪽 귀로 듣고 다른 쪽 귀로 흘리는 편이지요. 아마 맹자 선생은 선친에게서보다 나에게서 더 큰 실망을 느끼는지도 모르지요? 그런데 재상(소진을 부르는 말)의 합종책은 얼마나 현실적이고 합리적이오. 맹자 선생도 좀 이런 현실적인 대안을 가지고 왔으면 좋겠어요. 허허허."

양왕은 맹자와 비교하면서 은근히 소진을 추어올려주었다. 소진은 맹자에 대한 군주들의 반응으로 보아 맹자는 자기의 적수가 되지 못한다는 사실을 일찌감치 파악하고 있는 셈이었다. 소진이 볼 때도 맹자는 현실의 역학 관계를 도외시하고 공중에 뜬 말만 하고 있는 이상론자에 불과하였다.

위나라 유세를 마친 소진은 이번에는 동쪽 방향으로 틀어 제나라로 갔다. 《사기》와 《전국책(戰國策)》의 기록에 의히면, 그 당시 제나라는 신왕(宣王)이 다스리고 있었다고 한다. 그러나 소진의 연대와 다른 나라 왕들과의 관계를 살펴보면 소진이 합종책을 유세하기 위해 제나라로 간 때는 위왕(威王)이 다스리고 있는 시기여야 한다. 하기야 위왕의 연대와 선왕의 연대도 역사책에 따라 다르니 어떤 왕이었는가는 별로 중요하지 않겠다. 요즈음 중국의 학자들 중에는 소진에 관한 《사기》와 《전국책》의 기록들까지 그 신빙성을 의심하고 소진의 활동 연대를 한 30년 정도 뒤로 잡는 사람들도 있는데, 아무튼 여기서는 최대한 《사기》〈열전〉의 기록을 근거로 삼아 이야기를 전개해나가고자 한다. 그러므로 소진이 제나라로 갔을 때 선왕이 다스리고 있었던 것으로 하겠다.

제나라가 위왕 때부터 시작하여 선왕에 이르기까지의 도읍인 임치의 직하라는 곳에 학자촌을 건설하여 각 나라의 석학들을 초빙하여 학문적인 교류를 시도했다는 것은 앞에서 언급한 바 있다. 그러나 소정의 효과를 거두지 못하고 세월이 흐를수록 흐지부지되고 말았다. 제나라는 학자들의 사상과 경륜을 국력 배양에 효과적으로 활용하지 못하고, 그 학자들을 대접하느라고 경비만 축낸 셈이었다. 직하의 학자촌 때문에 국력이 부강하게 된 나라는 오히려 제나라가 경계하고 있던 진이었다. 학자촌에서 기량을 닦은 학자들이 새로운 인재들을 과감하게 영입하기로 정책 방향을 정한 진나라로 대거 몰려가서 진나라 개혁에 이바지하였던 것이다. 그중에 상앙이라는 인물이 큰 역할을 감당하였다. 그러니까 재주는 곰이 넘고 돈은 누가 번다는 식이었다.

이런 가운데 진나라와 막상막하의 대결을 벌이던 제나라는 차츰 그 기세가 수그러들고 말았다. 선왕 때는 한결 풀이 꺾여 있는 시기라 할 수 있었다. 소진은 선왕에게 사기를 복돋워주어야겠다고 생각하며 도읍 임치의 거리와 사람들을 유심히 관찰하였다.

임치는 약 7만여 가구가 자리잡고 있는 대도시였다. 한 가구에 평균 세 사람의 장정이 있다고 가정하면 임치에서만도 21만이나 되는 병력을 일시에 동원할 수 있었다. 그리고 임치의 사람들은 대부분 부유층이었다. 그들은 큰 생황을 불고 비파를 뜯으며 거문고를 타고 아쟁을 켜면서 음악을 즐기는 여유들도 가지고 있었다. 또한 장닭을 투계(鬪鷄)로 길러

닭싸움을 붙이고는 그 맹렬한 싸움을 즐기고, 개들을 달리기 경주에 출전시켜 열심히 응원을 해대기도 하였다. 윷놀이의 일종인 육박(六博), 공차기 놀이인 축국(蹴鞠) 등 여러 가지 재미있는 놀이들을 고안하여 노인부터 아이들까지 즐기고 있었다.

그렇게 사람들이 활기찰 뿐만 아니라 도로도 수레와 행인들의 왕래로 와자지껄하였다. 위나라 대량의 거리보다 더욱 복잡한 것 같았다. 행인들은 서로 어깨를 비비며 길을 걸어야만 하였고, 그들이 입은 옷들은 서로 부딪쳐 서걱서걱 소리를 냈다. 길 가는 사람들의 옷깃을 이으면 길고 긴 휘장이 되고, 그 사람들이 일제히 옷소매를 들면 거대한 장막이 쳐질 판이었다. 하도 거리가 복잡하여 한번 길을 나갔다 오면 여름이 아닌데도 이마에서 땀이 비 오듯 하였다. 여간 활동력을 지닌 사람이 아니고서는 도저히 살 수 없는 도시임에 틀림없었다.

사람들이 낙천적이고 활달하고 부지런하여 그들이 한 방향으로 힘을 결집하면 엄청난 위력을 발휘할 것 같았다. 문제는 정치 지도자가 그들의 잠재력을 어떻게 계발하느냐 하는 것이었다. 그들의 잠재력을 계발하기 위해서는 무엇보다 정치 지도자가 백년대계의 목표를 제시하고 확고한 신념으로 백성들을 이끌어가는 것이 중요했다. 소진은 제나라의 문제를 나름대로 분석하여 지도자의 우유부단성과 정책 결여라고 결론지었다. 이제 선왕을 만나 담판을 지을 일만이 남아 있었다. 연·조·한·위, 이 네 나라를 차례로 설복시켰는데 제나라인들 설복당하지 않으랴 싶었다.

소진이 마침내 선왕을 만났다. 먼저 소진은 제나라의 천연적인 이점을 나열하였다.

"제는 남쪽에 태산이 있고, 동쪽에 낭야산(琅耶山)이 있으며, 서쪽에는 청하(淸河)가 있고, 북쪽에는 발해(勃海)가 있어 그야말로 사새지국(四塞之

國), 사방이 요새로 둘러싸여 있는 지형입니다. 이런 유리한 지형에다 국토는 넓어 사방 2천 리, 무장한 군대는 수십만, 비축된 곡식은 산더미처럼 쌓여 있고, 다섯 가구를 한 단위로 한 민병(民兵) 조직은 동원되어 전진하는 속도가 봉시(鋒矢)처럼 재빠르고, 전장에서 싸울 때는 우레처럼 위력이 있으며, 해산할 때는 비바람처럼 신속합니다. 이렇게 천연적인 요새와 전후방에 걸쳐 막강한 군대를 지닌 나라가 또 어디 있겠습니까? 제나라의 강대함은 천하에 당할 자가 없을 것입니다. 그런데 이런 제나라가 서면(西面)하여 진을 섬기다니오?"

소진은 슬슬 본론으로 진입하였다. 선왕은 자존심이 상하는지 인상을 찌푸렸다.

"나도 그 말에 동감이오. 그런데 어떻게 된 판인지 내가 임금이 되어 조정 형편을 보니 제의 국익을 위해서는 진을 섬겨야 한다는 신하들이 많단 말이오."

"그것은 위왕 때부터 친진 세력들이 서서히 제나라 조정을 좀먹어 들어왔기 때문입니다. 제나라 정책을 진나라를 섬기는 방향으로 돌리는 대가로 몰래 진나라로부터 막대한 뇌물을 받아먹는 신하들이지요. 그들은 말끝마다 국익을 위한다고 하지만 사실은 자기 배를 채우는 족속에 불과합니다. 그런 자들의 말에 좌우되어서는 안 됩니다."

"아니, 진나라로부터 몰래 뇌물을 받아먹는다는 말이 정말이오? 허허, 정말 그렇다면 나라를 팔아먹는 자들이 조정에 들어와 있다는 말이 아니고 무엇이오? 허허."

선왕은 안절부절못했다.

"그건 공공연한 비밀인데 대왕께서만 모르고 계셨군요. 친진 세력들은 사실 제나라 신하라기보다 진나라 신하들이라고 보아야지요. 그들은 제나라 국록을 축내면서 진나라를 위해서 열심히 뛰고 있지요. 진나라에서는 막대한 뇌물뿐 아니라 무이자로 엄청난 돈을 빌려주기까지 한답니다. 그러니까 완전히 목줄이 매여서 진나라 고위층에서 시키는 대로 해야지요."

"고얀지고. 그런 자들이 득세하고 있었으니 국력이 쇠약해질 수밖에. 국력을 진나라로 빼돌리는 흡혈귀 같은 작자들이군."

선왕은 젊은 혈기를 감당하지 못하고 씩씩거렸다.

"그렇다고 함부로 그들과 맞서서는 안 됩니다. 어디까지나 정치적으로 해결해야지요. 진나라를 섬길 필요가 없다는 것을 논리적으로 증명해 보여야 하는 것입니다."

"지금 방금 재상이 말하지 않았소? 천연적인 요새에 막강한 군대를 지닌 우리 제나라가 진을 섬길 필요가 없다고 말이오."

"물론 그것도 하나의 이유가 되겠지만 저의 말씀을 잘 들어보십시오. 이런 논리를 내세우면 친진 세력들도 반박할 말이 궁색해질 것입니다."

"어떤 논리 말이오?"

선왕은 조바심을 내며 재촉하는 시선을 보냈다.

"한나라와 위나라가 저의 합종책에 대해서 듣기 전에는 진나라를 두려워했는데, 그 두려워한 이유는 분명합니다. 그것은 진나라와 국경을 맞대고 있기 때문입니다. 만약 국경 지대에서 접전이 벌어지면 열흘 안으로 승패가 판가름나고 맙니다. 그런데 한·위가 진과 싸워 이긴다 하더라도 병력의 절반은 손실을 보아야 합니다. 한·위가 진에게 진다면 나라의 존망은 백척간두에 서 있는 형편이 되고 맙니다. 그래서 어떻게 해서든지 진나라와 접전하는 일이 없도록 하기 위해 진나라의 눈치를 보지 않을 수 없는 것입니다. 그러나 제나라는 한·위가 두려워하는 그런 이유를 가지고 있을 필요가 없습니다."

소진은 잠시 숨을 돌리며 말을 쉬었다.

"그야 당연하겠지요. 우리 제나라는 한과 위처럼 진나라와 국경을 접하고 있지 않으니까."

선왕도 소진의 말에 맞장구를 치며 알은체를 하였다.

"국경을 접하고 있지 않다는 그 이유 때문만은 아닙니다. 꼭 국경을 접하고 있지 않더라도 쳐들어오기로 마음을 먹으면야 쳐들어올 수도 있는 거니까요. 그런데 진이 제를 쳐들어온다고 가정을 할 때, 사정은 아주 미묘하게 달라집니다. 진이 제를 쳐들어오려면 한·위 땅을 등지고 양진(陽晋) 지역을 지나 강보(亢父)의 험산 준령을 넘어야 합니다. 그 험산 준령은 하도 산길이 좁아 두 수레가 나란히 다닐 수 없으며, 쌍두마차가 지나갈 수 없습니다. 그 길목에 백 명만 지키고 있어도 천 명쯤은 넉넉히 궤멸시킬 수가 있습니다. 그리고 진나라는 등뒤에서 한나라와 위나라가 치지 않을까 그 점을 염려하지 않을 수 없습니다. 힐끔힐끔 한나라와 위나라를 수시로 돌아보면서 제를 공격해야 하는 불리함이 있습니다. 그러므로 진나라가 제를 공략할 수 없다는 결론을 내릴 수 있으며, 그런 결론에 따라 진나라를 섬길 필요가 전혀 없다는 것이 명명백백하게 증명되고도 남음이 있는 것입니다. 어떻습니까? 이런 논리로써 친진 세력들을 제압할 자신이 있으십니까?"

소진은 숨을 몰아쉬며 선왕의 표정을 살폈다. 선왕도 뭔가 굳은 결의를 다지는 듯하였다.

"제나라는 동쪽이 바다라 진나라가 쳐들어오면 어디 도망갈 데도 없는 처지라는 생각으로 위기의식만 잔뜩 가지고 있었던 것이 부끄럽소. 여러 나라들 간의 외교 관계를 교묘히 이용하면, 진나라는 조금도 두려워할 대상이 아님을 오늘 알게 되었소. 거기다가 연·조·한·위가 합종책에 동의했다 하니 마음 든든한 일이오. 제나라 전체를 들어 재상의 뜻을 따르겠소."

소진이 제나라 선왕을 설득시키는 데는 그리 큰 어려움이 없었다. 그런데 마지막 남은 초나라가 문제였다. 초는 원래 중원에서 남만(南蠻)의 일종으로 취급당하며 경원시되던 나라가 아니던가. 그런데 춘추 시대에는 장왕(莊王) 때에 패자국이 되더니 오와 월을 병합하면서 가장 넓은 영토의 국가가 되고, 크게 세력을 떨치는 나라가 되었다. 그래서 이제는 아무도 초나라를 멸시할 수 없는 입장이 되었다. 초나라는 지역적으로 멀리 떨어져 있고, 기후나 풍토도 사뭇 다르고 해서 중원의 이해관계와는 다른 노선을 걷고 있는 편이었다. 시나 그림 예술 같은 것도 그 취향이 북방의 그것과 자못 달랐다.

초나라가 합종에 동의하지 않으면 소진의 지금까지의 노력이 수포로 돌아간다고 하여도 과언이 아니었다. 합종에서 큰 덩어리인 초나라가 빠지면 씨 없는 복숭아 꼴이 되고 말 것이었다. 그리고 진나라가 초나라와 연합해버리면 아무리 다섯 나라가 합종을 하여도 역부족일 것이 뻔하였다.

초나라로 향하는 소진의 마음은 긴장되지 않을 수 없었다. 소진은 초나라의 역사와 지형, 풍물 등에 이르기까지 다시금 점검을 하고 초나라 군주 위왕(威王)을 만나 유세할 내용을 정리하였다. 그러는 중 소진은 문득 춘추 패자의 하나인 초나라 장왕에 관한 이야기를 떠올렸다.

목왕(穆王)의 뒤를 이어 군주의 자리에 오른 장왕은 장엄한 즉위식을 올리고도 아무런 정사를 돌보지 않았다. 신하들은 즉위식을 한 흥분이 채 가라앉지 않아 장왕이 좀 들떠 있는가 보나고 생각하면서 성상석으로 업무를 볼 날이 곧 다가올 것으로 내다보았다. 그런데 1년이 지나도록 한 가지 정령(政令)이나 법령도 내지 않고, 즉위식을 하던 때처럼 밤낮 주연(酒宴)에 빠져 있었다. 뜻있는 신하들이 장왕에게 간하지 않을 수 없었다.

"임금님, 즉위식은 이미 끝났습니다."

신하들의 말은 간접적으로 간하고 있는 것으로, 이제 정상적으로 조정의 일을 보아야 하지 않겠느냐는 말이었다. 그러나 장왕은 들은 체도 하지 않았다.

2년째 되는 해에 장왕은 신하들에게 포고문 하나를 작성하여 주면서 나라에 선포하라고 하였다. 신하들은 드디어 장왕이 조정 일을 보는가 보다고 여기며 기대에 차서 그 포고문을 들여다보았다. 그리고 모두 대경실색하였다.

'짐(朕)에게 간하는 자는 경대부고 서민이고 간에 사형에 처한다.'

그렇게 포고문을 붙이고는 장왕은 여전히 술과 주악(奏樂)에 몰두하였다. 스스로 종을 치고 북을 울리면서 괴상한 몸짓으로 춤까지 추었다. 또 1년이 지나가 3년째가 되었다. 나랏일이 엉망이 되어가고 있음은 말할 필요가 없었다. 그러나 포고문 때문에 그 어떤 신하도 장왕에게 간할 엄두를 내지 못했다.

이때 오거(伍擧)라는 신하가 죽을 각오를 하고 장왕에게 말했다.

"한 마리의 새가 언덕 위에 앉아서 3년 동안 날지도 않고 울지도 않습니다. 이건 도대체 어떻게 된 새일까요?"

이것은 수수께끼 형식으로 장왕에게 간하는 말이었다. 그러자 장왕은 게슴츠레한 눈으로 오거를 한참 동안 바라보고 있더니 제법 뼈 있는 질문을 던졌다.

"너는 그 새를 여전히 새라고 부르겠느냐?"

오거는 당황하지 않을 수 없었다. 새라고 부를 수 없다고 대답하면 임금을 부인하는 것이 되고 마는 셈이었다. 오거는 침을 삼키며 대답했다.

"여전히 새이긴 하겠지요. 하지만 그 새는 이상한 새이옵니다."

장왕은 오거의 대답이 재미있다는 듯이 빙긋이 웃고 나서 정색을 하고 말했다.

"3년이나 날지 않은 새는 한 번 날면 하늘을 찌를 듯이 높이 날아오를 것이다. 그리고 3년이나 울지 않은 새는 한 번 울면 천지를 진동시킬 것이다."

오거는 깜짝 놀라며 장왕을 다시금 쳐다보았다. 장왕의 입에서 나온 말은 주연에 빠져 정신이 흐릿해진 군주의 입에서 나온 말이 아니었다. 의미심장한 내용을 담고 있는 발언이라 아니할 수 없었다. 오거는 떨리는 마음을 진정시키며 물러나왔다. 그리고 사형 선고를 기다렸다. 그러나 장왕은 오거가 자기에게 간한 것으로 여기지 않는지 죄를 묻지 않았다. 여전히 장왕의 방탕은 계속되었다.

이번에는 소종(蘇從)이라는 신하가 역시 죽기를 각오하고 장왕에게 나아가 간하였다. 오거가 한 것처럼 애매한 말로 간한 것이 아니라 바로 직언을 해버렸다.

"임금님은 미친 지 오래되고, 나라는 황폐한 지 오래되었사옵니다."

그러자 장왕은 왼손을 내밀어 소종의 손을 덥석 잡았다.

"내가 그대 같은 신하를 기다린 지 오래되었소."

장왕의 눈에는 눈물이 비치기까지 하였다. 그러면서 나머지 오른손으로 칼을 빼어 종과 북을 매달아놓은 끈을 끊어버렸다.

쨍그렁 둥두룩.

종과 북이 뒹구는 소리가 요란하게 들려왔다.

"이제 부터 3년 동안 날지 않은 새는 날아오르고, 3년 동안 울지 않은 새는 천지를 진동시키리라!"

정말 그날 이후로 장왕은 거짓말처럼 정사에 힘쓰고, 오거와 소종 같은 지조 있는 신하들을 높은 지위에 등용하였다. 거기다가 손숙오(孫叔敖)라는 명재상을 만나 장왕은 나라의 세력을 확장하면서 마침내 패자의 자리에까지 오르게 되었다.

주(周) 정왕(定王)은 초나라가 강대국으로 부상하고 있음을 알고 왕손만(王孫滿)이라는 대부를 사신으로 보내 야만족들을 물리친 공로를 상찬하기도 하였다. 그런데 장왕은 왕손만에게 무례한 질문을 하나 던졌다.

"주나라 구정(九鼎)을 초나라로 가져오고 싶은데 구정의 무게가 어떻게 되오?"

구정을 가져오겠다는 것은 초나라가 천자국이 되겠다는 말이 아니고 무엇인가. 왕손만은 분노로 부들부들 몸을 떨면서 대답했다.

"천명(天命)은 아직도 주나라에 있소. 구정의 무게를 감히 묻지 마시오."

초나라 장왕은 왕손만에게 암시한 대로 정말 천하의 패자가 되기 위해 북진 정책을 추진하여 우선 약소국인 정(鄭)나라를 침공하였다. 이 소식을 들은 진(晉)나라는 지금껏 자기네를 섬기던 정나라를 돕는다는 명목으로 군대를 동원하여 남하하였다. 그렇게 군대가 남쪽으로 행군하는 도중에 정나라가 항복하고 말았다는 소식을 듣게 되었다. 정나라는 3개월간 버틴 끝에 항복하고 만 것이었다. 정나라 군주 양왕은 항복의 표시로 웃옷을 벗어 상체를 드러내고 요리인이 되어서라도 섬기겠다는 뜻으로 양 한 마리를 끌고 장왕 앞으로 나아갔다.

정나라의 항복 소식을 접한 진나라는 계속 남하하여 초나라와 일대 접전을 벌이느냐, 승산 없는 싸움을 일찌감치 포기하고 회군하느냐 하는 문제로 의견이 양분되었다. 그러나 명분을 앞세우는 주전론자들이 합의가 채 이루어지지도 않은 상태에서 일방적으로 진군을 하는 바람에 진나라 군대 지휘 계통에 혼란이 일어나 전체가 우왕좌왕하게 되었다.

장왕은 황하의 남쪽 언덕에서 황하의 북쪽 언덕에 당도한 진나라 진영을 살피고 있다가 적진에 동요가 있음을 간파하였다. 그 틈을 놓치지 않고 장왕은 총공격 명령을 내렸다. 그 명령에 따른 것은 초나라 군대만이 아니었다. 이미 항복한 정나라 군대도 합세했다. 정나라는 자기들을 도와주러 온 진나라 군대를 부득이 치지 않으면 안 되었다.

이 전투에서 진나라는 대패함으로써 패자국(覇者國)으로서의 위신을 다 잃어버렸다. 황하의 벌판에서 쫓기던 진나라 군사들은 배로 도망을 가기 위해 일제히 뱃전으로 뛰어들었다. 그런데 먼저 탄 군사들이 배에 사람이 많이 타면 가라앉을까 염려되어 뒤에 타는 군사들을 강물 속으로 밀쳐버렸다. 강물에 빠진 군사들이 필사적으로 헤엄을 쳐서 뱃전을 붙들었다. 이번에는 먼저 탄 군사들이 칼을 빼들어 뱃전을 붙들고 있는 동지들의 손가락을 내리쳤다.

탁 탁 타닥.

"아앗, 어앗."

도마의 생선 꼬리 치듯이 칼로 뱃전의 손가락을 내리치는 소리와 다시 물 속으로 곤두박질치는 군사들의 비명 소리가 어지럽게 들려왔다. 배 안에는 잘린 손가락들이 수북하게 쌓였다. 어떤 군사들은 손가락이 잘렸는데도 손목을 뱃전에 걸치며 배로 올라오려고 몸부림을 쳤다.

탁탁.

"아앗."

그런 군사들은 손목마저 잘리면서 강물 속으로 빠져들어 다시는 떠오르지 않았다.

이 황하 언덕에서의 승리 이후로 초나라 장왕은 패자(覇者)로서 인정을 받았다. 그 후 6년 만에 장왕은 죽고 아들인 공왕(共王)이 즉위하였다. 이런 틈을 타 진나라는 초나라에 대한 복수전을 감행하여 언릉(鄢陵)

전투에서 초나라 군대와 맞섰다.

　진나라 장군은 화살을 잘 쏘기로 유명한 군사 한 사람을 언덕 수풀에 매복시켜 은밀하게 지시를 내렸다.

　"너는 다른 싸움에는 참여하지 않아도 좋으니 여기 매복하고 있다가 초나라 임금이 진두지휘하며 달려오거든 두 눈을 쏘아라."

　"두 눈을요?"

　병사는 다소 놀라며 반문하였다. 대개 심장을 겨냥하여 쏘라는 주문을 많이 받는데 이번에는 의외였다.

　"그래, 두 눈을 쏘아라. 심장을 쏘아 초나라 임금을 죽이면 초나라 군사들과 백성들이 더욱 분발하여 싸우게 될 것이다. 그러나 두 눈에 화살을 맞고 비틀대는 자기 군주를 보면 초나라 군사들과 백성들 역시 눈먼 장님처럼 헤매게 될 것이다."

　병사는 달려오는 공왕을 향하여 한 발 한 발 정확하게 겨냥을 하여 화살을 쏘았다.

　퍼억 퍽.

　두 개의 화살이 공왕의 두 눈구멍에 박혔다.

　"아아, 아아."

　공왕은 눈에 꽂힌 두 개의 화살을 더듬이처럼 흔들어대며 비명을 질렀다.

　언릉 전투에서의 승리로 진(晉)나라는 다시 패자국이 되려는 꿈을 가지고 초나라 약화 작전을 벌여나갔다. 진나라는 자기 나라 군대를 남쪽으로 파견하는 데 따르는 어려움을 덜기 위하여 초나라와 인접해 있는 오(吳)나라에 압력을 넣어 초나라를 공격하게 하였다. 진나라는 군사 고문단을 오나라에 보내 병법과 전술을 가르치며 배후에서 지원해주었다. 점점 군사력을 키운 오나라는 초나라와 접전을 벌이기에 이르렀다. 인접국끼리 전투를 하게 되니 1년에 일곱 번도 넘게 싸울 정도였지만, 그 전쟁은 쌍방 다 별 소득이 없이 지루하게 반복되기만 하였다. 초나라도 지칠 대로 지치고, 진나라 역시 국내 문제로 번거롭게 되자 양측은 은근히 전쟁을 종식시켰으면 하고 바랐다. 그러나 명분과 체면에 매여 쉽게 싸움을 그치지 못했다. 그때 송(宋)나라 대부 향술(向戌)이라는 자가 두 나라 사이에 중재 역할을 자청하고 나섰다. 그는 초나라와 진나라를 부지런히 왔다갔다 하며 마침내 두 나라 사이의 합의를 유도하는 데 성공하였다.

그리하여 기원전 546년 저 유명한 미병(彌兵) 회담이 개최되기에 이르렀다. 송나라 수도에 14개국의 대부들이 모인 가운데 초나라와 진나라의 미병 협정이 체결된 것이었다. 미병이란 곧 정전(停戰)을 의미하는 말이었다.

이 미병 회담 내지는 미병 협정이 왜 중요한가 하면, 이 회담을 기점으로 하여 그동안 주(周) 천자를 존경하던 존왕(尊王) 사상은 퇴색하게 되고, 전국 시대의 특징이라 할 수 있는 실력주의가 머리를 들기 시작했기 때문이었다. 그러므로 이때부터 전국 시대의 싹은 이미 텄다고 할 수 있었다.

이렇게 초나라의 역사까지 다시 더듬어본 소진은 이번에는 초나라의 군사력에 대하여 새삼 점검해보았다. 국토는 사방 5천 리, 갑병(甲兵)은 백만, 전차는 천 승, 군마는 천 필, 비축 식량은 10년을 지탱할 수 있는 양곡으로 쌓여 있었다. 중국의 여러 나라 중에서 영토도 가장 넓고, 자원도 풍부하고, 군사력도 막강한 나라임에 틀림없었다. 그러나 정치가 불안정하여 국력을 집결시키지 못하는 약점이 있었다.

오기(吳起)의 과감한 개혁으로 어느 정도 나라의 질서가 잡히는 것 같다가 수구 세력들의 강한 반발에 부딪쳐 오기가 살해되는 사건이 있은 후, 초나라는 구귀족들인 굴(屈)·경(景)·소(昭) 3대가(大家)들의 손에서 놀아나는 형편이 되고 말았다. 오기가 개혁을 단행할 때 지적을 한 바와 같이 초나라는 무엇보다 인사 정책이 공정하게 시행되지 못하고 있는 것이 심각한 문제였다. 초나라의 인사 정책은 주로 친연(親緣), 즉 친족 관계를 중심으로 이루어져 실력 있는 자들이 소외당하고 있는 실정이었다. 그런 친연을 통하여 관료에 임명된 작자들은 오만불손하여 백성들을 깔보며 착취하고 자기의 권력이 언제까지나 계속될 것으로 착각하는 어리석음을 범하고 있었다.

이들이 자기들의 배를 채우기 위하여 백성들에게 과중한 세금을 부과했기 때문에, 백성들은 농토를 버리고 집단적으로 도망하기도 하여 농업 생산에 큰 차질을 빚어 어떤 때는 식량이 옥(玉)보다 더 비쌀 때도 있었다고 한다. 그 당시 농토를 버리고 도망간 농민들을 가리켜 부맹(浮萌), 즉 떠도는 풀싹들이라고 불렀다. 이 부맹들은 깊은 산이나 호수 등을 근거지로 삼고 약탈을 일삼는 도적들이 되기도 하였다.

각 나라마다 도적 떼들이 극성을 부려 도적들 체포만을 전문으로 하는 신하가 있을 정도였는데, 그중에서도 초나라 도적들이 가장 대담무쌍하였고 그 조직이나 규모 역시 어마어마하였다. 이 수천의 도적 떼들이 농민들과 합세하여 지주와 귀족들에 대하여 대대적인 민중 항쟁을 벌이기도 하였다.

이렇게 나라가 안으로 썩고 있었으므로 아무리 큰 덩치를 가지고 있는 초나라라 하더라도 제대로 힘을 쓰지 못하고 있는 형편이었다. 그래서 진(秦)나라의 눈치를 보며 아부할 수밖에 없는 처지에 놓여 있었다. 소진이 이런 내부 사정까지 파악해두고 있었다.

소진은 초의 위왕을 알현하고 자신이 초나라에 관하여 연구한 바를 아뢰었다. 위왕은 소진의 지식과 식견에 우선 감탄하지 않을 수 없었다. 소진이 어느 정도 위왕의 마음이 움직이는 것을 간파한 후 슬그머니 이렇게 말했다.

"초나라는 바다를 품에 안고 있는 땅입니다."

"바다를 품에 안다니?"

위왕은 무슨 말인가 하고 되물으며 소진을 새삼 주목하였다.

"남쪽의 동정호(洞庭湖)가 바다가 아니고 무엇입니까?"

"난 또 무슨 말이라구? 동정호가 아무리 크다 하더라도 어디까지나 호수이지 바다는 아니지 않은가?"

"동정호는 호수라고 부르기에는 적합치 않습니다. 그것은 바다라고 해야 어울립니다. 남쪽으로는 상수(湘水)와 자수(資水), 원수(沅水), 예수(澧水)와 같은 강들이 흘러들고, 북쪽으로는 장강(長江 : 양자강을 가리킴)의 여러 지류들이 흘러들어 동정호는 그야말로 수많은 강들이 모여든 바다가 아니고 무엇입니까."

위왕은 소진의 말을 그리 반박할 생각은 없는지 가만히 고개를 끄덕였다. 그것은 소진이라는 자가 무슨 의도로 이런 말을 하는가 그 속뜻을 가늠해보는 몸짓이기도 하였다. 소진은 계속 말을 이어나갔다.

"바다를 품안에 안고 있는 나라는 이 세상에 초나라밖에 없는 줄 압니다. 그토록 큰 나라가 바다에 사는 고래 정도도 되지 않는 진나라를 두려워해서야 되겠습니까? 진나라가 요동을 치면 동정호에 담가두면 되는 것을 가지고 그리도 소심하게 눈치를 보십니까?"

진을 동정호에 사는 고기 정도로 여기는 소진의 배짱에 위왕은 내심 놀랐다. 그러나 위왕은 초나라가 진나라를 두려워하고 있다는 소진의 말을 반박하는 척하였다.

"우리 초나라가 호수에 사는 고기 정도를 보고 무서워하는 것처럼 말하는데 그렇지 않소. 우리는 진나라가 두려워 섬기려는 것이 아니라 진나라와 손을 잡으려 하는 것이오."

"진나라와 손을 잡다니오?"

이번에는 소진이 반문하였다.

"진나라가 우리에게 이렇게 약속하였소. 진나라와 연합하여 중원 제국을 삼키게 되면 중원의 절반을 우리에게 나누어준다고 하였소. 그런 보장이 있기 때문에 진나라와 친교를 맺는 것이지, 섬기는 것이 아니란 말이오."

소진은 잠시 뜸을 들이며 맞바로 대꾸하지 않았다. 위왕으로 하여금 자기가 한 말을 되새겨보도록 짬을 주고 있는 셈이었다.

"좋습니다. 그렇게 진나라가 초나라와의 약속을 지켜 중원의 절반을 떼어주었다고 합시다. 그런데 문제는 그 다음입니다. 진나라와 초나라 밖에 남지 않은 상황에서 진나라가 어떻게 나올 것 같습니까?"

"우리를 잔뜩 경계하게 되겠지."

"경계하는 정도가 아니라 미리 선수를 쳐 양군(兩軍)으로 나뉘어 쳐들어올 것입니다. 한 군대는 무관(武關)으로 쳐들어오고, 또 한 군대는 검중(黔中)으로 쳐내려올 것입니다. 그렇게 되면 중간에 끼인 언(鄢)과 영 지방이 협공을 당하는 꼴이 되어 동요하게 될 것입니다. 그러면 필시 초나라는 진의 밥이 되고 말 것입니다."

소진의 말을 듣고 있는 위왕의 얼굴이 하얗게 질려갔다.

"그, 그러면 어떻게 하면 좋겠소?"

"이제 진의 전략을 아셨습니까? 《주서》에 이런 말이 있는데, 아마 진나라가 초나라에 대한 전략으로 써먹는 것 같습니다."

"어떤 글이 있다는 거요?"

위왕이 다급하게 물었다.

"장차 상대방을 패하게 하려면 우선 그를 돕는 척해야 하고, 상대방의 것을 뺏으려면 우선 주어야 한다. 그러므로 진나라가 초나라에 주는 것은 장차 몽땅 빼앗기 위함임을 알아야 합니다."

"알았소. 나도 짐작하지 못한 바는 아니었소. 그럼 어떻게 하면 되겠소?"

진나라에 대처하는 방도를 묻는 위왕을 소진은 잠시 말없이 쳐다보았다. 위왕의 얼굴에는 초조한 기색이 역력하였다.

"제가 말씀드리기 전에 우선 대왕께서 진나라를 두려워하고 있음을 솔직히 시인하셔야 합니다. 진나라를 두려워하기 때문에 진나라의 전략에 말려들어 간다는 것을 알면서도 어쩔 수가 없었던 것이 아닙니까?"

"음. 사실은 그렇지."

"진나라를 섬기려고 했던 것이지요?"

"어쩔 수 있나, 일단은 섬길 수밖에."

결국 위왕은 진나라와 손을 잡은 것이 아니라 진나라를 섬기려 했다는 사실을 시인하였다.

"바다를 품고 있는 대국이 서면(西面)하여 진을 섬기려 한다면 어떤 나라인들 감히 진을 거부할 수가 있겠습니까? 초나라가 진을 섬기느냐 섬기지 않느냐 하는 것은, 초나라 한 국가의 문제가 아니라 전 중원 제국의 문제입니다. 초나라가 의연히 진을 섬기지 않음으로써 본을 보일 때 다른 나라들도 없는 용기나마 내어 진과 맞서보려 할 것입니다. 그러나 초나라가 진을 섬긴다면 다른 나라들은 있던 용기마저 잃고 진을 섬기지 않을 수 없게 될 것입니다. 대왕의 결단이 한 나라의 결단일 뿐만 아니라 중원 제국의 결단임을 유념하여주시기 바랍니다."

소진은 위왕의 결단이 중원 제국의 운명과 직결되어 있음을 계속 강조하였다. 위왕은 깊은 생각에 잠겼다.

"아, 나도 진나라에 대처하는 문제로 고민에 고민을 거듭해왔소. 한나라·위나라와 의논해볼까도 싶었지만, 우리처럼 진나라와 국경을 맞대고 있어 진의 우환이 코앞에 닥친 그 나라들과 과연 은밀하고 심원한 계략을 상의할 수가 있겠소. 십중팔구 진나라에 고해바쳐 우리 나라를 아주 위험한 지경으로 몰아넣을 것이 뻔하지 않소. 묘략을 써보기도 전에 망하기 딱 알맞지요. 그래서 나는 자리에 누워도 잠이 통 오지 않고 식사를 해도 밥맛을 모르겠소. 마음은 걸어놓은 깃발처럼 늘 펄럭거려 안정될 때가 없었소."

이제야 비로소 위왕은 속마음을 털어놓았다. 이때를 놓칠세라 소진이 바짝 다가서서 거의 위왕의 귀에다 대고 속삭였다.

"한·위 같은 나라들과 숙의하는 일은 아무 염려 마십시오. 이미 한·위·조·연·제가 진나라에 대항하여 하나로 뭉치기로 약속하였습니다. 말하자면 합종의 맹약을 했다는 말입니다."

"뭐, 뭐라구요?"

위왕이 놀라 입을 벌렸다.

"왜 진작 나에게 말하지 않았소?"

"지금 말하고 있지 않습니까? 대왕의 결단을 돕기 위해 지금 말씀드리는 것입니다."

"그렇다면 나도 진나라를 섬기지 않겠소."

위왕은 단호한 결의를 표명하였다. 소진은 위왕이 앞에 없었더라면 두 팔을 벌리고 마음껏 소리치고 싶은 심정이었다.

눈이 펑펑 내리던 마당에서 천하의 제후들을 설득시킬 수 있다고 고함을 지른 지 7여 년 만에 과연 중원 제국의 여섯 제후들을 다 설득시키고 만 셈이었다. 진나라도 어떻게 보면 우선은 장의를 대신 보내 설득시켰다고 볼 수 있었다. 그러나 이렇게 흥분만 하고 있을 수는 없었다. 위왕에게 다짐을 단단히 받아두는 것이 급선무였다.

"대왕께서는 조정에 친진 세력들이 득세하고 있는 것을 아실 텐데, 그들의 반대를 무릅쓰고 대왕의 결단을 관철시킬 자신이 있으십니까?"

그러자 위왕은 다소 표정이 어두워졌다.

"그것도 큰 문제요. 진나라는 우리 서쪽 지경에 있는 것이 아니라 이미 우리 나라 안에 깊숙이 들어와 있는 셈이지요. 친진 세력들의 반대가 거셀 것으로 예상되오."

"이 점을 명심하십시오. 합종이 이루어지면 초나라가 패자국과 같은 나라가 될 것이고, 합종이 이루어지지 않으면 진나라가 천하를 차지하고야 말 것입니다."

소진은 초나라 조정에 들어와 있는 친진 세력들을 제어하는 방도에 관하여 위왕에게 계속 조언을 해주었다.

"친진 세력들은 자기 나라의 땅을 쪼개 원수의 나라인 진에게 갖다 바치는 작자들이 아닙니까? 이런 것을 가리켜 원수를 길러주고 원수에게 봉사한다고 합니다. 친진 세력들을 빨리 제거하지 않으면 나중에 우환이 클 것입니다. 이런 말이 있지 않습니까? '모든 일은 어지러워지기 전에 다스리고, 아직 일어나기 전에 대처해야 한다.'"

그러면서 한편으로 초나라가 장왕 때처럼 패자국으로 부상하는 꿈을 심어주었다. 이것은 조나라나 제나라 군주에게 써먹었던 수법이기도 하였다.

"대왕께서 정녕 지의 말을 받아들이신다면 산동의 여러 나라로 하여금 사시사철 공물을 초나라에 바치게 하고, 사직과 종묘를 초에게 맡기게 하며, 연마된 병사들을 대왕의 뜻대로 쓰는 데 내놓도록 하겠습니다. 한·위·조·연·제의 절묘한 음악과 미인들은 대왕의 후궁에 가득 차게 될 것이며, 각 나라의 우수한 낙타와 양마로 대왕의 마구간은 비좁을 지경이 될 것입니다. 이런 패왕의 대업을 버리고 호랑지국(虎狼之國)인 진나라를 섬기는 오욕을 뒤집어쓰시겠습니까?"

이렇게 위왕의 심사를 건드리는 말을 하는 것은 위왕의 결심을 더욱 단호한 것으로 만들기 위함이었다.

"알았소. 친진 세력들은 어떻게 해서든지 제어하겠소. 완전히 조정에서 제거하지는 못할지라도 정책 결정에 있어 영향력을 행사하지 못하도록 세력을 약화시키겠소."

"그러다가 나중에는 제거하는 방향으로 나가시기 바랍니다."

"말해 무엇 하오? 지금 당장 제거하면 반발이 심할 것이므로 서서히 세력을 약화시키다가 결정적인 순간에 목덜미를 내리치는 거지요."

위왕도 정략을 꾸미는 데는 만만하지가 않은 편이었다. 소진은 흐뭇한 표정이 되어 천천히 고개를 주억거렸다. 이제는 정말로 자신의 야심과 포부가 이루어졌음을 인정해도 될 것이었다.

"대왕께서 합종에 동의하심으로써 비로소 합종은 완성되고 제구실을 하게 되었습니다. 초나라가 합세하지 않은 합종은 그야말로 자기 무덤을 파는 헛짓에 불과합니다. 그러나 이제 초나라가 든든한 배경을 이루어줌으로써 이보다 더 강력한 국가 연합은 전무후무한 것이 되었습니다. 연나라에서부터 시작한 합종책 추진이 3년 만에 결실을 보게 되니 이 기쁨을 어디에 비길 수 있겠습니까?"

아닌 게 아니라, 소진의 얼굴은 기쁨으로 들떠 상기되어 있었다.

"정말 수고했소. 당신과 같은 재상이 없었더라면 어떻게 이해관계가 각각 다른 여섯 나라가 합종에 참여할 수가 있었겠소? 재상의 수완을 따를 정략가는 앞으로 이 역사상에 그리 흔치 않을 것이오. 재상은 두고두고 인구에 회자되는 인물이 될 것이오. 정략을 논하는 자리에는 반드시 소진이라는 이름이 언급될 것이오."

위왕은 제법 예언적인 발언까지 하면서 소진을 추어올려주었다.
"다 대왕의 은덕이지요. 대왕께서 귀한 결단을 내려주시지 않았더라면 이 소진의 인생은 허무할 뻔하였습니다. 일생 동안의 꿈이 좌절되어 저 동정호에 가서 빠져 죽어버렸을지 모릅니다. 그러므로 대왕은 제 생명의 은인이기도 하십니다."
소진은 진심으로 이야기하고 있는 것이었다. 눈에는 물기가 배어들기도 하였다.
"하하, 내가 재상의 생명의 은인이라구요? 재상이야말로 내걸린 깃발처럼 늘 펄럭거리던 내 마음을 안정시켜준 은인이오. 이거 서로 은인 된 자들끼리 축배를 들도록 합시다."
위왕은 초나라에서 나는 진미로 소진을 대접해주었다. 소진은 동정호에서 잡아온 담수 양어들과 맛이 좋기로 유명한 초나라 귤과 유자를 마음껏 먹으며 귤과 유자로 만든 술까지 마셨다.
소진 옆에서 술시중을 드는 궁녀들도 귤과 유자를 많이 먹어서 그런지 피부들이 그리 고울 수 없었다. 궁녀들은 아예 싱싱한 귤과 유자인 듯싶었다. 보기만 해도 입맛이 다셔지는 판이었다. 그러나 오늘 이 뜻 깊은 날만큼은 궁녀들과 어울려 몸의 양기를 축내고 싶지는 않았다.
이 기쁜 소식을 말애에게 알려주고, 말애와 뜨겁게 몸을 합하고 싶었다. 말애는 소진이 합종책 추진을 위하여 나라들을 순방하는 기간 동안 소진과 함께 동행했던 것이다. 말애는 점점 이전의 상처를 씻고 원숙한 여인으로 성장해가고 있었다. 동주 땅 낙읍에 있는 소진의 본미누리에 비하여 얼마나 세련되고 고상한 여인인지 몰랐다. 소진은 말애라는 이름이 자기와의 만남을 예견하고 지어진 것만 같았다. 말애, 소진이 마지막 사랑을 불태울 여인이 아닌가. 앞으로 어떻게 될지는 장담할 수 없었지만 적어도 지금은 그렇게 여겨졌다.

술자리가 어느 정도 무르익자 소진이 일어서려 하였다.

"아니, 재상 왜 이러시오? 아직 주연이 파하지 않았는데."

"무례한 일인 줄 아오나 소신이 먼 여행길을 달려와서 그런지 몸에 이상이 생긴 것 같습니다. 가만히 앉아 있을 수가 없을 정도로 온몸이 쑤십니다. 오늘은 물러가서 좀 쉴까 하는데 허락하여주십시오."

"정 그렇다면 할 수 없지요. 내일도 주연을 베풀도록 하고, 오늘은 이만큼 하지요."

위왕도 앞으로의 정국이 어떻게 전개될지 긴장되는 듯 주연에 깊이 빠지려고는 하지 않았다.

소진은 대궐을 빠져나와 말애가 있는 집으로 돌아왔다. 말애는 소진이 오늘 밤 자기와 잠자리를 할 것을 예상했는지 잠자리 준비를 정성스럽게 해놓고 있었다. 끓인 물에 초나라 귤과 유자를 잔뜩 넣고 목욕을 한 말애의 몸에서는 향긋한 냄새가 났다. 소진은 귤을 까듯이 말애가 입고 있는 옷들을 하나하나 벗기고, 귤을 먹듯이 말애의 몸을 먹었다. 정말이지, 그냥 와작와작 씹어서 삼키고 싶을 정도로 말애의 몸이 좋았다.

"오늘, 오늘 일은 잘되었어요?"

말애가 헐떡이며 소진에게 물었다.

"내가 이렇게 일찍 말애에게로 온 것도 다 오늘 일이 잘 되었기 때문이오. 초나라 임금도 마침내 합종에 동의하였소."

소진도 말애의 몸 위에서 헐떡이며 들뜬 음성으로 대꾸하였다.

"이제 나는 6국의 재상이 되었소. 내 평생의 꿈이 이루어졌소. 말애 당신은 6국 재상의 아내가 된 셈이오."

그러자 말애의 표정이 기쁨에 차면서도 어딘지 모르게 어두워졌다.

"아니, 내가 6국의 재상이 된 것이 기쁘지 않소?"

"기쁘지 않다니오? 이보다 더한 일이 어디 있겠어요? 다만 재상의 정실(正室)이 아닌 것이 서운할 뿐이지요."

말애의 표정이 약간 어두워졌던 이유를 알 것 같았다.

"저는 어디까지나 첩이지요."

어느새 말애의 눈가에 이슬이 맺혔다. 소진의 마음도 갑자기 무거워지는 기분이었다. 이 기쁜 날 여자의 눈물을 보다니. 정실이면 어떻고 첩이면 어떤가. 소진은 자신의 사랑을 더 많이 받고 있는 말애가 정실이 아니라고 서운해하는 표정을 짓는 것을 이해하지 못했다.

"동주에 있는 마누라는 형식적인 정실이오. 나에게는 말애 당신밖에 없소. 세상 어딜 간들 당신만한 여자를 만날 수 있겠소."

소진은 말애의 몸을 터뜨릴 듯이 꼭 껴안아주었다.

"아윽."

신음인지 환음(歡音)인지 말애는 소리를 짧게 내지르며 속삭였다.

"저, 저는 이만큼 사랑을 받는 것만도 과분해요. 여기서 욕심을 더 부린다면 몹쓸 년이지요. 부디 6국의 재상이 되었다고 저 같은 여자를 버리지 마시고 끝까지 거두어주세요."

금의 환향하는 소진

소진은 합종책이 성공한 사실을 조나라 군주인 숙후에게 알리기 위하여, 초나라 위왕이 좀 더 있다 가라고 붙드는 것도 사양하고 북쪽으로 길을 떠났다. 소진은 여섯 나라의 군주 모두에게 합종의 중심이 될 것임을 은근히 암시하였지만, 어디까지나 조나라가 중심이 되어야 한다는 생각을 지니고 있었던 것이었다. 위치적으로도 조나라가 합종의 중심이 되기에 적합하고, 역사적인 배경이나 현재의 국력으로 보더라도 그렇게 하는 것이 합당하다고 여겨졌다. 무엇보다 조나라 숙후가 소진을 전폭적으로 밀어주었다고 할 수 있었다. 맨 처음 합종에 동의한 연나라는 다른 나라들이 합종에 동의할 것을 전제로 하고 그러했던 점이 많고, 조나라를 제외한 다른 나라들은 합종이 이루어지는 추세 속에서 유리한 편을 택한 것이라 할 수 있었다.

그러나 조나라는 아직 미지수에 불과한 합종책에 대하여 막대한 재물을 풀어서까지 지원해주는 것을 아끼지 않았다.

조나라로 돌아가는 소진의 행렬은 조나라를 떠나올 때와 비교하여 적어도 다섯 배는 더 불어난 긴 행렬이 되었다. 각 나라의 제후들이 직접 또는 사신을 통하여 보내준 선물들만 하더라도 어마어마한 양이 되었다. 끝도 잘 보이지 않게 이어지는 거마(車馬)들과 짐수레인 치거(輜車)들, 합종에 동의한 각 나라를 상징하는 푸르고 붉은 깃발들……. 그야말로 군주, 아니 천자(天子)의 행렬에 비길 만하였다.

소진 일행은 조나라로 가는 길에 소진의 고향 땅 동주(東周)를 지나게 되었다. 고향 집 식구들이 어떻게 지낼까 궁금한 마음 이루 말할 수 없었다. 소진 자신의 출세를 위해 그동안 가족들이 치른 희생을 생각하면 가슴이 찢어지는 것 같았다. 식구들마저 소진을 멸시하고 버리다시피 한 지금, 소진은 금의환향하고 있는 것이었다.

한편, 주나라 조정에서는 소진 일행을 맞이하기 위해 부산한 움직임을 보였다. 주 현왕(顯王)은 일찍이 소진을 주나라 조정에 등용시킬 기회가 있었는데도 소진의 출신 성분을 물어 거절한 적이 있었기에 소진이 적의를 품고 있지는 않나 해서 노심초사하였다. 현왕은 신하들에게 명령하여 소진 일행이 통과할 예정인 촌락과 도로를 깨끗이 청소하도록 하고, 사자(使者)를 미리 보내 소진을 영접하도록 배려하였다.

낙수(洛水)와 이수(伊水)가 합해지는 지점 근방을 건너 고향 집이 있는 낙읍(洛邑)으로 다가가는 소진의 마음은 깊은 감회에 젖지 않을 수 없었다. 출세를 한답시고 고향을 떠난 지 몇 해 만에 이런 영광을 안고 돌아오는 것인가. 어릴 적에 멱을 감던 강가의 둑길은 그때나 지금이나 변함이 없는데, 소진은 상상도 할 수 없을 정도로 변하여 고향 땅을 밟고 있는 것이었다.

낙읍의 읍민들은 말할 것도 없고, 인근 마을의 주민들도 다 몰려와서 소진의 행렬을 구경하기에 여념이 없었다. 소진의 동생들과 제수(弟嫂)들, 그리고 소진의 처도 그 구경꾼들 속에 끼여 있었다. 국제 정세가 돌아가는 소식에는 어두운 낙읍 읍민들인지라 소진의 식구들조차도 처음에는 그 어마어마한 행렬이 소진의 그것임을 알아차리지 못했다.

소진의 바로 밑 동생 소대(蘇代)가 한참 구경하고 있다가 옆에서 구경하고 있는 형수를 향하여 소리쳤다.

"아이구, 형수님. 저기 온량 거마에 떡 누워서 오고 있는 분이 바로 형님입니다. 소진 형님 말입니다."

"뭐, 뭐라구요?"

소진의 처가 귀를 의심하면서 소대가 가리키는 수레를 자세히 바라보았다.

"아이구메, 정말이구먼. 이게 꿈인가 생신가? 그럼 저 행렬이 우리 집을 향해 오고 있단 말인가?"

소진의 식구들은 자기네 집을 향해 달려가기 시작했다. 그러고는 부리나케 집 안을 청소하여 대강이나마 소진을 맞이할 준비를 하였다.

소진은 동행하는 무리들과 첩인 말애를 이웃 마을에 잠시 기거하도록 해놓고, 몇 사람의 종자들만 데리고 집으로 들어섰다. 소진이 집으로 오자 식구들은 감히 눈을 들어 그 얼굴을 바라보지 못했다. 아내도 소진 앞에서 어쩔 줄을 몰랐다. 아내의 얼굴은 더욱 늙어 보였다.

"여보, 고생이 많았소. 이제는 안심하오. 그런데 어머님은 어디 계시오?"

소진은 아내를 위로해주며 어머니를 찾았다. 아내는 소진을 안방으로 인도하였다. 거기 아랫목에 어머니가 이불을 덮고 누워 있었다. 첫눈에 보아도 병색이 완연하였다.

"어머님, 어디가 아프십니까?"

소진이 급히 어머니 곁으로 다가가 무릎을 꿇었다. 어머니는 희미한 미소만 떠올릴 뿐 아무 말이 없었다.

"앓아누우신 지 오래되었는데 약도 제대로 지어드리지 못하고 있어……."

아내가 가만히 흐느끼며 말을 잇지 못했다. 소진의 눈가에 물기가 어렸다.

"어머님, 이제 제가 재상이 되어 돌아왔습니다. 빨리 쾌차하셔서 일어나셔야 합니다."

소진이 간곡한 어조로 말해도 어머니는 말귀를 알아듣는지 못 알아듣는지 눈을 껌벅거리기만 하였다.

안방을 물러나오면서 소진이 아내에게 말했다.

"어머니를 내가 모시려고 했는데, 지금 병세로 보니 기동도 하실 수 없겠소. 그냥 이곳에 계시면서 몸조리를 하는 것이 나를 따라오시는 것보다 낫겠소. 그리고 나는 한 나라에 정착하여 있을 수 없는 몸으로 이 나라 저 나라 다니며 외교를 벌여야 한단 말이오. 그러니 당신만 나를 따라 올라오고 어머니는 동생 내외들에게 부탁합시다."

"아닙니다. 어머니는 제가 모시고 있어야 합니다. 동서들은 어머니의 마음을 잘 읽지 못하여 간병을 제대로 할 수 없습니다. 어머니도 저의 간병만 받으시려 합니다."

아내는 소진을 따라 나서는 일보다 어머니 모시는 일을 더 큰일로 여기고 소진의 제안을 거절하였다. 소진은 아내가 갸륵하기 그지없었다.

"당신과 함께 살기를 얼마나 기다렸는지 아시오? 그러나 어머니 때문에 또 다음 기회로 미루어야만 히디니 인다까울 뿐이오. 어머님이 쾌차하시면 당신과 어머니를 곧 모시러 올 테니 그럼 조금만 참고 수고하시오. 내, 생활비와 약값은 인편에 풍족하게 보내드리리다. 나도 짬이 나는 대로 들르기로 하지요."

그때만은 소진도 아내에게 진심으로 말하고 있었다. 저녁 식사 때가 되어 식구들은 소진을 위하여 풍성한 식탁을 차렸다. 아니, 소진이 종자들을 시켜 식구들을 위하여 잔치를 베풀었다고 해야 옳을 것이었다. 동네의 친지들도 초대되었음은 말할 필요가 없었다.

　소진의 제수들은 소진의 식사 시중을 들면서 잔뜩 긴장하여 머리를 조아리고 있었다. 이전에 소진을 실직자라고 멸시하던 태도와는 영 딴판이었다. 소진이 웃으면서 제수들에게 말했다.

　"전에는 그렇게 나를 얕보더니 지금은 이다지도 공손하니 어떻게 된 일이오?"

　제수들은 어찌할 바를 모르며 그냥 땅바닥에 넓죽 엎드리고 말았다.

　"저희들이 아주버님을 얕보다니오? 늘 존경하고 있었습니다. 지금은 더욱 존경하고요."

　"지금은 더욱 존경한다? 지금 더욱 존경하는 이유는 무엇이오?"

　소진이 제수들의 말꼬리를 슬그머니 잡았다.

　"그야 아주버님의 지위가 높고 재산이 많아진 것을 보았기 때문이지요."

　이제야 제수들도 자기들의 속마음을 털어놓은 셈이었다. 소진은 길게 탄식하며 말했다.

　"나는 이전이나 지금이나 동일한 몸인데 부귀하게 되면 일가 친척들도 두려워하며 공경하고, 빈천하게 되면 가볍게 보고 업신여기니 하물며 일반 세상 사람들이야 말해 무엇 하리. 그런데 내가 만약 이 낙읍성 근방에 비옥한 옥토 2경(頃 : 백 이랑) 정도만이라도 가지고 있었더라면, 거기에 만족을 하고 6국의 재상이 되는 꿈을 꾸어보지도 못하였으리라."

　소진은 그동안 신세를 졌던 친척들과 벗, 이웃 사람들에게 천금을 풀어 사례하였다. 백 전(錢)을 꾸었다면 그 백 배인 백 금(金)으로 갚았다.

그리고 자기를 수행하며 도와주었던 가신들과 종들에게도 일종의 상여금을 골고루 지급해주었다. 그런데 한 종이 소진에게 와 말했다.

"주인님, 저에게는 왜 상여금을 주지 않습니까?"

소진이 보니 그 종은 소진이 조나라에서 연나라로 갈 때 길 안내를 해주었던 종이었다. 소진이 그 종에게 말했다.

"내가 너를 잊어버렸던 것은 아니다. 네가 나와 함께 연나라로 가는 도중에 두서너 번 나를 역수(易水)가에서 버리려고 하였고, 연나라에서도 몇 번인가 나에게서 도망을 쳤다. 그때 나는 얼마나 곤란했는지 모른다. 그래서 나는 너를 이만저만 원망한 것이 아니다. 그 이후에는 비교적 나에게 충실하였지만, 연나라에서의 그 일들이 두고두고 내 마음에 남아 너를 온전히 신뢰하지는 못했다. 그래서 이번에도 너에게는 상여금을 주지 않으려고 했다. 그러나 상여금을 주지 않은 이것이 이번에는 네 마음에 두고두고 상처로 남아 나를 원망할지도 모르니 내가 너에게 상여금을 내리기로 하겠다. 다만 기다렸다가 맨 나중에 받아가도록 하여라."

그 종은 아무 말도 못하고 물러났다.

소진은 밤이 되어 다른 사람들이 다 가고 난 후, 다시 식구들을 불러 모아 앞으로의 가족 생활에 대하여 이야기하였다. 아우들인 소대와 소여에게는 국제 정세에 관한 정보를 일러주면서 무엇보다 자기처럼 유세하는 술법을 배우도록 권면하였다. 소진의 아우들도 형님이 성공한 것을 보고 그냥 시골 농사꾼으로 호미와 괭이만 만지며 세월을 보내기보다 유세법을 배워야겠다고 마음을 먹었다. 특히 제수들이 남편들을 충동질하였다.

소진은 어머님에게 다시 문안을 드리고 아내와 함께 정말 오랜만에 잠자리에 누웠다. 소진은 가만히 누워 자기 때문에 아내가 치른 희생을 생각하니 마음이 아려오는 듯하였다. 그런데 자기는 출세를 위해 유세하러 다닌다는 핑계로 기회가 있을 때마다 여러 여자들과 잠자리를 같이하며 그들의 몸을 탐하지 않았던가. 그럴 적에도 고향에서 고생하는 아내에 대하여 미안한 마음을 별로 품지 않았던 자신이었다. 그리고 아내가 이제 소진과 합하고 호강을 할 만하니 시어머니를 모시는 문제로 여전히 소진과 떨어져 살아야 하는 불편함을 감당하여야만 하였다.

소진은 육신적인 애욕이 아니라 진정으로 우러나오는 애정으로 아내를 품에 안았다. 그동안 여자라고 하면 말애까지도 포함해서 거의 애욕의 대상 이외로는 여기지 않았던 소진이었으나, 이날만큼은 여자에 대한 깊은 존경심이 우러나기도 하였다.

"여보, 그동안 우리가 여기서 고생한 것보다 당신이 객지에서 더욱 고생이 많았지요? 저는 늘 당신이 밥은 어떻게 먹고 있으며, 옷은 어떻게 입고 있으며, 잠은 어디서 자고 있는지 걱정하지 않은 날이 없었습니다."

소진은 코끝이 찡해지는 기분이었다. 아내의 여윈 몸을 더욱 세게 껴안아주었다.

"여보, 그리고……."

아내가 잠시 말을 멈추었다. 소진은 아내가 무슨 말을 하려고 하나 하고 조용히 기다렸다. 그래도 아내는 영 말을 잇지 않았다.

"그리고?"

소진이 너무 궁금하여 은근히 재촉하였다.

"당신, 그동안 혼자서 적적하지 않으셨어요? 남자가 여자 없이 오랫동안 혼자 있다 보면 몸에 탈이 생기기도 한다는데."

소진은 속으로 내가 혼자 있었다구, 하며 자기도 모르게 빙긋이 미소를 짓다가 얼른 표정을 바로잡았다.

"이렇게 별 탈 없이 잘 지냈지 않소? 그 점은 염려 마시오."

말을 해놓고 보니 이상한 의미가 되고 말았다. 소진은 이 기회에 아내에게 첩으로 받아들인 말애에 대하여 이야기를 할까 하다가 모처럼 함께한 잠자리의 분위기가 흐려질 것 같아 다음 기회로 미루기로 하였다. 그런데 아내가 불쑥 이런 제안을 하였다.

"여보, 이제 당신이 천하 각국을 다니려면 또 홀몸이 되어야 하는데, 저는 어머님 모시느라 따라가지 못할 형편이니 이렇게 하는 것이 어떻겠어요?"

"무엇을 어떻게 한단 말이오?"

소진은 아내가 무슨 이야기를 할 것인가 예감하고 있었으므로 자못 가슴이 두근거렸다.

"저 대신 당신을 보살펴줄 첩을 얻으시지요."

과연 소진이 예상했던 제안이었다. 소진은 침을 한 번 꿀꺽 삼키고 나서 나직하게 물었다.

"내가 첩을 얻어도 당신은 투기하지 않겠소?"

"투기는 무슨 투기예요? 저 대신 당신을 돌보아주니 오히려 감사하게 생각해야지요. 저도 그동안 당신에게 어울리는 첩이 누구일까 하고 동네 처녀들이나 미망인들을 유심히 보기도 하였지만, 이 낙읍에서는 썩 마음에 드는 여자가 눈에 띄지 않았어요. 당신이 천하 각국을 다니며 많은 여자들을 볼 테니 마음에 드는 여자를 골라보시구려."

내가 그동안 혼자 지낸 줄 아시오 하는 말이 목구멍 근처까지 올라왔지만, 아내의 성의를 조롱하는 것 같아 말을 어금니로 씹어서 삼켰다.

"꼭 그렇게 하세요. 그래야 내 마음도 편할 것 같아요. 저는 이미 자식 낳기도 틀린 듯하니 첩을 통해 자식도 얻도록 하시지요."

아내는 소진의 마음을 단지 시험해보려고 그런 말을 하는 것이 아니라, 자기 나름대로 단단히 결심을 하고 말을 꺼낸 것 같았다.

"자식 낳기도 틀렸다는 말은 아예 입 밖에 내지도 마시오. 당신과 잠자리를 하도 하지 않아서 그럴 뿐이오."

일단 소진은 아내를 위로해주는 방향으로 말머리를 잡았다. 아내는 무엇이 부끄러운지 "아이, 몰라요" 하며 이마를 소진의 가슴에 깊숙이 묻었다.

"사실은 말이오……."

소진은 드디어 고백을 하려고 하였다. 아내의 숨소리가 잠시 정지된 듯하였다.

"조나라에 갔을 때, 어떤 집에서 나를 잘 대접해주고 길 안내까지 해주었소. 내가 이렇게 6국의 재상이 될 수 있었던 것도 따지고 보면 그 집안의 도움이 밑받침이 되었던 것이오. 그런데 그 집 어른장이 남편과 사별한 딸을 나에게 부탁하지 않겠소? 나는 은혜를 갚는다는 뜻으로 그 부탁을 받아들였소. 당신과 미처 의논할 시간이 없어서 내가 일방적으로 결정하고 말았소."

"잘하셨어요, 잘하셨어요. 그래, 그 여자는 지금 어디에 있어요?"

아내는 들뜨기까지 하며 반가워하였다.

"집으로 데리고 오려고 하다가 어머니나 당신의 의견도 듣지 않고 데리고 오는 것이 뭣하고 해서 산너머 마을에 가신들과 함께 기거하고 있도록 하였소. 이름이 말애라고 하는 여인이오. 착하고 총명하고……."

젊고 미인이라는 말까지 하려다가 아내를 한 번 쳐다보고 말끝을 흐렸다.

"당신이 받아들인 여인이니 어련하겠어요. 내일은 꼭 데리고 오세요. 빨리 보고 싶어요."

"말애도 당신을 빨리 보기를 원하고 있소. 오늘도 나를 따라 집으로 오려는 걸 내가 나중에 오도록 말렸소. 당신의 뜻이 정 그렇다면 내일이라도 서로 상면하게 해주겠소. 아마 당신이 보기에도 사랑스러운 여인일 것이오."

"아마라니오? 분명히 그 여인은 나보다 훨씬 아름답고 사랑스러운 여인일 거예요. 아니, 나랑 비교하는 것도 우습겠지요. 안 그래요?"

이렇게 말하는 아내의 심정이 과연 어떤 것일까 하고 소진은 잠시 침묵에 잠겼다.

"제가 당신보다 그 여인을 더 사랑하게 될지도 몰라요."

아내는 정녕 말애를 투기하고 있는 것이 아니라 그리워하고 있었다.

다음 날, 과연 말애는 소진의 집으로 와서 소진의 아내를 만나게 되었다. 두 여인은 곧 자매처럼 친해졌다. 두 여인도 합종을 맺은 셈이었다.

소진은 집에 오래 머무를 수 없어 며칠 후 일행들과 함께 조나라로 다시 길을 떠났다.

소진을 맞은 조나라 군주 숙후는 소진의 합종책 성공을 축하한 후 이전에 함께 의논한 바대로 원수(洹水)가에 천하의 장군들과 재상들을 모이게 하여 합종의 맹약식을 올리도록 하였다.

한·위·조·연·초·제 여섯 나라의 장군들과 재상들이 나라를 대표하여 한자리에 모였다. 그들은 백마를 죽여 그 피를 입에 칠하고 백마의 피로 쓴 맹약문을 함께 낭독하였다.

"진나라가 초를 치면 제·위가 각각 정예 부대를 파견하여 초를 돕고, 한은 진나라의 보급로를 끊으며, 조나라는 황하와 장수를 건너 진의 후면을 치고, 연은 상산의 북쪽을 지킨다. 진이 한·위를 치면 초는 그 후미를 쳐서 공격의 맥을 끊고, 제나라는 정예 군사들을 파견하여 한·위를 돕고, 조나라는 이번에도 황하, 장수를 건너 진을 막고, 연나라는 운중을 지킨다. 진이 제나라를 치면……."

 이런 식으로 진나라가 각 나라를 칠 경우 어떻게 연합하여 대비할 것인가 하는 내용이 맹약문의 주 내용을 이루었다. 일종의 연합 작전문이라고도 할 수 있었다. 그리고 마지막에 이러한 경고가 첨가되었다.

 만약 제후로서 이 맹약을 어기고 자기 나름대로 행동하는 자가 있으면 다른 5국의 군대가 공동으로 그 나라를 징계한다!

 이제 여섯 나라는 생사를 함께하는 공동체임을 선포한 셈이었다.
 소진은 이 맹약문을 죽은 백마와 함께 구덩이에 묻고 그 사본을 만들어 진나라에 통고하였다. 진나라 조정은 바짝 긴장하지 않을 수 없었다. 합종책이 이렇게 빨리 성사될 줄은 꿈에도 예상치 못하였던지라 섣불리 운신을 하기보다 사태를 일단 관망해보자는 쪽으로 기울어졌다. 거기에 소진과의 약속을 지켜야 하는 장의의 입김도 작용했을 것이었다. 그리하여 한동안 중국 전체는 냉전의 기류만 감돌 뿐, 나라끼리의 전쟁은 구체적으로 일어나지 않았다. 일견 보기에 평화 시대가 열린 것도 같았다. 그러나 진나라는 합종 국가들의 침략에 대비하기 위하여 함곡관 쪽으로 끊임없이 군대를 이동하고 있었다.
 아무튼 소진이 구상하였던 합종책은 실현되었다고 할 수 있다. 여기서 소진이 합종책을 추진할 때의 책략들을 일단 정리해보고 넘어가는 것이 좋겠다. 크게 나누어 일곱 가지 책략을 들 수 있다. 소진의 합종책을 다시 되새겨보는 의미에서도 일곱 가지 책략들을 하나하나 살펴보기로 하자. 이것은 외교 전략뿐 아니라 상업 거래, 대인 관계 등에 얼마든지 활용할 수 있는 책략인 셈이다.
 첫째, 열지이예책(悅之以譽策)이다.

이것은 문자 그대로 상대방을 먼저 칭찬하여 일단 상대방을 기쁘게 해주는 책략이다. 소진은 어느 나라 어느 왕을 대하든지 그 나라를 칭찬하고 그 군주를 높여줌으로써 상대방의 마음을 흡족하게 해주었다.
　소진이 유세한 내용을 살펴보면 '나라의 강성함과 대왕의 현명함'이라는 말이 자주 반복되고 있음을 알 수 있다.
　둘째, 시지이성책(示之以誠策)이다. 이것은 상대방에게 정성을 보여줌으로써 상대방의 마음의 문을 여는 책략이다. 소진은 말 하나하나를 섣불리 하지 않고 온갖 정성을 다 기울여 하였다. '대왕을 위해 슬퍼하나이다' '대왕을 위해 부끄러워하나이다' '대왕을 좀더 일찍 만나지 못한 것이 후회스럽습니다. 정말 만시지탄(晩時之歎)을 토할 뻔하였습니다' 이런 식으로 상대방을 극진히 생각한다는 인상을 강렬하게 심어주었다. 이와 같은 자세로 정성을 보이니 누가 마음의 문을 열지 않겠는가. 경쟁자요 적수였던 장의마저도 소진의 비밀스럽고 정성 어린 후원 앞에 마음이 녹지 않을 수 없었다.
　셋째, 명지이세책(明之以勢策)이다.
　이것은 지세(地勢)와 군사력의 현황을 구체적으로 설명함으로써 정세 분석을 하도록 유도하여 자신의 위치를 객관적으로 파악하도록 하는 책략이다. 이 책략은 상대방이 자신을 과소평가하여 위축되어 있을 때는 자신감을 불어넣어주는 효과가 있고, 상대방이 자신을 과대평가하여 판단력이 흐려져 있을 때는 정신을 차리게 하는 효과가 있다. 소진이 주로 이 책략을 통하여 효과를 노렸던 것은 진나라에 위축되어 있는 군주들에게 자신감을 심어주기 위함이었다. 천연적인 지형의 유리함과 각 나라의 군사력, 여섯 나라가 동맹을 맺었을 때의 전체 군사력 상황들을 열거하면 군주들은 비로소 안도의 한숨을 쉬며 자신감을 회복하였다.
　"천하에 진나라에 대하여 초나라만큼 위협적인 나라는 없습니다. 초가 강해지면 진은 약해지고, 진이 강해지면 초가 약해집니다. 이 두 세력은 절대 양립될 수 없습니다."

이렇게 객관적으로 세력의 판도를 말하였을 때, 초 위왕은 합종에 동의하는 결단을 내렸던 것이었다.

넷째, 유지이리책(誘之以利策)이다.

이것은 이권으로써 유혹하는 책략이다. 소진은 합종에 동의하면 어떤 이익이 있는가를 구체적인 예를 들어가며 설명함으로써 은근히 이 이권에 탐을 내도록 유도하여 결국 합종에 동의하도록 하였다. 조나라 군주 숙후가 목욕을 즐기며 휴양하는 것을 좋아한다는 사실을 안 소진은 숙후에게 합종에 동의하면 한·위·중산 나라들이 휴양지 시설을 제공하게 될 것이라는 이야기까지 하였다. 그리고 초나라 위왕이 음악을 좋아하고 여자들을 밝히는 것을 안 소진은 초나라가 합종에 참여하면 각 나라의 멋있는 음악들과 후리후리한 키의 미인들이 후궁에 가득 찰 것이라는 말까지 하였다. 그러니까 상대방의 취미나 기호 같은 것도 파악해 두었다가 이권으로 유혹할 때 써먹었던 것을 알 수 있다.

다섯째, 협지이해책(脅之以害策)이다.

소진은 이권으로 유혹하는 반면, 자기 말을 따르지 않으면 어떤 해가 미칠 것인지를 논리 정연하게 밝힘으로써 은근히 협박을 하였다.

"대왕이 진을 섬기면 진은 반드시 의양과 성고를 요구할 것입니다. 금년에 그것을 떼어주고 나면 내년에 또 다른 지역의 땅을 요구하게 될 것입니다. 떼어줄 땅이 더 없는데도 진은 계속 요구해올 것입니다. 그러다가 더 이상 떼어줄 수 없게 되면 진나라는 그동안 바친 것을 전혀 고려하지 않고 아예 군사를 몰아 쳐들어오고 말 것입니다. 이렇게 볼 때 진나라를 섬겨 땅을 떼어주어도 기다리는 것은 파멸밖에 없습니다."

이렇게 소진이 한나라 선혜왕을 위협하자 선혜왕은 합종에 참여하지 않을 수 없었다.

여섯째, 격지이언책(激之以言策)이다.

이것은 자존심을 건드려 마음을 격동시키는 책략이다.

"이제 대왕이 서면하여 진나라를 섬기니 바로 소의 꼬리가 된 것이 아니고 무엇입니까?"

이렇게 말로써 한나라 선혜왕을 분격시키자 선혜왕은 칼을 뽑기까지 하며 진을 더 이상 섬길 수 없다고 고함을 쳤다. 소진이 장의를 분격시켜 진나라로 가도록 한 것도 격지이언책을 썼기 때문이었다.

일곱째, 역배이의책(力排異議策)이다.

이것은 상대방이 결단을 할까말까 망설이는 지점에서 마지막 힘을 다하여 밀어붙이는 책략이라 할 수 있다. 일이 잘 마무리되려고 하는 바로 이 지점에서 방심하거나 긴장을 풀어버림으로써 상대방의 결단을 확고하게 해주지 못하여 지금까지의 노력을 허사로 만드는 경우가 많은 법이다. 소진은 마지막 순간까지 상대방의 마음을 읽고 다른 생각이 스며들어 상대방이 결단을 망설이는 눈치가 보이면, 그 스며든 생각의 정체를 파악하여 힘써 물리쳤다. 물론 이러한 고비는 마지막 단계에서만 있는 것이 아니기 때문에 늘 상대방의 결단을 머뭇거리게 하는 요소와 힘을 다하여 싸울 준비를 하였다.

갖가지 기묘한 책략들

　소진은 6국의 재상으로서 늘 합종의 끈이 든든히 맺어져 있는지 점검을 하는 데 게을리하지 않았다. 이 나라가 틀어져서 문제가 생기면 곧장 그 나라로 달려가서 수습하고, 저 나라가 틀어져서 문제가 생기면 또 그 나라로 달려가서 담판을 하였다. 그야말로 국제적인 외교관으로서 그 재능을 최대한 발휘하였다. 그리하여 한시도 한 군데 안주하여 있을 수 없었다. 어떻게 보면 천하 각국을 쏘다니는 여행가라고도 할 수 있었다.
　소진은 각 지역을 다니면서 갖가지 풍물들을 접하고 항간에 떠돌아다니는 이야기들을 들었다. 무엇보다 소진이 관심을 가진 것은 외교와 관련된 정치 비화들이었다. 소진은 한 나라에 어떤 문제가 생겼을 때 그 문제를 어떤 식으로 해결해나갔는가에 초점을 맞추어 이야기를 재구성해보기도 하였다. 그리고 자기의 경험을 살려 외교술에 관한 교과서 같은 것을 만들고 싶은 욕구가 일어나기도 하였다. 자기가 그러한 것을 못 만들더라도 후대의 사람들이 만들도록 자료를 수집해놓는 역할을 해보고도 싶었다. 이리하여 유명한 《전국책(戰國策)》의 모태가 형성된 것이었다. 소진은 우선 제나라로 가서 그러한 사례들을 모아보았다.

초나라가 월을 멸망시키고 기세를 떨칠 때였다. 제나라 재상 전영(田嬰)은 월나라 유민들을 지원하여 초를 공격하도록 하였다. 이 사실을 안 초나라 임금은 군대를 제나라로 몰아 쳐들어왔다. 서주(徐州)에서 전영이 이끄는 군대와 초의 군대가 일대 접전을 벌였다. 이 전투에서 전영은 대패하였다. 제나라 조정에 대하여 발언권을 지니게 된 초나라 임금은 제나라 임금에게 전영을 재상 자리에서 면직시키라고 압력을 넣었다. 제나라 임금은 초왕의 요구를 들어주지 않을 수 없는 입장이었다. 전영은 불안하여 잠을 이루지 못할 지경이었다.

전영은 제나라 신하인 장축(張丑)을 가만히 불러 지시를 내렸다. 장축은 아직 제나라 수도 임치에 머무르고 있는 초왕을 만나러 갔다.

초왕은 제나라 신하가 왔다는 말을 듣고는 전영 문제를 또 끄집어내었다.

"전영을 재상 자리에서 쫓아냈느냐?"

"아직 재상 자리에 있습니다."

"뭣이라구! 내가 쫓아내라고 한 지가 언젠데, 내 말을 어떻게들 여기는 거야. 내 당장 가서……."

초왕은 흥분하며 당장 제나라 조정으로 달려갈 태세를 취했다.

"고정하시고 제 말을 들어보십시오. 전영이 재상 자리에 있는 것이 초나라를 위해서도 좋은 일입니다."

장축이 차분한 음성으로 대꾸하였다.

"그게 무슨 말이냐? 전영은 월나라 뜨내기들을 모아 가지고 우리 초나라를 침공하도록 충동질했는데."

초왕은 전영을 눈엣가시처럼 여기고 있는 듯하였다. 장축이 초왕의 기세가 누그러지기를 기다려 입을 열었다.

"전영이 재상 자리에 있었기에 대왕께서 승리하실 수가 있었습니다."

이건 또 무슨 풍딴지 같은 말인가 하고 초왕이 눈을 둥그렇게 뜨고 장축을 노려보다시피 쳐다보았다.

"좀 더 구체적으로 말씀드리면, 전영이 전분(田吩)이라는 자를 등용하지 않았기 때문에 대왕께서 서주에서 제군을 쳐부수고 승리하셨던 것입니다."

"전분은 또 누구야? 나의 승리가 그자와 무슨 상관이 있느냐?"

"저의 이야기를 잘 들어보십시오. 전분은 덕이 있고 나라에 큰 공을 세운 대부로, 뭇 백성들의 존경을 한몸에 받고 있는 사람입니다. 백성들은 전분의 말이라면 다 믿고 따랐습니다. 그래서 전영은 마음에 시기가 나서 전분을 등용하지 않았습니다. 그 대신 신박(申縛)이라는 소인을 등용하여 자기 밑에 두었습니다. 신하들과 백성들이 신박을 따르지 않았기 때문에 대왕께서 그 오합지졸 같은 군사들을 이길 수가 있었던 것입니다. 그런데 만약 전영을 내쫓는다면 전분이 틀림없이 등용되어 흩어진 민심을 수습하고 대왕과 맞서게 될 것입니다. 그래서 전영이 그대로 재상 자리에 있는 것이 대왕께 유리하다는 말씀입니다."

그제야 초왕이 고개를 끄덕이며 전영의 면직을 고집하지 않았다.

정곽군(靖郭君) 전영은 점점 세력을 얻어 봉지인 설(薛) 땅에 높은 성을 쌓으려고 준비하였다. 말하자면 나중에 정계에서 은퇴할 것을 생각하여 설 땅에다 자기 궁궐과 영빈관을 건축할 셈이었다. 그러자 전영의 집을 드나드는 문객들이 여러 가지 말로 간하였다. 번거로워진 전영은 객들을 인도하는 책임을 맡은 알자(謁者)에게 명하여 문객들이 들어와서 간하지 못하게 하라고 하였다. 그래서 문객들은 전영의 집에 와서도 전영을 만나보지 못하고 돌아가는 경우가 많았다.

이때 제나라 동쪽 해변가에 사는 한 어부가 전영의 집으로 왔다. 알자가 그 사람을 가로막고 물었다.

"어디서 온 사람이오?"

"제나라 백성으로 정곽군에게 드릴 말씀이 있어 왔소."

"주인께서는 일절 면회 사절입니다. 돌아가주십시오."

그래도 그 사람은 돌아가려고 하지 않고 버텼다.

"딱 세 마디만 들려드리고 가겠소. 만약에 한마디라도 더 보탠다면 나를 솥에다가 집어넣고 삶아 죽여도 좋소."

"아, 안 된다니까요. 주인님께서 문객들을 들이지 말라고 엄명하셨어요."

알자가 그 사람을 두 손으로 밀기까지 하며 돌려보내려 하였다.

"단 세 글자, 세 마디면 돼요. 눈 깜짝할 사이면 내 할 말은 다 끝나요."

그 사람은 언성을 높이며 밀려나지 않으려고 버둥거렸다. 그런 소란함을 엿들은 전영은 세 마디만 한다는 그 사람의 말에 호기심이 당겨 그를 불러들였다. 그러자 그 사람은 전영에게로 나아가, "해대어(海大漁)' 하고 외치고는 쏜살같이 몸을 돌려 달아났다.

"저자를 다시 데려오라!"

전영은 불에 덴 사람처럼 알자를 향하여 소리쳤다. 알자는 영문을 모른 채 달려나가 그 사람을 불러 세웠다.

"주인님이 당신을 다시 부르십니다."

그러나 그 사람은 빠른 걸음을 멈추지 않으며 말했다.

"세 글자만 말한다고 하지 않았소? 한 글자라도 더 하면 팽형(烹刑)을 당해 삶겨 죽어도 좋다고 하지 않았소? 나는 다시 돌아가지 않겠소."

"주인님이 나를 급히 보내 불러오라 하는 데는 필시 무슨 곡절이 있을 텐데, 세 마디를 하면 어떻고 네 마디를 하면 어떻소?"

이번에는 알자가 그 사람에게 사정하고 있는 셈이었다. 그 사람은 못 이기는 척하며 다시 전영의 집으로 돌아왔다. 전영은 이미 주안상을 차려놓고 그를 기다리고 있었다.

"그렇게 급히 달아나는 법이 어디 있소? 손님 대접할 시간을 주어야지요."

전영이 그에게 술잔을 권하며 대화를 유도하려 하였다. 그러나 그는 술잔을 거절하며 정중하게 말했다.

"저는 감히 죽는 것을 놀이로 삼을 수는 없습니다."

"괜찮소. 세 마디만 하라는 법이 어디 있소? 마음놓고 방금 말한 뜻을 설명해보시오."

그러자 그 사람이 술잔을 기울여 목을 축이며 자신이 한 말을 설명하기 시작했다.

"재상께서는 대어(大魚)에 대하여 들어보지 않았습니까? 낚시로는 어림도 없고, 그물로도 잡을 수 없습니다. 그러나 그런 대어도 일단 물을 떠나는 날에는 작은 개미나 등에도 못 당해내고 그들에게 뜯어먹히고 맙니다."

전영의 표정이 심각해져갔다.

"지금 제나라는 재상의 물입니다. 제나라 속에 있기에 재상은 대어로서 세력을 뻗치고 있습니다. 그러나 제나라 민심을 떠나면 재상도 썩은 고기와 같을 뿐입니다. 요사이 설 땅에 성을 높이 쌓으려고 기초 공사를 한다는 소문이 자자한데, 그것은 곧 재상이 제나라 민심을 배반하는 것이 아니고 무엇입니까? 바다와 같은 민심을 버리고 하늘 높이 성을 쌓은들 무슨 소용이 있겠습니까?"

전영은 이 말에 충격을 받고 축성 계획을 포기하였다. '해대어', 라는 말은 민심을 귀하게 여겨야 할 정치가들이 두고두고 기억해야 될 말이었다.

추기(鄒忌)가 제나라 재상으로 있을 때 전기가 장군으로 있었다. 그런데 둘 사이는 아주 좋지 않았다. 서로 임금의 총애를 더 많이 받으려는 경쟁이 암암리에 전개되고 있었기 때문이었다.

어느 날, 추기 편에 속해 있던 공손한(公孫閈)이라는 자가 추기에게로 와서 은밀하게 말했다.

"재상은 왜 임금에게 위나라를 치자고 건의하지 않습니까?"

"아니, 갑자기 그게 무슨 말이오? 우리 나라가 위나라를 쳐서 이길 승산도 없는데 그런 제안을 하다니."

"이길 승산이 별로 없기 때문에 그런 제안을 하는 것입니다."

추기는 공손한의 머리가 어떻게 되지 않았나 해서 그를 유심히 쳐다보았다.

"보십시오. 전쟁을 직접 책임지고 치르는 자는 재상이 아니라 장군입니다. 전기 장군이 진두지휘를 해서 싸워야 한다는 말입니다."

"그야 그렇지. 하지만 전기 장군이 승산이 없는 싸움에 나가지 않을 수도 있지."

"바로 그 점을 노리는 것입니다. 전기 장군이 위나라와의 전쟁 계획에 불만을 품고 전투에 참여하지 않음으로써 패배하게 된다면 그는 패전의 책임을 지고 주살(誅殺)을 당하게 될 것입니다. 그리고 전기 장군이 전쟁에 참여한다고 하더라도 패배할 것이 거의 확실하므로 그는 패전의 책임을 모면하지는 못할 것입니다. 더군다나 전장에서 전기 장군이 위나라 군대의 화살에 맞아 전사한다면 재상은 적의 손으로 정적을 제거한 셈이 되지 않습니까?"

추기의 안면 근육이 바르르 떨렸다. 지금 공손한이 엄청난 음모를 꾸미고 있는 것이었다.

"만약에 전기가 전쟁에 나가서 승리를 하고 돌아온다면?"

추기가 목소리를 한껏 낮추어 물었다.

"그래도 염려하실 것은 없습니다. 위나라를 치자고 건의한 사람은 어디까지나 재상이지 않습니까? 재상의 건의에 의하여 위나라를 치고 이긴 것이기 때문에 마땅히 그 공로는 재상에게 돌아오게 되어 있지요."

"전기 장군에게도 공로가 돌아가지 않겠나?"

"그렇긴 하겠지만 원래 계획을 세운 재상에게 더 많은 공로가 돌아올 것입니다. 전기 장군이 연전 연승하여 혁혁한 공을 세우지 않는 다음에야 재상의 공로에 비교라도 할 수 있겠습니까?"

이야기를 듣고 보니 추기에게 승산이 있는 모험이었다. 추기는 국제 정세에 어두운 임금을 설득하여 위나라를 치는 전쟁을 벌이는 데 성공하였다. 전기 장군은 뭔가 불만이 가득한 듯하였지만 묵묵히 왕의 명령에 따라 전장으로 군대를 몰고 나갔다.

추기와 공손한은 조마조마한 마음으로 전장에서 날아오는 소식에 귀를 기울였다. 그런데 이게 어떻게 된 일인가. 전기 장군이 3전 3승으로 위나라 군대를 물리치고 있다는 것이었다. 제나라 임금은 그 소식을 듣고 기쁨을 감추지 못했다. 위나라를 치자고 건의한 추기를 칭찬해주면서도 전기 장군을 더 높이는 듯하였다. 전기 장군이 돌아오는 날에 대대적인 개선군 환영식을 벌일 준비까지 하였다. 추기는 전기를 제거하려다가 전기가 공을 세우는 터전을 마련해준 꼴이 되었다.

전기가 개선군을 이끌고 보무도 당당하게 임치로 들어와 임금에게로 나아갔다. 임금은 개선 장군에게 하사하는 금도끼를 전기에게 선물하였다. 그 금도끼는 노나라에 살았던 노반(魯班)이라는 유명한 목수가 만들었다고도 하였다. 임금에게서 그러한 선물을 하사받았다는 것은 대단한 영광이었다. 곁에서 이 모든 광경을 지켜본 추기는 시기심에 어쩔 줄을 몰랐다. 엉뚱한 음모를 꾸민 공손한이 원망스럽기까지 하였다.

추기는 공손한을 집으로 불러 이 일을 어떻게 하면 좋을까 의논하였다. 공손한은 염려 말라고 하며 빙긋이 미소를 짓는 여유까지 보였다.

추기는 또 어떤 계획이 있기에 저렇게 여유가 있나 싶어 궁금한 마음을 금할 길이 없었으나, 이번에는 공손한이 구체적으로 말해주지 않았다.

그 다음날, 공손한은 전장에서 돌아온 한 병사를 은밀하게 불러 10금(金)을 손에 쥐어 주면서 말했다.

"이 돈을 너에게 줄 테니 거기서 얼마를 떼어 점쟁이를 찾아가라. 전장에서 입었던 옷 그대로 입고 달려가라."

그러면서 점쟁이를 찾아가서 할 말들을 일러주었다.

병사는 그 돈에 혹해서 공손한이 시키는 대로 점쟁이를 찾아갔다. 그 점쟁이는 일종의 점성술사였다. 병사가 점집으로 들어서니 이미 많은 사람들이 와서 점을 치고 있었다.

"거북 등을 구워서 갈라지는 것을 보는 것보다 이게 더 정확하지."

점쟁이는 자기 점 자랑을 늘어놓고 있었다. 점쟁이 앞에는 십이궁을 비롯한 천문도(天文圖)들이 울긋불긋한 색깔로 칠해져 부적들처럼 놓여 있었다. 점쟁이가 한 사람의 운수를 점치기에 앞서 점성술의 상식을 잠시 설명하였다.

"토성이 희고 둥글게 보이면 나라에 가뭄이 들고 큰 인물이 갑자기 죽는 일이 생기지. 붉게 보이면 민란이나 소요가 일어나고 병정들은 출선을 하게 되지. 초록색으로 보이면 강들이 범람하여 홍수가 일어나고, 검게 보이면 전염병이 돌고 시체가 거리마다 쌓이게 되지. 노랗게 보이면 번영의 시기가 도래하게 되지. 이러므로 토성의 빛깔과 한 개인의 운명이 긴밀하게 연결되어 있다고 할 수 있지. 아무리 자기 혼자 사주팔자가 좋은들 토성이 검은데 어떡하나? 그러니 사주팔자보다 하늘의 별을 먼저 살펴볼 일이지. 아, 당신 생년월일이 대화궁(大火宮)이라……."

점쟁이의 수다를 한참 엿듣고 있으니 어느새 병사의 차례가 되었다.

"전장에서 왔구먼. 피 냄새가 나."

점쟁이는 병사를 보자마자 알아맞혔다. 병사는 섬뜩 놀라며 침을 한 번 깊숙이 삼킨 후 급하게 말했다.

"그렇소. 나는 전기 장군의 부하요. 알다시피 우리 전기 장군이 위나라와 싸워 3전 3승하여 그 위세가 천하에 더 높아 있소."

여기까지 말한 병사는 방 안에 아무도 없음을 다시 확인한 후 목소리를 낮출 대로 낮추어 속삭이다시피 하였다.

"전기 장군이 이 위세를 그대로 몰고 반역을 꾀하려 하고 있소. 그 반역이 과연 성공할지 알아보러 이렇게 온 것이오."

점쟁이는 입을 다물지 못한 채 놀란 표정을 지었다. 점쟁이도 이때만은 병사가 거짓말을 하고 있는지 눈치를 채지 못하는 모양이었다.

"그래, 성공할 것이라는 점괘가 나오면 전기 장군 편에 가담하려고?"

점쟁이의 목소리가 가늘게 떨렸다.

"그런 건 묻지 말고 빨리 점이나 쳐보시오."

병사가 5금(金)을 꺼내 보였다. 그러나 점쟁이는 손을 부들부들 떨며 점판을 엎어버렸다.

"이, 이, 이런 점은 칠 수 없소."

그러고는 바깥을 향해 소리쳤다.

"거기 사람 없소? 이 사람을 붙잡으시오. 모반 점을 치러 왔소."

바깥에서 차례를 기다리던 사람들이 방으로 몰려와 병사를 붙잡았다. 점쟁이는 병사의 말을 증거로 하여 임금에게 전기의 모반 사실을 고해 바쳤다. 병사도 하도 엄청난 일이라 점쟁이에게 물어보러 왔을 뿐 반역에 가담할 생각은 없었다는 식으로 변명하였다.

전기 장군은 이런 소식을 듣고 곧장 제나라를 탈출하여 초나라로 도망가고 말았다, 공손한의 계략이 적중한 것이었다.

전기가 초나라로 가서 숨어버리자 제나라는 추기의 세상이 되었다. 그런데 전기가 초나라를 등에 업고 제나라 임금에게 압력을 넣어 다시 권좌에 복귀하려고 하지 않을까 염려가 되기도 하였다. 이런 추기의 불안을 눈치챈 두혁(杜赫)이라는 신하가 추기를 찾아와 말했다.

"전기로 인하여 아직도 염려하고 계시다는 것을 압니다. 그러나 그 점에 대해서는 아무 걱정 마십시오. 제가 초나라로 내려가서 전기가 다시는 제나라로 돌아오지 못하도록 조처를 취하고 오겠습니다."

추기는 귀가 번쩍 뜨이는 기분이었다.

두혁은 초나라로 내려가서 초왕을 알현하였다. 초왕은 추기가 초나라에 대하여 우호적인 태도를 보이지 않는 데 대하여 불만을 늘어놓았다. 두혁은 가만히 듣고 있다가 기회를 봐서 말을 꺼냈다.

"추기 재상이 초나라를 멀리하는 것은 다 이유가 있는 일입니다."

"무슨 이유란 말이오? 초나라는 어디까지나 제나라에 대하여 협조적인 자세를 보여왔는데."

"전기가 지금 초나라에 망명해 있는데, 초나라 힘을 빌려 다시 제나라로 복귀하지 않을까 싶어 불안한 나머지 초나라를 멀리하고 있는 것입니다."

"전기 장군이 제나라로 복귀한다구요? 그건 불가능한 일이 아니오? 그런 걸로 염려하다니."

초왕은 이해할 수 없다는 표정을 지었다.

"아무튼 추기 재상이 안심하도록 해야 두 나라 관계가 원만히 풀릴 것 같습니다."

"그래, 어떻게 하면 되겠소?"

초왕은 씁쓸한 인상을 풀지 않으며 마지못해 물었다.

"두 기(忌)를 쓰는 방법을 사용하십시오."

"두 기를 쓰다니?"

새로운 용어에 초왕이 익숙하지 못해 반문하였다.

"추기와 전기를 둘 다 써먹는 방법이지요. 일단 대왕께서는 전기에게 강남(江南) 땅을 봉지로 하사해주십시오."

"전기는 제나라 임금을 반역하려다가 들켜서 이리로 도망온 자 아니오? 그런 자에게 봉지를 하사하면 오히려 추기가 화를 낼 것이 아니오?"

"아닙니다. 대왕께서 전기에게 봉지를 하사하였다는 것은 전기를 제나라로 되돌려보내지 않는다는 의미이므로, 추기는 안심하고 초나라와 우호 관계를 맺을 것입니다."

"허, 그럴 수도 있겠군요. 상대방의 원수를 잘 대접해줌으로써 상대방과 우호 관계를 맺게 된다? 거, 묘한 이치로군요. 아무튼 그것이 추기의 심기를 편안하게 해주는 일이라면 그러겠소."

"그리고 전기도 대왕으로부터 그러한 봉지를 하사받게 되면 망명객에 불과한 자신을 그렇게 대접해준 대왕의 은혜를 두고두고 잊지 않고 언젠가는 갚고야 말 것입니다. 가령 나중에 추기의 시대가 지나 전기가 제나라로 돌아간다 하더라도 초나라를 잘 섬길 것이 아닙니까? 바로 이것이 두 기를 쓰는 방법이 아니고 무엇이겠습니까?"

"과연 신묘한 책략이오. 추기도 얻고 전기도 얻는다는 말이지요? 우리 초나라 조정에도 당신 같은 신하들이 많았으면 얼마나 좋겠소."

초왕은 두혁의 묘략을 감탄해 마지않았다.

그 이후, 추기는 전기 문제로 불안해하지 않아도 되었다. 추기는 혈색도 좋아지고 점점 건강해졌다. 정력이 넘치는지라 첩도 새로 하나 더 얻었다.

추기는 키가 8척이나 되고 체격도 좋았으나 얼굴이 못생긴 편이었다. 하루는 아침에 의관을 차려입다 말고 아내에게 물었다.

"내가 소문을 들으니 성북(城北)에 사는 서공(徐公)이라는 자가 무척 미남이라는데 당신도 그자를 본 적이 있소?"

아내는 난데없는 이상한 질문에 의아한 표정을 지으며 추기를 쳐다보다가 살며시 고개를 숙이며 얼굴을 붉혔다.

"네, 일전에 저잣거리에 나갔다가 먼발치에서 본 적이 있지요. 여자들이 하도 수군거리기에."

"그래, 당신이 볼 때 나와 서공 둘 중 누가 더 미남인 것 같소?"

아내는 잠시 망설이다가 또렷한 목소리로 대답했다.

"아무렴, 당신이지요. 서공이 아무리 미남이라 한들 당신을 따라가겠어요?"

아내가 하도 단정적으로 대꾸하므로 정말 그런가 하고 거울을 유심히 들여다보았다. 아무리 보아도 자기 얼굴이 잘생겼을 리 없었다. 추기가 이번에는 첩과 잠자리를 같이하면서 물어보았다.

"서공이 잘생겼느냐, 내가 잘생겼느냐?"

"호호호. 서공과 비교하시다니오? 서공은 어르신네에 비하면 아무것도 아니지요."

첩은 추기의 큼지막한 얼굴을 부드러운 두 손으로 쓰다듬어주며 아양 섞인 목소리로 대답하였다. 아내와 첩이 다 같이 추기 자기가 서공보다 더 미남이라고 하지 않는가.

추기는 아침에 일어나자마자 거울을 가져오게 하여 또 한참을 들여다보았다. 그러나 이번에도 못생긴 자기 얼굴을 보았을 뿐이었다. 추기는 머리를 갸우뚱거리며 오늘은 여자들에게 묻지 않고 남자에게 한번 물어보아야겠다고 마음먹었다.

마침 어떤 부탁을 가지고 손님이 찾아왔다. 추기는 그 사람을 주안상으로 대접해주면서 넌지시 물었다.

"요즘 말을 들으니 서공이라는 자가 장안에서 미남이라고 하는데, 서공과 나 둘 중에서 누가 더 잘생겼소?"

"하하하. 그야 말해 무엇 합니까? 소문만 그렇지, 사실은 재상님이 서공보다 훨씬 더 잘생기셨습니다."

추기는 의아한 마음을 감추지 못하고 다시 확인을 하였다.

"서공을 직접 보았소? 직접 보고 지금 그 말을 하는 거요?"

"보다마다요. 우리 이웃에 사는데 매일 서공을 보는 편이지요. 재상님이 훨씬 낫다니까요."

손님은 추기에게 확신을 심어주려는 듯 목소리에 힘을 넣어 말했다.

"그래요? 그 서공이라는 자를 한번 볼 수 없겠소? 당신 이웃에 산다고 하니 우리 집에 놀러 오라고 전해주시오."

"그야 어렵지 않지요. 서공도 재상님의 초대를 영광으로 생각하고 달려올 것입니다."

추기는 서공을 기다리면서 연방 거울을 들여다보며 자기 얼굴을 이리저리 뜯어보았다. 서공이 소문만 미남이지, 사실은 자기보다 못생긴 남자임에 거의 틀림없는 것 같기도 하였다. 그런데 추기 자기보다 못생긴 얼굴을 가진 남자가 미남이라는 소문이 나돌고 있다니 영 이해가 되지 않았다. 아무튼 추기가 직접 서공을 보고 판단할 일이었다.

저녁 무렵, 서공이 추기의 집으로 들어섰다.

"서공이야, 서공."

하인들이 수군거리며 서공을 몰래 구경하느라고 야단들이었다. 특히 여자 하인들이 극성이었다. 추기가 보니 서공은 키도 후리후리하니 미남 중의 미남이었다. 남자인 추기 자신도 반할 정도로 얼굴이 미끈했다.

"반갑소. 어서 오시오."

서공을 맞아들이며 추기가 얼핏 시선을 돌려 안채를 쳐다보니 아내와 첩도 방문을 조금 열어놓고 서공을 구경하기에 여념이 없었다.

"으음."

추기는 속은 듯한 기분을 헛기침으로 삭이며 서공과 함께 담소를 나누었다.

"정말 소문대로 미남입니다. 우리 임치성에 이런 미남이 있었다니 성 전체가 훤해질 지경입니다."

추기는 진심으로 서공을 칭찬해주고 있었다.

"무슨 과찬의 말씀을, 남자가 얼굴이 잘생기면 무엇 합니까? 재상같이 높은 벼슬자리에 오르는 것이 남자로서는 최고의 영광이지요."

서공이 송구스러운지 겸양의 말을 하였다.

"얼굴은 얼굴이고 벼슬은 벼슬이지. 참 잘생겼소. 자, 이 술잔 받으시오."

두 사람은 권커니 잣거니 하며 밤이 이슥하도록 술잔을 기울였다.

서공이 돌아간 후 추기는 자기 혼자 방에 들어 자리에 누웠다. 그리고 곰곰이 생각해보았다. 왜 아내와 첩이, 또 손님까시노 자기 얼굴이 서공보다 잘생겼다고 했을까. 그제야 그들이 왜 그랬는시 가리사니가 잡혔다. 추기는 술기운이 올라 있었기 때문에 옆에 사람이 있는 것처럼 소리를 내어 중얼거렸다.

"아내가 나를 아름답다고 한 것은 나를 사랑하기 때문이요, 첩이 나를 아름답다고 한 것은 쫓겨날까 봐 두려워하기 때문이요, 손님이 나를 아름답다고 한 것은 내게 부탁할 일이 있었기 때문에 그랬구나."

추기는 크게 깨달아지는 바가 있어 주먹으로 방바닥을 치며 벌떡 일어났다.

다음 날, 추기는 입조하여 제나라 군주인 위왕을 만나 말했다.

"성북에 사는 서공이라는 자가 장안에서 얼굴이 잘생겼다고 소문이 나 있어, 하루는 아내에게 저와 서공 둘 중에서 누가 더 미남이냐 하였더니 글쎄 제가 더 미남이라고 하지 않습니까. 첩에게 들어보아도 역시 같은 대답이었고, 저에게 부탁이 있어 찾아온 손님도 그렇게 대답하였습니다. 그런데 제가 직접 서공을 만나보니 저 같은 얼굴은 비교도 되지 않을 만큼 잘생긴 얼굴이었습니다. 그래서, 왜 아내와 첩 그리고 손님들이 저에게 거짓말을 했는가 생각해보았습니다."

"그래, 그 이유가 무엇이었소?"

위왕도 빙그레 미소를 지으며 관심을 나타냈다.

"그건 다름아니라 아내는 저를 사랑하기 때문에, 첩은 저를 두려워하기 때문에, 손님은 저에게 부탁할 일이 있었기 때문에 제가 더 미남이라고 하였던 것입니다."

"그럴 법도 하겠군요. 그런데 왜 하필 그 이야기를 나에게 하는 것이오?"

위왕은 추기의 속셈을 알아보려는 듯 추기의 못생긴 얼굴을 유심히 들여다보았다.

"지금 제나라는 영토가 천 리나 되고, 성은 120개나 되고, 소금과 철이 풍족하게 생산되고 있습니다. 그래서 왕비와 측근들이 왕을 사랑하지 않는 자가 없고, 조정의 신하치고 왕을 두려워하지 않는 자가 없으며, 백성들 중에 왕에게 바라지 않는 자가 없습니다. 이러므로 왕을 감싸고 도는 것이 극심할 지경에 이르렀습니다."

위왕은 추기가 무슨 말을 하려고 하는가 알아차렸다.

"알겠소. 이제부터는 누구든지 나를 면대하여 직접 과인의 허물을 찔러주는 자에게는 상상(上賞)을 내리고, 글을 올려 나의 잘못을 간하는 자에게는 중상(中賞)을 내리고, 거리에서 나의 잘못을 비난하여 소문을 내는 자에게는 하상(下賞)을 내리기로 하겠소."

위왕은 이 말대로 당장 포고문을 만들어 전국 방방곡곡에 붙이도록 하였다. 그러자 각 지역에서 군신들이 모여들어 궁정 뜰은 시장바닥같이 붐볐다. 간신히 기회를 얻어 위왕을 대면하고 왕의 잘못을 통렬히 비난한 자는 정말 상상을 받았다. 그리고 상소문을 올려 왕의 허물을 간한 자, 거리에서 왕의 잘못을 비난하고 다니는 자에게는 각각 중상과 하상이 내려졌다.

사람들은 어떻게 하면 왕의 잘못을 찾아내 말할까 하고 왕이 어떤 정치를 하나 유의해 살폈다. 그리하여 위왕은 그동안 모르고 있었던 개인의 잘못뿐 아니라 정책상의 결함이나 시행착오들을 파악할 수 있게 되었다. 그런 것을 파악하는 즉시로 시정하도록 하고 부패한 관리들이 드러나면 처벌하였다.

그렇게 수개월이 지나자 왕의 잘못을 비난하는 자들이 차츰 줄어들게 되어 진언(進言)의 횟수도 현저히 뜸해졌다. 1년이 지난 후에는 비난을 하고 싶어도 왕에게서 흠을 거의 찾아낼 수 없게 되었다. 이제야 비로소 제나라 정치가 제대로 이루어져갔다.

제나라가 안정된 가운데 부강해지자 한·위·조·연 같은 나라들이 제나라에 조알(朝謁)하였다. 그러므로 제나라는 전쟁 한 번 치르지 않고 그 나라들을 이긴 셈이었다. 그래서 '전장에서의 승리는 조정에서부터'라는 말이 생겼다.

초나라가 제나라를 시기하여 제를 치려고 하였다. 그러자 노나라가 초나라와 연합해버렸다. 제왕은 노나라 문제로 근심하였다. 이때 장갈이라는 신하가 제왕을 안심시키며 말했다.

"제가 노나라로 가서 노나라로 하여금 중립을 지키도록 해놓고 오겠습니다."

장갈이 노나라 임금을 만나자 노나라 임금은 여유를 부리며 비꼬는 조로 말하였다.

"제나라 왕이 두려워하고 있던가?"

장갈이 머리를 저으며 대답했다.

"그건 제가 잘 모릅니다. 제가 온 것은 다만 대왕을 조문(弔問)하기 위해 온 것입니다."

"조, 조문이라니?"

노나라 임금의 낯빛이 변했다. 장갈은 노나라 임금을 조문하러 왔다고 말한 이유를 설명하기 시작했다.

"그것은 임금의 계획이 잘못 짜여 있기 때문입니다. 대왕은 망하려고 작정한 것 같습니다."

"뭣이라구! 초나라와 연합하려고 하는 것이 왜 망하는 길인가? 그러면 그대는 초나라와 제나라 중에서 어느 나라가 이기리라고 생각되는가?"

"그건 귀신도 모릅니다."

"그런데 왜 함부로 나를 조문하겠다는 것인가? 그대의 왕이나 조문할 일이로다."

노나라 임금은 더욱 으스대며 언성을 높였다.

"잘 들어보십시오. 대왕을 조문하는 이유는 이러합니다. 지금 계획과 같이 대왕이 초나라와 연합하여 제를 친다고 합시다. 모르긴 해도 초·노 연합군이 제나라 군대를 이길 것입니다. 초나라는 노나라의 도움을 받았으므로 별로 희생을 치르지 않고 승리하게 될 것입니다. 그만큼 군사력의 손실이 적었기 때문에 여전히 천하를 대적할 힘이 있습니다. 그래서 그 다음에는 노나라를 먹게 된다는 것입니다. 이러니 제가 대왕을 조문하지 않을 수 있겠습니까?"

노나라 임금의 기세가 약간 수그러들었다.

"그럼 어떻게 하란 말이오? 제나라 편을 들면 잡아먹지 않겠다는 보장이라도 해준단 말이오?"

"지금 대왕이 제나라 편을 든다면 초나라는 군사력을 배나 증강시켜 쳐들어올 것입니다. 그러면 제나라나 노나라가 지고 말 것이 뻔한 이치입니다."

"그럼 나더러 어느 나라 편을 들란 말이오? 초나라 편을 들어도 망하고 제나라 편을 들어도 망한다면."

노나라 임금은 몹시 언짢은 표정을 지었다.

"그러니까 아무 편도 들지 말라는 것입니다."

"아무 편도 들지 말라구? 나중에 초나라가 이겨 자기 편을 들지 않았다는 핑계로 쳐들어온다면 멸망이 더 빨리 닥치지 않겠소?"

"제가 아무 편도 들지 말라는 것은 지금 당장은 아무 편도 들지 말라는 것입니다."

"그건 또 무슨 말이오?"

"제 말은 지금은 아무 편도 들지 않고 있다가 초나라와 제나라가 싸워 어느 한쪽이 이긴 후에 어느 편을 들 것인가 결정하라는 말입니다."

"초나라가 이기면 초나라 편을 들고, 제나라가 이기면 제나라 편을 들라는 말이오? 조금 전에 말했지만, 초나라가 이길 경우 우리 나라가 그 때야 초나라 편을 든다고 하면 초나라는 우리를 기회주의자라고 해서 응징하고 말 것이오."

노나라 임금은 장갈의 말을 이해할 수 없다는 듯한 기색을 떠올렸다.

"그럼 제가 경우를 나누어서 설명해드리지요."

장갈은 제법 길게 이야기하려는 듯 자세를 고쳐 앉았다.

"초나라와 제나라가 다른 나라의 도움 없이 전쟁을 치르고 나면 이긴 편이든 진 편이든 막대한 군사력의 손실이 있을 것입니다. 그 양사선졸(良士選卒)들이 많이 죽고 말 것입니다. 제나라가 이기면 별 문제가 없겠지만, 초나라가 이기면 대왕이 염려하는 대로 초나라가 그 나머지 군대로 노나라를 응징할지 모릅니다. 그러므로 초나라가 이길 경우 대왕은 재빨리 제나라 편을 드는 것입니다. 제나라는 비록 패배했지만 노나라 군대와 힘을 합하면 어느 정도 기운을 차릴 수 있을 것입니다. 초나라는 이겼다고는 하지만 군사력의 손실이 컸으므로 제·노 연합군을 당해내지 못하고 말 것입니다. 이렇게 되면 제나라에게 큰 은혜를 베풀면서 초나라를 쳐부수는 것이 되니 제나라는 두고두고 노나라의 은혜를 잊지 못할 것입니다."

듣고 보니 과연 그러하였다. 노나라 임금은 초군(楚軍)과 연합하기 위해 파견하려고 집결시켰던 군대를 원래의 위치로 복귀하도록 하였다.

'합전승후' 이 말은 두 강대국 사이에서 어느 편을 들까 망설이지 않을 수 없는 약소국의 책략을 가리키는 말이다. 개인적인 차원에서도 활용할 수 있는 책략임은 두말할 나위가 없다.

그 다음, 소진은 초나라를 방문할 기회가 있어 초나라에 흩어져 있는 정치 일화들을 수집하였다.

초나라에 소해휼(昭奚恤)이라는 재상이 있었다. 북방의 한·위·조·제 나라들이 한결같이 소해휼을 두려워하였다. 소해휼이 나서기만 하면 다른 나라들은 그저 굽실거리기만 하였다. 초나라 선왕(宣王)은 다른 사람을 굴복시키는 권위를 지닌 소해휼의 인격과 성품을 은근히 시기하게 되었다.

하루는 선왕이 신하들에게 물었다.

"북쪽의 여러 나라들이 모두 소해휼 재상을 두려워한다고 하는데 어찌 된 일인가?"

신하들은 누구 하나 제대로 대답을 하지 못했다. 그때 강일(江一)이라고 하는 신하가 나서서 대답하였다. 그는 직접적으로 대답하기보다는 하나의 동화 같은 이야기를 들려줌으로써 대답을 대신하였다. 강일이 들려준 이야기를 요약해보면 다음과 같다.

어느 산중에 호랑이 한 마리가 살고 있었다. 호랑이는 모든 종류의 짐승을 먹이로 삼고 있었기에 다양한 식사를 할 수 있는 편이었다. 하루는 먹이를 찾아 나섰다가 여우를 만났다. 여우 고기는 별로 먹어보지 못한 호랑이는 이번에는 별미를 좀 즐겨보아야겠다고 생각하고 여우를 덮치려고 하였다. 그때 여우가 살짝 피하며 소리쳤다.

"그대는 나를 잡아먹지 말라. 나를 잘 모르는 모양인데, 하늘의 천제님이 나를 모든 짐승의 우두머리로 삼았느니라. 감히 우두머리를 잡아먹다니 그것은 천제님의 뜻을 거역해도 보통 거역하는 것이 아니다."

이 말을 들은 호랑이는 어리둥절한 표정을 지었다.

"아니, 언제부터 네가 우리 짐승의 우두머리가 되었느냐? 나는 금시초문이니 믿을 수가 없다. 잡아먹히지 않으려고 거짓말을 하는 것이지?"

"거짓말이 아니다."

"그럼 증거를 보여라."

"좋다. 너에게 명백한 증거를 보여주겠다. 모든 짐승들이 나를 두려워하는 것을 네 눈으로 직접 보면 내 말을 믿겠느냐?"

"누가 네까짓 것을 두려워하겠느냐? 꼬리만 길고 삐쩍 마른 네 몰골을 보고 누가 무서워한단 말인가? 그래 한번 증거를 보여봐라."

호랑이는 코웃음을 치며 여우에게 선심을 베푸는 척 증거의 기회를 주었다.

"나를 따라오면서 모든 짐승들이 나를 두려워하나 안 하나 똑똑히 보아라."

"그렇게 하마. 그런데 다른 짐승들에게 잡아먹히지나 말아라. 너는 오늘 내 밥이 되어야 하니까."

그리하여 여우와 호랑이는 산의 수풀을 헤치며 걸어나가기 시작했다. 여우가 앞장서고, 호랑이가 뒤에서 어슬렁어슬렁 따라갔다. 호랑이는 다른 짐승들이 과연 여우를 무서워하나 안 하나 살펴보았다.

토끼 한 마리가 바위틈에서 나오더니 여우를 보자 급히 도망을 가버렸다. 여우는 호랑이를 뒤돌아보며 어떠냐는 식으로 슬쩍 미소를 지었다. 호랑이가 볼 때도 토끼가 여우를 두려워하는 것은 당연한 이치인 것 같았다. 몸집으로 보더라도 토끼는 여우보다 얼마나 작은가. 곰과 같은 짐승이 나타날 때 여우를 두려워해야 여우의 말이 증명될 것이었다. 호랑이는 그렇게 생각하며 계속 여우를 따라갔다. 곰과 같은 맹수들이 나타날 때 여우가 조금이나마 두려워하며 몸을 웅크리거나 달아나면 당장에 잡아먹고 말리라. 호랑이는 빨리 그런 맹수들이 나타나지 않나 하고 기다렸다.

그동안 여러 종류의 짐승들이 여우를 두려워하여 도망가는 것을 호랑이가 의아하게 여기긴 하였지만 아직은 충분치 않았다. 드디어 아주 사납게 생긴 곰 한 마리가 나타났다. 호랑이는 긴장하며 곰이 어떤 반응을 보이나 하고 주목해보았다. 그런데 이게 어찌 된 일인가. 곰이 슬슬 눈치를 보며 여우를 피해 달아나지 않는가. 이제는 호랑이도 여우가 모든 짐승의 우두머리임을 인정하지 않을 수 없었다. 미처 여우를 몰라본 것에 대해 사과를 하며 다른 먹이를 찾아 여우를 떠나갔다.

강일은 선왕에게 들려준 이야기를 기초로 하여 질문을 하였다.

"대왕께서는 왜 모든 짐승들이 여우를 두려워하며 도망갔다고 생각하십니까?"

"글쎄, 이상하군. 여우가 죽을 입장이 되었으니까 사생결단을 하고 온몸에 독기를 품어서 그런가?"

"아무리 그렇다 한들 곰까지 도망을 가겠습니까?"

"하긴 그렇군. 가만있자, 왜 모두들 여우를 두려워했을까? 아, 이제야 알겠어."

"말씀해보시지요."

"그건 바로 여우 뒤를 따라오는 호랑이 때문에 그렇군. 아하하, 여우 그놈 정말 간교한데."

"맞습니다. 바로 그렇습니다. 짐승들이 여우를 두려워한 것이 아니라 여우 뒤를 따라오는 호랑이를 두려워해서 숨거나 도망을 간 것입니다. 그런데도 미련한 호랑이는 그 사실을 알지 못하고 여우를 대단한 존재로 생각하였습니다."

"아, 무슨 말인지 알겠소. 소해휼 재상을 다른 나라들이 왜 두려워하는가 그 이유를 이제야 확실히 깨달았소."

"대왕께서 아셨다니 신(臣)의 마음도 기쁘옵니다. 지금 대왕께서는 국토가 5천 리, 군사가 백만인 기대한 나라를 다스리고 계십니다. 그런 호랑이 같은 힘을 소해휼 재상에게 맡겼는데, 그 어느 나라인들 두려워하지 않겠습니까? 북방의 나라들이 소해휼을 두려워하는 것이 아니라 사실은 대왕의 위엄을 두려워하는 것입니다."

선왕은 그때부터 소해휼에 대한 시기심을 풀 수 있었다.

이 고사에 의거하여 호가호위(狐假虎威)라는 숙어가 나왔다. 강한 자의 힘을 빌려 뽐내는 것을 가리키는 말로 유명하다. 호가호위하는 작자들은 호랑이가 살아 있을 당시는 하늘 높은 줄 모르고 떵떵거리며 세도를 부리고 다른 사람들도 그 작자들을 두려워하며 슬슬 기지만, 일단 호랑이가 죽어버린다든지 병들어 쓰러진다든지 불가항력에 의해 쫓겨나 시골 구석에 은신한다든지 하면 그 순간부터 초라하기 그지없는 여우 새끼가 되어 숨을 곳을 찾아 전전긍긍하게 되는 법이다. 호가호위하는 작자들의 가소로움이여.

위나라가 군대를 총동원하여 조나라를 공격하여 조나라 수도인 한단(邯鄲)을 포위한 일이 있었다. 그 싸움이 얼마나 치열했던지 한단지난(邯鄲之難)이라고 일컬어진다.

이때 소해휼 재상이 초나라 선왕에게 한단지난을 어떻게 대처할 것인가에 대해 조언을 하였다.

"조나라에서 군대를 파견해달라는 요청이 있지만, 왕께서는 조나라를 도와주지 마십시오. 그대로 내버려두어 위나라가 그 강한 군대로 조나라를 계속 공격하게 하십시오. 조나라도 필사적으로 막으려고 할 것이므로 지난번보다 더 큰 싸움이 두 나라 사이에 벌어지게 될 것입니다. 그러면 결과적으로 두 나라는 다 함께 곤핍해져 우리 초나라를 넘볼 수 없는 약세가 되고 말 것입니다."

이 말을 듣고 있던 경사라는 장군이 반대하고 나섰다.

"그렇지 않습니다. 소해휼은 잘 모르고 그런 말을 하고 있습니다. 위나라가 조나라를 공격하면서도 우리 초가 뒤를 칠까 봐 겁내고 있는 것이 분명합니다. 이때 조나라를 돕지 않는다면 조나라는 쉽게 망해버리고 말 것입니다. 조나라를 삼킨 위는 이제 우리 초나라를 두려워하지 않게 될 것입니다. 이것은 마치 위와 초가 연합하여 조나라를 친 것과 같습니다. 그런데 소해휼은 조와 위 양국이 다 곤핍해진다고 터무니없는 말을 하였습니다. 조나라는 곤핍해질지 몰라도 위나라는 더욱 강해져서 큰 위협이 되고 말 것입니다. 게다가 우리 초나라가 도와주지 않을 것을 조나라가 알게 되면 오히려 위와 연합하여 우리를 공격해 올지 모릅니다."

"그래, 장군은 어떻게 했으면 좋겠소? 지금 당장 조나라를 돕기 위해 군대를 파견하라는 말이오?"

선왕이 경사에게 다급하게 물었다.

"군대를 파견하되 약간의 병력만 보내 조나라를 돕는 척하십시오."

경사가 선왕에게 속삭이듯이 대답했다.

"아니, 위나라가 군대를 총동원하여 조나라를 공격하고 있는 마당에 약간의 병력만 보내 돕다니. 그래 가지고 위나라 군대로부터 조나라를 구원할 수가 있겠소?"

"누가 돕는다고 그랬지 구원한다고 하였습니까? 약간의 병력을 보내주어도 조나라는 초나라가 자기네들을 버리지 않았다고 생각하고, 초의 힘을 믿고는 싸움을 쉽사리 포기하지 않고 위나라와 열심히 싸울 것입니다. 위나라 역시 조나라가 의외로 완강히 버티는 데 화가 날 뿐만 아니라, 초나라의 도움이 별거 아니라는 걸 알고 끝까지 조나라 침공을 포기하지 않고 물고늘어질 것입니다. 이렇게 되어야 조나라와 위나라가 다 함께 곤핍해지는 것입니다. 소해휼의 구상내로 하여서는 위나라를 곤핍하게 할 수가 없습니다. 이렇게 위나라가 곤핍해진 틈을 타서 제나라 군대나 진나라 군대와 연합하여 위를 치면 위나라 땅을 쉽게 점령할 수가 있다는 말씀입니다."

선왕이 듣고 보니 양쪽을 곤핍하게 만드는 책략치고 그보다 더 좋은 것이 없었다. 그래서 경사에게 군사 약간을 주어 조나라를 돕는 체하였다. 그 결과는 경사가 예상했던 대로였다. 조나라와 위나라가 둘 다 곤핍해지고 말았다. 이때를 틈타 초나라는 위나라의 수수(雎水)와 예수(濊水) 두 강 사이의 땅을 점령하였다. 적은 병력을 보내 돕는 척함으로써 더욱 곤핍하게 만드는 이 '소출병(少出兵)의 책략'은 참으로 고도의 술책이라 아니할 수 없었다(야당에서 강력한 대통령 후보가 둘 나왔을 때 여당 측에서 야당 후보들을 이쪽저쪽 조금씩 도와주다가, 결정적인 순간에 가서 약한 쪽의 후보를 집중적으로 도와줌으로써 두 야당 후보를 곤핍하게 만들고, 결과적으로 여당 측에서 승리를 얻도록 하는 모략 역시 소출병의 술책인 셈이다).

어느 날, 강일이라는 신하가 초 선왕에게 와서 말했다. 강일은 우화를 통하여 자신의 뜻을 말하는 데 능통한지라 이번에도 우화를 먼저 들려주었다.

"어떤 사람이 자기 개가 집을 잘 지킨다고 매우 좋아하였습니다. 그런데 그놈의 개가 자주 동네 우물에 오줌을 싸서 주인의 이름을 더럽히고 있었습니다. 개 주인이 동네 사람들로부터 욕을 얻어먹는 것이 영 보기에 안 좋았던 이웃 사람이 개 주인을 아끼는 마음에서 그 사실을 주인에게 고해바치러 그 집으로 갔습니다. 그런데 이놈의 개가 워낙 집을 잘 지키는 바람에 그 이웃 사람이 집으로 들어오지 못하도록 짖어대고 다리를 물고 야단을 부렸습니다. 결국 이웃 사람은 주인에게 알리지 못하고 말았습니다."

"아니, 그 이야기를 나에게 하는 이유가 무엇이오?"

선왕이 의아해하며 반문하였다.

"그것은 다름이 아니오라 지난번 한단지난 때 우리 초나라 군대가 위나라 수도 대량으로 진격해 들어간 적이 있지 않습니까?"

"그랬지. 위나라를 곤핍하게 하는 책략을 쓴 후에 위나라로 쳐들어갔었지. 근데 지금 이야기와 무슨 관계가 있소?"

"그때 소해휼 재상이 위나라의 보물을 몰래 착복해버렸습니다. 제가 그곳에 있었으므로 그 사실을 목도하였습니다. 이 때문에 소해휼은 제가 왕을 만나 이야기를 할까 싶어 저를 항상 미워하며 경계하고 있었습니다. 그동안 제가 소해휼 재상으로부터 받은 핍박은 마치 미친개에게 물린 것과도 같습니다. 그래서 이 이야기도 이렇게 늦게 고해드리는 것입니다."

선왕은 소해휼이 임금인 자기에게 충성스럽다고 자랑해온 점을 부끄럽게 생각했다. 그것은 마치 개가 집을 잘 지킨다고 좋아한 개 주인과 다를 바 없었다. 충성을 가장하여 다른 사람들이 접근하여 바른말을 하지 못하도록 군주의 귀를 막는 측근들이 항상 있게 마련인데, 그런 충성스러운 개는 주인까지도 물어 죽이는 짓을 범하기도 한다. 과연 충성스러운 개가 바야흐로 주인을 물어 죽이려는 찰나에 있었다. 강일은 초의 선왕을 만나 급히 아뢰었다.

"아랫사람들이 작당하여 뭉치면 윗사람이 위험하고, 아랫사람들이 서로 분쟁하면 윗사람이 편안하다고 하는 것을 왕께서는 아시겠지요?"

선왕은 강일이 무슨 말을 하는지 얼른 눈치를 채지 못하고 어리둥절한 표정을 지었다. 강일은 자세한 설명도 해주지 않고 곧장 다음 질문으로 넘어갔다.

"장차 남의 선행을 드러내주기를 좋아하는 자가 있다면 왕은 어떻게 하시겠습니까?"

"아, 그런 사람은 군자이지. 내가 가까이해야지."

선왕은 이번에는 흔쾌히 대답했다.

"그럼 남의 악행을 들춰내기 좋아하는 자가 있다면 어떻게 하시겠습니까?"

"그런 자는 소인에 불과하지. 당연히 멀리해야지."

선왕은 불쾌한 표정까지 지어가며 대답하였다.

"그렇다면 만약 여기 그 아비를 은밀히 죽이는 아들이 있고, 그 임금을 은밀히 죽이는 신하가 있는데도 왕께서는 끝까지 모르고 계시겠네요. 왜냐하면 왕께서는 남의 선행만 듣기 좋아하시고 남의 악행은 듣지 않으시려 하기 때문이지요."

선왕이 생각하기에 그 말에 일리가 있었다. 남의 악행을 들춰내는 사람을 소인이라 하여 멀리하는 것은 어떻게 보면 듣기에 편한 것만 들으려는 마음 때문에 그런 점도 있을 것이었다.

"좋소. 이제부터는 나도 둘 다 듣기로 하겠소. 그런데 아까 아랫사람이 작당을 하면 윗사람이 위험해진다고 하였는데, 그게 무슨 말이오? 혹시 신하들 사이에 모반의 낌새라도 있다는 말이오?"

이제야 선왕이 말귀를 알아들었다.

"소해휼의 무리가 모반을 꾀하고 있으니 조심하시라는 말씀을 드리고 싶었습니다."

"그렇게 충성스럽던 사람이?"

선왕은 믿기지 않는다는 듯한 표정이었으나, 어떤 결의가 얼굴에 떠오르고 있었다.

여기서 보면 강일은 한 가지 사안을 보고할 때 왕의 마음을 먼저 준비시키는 것을 볼 수 있다. 남의 악행을 듣는 것을 별로 좋아하지 않는 선왕에게 아무런 준비 없이 소해휼의 모반 사실을 알리면 오히려 강일의 진의를 의심할 것이기 때문이었다. 얼마나 면밀 주도했는지 알 수 있다.

초나라에 안릉군(安陵君)이라는 측근 신하가 있었다. 하루는 강일이 안릉군을 찾아와 불쑥 엉뚱하게 보이는 질문을 던졌다.

"그대는 봉토(封土)나 믿을 만한 골육친도 없으면서 높은 자리에, 후한 녹(祿)을 받으며, 모든 백성들이 그대를 보면 옷깃을 여미고 절하며 수레에서 내려 부복하지 않는 자가 없으니 무엇 때문에 그러하오?"

"그야 왕이 과분할 정도로 나를 등용하였기 때문이지. 그렇지 않다면 이런 경지에 이를 수 있겠소?"

안릉군은 당연하다는 듯이 대수롭지 않게 대답했다.

"그런데 보십시오. 재물로 사귄 친구는 재물이 다하면 그 교분은 끊어지고 미모가 있기에 총애한 여자는 그 미모가 시들어버리면 사랑도 끝나고 맙니다. 이와 같이 애첩은 그 앉은 자리가 식기도 전에 쫓겨나고, 임금의 총애를 받던 총신(寵臣)도 그 하사받은 수레가 헐기도 전에 축출당하고 맙니다."

강일의 이야기를 듣고 있는 안릉군의 얼굴에는 불안한 기색이 떠올랐다. 강일은 안릉군의 표정을 슬쩍 살핀 후 계속해서 말을 이었다.

"지금 그대는 초나라의 권세를 휘어잡고 있으면서도 왕과는 깊은 결맹(結盟)을 맺고 있지 않으니 머지않아 위험이 닥쳐올 것입니다."

"결맹이라니? 그게 무슨 말이오?"

"왕의 총애는 잠깐뿐입니다. 왕과 생사를 같이하는 결맹이 없이는 애첩의 운명과 같게 될 것입니다."

"그, 그럼 어떻게 하란 말이오?"

"이렇게 왕과 깊은 결맹을 맺도록 하십시오. 왕에게 나아가서 왕께서 죽으시면 나도 따라 죽겠다고 하십시오. 스스로 순장(殉葬)하겠다고 말입니다. 그러면 반드시 초나라에서 오랫동안 중신(重臣)으로 남아 있게 될 것입니다."

강일의 말을 들은 안릉군은 크게 고개를 끄덕였다.

"내, 그렇게 하리다."

그런데 3년이 지나도록 안릉군이 왕에게 그런 말을 했다는 소식이 들려오지 않자, 강일은 안릉군을 찾아가서 말했다.

"제가 일러준 결맹의 길을 지금까지 실천하지 않고 있으니 저의 계교를 물리치심입니다. 앞으로 당신을 뵈옵지 않겠습니다."

그러자 안릉군이 황급히 대답했다.

"그런 게 아니오. 선생의 말을 한 번도 잊어본 적이 없소. 다만 왕에게 그런 말을 할 기회를 얻지 못했을 뿐이오."

강일은 묵묵히 물러가고 말았다.

얼마 후, 초의 선왕이 운몽(雲夢) 호숫가로 사냥을 나가게 되었다. 안릉군을 비롯한 신하들이 뒤따랐음은 말할 필요가 없다. 운몽 호숫가의 경치는 그야말로 절경이었다. 호수에 그림자를 드리우며 떠도는 구름들은 마치 꿈속에서 보는 듯하였다. 사냥에 동원된 사마(駟馬) 수레들은 천 승(乘)이나 되어 수레에 꽂혀 나부끼는 정기(旌旗)들은 해를 가릴 지경이었고, 수레바퀴가 일으키는 흙먼지는 뭉게구름같이 일어났다. 사냥을 위해 숲에 불을 놓았는데, 그 불길이 운예(雲霓)와도 같이 피어 올랐다. 호랑이와 물소 등 짐승들의 울음소리가 우레처럼 숲을 뒤흔들었다. 사냥 수레에 쫓기던 물소 한 마리가 화가 나는지 홀연히 뒤돌아서서 미친 듯이 왕의 수레를 향하여 돌진하였다. 물소와 충돌하는 날에는 수레가 박살나고 왕의 생명도 온전하지 못할 판이었다.

위기에 몰린 왕이 급히 활을 당겨 물소를 향하여 화살을 날렸다. 화살이 정통으로 물소의 이마에 가서 박히며 물소가 푹 꼬꾸라졌다. 이 광경을 본 신하들이 일제히 "와와" 하며 환호성을 질렀다. 왕은 신이 나서 한 손으로 깃발을 뽑아 들고 흔들며, 또 한 손으로는 물소의 머리를 휘어잡고 하늘을 향하여 너털웃음을 웃었다.

"우하하하. 즐겁도다, 오늘의 사냥이여!"

그러더니 왕은 갑자기 침울한 얼굴이 되면서 말했다.

"만세천추(萬歲天秋) 후에는 누가 나와 함께 이런 즐거움을 나눌 수 있을까?"

이때를 놓칠세라 안릉군이 눈물을 흘리며 왕에게 나와서 말하였다.

"저는 들어와서는 왕과 열석(列席)하고, 나와서는 왕과 배승(陪乘)하는 근신이옵니다. 만세천추 후라면 저는 황천에 스스로 먼저 가서 좋은 돗자리가 되어 임금님께 덤비는 개미들을 막아줄 것입니다. 그런데 어찌 오늘의 즐거움을 즐거움이라 할 수 있겠습니까?"

이 말에 왕은 감격하고 말았다. 그리하여 그에게 큰 봉지를 내리고 언제까지나 그를 총신으로 아꼈다.

사람들이 이 소문을 듣고 이렇게 수군거렸다.

"강일은 과연 선모(善謀)라 할 만하고, 안릉군은 지시(知時)라 이를 만하다."

좋은 계략이 짜여져야 하지만, 그 계략이 또한 시의 적절하게 시행되어야 한다는 교훈을 여기서 얻을 수 있다. 어디까지나 선모와 지시가 함께 어우러져야 하는 것이다.

소진은 제와 초 이외에도 여러 나라들을 다니며 계속 《전국책》의 자료로 쓸 만한 이야기를 모아나갔다.

제·조·위·연이 앞을 다투어 군주의 칭호를 후(侯)에서 왕(王)으로 격상시킬 때였다. 소위 칭왕(稱王)의 추세가 번져가고 있을 때, 중신(中山)이라는 소국도 칭왕을 하기에 이르렀다.

제나라 왕이 조나라와 위나라 왕들을 불러 모아 불만을 토로하였다.

"나는 중산과 함께 왕이 되는 것이 부끄럽소."

조나라 왕과 위나라 왕도 중산국이 칭왕하는 것에 대해 불만이 있기는 마찬가지였다.

"우리들도 사실은 중산과 함께 왕이라 칭함을 받는 것이 부끄럽소. 어떻게 하면 좋겠소?"

제나라 왕이 말했다.

"우리가 힘을 합해 중산국을 치고 그 왕호를 폐지시킵시다. 그런 약소국이 우리와 함께 왕호를 사용한다는 것은 왕이라는 칭호를 깔보는 처사가 아니고 무엇이오?"

그리하여 세 나라 왕들은 중산국을 치기로 합의하였다. 이 소식을 들은 중산국 왕은 대단히 겁이 났다. 그래서 즉시 장등(張登)이라는 신하를 불러 의논하였다.

"제나라 왕이 중산국도 자기와 같이 왕호를 사용한다 하여 부끄럽게 여겨 조나라와 위나라 왕을 충동질해 우리 중산을 쳐서 왕호를 폐지시키려 할 모양인데, 내가 보기에는 그들의 속셈은 우리 나라를 먹으려는 데 있지, 결코 왕호 때문에 그러는 것이 아닌 것 같네. 그대가 아니면 누가 나를 이 곤경에서 구해주겠나?"

장등이 머리를 조아리며 결의에 찬 음성으로 말했다.

"지금 당장 많은 수레에다 값비싼 선물들을 갖추어주십시오. 제가 제나라 재상 전영(田嬰)을 만나서 담판을 하겠습니다."

중산의 임금은 곧 장등에게 선물을 갖추어주어 제나라로 떠나게 하였다. 장등이 제나라로 가서 전영을 만났다.

"제가 들으니 제나라에서 중산의 왕호를 폐하기 위하여 조나라, 위나라와 더불어 중산을 벌하기로 했다는데 이것은 큰 착오입니다."

"큰 착오라니 그게 무슨 말이오?"

"중산이 얼마나 작은 나라입니까? 그런데 그 작은 나라를 세 나라가 연합해서 치다니오? 비록 대국이라 하더라도 세 나라가 연합해서 쳐들어오면 왕호를 버리지 않을 수 없을 것이오."

"그러면 세 나라의 침공을 받기 전에 왕호를 폐지하면 될 것 아니오?"

전영은 장등이 무슨 말을 하려고 하나 그 의도를 파악하려는 듯 장등의 표정을 유심히 살폈다.

"왕호를 버리는 것쯤이야 아무것도 아니지요. 문제는 제나라가 주동이 되어 중산의 왕호를 폐지시키려 했다는 것을 아는 이상, 중산이 제나라를 섬기려 하지 않고 조나라와 위나라 말을 더 잘 들을 것이라는 점입니다. 결국 제나라는 조나라와 위나라라는 양들을 중산이라는 들판으로 끌어들여 그 풀을 뜯어먹게 한 꼴이 되고 마는 것이지요. 제나라는 아무 이득도 얻지 못하고 말입니다."

듣고 보니 과연 그럴 가능성도 없잖아 있었다.

"그럼 어떻게 했으면 좋겠소?"

전영이 오히려 다급해하며 물었다.

"지금 당신은 제나라 왕을 마음대로 움직일 수 있는 권세를 가지고 있으니, 중산을 불러 우연히 만난 것처럼 하여 그 왕호를 인정해주십시오. 그러면 중산은 대단히 고맙게 여겨 조나라와 위나라를 끊고 제나라를 틀림없이 섬길 것입니다."

"그렇게 되면 조나라와 위나라가 노할 것이 아니오?"

"물론 그렇게 되겠지요. 아마 그들은 중산에 쳐들어올지도 모릅니다. 그때 제나라는 중산을 돕지 않고 그대로 방관하고 있는 것입니다."

"아니, 그건 또 무슨 말이오? 중산이 조나라와 위나라에게 먹힐 판인데."

"중산이 아주 곤궁해지면 제나라에 구원군을 요청할 것입니다. 그때 제나라는 구원군을 보내줄 듯이 하면서 자꾸 미루는 것입니다. 그러면 중산은 제나라가 사실은 중산과 함께 왕호를 사용하는 것을 부끄러워해

갖가지 기묘한 책략들 347

서 군대를 선뜻 보내주지 않는구나 스스로 깨닫고, 왕호를 폐지하겠으니 구원군을 보내달라고 할 것이라는 말입니다. 중산이 그렇게 나오면 제나라는 못 이기는 체하며 군대를 보내 중산 왕과 함께 조와 위의 군사들을 물리치고 중산의 땅을 할양받는 것입니다. 이렇게 되면 제나라는 중산의 왕호를 폐지시키고자 했던 원래의 의도를 관철할 뿐만 아니라 그 땅까지 겸병하게 되는 것이 아닙니까?"

장등의 말을 들은 전영은 감탄하지 않을 수 없었다. 전영은 장등의 말대로 곧 중산의 왕호를 인정하여주었다.

그 다음, 장등은 조나라와 위나라의 왕들을 만나 이렇게 말했다.

"제나라는 하동(河東)을 쳐서 당신네 땅을 차지할 계획을 가지고 있는 것이 확실합니다."

"그걸 어떻게 알았소? 우리는 전혀 그런 낌새를 느끼지 못하고 있는데."

"제나라는 원래 중산과 함께 왕호를 사용하는 것을 부끄럽게 여겼습니다. 그래서 당신네들한테까지 중산을 쳐서 그 왕호를 폐지시키자고 하지 않았습니까? 그런데 지금은 어떻게 되었습니까?"

"중산의 왕호를 인정해주었지."

"바로 그 점을 잘 생각해보라는 것입니다. 왜 제나라가 원래의 의도를 버리고 중산의 왕호를 인정해주었겠습니까. 거기에는 분명히 다른 음모가 있는 것입니다. 중산의 병력을 이용하여 하동 공격을 시도하려는 술책임이 틀림없습니다. 여기에 빨리 대처하지 않으면 조나라와 위나라에 화가 미칠 것입니다."

"그럼 어떻게 하면 좋겠소?"

조나라 왕과 위나라 왕이 당황해하며 물었다.

"조나라와 위나라도 중산의 왕호를 인정한다는 사실을 곧 알려주면 중산이 제나라와 야합하는 경솔한 짓은 섣불리 하지 않을 것입니다."

이 말을 들은 조나라와 위나라는 부랴부랴 중산국에 대하여 칭왕을 허락한다는 친서를 보내면서 화친을 청하였다. 중산은 이리하여 세 나라로부터 다 칭왕을 허락받게 된 셈이었다. 약소국인 중산은 강대국들 사이에서 강대국들의 역학 관계를 교묘히 이용하여 실속을 차렸던 것이었다.

사마희(司馬熹)라는 중산국 신하가 조나라에 부탁을 하여 자기가 중산국 재상 자리에 앉도록 영향력을 행사해달라고 하였다. 그 당시 재상으로 있던 공손홍(公孫弘)이 그 사실을 알아버렸다.

하루는 중산 왕이 행차를 하게 되었는데, 사마희가 수레를 몰고 공손홍이 왕과 배석을 하였다. 공손홍은 사마희가 듣도록 짐짓 목소리를 높여 왕에게 물었다.

"남의 신하 된 자가 대국의 위세를 빌려 재상 자리를 노린다면 왕께서는 어떻게 여기시겠습니까?"

왕이 분노에 찬 음성으로 대답하였다.

"나는 그런 놈의 살을 남에게 나눠주지도 않고 나 혼자서 몽땅 씹어 먹겠다."

그 말을 듣자마자 사마희가 수레를 멈추고 수레 앞의 횡목에 머리를 조아리며 비통하게 외쳤다.

"저는 이미 죽을 줄 알았습니다."

"아니, 자네가 왜 이러는가?"

왕이 의아해하며 사마희를 내려다보았다.

"제가 바로 그런 죄를 지었기 때문입니다. 지금 당장 저를 죽여주십시오."

사마희는 더욱 엎드리며 부르짖었다. 왕은 한참 생각에 잠겨 있더니 차분해진 음성으로 명령하였다.

"수레나 계속 몰도록 하여라."

그런데 얼마 후 과연 조나라 사신이 와서 사마희를 재상 자리에 앉히도록 압력을 넣었다. 이렇게 공손홍이 말한 대로 되자 중산 왕은 오히려 공손홍이 조나라와 내통하고 있는 것이 아닌가 하고 의심을 하게 되었다. 공손홍이 미리 연극을 꾸며놓고 사마회를 모함하려 했다고 생각한 것이었다. 그리고 사마희가 솔직히 자신의 죄를 인정하는 용기에도 마음이 끌렸던 터라, 공손홍을 폐하고 조나라 사신이 요구한 대로 사마희를 재상 자리에 앉혔다. 이렇게 되자 공손홍은 왕의 노여움을 산 줄 알고 그 길로 도망하여 망명길에 오르고 말았다.

사마희는 중산국 재상 자리에 세 차례나 역임하여 오랫동안 권세를 누렸다. 그러자 자연 정적들이 생기게 되었다. 그중에 음희(陰姬)라고 하는 여자의 아버지가 은근히 사마희를 시기하며 미워하였다. 사마희는 어떻게 하면 음희 아버지를 자기 편으로 돌릴 수 있을까 하고 고민하였으나 별 뾰족한 수가 없었다. 어떤 때는 자신의 권세를 이용하여 제거하여버릴까 생각하기도 했으나, 그렇게 하면 부작용이 더 클 것이라 예상되었다. 어떻게 해서든지 음희 아버지의 마음을 사서 자기 편으로 돌려야만 했다.

그때, 마침 음희와 강희(江姬)라는 여자가 왕후 자리를 놓고 다투게 되었다. 이 기회에 사마희는 음희 아버지의 마음을 돌려야겠다고 생각하고 은밀하게 그를 찾아갔다.

"당신 딸이 왕후 자리에 오르기만 하면 당신은 벼슬도 얻고 백성을 가르치는 위치에도 오를 수 있는데, 왜 아무런 계책도 쓰지 않고 임금의 결정만 기다리고 있는 거요? 강희 쪽에서는 당신의 가문을 모함하는 음모까지 꾸미고 있는데 말이오. 만약 당신 딸이 왕후로 간택되지 않으면 당신 몸 하나 보전하기도 힘들지 모르오. 이런 상황인데 나를 찾아와 의논을 하지도 않고 있으니 내가 이렇게 찾아와 도우려는 것이오."

"그렇더라도 어떻게 내가 먼저 재상을 찾아가서 상의를 드릴 수 있었겠소?"

음희의 아버지도 그 목소리가 누그러져 있는 것으로 보아 재상의 도움을 거부하지는 않을 모양이었다.

"내가 어찌해서든지 음희가 왕후가 되도록 힘써주겠소."

그 길로 사마희는 왕에게 나아가서 왕의 의향을 넌지시 물어보았다. 왕은 아직까지 분명히 결정하지는 않았지만 강희 쪽으로 마음이 기울어지고 있는 듯하였다.

그렇다고 그 자리에서 음희를 추천하는 것도 이상하고 해서 슬쩍 화제의 방향을 돌려보았다.

"제가 듣기로는, 조나라를 약화시키고 중산을 강하게 할 수 있는 비결이 있다고 합니다."

중산 왕은 귀가 번쩍 띄어 그 비결을 가르쳐달라고 사마희에게 조르다시피 하였다. 그러나 사마희는 뜸을 들이고 있다가 비밀스럽게 입을 열었다.

"제가 직접 조나라에 가서 그 나라의 지형과 백성들의 생활 형편, 군신들의 수준들을 살펴보고 오기 전에는 감히 말씀드릴 수가 없습니다."

"그럼, 당장 조나라에 갔다 오시오."

중산 왕은 사마희에게 여비를 충분히 주어 조나라로 파견하였다.

사마희가 조나라 임금을 만나 이렇게 서두를 열었다.

"제가 들으니 조나라에는 천하의 훌륭한 음악이 있고, 아름다운 미녀들이 많기로 유명하다고 합니다."

갖가지 기묘한 책략들　351

"암, 음악과 미인들로 이름난 곳이 바로 이 조나라지."

조나라 임금은 흐뭇한 미소를 떠올리며 사마희의 칭찬을 받아들였다.

"제가 조나라에 온 김에 그 유명한 음악을 들어보고 미인들을 보고 싶은데, 그러한 기회를 허락해주실는지요?"

"그렇지 않아도 재상을 위해 잔치를 베풀어 조나라 음악과 미인을 즐기도록 해주려던 참이었소."

아닌 게 아니라, 얼마 있지 않아 악사들이 들어오고 궁녀들이 들어와 술상을 차렸다. 다른 신하들도 열댓 명 초대되었다. 과연 조나라 악사들이 연주하는 음악은 일품이었고, 궁녀들은 쳐다보기만 하여도 황홀할 정도로 한결같이 미인들이었다. 궁녀들이 악사들이 연주하는 음악에 맞추어 춤을 추자 그 잔치 자리는 이승의 장소로 여겨지지 않고, 천상의 입구쯤 되는 양 여겨질 지경이었다. 그러나 사마희는 그런 분위기에 무작정 휩쓸릴 수만은 없었다. 어느 정도 분위기가 무르익자 사마희가 슬그머니 조나라 임금에게 말을 걸었다.

"음악은 훌륭하기 그지없는데, 글쎄 미인들은 생각했던 것보다는 훨씬 떨어집니다."

"아니, 저만한 미인들이 또 어느 나라에 있단 말이오?"

"우리 중산국에 가면 저 정도는 보통이지요."

"허허, 조나라에서 최고의 미인들로 뽑혀서 온 저 궁녀들이 중산국에 가면 보통밖에 안 되다니. 중산국 여인들이 그렇게 미인이오?"

"그러하옵니다. 그 중산국 여인들 중에서도 음희라는 여자는 그 미모가 아름답기 이루 형용할 길이 없습니다."

사마희가 이렇게 말하자 벌써부터 조나라 임금은 흥분하기 시작했다.

"도대체 어떻게 생겼기에 그렇게 미인이오?"

"형용할 길이 없다고 하지 않았습니까? 굳이 형용을 한다면 그저 사람들이 선녀로 착각할 정도라고 할까요. 그 용모와 안색은 이미 이 세상의 절세미인을 초월해 있습니다. 그 눈썹, 눈동자, 콧구멍, 콧등, 양 뺨과 눈썹 위의 안골(眼骨), 그 위의 이마뼈, 그리고 모든 사지가 완전한 조화를 이루는 가운데 극귀(極貴)의 상(相)을 형성하고 있습니다. 제가 이 세상 구석구석을 안 다닌 데 없이 돌아다닌 편인데, 아직까지 음희만한 미모를 발견한 적이 없습니다. 그녀는 제후의 아내 정도로 그쳐서는 안 되고, 제왕의 후비(后妃)가 되어야 마땅한 여인입니다."

사마희는 자기 자신이 음희의 미모에 빠져 있는 양 음희의 용모를 설명할 때는 두 눈을 게슴츠레 뜨고 꿈속에서인 듯 중얼거렸다. 사실 사마희가 말한 대로 그만큼 미인은 아니지만, 음희는 조나라 임금을 사로잡을 정도의 미모는 갖추고 있다고 할 수 있었다.

"아, 음희라는 여자를 보고 싶소! 아니, 중산 왕에게 음희를 달라고 요구하고 싶은데 어떻게 하면 되겠소?"

조나라 임금은 온몸이 달아올라 소리쳤다.

"아, 그만 제가 실수를 했군요. 음희의 아름다움을 칭찬하다 보니 말이 많아졌군요. 하지만 음희를 데려올 수 있는지 그런 것은 지금 제가 이렇다 저렇다 말할 수가 없으니, 왕께서는 다만 누설치 마시고 기다려 주십시오. 제가 우리 나라에 가서 알아보겠습니다."

사마희는 조나라 임금의 마음만 달아오르게 해놓고 중산으로 돌아왔다. 그리고 중산 왕에게 조나리를 시찰하고 온 내용을 보고하였다.

"조나라 왕은 보아하니 현주(賢主)가 못 됩니다. 덕을 중시하는 것이 아니라 색(色)을 좋아하고, 인의보다는 용력(勇力)을 따라 행하고 있습니다. 그리고 어느새 천하 각국의 미인들을 파악해놓았는지 우리 나라 미인들에 관해서도 소상하게 알고 있으며, 그 누구보다도 음희에게 눈독을 들이고 있었습니다. 불원간 음희를 자기에게 달라고 요구해올 것이 분명합니다."

그러자 중산 왕의 얼굴이 붉으락푸르락하였다. 이때를 놓칠세라 사마희가 한 걸음 더 다가서며 말했다.

"조나라는 강국입니다. 음희를 요구할 때 내놓지 않으면 중산의 사직이 위태롭게 됩니다. 그렇다고 조나라가 요구한다 해서 우리 나라 최고의 미인을 내준다면 제후들이 비웃을 것입니다. 나라의 안전을 위해 여자를 팔았다고 말입니다."

"휴우."

중산 왕이 한숨을 쉬더니 초조한 기색으로 변했다.

"그럼 어떻게 했으면 좋겠소?"

"조나라 임금의 욕심을 끊는 길은 한 가지밖에 없습니다."

사마희는 깊이 생각하는 듯한 표정을 지어 보였다.

"그 길이 어떤 길이오?"

"음희를 임금님의 후비로 삼는 길밖에 없습니다. 아무리 세상이 어지러워졌다고 하더라도 남의 왕후를 요구하는 법은 없으니까요. 음희가 중산 왕비가 되었다는 소식을 들으면, 조나라 임금도 음희에 대한 자신의 욕심을 버릴 것입니다."

"나는 강희를 후비로 맞을까 하고 생각하고 있었는데."

중산 왕이 마지막 순간까지 망설였다.

"그럼 조나라 임금이 음희를 요구해올 때 음희를 내줌으로써 모든 제후들의 웃음거리가 되시겠습니까? 아니면 조나라와 한바탕 전쟁을 치른 후에 땅과 함께 음희를 바치는 수모를 당하시겠습니까?"

결국 중산 왕은 음희를 왕비로 맞이하기로 하였다.

중산 왕이 전국의 사대부들을 도읍으로 불러 잔치를 베풀었다. 사마자기(司馬子期)라는 신하도 부름을 받아 잔치 자리에 참석하게 되었다.

　사대부들은 중산 왕을 중심으로 좌우 두 줄로 점잖게 앉아 있었다. 사대부들 앞에는 대로 만든 그릇과 나무 그릇들이 놓였는데, 그릇마다 안주용 고기들이 그득하였다. 그 옆에는 향긋한 냄새를 풍기는 술병들이 놓여 있었다. 사대부들은 벌써부터 입 안에 군침이 돌았다. 드디어 잔치의 시작을 알리는 종고(鐘鼓)의 풍악이 울려퍼졌다. 중산 왕이 궁녀들을 시켜 사대부들에게 술을 따라주도록 하였다. 말하자면 임금이 내리는 술잔인 셈이었다.

　그 다음, 사대부들끼리 서열을 지켜가며 술잔들을 주고받았다. 곧이어 좌우 두 편으로 나뉘어 활쏘기 대회가 열렸다. 멀리 과녁을 걸어놓고 활들을 쏘아 이기는 편에서 지는 편에게 벌을 내리기도 하였다. 주로 벌주를 먹였는데, 하인들이 아예 큰 술잔에 술을 따라 들고 서 있다가 지는 편에 안겨주었다. 여기저기서 "명중!" 하는 소리들이 들리고, 호탕하게 웃는 웃음소리들이 들렸다. 차츰 술이 취해가자 처음에는 단정했던 모습들이 흐트러졌다. 중산 왕은 누대 위에서 사대부들이 마음껏 즐기는 모습들을 내려다보며 흐뭇해하였다. 약간씩 비틀대기도 하는 모양이 싫지가 않았다.

　중산 왕은 문득 궁중의 잔치 자리를 묘사한 노래가 생각났다.

잔치가 시작되어
모두 온화하고 공손하여
아직 취하지 않은 까닭에
옷차림도 삼가건마는
이내 취해버리면
옷차림도 흐트러지네

자리를 옮겨 앉고
이리저리 춤추며 도네
큰 소리 쳐 떠들어대고
그릇들을 뒤엎고
이리 비틀 저리 비틀
관은 비스듬히 기울고
온갖 법석을 다 떠네
이미 술에 취한 다음에는
허물이고 과실이고 없네

중산 왕은 슬며시 미소를 지으며 술 취해 노는 버릇들은 옛날이나 지금이나 매일반이라는 생각을 하였다. 그리고 계속해서 술과 관련된 노래들을 떠올렸다.

술 취한 후 자리를 뜨면
이는 널리 복받을 사람
취하고도 늘어붙어 있으면
이는 제 덕을 깎는 일
술 마시면서도 단정하면
정말 예의바른 사람

그때, 콩새의 일종인 상호(桑扈)들이 누대 근방으로 몰려와서 재재거리며 날아다녔다. 그 풍경이 그렇게 평화로울 수 없었다. 콩새들의 날갯짓 너머로 사대부들이 놀고 있는 모습들을 바라보며, 중산 왕은 흥에 겨워 이전에 천자가 제후들을 위해 잔치를 베풀고 불렀다는 상호 노래를 본받아 한 곡조 불렀다. 누대 위의 악사들이 중산 왕의 노래를 반주하자, 활놀이 하던 사대부들이 누대 근방으로 모여와 중산 왕의 노래를 들었다.

    콩새들 높고 낮게 나는데
    그 날갯짓 아리따워라
    함께 즐기는 우리 사대부들
    하늘이여 큰 복을 내리소서
    콩새들 높고 낮게 나는데
    그 목이 곱기도 하여라
    함께 즐기는 우리 사대부들
    온 천하 지키는 울타리들이네

그러자 사대부들이 일제히 허리를 굽혀 황공함을 표시하며 군주를 기리는 노래를 합창하였다.

    원앙새가 날면
    그물을 쳐 잡아 드리리
    님이시여 만수무강하소서
    복받으심 마땅하도다
    원앙새가 어살에서
    왼쪽 깃을 거두네
    님이시여 만수무강하소서
    한없는 복 받으소서

원앙새를 복의 상징으로 빌려 군주의 평안을 기원하는 노래였다.

이제 저녁이 되어 잔치가 파할 무렵, 중산 왕은 사대부들에게 양고깃국을 한 그릇씩 나눠주도록 하였다. 그런데 이상하게도 사마자기차례가 되었을 때 양고깃국이 떨어지고 말았다. 그래서 다른 사대부들이 양고깃국을 들이켤 동안 사마자기는 침통한 표정을 짓고 있었다.

왜 하필이면 자기 차례가 되었을 때 양고깃국이 떨어졌을까. 이것은 필시 임금이 자기를 버리겠다는 표시임에 틀림없다. 사마자기는 이렇게 오해하고, 그 길로 초나라로 망명하여 객경(客卿)으로 있으면서 초왕을 은근히 충동질하였다.

"초나라는 늘 한·위·조 등과 같은 나라들이 쳐내려오지 않을까 근심하고 있지 않습니까? 그러나 초나라가 중산국을 차지하여 거기에 군대를 파견해놓으면 감히 한·위·조가 초나라를 넘보지 못할 것입니다. 중산국은 그들의 배후에 위치해 있으므로 그들을 포위하고 있는 형국이 되는 것 아닙니까?"

초왕은 과연 그러하다고 고개를 끄덕이면서도 난색을 표하였다.

"중산국을 점령한다면야 한·위·조를 견제하는 데는 안성맞춤이지. 그런데 중산국을 치려고 하면 한·위·조의 영역을 통과해야 하지 않는가? 한·위·조가 그것을 허락해주겠는가? 어림도 없지."

"그러니까 진나라의 협조를 구하여 진나라 국경을 따라 돌아가는 것입니다. 진나라는 초나라와 동맹 관계에 있으므로 분명히 협조해줄 것입니다."

"진나라가 양해해주면 되겠군."

초왕의 표정이 다시 밝아졌다. 이렇게 하여 초나라 군대가 북쪽 중산국에까지 쳐들어오게 되었다. 양고깃국 한 그릇을 얻어먹지 못한 사마자기의 서운함과 분노가 중산국을 쑥밭으로 만들어버린 것이었다.

중산 왕은 백성들과 더불어 필사의 싸움을 벌였으나 역부족으로 성이 함락되고 말았다. 중산 왕은 허겁지겁 혼자 산 속으로 도망해 들어갔다. 그런데 한참 달리다가 뒤를 돌아보니 두 사람이 창을 들고 중산 왕을 쫓아오고 있었다. 적군인가 싶어 순간적으로 긴장했으나 복장을 보니 중산국의 군사였다. 그들이 다가오자 중산 왕이 물었다.

"그대들은 나를 따라오고 있는가? 나처럼 도망을 치고 있는 건가?"

"저희들은 임금님을 따르고 있습니다."

"왜 나를 따르는가? 나를 따르면 적군의 표적이 되어 더 위험할 텐데."

그러자 그들은 무릎을 꿇으며 그 이유를 말했다.

"저희 아버지께서 살아 계셨을 때 일입니다. 임금님은 기억하지 못하시겠지만, 아버지께서 길에서 배가 고파 죽기 직전에 임금님께서 지나가시다가 마침 먹다 남은 식은밥을 아버지께 내려주셔서 그를 살리셨습니다. 아버지께서 임종하실 때 그 이야기를 하시며 저희에게 당부하셨습니다. 임금님께 무슨 일이 생기면 죽음으로써 그분을 지켜드리라고 말입니다."

중산 왕은 눈물이 핑 도는 눈을 하늘로 향했다.

"아, 나의 만수무강을 빌어주던 신하들도 다 제 살 길을 찾아 도망갔고, 양고깃국 한 그릇 얻어먹지 못하였다 하여 사마자기는 나라를 치는 판국인데, 이토록 생명을 돌보지 않고 나를 따르는 백성이 있다니."

그러면서 두 형제를 일으켜 세웠다. 그리고 다시 한번 하늘을 우러러 탄식하듯이 소리 높여 중얼거렸다.

"남에게 베풀 때는 양이 많고 적은 것이 문제가 아니고, 상대방이 곤경에 처했을 때 베푸는 것이 중요한 것이구나! 남에게 원한을 살 때는 깊고 얕음이 문제가 아니라, 그 마음을 상하게 하는 것이 문제이구나! 내가 한 잔 정도의 양고깃국에 나라를 망하게 하고, 한 홉 정도의 찬밥에 두 용사를 얻었구나!"

소진은 이 중산 왕과 사마자기의 이야기를 수집하고는 손바닥으로 무릎을 치며 탄복하였다. 대인관계에 있어서 지극히 작은 일이 얼마나 중요한가 하는 것을 이토록 절묘하게 표현해놓은 이야기가 또 있을까 싶었다. 지극히 작은 일에서 충성스러운 자가 사람들을 얻는다는 사실을 소진은 마음 깊이 새겨두었다.

제나라가 송나라를 공격해 오자, 송의 임금은 장자(臧子)라는 신하를 급히 초에 보내 구원병을 청하도록 하였다. 장자가 초왕을 만나 구원을 요청하였다. 그러자 초왕은 얼굴에 희색까지 띠며 흔쾌히 승낙하였다.
"보내주고말고."
장자가 수레를 타고 초왕의 궁궐을 물러나오는데, 수레를 모는 마부가 보니 장자의 표정이 온통 근심으로 가득 차 있었다.
"아니, 초왕이 기꺼이 구원병을 보내주겠다고 하였는데 왜 그리 근심스러운 안색입니까?"
"제나라가 크냐, 송나라가 크냐?"
장자가 오히려 마부에게 되물었다.
"그야 제나라가 크지요. 큰 나라인 제가 작은 나라인 송을 공격해 왔기 때문에 송이 곤란을 겪고 구원병을 요청하고 있는 것 아닙니까?"
마부가 당연한 걸 묻는다는 투로 대답했다.
"자고로 공격당하는 작은 나라를 도와줌으로써 우환을 자초하지 않은 나라가 어디 있느냐?"
"그렇게 하면 우환을 불러들이는 경우가 많지요. 그런 위험까지 감수하면서 초나라가 송나라를 돕겠다는 것 아닙니까? 그러니 얼마나 고마운 일입니까?"

"그런데 말이야, 그 어려운 일을 결정하면서 초왕은 얼굴에 미소까지 띠며 망설이는 기색이 도통 없었어."

"그야 제나라를 이길 자신이 만만하니까 그랬겠지요. 오히려 기뻐할 일을 근심하고 계시는 것 아닙니까?"

마부는 장자를 이해하기 힘들다는 듯이 고개를 갸웃거렸다.

"객관적으로 볼 때, 초나라가 제나라를 쉽게 이길 수는 없는 일이야. 그런데도 흔쾌히 승낙을 하였으니, 이것은 초왕이 우리에게 거짓 약속을 하여 우리로 하여금 끝까지 버티도록 하려는 속셈인 것이 분명해. 그러면 제나라가 우리를 공략하느라고 지칠 것이 아닌가? 바로 그것을 초왕이 노리는 거야."

아니나 다를까, 장자가 돌아오자 제나라가 송나라 5개 성을 향하여 총공격을 개시했지만 초의 군사는 끝내 코빼기도 나타내지 않았다.

이 경우 다른 사람 같으면 초왕이 구원병을 보내주겠다고 흔쾌히 약속했으니 자기가 큰 공로라도 세운 것처럼 으스대며 송나라로 돌아가 초의 구원병이 곧 도착할 것이라고 공표했을지도 몰랐다. 그러나 장자는 모든 객관적인 상황을 종합해서 꿰뚫어보고 있었으므로, 단편적인 결과에 들뜨지 않고 오히려 초왕의 속셈을 읽을 수 있었던 것이었다.

다른 나라에 어려운 부탁을 했는데, 그 나라가 선뜻 그 부탁을 들어주겠다고 했기 때문에 근심하며 돌아오는 신하가 과연 몇이나 될까. 이것은 냉엄한 국제 관계뿐만 아니라 개인 간의 관계에서도 마찬가지이다. 상대방이 쉽게 나의 요구를 받아들여줄 때, 거기에는 으레 함정이 있게 마련이다.

공수반(公輸般)이라는 자가 초나라에서 신형 무기를 제작하여 송나라를 공격하는 일을 돕고 있던 때였다. 송나라에 묵던 묵자(墨子)가 이 소식을 듣고 백 리에 한 번씩만 쉬면서 초나라로 달려가 공수반을 만났다. 얼마나 열심히 달려왔던지 묵자의 발이 부르틀 대로 부르터 누에가 고치를 짓듯 헝겊으로 친친 동여매져 있었다. 묵자가 공수반에게 빈정대는 투로 말했다.

"내가 송나라에서 들으니, 당신이 초나라에서 중한 인물로 기용되어 신형 무기를 제작하느라고 고생하고 있다면서요. 내 생각으로는 그런 고생을 할 게 아니라 직접 송나라 왕을 죽이는 게 낫겠소."

공수반이 당황해하며 소리쳤다.

"나같이 의로운 자가 어찌 왕을 죽인단 말이오?"

묵자는 공수반이 스스로 의인이라고 하는 말에 기가 막히다는 표정을 지었다.

"당신이 의롭기 때문에 송나라 왕을 죽이지 않겠다구요? 송나라 왕 한 사람 대신 송나라의 많은 백성들을 공격하여 죽이는 것은 의롭다는 말이오? 적은 수는 놔두고 많은 수의 사람을 죽이는 것이 어찌 의가 된다는 말이오? 그리고 어디까지나 불의한 것을 칠 때에 의라는 말이 통하는 것인데, 지금 당신은 운제(雲梯)라는 것을 만들어 공격하려는 송나라가 무슨 불의한 짓을 하였단 말이오?"

묵자의 말에 공수반은 어떻게 변명할 바를 모르고 당황하였다. 공수반은 마침내 묵자의 인격에 감복하고 말았다. 그리하여 공수반은 묵자로 하여금 초나라 왕을 만나보도록 주선해주었다. 묵자가 초왕을 만나 말했다.

"지금 어떤 사람이 있어 자기의 좋은 수레를 놔두고 이웃집 낡은 수레를 훔치려 하고 있습니다. 또한 자기의 비단옷은 놔두고 이웃집 해어진 옷을 훔치려 하고 있으며, 자기 집의 고량 진미를 놔두고 이웃집의 조강(糟糠)을 훔치려 하고 있습니다. 이런 자를 어떻게 여기시겠습니까?"

"그놈은 필경 도벽이 있는 놈이로고. 그런 놈이 어디 있단 말인가? 당장 잡아들여야겠다."

"그런 자가 바로 이 궁 안에 있습니다."

"무엇이라구! 초나라 조정의 신하 중에 그런 못된 자가 있단 말인가? 누군가? 그 작자의 이름을 밝혀라."

묵자는 지그시 눈을 한 번 감았다가 뜨며 말을 이었다.

"대왕님, 제 이야기를 잘 들어보십시오. 대왕께서 다스리는 초나라는 사방 5천 리이지만, 송나라는 5백 리도 채 되지 않습니다. 이 차이는 마치 좋은 수레와 낡은 수레의 차이와 같습니다."

초나라 왕의 안색이 변하였다.

"그리고 초나라는 운몽 호수 근처에 물소와 사슴들이 가득하고, 강수(江水)와 한수(漢水)에는 각종 물고기와 자라·거북이 가득하여 천하에 초나라만큼 풍요한 땅도 없습니다. 그런데 송나라는 꿩이나 토끼, 붕어도 제대로 없는 땅이 아닙니까? 이 차이는 마치 고량 진미와 조강과의 차이와도 같습니다."

초왕은 이제 안절부절못하였다.

"그리고 초나라에서는 장송(長松)과 닥나무, 관(棺)을 만드는 데 쓰는 예장(豫樟)과 같은 질 좋은 거목들이 울창하지만, 송나라는 쓸 만한 장목(長木) 하나 없지 않습니까? 이 차이는 비단옷과 해어진 옷과의 차이와도 같습니다."

초왕이 버럭 고함을 질렀다.

"그만, 그만 하시오. 당신이 말하려는 의도를 알겠소. 송나라 치는 일을 관두겠소."

이 이야기는 약소국을 침공하여 삼키려는 강대국의 파렴치한 행위를 적나라하게 비꼰 이야기로 유명하다. 약소국을 이용하여 자국의 이익만을 도모하는 강대국은 자기 집 고량 진미는 챙겨두고 이웃의 유일한 양식인 조강을 훔치려는 비열한 도둑과도 같다.

위나라 태자 신(申)이 제나라를 치기 위하여 송나라 외황(外黃) 지방을 통과하게 되었다. 외황 땅에 서자(徐子)라는 자가 살고 있었는데, 태자 신이 그 지역을 통과한다는 말을 듣고 달려나와 신을 만났다.
"어디로 가시는 길입니까?"
서자는 신의 군대가 어디로 가고 있는지를 잘 알면서도 짐짓 모르는 척하며 물었다.
"제나라를 치기 위해 가는 길이오. 송나라가 길을 빌려주어 이렇게 통과하고 있는 것이오."
"제나라를 이길 승산이 있습니까?"
서자의 질문에 신은 선뜻 대답을 하지 못하고 망설였다. 그때, 서자가 자신 있게 말했다.
"저에게는 백전 백승의 병법이 있습니다. 들어보시겠습니까?"
"듣다마다요. 어서 말해보시오."
신은 서자의 대답을 재촉하였다.
서자는 조금 뜸을 들인 후, 백전 백승의 병법이라고 하는 것을 태자 신에게 들려주었다.
"잘 듣고 이 병법대로 하십시오. 지금 태자께서 스스로 장수가 되어 제나라를 공격하고 계신데, 만약 대승하여 동쪽 지경인 거(莒) 땅까지 몽땅 차지하신다고 하더라도 그 부(富)는 위나라만 못하고, 그 존귀는 위나라 왕만 못합니다."
태자 신은 서자의 이 말이 무슨 뜻인가 하고 곰곰이 생각하지 않을 수 없었다. 태자 자신이 제나라를 정복한다면 위나라 임금은 태자로 하여금 제나라를 다스리도록 맡길지도 모르고, 그러다 보면 위나라 임금 자리는 권력 투쟁의 와중에서 다른 자에게 넘어갈지도 모른다는 암시가 서자의 말 속에 깔려 있다고 할 수 있었다. 임금 자리를 물려받기 위해서는 고국을 떠나서는 안 된다는 말도 있지 않은가. 그런데 제나라를 정복하고 제나라로 나와 있으면 어떤 음모들이 위나라 조정에서 벌어질지 모를 일이긴 하였다. 그러면 위나라 임금보다 못한 제나라를 얻으려다가 위나라 임금 자리를 잃어버리는 불상사가 있을 법도 하였다. 아니, 제나라를 공략하기 위해 이렇게 원정을 나와 있는 바로 이 시각에 위나라 조정에서는 태자를 시기하는 무리들에 의해 어떤 음모가 진행되고 있는지도 모르지 않는가.

태자 신은 서자의 말을 듣자 정신이 번쩍 들면서 마음이 초조해지기 시작했다. 그런데 서자가 또 이런 말도 하는 게 아닌가.

"만약 싸워 이기지 못한다면 만세토록 위나라 임금 자리를 차지하지 못하고 말 것입니다."

마침내 태자 신이 언성을 높이고 말았다.

"나에게 백전 백승의 병법을 가르쳐주겠다고 해놓고, 나에게 불리한 말만 하고 있는 게 아닌가? 제나라를 이겨도 임금 자리를 놓치고, 제나라에 져도 임금 자리를 놓친다니 그럼 나는 어떻게 하라는 말인가?"

"그것은 태자께서 알아서 하십시오. 저는 제가 가지고 있는 백전 백승의 병법을 다 말씀드렸습니다."

그러면서 서자는 그대로 물러가려고 하였다. 태자 신은 황급히 서자를 불러세우며 이렇게 말했다.

"알겠소. 내가 싸워야 할 진정한 싸움은 제나라와의 싸움이 아니라 우리 나라에서 싸워야 할 싸움이라는 것을 그대는 깨닫게 해주었소. 내가 싸워야 할 싸움에서 백전 백승할 수 있는 비결은 지금 당장 회군하는 길밖에 없소."

"이제 아셨습니까? 그러나 회군하려고 할 때 강력한 반대에 부딪치게 될 것입니다."

"물론 작전이 변경되면 다소의 반대 의사들도 있겠지요. 그런데 강력한 반대라니, 그게 무슨 말이오?"

서자는 주위를 한 번 둘러보고 나서 조금 목소리를 낮추어 속삭였다.

"이번에 전투에 참가한 장수들과 군사들 중에는 이 싸움에서 공을 세워 이익을 얻거나 뜻을 이루어보려고 작정한 자들이 너무나 많습니다. 그래서 회군에 반대할 자들이 많다고 말한 것입니다."

"알았소, 내, 힘껏 군대를 돌리리다."

그러고는 태자 신은 곧 참모 회의를 주재하여 회군할 뜻을 비쳤다. 참모들은 한결같이 회군에 반대하였다. 제나라 군대를 얼마든지 물리칠 수 있는데 왜 회군하려고 하느냐는 것이었다. 제나라에 병법의 천재 손빈이 있다는 것을 이유로 내세웠지만, 참모들은 손빈쯤이야 아무것도 아니라는 식으로 대꾸하였다. 그러나 워낙 태자 신이 강하게 회군 의사를 표명하자 참모들도 수그러지지 않을 수 없었다.

"태자께서 다시 한번 생각하셔서 내일 최종 결정을 해주십시오. 내일 태자께서 병거의 방향을 제나라로 향하면 진격 명령으로 알겠고, 위나라 방향으로 돌리면 회군 명령으로 알겠습니다."

다음날 아침, 태자 신은 자기 병거를 모는 군사에게 위나라 방향으로 돌리라고 명령하였다. 그러나 그 군사는 못 들은 척하며 제나라 방향으로 병거를 몰아 갔다. 모든 군대가 진격하는 바람에 할 수 없이 전투를 치른 태자 신은 그 전투에서 무참히 패하여 자결하고 말았다.

진나라에서 지백(知伯)이 한창 세력을 떨칠 때였다. 지백은 위나라를 치기 위하여 짐짓 친선 사절 편에 야생마 4백 필과 백벽(白璧) 한 개를 위군(衛君)에게 보냈다. 위나라는 지백이 쳐들어오지 않을까 전전긍긍하던 차에 지백이 친선 사절까지 보내고 선물도 전달하자 크게 안심하며 기뻐하였다. 위군은 이 사실을 신하들뿐만 아니라 전 국민에게도 알려 지백과의 화친을 선포하였다. 전쟁의 공포에 시달리던 백성들은 안도의 한숨을 쉬며 길거리로 나와 춤을 추면서 즐거워하였다. 그러나 위나라 대부 남문자(南文子)만은 근심으로 가득 찬 표정을 짓고 있었다. 위군이 이를 보고 남문자를 불러 물었다.

"모든 국민들이 다 기뻐하고 있는데, 그대만이 우울하니 어찌 된 일인가?"

남문자는 계속 근심 어린 표정을 풀지 않으며 위군에게 머리를 조아려 대답하였다.

"공 없는 상과 이유 없는 예물은 깊이 헤아려보지 않으면 안 됩니다. 야생마 4백 필과 크고 흰 구슬 한 개라니오? 이것은 소국이 대국에게 상납하는 예물이지, 대국이 소국에게 내리는 예물이 아닙니다. 깊이 헤아리시기를 빕니다."

이 말을 듣자 위군도 낯빛이 변하기 시작했다.

"아, 내가 지백에게 속을 뻔하였구나."

그러고는 곧 변방에 고하여 수비를 철저히 하도록 하였다. 지백과 화친했다는 소식이 전해져 느슨해져 있던 변방 수비대들은 위군의 명령에 따라 다시금 철통 같은 수비 태세로 들어갔다. 지백은 물론 군사를 일으켜 위나라로 쳐들어오려고 하다가 변방의 군사들이 철저히 수비하고 있는 것을 보고 그만 되돌아갈 수밖에 없었다. 군대를 철수시키면서 지백이 억울하다는 듯이 중얼거렸다.

"위나라에도 현신(賢臣)이 있구나! 나의 은밀한 계략을 미리 알아챈 자가 있으니."

이번에는 지백이 위나라를 속속들이 정탐하기 위하여 자기 아들을 망명객처럼 위장시켜 위나라로 보내려 하였다. 지백은 아들을 불러놓고 지시를 내렸다.

"아직 내가 진나라에서 왕이 되지 않았지만, 세력의 판도로 보아 이미 왕이 된 것이나 다름없다. 그러니까 너는 태자가 된 것이나 마찬가지니라. 이제부터 네가 할 일은 우리 지가(知家)가 이 중원을 차지하는 데 중요한 일이므로 매사를 신중하게 하여야 하느니라."

"명심하겠습니다."

지백의 아들은 아버지의 명령을 기다렸다.

"너는 위나라 국경을 넘어 들어간다. 그전에 너는 여기서 나의 미움을 살 짓을 일부러 저질러야 한다."

"미움을 살 짓이라니오?"

지백의 아들이 의아해하며 물었다.

"네가 위나라로 망명을 하기 위해서는 이곳에서 큰 죄를 지어야 하지 않겠느냐? 그러니 나를 죽이고 지가의 우두머리가 되려고 했다는 증거로 내가 기거하는 방에 불을 질러라. 그때, 나는 미리 피해 있을 테니까 말이야. 알겠느냐? 네가 나를 불태워 죽이려 했다는 소문이 전국에 자자해지도록 해야 하느니라. 그러고는 곧장 위나라로 망명하여 살 길을 구하는 척하여라."

지백의 아들은 얼굴에 핏기가 가실 정도로 긴장했으나, 아버지의 명령에 따르지 않을 수 없었다.

지백의 아들은 지백의 방에 불을 지르고, 그것이 실패로 끝난 것처럼 하여 위나라 지경으로 들어가려 하였다. 위군과 조정의 신하들은 망명해 오는 지백의 아들을 잘만 이용하면 지백을 능히 견제할 수도 있겠다 싶어 그를 받아들이기로 하였다. 그러나 이번에도 남문자만은 고개를 갸우뚱거리며 반대 의사를 표명하였다.

"일전에 지백의 아들의 용모를 본 적이 있는데, 그는 아버지와는 달리 군자풍(君子風)으로 남에게 사랑을 받고 총애를 받을 사람이지, 죄를 짓고 도망올 자가 아닙니다. 여기에는 반드시 계략이 있으니 지백의 아들을 받아들이지 마십시오."

위나라의 어떤 사람이 신부를 맞이하게 되었다. 신부가 신랑 집으로 가기 위해 마차를 타려고 하였다. 그런데 보니 원래 집에 두 마리의 말밖에 없었는데, 마차는 네 마리의 말이 묶여 사마(駟馬) 수레가 되어 있었다. 원래 자기 집의 두 말은 복(服 : 멍에를 맨 중간의 두 필)으로서 가운데 위치해 있고, 나머지 두 말은 삼(네 필 중 양쪽에 있는 말)으로서 양쪽에 위치해 있었다.

신부가 마부에게 물었다.

"저 양쪽에 있는 말들은 어디서 난 거예요?"

"이웃집에서 빌려왔습니다."

신부가 마부에게 말했다.

"가운데 있는 말들은 채찍질을 하지 않아도 되겠군요. 양쪽에 있는 말들만 채찍질해도 잘 끌어줄 테니까요."

공자 앞에서 문자를 읊는다고, 마부 앞에서 수레를 모는 법을 일러주는 신부의 말이 미부로시는 우습기만 하여 그만 고소를 머금고 말았다. 그것도 마차에 오르기 전에 그러니 더욱 우스웠다.

드디어 신부가 신랑 집에 도착하여 마차에서 내렸다. 신부를 부축해 주기 위하여 여자 하인 둘이 달려나와 신부의 겨드랑이를 양편에서 붙잡아주었다. 신부가 그 여자 하인들에게 말했다.

"밤늦도록 아궁이 불을 끄지 않으면 불을 내기 쉬워요."

아직 집 안으로 들어서지도 않았는데 그런 말을 하자, 여자 하인들은 얼떨떨한 표정을 짓다가 씩 웃고 말았다.

신부가 집 안으로 들어서서는 마당에 놓여 있는 돌절구를 가리키면서 말했다.

"저것은 창문 아래로 옮겨놓아요. 사람들이 드나드는 데 방해가 안 되도록."

이번에는 신부를 맞이하러 나왔던 신랑까지 웃고 말았다. 그 돌절구는 잔치를 위하여 지금 거기에 놓여 떡을 찧는 데 사용되어야 하는 것이었다.

이렇게 신부가 그날 말한 세 가지 잔소리는 다 중요한 말이긴 하였지만 웃음거리가 되고 말았다. 그것은 말을 해야 할 적절한 시기에 하지 않고 엉뚱한 때에 했기 때문이었다. 실기(失期)한 말들은 그 내용 자체는 아무리 그럴듯하다 하더라도 비웃음을 면치 못할 것이다. 말을 할 때 그 말을 해야 할 시기가 얼마나 중요한가 하는 것을 가르쳐주는 이야기인 셈이다.

진나라가 군사를 일으켜 주나라에 이르러 구정(九鼎)을 요구한 적이 있었다. 구정이라고 함은 천자국의 상징인데, 주나라 현왕(顯王)은 진나라의 요구로 인하여 고민하지 않을 수 없었다. 현왕은 안솔(顔率)이라는 신하를 불러 의논하였다. 안솔이 걱정하는 현왕을 안심시키며 말했다.

"제가 동쪽의 제나라로 가서 구원을 청해보겠으니 대왕은 그리 염려치 마십시오."

안솔은 제나라의 선왕을 만나 주나라가 처한 곤경을 이야기하였다.

"진나라는 아시다시피 무도(無道)한 나라입니다. 감히 종주국인 주나라에까지 군사를 몰고 와서 무례하게도 구정을 요구하고 있습니다. 우리 주나라 조정의 신하들은 숙의를 거듭한 끝에, 구정을 무도한 진나라에 주느니 제나라와 같은 대국에 귀속시키는 것이 낫다는 결론을 얻게 되었습니다. 그러기 위해서는 우선 진나라 군사들을 주나라 땅에서 몰아내야 하는데, 구정을 얻게 될 제나라의 책임이 큰 줄로 아옵니다. 제나라가 진나라 군사들을 몰아내주면 위태로운 나라를 보존시켜준 보람도 있을 것이요, 거기다가 구정까지 얻게 되니 얼마나 영광스러운 일입니까?"

제 선왕은 크게 기뻐하며 진신사(陳臣思)를 시켜 병사 5만으로 주나라를 돕도록 하였다. 진나라 군사들은 제의 공격을 받고는 본국으로 철수하고 말았다. 그러자 이번에는 제나라가 도와준 공을 내세우며 약속대로 구정을 내놓으라고 요구하였다. 주 현왕은 또 고민에 빠졌다. 안솔이 일을 더 그르치지 않았나 하고 안솔을 원망하는 마음도 생겼다. 그런데 안솔은 아무 염려 마시라고 하면서 다시금 제나라로 가서 선왕을 만났다. 선왕이 안솔을 보자 대뜸 소리를 높였다.

"아니, 어떻게 된 건가? 진나라 군사를 몰아내면 구정을 준다고 하지 않았나?"

안솔이 구정을 요구하는 제나라 임금에게 진지한 음성으로 말했다.

"주나라는 대국인 제나라의 도움으로 모든 백성들이 평안을 얻었습니다. 약속대로 구정을 헌납하고자 하오나, 다만 어느 길로 해서 구정을 옮겨야 할지 알지 못하고 있을 따름입니다."

"어느 길로 해서 구정을 옮길지 알지 못한다구? 나는 위나라의 길을 빌려 옮기고 싶은데 어떤가?"

제나라 임금은 지도까지 펴 보이며 다급하게 서둘렀다.

"그것은 아니 됩니다. 위나라 군신들도 호시탐탐 구정을 노리고 있는

데, 구정이 위나라 지역을 통과한다는 사실을 아는 날에는 가만히 있지 않을 것입니다. 그들은 구정을 차지하게 되면 그것을 대량(大梁)에 있는 휘대궁(暉臺宮) 아래 둘 것인지, 대량 근처에 있는 소해(少海) 위에 띄워 둘 것인지 궁리를 해온 지 오래되었습니다. 구정이 위나라로 한번 들어가게 되면 다시 나오기 힘들 것입니다."

"그럼 남쪽 길을 택해 초나라를 통해서 구정을 가지고 오면 되겠군."

제 선왕은 심각한 표정을 짓고 생각하는 듯하더니 고개를 끄덕이기까지 하였다.

"그것도 안 됩니다. 옛날 초나라 장왕 때부터 초나라가 구정에 욕심을 내고 있다는 것을 모르시지는 않겠지요? 장왕은 구정을 차지하기가 힘들면 부서진 창과 방패로라도 따로 하나 더 만들겠다고 망발을 하기도 하였지요. 그런 초나라인데, 구정이 그 지역을 통과하게 되면 무사할 리가 있습니까? 그들은 구정을 얻으면 섭읍(葉邑)에 있는 섭정궁(葉庭宮)에 두어야겠다고 벼르고 있는 지 오래입니다."

제 선왕은 난색을 표하며 어쩔 줄을 몰랐다.

"그럼 어느 길로 해서 구정을 옮겨온단 말이오? 모든 나라들이 구정을 노리고 있으니 말이오."

안솔은 오히려 여유 있는 표정으로 선왕을 안심시키는 듯이 말했다.

"길은 있습니다. 염려 마시고 제 이야기를 들어보십시오. 무릇 구정이라고 하는 것은 술병이나 간장 종지처럼 쉽게 품에 품거나, 겨드랑이에 끼거나, 손에 달랑 들고 옮겨올 수 있는 물건이 아닙니다. 그리고 또한 새가 모이듯, 까마귀가 날듯, 토끼가 뛰듯, 말이 달리듯 그렇게 훌쩍 스스로 옮겨오는 물건도 아닙니다. 옛날 주나라가 은나라를 멸하고 구정을 얻어 주나라 도읍으로 옮겨올 때 어느 정도의 인원이 동원되었는지 아시지요?"

안솔이 슬쩍 선왕의 기색을 살펴보았다.

"정(鼎) 하나에 9만 명이 동원되었다고 들었지."

"그렇습니다. 옛날 사람들이 과장해서 말한 것 같지만 그렇지 않습니다. 정의 무게 때문에 그만한 인원이 동원된 것이 아니라 구정을 노리고 있는 무리들로부터 보호하기 위해서, 그리고 장엄한 의식을 통하여 구정의 위엄을 높이기 위하여 정 하나를 9만의 군사들이 끌었지요. 정 하나에 9만이니 구정이면 어떻게 되겠습니까? 81만 명이 아닙니까? 대왕께서 그만한 인원을 동원할 능력이 비록 있다고 하더라도, 그 인원들을 먹이고 입히고 재우고 하려면 엄청난 물량을 필요로 할 것입니다. 또한 그 모든 것을 갖춘다고 하더라도 그 어마어마한 대열을 어느 나라 길로 해서 통과시킨단 말입니까? 아마 큰 전쟁을 치르지 않고는 불가능할 것입니다."

"아니, 길이 있다고 해놓고는 불가능하다니."

제 선왕이 언짢은 투로 언성을 높였다.

"예, 길은 여전히 있습니다. 저희 주나라가 길이 되어드리겠습니다."

"그건 또 무슨 말인가? 주나라에서 제나라로 옮겨올 길을 묻고 있는데, 주나라가 길이 되어 주겠다니."

"구정을 옮기는 데 따른 번거로운 근심들을 저희 주나라가 대신해드리겠다는 말씀입니다. 구정을 저희 주나라에 맡기시고 대왕은 아무 염려 마십시오."

"아하, 이제 보니 구정을 주지 않겠다는 말이군."

안솔이 빙그레 미소를 짓고 있었다.

갖가지 기묘한 책략들 373

흔들리는 합종책

소진(蘇秦)은 앞으로 《전국책》의 자료가 될 이야기들을 모으면서, 여섯 나라들 사이의 합종(合縱)의 끈을 늘 점검하여 든든히 하는 데 주력하였다. 그리하여 한 15년 가까이 진나라가 함곡관(函谷關)의 동쪽을 감히 넘보지 못하게 되었다.

그러나 진나라는 끊임없이 여섯 나라의 합종을 깨뜨리려고 기회를 엿보았다. 진나라는 서수(犀首)라는 자를 제나라와 위나라에 보내 책략을 꾸몄다.

"소진이 조나라에 주로 머물러 있는 이유가 무엇이라고 생각합니까?"

서수는 조나라가 합종책을 이용하여 오히려 나머지 다섯 나라를 집어삼키려고 음모를 꾸미고 있다는 식으로 이야기를 이끌고 갔다. 특히 제나라와 위나라를 노리고 있다는 말을 들은 제왕과 위왕은, 조나라가 쳐들어오기 전에 조치를 취하기 위해 먼저 조나라를 치기로 하였다.

느닷없이 제와 위의 공격을 받은 조나라는 당황해하지 않을 수 없었다. 조나라 임금은 소진을 불러다가 따졌다.

"여섯 나라가 합종의 맹약을 맺어 공동으로 진나라를 막기로 했는데, 이렇게 합종을 맺은 나라들이 쳐들어오니 어떻게 된 일이오?"

소진도 잠시 방심하고 있다가 일을 당한 셈이었다.

"제나라와 위나라가 합종을 깨뜨리다니 이것은 필시 진나라의 농간이 있었기 때문일 것입니다. 그리고 합종의 맹약을 맺을 때 만약 어느 나라가 그 맹약을 깨뜨리면 나머지 나라들이 공동으로 징계하기로 약조하지 않았습니까? 이제 제가 연나라로 가서 제나라와 위나라를 징계하는 문제를 의논하고 오겠습니다."

소진은 이렇게 말하고 연나라로 왔는데, 연나라로 온 것은 사실 제나라와 위나라를 징계하기 위해서라기보다 자신의 안전을 도모하려는 의도에서 그리하였던 것이었다. 그래서 제와 위를 징계하는 문제는 흐지부지되고 소진은 연나라에 그냥 눌러앉아 있게 되었다. 그리하여 15년간 제법 든든히 지켜지던 합종의 맹약도 다분히 형식적이 되고 말았다.

진나라 혜문왕(惠文王)은 연나라마저 합종책의 테두리에서 끌어내기 위해 자기 딸을 연의 태자비로 보내기까지 하였다. 소진은 이런 진의 책략을 뻔히 보면서도 합종이 무너지고 있는 판국이라 그저 관망만 하고 있었다. 이때쯤에는 소진도 진의 세력을 이용하는 것이 현실적으로 유리하다는 판단을 했는지도 몰랐다.

얼마 있지 않아 연나라 문후(文侯)가 죽고 그 아들 태자가 임금 자리에 올랐다. 그가 이왕(易王)인데, 처음으로 연나라에서 칭왕(稱王)을 한 임금이었다.

연나라 이왕이 즉위할 무렵, 연나라에는 문후를 조문하는 행사가 계속되고 있었다. 이렇게 연나라 전체가 상중(喪中)에 있을 때, 제나라는 조문 사절을 파견하는 한편, 군대를 동원하여 연나라 변경의 10개의 성을 눈 깜짝할 사이에 차지해버리고 말았다.

이왕이 소진을 불러 따졌다.

"선친께서 살아 계실 때 선생이 우리 연나라로 와 합종을 유세하여, 선친께서 자금을 지원해주면서까지 선생을 조나라로 보내 결국 여섯 나라가 합종을 맺기에 이르렀소. 그런데 이제 제나라가 조나라를 치더니 우리 연나라까지 쳐서 10개의 성을 빼앗았소. 우리 나라는 선생의 그 합종책으로 인하여 천하의 조소거리가 되고 말았소. 어떻게 하여야 제나라에게 빼앗긴 우리의 성들을 도로 찾을 수가 있겠소?"

이왕의 말을 들은 소진은 부끄러워 낯을 들 수가 없었다.

"왕을 위하여 반드시 제나라로부터 성들을 찾아오겠습니다."

이렇게 장담은 하고 물러나왔지만 소진은 막막하기만 하였다. 무엇보다 합종이 무너지고 있는 사실에 낙담이 되지 않을 수 없었다. 인간은 원래 악한 존재이기 때문에 서로 힘을 합친다는 것은 그 욕심으로 인하여 애초부터 불가능한 일이 아니었던가.

소진은 제나라가 연나라로부터 빼앗은 10개의 성을 어떻게 하면 다시 찾아올 수 있을까 궁리해보았다. 연나라에서 군대를 일으켜 제나라를 친다는 것은 현실적으로 승산이 전혀 없는 모험에 불과하였다. 아무래도 제나라 임금을 위협하거나 설득하는 수밖에 다른 도리가 없었다. 어떠한 말로 제나라 임금의 마음을 움직이게 할 것인가. 이 생각 저 생각을 하다가 소진은 잠자리에 들었다. 그날 밤 말애가 소진을 섬겼는데, 말애가 보니 소진의 얼굴에 수심이 어려 있었다.

"조정에서 무슨 일이 있었습니까?"

말애가 소진의 몸을 더듬으며 슬며시 물어보았다.

"특별한 일은 없었소. 다만 합종에 참여했던 나라들이 이제는 그 합종의 맹약을 헌신짝처럼 버리는 것이 마음 아플 뿐이오. 이러다가는 언제 진나라에 기회를 줄지 알 수 없단 말이오. 연나라 임금이 나로 인해 천하의 웃음거리가 되었다고 하면서 나를 힐난할 때는, 정말이지 정치고 무엇이고 다 팽개치고 옛날 우리 귀곡자(鬼谷子) 스승처럼 산 속 같은 데로 은둔하고만 싶은 심정이었소. 이제 와서 생각하니, 우리 스승은 인간의 본성을 잘 꿰뚫어보셨단 말이오. 우리가 철없이 세상 정치판으로 뛰어든다고 하산을 서두를 때, 스승은 얼마나 가소로웠겠소? 그러니 우리가 마지막 드리려던 인사도 받지 않고 잠적해버리고 마셨지요."

오늘은 평소의 소진답지 않게 현실 도피적인 말들을 많이 늘어놓고 있었다.

"귀곡자 선생처럼 전부 산으로 들어가 신선이 되겠다고 한다면 이 현실은 어떻게 되는 거예요? 재상 같은 분들이 군데군데 있으니 그래도 이 세상이 난장판이 되지 않고 어느 정도 돌아가고 있는 거 아니에요?"

말애는 지금 소진이 어떠한 말들을 기다리고 있는가를 잘 알고 있었으므로 소진의 마음을 북돋워주는 말들만 골라서 해주었다. 아닌 게 아니라, 소진은 말애의 말을 듣고는 다소 기분이 회복되어 본격적으로 말애의 몸을 애무하기 시작했다. 옷 너머로 말애의 몸을 만지던 소진은 말애의 입에서 새어 나오는 소리가 점점 높아지자 그녀의 옷들을 하나하나 벗기기 시작했다. 말애는 이상하게도 나이가 들어갈수록 색의 진미를 깨달아가는지 잠자리 기술이 더욱 능숙해지기만 하였다. 말애에게만은 색쇠애이(色衰愛弛)라는 말이 통하지 않을 것만 같았다. 소진이 천천히 말애의 공알을 만져주기 시작하자 말애는 그만 몸을 뒤틀었다.

소진이 양(陽)과 말애의 음(陰)이 합일되어 절정에 이르자, 소진의 몸과 정신은 기분 좋게 풀어져 낮 동안의 정신적인 억압과 피로들이 씻은 듯이 사라지는 느낌이었다. 인간에게 있어, 특히 정치가들에게 있어 성생활이란 것이 없으면 얼마나 삭막할 것인가.

마음이 훨씬 가뿐해진 소진은 문득 오훼(烏喙)라는 풀이 머릿속에 떠올랐다. 오훼라는 풀은 잎이 손가락처럼 깊이 찢어져 있고 투구 모양의 자벽색(紫碧色) 꽃을 피우는 다년생으로, 그 뿌리는 약제로 쓰이지만 그냥 먹게 될 경우 독극성이 있어 사람이 죽기도 하였다. 오훼라는 풀 이름이 생각나자 소진은 어떻게 제나라 임금을 설득할지 실마리가 잡히는 기분이었다.

다음날, 소진은 곧장 제나라로 길을 떠났다. 제 선왕을 만난 소진은 두 번 절하고 나서 허리를 구부리며 제나라의 번영을 축하하고, 그 다음 하늘을 우러러보며 탄식하였다.

"붉은 비단, 녹색 비단을 준비하고 황백청(黃白靑)의 잡금(雜金)으로 만든 못들을 준비해야 하겠습니다."

"아니, 그것은 임금의 관을 만들 때 사용하는 것들이 아니오? 한편으로 축하를 하면서 또 한편으로 조문을 하다니 어찌 된 일이오?"

"옛말에 아무리 굶어죽어도 오훼를 먹지는 않는다는 말이 있습니다. 배가 고프다고 해서 오훼를 먹으면 뱃속에 독이 차서 굶어죽는 것이나 다름없이 죽어가기 때문입니다."

"그 말을 나에게 하는 이유가 무엇이오?"

"대왕께서 오훼를 먹었기 때문입니다."

"내가 언제 오훼를 먹었다는 말이오?"

제 선왕은 자기가 오훼를 먹었다는 말에 의아해하며 반문을 하였다. 소진이 진지한 어조로 대답했다.

"지금 연나라는 약소국에 불과하지만 진의 사위가 되어 있는 나라입니다. 그런데 대왕께서 겁도 없이 연나라 10개의 성을 집어삼키셨으니 오훼를 먹은 것이 아니고 무엇입니까? 대왕은 진나라로 하여금 연나라를 앞장세워서 천하의 정병들을 불러 모으도록 했으니, 언제 그 독이 제나라 전체에 퍼질지 모릅니다."

"그래, 진나라에서 그런 움직임이 있단 말이오?"

선왕이 조금 당황해하며 소진에게 다급하게 물었다.

"그것은 너무나 당연하지 않습니까? 삼척동자도 예상할 일을 대왕은 예측하지 못하셨단 말입니까?"

"그럼 그 독이 퍼지기 전에 방비를 해야 되겠군. 우리 제나라가 침공을 당하면 위나라나 초나라도 가만히 있지는 않을걸."

선왕은 진과 연의 공격에 대항할 생각부터 하는 모양이었다.

"독이 퍼지기 전에 오훼를 토해내는 것보다 더 효과적인 방법도 없지 않습니까?"

선왕은 소진이 무슨 말을 하는지 눈치채고 인상을 찌푸렸다. 소진의 말은 애써 얻은 10개의 성을 도로 내놓으라는 말이 아닌가. 소진은 선왕이 망설이고 있는 것을 알아차리고 한껏 목소리를 부드럽게 하여 선왕을 설득하기 시작했다.

"저의 계략을 들으신다면 10개의 성을 돌려주는 것이 조금도 아깝지 않을 것입니다. 보십시오, 연나라에 10개의 성을 아무 조건 없이 되돌려 준다면 연나라는 마치 그 성들을 공짜로 얻은 기분일 것입니다. 진나라도 자기들을 의식하여 제나라가 연나라에 성들을 돌려준 줄 알고 기뻐할 것입니다. 그렇게 되면 그 10개의 성으로 인하여 그동안 관계가 나빴던 연나라, 진나라로부터 존경을 받게 될 것입니다. 이것을 가리켜 원수 된 것을 버리고 반석같이 든든한 친교를 맺는다고 합니다. 그리고 이것은 화를 돌려 복이 되게 하는 전화위복이요, 실패를 밑천으로 하여 성공을 이루는 인패위공(因敗爲功)이 아니고 무엇이겠습니까?"

소진의 말을 가만히 듣고 있던 선왕이 크게 고개를 끄덕였다.

"좋소. 곧 10개의 성을 연나라에 돌려주겠소."

이렇게 소진이 연나라를 위하여 제 선왕과 교섭을 벌일 동안, 연나라 조정에서는 신하들이 연나라 임금에게 소진을 헐뜯는 말들을 아뢰기에 여념이 없었다.

"무안군(武安君 : 소진을 일컫는 말)은 천하에 신용이 없는 사람입니다. 합종책인가 뭔가 해서 나라들을 온통 현혹시키더니 이제는 나 몰라라 하고 있습니다."

"대왕께서 만승(萬乘)의 군주로서 스스로 굽실거리며 그런 자를 조정에서 높여주셨으니, 이는 임금이 소인배와 한 무리가 된 것을 천하에 보여주는 것이옵니다."

"소진이라는 자는 나라를 좌로 팔았다가 우로 팔았다가 하는 짓을 되풀이해 먹는 신하이옵니다. 그런 자를 믿었다가는 나라가 어떻게 될지 알 수 없습니다."

이렇게 연나라 신하들이 소진을 비방하는 말 중에 좌우매국반복지신(左右賣國反覆之臣)이라는 말은 아주 재미있는 말로 그 의미를 깊이 생각해볼 만하다. 그 당시 좌익과 우익은 합종책과 연횡책이라고 할 수 있는데, 사실 소진은 이 좌익과 우익 사이에서 사상적·정치적인 방황을 했던 것이 사실이다. 처음에는 진나라에 가서 유세할 때 진나라의 환심을 사기 위하여 소진은 열심히 연횡책을 펼쳤던 것이다. 그러나 뜻대로 되지 않자 합종책으로 돌아서 나머지 여섯 나라들을 다니며 합종을 부르짖었다. 만약 처음에 진나라에서 소진의 연횡책을 받아들였다면 그는 열렬한 연횡론자가 되어 천하를 누비고 다녔을 것이 확실하다.

이제 여섯 나라들 사이의 합종의 끈이 느슨해지자, 소진은 이상하게도 그 끈들을 다시 죄어맬 생각을 하기보다 그러한 추세를 그냥 받아들이면서 오히려 진나라의 세력을 이용하려 하고 있는 것이었다. 그러므로 소진을 비방하는 연나라 신하들의 말도 전혀 터무니없는 것은 아니라고 할 수 있었다.

연나라 이왕은 소진이 제나라로부터 10개의 성을 받아내고 연나라로 돌아왔음에도, 소진을 의심하며 숙소도 제대로 마련해주지 않고 본래 가졌던 관직에도 복귀시켜주지 않았다.

소진은 억울한 심정을 안고 이왕이 왜 그러한 반응을 보이는가 그 이유를 알아보니 연나라 조정의 신하들이 자기를 모함한 것이 아닌가. 소진은 평소에 자기를 아껴주었던 이왕의 어머니, 그러니까 죽은 문후의 부인이었던 대비(大妃)를 은밀하게 찾아갔다.

"아니, 이 밤중에 재상께서 웬일이오?"

대비가 반가운 기색을 얼굴에 떠올리며 한편 의아한 표정을 지었다.

"재상이라니오? 임금께서는 어인 일인지 저를 재상 자리에 다시 복귀시켜주지 않고 있습니다. 하도 억울하고 서운해서 이렇게 실례를 무릅쓰고 대비 마마를 찾아온 것입니다."

그러자 대비의 얼굴이 굳어지기 시작했다.

"나도 그 일은 알고 있소. 하지만 아들이 하는 일에 나 같은 것이 간여할 수도 없고. 답답하기는 재상이나 나나 마찬가지요."

그러나 소진을 바라보는 대비의 눈길은 그윽하였다. 소진은 그 눈길에서 대비가 거짓말을 하고 있지 않다는 사실을 알아차렸을 뿐만 아니라, 그 눈길에 묻어 있는 끈끈한 욕정의 냄새를 맡을 수 있었다. 아직도 시들지 않은 육체를 지니고 있는 여자로서 홀로 살아간다는 것은 자신 속에서 일어나는 욕정과의 끊임없는 싸움을 의미하는 것이기도 하였다.

"제가 말씀드리고자 하는 것은 대비께서 임금님에게 압력을 넣어 저를 재상 자리에 복귀시켜주십사 하는 것이 아닙니다. 다만 임금님을 만나뵈올 수 있는 기회를 마련해달라는 것입니다."

"그럼 제나라에서 돌아와 한 번도 임금을 뵈옵지 못했단 말이오?"

흔들리는 합종책 381

"돌아와서 꼭 한 번 뵈옵고 제나라로부터 10개의 성을 돌려받은 사실을 보고해 올렸지요. 그러고 나서는 지금껏 한 번도 만나뵙지 못하고 있습니다. 왜 저를 이렇게 취급하시는지 임금님께서 직접 그 이유를 말씀해주신 적은 없습니다. 제가 알현을 신청해도 자꾸 뒤로 미루시기만 합니다. 그러므로 대비 마마께서 제가 임금님을 만나뵈올 수 있도록만 해달라는 것입니다."

"그야 어렵지 않겠지요. 지금이라도 임금을 나에게로 부르면 자연스럽게 대면할 수 있는 기회가 생길 테니까 말이오. 지금 임금을 부를까요?"

대비가 살짝 눈웃음을 치며 소진의 의향을 떠보았다.

"지금은 밤이 깊었고 하니 오히려 임금님의 심사를 불편하게 하기 쉽겠고, 또……."

"또 무엇이오?"

대비가 호기심이 가득 담긴 눈으로 소진을 주목하였다.

"또 이런 시각에 대비 마마의 방에 제가 있는 것을 임금님께서 보시면 어떻게 생각하실지?"

"호호호. 재상도 소심한 구석이 있으시군요. 그렇다면 다음 기회에 임금을 만날 수 있도록 해주겠소. 오늘 밤은 나도 적적하니 우리 술상이나 차려놓고 세상 돌아가는 이야기나 나눕시다."

대비는 몸종을 시켜 술상을 간단히 차려 오게 하여 소진과 밤이 깊도록 대작하였다. 어느 정도 시간이 지나자 대비는 주위의 몸종들을 다 물리친 후 소진하고만 있게 되었다.

"재상, 내 이 번거로운 옷을 입고 술잔을 기울이려고 하니 불편하기 짝이 없는데 내 겉옷 좀 벗겨주시오."

대비가 짐짓 불편한 시늉을 해보였다. 소진은 슬쩍 미소를 지으며 대비의 등뒤로 돌아갔다.

소진의 손이 자신의 등과 어깨에 닿자 대비는 슬그머니 손을 뒤로 돌려 소진의 손을 잡았다. 소진은 모르는 척하며 대비의 겉옷을 벗겨나갔다. 구름들과 학들이 가득히 수놓여져 있는 비단 겉옷이 벗겨져 방바닥으로 흘러내렸다. 소진이 다시 자기 술자리로 돌아오려 하자, 대비는 아예 몸 전체를 소진에게 기대어 소진으로 하여금 움직이지 못하도록 하였다.

"대비 마마, 취하신 것 같습니다. 이제 자리에 드시지요."

소진은 이렇게 정중하게 말하였지만 술자리에서 일어날 생각은 전혀 없었다.

"내가 취했다구? 내가 지금 술주정을 하는 것으로 여기는 모양인데, 재상 너무 고상한 척하지 마."

대비는 혀 꼬부라진 목소리로 소진에게 술주정을 하고 있음에 틀림없었다.

"아이 답답해, 이 옷들 다 벗겨줘."

소진이 볼 때 대비의 정신 상태가 아무래도 비정상적인 것만 같았다. 아무리 권세를 좌지우지했던 왕비였다 하더라도 여자로서 어찌 당돌하게 이런 요구를 신하에게 할 수 있단 말인가. 이전에 왕비로 있을 때도 이런 식으로 신하들을 희롱했는지도 모른다는 생각이 얼핏 스치고 지나갔다. 소진은 얼마간 대비를 경멸하는 심정으로 대비의 요구를 들어주었다.

며칠이 지난 후, 대비가 어떻게 임금에게 압력을 넣었는지 조정으로부터 소진을 부른다는 전갈이 왔다. 소진은 몸가짐을 단정히 갖추고 임금을 배알하였다. 임금을 배알할 때 어떠한 말을 할 것인가는 이미 생각해두고 있었다.

"임금님은 왜 저를 만나시는 것을 꺼리십니까?"

소진이 서운하다는 투로 이야기하자, 이왕은 말하기가 곤란한 듯 머뭇거렸다. 소진이 계속 말을 이어나갔다.

"저는 동주(東周)의 비천한 사람이었습니다. 아무런 공을 세운 바도 없을 때 선왕(先王)께서는 종묘에서 저에게 관직을 내리는 의식을 치러주시고, 조정에서 황공할 정도로 예우해주셨습니다. 그런데 이제 임금님을 위하여 제나라로 가서 제나라 임금을 설득하여 빼앗겼던 10성을 도로 찾아오는 공을 세웠는데도, 임금님은 저를 더욱 친근히 하기는커녕 이전의 관직까지도 앗아가셨습니다. 저를 이렇게 대우하시는 것은 필경 신하들이 저를 중상하는 말들을 귀담아 들으셨기 때문입니다."

"음."

소진의 말에 이왕은 마음에 찔리는 구석이 있는지 헛기침을 한 번 짧게 하였다.

"신하들이 저를 어떠한 자라고 비방하였습니까?"

소진이 단도직입적으로 이렇게 묻자, 이왕은 기분이 상하여 인상을 찌푸렸다.

"그대를 신용이 없는 자라고 하였소."

이왕이 내뱉듯이 하는 이 말에 소진은 잠시 눈을 감고 생각에 잠기더니 천천히 입을 열었다.

"저와 같은 신하들에게 신용이 없는 것은 왕에게 있어 행복입니다."

"아니, 그게 무슨 궤변이오?"

이왕의 얼굴 색이 변하기까지 하였다.

"신용이 있다는 소위 충신자(忠信者)들은 결국 따지고 보면 자기 자신을 위하여 그러는 것입니다. 그런데 신용이 없게 보이는 진취자(進取者)들도 있는 법입니다. 진취자들은 자기 자신을 위하지 않고 남을 위해 나아가 취하는 일을 하는 사람들입니다. 제가 동주에 늙으신 어머니와 가족들을 남겨두고 이 나라에 온 것은 나 자신을 위하여 충신하려고 온 것이 아니라, 남을 위하여 진취하려고 온 것입니다. 남을 위하여 이러저러한 일들을 하게 될 때 자연히 신용이 없게 보일 때도 있는 것입니다. 그러한 오해와 비난을 감수하면서까지 남을 위하는 것이 진취자들입니다."

소진이 이렇게 설명하였지만 이왕은 아직도 말귀를 못 알아들은 표정이었다.

"그럼 임금님께 한 가지를 묻겠습니다."

"무얼 말이오?"

"여기 증삼(曾參)과 같은 효자가 있고, 백이(伯夷)와 같이 청렴결백한 자가 있고, 미생(尾生)과 같이 철저히 약속을 지키는 자가 있다고 합시다. 이 세 사람이 임금님을 섬긴다면 만족하시겠습니까?"

이왕이 고개를 끄덕이며 대답했다.

"증삼, 백이, 미생이라면 만족하고도 남지."

소진은 이왕에게 조심스럽게 말했다.

"증삼과 같은 효성이 지극한 인물이 임금님을 섬긴다고 합시다. 그러한 자는 부모님을 모셔야 된다는 일념으로 단 하루도 외박을 하지 않을 것입니다. 그런데 그런 자가 곤경에 빠진 임금님을 돕기 위하여 천 리 밖 다른 나라로 가서 외교 교섭을 벌이는 일을 할 수 있겠습니까? 비록 다른 나라로 가서 외교 교섭을 벌인다 하더라도 고국에 두고 온 부모님을 염려하느라고 제대로 일을 처리하시지 못할 것이 분명합니다. 그리고 백이와 같이 청렴결백한 인물이 임금님을 섬긴다고 합시다. 그런 자는 자신의 절개를 지키기 위하여 산에서 고사리를 뜯어먹다가 굶어죽을지언정 세상과 타협하지 않을 것입니다. 그러므로 그런 자는 온갖 거짓과 모략이 난무하는 국제 정세 가운데서 책략을 써가며 자국 백성들의 이익을 위하여 일하지 못할 것입니다. 끊임없이 양심의 가책에 시달리다가 결국 산으로 들어갈 수밖에 다른 도리가 없을 것입니다. 또한 미생과 같이 약속을 철저히 지키는 사람이 임금님을 섬긴다고 합시다. 미생은 얼마나 약속을 철저히 지켰는지, 그 약속을 지키기 위하여 자신의 목숨을 버린 자가 아닙니까?"

"미생 이야기는 나도 어릴 적에 재미있게 들었지만 어쩐지 미련하다는 생각이 들기도 했지."

이왕은 미생에 관한 언급이 나오자 씁쓸하게 미소를 지었다.

미생이란 자는 한 여자와 어느 다리 밑에서 만나기로 약속을 하였다. 미생이 먼저 그 약속 장소에 가서 기다렸다. 그런데 부슬부슬 비가 내리기 시작했다. 미생은 여자가 왜 아직 오지 않나 하고 자꾸만 개천 둑 쪽을 쳐다보았다. 둑 위로는 사람들이 도롱이 같은 것을 걸치고 왔다갔다 하였지만, 만나기로 약속한 여자는 영 그 모습을 나타내지 않았다. 틀림없이 다리 밑에서 기다리라고 했는데 어찌 된 일인가. 미생은 계속 다리 밑에서 떠날 줄을 몰랐다.

빗줄기는 굵어져 폭우로 변했다. 개천은 곧 불어나 흙탕물들이 굽이치며 흘러 내려갔다. 둑 위를 급히 달려가던 사람이 다리 밑에 서 있는 미생을 보고 소리쳤다.

"개천물이 그렇게 불어나고 있는데 거기 서 있으면 어떻게 하오. 빨리 둑 위로 올라오시오."

미생이 그 사람을 향해 목소리를 높여 말했다.

"내 걱정은 말고 가던 길이나 가시오. 나는 다리 밑에서 만나기로 약속한 사람이 있단 말이오."

그 사람은 고개를 한 번 갸우뚱하더니 가던 길을 재촉하였다. 둑 위에는 이제 지나다니는 사람이 하나도 눈에 띄지 않았다. 비는 계속 억수로 쏟아져 불어난 개천물이 미생이 서 있는 다리 밑까지 밀려왔다. 그래도 미생은 다리 밑을 떠날 줄을 몰랐다. 마침내 물은 미생의 무릎께로 올라와 미생을 휘감아서 넘어뜨리려 하였다. 미생은 물에 휩쓸려 떠내려가지 않으려고 다리 기둥을 붙들었다. 그때도 마음만 먹으면 다리 밑을 벗어날 수 있었는데, 미생은 다리 밑에서 만나기로 한 약속을 지키기 위하여 물이 가슴을 적시는데도 계속 다리 기둥을 붙들고 있었다. 드디어 개천물이 미생의 얼굴을 덮치는 지경에까지 이르자, 미생은 더 이상 버티지 못하고 다리 기둥을 쥐고 있는 손을 풀 수밖에 없었다. 미생은 곤두박질치며 개천물에 휩쓸려 떠내려가고 말았다. 미생은 떠내려가면서도 그 여자가 다리 밑에 와서 자기를 발견하지 못하면 어쩌나, 자기를 약속을 지키지 않는 사람으로 오해하면 어쩌나 하고 염려하였다.

"임금님께서도 미생을 미련하다고 생각한 적이 있다고 하시니 말인데, 서로의 약속을 헌신짝처럼 버리고도 눈 하나 깜짝하지 않는 국제 정세 속에서 이런 미생과 같은 자가 어떻게 외교적인 전략을 펴나갈 수 있겠습니까? 번번이 다른 나라들에게 이용만 당하다가 볼 일을 못 볼 것입니다. 정치에는 적당한 융통성이 있어야 하는 것 아닙니까?"

소진의 말을 들은 이왕은 이제야 깨닫는 바가 있는지 고개를 크게 끄떡였다.

"그러니까 증삼, 백이, 미생 같은 자들은 개인적으로는 훌륭한지 모르지만, 나라 정치를 이끌어가는 데는 오히려 걸림돌이 되는 존재들이란 말이지?"

"바로 그렇습니다. 연나라 신하들이 내가 증삼이나 백이 같지 않고 미생 같지 않다 하여 신용 없는 자로 몰아세우는 모양인데, 신용 없어 보이는 것도 다 이 연나라를 위하고 임금님을 위해서 그러는 것 아닙니까? 증삼, 백이, 미생같이 개인적인 차원에서만 훌륭하여 충신이라 일

걸음을 받으면 무엇 하겠습니까? 그래서 충신은 결국 자기 자신을 위하는 자요, 저와 같이 적극적으로 외교 전략을 벌여 취할 것을 취하는 진취자는 남을 위하고 나라를 위한다고 말씀드린 것입니다. 또 이런 이야기를 들은 적이 있습니다."

그러면서 소진은 자기 자신의 처지를 반영하는 비유로 한 가지 이야기를 이왕에게 들려주었다.

어떤 사람이 관리가 되어 먼 지방으로 떠나가게 되었다. 아내를 데리고 갈 형편이 안 되어 아내를 집에 두고 갔는데 그동안 그녀가 다른 남자와 정을 통하였다. 얼마 지난 후 남편이 다시 집으로 돌아온다는 소식이 들려왔다. 그녀와 정을 통했던 정부가 자신들의 부정이 탄로날까 싶어 불안해하였다. 그러자 그녀가 정부에게 말했다.

"아무 염려하지 마시오. 내가 벌써 술에다 독을 타서 준비해두고 있습니다."

"아니, 우리 둘이 자살을 하잔 말이오?"

정부가 몹시 놀라는 표정을 지었다.

"그게 아니라 그 술은 남편에게 마시게 할 것입니다."

그제야 정부는 다소 안심을 하였다. 그러나 과연 그녀가 남편을 감쪽같이 독살할 수 있을지 조마조마한 마음으로 결과를 기다렸다.

사흘 후 남편이 돌아왔다. 집에 무슨 일이 있었는지 잘 알지 못하는 남편은 아내가 반갑기 그지없었다. 아내도 남편을 자나깨나 그리워한 듯이 눈물까지 지어 보이며 남편을 맞았다. 남편은 오랜만에 아내와 잠자리를 같이하며 몸을 풀고 싶었다. 그러나 아내는 지금 월경 중이라고 하면서 첩이랑 잠자리를 같이하라고 남편에게 권하였다. 첩은 아내의 몸종이기도 하였는데, 아내가 남편의 환심을 사기 위하여 자신의 몸종을 첩으로 제공했던 것이다.

남편은 월경 중인 여자와 몸을 합하는 것이 꺼려지기도 하여 아내의 말대로 첩을 불러오도록 하였다.

아내가 나가서 자신의 몸종, 아니 남편의 첩을 은밀한 구석으로 데리고 가서 속삭이듯이 말하였다.

"오늘 밤 남편이 너와 잠자리를 같이하기를 원하니 각별히 알아서 모셔야 한다. 여기 행핵(杏核 : 살구씨)으로 담가둔 향기로운 술이 있으니 잠자리에 들기 전에 마시도록 하여라. 귀한 술이므로 너는 마셔서는 안 된다. 알겠느냐? 꼭 남편만 마시도록 해야 하느니라. 그렇지 않으면 혼이 날 줄 알아라."

"네, 그러지요."

그렇게 대답해놓고 술상을 들고 남편의 방으로 가는데, 아무래도 예감이 이상해서 첩이 은반지 낀 손가락을 술에 담가보았다. 그러자 은반지가 순식간에 시커멓게 변하는 것이 아닌가. 술에 독이 든 것을 알아차린 첩은 고민하지 않을 수 없었다. 남편에게 술에 독이 든 사실을 말하면 여주인이 쫓겨나거나 죽음을 당하게 될 것이고, 그 사실을 숨기면 남편이 죽고 말 것이었다. 첩은 여주인의 몸종으로 있었던 처지라 여주인이 쫓겨나면 자기도 쫓겨날 것이 분명하다는 사실을 알고 있었다. 이러지도 저러지도 못하는 가운데 첩은 한 가지 묘책을 생각해냈다.

남편의 방 문을 조심스럽게 열고 들어서다가 문지방에 발이 걸린 척하며 술상을 안은 채 방바닥으로 자빠지고 말았다. 술이 쏟아져버린 것은 말할 필요가 없었다. 남편은 화가 나서 첩을 매질하기 시작했다. 열 대, 스무 대, 오십 대까지 때렸다. 첩은 매를 맞으면서도 안도의 한숨을 쉬었다.

"그렇게 독주를 쏟아버림으로써 첩은 위로는 남편을 구하고, 아래로는 여주인이 쫓겨나지 않게 하였습니다. 그러나 매를 맞는 일은 면할 수가 없었습니다. 저의 불행이 마치 이 첩의 불행과도 같습니다. 제가 나라를 위하여 한 일을 겉으로만 보고 임금님과 신하들이 저를 비난하고 있으니 말입니다."

여기까지 이야기하자, 이왕은 소진의 말을 막으며 부드러운 음성으로 소진을 달랬다.

"알겠소. 선생은 다시 이전의 관직에 오르시오."

그렇게 하여 소진을 다시 복직시킨 이왕은 이전보다 더욱 그를 후대해주었다. 이왕의 어머니, 즉 대비는 자기가 힘을 써 소진이 복직된 줄 알고 그것을 미끼로 소진의 몸을 탐하였다. 소진은 대비와 사통하는 것이 영 꺼려졌지만 이미 발목이 잡힌 신세가 되고 말았다.

하루는 소진이 대비에게 심각한 어조로 말했다.

"대비 마마께서 저에게 베푸신 은혜는 한량이 없는 줄 압니다. 대비 마마의 배려가 없었더라면 어찌 제가 다시 재상 자리에 오를 수 있었겠습니까? 합종책도 허물어지고 있는 이때에 마마가 아니었더라면 저는 다시금 천하를 떠돌아다니는 객인이 되었을지 모릅니다. 그리고 저 또한 대비 마마와 함께 있는 이런 시간들이 참으로 좋습니다. 그러나 대비 마마와 저의 관계가 소문이 나는 날에는, 안 그래도 저를 시기하는 무리들이 많은데 저의 정치적인 생명이 끝날지도 모릅니다. 그러니 지금까지의 일은 없었던 일로 하시고, 저를 선왕 때처럼 그냥 재상으로 대해주시기를 원하옵나이다."

그러자 대비의 얼굴에는 싸늘한 미소가 번졌다.

"자기가 필요할 때는 스스럼없이 몸을 드러내고 나의 잠자리로 파고들더니, 이제 노리던 것을 취하고 나니 나같이 늙은 년은 필요가 없다 이거지?"

"아니, 그게 아니옵니다."

천하의 술책가인 소진도 여자의 독설 앞에서는 당황하지 않을 수 없었다.

"그, 그리고 마마께서 늙으셨다니오? 아직도 피부가 백옥 같고 잘 익은 살구처럼 탱탱하옵니다. 사실은 저 역시 마마의 몸을 몹시 원하고 있사옵니다. 그러나 현실적으로 생각해서 저의 욕망을 죽여야 된다는 것을 잘 알기에."

약간 기분이 풀어진 대비는 입을 비쭉이며 대꾸하였다.

"욕망을 죽여야 한다구? 언제 성인군자가 되셨나? 내가 재상과 나의 관계에 대하여 입을 벌리는 날에는 재상이 어떻게 되는지 잘 아시겠지? 그러니 나를 만나는 것을 회피하지 말아요. 살면 얼마나 산다고 욕망을 죽이고 그래요. 있는 욕망 다 불태워도 시원찮을 판인데."

대비는 소진을 협박하는 한편 애원하는 투로 말했다. 소진은 길게 한숨을 쉬면서 대비의 함정에서 벗어날 수 없음을 절감하였다.

'좋다, 가는 데까지 가보자. 대비의 욕정을 교묘하게 이용하는 방법도 없진 않겠지.' 소진은 속으로 이렇게 중얼거리며 앞에 놓인 술잔을 기울였다. 대비와의 관계를 끊고자 굳게 결심하고 대비를 만나러 온 그날 밤, 소진은 오히려 이전보다 더욱 뜨겁게 대비의 몸을 애무해나갔다.

"이렇게 좋은데. 이렇게 좋은데."

대비는 몸이 달아오르자 헛소리 비슷한 것을 내뱉으며 몸을 뒤틀었다. 이렇게 좋은데 끊긴 왜 끊어 하는 의미인 듯싶었다. 정말 이런 여자를 떼어낸다는 것은 혹을 떼어내는 것보다 더 어려울 것이라고 소진은 생각했다. 그러자 감겨오는 대비의 사지가 문어 다리들처럼 여겨져 징그럽기 그지없었다. 하지만 소진도 같이 흥분하지 않을 수가 없어 헉헉거리며 절정으로 올라갔다가 미끄러져 내려왔다.

"아니, 벌써 가려고? 좀 있다 가. 새벽닭이 울면 가도 되잖아?"

내 시체를 찢으시오

밤길을 걸어 말애가 기다리고 있는 집으로 돌아오면서 소진은 자신이 문득 비참하게 여겨졌다. 어쩌다가 대비의 색정을 채워주는 노리갯감이 되었나 싶어 답답한 가슴을 풀어 헤치며 밤하늘을 향해 고함을 질렀다.
"아아악."
야경꾼이라도 오면 술주정을 한다고 잡혀갈 것이 틀림없지만, 재상이라는 신분이 드러나면 또한 모두들 쩔쩔맬 것이었다. 밤하늘에는 천추(天樞 : 북극성)가 또렷하게 박혀 빛을 발하고 있었다. 그 천추를 중심으로 지금도 별들은 보이지 않게 서서히 돌고 있을 것이다. 그러다가 어느 시점에 이르면 그 별들은 완전히 다른 위치에 가 있을 것이다. 인생의 운명이나 나라들의 판도도 평소에는 그 변하는 모습이 잘 보이지 않다가 어느 시점에 이르러 확연히 달라진 모습을 드러내는 게 아닌가.
소진은 지금 자신의 운명이 어느 지점에 와 있는가 궁금해졌다. 원래 품었던 이상이 이루어지는가 싶었는데, 이제 맨 북쪽인 연나라로까지 밀려와서 재상 자리에서 쫓겨났다가 다시 겨우 복직을 하는 신세가 되어 있지 않은가. 그것도 대비에게 몸을 판 대가로 말이다. 한·위·조·연·초·제 여섯 나라들을 종횡무진 다니며 연합국 재상으로서의 위엄을 마음껏 떨치던 시절이 그리 오래된 것도 아니건만 까마득한 옛날처럼 여겨졌다. 그것은 소진이 다시금 합종을 세우려는 야심을 포기했다는 의미이기도 하였다. 진나라로 기울어지는 대세를 어떻게 막을 도리가 없다는 생각이 지배적이었다. 소진이 합종책으로 기울어지자 일찌감치 연횡책을 유세의 요지로 삼은 장의가 이제는 새 시대를 열 것이 확실하였다.

시대가 흐름에 따라 시대의 인물도 바뀌는 법. 소진은 자기의 친구가 자기 뒤를 이어 새 시대를 연다는 사실에 대해 묘한 감정이 되지 않을 수 없었다. 자기가 먼저 천하를 풍미했으므로 자기가 이긴 것인가, 아니면 새로 일어나는 장의가 이긴 것인가. 그것은 역사가 판단할 일이었다. 하지만 소진은 현재로서는 장의에게 지고 있다는 느낌이 강했다. 이제 자신의 시대는 서서히 막이 내리고 있는 것이었다.

소진은 스승인 귀곡자의 예언이 그대로 적중하는 것에 그저 경탄할 수밖에 없었다. 귀곡자는 먼저 소진이 일어나고, 그 뒤에 장의가 일어날 것이라고 예언하였던 것이다.

무엇보다 소진은 지금 당장으로서는 대비에게 말한 바대로 대비와의 관계가 자신의 향방에 어떤 영향을 끼칠 것인가 하는 것이 제일 염려스러웠다. 아주 위험한 줄타기를 하고 있음에 틀림없었다. 다행히 그 줄을 끝까지 잘 타고 나가면 별 문제가 없겠지만, 중도에 휘청하는 날에는 재주를 부리던 줄에서 곤두박질치고 말 것이었다. 소진은 자기 말로는 자신의 경우가 좋은 일을 하고도 매를 맞는 첩의 신세와 같다고 하였지만, 솔직히 말해 다른 외간 남자와 간통하는 아내의 갈등 속에 있다고 할 수 있었다.

소진이 집에 도착하니 말애가 아직까지 잠을 자지 않고 방구석에 쪼그리고 앉아 울고 있었다.

"아니, 무슨 일이 있었소?"

소진은 술기운이 번쩍 깨는 기분이었다. 그러나 다음 순간 말애의 울음은 자신의 늦은 귀가와 관련이 있음을 눈치채고는 머쓱해졌다. 여자라는 것은 육감이 무진장 발달된 동물인데, 말애라고 해서 소진 자신의 탈선을 감지하지 말란 법이 없지 않은가.

"아니에요. 하도 이상한 소문들이 나돌아서."

말애가 눈물에 젖어 벌게진 눈을 들어 소진을 잠깐 쳐다보다가 얼른 다시 눈길을 아래로 떨어뜨렸다. 그 시선의 움직임이 심상치 않았다.

"어떤 소문이 나돈단 말이오?"

소진은 한쪽 무릎을 꿇으며 말애의 양쪽 어깨를 붙들었다. 말애는 갑자기 높아진 소진의 언성에 흠칫 놀랐다가 숨을 크게 내쉬며 낮은 목소리로 또렷하게 말했다.

"대비 마마와 재상이 놀아난다는 해괴한 소문이 항간에 나돌고 있습니다."

순간 소진은 몸이 얼어붙는 기분이었다. 어떻게 후궁 내에서의 비밀스러운 일들이 항간에 소문으로 나돈단 말인가. 이런 지경에까지 이르렀다면 소진의 운명은 백척간두에 서 있다고 할 수 있었다. 이왕이 소진을 잘 대해주는 것도 소진을 일단 안심시켜놓고는 언젠가 기회를 노려 그를 처치하려고 그러는지도 몰랐다.

"말애, 당신은 그런 소문을 믿소?"

소진은 우선 말애를 달랠 심산으로 짐짓 태연한 척하며 물었다.

"그럴 리는 없다고 생각되지만, 만약 그렇더라도 저 같은 첩이 상관할 일은 아니지요."

말애는 눈물을 거두며 체념조로 말했다. 그런 태도는 말애 자신도 그 소문을 믿는다는 것을 의미하고 있었다.

"이건 분명히 어떤 흉계일 것이오. 나를 연나라 조정에서 제거하려는 작자들의 음모임에 틀림없소."

소진은 그 소문이 사실이 아니라는 투로 이렇게 말했지만, 대비와 관계를 맺을 때부터 정말 어떤 음모에 휘말려들었는지도 몰랐다.

다음날, 소진은 이왕을 만나 먼저 이왕의 눈치를 살폈다. 그런데 여전히 이왕은 소진과 대비와의 관계는 전혀 모르는 척, 그런 소문을 들어보지도 못한 척, 소진을 전과 다름없이 대해주었다. 소진은 그러한 이왕의 태도가 더욱 두려워졌다. 소진이 정중하게 입을 열었다.

"제가 연나라에 머무르면서 연의 국제적인 지위를 높여보려고 나름대로 애를 썼지만, 여기서는 아무래도 한계를 느끼게 됩니다."

"그게 무슨 말이오? 재상이 마음껏 활동할 수 있도록 내가 배경을 만들어주지 않았소?"

"임금님의 배려에는 조금도 불만이 없으나 좀 더 효과적으로 일했으면 하고 여쭙는 것입니다."

"그래, 어떻게 하는 것이 효과적이란 말이오?"

소진이 목소리를 한껏 낮추어 비밀스럽게 진언하였다.

"저를 제나라로 가게 해주십시오. 제나라로 가서 연나라의 지위를 높이는 책략을 쓰겠습니다."

"재상이 제나라로 가면 제나라의 지위만 높아지지, 연나라는 더욱 약해지는 것 아니오?"

이왕은 소진의 말을 이해할 수 없다는 듯 이맛살을 찌푸렸다.

"두고만 보십시오. 반드시 제나라에서 연나라의 지위를 높여드리겠습니다. 저를 제나라로만 보내주십시오."

"재상 마음대로 하시오."

소진이 강력히 요청을 하자 이왕이 허락을 해주었다. 이왕이 허락을 해준 데는 여러 가지 복합적인 이유가 있었을 것이었다.

소진은 밤을 타서 말애와 가신 얼마를 데리고 연나라 국경을 넘어 제나라로 들어왔다. 제나라 국경을 지키던 수비병들이 소진의 일행을 일단 체포하여 조사하였다.

"너희들은 어떤 자들인가? 왜 제나라로 넘어왔느냐?"

"나는 연나라에서 재상을 지낸 소진이다. 연나라 조정에서 나를 제거하려는 음모가 있어 탈출해 나오는 것이다. 제나라 임금을 만나서 자초지종을 이야기하고 제나라를 섬기고자 하니 임금을 만나게 해달라."

그리하여 소진은 제나라 선왕을 만나게 되었다. 선왕은 소진을 의심하는 마음도 있었지만 박대는 하지 못하고 객경(客卿)으로 대우해주며 태자를 교육하는 일을 감당하도록 하였다. 소진은 선왕 당대에는 자신이 영향력을 그렇게 끼칠 수 없음을 알고 태자가 왕이 되기를 기다리며 태자의 마음을 사는 일에 힘썼다. 태자는 차츰 소진의 학식과 지혜에 감복하며 그를 존중하고 따르게 되었다.

마침내 선왕이 죽고 태자가 민왕으로 왕위에 오르게 되었다. 소진은 민왕을 설득하여 선왕의 장례식을 최대한 성대하게 치러 효심을 만천하에 나타내도록 하였다. 민왕은 소진의 말을 듣고 선왕의 장례식을 위해 막대한 금액을 쏟아부었다.

선왕의 장례를 치르고 난 후 어느 정도 민왕이 자리를 잡고 나라를 다스려나갈 무렵, 이번에는 소진이 민왕에게 이렇게 말했다.

"아무리 생각해도 지금 제나라 궁전이 너무 초라합니다. 제가 천하 각국을 돌아다니면서 보았지만, 제나라보다 못한 나라들도 궁전만은 으리으리하게 짓고 그 위용을 자랑하고 있었습니다. 그러니 임금님은 무엇보다 궁전을 새로 짓는 일에 착수하시기 바랍니다. 궁전의 위용은 곧 그 나라 국력을 상징하는 것이므로 다른 어떤 나라보다도 웅장한 궁전을 지으셔야 합니다."

소진의 부추김을 받은 민왕은 궁전을 새로 짓는 일에 나라의 재정을 쏟아부었다. 소진은 거의 궁전 짓는 일을 감독하다시피 하면서 될 수 있는 대로 값비싼 재료들을 쓰도록 지시를 내렸다. 무엇보다 궁전의 동산인 유원(囿苑)을 꾸미는 데 투자를 많이 하도록 하여 거기에 각종 보석으로 꾸민 누각들을 짓도록 하고, 제나라에서는 잘 구할 수 없는 희귀한 새들과 짐승들을 아주 비싼 값을 치르고 사오게 하였다.

그리하여 제나라는 궁전을 짓고 유원을 꾸미는 데 재정을 낭비하여 피폐할 지경에 이르렀다. 소진이 제나라 형편을 이런 상태로 몰고 간 것은 연나라 이왕에게 약속한 대로 연나라의 지위를 높여주기 위함이었다. 연나라를 위협하는 제나라를 피폐케 함으로써 상대적으로 연나라의 국제적인 지위가 높아지도록 했던 것이었다. 계속 이런 전략으로 나아가다가 소진은 때를 봐서 연나라로 다시 넘어갈 계획을 세워두고 있었다. 연나라 대비도 죽고 이왕도 자기를 완전히 신뢰하게 되면 연나라 조정을 든든한 기반으로 삼을 수도 있는 것이었다. 그런데 설상가상으로 소진이 제나라에 있는 동안, 연나라 이왕이 죽고 그 아들 쾌가 왕위에 올랐다.

소진이 연나리로 넘어갈 기회를 얻지 못하고 머뭇거리고 있는 동안, 제나라 조정에서는 소진의 처신에 대하여 강한 의문을 제기하는 신하들이 일어나게 되었다. 신하들이 민왕에게 소진이 의심스럽다는 요지의 진언을 하여도, 민왕은 신하들이 소진을 시기하여 그런다는 정도로 생각하고 받아들이지 않았다.

그러던 어느 날 밤, 소진이 말애와 더불어 잠자리에 들었는데 방문 밖에서 가만히 다가오는 발자국 소리가 들렸다.

"당신도 저 소리를 들었지?"

소진이 막 방사를 끝내고 자신의 품에 한 마리 새처럼 안겨 있는 말애를 흔들어 깨우며 귓바퀴를 세웠다.

"낙엽들이 휘몰려 가는 소리 아니에요?"

말애는 간신히 눈을 뜨며 중얼거렸다. 말애는 아직도 방사의 여파로 혼곤한 중에 있는 모양이었다.

"아니야. 발자국 소리야."

소진은 주섬주섬 옷을 챙겨 입고 일어나 칼을 찾았다. 그러고는 방 안의 어둠 속에 가만히 웅크리고 앉아 눈을 부릅뜨고 있었다. 칼을 쥐고 있는 손에서는 땀이 배어 나왔다. 말애는 벌거벗은 몸 그대로 자리에 누워 있었다. 소진은 말애로 하여금 옷을 주워 입도록 할까 하다가 인기척이 바깥으로 새어 나가지 않도록 그냥 내버려두었다.

저벅저벅 사륵사륵.

바깥의 발자국 소리도 아주 조심스럽게 다가오고 있었다. 소진은 어쩌면 어떤 짐승이 지나가는 소리인지도 모른다고 생각하며 계속 귀를 기울였다. 드디어 발자국 소리는 문 앞에 와서 멈췄다. 소진은 자기도 모르게 침을 한번 꿀꺽 삼키고는 칼자루를 더욱 세게 쥐었다. 바깥의 사람은 대나무 꼬챙이 같은 것을 집어넣어 방 문고리를 교묘하게 벗겼다. 스르르 방문이 열리면서 검은 그림자가 방 안으로 들어섰다.

그 순간, 소진이 몸을 솟구치며 칼을 휘둘렀다.

챙그랑.

어둠 속에서 칼이 부딪치는 소리가 날카롭게 울렸다.

"어머나!"

말애가 너무도 놀란 나머지 벗은 몸 그대로 벌떡 상체를 솟구쳤다가 얼른 이불로 몸을 감쌌다.

소진으로서는 괴한의 칼 솜씨를 당해낼 재간이 없었다. 괴한이 몸을 약간 낮추며 칼을 슬쩍 반원형으로 그리자 "으아악" 소진이 비명을 지르며 쓰러지고 말았다. 괴한은 몸을 가볍게 날려 바깥으로 사라졌다. 소진의 비명 소리를 듣고 가신들이 횃불을 들고 달려왔지만, 괴한의 모습은 온데간데 없었다. 말애는 채 옷도 다 입지 못하고 소진에게로 다가가 상태를 살폈다. 칼끝은 소진의 심장 근방을 훑고 지나갔다.

"아, 소진의 때가 다 된 모양이구나."

소진이 가늘게 중얼거리고는 혼절해버렸다.

"여봐라. 빠, 빨리 의, 의원을 데리고 오도록 하여라."

말애가 가신들을 향하여 더듬거리며 소리쳤다.

"데리고 올 시간이 없습니다. 제가 주인님을 업고 가겠습니다."

가신 하나가 응급 조치를 한 후 소진을 들쳐 업었다. 소진을 업은 가신의 등으로는 시뻘건 피가 연방 흘러내리고 있었다.

아침나절에 소진은 다시 가신들에게 업혀 집으로 돌아왔다.

"의원이 뭐라고 하더냐?"

말애가 묻자 가신들은 얼른 대답을 하지 못하고 머뭇거렸다.

"소생할 가망이 있다고 하더냐?"

말애가 계속 다급하게 대답을 재촉하자 가신들이 통곡을 하였다.

"폐를 건드렸기 때문에 소생할 가망이 없다고 합니다."

곧이어 제나라 임금 민왕이 급하게 달려와 소진의 병세를 살폈다. 소진은 의식이 가물가물 하는 중에도 임금을 알아보았다.

"도대체 누가 이런 짓을 했단 말이오?"

민왕이 안절부절못하며 한탄을 하였다.

"저, 저, 정체는 모, 모, 모르…….."

소진은 숨이 차서 말을 제대로 하지 못하였다.

"내가 범인을 꼭 잡아내고 말 테니 재상은 몸조리나 잘하시오. 궁중 의원들을 다 동원하여 천하에서 제일 좋은 약제를 쓰도록 하겠소."

민왕은 소진을 위로하고는 조정으로 돌아와 전국에 수배령을 내려 소진을 찌른 범인을 잡아내도록 하였다. 그러나 단서가 없으므로 범인을 잡아낼 길이 없었다.

소진은 용케 한 달 정도 버티다가 결국 임종을 맞게 되었다. 소진은 임종을 지켜보는 말애에게 마지막 말을 남겼다.

"그대의 아름다운 모습이 시들기 전에 내가 저 세상으로 가게 되어 다행이오. 그대의 아름다운 모습을 그대로 간직하고 저 세상으로 가겠소. 동주에 남아 있는 나머지 가족들과 화목하게 지내시오."

말애는 흐르는 눈물을 주체할 길이 없었다. 소진은 말애를 물러가도록 한 후 민왕을 맞아들여 임금에게도 유언을 하였다.

"제가 죽으면 저의 시체를 거열형(車裂刑)에 처해주십시오."

소진의 말을 들은 민왕은 깜짝 놀라서 그만 입을 벌렸다. 거열형은 반역자들에게나 내리는 형벌이 아닌가. 거기다가 시체가 된 몸을 수레에 묶어 양 사방으로 찢다니.

"그게 무슨 말이오? 재상을 후하게 장사를 지내도 아쉬울 판인데."

"사람을 보내 저를 찌른 자에게 복수를 하기 위해서 그럽니다."

"그것이 어떻게 복수가 되는 거요? 원수들이 오히려 기뻐할 것이 아니오?"

"바로 그 점을 노리는 것입니다. 임금님께서는 저의 시체를 거열형에 처하시면서 소진이 반란을 꾀하려 했다고 공포하십시오. 그리고 소진을 찌른 자를 칭찬하는 말을 하십시오. 그리하면 반드시 저를 찌른 자를 체포하실 수 있을 것입니다."

민왕은 자신의 시체를 찢으면서까지 복수를 하려는 소진의 마지막 소원을 감히 뿌리칠 수가 없었다.

민왕은 소진이 죽자 소진의 시체를 저잣거리로 내오게 하였다. 성내의 사람들이 구경을 하러 다 모여들었다.

민왕이 모여든 사람들을 향하여 외쳤다.

"백성들은 듣거라. 그동안 우리 나라 조정에서 재상을 지내던 소진이 죽었다. 그는 괴한의 칼에 찔려 신음하다가 죽었다. 나는 처음에 소진을 찌른 괴한과 그를 보낸 자에 대해 분노를 느끼고 그 범인들을 잡으려고 백방으로 애를 썼으나 끝내 잡지 못했다. 그런데 나는 지금 범인들을 잡아서 죽이지 않은 것을 천만다행으로 생각한다."

사람들이 서로 쳐다보며 고개를 갸우뚱거렸다. 이 사람들은 소진의 장례식 구경을 온 셈인데, 왕이 이상한 말을 하고 있고 전체적인 분위기도 심상치가 않다. 이건 장례식 분위기가 아니라 뭔가 사형 집행을 준비하고 있는 분위기가 아닌가. 처음에는 소진을 찌른 범인을 잡아서 그 범인들을 소진의 장례식에 앞서 처형하나 보다 생각했으나, 왕의 말을 들으니 그런 것 같지도 않다. 민왕의 외침은 계속 이어졌다.

"이제야 소진의 정체가 드러났다. 소진은 조정에서 지위가 높아가고 권력을 쥐게 되자 왕 자리까지 노려 모반을 꾀하고 있었던 것이다. 이 사실을 미리 눈치 챈 사람들이 나라를 위하는 마음으로 소신을 찌른 것이다. 소진은 비록 죽었지만, 자신의 죄에 대한 응분의 대가는 받아야 할 것이므로 여기 만백성이 보는 앞에서 거열형에 처한다."

사람들이 웅성거리는 중에 마차 네 대가 천천히 다가와 소진의 시체를 에워쌌다. 소진의 사지가 한 마차에 하나씩 묶였다. 사형 집행관이 붉은 기를 들었다가 힘껏 아래로 내리자 마차들이 각기 다른 방향으로 달리기 시작했다. 소진의 시체는 순식간에 네 동강으로 잘려나갔다. 천하에 그 세력을 떨쳤던 재상이 너무도 비참한 모습으로 찢겼다. 민왕도 차마 그 모습을 볼 수 없어 고개를 돌리고 백성들도 고개를 돌렸다.

소진의 시체를 거열형에 처한 지 얼마 되지 않아 소진을 찌른 자들이 존재를 드러냈다. 과연 소진의 말대로 된 것이었다. 소진을 찌르라고 괴한을 보낸 배후의 실력자는 조정의 무신인 상장군(上將軍)이었다.

"아, 너희들이 소진을 찔렀는가?"

"네, 그러하옵니다. 임금님께서 백성들 앞에서 말씀하셨듯이 소진이 모반을 꾀하기에 미리 자객을 보내 찌른 것입니다."

상장군이 의기양양해하며 민왕에게 말했다. 그 순간, 민왕의 표정이 험악하게 일그러졌다.

"여봐라. 거기 아무도 없느냐. 당장 이자들을 체포하도록 하여라."

"아니, 임금님 왜 이러십니까? 전에는 백성들 앞에서 저희들을 칭찬하시더니."

상장군과 그 무리들이 당황해하며 어쩔 줄을 몰랐다.

"뭐, 칭찬? 소진은 모반을 꾀한 바도 없거니와, 그렇게 시체를 찢은 것도 다 너희들을 체포하기 위한 소진의 마지막 술책이었느니라."

상장군과 그 하수인들은 체포되어 소진의 시체가 찢긴 바로 그 자리에서 산 채로 거열형에 처해지기 위해 끌려 나왔다. 민왕이 다시금 백성들을 향하여 외쳤다.

"백성들은 듣거라. 이제는 동강 난 소진의 시체를 소중히 모아 성대하게 장례를 치러줘야 할 때이니라."

이건 또 무슨 소리인가 하고 의아해하는 백성들에게 민왕은 자초지종을 설명하여 소진의 명예를 회복시켜주고, 상장군과 하수인들을 거열형에 처한 후 그 시체들을 개의 먹이로 던져주도록 하였다.

　이 소식을 들은 연나라 쾌왕은 소진이 제나라로 들어간 이유를 선왕으로부터 들은 바 있으므로 고소를 머금으며 중얼거렸다.

　"제나라가 소진을 위하여 원수를 갚아주다니 어리석은지고."

　쾌왕은 제나라의 어리석음을 놀려주기 위해 소진이 제나라로 들어간 숨은 이유를 슬그머니 소문으로 흘려 보냈다. 사실은 소진이 제나라를 피폐케 할 목적으로 으리으리한 궁궐들을 짓도록 했다는 것을 알게 된 민왕은 또다시 소진의 무덤을 파헤쳤고, 연나라를 몹시 원망하였다.

내 혀가 아직도 있는가

　이제 소진의 죽음까지 이야기하였으니 다시 장의의 이야기로 돌아오는 것이 순서이겠다.
　장의가 위나라 사람으로 소진과 함께 귀곡자라는 스승 밑에서 배웠다는 사실은 이미 말한 바와 같다.
　소진이 진나라 등지로 가서 유세할 무렵, 장의는 초나라로 들어가 출세의 기반을 잡으려고 기회를 노렸다. 장의는 귀곡자 밑에서 배울 때 여러 가지 방면에서 소진을 앞질렀으므로 소진보다는 빨리 출세를 하게 될 것이라고 자신만만해하였다.
　장의는 먼저 초나라 재상과 친해질 수 있는 기회를 얻어 종종 어울렸다. 재상과 친밀해진 연후에 초나라 왕을 만나 유세할 작정이었다.
　하루는 재상 집에서 큰 잔치가 벌어졌다. 장의도 재상의 초대를 받고 우쭐해진 기분으로 잔치에 참석하였다. 그 잔치는 재상이 다른 신하들을 초대하여 친목을 도모하기 위한 성격으로 열려 초반부터 재상의 긴 격려사가 이어졌다. 그리고 재상은 자기가 의국 사절로부터 받은 희귀한 선물들을 자랑하기도 하고, 자기 집에서 대대로 내려오는 가보를 자랑하기도 하였다. 특히 벽옥(璧玉)으로 된 큼직한 구슬을 잔치 자리에까지 가지고 와서 사람들에게 보이며 그 값어치를 과시하였다.

"옥은 자고로 신비한 돌로 여겨져오지 않았습니까. 옥을 신체의 아픈 부위에 대고 있으면 깨끗이 낫기도 하고, 옥을 허리에 차고 말을 타면 말에서 떨어지는 법이 없다고 하는 것은 여러분들도 잘 아실 것입니다. 얼마나 신묘한 돌이라고 여겨져왔는지 사람이 죽으면 그 시체의 구멍들을 옥으로 채워놓고 있지요. 그리고 옥이 지닌 각종 빛깔들은 우리 마음을 황홀하게 하기에 충분합니다. 어떤 것은 투명하기도 하고, 쪽빛이나 녹색을 띠기도 하고, 취작 깃털처럼 푸른색을 은은히 드러내기도 하고, 황색·주홍색·붉은색·검정색·백색 등 이 세상의 온갖 빛깔들이 다 있지요. 옛날 사람들은 하늘이 옥으로 만든 둥근 원반으로 되어 있다고 믿었지요. 그래서 태양이 저토록 찬란하게 빛을 발하고, 별들이 반짝이고 있다고 생각했지요. 옥황상제(玉皇上帝)라는 말도 바로 여기서 나온 말이지요. 옥황상제는 하늘을 이루고 있는 둥근 옥 원반을 통하여 자신의 뜻을 인간들에게 계시하는 천제이지요. 이 벽옥이 하늘의 둥근 원반을 본떠 만든 것이지요. 지난번에 제나라 사절이 왔을 때 이렇게 귀한 선물을 나에게 바치고 갔지요. 금(金)으로 따지면 수천 금이 될 것이오."

그 잔치 자리에 참석한 사람들은 재상이 들어 보이는 벽옥을 넋을 잃은 듯 쳐다보며 그 은은한 녹색 빛깔과 조각이 정교함을 칭찬해 마지않았다. 재상은 한참 벽옥을 자랑하더니 다시 보물함 속에 집어넣어 가신으로 하여금 본래 있던 자리에 갖다 놓도록 하였다.

연회는 무르익어 사람들이 취해가며 시중 드는 여자들과 어울려 덩실덩실 춤을 추기도 하였다. 남만(南蠻)의 피가 섞여 있는 초나라 사람들은 술에 취하자 그 노는 모양이 어수선하기 이를 데 없었다. 중원의 문화에 익숙해 있던 장의로서는 도저히 어울릴 분위기가 안 되었지만, 사교상 억지로 참으며 술잔을 비우다가 슬쩍 자리를 빠져나왔다. 재상도 몹시 취해 있어 작별 인사도 제대로 하지 못하였다.

 연회가 파하고 재상은 거의 인사불성이 된 채로 잠자리에 들었다가 다음날 아침 늦게 깨어났다. 그런데 가신이 달려와 엎드리며 소리쳤다.

 "재상님, 어제 손님들에게 자랑하던 벽옥이 온데간데없습니다. 제가 분명히 보물 서랍에 넣어두었는데, 아침에 일어나보니 감쪽같이 없어지고 말았습니다."

 "뭣, 뭣이라구?"

 재상이 버럭 고함을 지르며 몸을 솟구쳐 일어났다. 재상은 가신들과 식객들을 불러 모아 벽옥을 가져가는 것을 본 자가 없는가 따져물었다. 식객들은 자기들에게 혐의가 돌아오는 것 같아서 당황해하며 모른다고 부인하였다. 그런데 한 사람이 모든 사람들의 시선을 모으며 대답하였다.

 "아무래도 장의가 의심스럽습니다."

 "장의가 의심스럽다구? 그 이유가 뭔가?"

 재상이 장의에게 혐의를 두는 식객에게 재촉하듯이 물었다.

 "어제 잔치가 파하기도 전에 장의가 먼저 일어나 나가는 것을 보았습니다. 재상께서 벽옥을 한참 자랑하고 나서 얼마 있지 않아 장의가 슬그머니 빠져나가는 것을 내 이 두 눈으로 똑똑히 보았습니다."

 "그렇다고 장의가 옥을 훔쳐갔다고 단정할 수는 없지 않은가?"

 그러자 식객들이 여기저기서 장의에 대해 한마디씩 하기 시작했다.

 "장의는 이곳에 올 때도 돈 한푼 없이 빈털터리로 와서 재상님의 신세를 지고 있지 않습니까? 그리고 소행이 좋지 않아 도벽도 있는 것 같습니다."

"장의가 찢어지게 가난하면서도 여유작작하게 지내는 것은 몰래 훔치는 물건들이 있기 때문일 것입니다."

"장의는 이곳 초나라 태생이 아니라 언제라도 귀중품을 챙겨서 도주할 작자입니다."

식객들이 너도나도 장의에게 혐의를 두자, 재상도 장의를 잡아 문초하지 않을 수 없었다.

"네가 분명히 벽옥을 훔쳐갔것다."

재상이 이미 알고 있다는 투로 장의를 윽박질렀다.

"저는 전혀 모르는 일이옵니다. 벽옥을 본 것도 어제 잔치석상이 처음이요, 평소에 어디에다 벽옥을 두고 계신지 알지 못하옵나이다. 제가 훔쳤으면 제 짐 속에라도 있을 텐데, 아까 가신들을 시켜 찾아보셨지만 없지 않았습니까?"

"내가 너의 꾀를 모를 줄 알고? 벽옥을 훔쳐 어디 다른 데 감추어두었다가 초나라를 뜰 때 가지고 가려 하였지?"

"아니옵니다. 재상님의 은혜를 이렇게 입고 있는 것도 과분한데, 감히 재상님이 아끼시는 보물을 훔칠 마음을 먹을 수 있겠습니까?"

"어디서 궤변을 늘어놓으려 하느냐? 여봐라, 저놈이 이실직고할 때까지 채찍질을 하여라."

옆에 서 있던 가신이 채찍을 휘둘러 장의를 내리쳤지만, 장의는 온몸이 피투성이가 되어도 벽옥의 행방을 모른다고 부인하였다. 장의가 기절을 하여 쓰러지자 재상은 장의를 집 밖으로 내다버리도록 하였다. 뚜렷한 증거가 없기 때문에 장의가 죽기라도 한다면 재상이 오히려 살인죄를 짓게 되므로 그 정도에서 그치지 않으면 안 되었다.

"아 아 아어."

장의는 밤새도록 밭둑 밑에 처박혀서 신음 소리를 토해내다가 새벽녘이 되어서야 겨우 의식이 돌아왔다. 새벽 하늘에는 계명성이 맑게 빛나고 있었다. 장의는 밭둑을 기어올라와 일어서보려 하였다. 그러나 도로 푹 꼬꾸라지고 말았다. 장의는 조금씩 기어서 큰길가로 나가려 하였으나 몸이 제대로 움직여지지 않았다. 의식이 돌아오니 온몸의 통증이 구석구석 느껴져 견딜 수 없는 지경이었다. 이러다가 밭둑 위에서 죽는 게 아닌가 하고 두려움이 엄습해오기도 하였다. 여기서 죽으면 그야말로 개죽음이 아닐 수 없었다. 저 계명성과도 같은 청운의 꿈을 안고 있는 자가 이런 데서 아무 의미 없이 죽을 수는 없었다. 그래서 장의가 조금이라도 기려고 애쓰고 있는데, 마침 새벽길을 달려가는 수레가 있었다.

"여보시오. 사람 살려주시오."

장의는 저 수레를 놓치면 죽고 만다는 생각으로 마지막 힘을 다하여 소리를 쳤다. 장의의 외침을 들었는지 수레가 정지하더니 거기서 말을 모는 어자(御者)가 뛰어내렸다.

"어디요?"

어자가 아직도 컴컴한 밭둑께를 살펴보며 위치를 확인하였다.

"여, 여기요."

장의가 다시금 힘을 다하여 소리치자, 어자가 달려와 장의를 부축하여 수레로 데리고 갔다. 수레에는 사람은 없고 기이하게도 검은 옻칠을 한 관 하나가 실려 있었다. 장의는 그 관 바로 옆에 얹혀졌다. 어자는 갈 길이 바쁜 듯 장의에게 자초지종을 묻는 법도 없이 다시금 말을 힘차게 몰았다. 장의도 앞쪽에 앉은 어자에게 무언가를 물으려 하다가 그만 맥을 놓고 말았다.

얼마쯤 지난 후, 장의는 정신이 돌아와 덜컹거리는 수레 속에 비스듬히 기대어 있는 자신을 발견하였다. 이 수레가 어디로 가는지 장의는 앞에서 말을 몰고 있는 어자에게 마른 입술에 침을 묻히며 간신히 말을 걸었다.
"이 수레가 어디로 가는 것이오? 그리고 이 관은 무슨 관이오?"
장의는 다시 한번 자기 옆에 놓여 있는 관을 돌아보았다.
"조나라로 가는 길이오. 조나라 대부가 죽어가고 있는데, 특별히 초나라 관을 주문해 오기를 원해서 내가 여기로 달려와 관을 만들어 가지고 가는 것이오."
"그렇게 먼 곳에서 여기 초나라 관을 굳이 주문해 가는 이유가 무엇이오?"
장의는 초나라와 조나라의 거리를 가늠해보며 고개를 갸우뚱거렸다.
"초나라에는 예장(豫樟)이라는 나무가 자라고 있는데, 그 나무가 관을 만드는 데는 최고인 줄 아직 모르는 모양이군요."
"그래요? 처음 듣는 이야기군요. 아무튼 조나라로 간다면 위나라 지경을 통과하겠군요."
"그래야지요. 근데 어쩌다가 그렇게 얻어맞았소? 그 유명한 초나라 불한당들에게 당한 거요?"
"불한당? 그렇지, 불한당 우두머리에게 당했지요. 아무 죄도 없는 사람을 말이오. 내, 반드시 복수하고 말 것이오."
"어쨌든 깨어나서 다행이오. 난 완전히 혼절한 줄 알고 어디 민가가 나타나면 거기에다 눕혀놓으려 하였는데."
"몸이야 이떻든 난 촌음이라도 여기 초나라 땅에 더 머물러 있고 싶지 않소. 속히 고향으로 돌아가고 싶을 뿐이오."
"고향이 어딘데 그러시오?"
"위나라 도읍 대량이오. 지나가는 길에 거기까지 데려다줄 수 없겠소? 내 이 은혜 잊지 않으리다."
"대량이라? 거기로 지나갈 계획은 없었지만, 좀 더 수레를 빨리 몰아

그쪽으로 둘러 가도록 하지요. 그런데 다친 몸이 잘 견딜 수 있겠소?"

"고맙소. 내 걱정을 말고 있는 힘껏 수레를 몰아 가시오."

"이랴아."

어자는 더욱 세게 채찍을 휘둘러 말 잔등을 때렸다. 장의는 관에 엎드리다시피 하여 관을 붙들었다. 동아줄 같은 것으로 관을 묶어놓긴 하였지만, 수레가 빨리 달리는 바람에 관이 심하게 흔들리는 것이었다. 장의는 그렇게 관을 붙들고 가면서 온몸을 파고드는 통증을 느끼며 인생과 죽음에 대해서 생각하기 시작했다. 인생의 종착역은 어차피 이 사각의 관인 것을. 하지만 인간들은 애써 자신의 종착역을 바라보지 않으려 하며, 현재 자기가 달리고 있는 발 밑만 뚫어지게 내려다보고 있는 것이 아닌가. 이렇게 조나라 대부에게로 관이 달려가고 있듯이 우리 각자에게도 관이 달려오고 있다고 하여도 과언이 아닌데, 우리 인생들은 마치 영원히 살 것처럼 착각하면서 살고 있지 않은가. 그러니까 인간의 탐욕은 더욱 기승을 부리는 것이 틀림없다.

장의는 이런 생각들을 얼핏얼핏 하였지만, 결국 장의 자신도 출세욕만큼은 어쩔 수가 없었다. 아니, 한 번밖에 살지 못하고 관으로 들어가는 허무한 인생이라면 살아생전에 출세를 하여 부귀영화를 누리다가 가는 것이 가장 후회 없는 삶이 아닌가. 무엇보다 그 순간에 있어서의 장의는 어떡해서든지 권세를 잡아, 자기를 개 패듯이 팬 초나라 재상에게 복수하고야 말겠다는 생각으로 가득 차 있었다.

다음날, 장의는 위나라 대량의 집으로 갈 수 있었다. 장의가 집 마당으로 들어서자, 우물가에 쪼그리고 앉아 채소를 다듬고 있던 장의의 아내가 누구신가 하는 표정으로 장의를 멀뚱멀뚱 쳐다보기만 하였다.

"여보, 내가 왔소. 장의가 왔단 말이오."

장의가 얻어터져 비뚤어진 입으로 말을 내뱉자, 그제야 아내가 화들짝 놀라며 일어섰다.

"다, 당신이 이게 무슨 형용이라오? 금의환향하시겠다던 양반이."

장의는 며칠 동안 자리에 누워 아내의 간호를 받았으나 얼굴과 몸에 든 멍들이 쉽게 사라지지는 않았다. 아내가 장의의 등에 쑥 뜸질을 해주며 잔소리를 늘어놓았다.

"아아, 당신이 부질없이 책이나 읽고 유세를 하더니만 이런 창피한 꼴을 당한 게 아니오. 제발 그런 황당한 일일랑 다른 사람들이 하도록 내버려두고, 당신은 여기서 나와 함께 가정이나 잘 꾸려나갑시다. 공자 선생도 수신제가가 우선되어야 한다고 말씀하지 않았소?"

아내는 장의가 없는 사이 아이들을 키우느라고 고생이 말이 아니었다. 혹시나 남편이 금의환향할지도 모른다는 기대를 안고 고생을 감내해온 것인데, 금의환향은커녕 반병신이 되어 돌아온 것이었다. 아내의 잔소리를 들은 장의는 거짓말같이 몸을 일으키더니 아내를 향하여 입을 벌렸다. 이 사람이 입 안도 헐어서 치료해달라고 그러나 싶어 아내가 입 안을 들여다보니, 몇 군데 피멍이 들어 있을 뿐 그렇게 심한 상처는 없었다. 의아해하며 입 안을 들여다보고 있는 아내에게 장의가 엉뚱한 질문을 내놓았다.

"내 혀가 아직도 붙어 있는가 보시오?"

"혀요?"

아내는 하도 기가 차서 반문하였다.

"그렇소. 혀가 붙어 있소, 없소?"

"혀야 잘 붙어 있지요. 혀가 붙어 있으니까 혀가 있느냐는 말도 할 수 있는 것 아니에요?"

아내는 씩 웃기까지 하였다.

"그러면 충분하오."

장의는 짧게 한마디 하고는 도로 자리에 누웠다. 아내는 장의가 무슨 말을 하였는지 잘 알 수가 없어 눈을 감고 있는 남편의 얼굴을 멍하니 바라보았다. 장의는 눈을 감은 채 속으로 중얼거리고 있었다.

'혀만 있으면 어느 나라 왕의 마음이라도 사로잡을 수 있어. 이 세 치도 안 되는 혀로 수만 리의 땅을 정복할 수 있어.'

자신의 혀로써 초나라 재상 하나 설득하지 못하였으면서도 장의는 야심을 포기할 수가 없었다. 그러나 모든 일이 여의치 못하여 장의는 자꾸만 때가 늦추어지는 것 같은 초조함 속에서 한동안 생활하지 않으면 안 되었다.

그러던 차에 소진이 배후에서 은밀하게 조종하여 장의를 분격시켜 진나라로 가도록 한 사건이 발생한 것이었다. 그 이야기는 소진과 합종책에 관하여 이야기할 때 제법 자세히 다루었으므로 여기서는 반복할 필요가 없겠다.

그런데 문제는 과연 장의가 소진의 가신에게 약속한 대로 소진이 살아 있을 동안에는 소진의 합종책을 깨뜨리지 않았는가 하는 점이다. 여기에 대해 사마천은 《사기》에서 장의가 약속을 지켜 15년 동안이나 합종책을 건드리지 않은 것처럼 언급하고 있지만, 여러 기록들을 종합해보면 꼭 그렇지만도 않은 것 같다. 장의는 기회가 있을 때마다 소진의 합종책을 무너뜨리려는 연횡의 술책들을 내놓았지만, 그것이 실제로 정책에 반영되어 효과를 발휘하게 된 것은 소진이 죽은 무렵인 15년 후라고 하면 어느 정도 앞뒤가 맞는 말이 될 것이다.

진나라로 들어간 장의가 진나라 혜왕(惠王 : 惠文王을 줄여 惠王이라 함)에게 유세를 한 내용은 《사기》에는 잘 나타나 있지 않은데 《전국책》에는 아주 상세하게 나와 있다. 그것을 잘 분석하여보면 진나라를 통하여 천하를 제패하려는 장의의 웅대한 계획이 어떠한가를 그려볼 수 있다. 사실 이러한 구상이 진나라가 천하를 통일하는 기본 정책이 된 셈이었다. 그러고 보면 장의야말로 진나라가 천하를 통일하는 데 구체적인 기초를 놓았다고 하여도 과언이 아니다.

장의는 먼저 혜왕에게 이렇게 운을 떼었다.
"신(臣)이 이런 말을 들었습니다."
"어떤 말을 들었다는 거요?"
혜왕이 은근히 호기심을 나타냈다.
"알지도 못하면서 말하는 것은 지혜롭지 못한 것이요, 알면서도 말해 주지 않은 것은 성실하지 못한 것이다."
혜왕은 장의의 말을 되새기는 듯 눈을 한 번 지그시 감았다가 떴다. 장의가 계속 말을 이었다.
"그리고 남의 신하가 되어 불충하면 사형에 해당하고, 말을 잘 살펴서 하지 않는 것도 사형에 해당한다. 이런 말을 일찍이 들었습니다."
이 말은 장의가 목숨을 걸고 혜왕에게 아뢴다는 의미를 지니고 있기도 하였다. 자기가 불충하다고 판단되거나 말을 잘 살펴서 하지 않는다고 여겨지면 자기를 사형시켜도 좋다는 뜻이었다. 이런 장의의 진지한 자세에 혜왕은 어느 정도 호감을 가지기 시작했다.
"또한 개인이나 나라가 멸망하는 세 가지 조건이 있다고 들었습니다."
"세 가지 멸망의 조건이라니?"
"첫째, 자기 나라가 어지러우면서도 잘 다스려지고 있는 나라를 공격하는 것은 멸망을 자초하는 일입니다. 이것은 개인에게도 해당이 되겠지요. 생활과 생각이 어지러운 사람이 그 모든 것이 잘 정돈되어 있는 상대를 공격하는 것은 패배를 자초하는 일이지요."

"음."

혜왕은 자기도 모르게 신음 소리 같은 것을 토해냈다. 그리고 다급하게 물었다.

"둘째는?"

"둘째는, 사악한 것으로 바른 것을 치는 자는 망합니다. 아무리 권세가 있는 자라도 사악한 수단을 사용하여 바른말을 하는 자를 치면 언젠가는 망하고 마는 것입니다."

혜왕은 자신의 권세를 함부로 사용하지 말라고 장의가 충고하고 있는 것으로 여기며 좀 심각한 표정을 지었다.

"셋째는, 역리로써 순리를 치면 망하게 되어 있습니다."

"그것은 둘째 조건과 결국 같은 말이 아닌가?"

이렇게 반문함으로써 혜왕은 장의에게 설명을 요구한 것이었다.

"비슷한 것 같으면서도 다릅니다. 역리라는 것은 비록 사악한 것은 아니라 하더라도 억지를 부리며 얼토탕토않게 자기 합리화를 하는 따위를 일컫는 말이라고 할 수 있습니다."

혜왕은 찔리는 구석이 있는지 입을 꾹 다물고 말았다. 그러다가 한숨을 내쉰 후 장의에게 물었다.

"그런 세 가지 멸망의 조건을 우리 진나라가 갖추고 있다는 말이지?"

그러자 장의는 정색을 하고 부인하였다.

"절대로 그렇지 않습니다. 제가 이 세 가지 조건을 말씀드린 것은 진나라를 가리킨 것이 아니라, 소진의 합종책에 넘어가서 소위 연맹체를 이루었다고 하는 저 여섯 나라들을 염두에 두고 하는 말입니다."

"그럼 그 합종을 맺은 나라들이 멸망의 조건들을 갖추고 있다는 말이오?"

혜왕의 표정이 조금 풀리기 시작했다.

"그러하옵니다. 그 나라들의 창고는 텅텅 비어 있는데도 백성들은 모두 다 군에 입대하여 그 수가 수천 수백만입니다. 그 엄청난 수의 군사들을 먹일 수가 없는 재정 형편인데도 겉으로 막강한 군대를 가지고 있는 양 보이기 위해 무리하고 있는 것입니다. 군사들이 자기 집에서 자기 먹을 것을 가지고 와야 할 처지입니다. 그러니 그 나라 군사들은 지휘관이 협박을 하며, 돌격을 하지 않으면 시퍼런 칼날로 치고 부질(斧質 : 사람의 신체 일부를 자르는 형틀)로 자르겠다고 엄포를 놓아도 도망갈 궁리들만 하기에 급급할 뿐입니다. 나라를 위해 죽음을 각오한다는 것은 생각도 못할 일입니다. 이 모든 것은 윗사람들이 백성들을 잘못 다스린 데 그 원인이 있습니다. 말로는 상을 준다고 해놓고 주지 않았으며, 말로는 성역(聖域)이 없이 벌을 내리겠다고 해놓고는 그대로 실행하지 않았으니 백성들이 나라를 위해 목숨을 버릴 까닭이 없지요. 이런 어지러운 나라들이 잘 다스려지고 있는 진나라를 치려고 연맹체를 만들었으니 이야말로 이란공치(以亂攻治), 즉 망할 징조가 아니고 무엇입니까?"

장의의 말을 듣고 있는 혜왕의 인상이 무척 밝아졌다. 손으로 수염을 쓰다듬기도 하고, 빙긋이 미소를 지으며 고개를 끄떡이기도 하였다. 장의는 혜왕에게 은근히 진나라 칭찬을 하기 시작했다.

"진나라는 그 합종 연맹국들과는 달리 법령이 잘 시행되고 있으며, 상벌이 엄격히 내려져 유공(有功)이든 무공(無功)이든 법대로 다루어지고 있습니다. 이렇게 진나리가 잘 다스려지고 있으니 백성들이 선생이 일어났다 하면 맨발로라도 뛰어나가 맨손에 칼만 잡고 불구덩이 속으로 들어가는 것도 개의치 않습니다. 기회만 있으면 나라의 은혜를 갚으려고 하는 진나라 백성들이 아닙니까?"

"그렇다마다요."

혜왕이 기분이 좋아져서 맞장구를 쳤다.

"진나라 땅만 하더라도 긴 것 짧은 것 다 이어보면 수천 리에 이르지 않습니까? 군대도 수백만은 능히 모을 수 있을 것입니다. 이렇게 볼 때에 천하에 진나라만한 나라가 어디 있겠습니까? 이런 세력으로는 천하뿐만 아니라 천하 바깥까지도 병탄할 수 있겠습니다."

"합종 연맹체를 조금도 두려워할 필요가 없단 말이지?"

혜왕은 다시금 확인을 하려는 듯 장의의 동의를 구했다.

"대왕께서는 이것을 아셔야 합니다. 진나라는 싸워서 못 이길 것이 없고, 공격하여 못 취할 것이 없으며, 달려들어 못 깨뜨릴 것이 없습니다."

이제 완전히 혜왕은 천하를 이미 얻은 것 같은 기분이었다. 이렇게 혜왕의 마음을 들뜨게 한 연후에, 장의는 비로소 정말 하고 싶은 말을 꺼내놓기 시작하였다.

"이렇게 유리한 조건을 갖춘 진나라이나 아직도 부족한 것이 많이 있습니다."

순간, 혜왕은 긴장하지 않을 수 없었다.

"무엇이 부족하단 말이오?"

"군대는 아직도 둔한 편이며, 사민(士民)들은 병들어 있는 사람이 많으며, 국고의 재정은 줄어들고만 있습니다. 대왕의 여러 정책도 제대로 성공을 거두지 못하고 있습니다. 유리한 조건을 가지고도 이런 정도밖에 되지 못한 이유가 어디에 있다고 생각하십니까?"

갑자기 찌르는 것 같은 장의의 질문에 혜왕은 잠시 할 말을 잃었다.

"그것은 한마디로 대왕의 모신(謀臣)들이 충성을 다하지 못하였기 때문입니다."

그러면서 장의는 그동안의 역사를 통하여 진나라 신하들이 충성을 다하지 못한 사례들을 열거해나갔다.

지난번 진나라가 초나라를 쳐서 크게 이긴 적이 있었다. 도읍인 영을 비롯하여 멀리 남쪽 지경인 동정(洞庭), 오도(五都), 강남(江南)까지 진나라 군대가 진주하여 점령하였다. 초나라 왕은 동쪽으로 피신하여 다른 나라에 숨어 있기도 하였다. 이때야말로 진나라 군대가 더욱 박차를 가하여 초나라를 멸망시키고, 그 수많은 초나라 백성들을 진나라 국민으로 만들 수 있는 절호의 기회라 할 수 있었다. 그런데 이 한 번 올까말까 한 기회를 놓치고, 진나라 신하들이 군대를 철수시켜 돌아와서는 초나라와 화친 조약을 맺어버리고 말았다.

숨통이 트인 초나라는 흩어졌던 백성들을 다시 모으고 사직과 종묘를 새로 건설하여 진나라에 대항하는 연맹체에 속하게 되었다.

그리고 지난번 위나라 수도인 대량을 수십 일 동안이나 완전히 포위하여 위나라를 집어삼킬 호기(好機)가 있었는데도, 역시 진나라 신하들의 생각이 모자라 철군한 후 위나라와 강화 조약을 맺었던 것이었다.

이렇게 진나라 신하들이 조금만 더 신중하게 생각하고 힘을 썼더라면 절호의 기회를 살릴 수도 있었던 예들을 하나하나 열거하며 장의가 신하들의 불충을 성토하자, 혜왕은 이전 일을 돌이켜보며 더욱 아쉬운 마음이 되었다.

"듣고 보니 신하들이 조금만 더 밀어붙이지 않은 것이 유감스럽기 그지없소. 그러면 이제 어떻게 하면 좋겠소?"

혜왕이 자못 초조해하며 문의하였다.

"사람에게 급소가 있듯이 이 천하의 세력들 산에노 급소가 있습니다. 그 급소를 찔러야 합니다."

"급소라고? 그 급소에 해당하는 나라가 어디요?"

혜왕은 장의의 급소론에 눈이 번쩍 떠졌다.

"조나라입니다."

"조나라가 중앙에 위치해 있기 때문에 급소라고 하는 거요?"

"중앙에 있기도 하지만 찌르기가 가장 쉽기 때문입니다. 조나라는 지리적인 위치상 그 국민들이 각 나라에서 흘러들어온 잡민(雜民)들로 이루어져 있습니다. 생활 풍속과 습관들이 제각각입니다. 그래서 다루기가 까다로워 법령도 잘 시행되지 않고 있으며, 상벌도 공정하게 내려지고 있지 않습니다. 게다가 전체적인 지형도 수비하기가 썩 불리하게 되어 있습니다. 무엇보다 윗사람들이 백성들을 아끼는 마음이 없습니다. 그리고 상당(上黨) 땅을 두고 한나라와 영토 분쟁에 휘말려 있습니다. 내 땅이니 네 땅이니 하며 지루한 싸움을 수십 년이나 계속하고 있습니다."

"그 이야기는 나도 듣고 있소. 장평(長平) 근방에 쌍방의 군대들이 주둔하면서 심심하면 전투를 치르고 있다면서."

"그렇게 중앙에 위치해 있으면서 국력을 낭비하고 있고, 상하가 서로 믿지 못하여 분란 중에 있는 나라이기에 쉽게 쳐서 무너뜨릴 수 있습니다. 먼저 조나라의 수도인 한단을 쳐들어가서 점령하면 그 다음 하간(河間) 땅은 금방 손에 넣을 수 있습니다. 그리고 군대를 더욱 서쪽으로 진군시켜 수무(修武)를 공격하여 양장(羊腸)의 요새를 넘어 들어가면, 대(代)와 상당(上黨) 지경은 저절로 항복해올 것입니다. 대는 36개의 현이 예속되어 있고 상당은 17개의 현이 예속되어 있는데, 그 넓은 땅을 싸움 한 번 안 하고 차지할 수 있다는 것입니다. 진나라가 그렇게 조나라의 서쪽 지경을 먹어가는 동안, 제나라도 조나라를 쳐들어와서 전투 한 번 안 치르고 동양(東陽)과 황하 남쪽 지역을 차지하고 말 것입니다. 그리고 연나라도 중호지(中呼池)를 거저 먹기로 집어삼킬 것입니다."

혜왕도 장의의 구상을 머릿속에 그려보며 회심의 미소를 지었다.

"그렇게 조나라를 진·제·연 세 나라가 함께 달려들어 뜯어먹는단 말이지? 그럼 조나라는 금방 망하고 말겠구먼."

"제 말이 바로 그렇습니다. 조나라가 망하고 나면 한나라도 위태해집니다. 한나라가 위태해지면 초나라와 위나라도 힘을 못 쓰게 되는데, 그런 와중에 백마진(白馬津) 둑을 무너뜨려 한·위·조 3진(晉)을 물바다로 만들어버리면 그들을 한꺼번에 멸망시킬 수 있습니다. 그러면 합종은 여지없이 깨져 대왕은 팔짱만 끼고 있어도 천하가 다 진나라 수중에 들어오고 말 것입니다. 여기서 명심해야 할 것은 어디까지나 원교근공(遠交近攻)의 원칙을 지킨다는 것입니다."

"원교근공이라면? 우리와 멀리 떨어져 있는 제나라와 연나라와는 친교를 맺으면서, 그 중간에 있는 한·위·조와 초나라는 공격한다는 말이겠군."

"그렇습니다. 결국 나중에는 먼 데 있는 나라들도 집어삼킬 것이지만, 일단은 그들과 친교를 맺음으로써 가까이 있는 나라들을 공격하는 데 힘을 모아야 하는 것이지요. 가까이 있는 나라들을 먼저 먹어치운 후에 그 다음 먼 데 있는 나라들을 먹는 것이 순서 아니겠습니까?"

"원교근공이라?"

다시 한번 혜왕이 장의가 말한 원칙을 되씹었다.

"옛 성현들의 말씀에 매사에 조심하며 날마다 삼가면서 신중하게 나아가면 천하를 능히 소유할 수 있다고 하였습니다. 하나하나 신중하게 책략을 써나가면 진나라가 천하를 차지하지 못할 리가 없습니다."

"알겠소."

혜왕은 거의 감격한 어조로 내뿜하었다.

혜왕은 장의를 재상에 임명하였다. 장의는 재상이 되자마자 초나라 재상에게 공문 형식으로 서신을 보냈다. 그 서신을 받아 읽은 초나라 재상은 온몸을 부들부들 떨었다.

장의가 초나라 재상에게 보낸 서한에는 이런 구절들이 적혀 있었다.

'일찍이 내가 너의 나라에서 너의 초대를 받아 연회에서 술을 얻어 마신 적이 있었다. 그때 내가 너의 벽옥을 훔치지 않았는데도 너는 나에게 누명을 씌워 채찍질하였다. 이제 너는 정신을 똑바로 차리고 너의 나라를 지키고 있어야 할 것이다. 왜냐하면 이번에는 내가 너의 나라를 훔치고자 하니까.'

이럴 즈음, 파(巴)라고도 하고 저(苴)라고도 하는 나라와 촉(蜀)나라가 서로 공방전을 벌이는 사건이 일어났다. 두 나라에서는 각각 사신을 보내 진나라에 구원을 요청하였다. 진나라 혜왕은 파나라를 도와주기로 마음먹고 촉을 치기로 하였다. 그런데 문제는 촉나라로 진군해 가는 길이 몹시 좁고 험하다는 것이었다. 그리고 이렇게 군대들이 좁고 험한 길을 진군해나가느라 고생하는 동안 북쪽에서 한나라가 진을 쳐내려올지도 모를 일이었다. 그래서 혜왕은 먼저 한나라를 치는 힘겨운 싸움을 치른 후에 촉을 칠 것인가, 한나라가 쳐들어올 위험성이 있다 하더라도 먼저 촉을 치러 갈 것인가 결정을 내리지 못하고 망설였다.

이때 사마착(司馬錯)이라는 신하와 장의 사이에 논쟁이 벌어졌다. 사마착은 촉을 먼저 쳐야 한다는 주장을 내놓았고, 장의는 한을 먼저 쳐야 한다는 주장을 내놓았다. 혜왕이 그들을 불러 말했다.

"그대들의 주장을 알아듣도록 설명해보시오."

먼저 장의가 입을 열었다.

"우선 촉을 치는 것이 별로 이익이 되지 않는다는 점을 말씀드리겠습니다. 촉은 서쪽에 치우쳐 있는 나라로 오랑캐의 무리들에 불과합니다. 촉을 친다고 해도 병사들을 지치게 하고 백성들을 괴롭게 할 뿐 명예로운 일이 되지 않습니다. 그리고 그 땅은 기름지지 못하여 차지해보았자 쓸모라고는 거의 없어 오히려 거추장스러울 뿐입니다. 신이 듣기에 명예를 다투고자 하면 조정에서 하고, 이익을 다투고자 하면 시장에서 하여야 한다고 하였습니다."

"명예를 다투려면 조정에서, 이익을 다투려면 시장에서?"

혜왕은 장의가 한 말을 중얼거리며 그 뜻을 새겨보려 하였다.

"그러니까 제 말은 명예와 이익을 다투려면 거기에 합당한 곳에서 하여야 한다는 것입니다. 촉나라는 명예나 이익과는 아무 상관이 없는 변두리 지역일 뿐입니다."

"그럼 명예와 이익을 다투기에 합당한 곳은 어디란 말이오?"

혜왕이 조금 재촉하는 투로 물었다.

"명예와 이익을 다투기에 합당한 천하의 조정과 시장은 바로 주실(周室)과 삼천(三川)입니다."

"삼천이라면?"

"한나라의 이수(伊水)·낙수(洛水)·하수(河水)를 가리켜 삼천이라 하지요. 우리 군사를 삼천으로 내려보내 그 주변의 산들에 구축되어 있는 요새들을 쳐부순 후, 사곡(斜谷)으로 들어오는 길을 막고 둔류(屯留) 지역을 차단하면 승산은 우리에게 있습니다. 그런데 군대를 삼천으로 출병시키기에 앞서 해야 할 일이 있습니다."

"해야 할 일이라니?"

혜왕이 고개를 갸우뚱하며 장의의 표정을 읽었다.

"위나라와 초나라와 친선을 맺어놓는 일입니다. 그리고 더 나아가 위나라와 초나라로 하여금 한나라 정벌에 같이 참여하도록 유도하는 일입니다. 위나라로 하여금 남양(南陽) 길을 지켜 한나라 군대가 통과하지 못하게 하고, 초나라로는 남정(南鄭) 지역으로 육박하게 하는 것입니다. 그러면서 우리 군대가 신성(新城)과 의양(宜陽)으로 계속 진격해 들어가 동주와 서주의 교외까지 포위망을 넓히면 주나라 조정도 능히 위협할 수 있게 될 것입니다."

"주나라 조정을 위협한다? 어떻게 위협한단 말이오?"

혜왕은 자못 흥분된 목소리가 되었다.

장의는 빙그레 미소까지 지어가며 말을 이어나갔다.

"주나라 왕의 실정(失政)을 폭로하고 꾸짖어 백성들의 마음이 주나라 조정을 떠나게 하는 것입니다. 그리고 초나라와 위나라가 차지한 한나라 땅으로 우리 군대가 진군해 들어가 주나라를 쳐들어갈 듯이 위협을 하는 것입니다. 그러면 주나라가 우리 진의 손아귀에서 벗어날 수 없음을 깨닫고 천자국의 상징인 구정(九鼎)과 보기(寶器)들을 내놓으며 항복하고 말 것입니다. 그때 대왕께서는 구정의 권위에 힘입어 천하의 호적(戶籍)들과 지도(地圖)들을 점검할 수 있을 것이며, 천자의 이름을 빌려 명령을 내리면 어느 누구인들 복종하지 않을 수가 있겠습니까. 이것이야말로 대왕께서 마땅히 이루어야 할 왕업이거늘, 오랑캐 나라 하나를 치는 일에 마음을 쓰다니오? 명예와 이익을 다툴 만한 데서 다투시기를 바라옵나이다."

혜왕은 장의의 말에 가슴이 벅찬지 심호흡을 한 번 크게 하였다. 그러나 장의의 말을 받아들이겠다는 의사 표시는 아직 하지 않았다.

그 다음, 사마착이 나서서 장의의 말을 반박하며 자신의 논리를 펼쳐 나갔다.

"저는 재상의 말에 동의할 수 없습니다. 제가 듣기로는 나라를 부유하게 하려면 땅을 넓히기에 힘쓰고, 병사를 강하게 하려면 그 백성들을 윤택하게 하고, 왕이 되려고 하면 그 덕을 넓히기에 힘쓰라고 하였습니다. 이 세 가지 조건이 구비되면 왕업은 저절로 피어나게 될 것입니다. 촉을 치는 일이야말로 이 세 가지 조건을 구비하는 일이 아니고 무엇이겠습니까?"

"어째서 촉을 치는 일이 그 세 가지 조건을 구비하는 일이 된다는 말이오?"

혜왕이 사마착에게 좀더 설명을 요구하였다.

"지금 대왕이 다스리고 있는 땅은 중국 전체에 비할 때 좁다고 할 수 있습니다. 그리고 백성들은 아직도 가난한 처지에 있습니다. 그런데 촉을 쳐서 차지하게 되면 대왕의 땅은 넓어지고, 그 땅의 재물로 인하여 백성들은 풍족하게 될 것입니다. 그렇게 되면 무기를 생산하거나 수리할 수도 있게 되어 병사들은 더욱 강해질 것입니다. 재상은 아까 촉을 치려고 하면 군사들을 지치게 하고 백성들을 괴롭게 할 뿐 아무 이익이 없다고 하였지만, 그것은 촉나라로 가는 길이 약간 좁고 험한 사실을 부풀려서 생각했기 때문입니다. 군사들이 지나가는 길에 주변 나라 마을들의 도움을 받는다면 그 행군은 그리 힘든 것도 되지 않을 것입니다. 촉은 오랑캐 나라로 중원 모든 나라들의 미움을 받고 있으므로, 촉을 치러 가는 진의 군사들을 다른 나라들이 틀림없이 도울 것입니다. 한나라가 배후에서 진나라를 쳐들어오지 않을까 염려할 필요도 없습니다. 한나라 역시 촉이 멸망하기를 원하고 있을 텐데, 촉을 치러 가는 진나라의 군사를 돌리는 어리석은 짓은 하지 않을 것입니다. 그리고 무엇보다 오랑캐를 징벌하였다고 중원의 나라들로부터 칭찬을 들을 것입니다. 이것이야말로 이익을 취하고도 욕을 듣지 않고 오히려 명예를 얻는 길이 아니고 무엇이겠습니까? 그러므로 제가 앞서 말한 세 가지 조건이 촉을 침으로써 구비된다는 것이지요."

혜왕은 가볍게 고개를 끄덕였다. 사마착은 더욱 확신 있는 어조로 말을 이어나갔다.

"그런데 재상의 말대로 한나라를 치고 주나라 천자를 위협한다는 것은 명분도 서지 않을뿐더러 느슨해진 합종의 끈을 더욱 조여주는 일만 하게 될 것입니다. 주나라가 위협을 당하게 되면 구정을 진나라에 줄 것 같지만 결코 그렇지 않습니다. 도리어 구정을 초나라에 줄 것이며, 그 국토는 위나라에 줄 것이 확실합니다. 이렇게 되면 대왕은 다른 나라 좋은 일만 시키는 셈이 되어 아무런 이익을 얻지 못할뿐더러 감히 천자를 위협한 무례한 왕으로 천하 모든 나라의 지탄의 대상이 되고 말 것입니다. 이렇게 되면 국토를 넓히지도 못하고, 백성들을 부유하게도 못하고, 명예도 잃게 되어 나라의 형편은 더욱 어려워질 것입니다."

사마착이 차분한 음성으로 말을 마무리하자 장의의 얼굴에는 당황한 빛이 역력하였다. 장의가 생각해도 사마착의 말이 장의 자신의 말보다 더 설득력이 있어 보였다. 사마착은 대의명분을 강조한 셈이었고 장의는 실리를 강조한 셈이었는데, 아무래도 혜왕은 대의명분 쪽을 택할 가능성이 많았다.

"사마착 당신의 의견을 좇겠소."

결국 혜왕도 사마착의 말을 받아들였다. 그리고 곧장 군사를 일으켜 촉을 향해 진군하여 그해 10월에 촉을 점령하고 말았다. 촉을 평정한 후 촉의 군주를 후(侯)로 강등시켜 진에 복속하게 하고, 진장(陳莊)이라고 하는 자를 재상으로 임명하여 진의 꼭두각시 역할을 하게 하였다. 이렇게 되자 진나라는 사마착이 말한 대로 점차 강성하게 되었다.

장의는 사마착의 의견이 받아들여지고 자신의 의견은 받아들여지지 않게 되자 마음이 초조해지지 않을 수 없었다. 뭔가 혜왕을 위해 뚜렷한 공적을 세워야 한다는 생각에 쫓기게 되었다. 먼저 위나라를 설득하여 진을 섬기도록 책략을 쓰기로 하였다.

마침 혜왕 10년에 공자(公子) 화(華)와 더불어 위나라 성읍인 포양(浦陽)

을 공격할 기회를 얻었다. 장의와 공자 화는 그렇게 힘들이지 않고 포양을 함락시킬 수 있었다.

그런데 장의는 진나라로 돌아와서 혜왕에게 엉뚱한 제안을 하였다.

"포양을 위나라에 다시 돌려주시지요."

"뭐라구? 우리 군사들이 애써 차지한 땅을 금방 돌려주다니."

혜왕으로서는 의아하지 않을 수 없었다.

"작은 것을 돌려줌으로써 큰 것을 되받을 수 있습니다. 저의 말대로 포양을 돌려주고 지켜봐주십시오. 위나라 전체가 진으로 돌아서는 날이 올 것입니다. 그리고 더 확실한 결과를 얻으시려면 포양을 돌려줄 뿐만 아니라, 공자 한 사람을 위나라에 볼모로 보내 위나라와 화친할 뜻을 분명히 밝히는 것이 좋을 것입니다."

"공자까지 볼모로?"

"그러하옵니다. 그것이야말로 위나라를 안심시킬 수 있는 가장 확실한 방법입니다. 부디 저의 의견을 가납하여주십시오."

장의가 간절히 진언하는 바람에 혜왕도 마음이 움직여 위나라에 포양을 돌려주고, 공자 요(繇)를 볼모로 보내기까지 하였다.

그 후 장의가 위나라를 찾아가서 양왕에게 말했다.

"진나라 임금이 위나라를 대하는 태도가 어떠합니까?"

"위나라에 대한 진왕의 대우가 너무도 극진합니다."

"그렇다면 무슨 감사의 표시가 있어야 할 것이 아닙니까."

장의가 넌지시 양왕의 표정을 살폈다.

"물론 그렇게 해야지요. 어떻게 감사의 표시를 하는 것이 진왕의 마음을 흐뭇하게 할 수 있겠소?"

양왕이 오히려 장의에게 문의하였다. 장의는 기회는 이때다 싶어 마음속으로 생각하고 있던 바를 끄집어내놓았다. 그러나 아주 조심스럽게 말문을 열었다.

"그야 대왕께서 알아서 하실 일이지요. 하지만 진왕을 모시고 있는 자로서 조언을 드린다면 진왕을 흐뭇하게 하는 데는 땅밖에 없는 줄 압니다."

"땅이라면?"

양왕은 조금 당황스러운 표정을 지었다.

"상군(上郡)과 소량(少梁) 지역을 감사의 표시로 떼어준다면 진왕은 무척 기뻐할 것입니다. 지난번에 진왕이 위나라에 돌려주었던 포양에 비하면 상군과 소량은 박토에 불과하지 않습니까?"

"음."

양왕은 잠깐 동안 가타부타 대답을 하지 못하고 깊은 한숨만 내쉬다가 입을 열었다.

"좋소. 그 땅을 진왕에게 선물로 바치겠소. 두 나라 사이에 화친이 오래도록 유지되기를 바라는 뜻에서 말이오."

"잘 생각하셨습니다. 조그만 것을 아끼다가 큰 것을 잃어버리는 어리석음을 범해서는 안 되지요."

장의의 말은 은근히 협박처럼 들리기도 하였다.

위나라 양왕은 진나라에 상군과 소량 땅을 헌납하고는 진나라와 더욱 화친 관계가 맺어진 줄 착각하고 있었다. 그래서 자연히 진나라에 대한 경계를 허술히 하게 되었다. 이때를 틈타 장의의 배후 조종을 받은 진나라 군사들은 위나라 지역으로 진격해 들어가서 섬(陝) 땅을 차지하고 말았다. 공격이 용이하였던 것은 이미 위나라로부터 헌납받은 상군과 소량 지역이 군사 요충지 역할을 해주었기 때문이었다. 말하자면 위나라는 진나라가 쳐들어올 수 있는 발판을 튼튼히 마련해준 셈이었다.

그럴 무렵, 장의가 진나라 혜왕에게 은밀히 여쭈었다.

"지금쯤은 제가 위나라로 들어가 재상 자리에 있어야 할 때입니다."

"아니, 그게 무슨 말이오? 진나라에 할 일이 많은데 위나라로 가다니."

"진나라에 할 일이 많기 때문에 제가 위나라로 가고자 하는 것입니다. 제가 위나라로 가고자 하는 것은 위나라를 위해 일하려고 가는 것이 아니라 바로 진나라를 위해 책략을 쓰려고 가는 것입니다."

"진나라를 위해 책략을 쓴다?"

혜왕이 계속 어리둥절한 표정을 지었다.

"네. 위나라로 하여금 온전히 진나라를 섬기게 하기 위해서는 제가 직접 위나라 왕을 섬기는 척하면서 설득하는 수밖에 없습니다. 지금처럼 위나라 땅을 야금야금 먹어가며 위협하는 방법도 있지만, 그것은 아무래도 국력의 소모를 가져오고 기간도 오래 걸릴 것 아닙니까? 그렇다고 지금과 같은 방법을 아주 포기한다는 것은 아닙니다. 제가 위나라로 들어가 재상이 되어 위왕을 설득하는 동안 대왕께서는 수시로 위나라 땅을 공략하여 위협하십시오. 그러면 더욱 빨리 위왕이 저의 말을 듣게 될 것입니다."

"그렇지만 무턱대고 위나라로 간다고 해서 재상 자리에 오른다는 보장은 없지 않소? 그리고 뚜렷한 이유도 없이 진나라를 떠나 위나라로 가면 도리어 의심을 받을 것이 아니오?"

"그러니까 진나라를 떠나게 되는 동기가 분명하도록 해야지요. 얼마 있으면 설상(齧桑)의 동쪽 시역에서 제나라, 초나라 재상들과 회합을 가지게 되어 있지 않습니까? 제가 그 회합을 마치고 돌아오면 대왕께서는 제가 제나라, 초나라 재상들과의 회합을 성공시키지 못하였다는 책임을 물어 저를 파면하십시오. 그러면 제가 대왕의 조치에 불만을 품고 위나라로 들어온 것이 되지요."

"그 정도면 진나라를 떠나는 이유야 분명한 것이 되겠군."

혜왕은 가만히 고개를 끄덕였다. 과연 설상 회담 직후에 혜왕은 장의를 파면해 버렸다.

장의는 곧장 위나라로 들어가 양왕을 알현하였다.

"진나라를 섬기다가 쫓겨난 몸, 대왕께서 거두어주시기를 바라옵나이다. 이제 후로는 위나라의 안녕을 위하여 분골쇄신하겠습니다."

양왕은 장의에게 의심스러운 점이 많았지만, 진나라 사정에 밝은 장의를 이용해먹기 위해 그를 재상에 임명하였다. 장의가 위나라 재상이 되자 제나라와 초나라가 위협을 느끼고 연합군을 만들어 쳐들어오려고 하였다. 예기치 못한 사태에 직면한 장의는 당황하지 않을 수 없었다. 이때 옹저(雍沮)라는 신하가 장의에게 와서 말했다.

"위나라가 당신을 재상으로 삼은 이유는 국가를 편안하게 하고 백성들을 태평케 하기 위해서 그리하였소. 그런데 당신을 재상으로 삼자마자 도리어 위나라가 병화(兵禍)를 입게 되었으니 위나라 임금께서 큰 착오를 범한 셈이오. 제나라와 초나라가 위나라를 공격하면 당신도 위험을 면치 못할 것이오."

"그러면 어떻게 하면 좋겠소?"

평소의 장의답지 않게 초조한 기색을 띠며 옹저에게 계책을 물었다.

"그 일은 나한테 맡기시오. 내가 가서 제나라와 초나라로 하여금 공격을 중단하도록 해보겠소."

"제발 그렇게 해주시오."

옹저는 그 길로 제나라와 초나라의 연합군이 진을 치고 있는 곳으로 가서 그 두 나라 임금들을 만났다. 옹저는 먼저 제나라와 초나라 임금들에게 허리를 구부려 극진히 문안을 드렸다.

"저는 위나라 신하입니다만, 장의가 우리 나라에 와서 재상이 된 것에 대해 불만이 많은 사람입니다. 그래서 어떡해서든지 장의의 계략이 이루어지지 않기를 바라는 바입니다."

제왕과 초왕은 옹저가 무슨 말을 하는가 싶어 잠시 멀뚱한 얼굴로 있다가 입을 열었다.

"우리도 장의의 계략이 이루어지지 않도록 하기 위하여 장의가 위나라 재상이 되자마자 이렇게 연합해서 위나라를 치려고 하지 않는가?"

"하지만 제가 볼 때는 대왕들께서 오히려 장의의 계략을 이루어주시고 계십니다."

옹저가 매우 확신 있는 어조로 말하자 제왕과 초왕은 더욱 어리둥절해하였다.

"아니, 우리가 도리어 장의의 계략을 이루어주고 있다니 그게 무슨 해괴한 소리인가?"

"제 이야기를 잘 들어보십시오. 장의가 위나라로 와서 진왕과 어떤 밀약을 했는지 아십니까?"

옹저가 주위를 한 번 둘러보았다.

"밀약을 하다니? 장의는 진왕이 자기를 재상 자리에서 내쫓자 화가 나서 위나라로 간 것이 아닌가?"

"그런데 그것이 아니옵니다. 진왕이 장의를 위나라로 보내 재상이 되게 하였다고 하여도 과언이 아닙니다."

"금시초문이로군. 그래, 진왕과 장의가 어떤 밀약을 하였단 말이오?"

제왕과 초왕이 귓바퀴를 세우며 머리를 앞으로 수그렸다.

"장의는 자기가 위나라 재상이 되면 그 즉시 제나라와 초나라가 위나라를 쳐들어올 줄 예상하였습니다. 이 싸움에서 위나라가 이기면 장의의 지위는 더욱 굳어지고, 장의의 지위가 굳어짐에 따라 위나라는 차츰 진나라를 섬기는 나라가 될 것입니다. 그런데 이 싸움에서 위나라가 지면 진나라에 도움을 구하게 될 것이고, 진나라의 도움을 받은 위나라는 자연히 진나라를 섬기지 않으면 안 될 것입니다. 그러니까 위나라가 이기든 지든 위나라가 진나라를 섬기게 되는 것은 정한 이치이지요. 장의는 바로 이 점을 노리고 제나라와 초나라가 쳐들어오기만을 잔뜩 기다리고 있는 것이지요. 이러한 내용들을 진왕에게 설명하고 장의는 진왕과 밀약을 한 것이지요."

"호!"

옹저의 설명을 들은 제왕과 초왕은 그저 입을 벌리고 할말을 잊었다.

"어떻습니까? 지금 제나라와 초나라가 연합하여 위나라를 쳐들어가는 것은 바로 장의의 계략이 맞아떨어지도록 도와주는 이외에 무슨 효과가 있겠습니까?"

"알겠소. 우리가 자칫 잘못했으면 장의의 계략에 말려들 뻔하였소."

제왕과 초왕은 무릎을 치며 즉시 위에 대한 공격을 중지시켰다. 옹저의 계략에 말려든 것을 알지 못하고 말이다.

이리하여 장의는 옹저 덕분으로 간신히 위기를 모면할 수 있었다. 장의는 이제 양왕을 설득시켜 진나라를 섬기도록 하는 데 힘을 기울였다. 은근히 진나라를 원망하는 척하면서도 현실적인 이유를 들어 그래도 진나라를 섬기는 편이 낫다는 식으로 말담을 부렸다. 그러나 양왕의 마음은 좀체 진나라로 기울어지지 않았다. 진왕이 위나라와 화친 관계를 맺어놓고 위나라가 안심하고 있는 사이에 쳐들어와서 섬 지역을 차지한 파렴치한 행동에 대하여 아직도 분이 풀리지 않고 있는 판인데 진나라를 섬기라니. 그 섬 지역 탈취 작전을 장의가 배후에서 주도했다는 사실을 양왕이 알았다면 장의를 당장 재상 자리에서 쫓아냈을지도 몰랐.

장의의 설득에도 불구하고 양왕이 말을 듣지 않는다는 사실을 알게 된 진나라 혜왕은 분을 참지 못하고 그만 군대를 동원하여 위나라로 쳐들어와 곡옥(曲沃)과 평주(平周) 땅을 점령해버리고 말았다. 그러자 위나라 양왕은 더욱 진나라에 대한 적개심을 지니게 되었다.

양왕의 마음이 진나라로 향하여 열릴 기미가 보이지 않자 장의는 점점 더 초조해졌다. 처음에는 양왕의 마음을 얼른 돌려놓고 진나라로 돌아가서 그 공적을 기초로 기반을 더욱 다지려고 하였는데, 영 뜻대로 되지 않는 것이었다. 그냥 아무 공적도 없이 진나라로 돌아가는 것도 체면이 서지 않는 일이고 해서 장의는 그럭저럭 위나라에서 4년이라는 세월을 보내고 말았다.

그럴 즈음, 양왕의 아버지인 혜왕의 제일(祭日)이 돌아왔다. 양왕은 그 어느 해보다도 성대하게 제사를 준비하였다. 종묘에서 제사를 드리는데 바깥에서는 펑펑 눈이 쏟아져내렸다. 제사를 마친 양왕이 수레를 타고 궁궐로 돌아오면서 옆에 배석한 장의를 돌아보며 말했다.

"저 쏟아지는 눈발을 바라보니 선왕(先王)의 장례식 때 일들이 생각나는구려."

"그때도 눈이 쏟아졌던 모양이지요?"

장의도 눈을 바라보며 양왕의 말을 받아주었다. 장의의 시선이 닿는 곳은 온통 눈으로 덮여 은백색의 세계를 이루고 있었다.

"그때 얼마나 눈이 쏟아졌는지. 근래에 보기 드문 대설(大雪)이었지요. 농가의 소들이 눈에 파묻혀 죽고, 성곽들이 눈의 무게를 이기지 못하여 무너져내리기까지 하였지요. 장례식 책임을 맡은 나는 눈이 내린다고 해서 아버지 장례식을 연기할 수가 없었지요."

"그래, 그렇게 눈이 내리고 쌓여 있는 상황에서 장례식을 강행했단 말씀입니까?"

"어떻게 합니까, 장례식 날짜를 그렇게 받았는데. 나는 잔도(棧道)를 설치하게 해서 운구 행렬이 앞으로 나가게 하였지요."

"잔도라면?"

"사다리로 만든 것 있지 않소? 잔도를 쌓인 눈 위에 놓아가며 앞으로 나아가는데, 그 잔도마저 금방금방 눈 속에 파묻히는 것이 아니겠소? 운구 행렬이 조금 나아가다가 멈추고 조금 나아가다가 멈추고 해서, 언제 능(陵)까지 갈 수 있을지 알 수가 없었단 말이오."

"대단히 고생하셨겠습니다."

장의는 눈 속의 길고 긴 장례 행렬을 머릿속에 떠올려보며 사뭇 비장감마저 느꼈다. 운구 수레와 뒤따르는 사람들, 온갖 색깔의 무수한 깃발들, 이 모든 것들이 하얀 눈에 뒤덮여 아주 천천히 나아가고 있는 모습은 이승에 대한 미련으로 이 세상을 떠나기 싫어하는 망자의 안쓰러운 몸짓 같기도 하였다.

"운구 행렬이 제대로 나아가지 못하자 신하들이 나에게 와서 간곡하게 권하더군요. 눈이 이렇게 내리는 데도 장례식을 강행하면 백성들이 무척 고생을 하게 될 뿐만 아니라 장례 비용마저도 모자라게 되니 장례를 연기하는 것이 어떻겠느냐고 말이오."

"그래, 신하들의 말을 들으셨습니까?"

"내가 그런 말을 들을 사람이오. 내가 신하들에게 분명히 말했지요. 아들 된 자로서 백성들이 힘들어하고 장례 비용이 많이 든다 하여 장례를 연기한다는 것은 말도 되지 않는 이야기다. 그러나 이 문제에 대하여 더 이상 언급하지 말라 하고 말이오."

그러면서 양왕은 장례식에 얽힌 이야기를 계속해나갔다.

신하들은 태자가 장례를 강행하겠다고 고집을 부리자 서수(犀首)의 직책에 있던 공손연에게로 몰려가서 의논하였다. 그러나 공손연도 머리를 내저으며 난색을 표명하였다.

"나도 어떻게 할 수 없소. 혹시 혜자(惠子 : 송나라 사람으로 당시 위나라 재상을 지내고 있었음)라면 태자를 설득할 수 있을지도 모르지. 내가 한번 혜자에게 부탁을 해보겠소."

공손연의 부탁을 받은 혜자가 태자를 만나러 왔다.

"오늘이 선왕의 장례일입니까?"

혜자의 말에 태자는 기가 차다는 표정을 지었다.

"아니, 재상이 되어가지고 자기가 모시던 왕의 장례일도 모른단 말이오?"

혜자는 그저 아무 말 없이 고개를 숙이고만 있었다.

드디어 혜자가 입을 열었다.

"옛날 문왕(文王)이 아버지 계력(季歷)을 초산(楚山)에 장례 지낸 이야기를 들어보신 적이 있으십니까?"

"말해보시오."

태자는 떨떠름한 표정을 풀지 않으며 혜자가 말을 계속하도록 내버려두었다.

"문왕이 아버지 장례를 막 지내고 났을 때 갑자기 비가 억수로 쏟아지기 시작했지요. 그래서 방금 쌓아올린 분묘가 허물어져 내려 관의 앞쪽 머리가 드러나버리고 말았지요. 얼마나 그 모양이 흉측했겠습니까. 그런데도 문왕은 조금도 당황해하지 않고 신하와 백성들에게 말했지요."

혜자가 여기까지 말하자 태자도 관심을 나타내기 시작했다.

"무어라고 하였소?"

"여봐라. 선군(先君)께서 이 세상을 떠나기 전에 그 백성들을 다시 한번 보시고 싶어 비를 내려 분묘가 허물어지게 하셔서 관 머리를 저렇게 드러내셨구나. 그러므로 선군의 소원대로 백성들이 와서 뵙도록 해야겠구나."

"그래, 그 다음에 어떻게 하였소?"

"문왕은 아버지의 관을 꺼내 근처에 천막을 치고 거기에 안치하였지요. 그러고는 백성들로 하여금 예방하여 선군을 뵙도록 하였습니다. 그렇게 사흘을 지낸 후 날씨가 좋아지자 다시 아버지의 장례를 치렀던 것입니다. 이것이 바로 문왕의 대의(大義)입니다."

"그 이야기를 나에게 들려주는 이유가 무엇이오?"

태자도 뭔가 짐작되는 바가 있는지 제법 진지하게 물었다.

"지금 이렇게 눈이 심하게 내려 우목(牛目)의 높이까지 쌓였고 걷기조차 곤란한 지경인데, 장례를 강행하려고 하는 것은 문왕의 대의와 맞지 않는다고 사려됩니다."

"그럼 어떻게 하란 말이오? 장례일이 이미 오늘로 정해져 있는데."

"문왕이 비가 많이 내린 이유를 설명하였듯이 태자께서도 눈이 이렇게 많이 내리는 이유를 백성들에게 설명하면 되지 않습니까?"

"눈이 많이 내리는 이유를? 재상이 한번 설명해보시오."

태자는 혜자가 무슨 말을 할 것인가 하고 주목하였다.

"이런 식으로 설명하면 되지요. 선왕께서 사직을 좀 더 견고하게 하시고 백성들을 안정시킨 후에 떠나가시려고 눈을 이렇게 많이 내려 장례를 며칠 뒤로 미루게 하신다고 말입니다. 그러면 백성들을 향한 선왕의 사랑을 더 높이면서 장례를 미루는 이유를 백성들에게 충분히 이해시킬 수가 있는 것이지요. 이것이 문왕의 대의와 맞는 것이 아닙니까?"

"재상의 말이 옳소. 눈이 그친 후에 새로 택일하여 선왕의 장례식을 치르도록 하겠소."

장례식을 뒤로 미루게 되니 태자의 마음도 한결 가벼워졌다.

이와 같이 양왕은 자기가 태자로 있을 때 선왕 장례식을 치르던 이야기를 장의에게 들려주고 나서 쓸쓸하게 중얼거렸다.
"이제 어느덧 나의 장례일도 얼마 남지 않았군."
"아니, 그게 무슨 말씀입니까? 대왕은 앞으로 하실 일이 많이 남으셨는데요."
장의가 짐짓 언성을 높이며 양왕의 말을 부인하였다.
"할 일이 많이 남았으면 무엇 하나. 내 기운이 다했는걸."
양왕은 확실히 요 근래에 들어 기력이 눈에 띄게 쇠한 편이었다. 장의도 사실은 양왕의 수명이 얼마 남지 않았음을 감지하고, 양왕이 죽고 난 후의 정국을 어떻게 장악할 것인가 미리부터 구상하고 있었다. 양왕이 죽으면 장의가 활동하기에 유리한 면이 많다고 할 수 있었다. 양왕은 소진의 합종책에 대한 미련을 버리지 못하고 진나라 섬기는 일을 꺼리고 있지만, 양왕의 뒤를 이을 새로운 왕은 현실을 잘 파악하고 현명하게 적응할 가능성이 많은 것이었다. 장의는 머리가 굳어질 대로 굳어져 있는 양왕이 빨리 죽고 새 왕이 일어나 장의 자신의 연횡책이 받아들여지기만을 간절히 기다리고 있는 셈이었다.
눈은 하늘에서 더욱 난분분히 내려오고 있었다.

민중의 입은 쇠도 녹인다

　과연 장의가 은근히 기대했던 대로 위(魏)나라 양왕이 죽고, 그 아들 애왕(哀王)이 왕위에 올랐다. 그때가 대략 기원전 318년경이었다. 장의는 양왕에게 연횡책을 설득시키려다가 실패한 점을 거울삼아 애왕에게는 더욱 조심스럽게 접근하였다. 그러나 애왕도 아버지 양왕의 영향을 받아서인지 장의의 말을 잘 듣지 않았다. 장의는 아무래도 진나라로 하여금 위나라를 더욱 깊숙이 공격하도록 하여 바짝 목을 죄면서 위협해야겠다고 마음을 먹었다.

　장의의 충동을 받은 진나라가 위나라를 치러 왔다. 애왕은 허겁지겁 군사를 끌고 진의 군대와 싸웠으나 크게 패하고 말았다. 그리고 설상가상으로 그 이듬해에는 제나라가 쳐들어와 관택(觀澤)이라는 곳에서 위의 군대를 궤멸시켰다. 이때를 틈타 진나라는 다시 위나라를 침공하였다. 애왕은 부랴부랴 한(韓)나라에 구원을 요청하였다. 한의 장군 신차(申差)가 군대를 몰고 왔으나 진의 군대에 의해 무려 8만 명이나 되는 군사들의 목이 베어지고 말았다. 이렇게 진의 군대가 무자비하게 목을 벤 것은 다른 나라들로 하여금 진나라를 두려워하도록 하기 위함이었다. 아닌 게 아니라, 다른 나라 제후와 백성들이 진나라 이야기만 들어도 으스스 몸을 떨 정도가 되었다.

이럴 즈음, 장의가 다시 애왕을 알현하여 이번에는 단도직입적으로 말했다”

"위나라는 사분오열의 형세에 처해 있습니다."

"사분오열이라구요?"

애왕은 장의가 위나라 정국에 대하여 말하는 것을 알고 잔뜩 긴장하였다.

"제 이야기를 잘 들어보십시오. 위나라의 국토는 사방 천 리가 못 되고, 병졸은 겨우 30만밖에 되지 않습니다. 그리고 명산과 대천이 없어 지세가 그대로 노출되어 있습니다. 그래서 정(鄭) 지방에서 위나라 국도인 대량까지 이르는 2백 리 가까운 길을 사람이나 수레가 힘들이지 않고 달려올 수 있을 정도입니다. 그러니 어느 나라 군사인들 쉽게 쳐들어오지 않겠습니까?"

"그 점은 나도 알고 있소. 그러나 반대로 생각하면 우리 편에서 쉽게 밀어붙일 수 있는 이점도 있는 것이 아니오?"

애왕이 씁쓸한 얼굴로 대꾸하였다.

"그것은 어디까지나 우리 군사가 상대방에 비하여 강할 때 할 수 있는 말이시요. 지금처럼 약한 군대로서는 사방에서 공격을 당하기에 안성맞춤입니다."

"음."

애왕은 잠시 할 말을 잊었다.

"그리고 보십시오. 위나라는 동서남북이 이해관계가 다른 나라들로 포위되어 있는 형세입니다. 동쪽은 제나라, 서쪽은 한나라, 남쪽은 초나라, 북쪽은 조나라, 이렇게 둘러싸여 있으니 동서남북의 국경 지대에 배치되어 있는 병력만도 10만이 넘습니다. 남쪽의 초나라와 제휴하고 제나라를 버려두면 동쪽의 제나라가 쳐들어올 것이고, 그 반대로 하면 초나라가 남쪽에서 밀고 올라올 것이고, 이런 식으로 제·초·한·조의 눈치를 보느라고 정신이 없으며 늘 전쟁의 공포에 시달리고 있으니 그야말로 사분오열의 형세가 아니고 무엇입니까. 국력이 약한 데다가 지리적인 불리함까지 가세하니 국론도 사분오열되어 나라 안이 시끄럽기 그지없습니다. 이 좁은 땅덩어리에 제나라파가 있고, 초나라파가 있고, 한나라파가 있고, 조나라파가 있어 갑론을박을 일삼고 있을 뿐입니다. 그러면 그럴수록 위나라 국력은 약화되는 것 아닙니까. 힘을 합해도 모자랄 판에 말입니다."

"누가 그걸 모르오? 그래서 흩어진 국론을 모아볼까 하고 다른 나라 제후들과 함께 합종의 맹약을 맺었던 것이 아니오?"

애왕이 장의의 말에 이의를 제기하였으나 목소리에는 힘이 없었다.

"국론이 사분오열되니까 백성들에게 충격을 주기 위해 이전까지 적으로 있었던 나라들과도 협약을 맺고 뭔가 바깥으로 뻗는 기운을 과시하려고 하는 임금님의 고충을 이해하지 못하는 바 아니나, 그것이 얼마나 실효를 거두었습니까?"

합종책의 실효를 따지는 장의의 질문 앞에 사실 애왕은 별로 할 말이 없었다. 처음에는 뭔가 이룰 것 같았던 합종책이 각 나라의 이해관계로 인하여 흐지부지되어가고 있지 않은가. 인간이란 것은 흩어져 있을 때는 서로 모이고 싶고, 모여 있으면 또 흩어지고 싶은 이율배반적인 성질을 지니고 있는지도 몰랐다. 나라들 간의 관계도 그러하여, 이제 합종에 참여하였던 나라들이 바야흐로 서로 다투는 지경으로 접어들었다고 할 수 있었다. 그렇다고 애왕의 입장에서는 합종책을 섣불리 저버릴 수도 없었다.

"제후들이 백마의 피를 입에 바르며 원수(洹水)가에서 맹약을 맺은 지 15년도 채 되지 않았는데, 어떻게 합종책의 결과를 따질 수 있겠소? 더군다나 아직까지 진나라가 버티고 있는 판국에 말이오. 좀 더 두고 봐야 하겠지요. 지금은 다소 합종책이 흔들리는 것 같기도 하지만, 진나라는 공동의 적을 염두에 둔다면 얼마 있지 않아 도로 회복될 것이오."

애왕은 자신이 생각하기에도 좀 궁색한 변명을 늘어놓았다.

"같은 부모를 모시고 있는 친형제지간이라도 돈 문제, 재산 문제가 얽히면 서로 다투는 일이 있습니다. 하물며 권모술수로 소진(蘇秦)이 얼기설기 엮어놓은 합종책이 제대로 이루어질 리가 있겠습니까?"

여기서 주목해야 할 것은 장의가 최초로 소진을 비방하는 말을 내놓고 있는 점이다. 이제 장의가 소진의 합종책을 깨기로 분명히 작정을 한 것을 알 수 있다. 방금 장의는 정곡을 찌르는 말을 애왕에게 한 셈이었다. 애왕은 자신의 마음이 서서히 무너지고 있는 것을 느꼈다.

이러한 애왕의 마음을 재빨리 읽은 장의는 더욱 확신 있는 어조로 말하기 시작했다.

"선왕(先王)이 합종의 맹약을 맺었고 대왕께서도 그 맹약을 좇고자 하는 것은, 국가를 평온하게 하고 군주를 존엄하게 하며 병사들을 강하게 하여 나라의 이름을 나타내기 위함이 아닙니까?"

"그야 그렇지요."

애왕이 말끝에 길게 한숨을 쉬었다.

"그러나 합종은 결국 그 반대의 결과를 가져오고 있지 않습니까? 원래 합종론자들은 호언장담하는 자들은 많아도 믿을 만한 사람은 별로 없습니다. 군주 한 사람에게 합종책을 설득시키면 후(侯)에 봉해지기 때문에, 합종론자들은 밤낮으로 팔을 걷어붙이고 눈을 부릅뜨고는 침을 튀겨가면서 군주에게 유세하려고 동분서주하고 있습니다. 그러한 자들의 변설에 군주가 현혹되어 넘어가면 차츰차츰 나라는 기울어지고 마는 법입니다. 제가 옛 성현들로부터 이러한 말을 듣고 있습니다."

장의가 잠시 말을 멈추고 몸가짐을 가다듬자, 애왕이 귓바퀴를 세워 물었다.

"무슨 말을 들었다는 거요?"

"가벼운 깃털도 쌓이고 쌓이면 배를 가라앉게 하고, 무게가 얼마 되지 않는 물건도 모아서 쌓으면 병거의 수레 축을 꺾어버리고, 민중이 입을 모아 외치면 쇠를 녹이기까지 하고, 비난이 쌓이고 쌓이면 사람의 뼈까지 삭게 한다고 하였습니다."

"그 말을 하는 이유가 무엇이오?"

애왕은 장의에게 좀 더 자세한 설명을 구하였다.

"그러니까 작은 일 하나하나 매사에 신중을 기하여 결정하시라는 말씀입니다. 대왕의 그런 결정 하나하나가 쌓여 나라의 운명이 좌우되는 것이 아닙니까? 아무리 하찮게 보이는 사안이라도 소홀히 해서는 안 될 것입니다."

"알겠소. 그런데 지금은 무엇을 결정하란 말이오?"

애왕이 장의의 입에서 나올 의미심장한 말을 기다렸다.

"아까 대왕이 합종의 맹약을 따르고자 하는 것은 나라를 평온하게 하고 군주를 존엄하게 하기 위함이라고 하지 않으셨습니까?"

"그랬지."

장의가 뜸을 들였다가 입을 열었다.

"정말 나라를 평온하게 하고 군주를 존엄하게 하며 병사를 강하게 하는 길을 말씀드리겠습니다."

"그게 무어요?"

애왕은 장의가 무슨 방도를 이야기할 것인가 짐작하면서도 다시금 물었다. 어쩌면 흔들리는 자신의 마음을 장의가 확신 있게 이끌어주었으면 하고 바라고 있는지도 몰랐다.

"진을 섬기는 것보다 더 좋은 길은 없습니다."

장의의 그 말이 거부할 수 없는 힘으로 애왕의 심장에 와 닿았다. 그러나 '음' 하는 헛기침 소리만을 낼 뿐이었다.

장의는 이미 애왕의 마음이 기울고 있다는 것을 눈치채고 진나라를 섬기지 않을 때에 미치게 될 화에 관해 긴장을 고조시키며 말했다.

이것이 소위 이전에 소진이 써먹던 협지이해(脅之以害)의 술책이었다.

"진나라를 섬기지 않으면 지금 위나라 변방을 차지하고 있는 진나라 군대가 양진(陽晋) 방면으로 쳐들어와 조나라와 위나라 사이의 교통로를 차단해버릴 것입니다. 그러면 조나라가 위나라를 돕고 싶어도 군대를 파견할 수 없을 것이며, 위나라가 조나라에 도움을 요청하러 가려 해도 길이 막혀 가지 못할 것입니다. 그렇게 조나라와 위나라 사이의 합종의 끈을 끊어놓고 한나라로 진의 군대가 쳐들어가면 한은 싸워보지도 않고 항복할 것입니다. 그 다음, 진나라와 한나라가 연합군을 이루어 위나라를 쳐들어오면 위나라의 멸망은 불을 보듯이 뻔한 일입니다."

진나라의 작전을 다 꿰뚫어보고 있는 듯이 상세하게 이야기하는 장의의 설명 앞에 애왕은 압도당하는 기분이었다. 그러자 이번에는 장의가 신나라를 섬길 때의 이익에 대하여 조목조목 풀어나갔다. 이것이 소위 소진이 써먹었던 유지이리(誘之以利)의 술책이었다.

"진을 섬김으로써 진의 세력을 배후에 둔다면 한나라이든 초나라이든 그 어떤 나라도 위나라를 넘보지 못할 것입니다. 초나라와 한나라 때문에 대왕께서 골치를 앓아왔는데, 이제 초와 한의 위협이 없어지면 대왕께서는 베개를 높이 하여 편안히 잠을 주무실 수 있을 것입니다. 그리고 나라 전체가 전쟁에 대한 공포에서 벗어나게 될 것입니다. 거기다……."

갑자기 장의의 목소리가 낮아졌다. 애왕이 거의 숨을 멈추고 장의의 말에 귀를 기울였다.

"초나라를 얻을 수 있습니다."

"뭐라구? 초나라를?"

하도 엄청난 말이라 애왕이 목청을 높였다.

"지금 진나라는 어느 나라보다 초나라를 경계하며 어떻게 해서든지 초나라를 약화시키려고 애쓰고 있습니다. 그런데 진나라는 초나라를 약화시키는 데는 위나라와 손을 잡는 것이 가장 좋다고 생각하고 있습니다. 어쩌면 진나라는 자기네 군대를 직접 앞세우지 않고 위나라 군대를 앞세워 초나라를 쳐들어갈지도 모릅니다."

"우리 군대가 어떻게 초나라를 친단 말이오?"

진나라의 지원을 받는다고 하여도 애왕은 의아해하고 있었다.

"초나라는 부유하고 강대하다는 평이 나 있지만 그것은 어디까지나 소문에 불과합니다. 사실은 허술하기 짝이 없습니다. 병졸이 많다고 하나 조금만 전투가 힘들어도 패주하기 일쑤이고 끈질기게 싸우지를 못합니다. 위나라가 전군 동원령을 내리고 진나라의 지원을 받아 남으로 밀고 내려가면 능히 초나라를 점령할 수 있습니다. 초나라를 차지한 후 그 광대한 땅을 갈라서 반은 위나라 영토에 병합시켜 국토를 넓히고, 나머지 반은 진나라에 주어 진의 마음을 흡족하게 해주면 화(禍)를 초나라에 전가시키면서 위나라는 평안해질 수 있습니다."

애왕이 듣고 보니 과연 진나라를 섬기는 것이 어중이떠중이 나라들과 합종의 맹약을 맺고 있는 것보다 훨씬 나을 것 같았다. 진나라 비위만 잘 맞추면 아무튼 이전보다는 편안한 세월을 보낼 수 있을 것이었다.

애왕은 마침내 장의의 설득에 넘어가고 말았다.

"좋소. 느슨해진 합종책에 미련을 버리고 진과 화목하도록 할 테니, 재상이 진나라 왕에게 그 뜻을 전해주시오."

사실은 진나라를 섬기기로 하였으면서도 진과 화목하도록 하겠다는 표현을 사용하고 있는 애왕이었다.

"그렇게 하겠습니다. 그러기 위해서는 제가 다시금 진나라로 들어가야 하겠으니 얼마 동안 위나라 재상직은 사임하는 것으로 하겠습니다. 그리고 소진이 천하 각국을 다니며 합종책을 유세하여 뭇 제후들을 설득한 것처럼, 저도 천하 각국을 다니며 연횡책을 유세하여 합종책을 파하여야 하겠습니다."

장의가 위나라 재상직을 사임하겠다는 말에 애왕은 다소 당황했으나, 장의가 천하 각국을 연횡책으로 끌어들여 다 같이 진을 섬기게 된다면 위나라로서도 짐을 더는 셈이었다. 진을 섬기지 않겠다고 버티는 나라는 장의가 말했듯이 진과 더불어 쳐들어가서 그 땅을 분할 점령해버리면 될 것이고.

"나로서는 재상이 계속 위나라 조정에 남아주었으면 하지만, 대의를 위하여 사임하고 떠나가겠다면 할 수 없지요. 부디 재상의 구상이 중국 전체의 평화를 다지는 데 기여하기를 바라오."

"저의 뜻을 헤아려주시니 감사합니다. 위나라에는 제가 없어도 공손연(公孫衍)과 전수(田需) 같은 유능한 인물들이 있으니 국정을 차질 없이 이끌어나갈 것입니다."

애왕은 가만히 고개를 끄덕이다 말고, 두 사람의 이름을 중얼거리며 약간 수심의 빛을 띠었다.

"공손연과 전수라? 그 두 사람은 각각 떼어놓고 보면 유능하지만, 함께 있으면 서로 경쟁하느라고 나랏일을 그르치기가 쉽소."

이렇게 말하는 애왕을 다시금 바라보며 장의는 '애왕이 사람 보는 눈은 있구나' 하고 느꼈다. 그러나 장의는 짐짓 모르는 척하며 물었다.

"공손연과 전수의 사이가 어떠하기에 그런 말씀을 하십니까?"

"선왕(先王) 때의 일이오. 공손연은 장수로 있고 전수는 재상으로 있었는데, 그때 마침 소진 선생이 우리 나라에 와 있었지요. 그런데 하루는 공손연이 소진을 찾아가서 하소연을 하였소."

"어떤 하소연을 하였습니까?"

장의도 슬그머니 호기심이 당겼다.

"공손연 자기가 장수의 직책에 있는데도 군사 작전에 관한 계책이 전수가 제안하는 것으로 늘 채택된다고 불평을 늘어놓은 것이지요. 그 점을 왕에게 말해달라고 공손연이 소진에게 부탁하였지요."

"그래, 소진이 그 이야기를 왕에게 하였습니까?"

"공손연과 이해관계가 얽혀 있던 소진은 기회를 봐서 선왕께 그 점을 아뢰었지요. 그때 소진이 한 말이 유명하지요."

"어떤 말을 했는데 그럽니까?"

소진 이야기만 나오면 은근히 시기심이 발동하는 장의이기도 하였다.

"'복우참기'라는 말을 하였지요."

"복우참기라면 세 마리의 천리마에 한 마리의 소가 끼여 있는 형용을 말하는 것이 아닙니까?"

"그렇소. 그렇게 복우참기로써 수레를 달리면 백 보도 가기 힘들지요. 아무리 천리마 세 마리가 용을 쓰더라도 끼여 있는 한 마리 소를 어찌할 수가 없지요. 결국 말들도 지치고 소도 지쳐 우마(牛馬)가 다 죽기 쉽지요. 소진은 공손연과 전수의 문제를 이야기하면서 위나라 정국이 복우참기의 형상이라고 하였지요. 그러면서 공손연의 의견도 존중해주어 비뚤어지지 않게 하여야 한다는 식으로 이야기를 끌고 갔지요."

"그렇게 공손연과 전수의 갈등이 심했던가요? 그러나 용병술에 뛰어난 군주라면 훌륭한 말들과 훌륭한 소들을 적시적소에 써먹을 수가 있는 것이지요. 대왕께서는 능히 그러실 수가 있을 것입니다."

장의는 애왕에게 자신감을 심어주는 것이 필요하다고 여겨 이렇게 말했다.

6리의 땅이냐,
6백 리의 땅이냐

    장의는 진나라로 돌아와서 다시 재상 자리에 올랐다. 그것은 위나라로 하여금 진을 섬기도록 설득한 공로를 인정받았기 때문이었다. 그런데 장의가 진나라 재상으로 복귀한 지 3년이 되는 해, 위나라가 진을 배반하고 다시금 합종의 노선으로 돌아섰다. 위나라에서 장의를 시기하였던 신하의 무리들이 끈질기게 왕을 충동질하여 노선을 바꾸도록 하였던 것이다.
    지난 3년 동안 위나라에서는 합종책을 이야기하면 불순분자로 여겨져 감옥에 갇히는 수난을 당하기도 하였는데, 이제는 연횡책을 이야기하면 불순분자로 여겨지게 되었다. 나라의 정책이 조령모개(朝令暮改) 식으로 그때 그때 편의에 따라 바뀌니 백성들은 어느 장단에 춤을 추어야 할지 어리둥절할 뿐이었다. 나라에서 멍석을 깔아주었다가 갑자기 말아버리고 하니, 멍석 위에서 얼씨구나 하고 놀던 백성들이 순식간에 곤두박질치며 나가떨어지지 않을 수 없었다. 정치 지도자들은 다 이렇게 간교하기 이를 데 없는 것일까. 어디 정치 지도자들뿐이겠는가. 인간 본성이 원래 간교하기 짝이 없는 것을. 멍석 깔아준다고 섣불리 날뛴 백성들만 큰코 다치게 되었다. 그동안 연횡책 이야기만 하고 진나라 칭찬만 하던 백성들이 이제는 합종책을 두둔하고 진나라 욕을 하면서 관리들의 눈치를 보아야만 하였다.

반진(反秦) 운동이 위나라 전체에 거세게 번지고 있다는 정보를 접한 장의는 속으로 코웃음을 치며 군대를 동원하여 위나라 곡옥(曲沃) 지역을 쳐들어갔다. 곡옥 지역은 자고로 진나라가 위나라를 징계할 일이 있으면 곧잘 쳐들어가곤 하던 곳이었다. 위나라로서는 일종의 숨통이라 할 수 있는데, 숨통이 조이게 되니 결국 항복을 하지 않을 수 없었다. 이번에는 정말 도와주리라고 믿었던 합종의 동맹국들이 진의 위세에 눌려 꼼짝달싹도 하지 않자, 위나라 애왕은 장의의 말이 맞음을 새삼 인식하고는 또다시 합종 노선을 포기하고 연횡으로 돌아섰다. 나라의 정책이 그저 갈팡질팡이었다. 백성들은 애왕의 정책이 하도 자주 바뀌니 차라리 줄기차게 합종책을 견지해왔던 이전의 양왕(襄王)이 우직하긴 했지만 더 좋게 여겨지는 것이었다.

위나라를 다시금 굴복시킨 장의는 이번에는 제(齊)나라를 치려고 나섰다. 그러자 다급해진 제나라가 초나라와 동맹을 맺었다. 제나라를 치기 위해서는 초나라와 맺고 있는 끈을 끊어놓는 것이 급선무였다.

장의는 제나라 공격을 일단 보류한 후 초나라로 들어갔다. 초나라 회왕(懷王)은 장의가 왔다는 말을 듣고 뭔가 정치적인 이익을 얻지 않을까 싶어, 최고급 객사를 비워 머무르게 하면서 장의의 의중을 떠보았다.

"우리 나라는 여러모로 깨치지 못한 구석이 많은데, 선생께서는 무엇을 깨우쳐주려고 이곳까지 오셨소?"

"대왕께 귀한 선물을 전달하고자 합니다."

"선물이라니오?"

회왕의 눈이 번쩍 뜨였다.

"초나라에 미인이 많아 대왕께서 흡족하게 즐기고 계신 줄은 압니다만, 진나라 여인의 묘미도 즐기시면 훨씬 회춘에 도움이 되실 것입니다. 그래서 진나라 공주를 대왕께 바치고자 합니다."

"공주라고요? 이런 과분할 데가."

회왕은 자기도 모르게 침을 삼키기까지 하며 반색하였다.

"대왕께서 공주를 기취지첩으로라도 받아주신다면 오히려 진나라 편에서 과분한 은혜로 여기겠지요."

"무슨 그런 말씀을, 기취지첩이라니오? 진나라 공주를 키질이나 하고 비질이나 하는 여인으로 취급할 리가 있겠습니까."

다시금 침을 삼키는 것으로 보아 회왕은 여자를 무척 밝히는 남자임에 틀림없었다.

"진나라 공주를 받아주신다면 앞으로 진나라와 초나라는 서로 공주를 시집 보내어 부인으로 맞는 형제지국이 될 것입니다. 그리고 또 한 가지 선물이 더 있습니다."

"그게 무엇이오?"

장의가 제시하는 선물이 또 무엇일까? 기대에 찬 표정을 짓고 있는 회왕에게 장의가 말했다.

"진나라에서 상(商)·오(於)의 땅 6백 리를 초나라에 바치고자 합니다."

"6백 리라구?"

회왕은 말을 더듬거리기까지 하며 놀라움을 표시하였다. 그러다가 곧 정색을 하고는 장의를 빤히 쳐다보았다. 회왕의 표정이 갑자기 바뀐 것을 눈치챈 장의가 물었다.

"아니, 왜 그러십니까? 어디 몸이라도 편찮으십니까?"

"말하시오."

회왕이 불쑥 명령투로 내뱉었다.

"무엇을 말하라는 겁니까?"

장의는 일단 시치미를 떼고 의아스러운 표정을 지어 보였다.

"내, 모를 줄 알고 그러시오? 그만한 선물들을 어찌 진나라가 그냥 선물로 줄 리가 있겠소? 그 선물들에 대한 대가를 말해보라는 것이오."

"하하하. 대왕은 못 당하겠군요. 이미 저의 의중을 꿰뚫어보고 계시니."

그제야 장의가 진나라의 요구 사항을 말하기 시작했다.

"진나라가 원하는 것은 초나라가 제나라와의 합종 맹약을 끊는 것입니다. 제나라로 통하는 관문들을 닫고 외교 관계를 단절해달라는 것입니다. 그러면 상·오 6백 리 땅이 뭐 아까울 게 있겠습니까."

회왕은 잠시 속으로 제나라와의 합종이 주는 이익과 진나라 6백 리 땅을 서로 비교하며 저울질을 해보았다. 단연 6백 리 땅이 나은 것은 말할 필요가 없었다.

"좋소. 제나라로 통하는 관문들을 닫겠소. 반드시 진나라에서 약속한 것을 지키도록 하시오."

"여부가 있겠습니까?"

회왕이 진나라로부터 얻게 된 선물과 제나라와의 합종에 관한 정책 변화를 신하들에게 설명하자, 뭇 신하들이 경하해 마지않았다. 그것은 그동안 신하들이 제나라와의 합종 맹약에 따라 진나라와 전쟁을 치러야 하는 데 대하여 심한 부담감을 느끼고 있었다는 반증이기도 하였다.

"전쟁을 치르지 않아도 되고 또 6백 리 땅을 공짜로 얻으니 완전히 꿩 먹고 알 먹기가 아닌가?"

"그러게 말이야. 제나라를 도와줘봤자 별 이익도 없을 텐데 잘 되었지 뭐야."

신하들이 수군거리며 좋아하였을 뿐만 아니라, 백성들도 우선 전쟁을 치르지 않게 된 사실로 인하여 안도의 한숨을 쉬며 기뻐하였다. 백성들이야 전쟁을 치르면서까지 남의 나라를 도와주고 영토를 확장하는 것에 대해 별로 관심이 없는 것이 아닌가. 그저 전쟁 없이 가정의 평화를 누리며 사는 것이 그 어떤 대의명분보다 귀중한 것이었다.

이렇게 신하들과 백성들이 회왕의 결단을 높이 평가하며 즐거워하고 있는데, 오직 진진(陳軫)이라는 신하만이 어디 초상집에 앉아 있는 표정으로 슬퍼하고 있었다.

그런 진진의 반응으로 인하여 화가 난 회왕은 진진을 불러다가 책망하였다.

"과인은 군사를 일으키지도 않고 출동시키지도 않으면서 6백 리의 땅을 얻게 되었다. 그래서 뭇 신하들이 모두 경하하며 축배의 잔을 들고 있는데, 그대만은 홀로 비통해하고 있으니 어찌 된 일인가?"

진진이 더욱 괴로운 얼굴로 회왕에게 아뢰었다.

"대왕께서는 전쟁 한 번 안 치르고 6백 리 땅을 얻게 되었다고 기뻐하고 계신데, 절대 그렇지가 않습니다. 앞으로 두고 보십시오. 결코 상·오의 6백 리 땅을 얻으실 수 없을 것입니다. 뿐만 아니라, 대왕께서는 군사를 일으켜 출동해야만 하는 상황을 맞이하시게 될 것입니다."

"아니, 출동을 해야 하는 상황이라니, 그게 무슨 말이오?"

"진나라는 우리 초나라로 하여금 제나라와의 관계를 끊도록 해놓고, 슬그머니 뒷구멍으로 제나라와 연합하여 우리를 쳐들어오고야 말 것입니다."

회왕은 진진이 불길한 예상을 하자 몹시 기분이 나빠졌다.

"그렇게 말하는 근거가 어디 있는가?"

회왕이 언짢은 투로 따져물었다.

"그럼 제가 대왕께 감히 먼저 질문을 올리겠습니다. 지금 진나라가 우리 초나라에 대하여 선심을 베풀고 존중히 여기는 것처럼 하고 있는 이유가 무엇이라고 생각하십니까?"

회왕은 잠시 진진을 바라보고 있다가 내키지 않는 듯 대답했다.

"그야 진나라가 초나라를 은근히 두려워하고 있기 때문이겠지."

"그렇지가 않습니다. 진나라가 초나라를 중히 여기는 까닭은 초나라가 제나라와 동맹을 맺고 있기 때문입니다. 그런데 대왕께서는 진나라가 초나라를 중히 여기는 바로 그 이유를 제거해버리려 하고 있습니다. 지금 제나라로 통과하는 관문을 닫고 외교 관계를 단절한다면 초는 제나라와 진나라 사이에서 고립되고 말 것입니다. 그렇게 되면 진나라가 고립된 나라를 위하여 선심을 쓸 리가 없으며, 상·오의 6백 리 땅을 떼어줄 리가 없습니다. 장의라는 작자는 애왕에게 약속한 그 땅이 아까워서라도 제나라와 손을 잡고 초나라를 쳐들어올 것이 확실합니다."

듣고 보니 과연 그럴 위험성도 없잖아 있었다. 그래서 일단 진진의 말을 더 들어볼 요량으로 자문을 구하는 척하였다.

"그럼 어떻게 해야 하겠소? 장의에게는 제나라와의 관계를 끊겠다고 약속하였는데."

"대왕께서 취하실 수 있는 최선의 계략은 음합양절(陰合陽絶)의 계략입니다."

"음합양절이라? 구체적으로 말해보시오."

"그것은 문자 그대로 계속 제나라와 은밀히 내통하면서 겉으로만 외교 관계를 단절한 것처럼 하는 것입니다. 그리고 장의에게 사람을 딸려 보내 6백 리의 땅을 약속대로 떼어줄 때까지 재촉해야 합니다. 만약 장의가 약속대로 6백 리의 땅을 떼어준다면 그 후에 우리도 제나라와 관계를 끊으면 될 것입니다. 그때 끊어도 늦지 않은 것을 왜 미리 끊으려고 그러십니까?"

회왕은 그제야 옳거니, 하는 생각이 들면서 어느 정도는 진진의 조언을 받아들여야겠다고 마음먹었다.

"그러니까 장의가 약속대로 땅을 떼어주지 않아도 손해가 없도록 조처를 취하고 있어야 한다는 말이지?"

"그렇지요. 장의가 약속을 어기면 우리는 여전히 제나라와 동맹을 맺고 있는 상태이므로 밑져야 본전이지요. 이것이 제가 말씀드린 음합양절 계략의 장점입니다."

회왕은 희미한 미소를 떠올리며 고개를 끄덕였다. 그러나 진진에게는 엄한 어조로 다짐을 받아내려는 듯이 말했다.

"그대는 이 일에 대하여 아무에게도 말하지 말고 입을 다물고 있어라. 그리고 그대는 과인이 장의로부터 땅을 받아내나 못 받아내나 지켜보아라."

진진은 입을 꾹 다문 채 회왕 앞을 물러났다.

회왕은 장의에게 초나라 재상 자격을 주는 의미에서 상아로 만든 으리으리한 상인(相印)을 전달하고 선물까지 후하게 주어 진나라로 돌려보냈다. 돌려보내기 전에 장의를 안심시키는 뜻에서 제나라로 통하는 모든 관문을 닫아 제나라와의 관계를 끊었음을 보여주었다. 그리고 장의가 보는 앞에서 제나라와 맺은 동맹의 상징인 부절(符節)을 꺾어 제나라와의 외교 단절을 확실히 하였다. 그러나 그 부절은 회왕이 장의의 눈을 속이기 위해 만든 모조 부절이었다. 장의가 득의만면하여 돌아갈 때 회왕은 진진의 간언대로 장군 한 사람을 딸려 보냈다. 그 초나라 사신은 장의가 곧바로 진나라 조정으로 입조하여 초나라에 가서 얻어온 외교적인 성과를 보고하고, 초나라에 주기로 한 상·오 6백 리 땅에 관한 문제를 아뢸 것으로 기대하였다.

그런데 장의가 진나라에 이르러 입조하려고 할 때 사고가 발생하고 말았다. 장의가 수레에 올라타기 위해 수(綏 : 수레에 오를 때 잡도록 되어 있는 손잡이 끈)를 잡으려고 하다가 그만 그것을 놓치고 수레에서 굴러떨어져버린 것이었다.

장의가 수레에서 굴러떨어진 것은 사실은 사고로 그렇게 된 것이 아니라 조정에 들어가는 것을 늦추기 위하여 일부러 그리한 것이었다. 그러나 장의를 따라왔던 초나라 장군은 장의가 정말 수레의 수를 잘못 잡아 사고를 만난 줄 알고 장의가 나을 때까지 기다렸다. 며칠 정도면 일어나지 않을까 싶었는데 열흘이 지나고 보름이 지나도 일어날 줄을 몰랐다. 장의의 가신들에게 언제쯤 일어날 것 같으냐고 물으면 가신들은 어깨뼈가 부러졌다는 둥, 허리를 크게 다쳤다는 둥 하면서 언제 일어날지 예측할 수 없다는 투로 이야기하였다.

그렇게 3개월이나 지났는데도 장의의 병세는 차도가 없었다. 초나라 장군은 아무래도 일이 이상하게 돌아간다 싶어 일단 초나라로 돌아와 장의가 수레에서 굴러떨어진 경위들을 회왕에게 보고해 올렸다. 그것을 옆에서 듣고 있던 진진이 버럭 소리를 내질렀다.

"장의 이놈, 꾀병을 부려서 우리 초니리의 약속한 것을 이행하지 않으려고 하는군."

그러나 회왕은 진진의 단정을 가로막으며 말했다.

"장의가 약속한 것을 이행하지 않으려고 자기 몸을 다치게 하는 짓까지 일부러 했을 리는 없소. 다만 우리 초나라가 제나라와 확실히 관계를 끊었는가를 알아보기 위하여 장의가 빨리 몸을 회복하고 일어날 수 있는데도 좀 늦추면서 관망하고 있는지도 모르오."

"그게 그 말이지 않습니까?"

진진은 자기가 예상했던 대로 일이 진행되고 있지 않느냐는 표정으로 다소 흥분하고 있었다.

"과인의 말은, 장의가 우리 초나라가 쓰고 있는 음합양절의 술책을 눈치챈 것이 아닌가 염려된다는 말이오. 장의가 오히려 그것을 핑계삼아 우리에게 약속한 바를 지키지 않을 수가 있다는 말이오. 그래서 이번에는 음합마저 끊고 제나라와 절교했다는 것을 만천하에 공식적으로 나타내 보이고자 하오."

회왕의 말은 진진이 간언했던 음합양절책을 이제는 포기한다는 말이었다.

"그럼 어떻게 하실 작정이십니까?"

진진이 인상을 우그러뜨리며 물었다.

"신하를 제나라로 보내 제나라 왕을 모독하며 공식적으로 외교 단절을 통고하겠소. 그러면 제나라 왕이 화가 나서 맹약의 부절을 신하들이 보는 앞에서 꺾어버릴 것이 아니오? 그러면 그 소문이 금방 진나라에 있는 장의의 귀에 들어갈 것이고, 장의는 이제 안심을 하고 약속한 땅을 우리에게 떼어줄 것이란 말이오."

"조금만 더 기다려보시고 그러한 일을 추진하시지요. 제나라도 잃고 땅도 얻지 못하기 십상입니다."

진진이 다시 한번 음합양절책을 견지하기를 청하였으나, 회왕의 마음은 이미 정하여져 있는 듯하였다. 진진도 자기 술책이 잘 먹혀들어가지 않고 있는 시기라 어떻게 고집을 더 이상 부릴 수도 없었다.

"그럼 이렇게 하시지요. 이번에는 제가 진나라로 가서 장의에게 재촉을 해보겠습니다."

회왕도 전에 장의에게 딸려 보낸 장군보다는 진진을 보내는 것이 더 낫겠다 싶어 그렇게 하도록 허락하였다. 그 대신 장군은 제나라로 보내 외교 단절을 통고하도록 하였다.

"장군은 그동안 제나라와 음합하던 진진과는 달라서 비밀리에 제나라로 들어가는 방법을 잘 모를 것이오. 그리고 이번에는 비밀리에 갈 필요도 없소. 오히려 공식적인 경로를 통하여 가는 것이 효과적일 것이오."

"공식적인 경로라면?"

장군이 좀 더 구체적인 설명을 요구하였다.

"지금 우리 초나라는 제나라와 외교 관계를 끊은 것으로 되어 있기 때문에 초나라 통행증을 가지고는 제나라 관문들을 통과할 수가 없단 말이오. 그래서 공식적인 경로를 통해 가려면 송나라 통행증을 사용해야 하오. 송나라는 아직 우리 초나라와 외교 관계를 맺고 있고 또 제나라와도 외교 관계를 맺고 있으니까 말이오. 내 말 알겠소?"

초나라 장군은 회왕의 말대로 일단 송나라로 들어가서 송나라로부터 통행증을 얻어 가지고 북쪽 관문으로 하여 제나라로 들어갔다. 장군은 제나라 왕을 만나 회왕의 말을 전했다.

"우리 대왕의 말씀이 제나라는 신실하지 못하다고 합니다. 초나라와 합종의 맹약을 맺어놓고도 제대로 지키지 않을 뿐만 아니라, 어떡해서든지 초나라를 이용해먹으려고만 한다고 하였습니다."

초나라 사신의 말을 들은 제왕은 하도 기가 차서 말이 나오지 않을 지경이었다. 진나라에 아부하기 위해 제나라로 통하는 관문을 닫은 나라가 어느 나라인데, 적반하장 격으로 제나라를 꾸짖다니.

"이런 고이얀 일이 있나. 내 당장 이 부절을 꺾고 다시는 초나라와 관계를 맺지 않으리라."

제왕은 얼굴을 붉으락푸르락하며 신하들이 보는 앞에서 초나라와의 합종 맹약의 표적인 부절을 칼로 동강내버리고 말았다. 초나라 장군은 제왕이 든 칼이 자기를 향할까 싶어 몸을 움츠리며 피해야만 하였다.

이러한 소문은 금방 천하 각지로 퍼져나가 진나라 조정에까지 들어갔다. 초나라 회왕은 제와 초가 확실히 국교를 단절했다는 사실을 장의가 알고 이전에 약속한 바에 따라 상·오 지방 6백 리 땅을 초나라에 떼어주리라 기대하며 그 시기를 기다렸다.

과연 장의가 3개월에 걸친 병상 생활을 떨치고 일어나 진나라 조정으로 들어갔다. 초나라에서 진나라로 들어와 장의의 동정을 살피고 있던 진진은 장의가 조정으로 들어가 어떤 결과를 가지고 나올지 조마조마한 마음으로 대기하였다.

장의가 조정에 들어갔다가 나와서 진진에게 말했다.

"내가 전에 초나라 왕에게 약속한 바를 지키고자 하오."

진진은 장의가 결국 약속을 지키는가 보다 생각하며 그 다음 말을 기다렸다.

"그러니까 상·오 지경 6리의 땅을 초나라에 바치고자 하오."

"6리라고요?"

진진은 그만 언성을 높이며 되물었다. 자기가 잘못 들었는가 확인하고 싶었던 것이다.

"그렇소. 6리 땅을 떼어주겠다고 약속하였으니까."

"대왕께서는 상·오 지경 6백 리 땅이라고 분명히 말씀하셨소."

"나는 분명히 6리의 땅을 약속하였소. 초나라 왕이 잘못 들은 모양이오."

"아니오. 6백 리 땅이오. 어찌 6리의 땅을 약속받고 제나라와 국교를 단절하기까지 한단 말이오?"

"나도 그 점을 의아하게 생각했지만, 다른 이유들도 있고 하여 제나라와 관계를 끊는가 보다 추측했지요."

장의는 시치미를 떼고 6리의 땅을 약속했다는 주장을 되풀이하였다. 진진은 장의의 속셈을 오래 전부터 눈치채고 있었으므로 더 이상 따지지 않고 초나라로 돌아와 그 사실을 보고해 올렸다.

"보십시오. 전에 제가 말씀드린 바와 같이 되지 않았습니까? 장의가 어떤 인물인데 6백 리 땅을 떼어주겠습니까? 대왕께서는 저의 말을 믿지 아니하시고 장의의 약속을 믿으심으로써 이런 낭패를 당하게 되셨습니다. 초나라는 제나라만 잃고 말았습니다."

"이렇게 나라들끼리의 약속을 헌신짝처럼 저버리다니 장의 이놈을 내 그냥 두나 보라."

회왕이 몹시 노하여 당장이라도 군사들을 모아 진나라로 쳐들어가려 하였다. 그러자 진진이 황급히 말했다.

"진진이 입을 열어 감히 말씀드려도 되겠습니까? 진을 치기보다 차라리 6백 리 땅을 포기하는 것이 나을 것입니다. 그리고 이 기회에 진나라의 마음을 사서 나중에 진나라 군사들과 함께 제나라를 쳐들어가는 것이 훨씬 초나라에 이익이 될 것입니다. 장의로부터 받지 못한 6백 리 땅 그 이상을 제나라로부터 보상받을 수 있을 테니까 말입니다. 그렇게 하여야 대왕의 나라가 아무 탈 없이 존속될 수 있을 것입니다."

진진이 이렇게 간곡히 만류하였지만, 너무도 화가 난 회왕은 그러한 권유를 받아들이지 않고 장군 굴개(屈匃)를 시켜 진나라를 쳐들어가도록 하였다. 이때는 이미 제나라가 진나라로 기울어져 있었던 때이므로 진나라는 제나라 군사들과 연합하여 초나라 군대를 막았다.

초나라 군대는 진·제 연합군의 완강한 방어를 뚫지 못하고 오히려 후퇴하지 않으면 안 되었다. 그러자 진·제 연합군은 초나라 군대를 밀어붙여 초나라 지경으로까지 쳐들어와서 단양(丹陽) 한중(漢中) 지경을 탈

취하였다. 이 전투의 와중에서 초나라 장군 굴개가 화살 세례를 받아 고슴도치처럼 되어 죽고, 8만이나 되는 초나라 군사들이 포로로 잡혔다가 목 베임을 당하였다. 이렇게 전세가 불리한데도 회왕은 분이 삭지 않은 채 군사들을 더 모집하여 진을 재차 공격하였다. 그리하여 남전(藍田)이라는 곳에서 진·제 연합군과 초나라 군대가 대대적인 전투를 치르게 되었다.

이 전투 역시 초나라가 대패하고 말았다. 회왕은 할 수 없이 두 개의 성(城)을 진나라에 떼어주고 항복하였다. 그러나 진나라 혜왕(惠王)은 그것으로 만족하지 않고 이번 기회에 그동안 노리고 있던 검중(黔中) 땅을 차지하려고 하였다. 하지만 회왕도 검중 땅을 그냥 진나라에 상납하려고는 하지 않았다. 검중 땅을 차지하기 위해서는 또 한 차례 전쟁을 치러야만 하였으므로, 혜왕은 한 발 양보하여 초나라가 검중 땅을 준다면 초나라가 원하고 있는 상·오의 땅을 떼어주겠다고 교환 조건을 제시하였다.

회왕이 혜왕의 교환 조건에 대해 고개를 저으며 말했다.

"이제 땅 바꾸는 것은 원치 않는다. 장의만 초나라로 보내주면 검중 땅은 헌납하는 형식으로 바치겠다."

말하자면 회왕은 새로운 교환 조건을 제시한 셈이었다. 장의에게 복수를 하고자 하는 회왕의 집념이 얼마나 강했던가 하는 것을 엿볼 수 있다. 그런데 진나라 혜왕으로서는 더욱 어려운 교환 조건을 제시받은 셈이 되었으므로 여러 가지 생각들을 하지 않으면 안 되었다. 이러한 혜왕의 고민을 눈치챈 장의가 왕을 알현하여 아뢰었다.

"대왕께서는 조금도 염려하지 마십시오. 제가 초나라로 들어가겠습니다. 저를 초나라로 보내시고 원하시는 검중 땅을 얻으시기 바랍니다."

혜왕은 장의가 스스로 결단을 내린 것에 대해 고마움을 느끼면서도 내심 불안하지 않을 수 없었다.

"초나라 왕이 재상을 원하는 이유가 무엇이겠소? 재상이 상·오 지경 6백 리 땅을 주겠다고 한 약속을 저버렸기 때문에 원한을 품고 재상을 죽이려고 하는 것이 아니겠소? 재상의 살을 포(脯)로 떠서 씹으며 분통한 마음을 풀려는 것이 아니고 무엇이오. 사태가 이럴진대 어떻게 초나라로 들어간다는 말이오? 나에게는 검중 땅보다 재상 한 사람이 더 귀중하오."

혜왕이 장의에게 염려스러운 눈길을 보냈다. 그러자 장의가 희미하게 미소를 떠올리며 대답했다.

"그 점도 염려하지 마십시오. 초왕이 지금 부아가 나서 저를 요구하고 있지만, 막상 제가 가면 함부로 죽이지는 못할 것입니다. 왕이 저를 함부로 죽일 수 없는 몇 가지 이유가 있습니다."

"그게 무엇이란 말이오?"

혜왕은 또 장의에게서 묘안이 나오나 하고 주의를 기울였다.

"첫째 이유는, 진나라는 강하고 초나라는 약하다는 것입니다."

혜왕의 표정에 다소 실망한 듯한 기색이 스치고 지나갔다.

"그야 당연하지 않소? 초나라가 약하다고는 하지만 재상을 충동적으로 얼마든지 죽일 수도 있는 것이 아니오? 8만 군사의 목이 달아났는데도 또 군사를 모집하여 대항한 초왕이라는 것을 기억하시오."

"둘째 이유는, 초나라 신하인 근상(斬尙)과 제가 친밀한 교제를 나누고 있다는 것입니다."

장의는 차분한 음성으로 계속 말을 이어나갔다.

"초나라 신하 한 사람과 친밀한 교제를 나누고 있다고 하여 분노로 눈앞이 가려진 왕에게서 벗어날 수 있다고 생각하오?"

혜왕이 장의의 판단력이 의심스럽다는 듯이 고개를 갸우뚱거리며 장의를 새삼 쳐다보았다.

"한 사람과의 친교는 뭇사람과의 친교가 시작되는 출발점이 아닙니까? 제가 친한 근상이라는 신하는 초왕의 부인인 정수(鄭袖)와 친밀한 관계에 있습니다. 정수는 근상을 어떤 신하보다도 더 마음에 들어합니다."

"혹시 둘의 관계가 몰래 정을 통하는 사이는 아니오?"

혜왕이 갑자기 호기심을 나타내며 눈을 반짝였다.

"그런 깊은 사정은 잘 모르지만, 하여튼 왕비의 신임을 단단히 받고 있는 신하임에 틀림없습니다. 그리고 정수는 초왕의 총애를 한몸에 받고 있는 여인입니다. 그래서 정수의 말이라면 초왕은 무엇이든지 들어줍니다. 그러므로 저의 목숨이 보존될 가능성이 있다는 것입니다. 그리고 셋째 이유는……."

"셋째 이유는?"

혜왕은 점점 장의의 언설에 마음이 끌려드는 것을 느끼며 다음 말을 기다렸다.

"대왕께서 저를 초나라로 보내실 때 사신으로 보낸다는 표를 주실 것이기 때문입니다. 사신임을 나타내는 그 부절을 소지하고 있는 한 섣불리 죽이지는 못할 것입니다. 만약 이 모든 이유에도 불구하고 초왕이 자신의 감정을 이기지 못하여 저를 주살한다면 그것은 할 수 없는 일이지요. 제가 죽어 검중 땅을 얻게 된다면 그보다 더한 영광도 없지요."

장의가 진나라를 위해 목숨도 아까워하지 않는다는 말을 할 때 는 자못 표정이 심각해지기도 하였다.

결국 장의는 진 혜왕의 사신 자격으로 초나라로 들어가 근상과 얼마간 밀담을 나눈 후 회왕 앞에 서게 되었다. 장의를 본 회왕은 금방 속이 뒤집혀 주위 신하들을 둘러보며 고함을 질렀다.

"저, 저놈을 당장 잡아서 옥에 가두어라."

진진이 흥분하고 있는 회왕에게 허리를 구부리며 아뢰었다.

"저자는 사사로이 온 것이 아니라 진나라 왕의 사신으로 이 자리에 왔습니다. 저자를 가두게 되면 여러 가지로 부작용이 있을 텐데, 그런 것들을 염두에 두고 계신지요?"

"어떤 부작용이 있더라도 저놈이 살아 있는 부작용보다는 덜할 것이야. 이후의 사태는 내가 모두 책임질 테니 저놈을 잡아 가두기나 하라."

회왕의 목소리가 떨리기까지 하였다. 지금 이 자리에서는 어떠한 간언도 회왕의 분노를 누그러뜨릴 수는 없을 것 같았다.

"잡아 가두더라도 저자의 변명이나 한번 들어보고 가두시지요."

진진도 장의가 밉기는 매한가지였지만 어디까지나 법을 집행하는 절차가 있는 것이었다.

"변명을 들어보라구? 저자의 혀에 날개를 달아주는 짓을 왜 한단 말인가? 입만 열었다 하면 속임수투성이인 저 작자의 말을 더 들을 필요가 뭐 있는가?"

회왕은 장의에게 한마디 변명의 기회도 주지 않고 그를 붉은 오랏줄로 꽁꽁 묶어 옥에 처넣었다. 이제 장의를 어떤 형벌로 죽일 것인가 하는 문제만 남은 셈이었다.

옥에 갇힌 장의는 예상보다도 드센 회왕의 분노로 인하여 정말 목숨을 잃을지도 모른다는 불안을 안고, 근상이 막후에서 이렇게 일을 추진하나 조마조마한 마음으로 기다렸다.

근상이 장의가 시킨 대로 회왕의 부인인 정수를 은밀하게 만나 속삭였다.

"당신은 대왕의 총애가 곧 식어져 당신을 냉대하게 될 것을 아십니까?"

 정수는 이게 무슨 뚱딴지 같은 소리인가 하고 눈을 둥그렇게 떴다. 둥그렇게 뜬 정수의 눈 모양이 그리 고울 수 없었다. 근상은 얼른 침을 삼키면서 고개를 숙였다가 들었다.

"어째서 그렇다는 것이오?"

 정수의 목소리가 가늘게 떨렸다. 왕의 총애를 받지 못한다면 왕비로서는 생명이 끝나는 것이나 마찬가지였다. 근상이 정수의 표정을 슬쩍 살피고 나서 말을 이었다.

"지금 진나라에서 사신으로 온 장의가 대왕의 분노를 사서 옥에 갇혀 있지 않습니까?"

"그건 알고 있어요. 그런데 대왕의 총애가 식는 것과 장의라는 작자가 옥에 갇힌 것이 무슨 상관이 있다는 것이오?"

 정수가 자기가 궁금히 여기고 있는 사항이나 빨리 이야기해달라는 투로 미간을 약간 찌푸리며 말했다. 근상이 보기에 미간을 찌푸리는 그 모습도 매력적이라 아니할 수 없었다.

"상관이 있지요. 지금 옥에 갇힌 장의를 진나라 왕이 얼마나 아끼는지 아십니까? 반드시 진왕이 장의를 옥에서 구해내고야 말 것입니다."

"진나라에서 장의를 구하기 위해 우리 초나라를 쳐들어올 것이란 말입니까? 그렇더라도 대왕의 총애가 식는 것과는 별로 상관이 없는 것 같은데요. 대장께서는 전쟁이 일어나면 더욱 저를……"

 정수는 말을 잇지 못하고 얼굴을 붉히기만 하였다. 대왕은 전쟁이 일어나면 긴장되고 불안한 마음을 풀기 위해서 오히려 정수의 몸을 탐할 것이 분명하였다. 그런 내용을 정수가 이야기하려다가 쑥스러워 그만두었다. 근상은 대왕과 정수가 잠자리에서 몸을 합하는 장면을 얼핏 상상해보며 자기도 얼굴을 붉히고 말았다.

"진나라가 장의를 구하기 위해 초나라를 쳐들어오지는 않을 것입니다. 진왕도 군사를 일으켜 초나라를 자극하면 오히려 장의의 생명이 위험하다는 것쯤은 알고 있을 테니까요. 그 대신 초왕의 마음을 달래기 위하여 진나라 상용(上庸) 땅 6현을 뇌물로 주고, 그리고……."

근상이 다시금 정수의 눈치를 살폈다. 정수는 근상이 무슨 이야기를 하려고 말을 빙빙 돌리나 하고 짜증 섞인 기색을 띠고 있었다.

"그리고 진왕은 진나라에서 빼어난 미인과 노래 잘하는 궁녀들을 대왕에게 선물로 보낼 예정이랍니다. 대왕은 땅을 중시하고 미인을 좋아하는 성미이신지라 그러한 뇌물을 받고 장의를 풀어줄 가능성이 많습니다. 그렇게 되면 자연히 대왕은 진나라 미인에게 빠질 것이고, 왕비 마마에 대한 총애가 식을 것이 아닙니까? 제가 왕비 마마를 염려하는 이유가 바로 여기에 있습니다."

정수의 표정이 묘하게 일그러졌다. 속에서 솟구치는 시기심이 눈빛을 더욱 예리하게 하는지 두 눈이 형안(炯眼)이 되어 번쩍였다.

"진나라에서 뇌물로 바칠 미인이 나보다 더 예쁘단 말이오? 대왕은 늘 나에게 말씀하시기를, 나보다 더 예쁜 미인은 천하에 없을 것이라고 하였소."

시기심에 눈이 먼 여인은 어린아이같이 되는가. 정수는 마치 계집아이들이 네가 예쁘니 내가 예쁘니 하고 다툴 때처럼 치기 어린 말들을 늘어놓았다.

"그것은 대왕께서 진나라 미인들을 보지 않으셨기 때문에 그러시는 것입니다. 진나라에는 서융(西戎)의 피가 섞여 있기도 하여 말할 수 없이 아름다운 여자들이 많습니다. 왕비 마마는 이 초나라에서는 가장 빼어난 미인이시지만, 진나라 미인에 비하면……."

근상은 정수의 자존심을 더 이상 건드리지 않기 위하여 얼른 입을 다

물었다. 정수는 이제 숨도 제대로 쉬지 못하겠는지 어깨를 심하게 들썩이고 있었다.

"그 그럼, 이 일을 어떡한단 말이오? 그대는 내가 어려움에 처할 적마다 지혜롭게 계책을 써서 구해주지 않았소?"

정수는 근상에게 거의 사정하고 있었다.

"이번에도 그리 염려하지 마시고 제가 말씀드리는 대로만 하십시오. 진왕이 뇌물을 보내기 전에 장의를 석방시키기만 하면 진나라에서 미인이 올 리도 없고, 왕비 마마에 대한 대왕의 총애도 식을 리가 없지요."

그러면서 근상은 정수에게 대왕에게 아뢸 말들을 일러주었다. 정수는 근상이 일러주는 말들을 귀담아들으며 고개를 끄덕였다.

그날 이후로 왕비 정수는 초나라 회왕에 대한 봉사를 이전보다 몇 갑절 더 정성을 기울여 하였다. 무엇보다 침실에서 회왕의 몸과 마음을 녹여버렸다.

"어떻게 된 일이오? 당신은 전보다 훨씬 젊어진 것 같소. 그리고 이런 성적인 기교가 있는 것은 어떻게 알았소? 난생 처음 느껴보는 쾌감이었소."

회왕이 정수의 몸 아래에서 헐떡이며 중얼거렸다.

"성적인 기교라는 것은 어디서 배워 아는 게 아니지요. 대왕을 어떻게 하면 더욱 즐겁게 해드릴까 궁리하다 보니 저절로 알게 된 것이지요."

난투극 같은 한 차례의 방사가 끝나자, 정수는 흥건히 젖은 회왕의 몸을 감잡이 수건으로 정성스레 닦아주면서 속삭였다.

"대왕께서도 요즈음 훨씬 젊어지신 것 같습니다."

"허, 그래? 듣던 중 반가운 소리군. 사실은 말이야, 장의 그 작자를 어떻게 찢어죽일까 생각하니 기분이 좋아진단 말이야."

이때를 놓칠세라 정수가 슬그머니 회왕의 가슴에 머리를 기대어 누우며 코맹맹이 소리로 말했다.

"저는 장의라는 작자만 생각해도 으스스하니 무섭습니다."

"아니, 그 작자는 지금 옥에 갇혀 있지 않은가? 옥에 갇혀서 죽을 날만을 기다리고 있는 자를 무서워하다니."

"장의라는 작자로 인해 발생할 사태를 예상하고 무서워한다는 것입니다."

정수는 몸을 떠는 흉내까지 해보였다.

"무슨 사태가 발생한다는 거요? 검중 땅과 장의를 맞바꾼 것인데. 진왕도 은근히 이번 기회에 장의를 제거하려고 내 손에 맡긴 것이지."

회왕은 염려할 것 없다는 투로 정수의 등을 다독거려주었다.

"그런데 그렇지가 않은 모양입니다. 들리는 소문에 의하면 장의야말로 진왕이 가장 아끼는 신하라고 합니다. 그래서 어떤 희생을 치르고라도 장의를 구해낼 것이라고 합니다. 사실 검중 땅을 진나라에 주기도 전에 장의를 사신으로 보내준 것은 진나라 왕이 대왕을 존경하고 믿었기 때문이 아닙니까? 그런데 대왕은 아직 답례도 하지 않고 장의를 잡아 가두기부터 하였습니다. 지금 장의가 체포되었다는 소식을 듣고 진왕이 몹시 화가 나 있다고 하는데, 장의를 죽이기까지 하면 반드시 군사를 몰고 쳐들어오고야 말 것입니다. 또한 장의가 석방되는 시기가 늦어지게 되어도 진왕이 군사를 몰고 올 것입니다. 대왕께서는 이 나라가 전쟁에 휘말리기 전에 저와 아이들을 장강(長江 : 양자강) 남쪽으로 미리 옮겨주셔서 진왕의 상에 오르는 어육(魚肉)이 되지 않게 하여주십시오."

정수가 이런 식으로 날마다 회왕에게 호소하자 회왕도 차츰 장의 문제를 다시 생각하게 되었다. 장의를 죽이기까지 함으로써 발생할 사태를 냉정하게 예측해볼 때 정수의 말이 맞다고도 할 수 있었다. 무엇보다 회왕은 장의를 대하고 흥분하던 때와는 달리 지금은 사태를 여러 각도에서 분석해볼 심적인 여유가 생긴 것이었다.

 결국 회왕은 정수의 말을 받아들여 장의를 석방해주기로 하였다. 근상이 여자의 시기심을 충동질한 것이 어떤 정략보다도 주효하게 된 것이라 할 수 있었다. 장의는 석방되자 자기를 구하는 데 결정적인 역할을 한 근상을 찾아가 사례하였다.

"그대와의 인연이 나를 살려주었구려."

"내가 또 언제 당신의 도움을 받을지 어떻게 압니까? 서로 주고받는 것이지요."

 근상은 장의가 늘어놓으려는 사례의 말들을 막으며 우선 술상을 봐오도록 하여 대좌해 앉았다.

"그래, 왕비의 반응이 어떻게 나옵디까?"

 장의가 자초지종을 묻자 근상은 신이 나서 떠벌렸다.

"여자라는 동물은 시기심으로 똘똘 뭉쳐 있는 것이 아닙니까? 그 반응이야 말도 못하지요. 결국 재상의 책략대로 여자를 통하여 왕의 마음을 움직이는 데 성공하였습니다."

"허허허. 나의 책략이랄 수가 있습니까? 다 당신의 수완으로 일이 수월하게 풀린 것이지요. 그리고 당신이 평소에 왕비의 마음을 사로잡아 둔 것이 결정적인 도움이 된 셈이지요. 왕비의 마음을 사로잡는 비결이라도 있소?"

 장의가 근상의 술잔에 술을 따라 주며 넌지시 물었다.

"그야 별것이 아니지요. 왕비의 허영심을 만족시켜주는 방향으로 섬기면 되는 것이지요."

"어떤 허영심을 만족시켜주었다는 거요?"

"왕비는 원래 배운 것이 천박하여 남들에게 유식하게 보이고 싶은 허영심이 늘 잠재되어 있지요. 무엇보다 시(詩)를 읊조리기를 좋아하지요.

그래서 제가 틈틈이 시를 가르쳐드렸지요."

"어떤 종류의 시를 가르쳐주었소?"

"왕비는 곧 죽어도 천하게 보이는 국풍조(國風調)의 시는 싫다는 것이오. 거기에 정말 서민들의 소박한 생활과 심정이 담겨 있는데 말이오. 그래서 주로 소아(小雅)니 대아(大雅)에 속하는 궁중 시들을 가르쳐주었지요. 그 대부들의 노래니 왕의 노래니 하는 것들 있지 않소? 옛날 왕들의 덕을 칭송하는 시들도 있고 말이오. 그렇게 열심히 성의를 다해 가르쳐주었더니 왕비가 나를 아주 존경하며 속에 있는 이야기들도 꺼내놓곤 했단 말씀이오. 그래서 서로 친밀한 관계가 된 것이지요. 나도 왕비의 아름다운 얼굴을 자주 대하는 것이 싫지 않았고 말이오."

근상의 얼굴이 술기운으로 조금씩 붉어지기 시작했다. 그 몽롱해진 눈동자는 분명 왕비에 대한 연모의 정을 담고 있음에 틀림없었다.

"당신, 혹시 왕비를 속으로 사모하고 있는 것은 아니오?"

장의가 근상을 빤히 쳐다보며 묻자, 근상은 얼른 시선을 딴 데로 돌리며 술잔을 기울이기만 하였다. 그러다가 불쑥 좀 엉뚱해 보이는 질문을 꺼내놓았다

"소식 들었소?"

"무얼 말이오?"

장의는 근상이 화제를 딴 데로 돌리려고 그러나 보다 하고 대수롭지 않게 받아넘겼다.

"소진이 죽었다는 소식 말이오."

"뭐라구요?"

하마터면 장의는 손에 든 술잔을 떨어뜨릴 뻔하였다.

"소진이 죽었소. 제나라에서 자객의 칼에 찔려 고생하다가 결국 지난 달에 숨을 거두었다고 하오. 그런데 소진이 스스로 자기 시체를 찢어달

라고 하였다는 거요."
 소진의 죽음에 대해 이야기하는 근상의 목소리가 장의의 귓가에 까마득히 멀어졌다가 가까워지곤 하였다. 자신의 경쟁자가 세상에서 사라져 버린 허탈감이 갑자기 엄습해왔다.

〈제3권에서 계속됩니다.〉